Orlando Syrg Taschenbuch 142019

OR
SY
TA

RAT ACBO

Reihe

Alte Tradition

Azurcelesteblueoscuro

herausgegeben

von

Joerg K. Sommermeyer & Orlando Syrg

Exemplarische Werke der Weltliteratur

herausgegeben von

Joerg K. Sommermeyer

Über dieses Buch

»Die Beziehungen zwischen Deutschland und Frankreich will der Mittler Heine objektivieren, Fremd- und Eigenbilder sollen von inadäquater Verehrung oder Abneigung gereinigt werden.« (Über Deutschland, Essays und Pamphlete. Ausgewählte Werke IV; ORSTA 132019)

Band V der Ausgewählten Werke komplettiert mit den Texten über Frankreich, französische Malerei, Politik, Musik, Bühne und noch allerlei anderes sein deutsch-französisches Programm.

Vieles wird angesprochen, beschrieben, diskutiert, kritisiert, verworfen oder propagiert: Parallelität von politischer und künstlerischer Revolution, Ende einer Kunstperiode und neue Kunst, Supernaturalismus, die gefährdete Julimonarchie, das Juste-Milieu und Justemillionäre, die Herrschaft des Kapitals, die Rolle des Königs, das Verhalten führender Politiker, Verstellung, Schauspielerei, Betrug, Täuschung, Außen- und Innenpolitik, Komödien-Spektakel des Bürgerkönigtums, das kulturelle Leben in Paris, Kulturindustrie, Kommerzialisierung, Spießbürgerlichkeit, drängende soziale Konflikte.

Heinrich Heine verwendet für seine Vorstellungen Essay, Feuilleton, Porträt, Geschichte, Anekdote, Rezension, Bericht oder schlichte Nachricht. Es treten auf: Menschen und Dinge, Begebenheiten, Bilder, Künstler, Kritikermeinungen, Publikumsäußerungen, Konzert, Theater, Akademie, Salon, Kunstgalerie, Ballsaal, Universität, Justiz, Parlament, Café, Straßen und Plätze, die Cholera-Epidemie, Paris, die Normandie und die Pyrenäen. Der Dichter analysiert als Chronist politischer, gesellschaftlicher, wirtschaftlicher und kultureller Verhältnisse die französische Gegenwart aus geschichtlicher Perspektive und hegt eine ambivalente Sympathie für Kommunismus und zugleich ästhetischen Antikommunismus. Die sozialen Kosten der wirtschaftlichen Expansion sind hoch. Die Revolutionen von 1789 und 1830 scheinen unabgeschlossen. Der Kapitalismus treibt auf die Revolution von 1848 zu.

Der Autor

Christian Johann Heinrich (Harry) Heine, geboren am 13. Dezember 1797, Düsseldorf/Herzogtum Berg - gestorben am 17. Februar 1856, Paris. Kritischer, politisch engagierter Journalist, Essayist, Satiriker. Gilt als „letzter Dichter der Romantik" und als deren Überwinder. Machte mit Leichtigkeit, Grazie und Eleganz Alltagssprache lyrikfähig, Feuilleton und Reisebericht zur Kunstform. Vielfach übersetzt und vertont. Die Polemiken des Außenseiters bewundert und gefürchtet. Von Antisemiten und Nationalisten wegen seiner jüdischen Abstammung und politischen Haltung lange über seinen Tod hinaus heftigst angefeindet. Publikationsverbote. Von 1831 bis an sein Ende im Pariser Exil.

[siehe Joerg K. Sommermeyer, Biographischer Abriss Heinrich Heines, S. 359 f.]

Der Herausgeber

Joerg K. Sommermeyer (JS), * 14.10.1947 in Brackenheim, Sohn des Physikers Kurt Hans Sommermeyer. Kindheit in Freiburg. Studierte Jura, Philosophie, Germanistik, Geschichte und Musikwissenschaft. Klassische Gitarre bei Viktor v. Hasselmann und Anton Stingl. Unterrichtete in den späten Sechzigern Gitarre am Kindergärtnerinnen-/Jugendleiterinnenseminar und in den Achtzigern Rechtsanwaltsgehilfinnen in spe an der Max-Weber-Schule in Freiburg. 1976 bis 2004 Rechtsanwalt in Freiburg. Setzte sich für eine Verstärkung des Rechtsschutzes bei Grundrechtseingriffen ein (Unterbringungsrecht, Untersuchungshaft, Durchsuchungsrecht). Veröffentlichungen in juristischen Fachzeitschriften sowie Artikel in Musikblättern. Songs, Liedtexte, Arrangements, Instrumentalmusik. 7 CDs, u. a.: *Total Overdrive, Those Rocks & Lieders, Nel Cuore Romanzo Rock, Ergo, 7 Celebrities.* Prosa: Anton Unbekannt, Pathoaphysischer Antiroman, Tragigroteskenfragment, 2008/2009; Vernimm mein Schreien, 2017/2018. Lieblingsmärchen, 2017/2018. Zahlreiche Editionen.

Orlando Syrg, Berlin, 2. Juli 2019

Joerg K. Sommermeyer (Hg.)

Heinrich Heines

Essays über Frankreich

Ausgewählte Werke V

Französische Maler, Französische Zustände,
Über die Französische Bühne, Lutetia

Durchgesehen, revidiert und mit einem Biographischen Abriss
herausgegeben

von

Joerg K. Sommermeyer

Orlando Syrg

MMXIX

1. Auflage 2019

Orlando Syrg, Berlin (vormals Freiburg i. Brsg.)

Orlando Syrg Taschenbuch

ORSYTA 142019

Reihe Alte Tradition Azurcelesteblueoscuro

RAT ACBO 26

Revision, Herausgabe und Biographischer Abriss:
Joerg K. Sommermeyer

Umschlaggestaltung (unter Verwendung des Ausschnitts eines Gemäldes von Moritz Daniel Oppenheim, *Heinrich Heine*, 1831, auf der Vorderseite): JS

Lektorat, Satz und Layout: Dora Dioth, JS, Anton Kann, Waltraut Schmidt, Hans Ohnson, Karl Gretsch, Gus Hertramp, Lars Penath, Roland König, Marga Sadau, Ernst Raekel, Ella Elle, Konrad Corang

Herstellung und Verlag: BoD - Books on Demand, Norderstedt

Made in Germany

ISBN 9783746060521

Inhalt

Französische Maler

[Der Salon, Erster Band, Hoffmann und Campe, Hamburg 1834]

Gemäldeausstellung in Paris (1831)

Der Salon ist jetzt geschlossen, nachdem die Gemälde desselben seit Anfang Mai ausgestellt worden. Man hat sie im Allgemeinen nur mit flüchtigen Augen betrachtet; die Gemüter waren anderwärts beschäftigt und mit ängstlicher Politik erfüllt. Was mich betrifft, der ich in dieser Zeit zum ersten Male die Hauptstadt besuchte und von unzählig neuen Eindrücken befangen war, ich habe noch viel weniger als andere mit der erforderlichen Geistesruhe die Säle des Louvres durchwandeln können. Da standen sie nebeneinander, an die dreitausend, die hübschen Bilder, die armen Kinder der Kunst, denen die geschäftige Menge nur das Almosen eines gleichgültigen Blicks zuwarf. Mit stummen Schmerzen bettelten sie um ein bisschen Mitempfindung oder um Aufnahme in einem Winkelchen des Herzens. Vergebens! die Herzen waren von der Familie der eigenen Gefühle ganz angefüllt und hatten weder Raum noch Futter für jene Fremdlinge. Aber das war es eben, die Ausstellung glich einem Waisenhause, einer Sammlung zusammengeraffter Kinder, die sich selbst überlassen gewesen und wovon keins mit dem anderen verwandt war. Sie bewegte unsere Seele wie der Anblick unwürdiger Hilflosigkeit und jugendlicher Zerrissenheit.

Welch verschiedenes Gefühl ergriff uns dagegen schon beim Eintritt in eine Galerie jener italienischen Gemälde, die nicht als Findelkinder ausgesetzt worden in die kalte Welt, sondern an den Brüsten einer großen, gemeinsamen Mutter ihre Nahrung eingesogen und als eine große Familie, befriedet und einig, zwar nicht immer dieselben Worte, aber doch dieselbe Sprache sprechen.

Die katholische Kirche, die einst auch den übrigen Künsten eine solche Mutter war, ist jetzt verarmt und selber hilflos. Jeder Maler malt jetzt auf eigene Hand und für eigene Rechnung; die Tageslaune, die Grille der Geldreichen oder des eigenen müßigen Herzens gibt ihm den Stoff, die Palette gibt ihm die glänzendsten Farben, und die Leinwand ist geduldig. Dazu kommt noch, dass jetzt bei den französischen Malern die missverstandene Romantik grassiert und, nach ihrem Hauptprinzip, jeder sich bestrebt, ganz anders als die anderen zu malen oder, wie die kursierende Redensart heißt, seine Eigentümlichkeit hervortreten zu lassen. Welche Bilder hierdurch manchmal zum Vorschein kommen, lässt sich leicht erraten.

Da die Franzosen jedenfalls viel gesunde Vernunft besitzen, so haben sie das Verfehlte immer richtig beurteilt, das wahrhaft Eigentümliche leicht erkannt und aus einem bunten Meer von Gemälden die wahrhaften Perlen leicht herausgefunden. Die Maler, deren Werke man am meisten besprach und als das Vorzüglichste pries, waren A. Scheffer, H. Vernet, Delacroix, Decamps, Lessore, Schnetz, Delaroche und Robert. Ich darf mich also darauf beschränken, die öffentliche Meinung zu referieren. Sie ist von der meinigen nicht sehr abweichend. Beurteilung technischer Vorzüge oder Mängel will ich so viel als möglich vermeiden. Auch ist dergleichen von wenig Nutzen bei Gemälden, die nicht in öffentlichen Galerien der Betrachtung ausgestellt bleiben, und noch weniger nützt es dem deutschen Berichtempfänger, der sie gar nicht gesehen. Nur Winke über das Stoffartige und die Bedeutung der Gemälde mögen letzterem willkommen sein. Als gewissenhafter Referent erwähne ich zuerst die Gemälde von

A. Scheffer

Haben doch der Faust und das Gretchen dieses Malers im ersten Monat der Ausstellung die meiste Aufmerksamkeit auf sich gezogen, da die besten Werke von Delaroche und Robert erst späterhin aufgestellt wurden. Überdies, wer nie etwas von Scheffer gesehen, wird gleich frappiert von seiner Manier, die sich besonders in der Farbengebung ausspricht. Seine Feinde sagen ihm nach, er male nur mit Schnupftabak und grüner Seife. Ich weiß nicht, wie weit sie ihm unrecht tun. Seine braunen Schatten sind nicht selten sehr affektiert und verfehlen den in Rembrandtscher Weise beabsichtigten Lichteffekt. Seine Gesichter haben meistens jene fatale Couleur, die uns manchmal das eigene Gesicht verleiden konnte, wenn wir es, überwacht und verdrießlich, in jenen grünen Spiegeln erblickten, die man in alten Wirtshäusern, wo der Postwagen des Morgens stillehält, zu finden pflegt. Betrachtet man aber Scheffers Bilder etwas näher und länger, so befreundet man sich mit seiner Weise, man findet die Behandlung des Ganzen sehr poetisch, und man sieht, dass aus den trübsinnigen Farben ein lichtes Gemüt hervorbricht, wie Sonnenstrahlen aus Nebelwolken. Jene mürrisch gefegte, gewischte Malerei, jene todmüden Farben mit unheimlich vagen Umrissen sind in den Bildern von Faust und Gretchen sogar von gutem Effekt. Beide sind lebensgroße Kniestücke. Faust sitzt in einem mittelaltertümlichen roten Sessel, neben einem mit Pergamentbüchern bedeckten Tisch, der seinem linken Arm, worin sein bloßes Haupt ruht, als Stütze dient. Den rechten Arm, mit der flachen Hand nach außen gekehrt, stemmt er gegen seine Hüfte. Gewand seifengrünlich blau. Das Gesicht fast Profil und schnupftabaklich fahl die Züge desselben streng edel. Trotz der kranken Missfarbe, der gehöhlten Wangen, der Lippen Welkheit, der eingedrückten Zerstörnis trägt dieses Gesicht dennoch die Spuren seiner ehemaligen Schönheit, und indem die Augen ihr holdwehmütiges Licht darüber hingießen, sieht es aus wie eine schöne Ruine, die der Mond beleuchtet. Ja, dieser Mann ist eine schöne Menschenruine, in den Falten über diesen verwitterten Augenbrauen brüten fabelhaft gelahrte Eulen, und hinter dieser Stirn lauern böse Gespenster; um Mitternacht öffnen sich dort die Gräber verstorbener Wünsche, bleiche Schatten dringen hervor, und durch die öden Hirnkammern schleicht, wie mit gebundenen Füßen, Gretchens Geist. Das ist eben das Verdienst des Malers, dass er uns nur den Kopf eines Mannes gemalt hat und dass der bloße Anblick desselben uns die Gefühle und Gedanken mitteilt, die sich in des Mannes Hirn und Herzen bewegen. Im Hintergrund, kaum sichtbar und ganz grün, widerwärtig grün gemalt, erkennt man auch den Kopf des Mephistopheles, des bösen Geistes, des Vaters der Lüge, des Fliegengottes, des Gottes der grünen Seife.

Gretchen ist ein Seitenstück von gleichem Werte. Sie sitzt ebenfalls auf einem gedämpft roten Sessel, das ruhende Spinnrad mit vollem Wocken [Spinnrocken] zur Seite; in der Hand hält sie ein aufgeschlagenes Gebetbuch, worin sie nicht liest und worin ein verbliche buntes Muttergottesbildchen hervortröstet. Sie hält das Haupt gesenkt, so dass die größere Seite des Gesichtes, das ebenfalls fast Profil, gar seltsam beschattet wird. Es ist, als ob des Fausten nächtliche Seele ihren Schatten werfe über das Antlitz des stillen Mädchens. Die beiden Bilder hingen nahe nebeneinander, und es war um so bemerkbarer, dass auf dem des Fausten aller Lichteffekt dem Gesicht gewidmet worden, dass hingegen auf Gretchens Bild weniger das Gesicht und desto mehr dessen Umrisse beleuchtet sind. Letzteres erhielt dadurch noch etwas unbeschreibbar Magisches. Gretchens Mieder ist saftig grün, ein schwarzes Käppchen bedeckt ihren Scheitel, aber ganz spärlich, und von beiden Seiten dringt ihr schlichtes, goldgelbes Haar um so glänzender hervor. Ihr Gesicht bildet ein rührend edles Oval, und die Züge desselben sind von einer Schönheit, die sich selbst verbergen möchte aus Bescheidenheit. Sie ist die Bescheidenheit selbst, mit ihren lieben blauen Augen. Es zieht eine stille Träne über die schöne Wange, eine stumme Perle der Wehmut. Sie ist zwar Wolfgang Goethes Gretchen, aber sie hat den ganzen Friedrich Schiller gelesen, und sie ist viel mehr sentimental als naiv und viel mehr schwer idealisch als leicht graziös. Vielleicht ist sie zu treu und zu ernsthaft, um graziös sein zu können, denn die Grazie besteht in der Bewegung. Dabei hat sie etwas so Verlässliches, so Solides, so Reelles wie ein barer Louisdor, den man noch in der Tasche hat. Mit einem Wort, sie ist ein deutsches Mädchen, und wenn man ihr tief hineinschaut in die melancholischen Veilchen, so denkt man an Deutschland, an duftige Lindenbäume, an Höltys Gedichte, an den steinernen Roland vor dem Rathaus, an den alten Konrektor, an seine rosige Nichte, an das Forsthaus mit den Hirschgeweihen, an schlechten Tabak und gute Gesellen, an Großmutters Kirchhofgeschichten, an treuherzige Nachtwächter, an Freundschaft, an erste Liebe und allerlei andere süße Schnurrpfeifereien. – Wahrlich, Scheffers Gretchen kann nicht beschrieben werden. Sie hat mehr Gemüt als Gesicht. Sie ist eine gemalte Seele. Wenn ich bei ihr vorüberging, sagte ich immer unwillkürlich: »Liebes Kind!«

Leider finden wir Scheffers Manier in allen seinen Bildern, und wenn sie seinem Faust und Gretchen angemessen ist, so missfällt sie uns gänzlich bei Gegenständen, die eine heitere, klare, farbenglühende Behandlung erforderten, z. B. bei einem kleinen Gemälde, worauf tanzende Schulkinder. Mit seinen gedämpften, freudlosen Farben hat uns Scheffer nur ein Rudel kleiner Gnomen dargestellt. Wie bedeutend auch sein Talent der Porträtierung ist, ja, wie sehr ich hier seine Originalität der Auffassung rühmen muss, so sehr widersteht mir auch hier seine Farbengebung. Es gab aber ein Porträt im Salon, wofür eben die Scheffersche Manier ganz geeignet war. Nur mit diesen unbestimmten, gelogenen, gestorbenen, charakterlosen Farben konnte der Mann gemalt werden, dessen Ruhm darin besteht, dass man auf seinem Gesicht nie seine Gedanken lesen konnte, ja, dass man immer das Gegenteil darauf las. Es ist der Mann, dem wir keinen Fußtritte geben könnten, ohne dass vorne das stereotype Lächeln von seinen Lippen schwände. Es ist der Mann, der vierzehn falsche Eide geschworen und dessen Lügentalente von allen aufeinanderfolgenden Regierungen Frankreichs benutzt wurden, wenn irgendeine tödliche Perfidie ausgeübt werden sollte, sodass er an jene alte Giftmischerin erinnert, an jene Lokusta, die, wie ein frevelhaftes Erbstück, im Hause des Augustus lebte und schweigend und sicher dem einen Cäsar nach dem anderen und dem einen gegen den andern zu Dienste stand mit ihrem diplomatischen Tränklein. Wenn ich vor dem Bild des falschen Mannes stand, den Scheffer so treu gemalt, dem er mit seinen Schierlingsfarben sogar die vierzehn falschen Eide ins Gesicht hineingemalt, dann durchfröstelte mich der Gedanke: wem gilt wohl seine neueste Mischung in London?

Scheffers Heinrich IV. und Ludwig Philipp I., zwei Reitergestalten in Lebensgröße, verdienen jedenfalls eine besondere Erwähnung. Ersterer, le roi par droit de conquête et par droit de naissance, hat vor meiner Zeit gelebt; ich weiß nur, dass er einen henri-quatre getragen, und ich kann nicht bestimmen, inwieweit er getroffen ist. Der andere, le roi des barricades, le roi par la grâce du peuple souverain, ist mein Zeitgenosse, und ich kann urteilen, ob sein Porträt ihm ähnlich sieht oder nicht. Ich sah letzteres, ehe ich das Vergnügen hatte, Se. Majestät den König selbst zu sehen, und ich gestehe, ich erkannte ihn dennoch nicht im ersten Augenblick. Ich sah ihn vielleicht in einem allzu sehr erhöhten Seelenzustand, nämlich am ersten Festtag der jüngsten Revolutionsfeier, als er durch die Straßen von Paris einherritt, in der Mitte der jubelnden Bürgergarde und der Juliusdekorierten, die alle wie wahnsinnig die Parisienne und die Marseiller Hymne brüllten, auch mitunter die Carmagnole tanzten: Se. Majestät der König saß hoch zu Ross, halb wie ein gezwungener Triumphator, halb wie ein freiwilliger Gefangener, der einen Triumphzug zieren soll; ein entthronter Kaiser ritt symbolisch oder auch prophetisch an seiner Seite; seine beiden jungen Söhne ritten ebenfalls neben ihm, wie blühende Hoffnungen, und seine schwülstigen Wangen glühten hervor aus dem Walddunkel des großen Backenbarts, und seine süßlich grüßenden Augen glänzten vor Lust und Verlegenheit. Auf dem Schefferschen Bilde sieht er minder kurzweilig aus, ja fast trübe, als ritte er eben über die Place de Grève, wo sein Vater geköpft worden; sein Pferd scheint zu straucheln. Ich glaube, auf dem Schefferschen Bild ist auch der Kopf nicht oben so spitz zulaufend wie beim erlauchten Original, wo diese eigentümliche Bildung mich immer an das Volkslied erinnert:

> Es steht eine Tann' im tiefen Tal,
> Ist unten breit und oben schmal.

Sonst ist das Bild ziemlich getroffen, sehr ähnlich; doch diese Ähnlichkeit entdeckte ich erst, als ich den König selbst gesehen. Das scheint mir bedenklich, sehr bedenklich für den Wert der ganzen Schefferschen Porträtmalerei. Die Porträtmaler lassen sich nämlich in zwei Klassen einteilen. Die einen haben das wunderbare Talent, gerade diejenigen Züge aufzufassen und hinzumalen, die auch dem fremden Beschauer eine Idee von dem darzustellenden Gesicht geben, sodass er den Charakter des unbekannten Originals gleich begreift und letzteres, sobald er dessen ansichtig wird, gleich wiedererkennt. Bei den alten Meistern, vornehmlich bei Holbein, Tizian und van Dyck, finden wir solche Weise, und in ihren Porträts frappiert uns jene Unmittelbarkeit, die uns die Ähnlichkeit derselben mit den längst verstorbenen Originalen so lebendig zusichert. »Wir möchten darauf schwören, dass diese Porträts getroffen sind!« sagen wir dann unwillkürlich, wenn wir Galerien durchwandeln. Eine zweite Weise der Porträtmalerei finden wir namentlich bei englischen und französischen Malern, die nur das leichte Wiedererkennen beabsichtigen und nur jene Züge auf die Leinwand werfen, die uns das Gesicht und den Charakter des wohlbekannten Originals ins Gedächtnis zurückrufen. Diese Maler arbeiten eigentlich für die Erinnerung, und sie sind überaus beliebt bei wohlerzogenen Eltern und zärtlichen Eheleuten, die uns ihre Gemälde nach Tische zeigen und uns nicht genug versichern können, wie gar niedlich der liebe Kleine getroffen war, ehe er die Würmer bekommen, oder wie sprechend ähnlich der Herr Gemahl ist, den wir noch nicht die Ehre haben zu kennen und dessen Bekanntschaft uns noch bevorsteht, wenn er von der Braunschweiger Messe zurückkehrt.

Scheffers »Leonore« ist in Hinsicht der Farbengebung weit ausgezeichneter als seine übrigen Stücke. Die Geschichte ist in die Zeit der Kreuzzüge verlegt, und der Maler gewann dadurch Gelegenheit zu brillanteren Kostümen und überhaupt zu einem romantischen Kolorit. Das heimkehrende Heer zieht vorüber, und die arme Leonore vermisst darunter ihren Geliebten. Es herrscht in dem ganzen Bild eine sanfte Melancholie, nichts lässt den Spuk der künftigen Nacht vorausahnen. Aber ich glaube eben, weil der Maler die Szene in die fromme Zeit der Kreuzzüge verlegt hat, wird die verlassene Leonore nicht die Gottheit lästern, und der tote Reiter wird sie nicht abholen. Die Bürgersche Leonore lebte in einer protestantischen, skeptischen Periode, und ihr Geliebter zog in den Siebenjährigen Krieg, um Schlesien für den Freund Voltaires zu erkämpfen. Die Scheffersche Leonore lebte hingegen in einem katholischen gläubigen Zeitalter, wo Hunderttausende, begeistert von einem religiösen Gedanken, sich ein rotes Kreuz auf den Rock nähten und als Pilgerkrieger nach dem Morgenlande wanderten, um dort ein Grab zu erobern. Sonderbare Zeit! Aber, wir Menschen, sind wir nicht alle Kreuzritter, die wir mit allen unseren mühseligsten Kämpfen am Ende nur ein Grab erobern? Diesen Gedanken lese ich auf dem edlen Gesichte des Ritters, der von seinem hohen Pferde herab so mitleidig auf die trauernde Leonore niederschaut. Diese lehnt ihr Haupt an die Schulter der Mutter. Sie ist eine trauernde Blume, sie wird welken, aber nicht lästern. Das Scheffersche Gemälde ist eine schöne, musikalische Komposition; die Farben klingen darin so heiter trübe wie ein wehmütiges Frühlingslied.

Die übrigen Stücke von Scheffer verdienen keine Beachtung. Dennoch gewannen sie vielen Beifall, während manch besseres Bild von minder ausgezeichneten Malern unbeachtet blieb. So wirkt der Name des Meisters. Wenn Fürsten einen böhmischen Glasstein am Finger tragen, wird man ihn für einen Diamanten halten, und trüge ein Bettler auch einen echten Diamantring so würde man doch meinen, es sei eitel Glas.

14

Die oben angestellte Betrachtung leitet mich auf

Horace Vernet

Der hat auch nicht mit lauter echten Steinen den diesjährigen Salon geschmückt. Das vorzüglichste seiner ausgestellten Gemälde war eine Judith, die im Begriff steht, den Holofernes zu töten. Sie hat sich eben vom Lager desselben erhoben, ein blühend schlankes Mädchen. Ein violettes Gewand, um die Hüften hastig geschürzt, geht bis zu ihren Füßen hinab; oberhalb des Leibes trägt sie ein blassgelbes Unterkleid, dessen Ärmel von der rechten Schulter herunterfällt und den sie mit der linken Hand, etwas metzgerhaft und doch zugleich bezaubernd zierlich, wieder in die Höhe streift; denn mit der rechten Hand hat sie eben das krumme Schwert gezogen gegen den schlafenden Holofernes. Da steht sie, eine reizende Gestalt, an der eben überschrittenen Grenze der Jungfräulichkeit, ganz gottrein und doch weltbefleckt, wie eine entweihte Hostie. Ihr Kopf ist wunderbar anmutig und unheimlich liebenswürdig; schwarze Locken, wie kurze Schlangen, die nicht herabflattern, sondern sich bäumen, furchtbar graziös. Das Gesicht ist etwas beschattet, und süße Wildheit, düstere Holdseligkeit und sentimentaler Grimm rieselt durch die edlen Züge der tödlichen Schönen. Besonders in ihrem Auge funkelt süße Grausamkeit und die Lüsternheit der Rache; denn sie hat auch den eignen beleidigten Leib zu rächen an dem hässlichen Heiden. In der Tat, dieser ist nicht sonderlich liebreizend, aber im Grunde scheint er doch ein bon enfant zu sein. Er schläft so gutmütig in der Nachwonne seiner Beseligung; er schnarcht vielleicht, oder, wie Luise sagt, er schläft laut; seine Lippen bewegen sich noch, als wenn sie küssten; er lag noch eben im Schoße des Glücks, oder vielleicht lag auch das Glück in seinem Schoße; und trunken von Glück und gewiss auch von Wein, ohne Zwischenspiel von Qual und Krankheit, sendet ihn der Tod durch seinen schönsten Engel in die weiße Nacht der ewigen Vernichtung. Welch ein beneidenswertes Ende! Wenn ich einst sterben soll, ihr Götter, lasst mich sterben wie Holofernes!

Ist es Ironie von Horace Vernet, dass die Strahlen der Frühsonne auf den Schlafenden gleichsam verklärend hereinbrechen und dass eben die Nachtlampe erlischt?

Minder durch Geist als vielmehr durch kühne Zeichnung und Farbengebung empfiehlt sich ein anderes Gemälde von Vernet, welches den jetzigen Papst vorstellt. Mit der goldenen dreifachen Krone auf dem Haupt, gekleidet mit einem goldgestickten weißen Gewand, auf einem goldenen Stuhl sitzend, wird der Knecht der Knechte Gottes in der Peterskirche herumgetragen. Der Papst selbst, obgleich rotwangig, sieht schwächlich aus, fast verbleichend in dem weißen Hintergrund von Weihrauchdampf und weißen Federwedeln, die über ihn hingehalten werden. Aber die Träger des päpstlichen Stuhles sind stämmige, charaktervolle Gestalten, in karmesinroten Livreen, die schwarzen Haare herabfallend über die gebräunten Gesichter. Es kommen nur drei davon zum Vorschein, aber sie sind vortrefflich gemalt. Dasselbe lässt sich rühmen von den Kapuzinern, deren Häupter nur, oder vielmehr deren gebeugte Hinterhäupter mit den breiten Tonsuren, im Vordergrund sichtbar werden. Aber eben die verschwimmende Unbedeutendheit der Hauptperson und das bedeutende Hervortreten der Nebenpersonen ist ein Fehler des Bildes. Letztere haben mich durch die Leichtigkeit, womit sie hingeworfen sind, und durch ihr Kolorit an den Paul Veronese erinnert. Nur der venezianische Zauber fehlt, jene Farbenpoesie, die, gleich dem Schimmer der Lagunen, nur oberflächlich ist, aber dennoch die Seele so wunderbar bewegt.

In Hinsicht der kühnen Darstellung und der Farbengebung hat sich ein drittes Bild von Horace Vernet vielen Beifall erworben. Es ist die Arretierung der Prinzen Condé, Conti und Longueville. Der Schauplatz ist eine Treppe des Palais Royal, und die arretierten Prinzen steigen herab, nachdem sie eben auf Befehl Annens von Österreich ihre Degen abgegeben. Durch dieses Herabsteigen behält fast jede Figur ihren ganzen Umriss. Condé ist der erste, auf der untersten Stufe; er hält sinnend seinen Knebelbart in der Hand, und ich weiß, was er denkt. Von der obersten Stufe der Treppe kommt ein Offizier herab, der die Degen der Prinzen unterm Arme trägt. Es sind drei Gruppen, die natürlich entstanden und natürlich zusammengehören. Nur wer eine sehr hohe Stufe in der Kunst erstiegen, hat solche Treppenideen.

Zu den weniger bedeutenden Bildern von Horace Vernet gehört ein Camille Desmoulins, der im Garten des Palais Royal auf eine Bank steigt und das Volk haranguiert [beredet]. Mit der linken Hand reißt er ein grünes Blatt von einem Baum, in der rechten hält er eine Pistole. Armer Camille! dein Mut war nicht höher als diese Bank, und da wolltest du stehenbleiben, und du schautest dich um. »Vorwärts, immer vorwärts!« ist aber das Zauberwort, das die Revolutionäre aufrechterhalten kann; – bleiben sie stehen und schauen sie sich um, dann sind sie verloren, wie Eurydike, als sie, dem Saitenspiel des Gemahls folgend, nur einmal zurückschaute in die Gräuel der Unterwelt. Armer Camille! armer Bursche! das waren die lustigen Flegeljahre der Freiheit, als du auf der Bank sprangst und dem Despotismus die Fenster einwarfst und Laternenwitze rissest; der Spaß wurde nachher sehr trübe, die Füchse der Revolution wurden bemooste Häupter, denen die Haare zu Berge stiegen, und du hörtest schreckliche Töne neben dir erklingen, und hinter dir, aus dem Schattenreich, riefen dich die Geisterstimmen der Gironde, und du schautest dich um.

In Hinsicht der Kostüme von 1789 war dieses Bild ziemlich interessant. Da sah man sie noch, die gepuderten Frisuren, die engen Frauenkleider, die erst bei den Hüften sich bauschten, die buntgestreiften Fräcke, die kutscherlichen Oberröcke mit kleinen Kräglein, die zwei Uhrketten, die parallel über dem Bauche hängen, und gar jene terroristischen Westen mit breitaufgeschlagenen Klappen, die bei der republikanischen Jugend in Paris jetzt wieder in Mode gekommen sind und gilets à la Robespierre genannt werden. Robespierre selbst ist ebenfalls auf dem Bilde zu sehen, auffallend durch seine sorgfältige Toilette und sein geschniegeltes Wesen. In der Tat, sein Äußeres war immer schmuck und blank, wie das Beil einer Guillotine; aber auch sein Inneres, sein Herz, war uneigennützig, unbestechbar und konsequent wie das Beil einer Guillotine. Diese unerbittliche Strenge war jedoch nicht Gefühllosigkeit, sondern Tugend, gleich der Tugend des Junius Brutus, die unser Herz verdammt und die unsere Vernunft mit Entsetzen bewundert. Robespierre hatte sogar eine besondere Vorliebe für Desmoulins, seinen Schulkameraden, den er hinrichten ließ, als dieser Fanfaron de la liberté eine unzeitige Mäßigung predigte und staatsgefährliche Schwächen beförderte. Während Camilles Blut auf der Grève floss, flossen vielleicht in einsamer Kammer die Tränen des Maximilian. Dies soll keine banale Redensart sein. Unlängst sagte mir ein Freund, dass ihm Bourdon de l'Oise erzählt habe: er sei einst in das Arbeitszimmer des Comité du salut public gekommen, als dort Robespierre ganz allein, in sich selbst versunken, über seinen Akten saß und bitterlich weinte.

Ich übergehe die übrigen noch minder bedeutenden Gemälde von Horace Vernet, dem vielseitigsten Maler, der alles malt, Heiligenbilder, Schlachten, Stillleben, Bestien, Landschaften, Porträts, alles flüchtig, fast pamphletartig.

Ich wende mich zu

Delacroix

der ein Bild geliefert, vor welchem ich immer einen großen Volkshaufen stehen sah und das ich also zu denjenigen Gemälden zähle, denen die meiste Aufmerksamkeit zuteil worden. Die Heiligkeit des Sujets erlaubt keine strenge Kritik des Kolorits, welche vielleicht misslich ausfallen könnte. Aber trotz etwaiger Kunstmängel atmet in dem Bild ein großer Gedanke, der uns wunderbar entgegenweht. Eine Volksgruppe während den Juliustagen ist dargestellt, und in der Mitte, beinahe wie eine allegorische Figur, ragt hervor ein jugendliches Weib, mit einer roten phrygischen Mütze auf dem Haupt, eine Flinte in der einen Hand und in der andern eine dreifarbige Fahne. Sie schreitet dahin über Leichen, zum Kampfe auffordernd, entblößt bis zur Hüfte, ein schöner, ungestümer Leib, das Gesicht ein kühnes Profil, frecher Schmerz in den Zügen, eine seltsame Mischung von Phryne, Poissarde [Marktweib] und Freiheitsgöttin. Dass sie eigentlich letztere bedeuten solle, ist nicht ganz bestimmt ausgedrückt, diese Figur scheint vielmehr die wilde Volkskraft, die eine fatale Bürde abwirft, darzustellen. Ich kann nicht umhin zu gestehen, diese Figur erinnert mich an jene peripatetischen Philosophinnen, an jene Schnellläuferinnen der Liebe oder Schnellliebende, die des Abends auf den Boulevards umherschwärmen; ich gestehe, dass der kleine Schornsteinkupido, der, mit einer Pistole in jeder Hand, neben dieser Gassenvenus steht, vielleicht nicht allein von Ruß beschmutzt ist; dass der Pantheonskandidat, der tot auf dem Boden liegt, vielleicht den Abend vorher mit Kontermarken des Theaters gehandelt; dass der Held, der mit seinem Schießgewehr hinstürmt, in seinem Gesicht die Galeere und in seinem hässlichen Rock gewiss noch den Duft des Assisenhofes trägt; – aber das ist es eben, ein großer Gedanke hat diese gemeinen Leute, diese Krapüle [Lumpen, Halunken], geadelt und geheiligt und die entschlafene Würde in ihrer Seele wieder aufgeweckt.

Heilige Julitage von Paris! ihr werdet ewig Zeugnis geben von dem Uradel der Menschen, der nie ganz zerstört werden kann. Wer euch erlebt hat, der jammert nicht mehr auf den alten Gräbern, sondern freudig glaubt er jetzt an die Auferstehung der Völker. Heilige Julitage! Wie schön war die Sonne und wie groß war das Volk von Paris! Die Götter im Himmel, die dem großen Kampfe zusahen, jauchzten vor Bewunderung, und sie wären gerne aufgestanden von ihren goldenen Stühlen und wären gerne zur Erde herabgestiegen, um Bürger zu werden von Paris! Aber neidisch, ängstlich, wie sie sind, fürchteten sie am Ende, dass die Menschen zu hoch und zu herrlich emporblühen möchten, und durch ihre willigen Priester suchten sie »das Glänzende zu schwärzen und das Erhabene in den Staub zu ziehn«, und sie stifteten die belgische Rebellion, das de Pottersche Viehstück. Es ist dafür gesorgt, dass die Freiheitsbäume nicht in den Himmel hineinwachsen.

Auf keinem von allen Gemälden des Salons ist so sehr die Farbe eingeschlagen wie auf Delacroix' Julirevolution. Indessen, eben diese Abwesenheit von Firnis und Schimmer, dabei der Pulverdampf und Staub, der die Figuren wie graues Spinnweb bedeckt, das sonnengetrocknete Kolorit, das gleichsam nach einem Wassertropfen lechzt, alles dieses gibt dem Bild eine Wahrheit, eine Wesenheit, eine Ursprünglichkeit, und man ahnt darin die wirkliche Physiognomie der Julitage.

Unter den Beschauern waren so manche, die damals entweder mitgestritten oder doch wenigstens zugesehen hatten, und diese konnten das Bild nicht genug rühmen. »Mâtin«, rief ein Epicier, »diese Gamins haben sich wie Riesen geschlagen!« Eine junge Dame meinte, auf dem Bild fehle der polytechnische Schüler, wie man ihn sehe auf allen andern Darstellungen der Julirevolution, deren sehr viele, über vierzig Gemälde, ausgestellt waren.

»Papa!« rief eine kleine Karlistin, »wer ist die schmutzige Frau mit der roten Mütze?« – »Nun freilich«, spöttelte der noble Papa mit einem süßlich zerquetschten Lächeln, »nun freilich, liebes Kind, mit der Reinheit der Lilien hat sie nichts zu schaffen. Es ist die Freiheitsgöttin.« – »Papa, sie hat auch nicht einmal ein Hemd an.« – »Eine wahre Freiheitsgöttin, liebes Kind, hat gewöhnlich kein Hemd und ist daher sehr erbittert auf alle Leute, die weiße Wäsche tragen.«

Bei diesen Worten zupfte der Mann seine Manschetten etwas tiefer über die langen müßigen Hände und sagte zu seinem Nachbar: »Eminenz! wenn es den Republikanern heut an der Pforte St. Denis gelingt, dass eine alte Frau von den Nationalgarden totgeschossen wird, dann tragen sie die heilige Leiche auf den Boulevards herum, und das Volk wird rasend, und wir haben dann eine neue Revolution.« – »Tant mieux!« flüsterte die Eminenz, ein hagerer, zugeknöpfter Mensch, der sich in weltliche Tracht vermummt, wie jetzt von allen Priestern in Paris geschieht, aus Furcht vor öffentlicher Verhöhnung, vielleicht auch des bösen Gewissens halber; »tant mieux, Marquis! wenn nur recht viele Gräuel geschehen, damit das Maß wieder voll wird! Die Revolution verschluckt dann wieder ihre eigenen Anstifter, besonders jene eitlen Bankiers, die sich gottlob jetzt schon ruiniert haben.« – »Ja, Eminenz, sie wollten uns à tout prix vernichten, weil wir sie nicht in unsere Salons aufgenommen; das ist das Geheimnis der Julirevolution, und da wurde Geld verteilt an die Vorstädter, und die Arbeiter wurden von den Fabrikherrn entlassen, und Weinwirte wurden bezahlt, die umsonst Wein schenkten und noch Pulver hineinmischten, um den Pöbel zu erhitzen, et du reste, c'était le soleil!«

Der Marquis hat vielleicht recht: es war die Sonne. Zumal im Monat Juli hat die Sonne immer am gewaltigsten mit ihren Strahlen die Herzen der Pariser entflammt, wenn die Freiheit bedroht war, und sonnentrunken erhob sich dann das Volk von Paris gegen die morschen Bastillen und Ordonnanzen der Knechtschaft. Sonne und Stadt verstehen sich wunderbar, und sie lieben sich. Ehe die Sonne des Abends ins Meer hinabsteigt, verweilt ihr Blick noch lange mit Wohlgefallen auf der schönen Stadt Paris, und mit ihren letzten Strahlen küsst sie die dreifarbigen Fahnen auf den Türmen der schönen Stadt Paris. Mit Recht hatte ein französischer Dichter den Vorschlag gemacht, das Julifest durch eine symbolische Vermählung zu feiern: und wie einst der Doge von Venedig jährlich den goldenen Bukentauro bestieg, um die herrschende Venezia mit dem Adriatischen Meere zu vermählen, so solle alljährlich auf dem Bastillenplatz die Stadt Paris sich vermählen mit der Sonne, dem großen, flammenden Glücksstern ihrer Freiheit. Casimir Périer hat diesen Vorschlag nicht goutiert, er fürchtet den Polterabend einer solchen Hochzeit, er fürchtet die allzu starke Hitze einer solchen Ehe, und er bewilligt der Stadt Paris höchstens eine morganatische Verbindung mit der Sonne.

Doch ich vergesse, dass ich nur Berichterstatter einer Ausstellung bin. Als solcher gelange ich jetzt zur Erwähnung eines Malers, der, indem er die allgemeine Aufmerksamkeit erregte, zu gleicher Zeit mich selber so sehr ansprach, dass seine Bilder mir nur wie buntes Echo der eignen Herzensstimme erschienen, oder vielmehr, dass die wahlverwandten Farbentöne in meinem Herzen wunderklar widerklangen.

Decamps

heißt der Maler, der solchen Zauber auf mich ausübte. Leider habe ich eins seiner besten Werke, das »Hundehospital«, gar nicht gesehen. Es war schon fortgenommen, als ich die Ausstellung besuchte. Einige andere gute Stücke von ihm entgingen mir, weil ich sie aus der großen Menge nicht herausfinden konnte, ehe sie ebenfalls fortgenommen wurden. Ich erkannte aber gleich von selbst, dass Decamps ein großer Maler sei, als ich zuerst ein kleines Bild von ihm sah, dessen Kolorit und Einfachheit mich seltsame frappierten. Es stellte nur ein türkisches Gebäude vor, weiß und hochgebaut, hie und da eine kleine Fensterluke, wo ein Türkengesicht hervorlauscht, unten ein stilles Wasser, worin sich die Kreidewände mit ihren rötlichen Schatten abspiegeln, wunderbar ruhig. Nachher erfuhr ich, dass Decamps selbst in der Türkei gewesen und dass es nicht bloß sein originelles Kolorit war, was mich so sehr frappiert, sondern auch die Wahrheit, die sich mit getreuen und bescheidenen Farben in seinen Bildern des Orients ausspricht. Dieses geschieht ganz besonders in seiner »Patrouille«. In diesem Gemälde erblicken wir den großen Hadji-Bey, Oberhaupt der Polizei zu Smyrna, der mit seinen Myrmidonen durch diese Stadt die Runde macht. Er sitzt schwammbauchig hoch zu Ross, in aller Majestät seiner Insolenz, ein beleidigend arrogantes, unwissend stockfinsteres Gesicht, das von einem weißen Turban überschildet wird in den Händen hält er das Zepter des absoluten Bastonadentums, und neben ihm, zu Fuß, laufen neun getreue Vollstrecker seines Willens quand même, hastige Kreaturen mit kurzen, magern Beinen und fast tierischen Gesichtern, katzenhaft, ziegenböcklich, äffisch, ja, eins derselben bildet eine Mosaik von Hundeschnauze, Schweinsaugen, Eselsohren, Kalbslächeln und Hasenangst. In den Händen tragen sie nachlässig Waffen, Piken, Flinten, die Kolben nach oben, auch Werkzeuge der Gerechtigkeitspflege, nämlich einen Spieß und ein Bündel Bambusstöcke. Da die Häuser, an denen der Zug vorbeikommt, kalkweiß sind und der Boden lehmig gelb ist, so macht es fast den Effekt eines chinesischen Schattenspiels, wenn, man die dunkeln putzigen Figuren längs dem hellen Hintergrund und über einen hellen Vorgrund dahineilen sieht. Es ist lichte Abenddämmerung, und die seltsamen Schatten der magern Menschen- und Pferdebeine verstärken die barock magische Wirkung. Auch rennen die Kerls mit so drolligen Kapriolen, mit so unerhörten Sprüngen, auch das Pferd wirft die Beine so närrisch geschwind, dass es halb auf dem Bauch zu kriechen und halb zu fliegen scheint – : und das alles haben einige hiesige Kritiker am meisten getadelt und als Unnatürlichkeit und Karikatur verworfen.

Auch Frankreich hat seine stehenden Kunstrezensenten, die nach alten vorgefassten Regeln jedes neue Werk bekritteln, seine Oberkenner, die in den Ateliers herumschnüffeln und Beifall lächeln, wenn man ihre Marotte kitzelt, und diese haben nicht ermangelt, über Decamps' Bild ihr Urteil zu fällen. Ein Herr Jal, der über jede Ausstellung eine Broschüre ediert, hat sogar nachträglich im »Figaro« jenes Bild zu schmähen gesucht, und er meint die Freunde desselben zu persiflieren, wenn er scheinbar demütigst gesteht: er sei nur ein Mensch, der nach Verstandesbegriffen urteile, und sein armer Verstand könne in dem Decampsschen Bilde nicht das große Meisterwerk sehen, das von jenen Überschwänglichen, die nicht bloß mit dem Verstand erkennen, darin erblickt wird. Der arme Schelm, mit seinem armen Verstand! Er weiß nicht, wie richtig er sich selbst gerichtet! Dem armen Verstande gebührt wirklich niemals die erste Stimme, wenn über Kunstwerke geurteilt wird, ebenso wenig als er bei der Schöpfung derselben jemals die erste Rolle gespielt hat. Die Idee des Kunstwerks steigt aus dem Gemüt, und dieses verlangt bei der Phantasie die verwirklichende Hilfe. Die Phantasie wirft ihm dann alle ihre Blumen entgegen, verschüttet fast die Idee und würde sie eher töten als beleben, wenn nicht der Verstand heranhinkte und die überflüssigen Blumen beiseite schöbe oder mit seiner blanken Gartenschere abmähte. Der Verstand übt nur Ordnung, sozusagen die Polizei im Reich der Kunst. Im Leben ist er meistens ein kalter Kalkulator, der unsere Torheiten addiert; ach! manchmal ist er nur der Fallitenbuchhalter des gebrochenen Herzens, der das Defizit ruhig ausrechnet.

Der große Irrtum besteht immer darin, dass der Kritiker die Frage aufwirft: was soll der Künstler? Viel richtiger wäre die Frage: was will der Künstler, oder gar, was muss der Künstler? Die Frage, was soll der Künstler? entstand durch jene Kunstphilosophen, die, ohne eigene Poesie, sich Merkmale der verschiedenen Kunstwerke abstrahierten, nach dem Vorhandenen eine Norm für alles Zukünftige feststellten und Gattungen schieden und Definitionen und Regeln ersannen. Sie wussten nicht, dass alle solche Abstraktionen nur allenfalls zur Beurteilung des Nachahmervolks nützlich sind, dass aber jeder Originalkünstler und gar jedes neue Kunstgenie nach seiner eigenen mitgebrachten Ästhetik beurteilt werden muss. Regeln und sonstige alte Lehren sind bei solchen Geistern noch viel weniger anwendbar. Für junge Riesen, wie Menzel sagt, gibt es keine Fechtkunst, denn sie schlagen ja doch alle Paraden durch. Jeder Genius muss studiert und nur nach dem beurteilt werden, was er selbst will. Hier gilt nur die Beantwortung der Fragen: Hat er die Mittel, seine Idee auszuführen? Hat er die richtigen Mittel angewendet? Hier ist fester Boden. Wir modeln nicht mehr an der fremden Erscheinung nach unsern subjektiven Wünschen, sondern wir verständigen uns über die gottgegebenen Mittel, die dem Künstler zu Gebote stehen bei der Veranschaulichung seiner Idee. In den rezitierenden Künsten bestehen diese Mittel in Tönen und Worten. In den darstellenden Künsten bestehen sie in Farben und Formen. Töne und Worte, Farben und Formen, das Erscheinende überhaupt sind jedoch nur Symbole der Idee, Symbole, die in dem Gemüt des Künstlers aufsteigen, wenn es der heilige Weltgeist bewegt, seine Kunstwerke sind nur Symbole, wodurch er andern Gemütern seine eigenen Ideen mitteilt. Wer mit den wenigsten und einfachsten Symbolen das meiste und Bedeutendste ausspricht, der ist der größte Künstler.

Es dünkt mir aber des höchsten Preises wert, wenn die Symbole, womit der Künstler seine Idee ausspricht, abgesehen von ihrer inneren Bedeutsamkeit, noch außerdem an und für sich die Sinne erfreuen, wie Blumen eines Selams, die, abgesehen von ihrer geheimen Bedeutung, auch an und für sich blühend und lieblich sind und verbunden zu einem schönen Strauß. Ist aber solche Zusammenstimmung immer möglich? Ist der Künstler so ganz willensfrei bei der Wahl und Verbindung seiner geheimnisvollen Blumen? Oder wählt und verbindet er nur, was er muss? Ich bejahe diese Frage einer mystischen Unfreiheit. Der Künstler gleicht jener schlafwandelnden Prinzessin, die des Nachts in den Gärten von Bagdad mit tiefer Liebesweisheit die sonderbarsten Blumen pflückte und zu einem Selam verband, dessen Bedeutung sie selbst gar nicht mehr wusste, als sie erwachte. Da saß sie nun des Morgens in ihrem Harem und betrachtete den nächtlichen Strauß und sann darüber nach, wie über einen vergessenen Traum, und schickte ihn endlich dem geliebten Kalifen. Der feiste Eunuch, der ihn überbrachte, ergötzte sich sehr an den hübschen Blumen, ohne ihre Bedeutung zu ahnen. Harun al Raschid aber, der Beherrscher der Gläubigen, der Nachfolger des Propheten, der Besitzer des salomonischen Rings, dieser erkannte gleich den Sinn des schönen Straußes, sein Herz jauchzte vor Freude, und er küsste jede Blume, und er lachte, dass ihm die Tränen herabliefen in den langen Bart.

Ich bin kein Nachfolger des Propheten und besitze auch nicht den Ring Salomonis und habe auch keinen langen Bart, aber ich darf dennoch behaupten, dass ich den schönen Selam, den uns Decamps aus dem Morgenland mitgebracht, noch immer besser verstehe als alle Eunuchen mitsamt ihrem Kislar Aga, dem großen Oberkenner, dem vermittelnden Zwischenläufer im Harem der Kunst. Das Geschwätz solcher verschnittenen Kennerschaft wird mir nachgerade unerträglich, besonders die herkömmlichen Redensarten und der wohlgemeinte gute Rat für junge Künstler und gar das leidige Verweisen auf die Natur und wieder die liebe Natur.

In der Kunst bin ich Supernaturalist. Ich glaube, dass der Künstler nicht alle seine Typen in der Natur auffinden kann, sondern dass ihm die bedeutendsten Typen, als eingeborene Symbolik eingeborener Ideen, gleichsam in der Seele geoffenbart werden. Ein neuerer Ästhetiker, welcher »Italienische Forschungen« geschrieben, hat das alte Prinzip von der Nachahmung der Natur wieder mundgerecht zu machen gesucht, indem er behauptete, der bildende Künstler müsse alle seine Typen in der Natur finden. Dieser Ästhetiker hat, indem er solchen obersten Grundsatz für die bildenden Künste aufstellte, an eine der ursprünglichsten dieser Künste gar nicht gedacht, nämlich an die Architektur, deren Typen man jetzt in Waldlauben und Felsengrotten nachträglich hineingefabelt, die man aber gewiss dort nicht zuerst gefunden hat. Sie lagen nicht in der äußeren Natur, sondern in der menschlichen Seele.

Dem Kritiker, der im Decampsschen Bilde die Natur vermisst und die Art, wie das Pferd des Hadji-Bey die Füße wirft und wie seine Leute laufen, als unnaturgemäß tadelt, dem kann der Künstler getrost antworten, dass er ganz märchentreu gemalt und ganz nach innerer Traumanschauung. In der Tat, wenn dunkle Figuren auf hellen Grund gemalt werden, erhalten sie schon dadurch einen visionären Ausdruck, sie scheinen vom Boden abgelöst zu sein und verlangen daher vielleicht etwas unmaterieller, etwas fabelhaft luftiger behandelt zu werden. Die Mischung des Tierischen mit dem Menschlichen in den Figuren auf dem Decampsschen Bilde ist noch außerdem ein Motiv zu ungewöhnlicher Darstellung; in solcher Mischung selbst liegt jener uralte Humor, den schon die Griechen und Römer in unzähligen Missgebilden auszusprechen wussten, wie wir mit Ergötzen sehen auf den Wänden von Herculaneum und bei den Statuen der Satyren, Zentauren usw. Gegen den Vorwurf der Karikatur schützt aber den Künstler der Einklang seines Werks, jene deliziöse Farbemnusik, die zwar komisch, aber doch harmonisch klingt, der Zauber seines Kolorits. Karikaturmaler sind selten gute Koloristen, eben jener Gemütszerrissenheit wegen, die ihre Vorliebe zur Karikatur bedingt. Die Meisterschaft des Kolorits entspringt ganz eigentlich aus dem Gemüte des Malers und ist abhängig von der Einheit seiner Gefühle. Auf Hogarths Originalgemälden in der Nationalgalerie zu London sah ich nichts als bunte Kleckse, die gegeneinander losschrien, eine Emeute von grellen Farben.

Ich habe vergessen zu erwähnen, dass auf dem Decampsschen Bild auch einige junge Frauenzimmer, unverschleierte Griechinnen, am Fenster sitzen und den drolligen Zug vorüberfliegen sehen. Ihre Ruhe und Schönheit bildet mit demselben einen ungemein reizenden Kontrast. Sie lächeln nicht, diese Impertinenz zu Pferde mit dem nebenherlaufenden Hundegehorsam ist ihnen ein gewohnter Anblick, und wir fühlen uns dadurch um so wahrhafter versetzt in das Vaterland des Absolutismus.

Nur der Künstler, der zugleich Bürger eines Freistaats ist, konnte mit heiterer Laune dieses Bild malen. Ein anderer als ein Franzose hätte stärker und bitterer die Farben aufgetragen, er hätte etwas Berliner Blau hineingemischt oder wenigstens etwas grüne Galle, und der Grundton der Persiflage wäre verfehlt worden.

Damit mich dieses Bild nicht noch länger festhält, wende ich mich rasch zu einem Gemälde, worauf der Name

Lessore

zu lesen war und das durch seine wunderbare Wahrheit und durch einen Luxus von Bescheidenheit und Einfachheit jeden anzog. Man stutzte, wenn man vorbeiging. »Der kranke Bruder« ist es im Katalog verzeichnet. In einer ärmlichen Dachstube, auf einem ärmlichen Bett, liegt ein siecher Knabe und schaut mit flehenden Augen nach einem rohhölzernen Kruzifix, das an der kahlen Wand befestigt ist. Zu seinen Füßen sitzt ein anderer Knabe, niedergeschlagenen Blicks, bekümmert und traurig. Sein kurzes Jäckchen und seine Höschen sind zwar reinlich, aber vielfältig geflickt und von ganz grobem Tuch. Die gelbe wollene Decke auf dem Bett und weniger die Möbel als vielmehr der Mangel derselben zeugen von banger Dürftigkeit. Dem Stoffe ganz anpassend ist die Behandlung. Diese erinnert zumeist an die Bettlerbilder des Murillo. Scharfgeschnittene Schatten, gewaltige, feste, ernste Striche, die Farben nicht geschwind hingefegt, sondern ruhigkühn aufgelegt, sonderbar gedämpft und dennoch nicht trübe; den Charakter der ganzen Behandlung bezeichnet Shakespeare mit den Worten: the modesty of nature. Umgeben von brillanten Gemälden mit glänzenden Prachtrahmen, musste dieses Stück um so mehr auffallen, da der Rahmen alt und von angeschwärztem Golde war, ganz übereinstimmend mit Stoff und Behandlung des Bildes. Solchermaßen konsequent in seiner ganzen Erscheinung und kontrastierend mit seiner ganzen Umgebung, machte dieses Gemälde einen tiefen melancholischen Eindruck auf jeden Beschauer und erfüllte die Seele mit jenem unnennbaren Mitleid, das uns zuweilen ergreift, wenn wir aus dem erleuchteten Saal einer heitern Gesellschaft plötzlich hinaustreten auf die dunkle Straße und von einem zerlumpten Mitgeschöpfe angeredet werden, das über Hunger und Kälte klagt. Dieses Bild sagt viel mit wenigen Strichen, und noch viel mehr erregt es in unserer Seele.

Schnetz

ist ein bekannterer Name. Ich erwähne ihn aber nicht mit so großem Vergnügen wie den vorhergehenden, der bis jetzt wenig in der Kunstwelt genannt worden. Vielleicht weil die Kunstfreunde schon bessere Werke von Schnetz gesehen, gewährten sie ihm viele Auszeichnung, und in Berücksichtigung derselben muss ich ihm auch in diesem Bericht einen Sperrsitz gönnen. Er malt gut, ist aber nach meinen Ansichten kein guter Maler. Sein großes Gemälde im diesjährigen Salon, italienische Landleute, die vor einem Madonnabild um Wunderhilfe flehen, hat vortreffliche Einzelheiten, besonders ein starrkrampfbehafteter Knabe ist vortrefflich gezeichnet, große Meisterschaft bekundet sich überall im Technischen; doch das ganze Bild ist mehr redigiert als gemalt, die Gestalten sind deklamatorisch in Szene gesetzt, und es ermangelt innerer Anschauung, Ursprünglichkeit und Einheit. Schnetz bedarf zu vieler Striche, um etwas zu sagen, und was er alsdann sagt, ist zum Teil überflüssig. Ein großer Künstler wird zuweilen ebenso wohl wie ein mittelmäßiger etwas Schlechtes geben, aber niemals gibt er etwas Überflüssiges. Das hohe Streben, das große Wollen mag bei einem mittelmäßigen Künstler immerhin achtungswert sein, in seiner Erscheinung kann es jedoch sehr unerquicklich wirken. Eben die Sicherheit, womit er fliegt, gefällt uns so sehr bei dem hochfliegenden Genius; wir erfreuen uns seines hohen Flugs, je mehr wir von der gewaltigen Kraft seiner Flügel überzeugt sind, und vertrauungsvoll schwingt sich unsere Seele mit ihm hinauf in die reinste Sonnenhöhe der Kunst. Ganz anders ist uns zumute bei jenen Theatergenien, wo wir die Bindfäden erblicken, woran sie hinaufgezogen werden, so dass wir, jeden Augenblick den Sturz befürchtend, ihre Erhabenheit nur mit zitterndem Unbehagen betrachten. Ich will nicht entscheiden, ob die Bindfäden, woran Schnetz schwebt, zu dünn sind oder ob sein Genie zu schwer ist, nur so viel kann ich versichern, dass er meine Seele nicht erhoben hat, sondern herabgedrückt.

Ähnlichkeit in den Studien und in der Wahl der Stoffe hat Schnetz mit einem Maler, der oft deshalb mit ihm zusammen genannt wird, der aber in der diesjährigen Ausstellung nicht bloß ihn, sondern auch, mit wenigen Ausnahmen, alle seine Kunstgenossen überflügelt und auch, als Beurkundung der öffentlichen Anerkennung, bei der Preisverteilung das Offizierskreuz der Ehrenlegion erhalten hat.

L. Robert

heißt dieser Maler. Ist er ein Historienmaler oder ein Genremaler? höre ich die deutschen Zunftmeister fragen. Leider kann ich hier diese Frage nicht umgehen, ich muss mich über jene unverständigen Ausdrücke etwas verständigen, um den größten Missverständnissen ein für allemal vorzubeugen. Jene Unterscheidung von Historie und Genre ist so sinnverwirrend, dass man glauben sollte, sie sei eine Erfindung der Künstler, die am babylonischen Turm gearbeitet haben. Indessen ist sie von späterem Datum. In den ersten Perioden der Kunst gab es nur Historienmalerei, nämlich Darstellungen aus der heiligen Historie. Nachher hat man die Gemälde, deren Stoffe nicht bloß der Bibel, der Legende, sondern auch der profanen Zeitgeschichte und der heidnischen Götterfabel entnommen worden, ganz ausdrücklich mit dem Namen Historienmalerei bezeichnet, und zwar im Gegensatz zu jenen Darstellungen aus dem gewöhnlichen Leben, die namentlich in den Niederlanden aufkamen, wo der protestantische Geist die katholischen und mythologischen Stoffe ablehnte, wo für letztere vielleicht weder Modelle noch Sinn jemals vorhanden waren und wo doch so viele ausgebildete Maler lebten, die Beschäftigung wünschten, und so viele Freunde der Malerei, die gerne Gemälde kauften. Die verschiedenen Manifestationen des gewöhnlichen Lebens wurden alsdann verschiedene »Genres«.

22

Sehr viele Maler haben den Humor des bürgerlichen Kleinlebens bedeutsam dargestellt, doch die technische Meisterschaft wurde leider die Hauptsache. Alle diese Bilder gewinnen aber für uns ein historisches Interesse; denn wenn wir die hübschen Gemälde des Mieris, des Netscher, des Jan Steen, des van Dou, des van der Werff usw. betrachten, offenbart sich uns wunderbar der Geist ihrer Zeit, wir sehen sozusagen dem sechzehnten Jahrhundert in die Fenster und erlauschen damalige Beschäftigungen und Kostüme. In Hinsicht der letztern waren die niederländischen Maler ziemlich begünstigt, die Bauerntracht war nicht unmalerisch, und die Kleidung des Bürgerstandes war bei den Männern eine allerliebste Verbindung von niederländischer Behaglichkeit und spanischer Grandezza, bei den Frauen eine Mischung von bunten Allerweltsgrillen und einheimischem Phlegma. Z. B. Mynheer mit dem burgundischen Samtmantel und dem bunten Ritterbarett hatte eine irdene Pfeife im Mund; Mifrow trug schwere schillernde Schleppenkleider von venezianischem Atlas, Brüsseler Kanten, afrikanische Straußenfedern, russisches Pelzwerk, westöstliche Pantoffeln und hielt im Arm eine andalusische Mandoline oder ein braunzottiges Hondchen von Saardamer Rasse; der aufwartende Mohrenknabe, der türkische Teppich, die bunten Papageien, die fremdländischen Blumen, die großen Silber- und Goldgeschirre mit getriebenen Arabesken, dergleichen warf auf das holländische Käseleben sogar einen orientalischen Märchenschimmer.

Als die Kunst, nachdem sie lange geschlafen, in unserer Zeit wieder erwachte, waren die Künstler in nicht geringer Verlegenheit ob der darzustellenden Stoffe. Die Sympathie für Gegenstände der heiligen Historie und der Mythologie war in den meisten Ländern Europas gänzlich erloschen, sogar in katholischen Ländern, und doch schien das Kostüm der Zeitgenossen gar zu unmalerisch, um Darstellungen aus der Zeitgeschichte und aus dem gewöhnlichen Leben zu begünstigen. Unser moderner Frack hat wirklich so etwas Grundprosaisches, dass er nur parodistisch in einem Gemälde zu gebrauchen wäre. Die Maler, die ebenfalls dieser Meinung sind, haben sich daher nach malerischen Kostümen umgesehen. Die Vorliebe für ältere geschichtliche Stoffe mag hierdurch besonders befördert worden sein, und wir finden in Deutschland eine ganze Schule, der es freilich nicht an Talenten gebricht, die aber unablässig bemüht ist, die heutigsten Menschen mit den heutigsten Gefühlen in die Garderobe des katholischen und feudalistischen Mittelalters, in Kutten und Harnische, einzukleiden. Andere Maler haben ein anderes Auskunftsmittel versucht: zu ihren Darstellungen wählten sie Volksstämme, denen die herandrängende Zivilisation noch nicht ihre Originalität und ihre Nationaltracht abgestreift. Daher die Szenen aus dem Tiroler Gebirge, die wir auf den Gemälden der Münchener Maler so oft sehen. Dieses Gebirge liegt ihnen so nahe, und das Kostüm seiner Bewohner ist malerischer als das unserer Dandys. Daher auch jene freudigen Darstellungen aus dem italienischen Volksleben, das ebenfalls den meisten Malern sehr nahe ist, wegen ihres Aufenthaltes in Rom, wo sie jene idealische Natur und jene uredlen Menschenformen und malerischen Kostüme finden, wonach ihr Künstlerherz sich sehnt.

Robert, Franzose von Geburt, in seiner Jugend Kupferstecher, hat späterhin eine Reihe Jahre in Rom gelebt, und zu der eben erwähnten Gattung, zu Darstellungen aus dem italienischen Volksleben, gehören die Gemälde, die er dem diesjährigen Salon geliefert. »Er ist also ein Genremaler«, höre ich die Zunftmeister aussprechen, und ich kenne eine Frau Historienmalerin, die jetzt über ihn die Nase rümpft. Ich kann aber jene Benennung nicht zugeben, weil es, im alten Sinne, keine Historienmalerei mehr gibt. Es wäre gar zu vage, wenn man diesen Namen für alle Gemälde, die einen tiefen Gedanken aussprechen, in Anspruch nehmen wollte und sich dann bei jedem Gemälde herumstritte, ob ein Gedanke darin ist; ein Streit, wobei am Ende nichts gewonnen wird als ein Wort. Vielleicht wenn es in seiner natürlichsten Bedeutung, nämlich für Darstellungen aus der Weltgeschichte, gebraucht würde, wäre dieses Wort Historienmalerei ganz bezeichnend für eine Gattung, die jetzt so üppig emporwächst und deren Blüte schon erkennbar ist in den Meisterwerken von Delaroche.

Doch ehe ich letzteren besonders bespreche, erlaube ich mir noch einige flüchtige Worte über die Robertschen Gemälde. Es sind, wie ich schon angedeutet, lauter Darstellungen aus Italien, Darstellungen, die uns die Holdseligkeit dieses Landes aufs Wunderbarste zur Anschauung bringen. Die Kunst, lange Zeit die Zierde von Italien, wird jetzt der Cicerone seiner Herrlichkeit, die sprechenden Farben des Malers offenbaren uns seine geheimsten Reize, ein alter Zauber wird wieder mächtig, und das Land, das uns einst durch seine Waffen und später durch seine Worte unterjochte, unterjocht uns jetzt durch seine Schönheit. Ja, Italien wird uns immer beherrschen, und Maler wie Robert fesseln uns wieder an Rom.

Wenn ich nicht irre, kennt man schon durch Lithographie die Pifferari von Robert, die jetzt zur Ausstellung gekommen sind und jene Pfeifer aus den albanischen Gebirgen vorstellen, welche zur Weihnachtzeit nach Rom kommen, vor den Marienbildern musizieren und gleichsam der Muttergottes ein heiliges Ständchen bringen. Dieses Stück ist besser gezeichnet als gemalt, es hat etwas Schroffes, Trübes, Bolognesisches, wie etwa ein kolorierter Kupferstich. Doch bewegt es die Seele, als hörte man die naiv fromme Musik, die eben von jenen albanischen Gebirgshirten gepfiffen wird.

Minder einfach, aber vielleicht noch tiefsinniger ist ein anderes Bild von Robert, worauf man eine Leiche sieht, die unbedeckt, nach italienischer Sitte, von der barmherzigen Brüderschaft zu Grabe getragen wird. Letztere, ganz schwarz vermummt, in der schwarzen Kappe nur zwei Löcher für die Augen, die unheimlich herauslugen, schreitet dahin wie ein Gespensterzug. Auf einer Bank im Vordergrund, dem Beschauer entgegen, sitzt der Vater, die Mutter und der junge Bruder des Verstorbenen. Ärmlich gekleidet, tiefbekümmert, gesenkten Hauptes und mit gefalteten Händen sitzt der alte Mann in der Mitte zwischen dem Weibe und dem Knaben. Er schweigt; denn es gibt keinen größeren Schmerz in dieser Welt als den Schmerz eines Vaters, wenn er gegen die Sitte der Natur sein Kind überlebt. Die gelbbleiche Mutter scheint verzweiflungsvoll zu jammern. Der Knabe, ein armer Tölpel, hat ein Brot in den Händen, er will davon essen, aber kein Bissen will ihm munden ob des unbewussten Mitkummers, und um so trauriger ist seine Miene. Der Verstorbene scheint der älteste Sohn zu sein, die Stütze und Zierde der Familie, korinthische Säule des Hauses: und jugendlich blühend, anmutig und fast lächelnd liegt er auf der Bahre, so dass in diesem Gemälde das Leben trüb, hässlich und traurig, der Tod aber unendlich schön erscheint, ja anmutig und fast lächelnd.

Der Maler, der so schön den Tod verklärt, hat jedoch das Leben noch weit herrlicher darzustellen gewusst: sein großes Meisterwerk, »Die Schnitter«, ist gleichsam die Apotheose des Lebens; bei dem Anblick desselben vergisst man, dass es ein Schattenreich gibt, und man zweifelt, ob es irgendwo herrlicher und lichter sei als auf dieser Erde. »Die Erde ist der Himmel, und die Menschen sind heilig durchgöttert«, das ist die große Offenbarung, die mit seligen Farben aus diesem Bilde leuchtet. Das Pariser Publikum hat dieses gemalte Evangelium besser aufgenommen, als wenn der heilige Lukas es geliefert hätte. Die Pariser haben jetzt gegen letztern sogar ein allzu ungünstiges Vorurteil.

Eine öde Gegend der Romagna im italienisch blühendsten Abendlicht erblicken wir auf dem Robertschen Gemälde. Der Mittelpunkt desselben ist ein Bauerwagen, der von zwei großen, mit schweren Ketten geschirrten Büffeln gezogen wird und mit einer Familie von Landleuten beladen ist, die eben haltmachen will. Rechts sitzen Schnitterinnen neben ihren Garben und ruhen aus von der Arbeit, während ein Dudelsackpfeifer musiziert und ein lustiger Gesell zu diesen Tönen tanzt, seelenvergnügt, und es ist, als hörte man die Melodie und die Worte:

24

Damigella, tutta bella,
Versa, versa il bel vino!

Links kommen ebenfalls Weiber mit Fruchtgarben, jung und schön, Blumen, belastet mit Ähren; auch kommen von derselben Seite zwei junge Schnitter, wovon der eine etwas wollüstig schmachtend mit zu Boden gesenktem Blick einherschwankt, der andere aber mit aufgehobener Sichel in die Höhe jubelt. Zwischen den beiden Büffeln des Wagens steht ein stämmiger, braunbrüstiger Bursche, der nur der Knecht zu sein scheint und stehend Siesta hält. Oben auf dem Wagen, an der einen Seite, liegt, weich gebettet, der Großvater, ein milder, erschöpfter Greis, der aber vielleicht geistig den Familienwagen lenkt; an der anderen Seite erblickt man dessen Sohn, einen kühnruhigen, männlichen Mann, der mit untergeschlagenem Beine auf dem Rücken des einen Büffels sitzt und das sichtbare Zeichen des Herrschers, die Peitsche, in den Händen hat; etwas höher auf dem Wagen, fast erhaben, steht das junge schöne Eheweib des Mannes, ein Kind im Arm, eine Rose mit einer Knospe, und neben ihr steht eine eben so holdblühende Jünglingsgestalt, wahrscheinlich der Bruder, der die Leinwand der Zeltstange eben entfalten will. Da das Gemälde, wie ich höre, jetzt gestochen wird und vielleicht schon nächsten Monat als Kupferstich nach Deutschland reist, so erspare ich mir jede weitere Beschreibung. Aber ein Kupferstich wird ebenso wenig wie irgendeine Beschreibung den eigentlichen Zauber des Bildes aussprechen können. Dieser besteht im Kolorit. Die Gestalten, die sämtlich dunkler sind als der Hintergrund, werden durch den Widerschein des Himmels so himmlisch beleuchtet, so wunderbar, dass sie an und für sich in freudigst hellen Farben erglänzen und dennoch alle Konturen sich streng abzeichnen. Einige Figuren scheinen Porträt zu sein. Doch der Maler hat nicht in der dummehrlichen Weise mancher seiner Kollegen die Natur treu nachgepinselt und die Gesichter diplomatisch genau abgeschrieben, sondern, wie ein geistreicher Freund bemerkte, Robert hat die Gestalten, die ihm die Natur geliefert, erst in sein Gemüt aufgenommen, und wie die Seelen im Fegfeuer, die dort nicht ihre Individualität, sondern ihre irdischen Schlacken einbüßen, ehe sie selig hinaufsteigen in den Himmel, so wurden jene Gestalten in der glühenden Flammentiefe des Künstlergemütes so fegfeurig gereinigt und geläutert, dass sie verklärt emporstiegen in den Himmel der Kunst, wo ebenfalls ewiges Leben und ewige Schönheit herrscht, wo Venus und Maria niemals ihre Anbeter verlieren, wo Romeo und Julie nimmer sterben, wo Helena ewig jung bleibt und Hekuba wenigstens nicht älter wird.

In der Farbengebung des Robertschen Bildes erkennt man das Studium des Raffael. An diesen erinnert mich ebenfalls die architektonische Schönheit der Gruppierung. Auch einzelne Gestalten, namentlich die Mutter mit dem Kind, ähneln den Figuren auf den Gemälden des Raffael, und zwar aus seiner Vorfrühlingsperiode, wo er noch die strengen Typen des Perugino zwar sonderbar treu, aber doch holdselig gemildert wiedergab.

Es wird mir nicht einfallen, zwischen Robert und dem größten Maler der katholischen Weltzeit eine Parallele zu ziehen. Aber ich kann doch nicht umhin, ihre Verwandtschaft zu gestehen. Es ist indessen nur eine materielle Formenverwandtschaft, nicht eine geistige Wahlverwandtschaft. Raffael ist ganz gedrängt von katholischem Christentum, einer Religion, die den Kampf des Geistes mit der Materie oder des Himmels mit der Erde ausspricht, eine Unterdrückung der Materie beabsichtigt, jeden Protest derselben eine Sünde nennt und die Erde vergeistigen oder vielmehr die Erde dem Himmel aufopfern möchte. Robert gehört aber einem Volk an, worin der Katholizismus erloschen ist. Denn, beiläufig gesagt, der Ausdruck der Charte, dass der Katholizismus die Religion der Mehrheit des Volkes sei, ist nur eine französische Galanterie gegen Notre-Dame de Paris, die ihrerseits wieder mit gleicher Höflichkeit die drei Farben der Freiheit auf dem Haupte trägt, eine Doppelheuchelei, wogegen die rohe Menge etwas unförmlich protestierte, als sie jüngst die Kirchen demolierte und die Heiligenbilder in der Seine schwimmen lehrte. Robert ist ein Franzose, und er, wie die meisten seiner Landsleute, huldigt unbewusst einer noch verhüllten Doktrin, die von einem Kampf des Geistes mit der Materie nichts wissen will, die dem Menschen nicht die sicheren irdischen Genüsse verbietet und dagegen desto mehr himmlische Freuden ins Blaue hinein verspricht, die den Menschen vielmehr schon auf dieser Erde beseligen möchte und die sinnliche Welt ebenso heilig achtet wie die geistige; »denn Gott ist alles, was da ist«. Roberts Schnitter sind daher nicht nur sündenlos, sondern sie kennen keine Sünde, ihr irdisches Tagwerk ist Andacht, sie beten beständig, ohne die Lippen zu bewegen, sie sind selig ohne Himmel, versöhnt ohne Opfer, rein ohne beständiges Abwaschen, ganz heilig. Daher, wenn auf katholischen Bildern nur die Köpfe, als der Sitz des Geistes, mit einem Heiligenschein umstrahlt sind und die Vergeistigung dadurch symbolisiert wird, so sehen wir dagegen auf dem Robertschen Bild auch die Materie verheiligt, indem hier der ganze Mensch, der Leib ebenso gut wie der Kopf, vom himmlischen Licht, wie von einer Glorie, umflossen ist.

Aber der Katholizismus ist im neuen Frankreich nicht bloß erloschen, sondern er hat hier auch nicht einmal einen rückwirkenden Einfluss auf die Kunst wie in unserem protestantischen Deutschland, wo er durch die Poesie, die jeder Vergangenheit inwohnt, eine neue Geltung gewonnen. Es ist vielleicht bei den Franzosen ein stiller Nachgrimm, der ihnen die katholischen Traditionen verleidet, während für alle andere Erscheinungen der Geschichte ein gewaltiges Interesse bei ihnen auftaucht. Diese Bemerkung kann ich durch eine Tatsache beweisen, die sich eben wieder durch jene Bemerkung erklären lässt. Die Zahl der Gemälde, worauf christliche Geschichten, sowohl des Alten Testaments als des Neuen, sowohl der Tradition als der Legende, dargestellt sind, ist im diesjährigen Salon so gering, dass manche Unter-Unterabteilung einer weltlichen Gattung weit mehr Stücke geliefert, und wahrhaftig bessere Stücke. Nach genauer Zählung finde ich unter den dreitausend Nummern des Katalogs nur neunundzwanzig jener heiligen Gemälde verzeichnet, während allein schon derjenigen Gemälde, worauf Szenen aus Walter Scotts Romanen dargestellt sind, über dreißig gezählt werden. Ich kann also, wenn ich von französischer Malerei rede, gar nicht missverstanden werden, wenn ich die Ausdrücke »historische Gemälde« und »historische Schule« in ihrer natürlichsten Bedeutung gebrauche.

Delaroche

ist der Chorführer einer solchen Schule. Dieser Maler hat keine Vorliebe für die Vergangenheit selbst, sondern für ihre Darstellung, für die Veranschaulichung ihres Geistes, für Geschichtsschreibung mit Farben. Diese Neigung zeigt sich jetzt bei dem größten Teil der französischen Maler: der Salon war erfüllt mit Darstellungen aus der Geschichte, und die Namen Devéria, Steuben und Johannot verdienen die ausgezeichnetste Erwähnung.

Delaroche, der große Historienmaler, hat vier Stücke zur diesjährigen Ausstellung geliefert. Zwei derselben beziehen sich auf die französische, die zwei anderen auf die englische Geschichte. Die beiden ersten sind gleich kleinen Umfangs, fast wie sogenannte Kabinettstücke, und sehr figurenreich und pittoresk. Das eine stellt den Kardinal Richelieu vor, »der sterbekrank von Tarascon die Rhone hinauffährt und selbst in einem Kahn, der hinter seinem eigenen Kahne befestigt ist, den Cinq-Mars und den de Thou nach Lyon führt, um sie dort köpfen zu lassen«. Zwei Kähne, die hintereinander fahren, sind zwar eine unkünstlerische Konzeption; doch ist sie hier mit vielem Geschick behandelt. Die Farbengebung ist glänzend, ja blendend, und die Gestalten schwimmen fast im strahlenden Abendgold. Dieses kontrastiert um so wehmütiger mit dem Geschick, dem die drei Hauptfiguren entgegenfahren. Die zwei blühenden Jünglinge werden zur Hinrichtung geschleppt, und zwar von einem sterbenden Greis. Wie buntgeschmückt auch diese Kähne sind, so schiffen sie doch hinab ins

26

Schattenreich des Todes. Die herrlichen Goldstrahlen der Sonne sind nur Scheidegrüße, es ist Abendzeit, und sie muss ebenfalls untergehen; sie wird nur noch einen blutroten Lichtstreif über die Erde werfen, und dann ist alles Nacht.

Ebenso farbenglänzend und in seiner Bedeutung ebenso tragisch ist das historische Seitenstück, das ebenfalls einen sterbenden Kardinal-Minister, den Mazarin, darstellt. Er liegt in einem bunten Prachtbett in der buntesten Umgebung von lustigen Hofleuten und Dienerschaft, die miteinander schwatzen und Karten spielen und umherspazieren, lauter farbenschillernde, überflüssige Personen, am überflüssigsten für einen Mann, der auf dem Totenbett liegt. Hübsche Kostüme aus der Zeit der Fronde, noch nicht überladen mit Goldtroddeln, Stickereien, Bändern und Spitzen, wie in Ludwigs XIV. späterer Prachtzeit, wo die letzten Ritter sich in hoffähige Kavaliere verwandelten, ganz in der Weise, wie auch das alte Schlachtschwert sich allmählich verfeinerte, bis es endlich ein alberner Galanteriedegen wurde. Die Trachten auf dem Gemälde, wovon ich spreche, sind noch einfach, Rock und Koller erinnern noch an das ursprüngliche Kriegshandwerk des Adels, auch die Federn auf dem Hut sind noch keck und bewegen sich noch nicht ganz nach dem Hofwind. Die Haare der Männer wallen noch in natürlichen Locken über die Schulter, und die Damen tragen die witzige Frisur à la Sévigné. Die Kleider der Damen melden indes schon einen Übergang in die langschleppende, weitaufgebauschte Abgeschmacktheit der späteren Periode. Die Korsetts sind aber noch naiv zierlich, und die weißen Reize quellen daraus hervor, wie Blumen aus einem Füllhorn. Es sind lauter hübsche Damen auf dem Bild, lauter hübsche Hofmasken: auf den Gesichtern lächelnde Liebe und vielleicht grauer Trübsinn im Herzen, die Lippen unschuldig wie Blumen und dahinter ein böses Zünglein, wie die kluge Schlange. Tändelnd und zischelnd sitzen drei dieser Damen, neben ihnen ein feinohriger, spitzäugiger Priester mit lauschender Nase, vor der linken Seite des Krankenbettes. Vor der rechten Seite sitzen drei Chevaliers und eine Dame, die Karten spielen, wahrscheinlich Landsknecht, ein sehr gutes Spiel, das ich selbst in Göttingen gespielt und worin ich einmal sechs Taler gewonnen. Ein edler Hofmann in einem dunkelvioletten, rotbekreuzten Sammetmantel steht in der Mitte des Zimmers und macht die kratzfüßigste Verbeugung. Am rechten Ende des Gemäldes ergehen sich zwei Hofdamen und ein Abbé, welcher der einen ein Papier zu lesen gibt, vielleicht ein Sonett von eigner Fabrik, während er nach der anderen schielt. Diese spielt hastig mit ihrem Fächer, dem luftigen Telegraphen der Liebe. Beide Damen sind allerliebste Geschöpfe, die eine morgenrötlich blühend wie eine Rose, die andere etwas dämmerungssüchtig, wie ein schmachtender Stern. Im Hintergrund des Gemäldes sitzt ebenfalls schwatzendes Hofgesinde und erzählt einander vielleicht allerlei Staatsunterrocksgeheimnisse oder wettet vielleicht, dass der Mazarin in einer Stunde tot sei. Mit diesem scheint es wirklich zu Ende zu gehen: sein Gesicht ist leichenblass, sein Auge gebrochen, seine Nase bedenklich spitz, in seiner Seele erlischt allmählich jene schmerzliche Flamme, die wir Leben nennen, in ihm wird es dunkel und kalt, der Flügelschlag des nächtlichen Engels berührt schon seine Stirn; – in diesem Augenblicke wendet sich zu ihm die spielende Dame und zeigt ihm ihre Karten und scheint ihn zu fragen, ob sie mit ihrem Cœur trumpfen soll.

Die zwei andern Gemälde von Delaroche geben Gestalten aus der englischen Geschichte. Sie sind in Lebensgröße und einfacher gemalt. Das eine zeigt die beiden Prinzen im Tower, die Richard III. ermorden lässt. Der junge König und sein jüngerer Bruder sitzen auf einem altertümlichen Ruhebett, und gegen die Tür des Gefängnisses läuft ihr kleines Hündchen, das durch Bellen die Ankunft der Mörder zu verraten scheint. Der junge König, noch halb Knabe und halb schon Jüngling, ist eine überaus rührende Gestalt. Ein gefangener König, wie Sterne so richtig fühlt, ist schon an und für sich ein wehmütiger Gedanke; und hier ist der gefangene König noch beinahe ein unschuldiger Knabe und hilflos preisgegeben einem tückischen Mörder. Trotz seines zarten Alters scheint er schon viel gelitten zu haben; in seinem bleichen, kranken Antlitz liegt schon tragische Hoheit, und seine Füße, die mit ihren langen, blausamtnen Schnabelschuhen vom Lager herabhängen und doch nicht den Boden berühren, geben ihm gar ein gebrochenes Ansehen wie das einer geknickten Blume. Alles das ist, wie gesagt, sehr einfach und wirkt desto mächtiger. Ach! es hat mich noch um so mehr bewegt, da ich in dem Antlitz des unglücklichen Prinzen die lieben Freundesaugen entdeckte, die mir so oft zugelächelt und mit noch lieberen Augen so lieblich verwandt waren. Wenn ich vor dem Gemälde des Delaroche stand, kam es mir immer ins Gedächtnis, wie ich einst auf einem schönen Schloss im teuren Polen vor dem Bild des Freundes stand und mit seiner holden Schwester von ihm sprach und ihre Augen heimlich verglich mit den Augen des Freundes. Wir sprachen auch von dem Maler des Bildes, der kurz vorher gestorben, und wie die Menschen dahinsterben, einer nach dem anderen – ach! der liebe Freund selbst ist jetzt tot, erschossen bei Praga, die holden Lichter der schönen Schwester sind ebenfalls erloschen, ihr Schloss ist abgebrannt, und es wird mir einsam ängstlich zumute, wenn ich bedenke, dass nicht bloß unsere Lieben so schnell aus der Welt verschwinden, sondern sogar von dem Schauplatz, wo wir mit ihnen gelebt, keine Spur zurückbleibt, als hätte nichts davon existiert, als sei alles nur ein Traum.

Indessen noch weit schmerzlichere Gefühle erregt das andere Gemälde von Delaroche, das eine andere Szene aus der englischen Geschichte darstellt. Es ist eine Szene aus jener entsetzlichen Tragödie, die auch ins Französische übersetzt worden ist und so viele Tränen gekostet hat diesseits und jenseits des Kanals und die auch den deutschen Zuschauer so tief erschüttert. Auf dem Gemälde sehen wir die beiden Helden des Stücks, den einen als Leiche im Sarg, den andern in voller Lebenskraft und den Sargdeckel aufhebend, um den toten Feind zu betrachten. Oder sind es etwa nicht die Helden selbst, sondern nur Schauspieler, denen vom Direktor der Welt ihre Rolle vorgeschrieben war und die vielleicht, ohne es zu wissen, zwei kämpfende Prinzipien tragierten? Ich will sie hier nicht nennen, die beiden feindseligen Prinzipien, die zwei großen Gedanken, die sich vielleicht schon in der schaffenden Gottesbrust befehdeten und die wir auf diesem Gemälde einander gegenüber sehen, das eine schmählich verwundet und verblutend, in der Person von Karl Stuart, das andere keck und siegreich, in der Person von Oliver Cromwell.

In einem von den dämmernden Sälen Whitehalls, auf dunkelroten Sammetstühlen, steht der Sarg des enthaupteten Königs, und davor steht ein Mann, der mit ruhiger Hand den Deckel aufhebt und den Leichnam betrachtet. Jener Mann steht dort ganz allein, seine Figur ist breit untersetzt, seine Haltung nachlässig, sein Gesicht bäurisch ehrenfest. Seine Tracht ist die eines gewöhnlichen Kriegers, puritanisch schmucklos: eine langherabhängende dunkelbraune Sammetweste; darunter eine gelbe Lederjacke; Reiterstiefeln, die so hoch heraufgehen, dass die schwarze Hose kaum zum Vorschein kommt; quer über die Brust ein schmutziggelbes Degengehänge, woran ein Degen mit Glockengriff; auf den kurzgeschnittenen, dunkeln Haaren des Hauptes ein schwarzer, aufgekrempter Hut mit einer roten Feder; am Hals ein übergeschlagenes weißes Kräglein, worunter noch ein Stück Harnisch sichtbar wird; schmutzige gelbflederne Handschuhe; in der einen Hand, die nahe am Degengriff liegt, ein kurzer, stützender Stock, in der anderen Hand der erhobene Deckel des Sarges, worin der König liegt.

Die Toten haben überhaupt einen Ausdruck im Gesicht, wodurch der Lebende, den man neben ihnen erblickt, wie ein Geringerer erscheint; denn sie übertreffen ihn immer an vornehmer Leidenschaftslosigkeit und vornehmer Kälte. Das fühlen auch die Menschen, und aus Respekt vor dem höheren Totenstande tritt die Wache ins Gewehr und präsentiert, wenn eine Leiche vorübergetragen wird, und sei es auch die Leiche des ärmsten Flickschneiders. Es ist daher leicht begreiflich, wie sehr dem Oliver Cromwell seine Stellung ungünstig ist bei jeder Vergleichung mit dem toten König. Dieser, verklärt von dem eben erlittenen Märtyrertum, geheiligt von der Majestät des Unglücks, mit dem kostbaren Purpur am Halse, mit dem Kuss der Melpomene auf den weißen Lippen, bildet den herabdrückendsten Gegensatz zu der rohen, derblebendigen Puritanergestalt. Auch mit der äußeren Bekleidung derselben kontrastieren tiefschneidend bedeutsam die letzten Prachtspuren der gefallenen Herrlichkeit, das reiche grünseidene Kissen im Sarg, die Zierlichkeit des blendendweißen Leichenhemds, garniert mit Brabanter Spitzen.

Welchen großen Weltschmerz hat der Maler hier mit wenigen Strichen ausgesprochen! Da liegt sie, die Herrlichkeit des Königtums, einst Trost und Blüte der Menschheit, elendiglich verblutend. Englands Leben ist seitdem bleich und grau, und die entsetzte Poesie floh den Boden, den sie eh'mals mit ihren heitersten Farben geschmückt. Wie tief empfand ich dieses, als ich einst um Mitternacht an dem fatalen Fenster von Whitehall vorbeiging und die jetzige kaltfeuchte Prosa von England mich durchfröstelte! Warum war aber meine Seele nicht von ebenso tiefen Gefühlen ergriffen, als ich jüngst zum ersten Male über den entsetzlichen Platz ging, wo Ludwig XVI. gestorben? Ich glaube, weil dieser, als er starb, kein König mehr war, weil er, als sein Haupt fiel, schon vorher die Krone verloren hatte. König Karl verlor aber die Krone nur mit dem Haupte selbst. Er glaubte an diese Krone, an sein absolutes Recht; er kämpfte dafür wie ein Ritter, kühn und schlank; er starb adelig stolz, protestierend gegen die Gesetzlichkeit seines Gerichts, ein wahrer Märtyrer des Königtums von Gottes Gnaden. Der arme Bourbon verdient nicht diesen Ruhm, sein Haupt war schon durch eine Jakobinermütze entkönigt; er glaubte nicht mehr an sich selber, er glaubte fest an die Kompetenz seiner Richter, er beteuerte nur seine Unschuld; er war wirklich bürgerlich tugendhaft, ein guter, nicht sehr magerer Hausvater; sein Tod hat mehr einen sentimentalen als einen tragischen Charakter, er erinnert allzu sehr an August Lafontaines Familienromane: – eine Träne für Ludwig Capet, einen Lorbeer für Karl Stuart!

»Un plagiat infâme d'un crime étranger« sind die Worte, womit der Vicomte Chateaubriand jene trübe Begebenheit bezeichnet, die einst am 21. Januar auf der Place de la Concorde stattfand. Er macht den Vorschlag, auf dieser Stelle eine Fontäne zu errichten, deren Wasser aus einem großen Becken von schwarzem Marmor hervorsprudeln, um abzuwaschen – »ihr wisst wohl, was ich meine«, setzt er pathetisch geheimnisvoll hinzu. Der Tod Ludwigs XVI. ist überhaupt das beflorte Paradepferd, worauf der edle Vicomte sich beständig herumtummelt; seit Jahr und Tag exploitiert er die Himmelfahrt des Sohns des heiligen Ludwigs, und eben die raffinierte Giftdürstigkeit, womit er dabei deklamiert, und seine weither geholten Trauerwitze zeugen von keinem wahren Schmerz. Am allerfatalsten ist es, wenn seine Worte widerhallen aus den Herzen des Faubourg St. Germain, wenn dort die alten Emigrantenkoterien mit heuchlerischen Seufzern noch immer über Ludwig XVI. jammern, als wären sie seine eigentlichen Angehörigen, als habe er eigentlich ihnen zugehört, als wären sie besonders bevorrechtet, seinen Tod zu betrauern. Und doch ist dieser Tod ein allgemeines Weltunglück gewesen, das den geringsten Tagelöhner ebenso gut betraf wie den höchsten Zeremonienmeister der Tuilerien und das jedes fühlende Menschenherz mit unendlichem Kummer erfüllen musste. Oh, der feinen Sippschaft! Seit sie nicht mehr unsere Freuden usurpieren kann, usurpiert sie unsere Schmerzen.

Es ist vielleicht an der Zeit, einerseits das allgemeine Volksrecht solcher Schmerzen zu vindizieren, damit sich das Volk nicht einreden lasse, nicht ihm gehörten die Könige, sondern einigen Auserwählten, die das Privilegium haben, jedes königliche Missgeschick als ihr eigenes zu bejammern; andererseits ist es vielleicht an der Zeit, jene Schmerzen laut auszusprechen, da es jetzt wieder einige eiskluge Staatsgrübler gibt, einige nüchterne Bacchanten der Vernunft, die in ihrem logischen Wahnsinn uns alle Ehrfurcht, die das uralte Sakrament des Königtums gebietet, aus der Tiefe unserer Herzen herausdisputieren möchten. Indessen, die trübe Ursache jener Schmerzen nennen wir keineswegs ein Plagiat, noch viel weniger ein Verbrechen und am allerwenigsten infam; wir nennen sie eine Schickung Gottes. Würden wir doch die Menschen zu hoch stellen und zugleich zu tief herabsetzen, wenn wir ihnen so viel Riesenkraft und zugleich so viel Frevel zutrauten, dass sie aus eigener Willkür jenes Blut vergossen hätten, dessen Spuren Chateaubriand mit dem Wasser seines schwarzen Waschbeckens vertilgen will.

Wahrlich, wenn man die derzeitigen Zustände erwägt und die Bekenntnisse der überlebenden Zeugen einsammelt, so sieht man, wie wenig der freie Menschenwille bei dem Tode von Ludwig XVI. vorwaltete. Mancher, der gegen den Tod stimmen wollte, tat das Gegenteil, als er die Tribüne bestiegen und von dem dunkeln Wahnsinn der politischen Verzweiflung ergriffen wurde. Die Girondisten fühlten, dass sie zu gleicher Zeit ihr eigenes Todesurteil aussprachen. Manche Reden, die bei dieser Gelegenheit gehalten wurden, dienten nur zur Selbstbetäubung. Der Abbé Sieyès, angeekelt von dem widerwärtigen Geschwätz, stimmte ganz einfach für den Tod, und als er von der Tribüne herabgestiegen, sagte er zu seinem Freund: »J'ai voté la mort sans phrase.« Der böse Leumund aber missbrauchte diese Privatäußerung; dem mildesten Menschen ward als parlamentarisch das Schreckenswort »la mort sans phrase« aufgebürdet, und es steht jetzt in allen Schulbüchern, und die Jungen lernen's auswendig. Wie man mir allgemein versichert, Bestürzung und Trauer herrschte am 21. Januar in ganz Paris, sogar die wütendsten Jakobiner schienen von schmerzlichem Missbehagen niedergedrückt. Mein gewöhnlicher Kabriolettführer, ein alter Sansculotte, erzählte mir, als er den König sterben sehen, sei ihm zumute gewesen, »als würde ihm selber ein Glied abgesägt«. Er setzte hinzu: »Es hat mir im Magen weh getan, und ich hatte den ganzen Tag einen Abscheu vor Speisen.« Auch meinte er, »der alte Veto« habe sehr unruhig ausgesehen, als wolle er sich zur Wehr setzen. Soviel ist gewiss, er starb nicht so großartig wie Karl I., der erst ruhig seine lange protestierende Rede hielt, wobei er so besonnen blieb, dass er die umstehenden Edelleute einige Mal ersuchte, das Beil nicht zu betasten, damit es nicht stumpf werde. Der geheimnisvoll verlarvte Scharfrichter von Whitehall wirkte ebenfalls schauerlich poetischer als Sanson mit seinem nackten Gesicht. Hof und Henker hatten die letzte Maske fallen lassen, und es war ein prosaisches Schauspiel. Vielleicht hätte Ludwig eine lange christliche Verzeihungsrede gehalten, wenn nicht die Trommel bei den ersten Worten schon so gerührt worden wäre, dass man kaum seine Unschuldserklärung gehört hat. Die erhabenen Himmelfahrtsworte, die Chateaubriand und seine Genossen beständig paraphrasieren »Fils de Saint-Louis, monte au ciel!«, diese Worte sind auf dem Schafott gar nicht gesprochen worden, sie passen gar nicht zu dem nüchternen Werkeltagscharakter des guten Edgeworth, dem sie in den Mund gelegt werden, und sie sind die Erfindung eines damaligen Journalisten, namens Charles His, der sie denselben Tag drucken ließ. Dergleichen Berichtigung ist freilich sehr unnütz; diese Worte stehen jetzt ebenfalls in allen Kompendien, sie sind schon längst auswendig gelernt, und die arme Schuljugend müsste noch obendrein auswendig lernen, dass diese Worte nie gesprochen worden.

Es ist nicht zu leugnen, dass Delaroche absichtlich durch sein ausgestelltes Bild zu geschichtlichen Vergleichungen aufforderte, und wie zwischen Ludwig XVI. und Karl I. wurden auch zwischen Cromwell und Napoleon beständig Parallelen gezogen. Ich darf aber sagen, dass beiden Unrecht geschah, wenn man sie miteinander verglich. Denn Napoleon blieb frei von der schlimmsten Blutschuld (die Hinrichtung des Herzogs von Enghien war nur ein Meuchelmord); Cromwell aber sank nie so tief, dass er sich von einem Priester zum Kaiser salben ließ und, ein abtrünniger Sohn der Revolution, die gekrönte Vetternschaft der Cäsaren erbuhlte. In dem Leben des einen ist ein Blutfleck, in dem Leben des andern ist ein Ölfleck. Wohl fühlten sie aber beide die geheime Schuld. Dem Bonaparte, der ein Washington von Europa werden konnte und nur dessen Napoleon ward, ihm ist nie wohl geworden in seinem kaiserlichen Purpurmantel; ihn verfolgte die Freiheit wie der Geist einer erschlagenen Mutter, er hörte überall ihre Stimme, sogar des Nachts, aus den Armen der anvermählten Legitimität schreckte sie ihn vom Lager; und dann sah man ihn hastig umherrennen in den hallenden Gemächern der Tuilerien, und er schalt und tobte; und wenn er dann des Morgens bleich und müde in den Staatsrat kam, so klagte er über Ideologie und wieder Ideologie und sehr gefährliche Ideologie, und Corvisart schüttelte das Haupt.

Wenn Cromwell ebenfalls nicht ruhig schlafen konnte und des Nachts ängstlich in Whitehall umherlief, so war es nicht, wie fromme Kavaliere meinten, ein blutiges Königsgespenst, was ihn verfolgte, sondern die Furcht vor den leiblichen Rächern seiner Schuld; er fürchtete die materiellen Dolche der Feinde, und deshalb trug er unter dem Wams immer einen Harnisch, und er wurde immer misstrauischer, und endlich gar, als das Büchlein erschien: »Töten ist kein Mord«, da hat Oliver Cromwell nie mehr gelächelt.

Wenn aber die Vergleichung des Protektors und des Kaisers wenig Ähnlichkeiten bietet, so ist die Ausbeute desto reicher bei den Parallelen zwischen den Fehlern der Stuarts und der Bourbonen überhaupt und zwischen den Restaurationsperioden in beiden Ländern. Es ist fast eine und dieselbe Untergangsgeschichte. Auch dieselbe Quasilegitimität der neuen Dynastie ist vorhanden wie einst in England. Im Foyer des Jesuitismus werden ebenfalls wieder wie einst die heiligen Waffen geschmiedet, die alleinseligmachende Kirche seufzt und intrigiert ebenfalls für das Kind des Mirakels, und es fehlt nur noch, dass der französische Prätendent, so wie einst der englische, nach dem Vaterlande zurückkehre. Immerhin, mag er kommen! Ich prophezeie ihm das entgegengesetzte Schicksal Sauls, der seines Vaters Esel suchte und eine Krone fand: – der junge Heinrich wird nach Frankreich kommen und eine Krone suchen, und er findet hie nur die Esel seines Vaters.

Was die Beschauer des Cromwell am meisten beschäftigte, war die Entzifferung seiner Gedanken bei dem Sarg des toten Karl. Die Geschichte berichtet diese Szene nach zwei verschiedenen Sagen. Nach der einen habe Cromwell des Nachts, bei Fackelschein, sich, den Sarg öffnen lassen, und erstarrten Leibs und verzerrten Angesichts sei er lange davor stehengeblieben, wie ein stummes Steinbild. Nach einer anderen Sage öffnete er den Sarg bei Tage, betrachtete ruhig den Leichnam und sprach die Worte: »Es war ein starkgebauter Mann, und er hätte noch lange leben können.« Nach meiner Ansicht hat Delaroche diese demokratischere Legende im Sinne gehabt. Im Gesicht seines Cromwells ist durchaus kein Erstaunen oder Verwundern oder sonstiger Seelensturm ausgedrückt; im Gegenteil, den Beschauer erschüttert diese grauenhafte, entsetzliche Ruhe im Gesicht des Mannes. Da steht sie, die gefestete erdsichere Gestalt, »brutal wie eine Tatsache«, gewaltig ohne Pathos, dämonisch natürlich, wunderbar ordinär, verfemt und zugleich gefeit, und da betrachtet sie ihr Werk, fast wie ein Holzhacker, der eben eine Eiche gefällt hat. Er hat sie ruhig gefällt, die große Eiche, die einst so stolz ihre Zweige verbreitete über England und Schottland, die Königseiche, in deren Schatten so viele schöne Menschengeschlechter geblüht und worunter die Elfen der Poesie ihre süßesten Reigen getanzt; – er hat sie ruhig gefällt mit dem unglückseligen Beil, und da liegt sie zu Boden mit all ihrem holden Laubwerk und mit der unverletzten Krone; – – unglückseliges Beil!

»Do you not think, Sir, that the guillotine is a great improvement?« Das waren die gequälten Worte, womit ein Brite, der hinter mir stand, die Empfindungen unterbrach, die ich eben niedergeschrieben und die so wehmütig meine Seele erfüllten, während ich Karls Halswunde auf dem Bilde von Delaroche betrachtete. Sie ist etwas allzu grell blutig gemalt. Auch ist der

Deckel des Sarges ganz verzeichnet und gibt diesem das Ansehen eines Violinkastens. Im übrigen ist aber das Bild ganz unübertrefflich meisterhaft gemalt, mit der Feinheit des van Dyck und mit der Schattenkühnheit des Rembrandt; es erinnert mich namentlich an die republikanischen Kriegergestalten auf dem großen historischen Gemälde des letzteren, »Die Nachtwache«, die ich im Trippenhuis zu Amsterdam gesehen.

Der Charakter des Delaroche sowie des größten Teils seiner Kunstgenossen nähert sich überhaupt am meisten der flämischen Schule; nur dass die französische Grazie etwas zierlich leichter die Gegenstände behandelt und die französische Eleganz hübsch oberflächlich darüber hinspielt. Ich möchte daher den Delaroche einen graziösen, eleganten Niederländer nennen.

An einem andern Orte werde ich vielleicht die Gespräche berichten, die ich so oft vor seinem Cromwell vernahm. Kein Ort gewährte eine bessere Gelegenheit zur Belauschung der Volksgefühle und Tagesmeinungen. Das Gemälde hing in der großen Tribüne, am Eingang der langen Galerie, und daneben hing Roberts ebenso bedeutsames Meisterwerk, gleichsam tröstend und versöhnend. In der Tat, wenn die kriegsrohe Puritanergestalt, der entsetzliche Schnitter mit dem abgemähten Königshaupt, aus dunkelm Grunde hervortretend, den Beschauer erschütterte und alle politischen Leidenschaften in ihm aufwühlte, so ward seine Seele doch gleich wieder beruhigt durch den Anblick jener anderen Schnitter, die, mit ihren schönern Ähren heimkehrend zum Erntefest der Liebe und des Friedens, im klarsten Himmelslicht blühten. Fühlen wir bei dem einen Gemälde, wie der große Zeitkampf noch nicht zu Ende, wie der Boden noch zittert unter unseren Füßen; hören wir hier noch das Rasen des Sturmes, der die Welt niederzureißen droht; sehen wir hier noch den gähnenden Abgrund, der gierig die Blutströme einschlürft, sodass grauenhafte Untergangsfurcht uns ergreift, so sehen wir auf dem anderen Gemälde, wie ruhig sicher die Erde stehenbleibt und immer liebreich ihre goldenen Früchte hervorbringt, wenn auch die ganze römische Universaltragödie mit allen ihren Gladiatoren und Kaisern und Lastern und Elefanten darüber hingetrampelt. Wenn wir auf dem einen Gemälde jene Geschichte sehen, die sich so närrisch herumrollt in Blut und Kot, oft jahrhundertelang blödsinnig stillsteht und dann wieder unbeholfen hastig aufspringt und in die Kreuz und in die Quer wütet und die wir Weltgeschichte nennen, so sehen wir auf dem anderen Gemälde jene noch größere Geschichte, die dennoch genug Raum hat auf einem mit Büffeln bespannten Wagen; eine Geschichte ohne Anfang und ohne Ende, die sich ewig wiederholt und so einfach ist wie das Meer, wie der Himmel, wie die Jahreszeiten; eine heilige Geschichte, die der Dichter beschreibt und deren Archiv in jedem Menschenherzen zu finden ist; die Geschichte der Menschheit!

Wahrlich, wohltuend und heilsam war es, dass Roberts Gemälde dem Gemälde des Delaroche zur Seite gestellt worden. Manchmal, wenn ich den Cromwell lange betrachtet und mich ganz in ihn versenkt hatte, dass ich fast seine Gedanken hörte, einsilbig harsche Worte, verdrießlich hervorgebrummt und gezischt, im Charakter jener englischen Mundart, die dem fernen Grollen des Meeres und dem Schrillen der Sturmvögel gleicht, dann rief mich heimlich wieder zu sich der stille Zauber des Nebengemäldes, und mir war, als hörte ich lächelnden Wohllaut, als hörte ich Toskanas süße Sprache von römischen Lippen erklingen, und meine Seele wurde besänftigt und erheitert.

Ach! wohl tut es Not dass die liebe, unverwüstliche, melodische Geschichte der Menschheit unsere Seele tröste in dem misstönenden Lärm der Weltgeschichte. Ich höre in diesem Augenblick da draußen, dröhnender, betäubender als jemals, diesen misstönenden Lärm, dieses sinnenverwirrende Getöse; es zürnen die Trommeln, es klirren die Waffen, ein empörtes Menschenmeer, mit wahnsinnigen Schmerzen und Flüchen, wälzt sich durch die Gassen das Volk von Paris und heult: »Warschau ist gefallen! Unsere Avantgarde ist gefallen! Nieder mit den Ministern! Krieg den Russen! Tod den Preußen!« – Es wird mir schwer, ruhig am Schreibtisch sitzen zu bleiben und meinen armen Kunstbericht, meine friedliche Gemäldebeurteilung zu Ende zu schreiben. Und dennoch, gehe ich hinab auf die Straße und man erkennt mich als Preußen, so wird mir von irgendeinem Julihelden das Gehirn eingedrückt, sodass alle meine Kunstideen zerquetscht werden; oder ich bekomme einen Bajonettstich in die linke Seite, wo jetzt das Herz schon von selber blutet, und vielleicht obendrein werde ich in die Wache gesetzt als fremder Unruhstörer.

Bei solchem Lärm verwirren und verschieben sich alle Gedanken und Bilder. Die Freiheitsgöttin von Delacroix tritt mir mit ganz verändertem Gesicht entgegen, fast mit Angst in dem wilden Auge. Mirakulöse verändert sich das Bild des Papstes von Vernet: der alte schwächliche Statthalter Christi sieht auf einmal so jung und gesund aus und erhebt sich lächelnd von seinem Sessel, und es ist, als ob seine starken Träger das Maul aufsperrten zu einem »Te Deum laudamus«. Auch der tote Karl bekommt ein ganz anderes Gesicht und verwandelt sich plötzlich, und wenn ich genauer hinschaue, so liegt kein König, sondern das ermordete Polen in dem schwarzen Sarg, und davor steht nicht mehr Cromwell, sondern der Zar von Russland, eine adlige, reiche Gestalt, ganz so herrlich, wie ich ihn vor einigen Jahren zu Berlin gesehen, als er neben dem König von Preußen auf dem Balkon stand und diesem die Hand küsste. Dreißigtausend schaulustige Berliner jauchzten Hurra, und ich dachte in meinem Herzen: Gott sei uns allen gnädig! Ich kannte ja das sarmatische Sprichwort: Die Hand, die man noch nicht abhauen will, die muss man küssen – –

Ach! ich wollte, der König von Preußen hätte sich auch hier auf die linke Hand küssen lassen und hätte mit der rechten Hand das Schwert ergriffen und dem gefährlichsten Feind des Vaterlands so begegnet, wie es Pflicht und Gewissen verlangten. Haben sich diese Hohenzollern die Vogtwürde des Reiches im Norden angemaßt, so mussten sie auch seine Marken sichern gegen das herandrängende Russland. Die Russen sind ein braves Volk, und ich will sie gern achten und lieben; aber seit dem Falle Warschaus, der letzten Schutzmauer, die uns von ihnen getrennt, sind sie unseren Herzen so nahe gerückt, dass mir angst wird.

Ich fürchte, wenn uns jetzt der Zar von Russland wieder besucht, dann ist an uns die Reihe, ihm die Hand zu küssen – Gott sei uns allen gnädig!

Gott sei uns allen gnädig! Unsere letzte Schutzmauer ist gefallen, die Göttin der Freiheit erbleicht unsere Freunde liegen zu Boden, der römische Großpfaffe erhebt sich boshaft lächelnd, und die siegende Aristokratie steht triumphierend an dem Sarge des Volkstums.

Ich höre, Delaroche malt jetzt ein Seitenstück zu seinem Cromwell, einen Napoleon auf Sankt Helena, und er wählt den Moment, wo Sir Hudson Lowe die Decke aufhebt von dem Leichnam jenes großen Repräsentanten der Demokratie.

Zu meinem Thema zurückkehrend, hätte ich hier noch manche wackere Maler zu rühmen; aber trotz des besten Willens ist es mir dennoch unmöglich, ihre stillen Verdienste ruhig auseinanderzusetzen, denn da draußen stürmt es wirklich zu laut, und es ist unmöglich, die Gedanken zusammenzufassen, wenn solche Stürme in der Seele widerhallen. Ist es doch in Paris sogar an sogenannt ruhigen Tagen sehr schwer, das eigene Gemüt von den Erscheinungen der Straße abzuwenden und Privatträumen nachzuhängen. Wenn die Kunst auch in Paris mehr als anderswo blüht, so werden wir doch in ihrem Genusse jeden Augenblick gestört durch das rohe Geräusch des Lebens; die süßesten Töne der Pasta und Malibran werden uns verleidet durch den Notschrei der erbitterten Armut, und das trunkene Herz, das eben Roberts Farbenlust eingeschlürft, wird schnell wieder ernüchtert durch den Anblick des öffentlichen Elends. Es gehört fast ein Goethescher Egoismus dazu, um hier zu einem ungetrübten Kunstgenuss zu gelangen, und wie sehr einem gar die Kunstkritik erschwert wird, das fühle ich eben in diesem Augenblick. Ich vermochte gestern dennoch an diesem Bericht weiterzuschreiben, nachdem ich einmal unterdessen nach den Boulevards gegangen war, wo ich einen todblassen Menschen vor Hunger und Elend niederfallen sah. Aber wenn auf einmal ein ganzes Volk niederfällt an den Boulevards von Europa – dann ist es unmöglich, ruhig weiterzuschreiben. Wenn die Augen des Kritikers von Tränen getrübt werden, ist auch sein Urteil wenig mehr wert.

Mit Recht klagen die Künstler in dieser Zeit der Zwietracht, der allgemeinen Befehdung. Man sagt, die Malerei bedürfe des friedlichen Ölbaumes in jeder Hinsicht. Die Herzen, die ängstlich lauschen, ob nicht die Kriegstrompete erklingt, haben gewiss nicht die gehörige Aufmerksamkeit für die süße Musik. Die Oper wird mit tauben Ohren gehört, das Ballett sogar wird nur teilnahmslos angeglotzt. »Und daran ist die verdammte Julirevolution schuld«, seufzen die Künstler, und sie verwünschen die Freiheit und die leidige Politik, die alles verschlingt, sodass von ihnen gar nicht mehr die Rede ist.

Wie ich höre – aber ich kann's kaum glauben –, wird sogar in Berlin nicht mehr vom Theater gesprochen, und der »Morning Chronicle«, der gestern berichtet, dass die Reformbill im Unterhaus durchgegangen sei, erzählt bei dieser Gelegenheit, dass der Doktor Raupach sich jetzt in Baden-Baden befinde und über die Zeit jammere, weil sein Kunsttalent dadurch zugrunde gehe.

Ich bin gewiss ein großer Verehrer des Doktor Raupach, ich bin immer ins Theater gegangen, wenn die »Schülerschwänke« oder die »Sieben Mädchen in Uniform« oder »Das Fest der Handwerker« oder sonst ein Stück von ihm gegeben wurde; aber ich kann doch nicht leugnen, dass der Untergang Warschaus mir weit mehr Kummer macht, als ich vielleicht empfinden würde, wenn der Doktor Raupach mit seinem Kunsttalent unterginge. O Warschau! Warschau! nicht für einen ganzen Wald von Raupachen hätte ich dich hingegeben!

Meine alte Prophezeiung von dem Ende der Kunstperiode, die bei der Wiege Goethes anfing und bei seinem Sarge aufhören wird, scheint ihrer Erfüllung nahe zu sein. Die jetzige Kunst muss zugrunde gehen, weil ihr Prinzip noch im abgelebten, alten Regime, in der heiligen römischen Reichsvergangenheit wurzelt. Deshalb, wie alle welken Überreste dieser Vergangenheit, steht sie im unerquicklichsten Widerspruch mit der Gegenwart. Dieser Widerspruch und nicht die Zeitbewegung selbst ist der Kunst so schädlich; im Gegenteil, diese Zeitbewegung müsste ihr sogar gedeihlich werden, wie einst in Athen und Florenz, wo eben in den wildesten Kriegs- und Parteistürmen die Kunst ihre herrlichsten Blüten entfaltete. Freilich, jene griechischen und florentinischen Künstler führten kein egoistisch isoliertes Kunstleben, die müßig dichtende Seele hermetisch verschlossen gegen die großen Schmerzen und Freuden der Zeit; im Gegenteil, ihre Werke waren nur das träumende Spiegelbild ihrer Zeit, und sie selbst waren ganze Männer, deren Persönlichkeit ebenso gewaltig wie ihre bildende Kraft; Phidias und Michelangelo waren Männer aus einem Stück, wie ihre Bildwerke, und wie diese zu ihren griechischen und katholischen Tempeln passten, so standen jene Künstler in heiliger Harmonie mit ihrer Umgebung; sie trennten nicht ihre Kunst von der Politik des Tages, sie arbeiteten nicht mit kümmerlicher Privatbegeisterung, die sich leicht in jeden beliebigen Stoff hineinlügt; Äschylus hat die »Perser« mit derselben Wahrheit gedichtet, womit er zu Marathon gegen sie gefochten, und Dante schrieb seine Komödie nicht als stehender Kommissionsdichter, sondern als flüchtiger Guelfe, und in Verbannung und Kriegsnot klagte er nicht über den Untergang seines Talentes, sondern über den Untergang der Freiheit.

Indessen, die neue Zeit wird auch eine neue Kunst gebären, die mit ihr selbst in begeistertem Einklang sein wird, die nicht aus der verblichenen Vergangenheit ihre Symbolik zu borgen braucht und die sogar eine neue Technik, die von der seitherigen verschieden, hervorbringen muss. Bis dahin möge, mit Farben und Klängen, die selbsttrunkenste Subjektivität, die weltentzügelte Individualität, die gottfreie Persönlichkeit mit all ihrer Lebenslust sich geltend machen, was doch immer ersprießlicher ist als das tote Scheinwesen der alten Kunst.

Oder hat es überhaupt mit der Kunst und mit der Welt selbst ein trübseliges Ende? Jene überwiegende Geistigkeit, die sich jetzt in der europäischen Literatur zeigt, ist sie vielleicht ein Zeichen von nahem Absterben, wie bei Menschen, die in der Todesstunde plötzlich hellsehend werden und mit verbleichenden Lippen die übersinnlichsten Geheimnisse aussprechen? Oder wird das greise Europa sich wieder verjüngen, und die dämmernde Geistigkeit seiner Künstler und Schriftsteller ist nicht das wunderbare Ahnungsvermögen der Sterbenden, sondern das schaurige Vorgefühl einer Wiedergeburt, das sinnige Wehen eines neuen Frühlings?

Die diesjährige Ausstellung hat durch manches Bild jene unheimliche Todesfurcht abgewiesen und die bessere Verheißung bekundet. Der Erzbischof von Paris erwartet alles Heil von der Cholera, von dem Tod; ich erwarte es von der Freiheit, von dem Leben. Darin unterscheidet sich unser Glauben. Ich glaube, dass Frankreich aus der Herzenstiefe seines neuen Lebens auch eine neue Kunst hervoratmen wird. Auch diese schwere Aufgabe wird von den Franzosen gelöst werden, von den Franzosen, diesem leichten, flatterhaften Volk, das wir so gerne mit einem Schmetterling vergleichen.

Aber der Schmetterling ist auch ein Sinnbild der Unsterblichkeit der Seele und ihrer ewigen Verjüngung.

Nachtrag (1833)

Als ich im Sommer 1831 nach Paris kam, war ich doch über nichts mehr verwundert als über die damals eröffnete Gemäldeausstellung, und obgleich die wichtigsten politischen und religiösen Revolutionen meine Aufmerksamkeit in Anspruch nahmen, so konnte ich doch nicht unterlassen, zuerst über die große Revolution zu schreiben, die hier im Reich der Kunst stattgefunden und als deren bedeutsamste Erscheinung der erwähnte Salon zu betrachten war.

Nicht minder als meine übrigen Landsleute hegte auch ich die ungünstigsten Vorurteile gegen die französische Kunst, namentlich gegen die französische Malerei, deren letzte Entwicklungen mir ganz unbekannt geblieben. Es hat aber auch eine eigene Bewandtnis mit der Malerei in Frankreich. Auch sie folgte der sozialen Bewegung und ward endlich mit dem Volk selber verjüngt. Doch geschah dieses nicht so unmittelbar wie in den Schwesterkünsten, Musik und Poesie, die schon vor der Revolution ihre Umwandlung begonnen.

Herr Louis de Maynard, welcher in der »Europe littéraire« über den diesjährigen Salon eine Reihe Artikel geliefert welche zu dem Interessantesten gehören, was je ein Franzose über Kunst geschrieben, hat sich in Betreff obiger Bemerkung mit folgenden Worten ausgesprochen, die ich, soweit es bei der Lieblichkeit und Grazie des Ausdrucks möglich ist, getreu wiedergebe: »In derselben Weise wie die gleichzeitige Politik und die Literatur beginnt auch die Malerei des achtzehnten Jahrhunderts; in derselben Weise erreichte sie eine gewisse vollendete Entfaltung; und sie brach auch zusammen denselben Tag, als alles in Frankreich zusammengebrochen. Sonderbares Zeitalter, welches mit einem lauten Gelächter bei dem Tode Ludwigs XIV. anfängt und in den Armen des Scharfrichters endigt, ›des Herrn Scharfrichters‹, wie Madame Dubarry ihn nannte! Oh, dieses Zeitalter, welches alles verneinte, alles verspöttelte, alles entweihte und an nichts glaubte, war eben deshalb umso tüchtiger zu dem großen Werk der Zerstörung, und es zerstörte, ohne im Mindesten etwas wieder aufbauen zu können, und es hatte auch keine Lust dazu.

Indessen, die Künste, wenn sie auch derselben Bewegung folgen, folgen sie ihr doch nicht mit gleichem Schritt. So ist die Malerei im achtzehnten Jahrhundert zurückgeblieben. Sie hat ihre Crébillon hervorgebracht, aber keine Voltaire, keine Diderot. Beständig im Sold der vornehmen Gönnerschaft, beständig im unterröcklichen Schutz der regierenden Mätressen, hat sich ihre Kühnheit und ihre Kraft allmählich aufgelöst, ich weiß nicht wie. Sie hat in all ihrer Ausgelassenheit nie jenes Ungestüm, nie jene Begeisterung bekundet, die uns fortreißt und blendet und für den schlechten Geschmack entschädigt. Sie wirkt missbehaglich mit ihren frostigen Spielereien, mit ihren welken Kleinkünsten im Bereich eines Boudoirs, wo ein nettes Zierdämchen, auf dem Sofa hingestreckt, sich leichtsinnig fächert. Favart, mit seinen Eglees und Zulmas, ist wahrheitlicher als Watteau und Boucher mit ihren koketten Schäferinnen und idyllischen Abbés. Favart, wenn er sich auch lächerlich machte, so meinte er es doch ehrlich. Die Maler jenes Zeitalters nahmen am wenigsten teil an dem, was sich in Frankreich vorbereitete. Der Ausbruch der Revolution überraschte sie im Negligé. Die Philosophie, die Politik, die Wissenschaft, die Literatur, jede durch einen besonderen Mann repräsentiert, waren sie stürmisch, wie eine Schar Trunkenbolde, auf ein Ziel losgestürmt, das sie nicht kannten; aber je näher sie demselben gelangten, desto besänftigter wurde ihr Fieber, desto ruhiger wurde ihr Antlitz, desto sicherer wurde ihr Gang. Jenes Ziel, welches sie nicht kannten, mochten sie wohl dunkel ahnen; denn im Buch Gottes hatten sie lesen können, dass alle menschlichen Freuden mit Tränen endigen. Und ach! sie kamen von einem zu wüsten, jauchzenden Gelag, als dass sie nicht zu dem Ernstesten und Schrecklichsten gelangen mussten. Wenn man die Unruhe betrachtet, wovon sie in dem süßesten Rausch dieser Orgie des achtzehnten Jahrhunderts zuweilen beängstigt worden, so sollte man glauben, das Schafott, das all diese tolle Lust endigen sollte, habe ihnen schon von ferne zugewinkt, wie das dunkle Haupt eines Gespenstes.

Die Malerei, welche sich damals von der ernsthaften sozialen Bewegung entfernt gehalten, sei es nun, weil sie von Wein und Weibern ermattet war, oder sei es auch, weil sie ihre Mitwirkung für fruchtlos hielt, genug, sie hat sich bis zum letzten Augenblick dahingeschleppt zwischen ihren Rosen, Moschusdüften und Schäferspielen. Vien und einige andere fühlten wohl, dass man sie zu jedem Preis daraus emporziehen müsse, aber sie wussten nicht, was man alsdann damit anfangen sollte. Lesueur, den der Lehrer Davids sehr hochachtete, konnte keine neue Schule hervorbringen. Er musste dessen wohl eingeständig sein. In eine Zeit geschleudert, wo auch alles geistige Königtum in die Gewalt eines Marat und eines Robespierre geraten, war David in derselben Verlegenheit wie jene Künstler. Wissen wir doch, dass er nach Rom ging und dass er ebenso vanlooisch heimkehrte, wie er abgereist war. Erst später, als das griechisch-römische Altertum gepredigt wurde, als Publizisten und Philosophen auf den Gedanken gerieten, man müsse zu den literarischen, sozialen und politischen Formen der Alten zurückkehren: erst alsdann entfaltete sich sein Geist in all seiner angeborenen Kühnheit, und mit gewaltiger Hand zog er die Kunst aus der tändelnden, parfümierten Schäferei, worin sie versunken, und er erhob sie in die ernsten Regionen des antiken Heldentums. Die Reaktion war unbarmherzig wie jede Reaktion, und David betrieb sie bis zum Äußersten. Es begann durch ihn ein Terrorismus auch in der Malerei.«

Über Davids Schaffen und Wirken ist Deutschland hinlänglich unterrichtet. Unsere französischen Gäste haben uns während der Kaiserzeit oft genug von dem großen David unterhalten. Ebenfalls von seinen Schülern, die ihn, jeder in seiner Weise, fortgesetzt, von Gérard, Gros, Girodet und Guérin, haben wir vielfach reden hören. Weniger weiß man bei uns von einem anderen Mann, dessen Name ebenfalls mit einem G anfängt und welcher, wenn auch nicht der Stifter, doch der Eröffner einer neuen Malerschule in Frankreich. Das ist Géricault.

Von dieser neuen Malerschule habe ich in den vorstehender Blättern unmittelbare Kunde gegeben. Indem ich die besten Stücke des Salon von 1831 beschrieben, lieferte ich auch zu gleicher Zeit eine tatsächliche Charakteristik der neuen Meister. Jener Salon war nach dem allgemeinen Urteil der außerordentlichste, den Frankreich je geliefert, und er bleibt denkwürdig in den Annalen der Kunst. Die Gemälde, die ich einer Beschreibung würdigte, werden sich Jahrhunderte erhalten und mein Wort ist vielleicht ein nützlicher Beitrag zur Geschichte der Malerei.

Von jener unermesslichen Bedeutung des Salon von 1831 habe ich mich dieses Jahr vollauf überzeugen können, als die Säle des Louvre, welche zwei Monate lang geschlossen waren, sich den ersten April wieder öffneten und uns die neuesten Produkte der französischen Kunst entgegengrüßten. Wie gewöhnlich hatte man die alten Gemälde, welche die Nationalgalerie bilden, durch spanische Wände verdeckt, und an letzteren hingen die neuen Bilder, sodass zuweilen hinter den gotischen Abgeschmacktheiten eines neuromantischen Malers gar lieblich die mythologischen altitalienischen Meisterwerke hervorlauschten. Die ganze Ausstellung glich einem Codex palimpsestus, wo man sich über den neubarbarischen Text umso mehr ärgerte, wenn man wusste, welche griechische Götterpoesie damit übersudelt worden.

Wohl gegen viertehalbtausend [dreieinhalbtausend] Gemälde waren ausgestellt, und es befand sich darunter fast kein einziges Meisterstück. War das die Folge einer allzu großen Ermüdung nach einer allzu großen Aufregung? Beurkundete sich in der Kunst der Nationalkatzenjammer, den wir jetzt, nachdem der übertolle Freiheitsrausch verdampft, auch im politischen Leben der Franzosen bemerken? War die diesjährige Ausstellung nur ein buntes Gähnen? nur ein farbiges Echo der diesjährigen Kammer? Wenn der Salon von 1831 noch von der Sonne des Julius durchglüht war, so tröpfelte in dem Salon 1833 noch der trübe Regen des Junius. Die beiden gefeierten Helden des vorigen Salon, Delaroche und Robert, traten diesmal gar nicht in die Schranken, und die übrigen Maler, die ich früher gerühmt, gaben dies Jahr nichts Vorzügliches. Mit Ausnahme eines Bildes von Tony Johannot, einem Deutschen, hat kein einziges Gemälde dieses Salons mich gemütlich angesprochen. Herr Scheffer gab wieder eine Margarete, die von großen Fortschritten im Technischen zeugte, aber doch nicht viel bedeutete. Es war dieselbe Idee, glühender gemalt und frostiger gedacht. Auch Horaz Vernet gab wieder ein großes Bild, worauf jedoch nur schöne Einzelheiten. Decamps hat sich wohl über den Salon und sich selber lustig machen wollen, und er gab meistens Affenstücke; darunter ein ganz vortrefflicher Affe, der ein Historienbild malt. Das deutschchristlich langherabhängende Haar desselben mahnte mich ergötzlich an überrheinische Freunde.

Am meisten besprochen und durch Lob und Widerspruch gefeiert wurde dieses Jahr Herr Ingres. Er gab zwei Stücke; das eine war das Porträt einer jungen Italienerin, das andere war das Porträt des Herrn Bertin l'Aîné, eines alten Franzosen.

Wie Ludwig Philipp im Reich der Politik, so war Herr Ingres dieses Jahr König im Reiche der Kunst. Wie jener in den Tuilerien, so herrschte dieser im Louvre. Der Charakter des Herren Ingres ist ebenfalls Justemilieu, er ist nämlich ein Justemilieu zwischen Mieris und Michelangelo. In seinen Gemälden findet man die heroische Kühnheit des Mieris und die feine Farbengebung des Michelangelo.

In demselben Maß, wie die Malerei in der diesjährigen Ausstellung wenig Begeisterung zu erregen vermochte, hat die Skulptur sich um so glänzender gezeigt, und sie lieferte Werke, worunter viele zu den höchsten Hoffnungen berechtigten und eins sogar mit den besten Erzeugnissen dieser Kunst wetteifern konnte. Es ist der Kain des Herrn Etex. Es ist eine Gruppe von symmetrischer, ja monumentaler Schönheit, voll antediluvianischem Charakter und doch zugleich voller Zeitbedeutung. Kain mit Weib und Kind, schicksalergeben, gedankenlos brütend, eine Versteinerung trostloser Ruhe. Dieser Mann hat seinen Bruder getötet, infolge eines Opferzwistes, eines Religionsstreits. Ja, die Religion hat den ersten Brudermord verursacht, und seitdem trägt sie das Blutzeichen auf der Stirn. – Ich werde auf den Kain von Etex späterhin zurückkommen, wenn ich von dem außerordentlichen Aufschwung zu reden habe, den wir in unserer Zeit bei den Bildhauern noch weit mehr als bei den Malern bemerken. Der Spartakus und der Theseus, welche beide jetzt im Tuileriengarten aufgestellt sind, erregen jedes Mal, wenn ich dort spazieren gehe, meine nachdenkende Bewunderung. Nur schmerzt es mich zuweilen, wenn es regnet, dass solche Meisterstücke unserer modernen Kunst so ganz und gar der freien Luft ausgesetzt stehn. Der Himmel ist hier nicht so milde wie in Griechenland, und auch dort standen die besseren Werke nie so ganz ungeschützt gegen Wind und Wetter, wie man gewöhnlich meint. Die besseren waren wohlgeschirmt, meistens in Tempeln. Bis jetzt hat jedoch die Witterung den neuen Statuen in den Tuilerien wenig geschadet, und es ist ein heiterer Anblick, wenn sie blendend weiß aus dem frischgrünen Kastanienlaub hervorgrüßen. Dabei ist es hübsch anzuhören, wenn die Bonnen den kleinen Kindern, die dort spielen, manchmal erklären, was der marmorne nackte Mann bedeutet, der so zornig sein Schwert in der Hand hält, oder was das für ein sonderbarer Kauz ist, der auf seinem menschlichen Leib einen Ochsenkopf trägt und den ein anderer nackter Mann mit einer Keule niederschlägt; der Ochsenmensch, sagen sie, hat viele kleine Kinder gefressen. Junge Republikaner, die vorübergehn, pflegen auch wohl zu bemerken, dass der Spartakus sehr bedenklich nach den Fenstern der Tuilerien hinaufschielt, und in der Gestalt des Minotaurus sehen sie das Königtum. Andere Leute tadeln auch wohl an dem Theseus die Art, wie er die Keule schwingt, und sie behaupten: wenn er damit zuschlüge, würde er unfehlbar sich selber die Hand zerschmettern. Dem sei aber, wie ihm wolle; bis jetzt sieht das alles noch sehr gut aus. Jedoch nach einigen Wintern werden diese vortrefflichen Statuen schon verwittert und brüchig sein, und Moos wächst dann an dem Schwerte des Spartakus, und friedliche Insektenfamilien nisten zwischen dem Ochsenkopf des Minotaurus und der Keule des Theseus, wenn diesem nicht gar unterdessen die Hand mitsamt der Keule abgebrochen ist.

Da hier doch so viel unnützes Militär gefüttert werden muss, so sollte der König in den Tuilerien neben jede Statue eine Schildwache stellen, die, wenn es regnet, einen Regenschirm darüber ausspannt. Unter dem bürgerköniglichen Regenschirm würde dann im wahren Sinne des Wortes die Kunst geschützt sein.

Allgemein ist die Klage der Künstler über die allzu große Sparsamkeit des Königs. Als Herzog von Orleans, heißt es, habe er die Künste eifriger beschützt. Man murrt, er bestelle verhältnismäßig zu wenig Bilder und zahle dafür verhältnismäßig zu wenig Geld. Er ist jedoch, mit Ausnahme des Königs von Bayern, der größte Kunstkenner unter den Fürsten. Sein Geist ist vielleicht jetzt zu sehr politisch befangen, als dass er sich mit Kunstsachen so eifrig wie ehemals beschäftigen könnte. Wenn aber seine Vorliebe für Malerei und Skulptur etwas abgekühlt, so hat sich seine Neigung für Architektur fast bis zur Wut gesteigert. Nie ist in Paris so viel gebaut worden, wie jetzt auf Betrieb des Königs geschieht. Überall Anlagen zu neuen Bauwerken und ganz neuen Straßen. An den Tuilerien und dem Louvre wird beständig gehämmert. Der Plan zu der neuen Bibliothek ist das Großartigste, was sich denken lässt. Die Magdalenenkirche, der alte Tempel des Ruhms, ist seiner Vollendung nahe. An dem großen Gesandtschaftspalast, den Napoleon an der rechten Seite der Seine aufführen wollte und der nur zur Hälfte fertig geworden, sodass er wie Trümmer einer Riesenburg aussieht, an diesem ungeheuren Werke wird jetzt weitergebaut. Dabei erheben sich wunderbar kolossale Monumente auf den öffentlichen Plätzen. Auf dem Bastillenplatz erhebt sich der große Elefant, der nicht übel die bewusste Kraft und die gewaltige Vernunft des Volks repräsentiert. Auf der Place de la Concorde sehen wir schon, in hölzerner Abbildung, den Obelisk von Luxor; in einigen Monaten steht dort das ägyptische Original und dient als Denkstein des schauerlichen Ereignisses, das einst am 21. Januar an diesem Ort stattfand. Wie viel tausendjährige Erfahrungen uns dieser hieroglyphenbedeckte Bote aus dem Wunderland Ägypten mitbringen mag, so hat doch der junge Laternenpfahl, der auf der Place de la Concorde seit fünfzig Jahren steht, noch viel merkwürdigere Dinge erlebt, und der alte, rote, urheilige Riesenstein wird vor Entsetzen erblassen und zittern, wenn mal in einer stillen Winternacht jener frivol französische Laternenpfahl zu schwatzen beginnt und die Geschichte des Platzes erzählt, worauf sie beide stehen.

Das Bauwesen ist die Hauptleidenschaft des Königs, und diese kann vielleicht die Ursache seines Sturzes werden. Ich fürchte, trotz allen Versprechungen werden ihm die Forts détachés nicht aus dem Sinne kommen; denn bei diesem Projekt können seine Lieblingswerkzeuge, Kelle und Hammer, angewendet werden, und das Herz klopft ihm vor Freude, wenn er an einen Hammer denkt. Dieses Klopfen übertäubt vielleicht einst die Stimme seiner Klugheit, und ohne es zu ahnen, wird er von seinen Lieblingslaunen beschwatzt, wenn er jene Forts für sein einziges Heil und ihre Errichtung für leicht ausführbar hält. Durch das Medium der Architektur gelangen wir daher vielleicht in die größten Bewegungen der Politik. In Beziehung auf jene Forts und auf den König selbst will ich hier ein Fragment aus einem Memoire [Denkschrift, Eingabe] mitteilen, das ich vorigen Juli geschrieben:

»Das ganze Geheimnis der revolutionären Parteien besteht darin, dass sie die Regierung nicht mehr angreifen wollen, sondern von Seiten derselben irgendeinen großen Angriff abwarten, um tatsächlichen Widerstand zu leisten. Eine neue Insurrektion kann daher in Paris nicht ausbrechen ohne den besondern Willen der Regierung, die erst durch irgendeine bedeutende Torheit die Veranlassung geben muss. Gelingt die Insurrektion, so wird Frankreich sogleich zu einer Republik erklärt, und die Revolution wälzt sich über ganz Europa, dessen alte Institutionen alsdann, wo nicht zertrümmert, doch wenigstens sehr erschüttert werden. Misslingt die Insurrektion, so beginnt hier eine unerhört furchtbare Reaktion, die alsdann in den Nachbarländern mit der gewöhnlichen Ungeschicklichkeit nachgeäfft wird und dann ebenfalls manche Umgestaltung des Bestehenden hervorbringen kann. Auf jeden Fall wird die Ruhe Europas gefährdet durch alles, was die hiesige Regierung gegen die Interessen der Revolution Außerordentliches unternimmt, durch jede Feindseligkeit, die sie gegen die Parteien der Revolution ausübt. Da nun der Wille der hiesigen Regierung ganz ausschließlich der Wille des Königs ist, so ist die Brust Ludwig Philipps die eigentliche Pandorabüchse, die alle Übel enthält, die sich auf einmal über diese Erde ergießen können. Leider ist es nicht möglich, auf seinem Gesicht die Gedanken seines Herzens zu lesen; denn in der Verstellungskunst scheint die jüngere Linie ebenso sehr Meister zu sein wie die ältere. Kein Schauspieler auf dieser Erde hat sein Gesicht so sehr in seiner Gewalt, keiner weiß so meisterhaft seine Rolle durchzuspielen wie unser Bürgerkönig. Er ist vielleicht einer der geschicktesten, geistvollsten und mutigsten Menschen Frankreichs; und doch hat er, als es galt, die Krone zu gewinnen, sich ein ganz harmloses, spießbürgerliches, zaghaftes Ansehen zu geben gewusst, und die Leute, die ihn ohne viel Umstände auf den Thron setzten, glaubten gewiss, ihn mit noch weniger Umständen wieder davon herunterwerfen zu können. Diesmal hat das Königtum die blödsinnige Rolle des Brutus gespielt. Daher sollten die Franzosen eigentlich über sich selber und nicht über den Ludwig Philipp lachen, wenn sie jene Karikaturen ansehen, wo letzterer mit seinem weißen Filzhut und großen Regenschirm dargestellt wird. Beides waren Requisiten, und wie die Poignées de main [das Händeschütteln] gehörten sie zu seiner Rolle. Der Geschichtsschreiber wird ihm einst das Zeugnis geben, dass er diese gut ausgeführt hat; dieses Bewusstsein kann ihn trösten über die Satiren und Karikaturen, die ihn zur Zielscheibe ihres Witzes gewählt. Die Menge solcher Spottblätter und Zerrbilder wird täglich größer, und überall an den Mauern der Häuser sieht man groteske Birnen. Noch nie ist ein Fürst in seiner eigenen Hauptstadt so sehr verhöhnt worden wie Ludwig Philipp. Aber er denkt, wer zuletzt lacht, lacht am besten; ihr werdet die Birne nicht fressen, die Birne frisst euch. Gewiss, er fühlt alle Beleidigungen, die man ihm zufügt; denn er ist ein Mensch. Er ist auch nicht von so gnädiger Lammsnatur, dass er sich nicht dafür rächen möchte; er ist ein Mensch aber ein starker Mensch, der seinen augenblicklichen Unmut bezwingen kann und seiner Leidenschaft zu gebieten weiß. Wenn die Stunde kommt, die er für die rechte hält, dann wird er losschlagen; erst gegen die inneren Feinde, hernach gegen die äußeren, die ihn noch weit empfindlicher beleidigt haben. Dieser Mann ist alles fähig, und wer weiß, ob er nicht einst jenen Handschuh, der von allen möglichen Poignées de main so schmutzig geworden, der ganzen Heiligen Allianz als Fehdehandschuh hinwirft. Es fehlt ihm wahrhaftig nicht an fürstlichem Selbstgefühl. Ihn, den ich kurz nach der Juliusrevolution mit Filzhut und Regenschirm sah, wie verändert erblickte ich ihn plötzlich am sechsten Junius voriges Jahr, als er die Republikaner bezwang. Es war nicht mehr der gutmütige, schwammbäuchige Spießbürger, das lächelnde Fleischgesicht; sogar seine Korpulenz gab ihm plötzlich ein würdiges Ansehn, er warf das Haupt so kühn in die Höhe, wie es jemals irgendeiner seiner Vorfahren getan, er erhob sich in dickster Majestät, jedes Pfund ein König. Als er aber dennoch fühlte, dass die Krone auf seinem Haupt noch nicht ganz fest saß und noch manches schlechte Wetter eintreten könnte: wie schnell hatte er wieder den alten Filzhut aufgestülpt und seinen alten Regenschirm zur Hand genommen! Wie bürgerlich, einige Tage nachher, bei der großen Revue, grüßte er wieder Gevatter Schneider und Schuster, wie gab er wieder rechts und links die herzlichsten Poignées de main, und nicht bloß mit der Hand, sondern auch mit den Augen, mit den lächelnden Lippen, ja sogar mit dem Backenbart! Und dennoch, dieser lächelnde, grüßende, bittende, flehende gute Mann trug damals in seiner Brust vierzehn Forts détachés. – Diese Forts sind jetzt Gegenstand der bedenklichsten Fragen, und die Lösung derselben kann furchtbar werden und den ganzen Erdkreis erschüttern. Das ist wieder der Fluch, der die klugen Leute ins Verderben stürzt, sie glauben klüger zu sein als ganze Völker, und doch hat die Erfahrung gezeigt, dass die Massen immer richtig geurteilt und, wo nicht die ganzen Pläne, doch immer die Absichten ihrer Machthaber erraten. Die Völker sind allwissend, alldurchschauend; das Auge des Volkes ist das Auge Gottes. So hat das französische Volk mitleidig die Achsel gezuckt, als die Regierung ihm landesväterlichst vorheuchelte: sie wolle Paris befestigen, um es gegen die Heilige Allianz verteidigen zu können. Jeder fühlte, dass nur Ludwig Philipp sich selber befestigen wollte gegen Paris. Es ist wahr, der König hat Gründe genug, Paris zu fürchten, die Krone glüht ihm auf dem Haupte und versengt ihm das Toupet, solange die große Flamme noch lodert in Paris, dem Foyer der Revolution. Aber warum gesteht er dieses nicht ganz offen? warum gebärdet er sich noch immer als treuer Wächter dieser Flamme? Ersprießlicher wäre vielleicht für ihn das offene Bekenntnis an die Gewürzkrämer und sonstige Parteigenossen, dass er für sie und sich selber nicht stehen könne, solange er nicht gänzlich Herr von Paris, dass er deshalb die Hauptstadt mit vierzehn Forts umgebe, deren Kanonen jeder Emeute gleich von oben herab Stillschweigen gebieten würden. Offenes Eingeständnis, dass es sich um seinen Kopf und alle Justemilieu-Köpfe handle, hätte vielleicht gute Wirkung hervorgebracht. Aber jetzt sind nicht bloß die Parteien der Opposition, sondern auch die Boutiquiers und die meisten Anhänger des Justemilieu-Systems ganz verdrießlich über die Forts détachés, und die Presse hat ihnen hinlänglich die Gründe auseinandergesetzt, weshalb sie verdrießlich sind. Die meisten Boutiquiers sind nämlich jetzt der Meinung, Ludwig Philipp sei ein ganz vortrefflicher König, er sei wert, dass man Opfer für ihn bringe, ja sich manchmal für ihn in Gefahr setze wie am 5. und 6. Junius, wo sie ihrer 40 000 Mann in Gemeinschaft mit 20 000 Mann Linientruppen gegen mehrere hundert Republikaner ihr Leben gewagt haben; keineswegs jedoch sei Ludwig Philipp wert, dass man, um ihn zu behalten, bei späteren bedeutenderen Emeuten ganz Paris, also sich selber nebst Weib und Kind und sämtlichen Butiken, in die Gefahr setzt, von 14 Höhen herab zugrunde geschossen zu werden. Man sei ja, meinen sie übrigens, seit fünfzig Jahren an alle möglichen

Revolutionen gewöhnt, man habe sich ganz darauf einstudiert, bei geringen Emeuten zu intervenieren, damit die Ruhe gleich wiederhergestellt wird, bei größeren Insurrektionen sich gleich zu unterwerfen, damit ebenfalls die Ruhe gleich wiederhergestellt wird. Auch die Fremden, meinen sie, die reichen Fremden, die in Paris so viel Geld verzehren, hätten jetzt eingesehen, dass eine Revolution für jeden ruhigen Zuschauer ungefährlich sei, dass dergleichen mit großer Ordnung, sogar mit großer Artigkeit stattfinde, dergestalt, dass es für einen Ausländer noch ein besonderes Amüsement sei, eine Revolution in Paris zu erleben. Umgäbe man aber Paris mit Forts détachés, so würde die Furcht, dass man eines frühen Morgens zugrunde geschossen werden könne, die Ausländer, die Provinzialen und nicht bloß die Fremden, sondern auch viele hier ansässige Rentiers aus Paris verscheuchen; man würde dann weniger Zucker, Pfeffer und Pomade verkaufen und geringere Hausmiete gewinnen; kurz, Handel und Gewerbe würden zugrunde gehn. Die Epiciers, die solcherweise für den Zins ihrer Häuser, für die Kunden ihrer Butiken und für sich selbst und ihre Familien zittern, sind daher Gegner eines Projektes, wodurch Paris eine Festung wird, wodurch Paris nicht mehr das alte, heitere, sorglose Paris bleibt. Andere, die zwar zum Justemilieu gehören, aber den liberalen Prinzipien der Revolution nicht entsagt haben und solche Prinzipien noch immer mehr lieben als den Ludwig Philipp, diese wollen das Bürgerkönigtum vielmehr durch Institutionen als durch eine Art von Bauwerken geschützt sehen, die allzu sehr an die alte feudalistische Zeit erinnern, wo der Inhaber der Zitadelle die Stadt nach Willkür beherrschen konnte. Ludwig Philipp, sagen sie, sei bis jetzt noch ein treuer Wächter der bürgerlichen Freiheit und Gleichheit, die man durch so viel Blut erkämpft; aber er sei Mensch, und im Menschen wohne immer ein geheimes Gelüst nach absoluter Herrschaft. Im Besitz der Forts détachés könne er ungeahndet, nach Willkür, jede Laune befriedigen; er sei alsdann weit unumschränkter, als es die Könige vor der Revolution jemals sein mochten; diese hätten nur einzelne Unzufriedene in die Bastille setzen können, Ludwig Philipp aber umgäbe die ganze Stadt mit Bastillen, er embastilliere ganz Paris. Ja, wenn man auch der edlen Gesinnung des jetzigen Königs ganz sicher wäre, so könne man doch nicht für die Gesinnungen seiner Nachfolger Bürge stehen, noch viel weniger für die Gesinnungen aller derjenigen, die sich durch List oder Zufall einst in die Besitz jener Forts détachés setzen und alsdann Paris nach Willkür beherrschen könnten. Weit wichtiger noch als diese Einwürfe war eine andere Besorgnis, die sich von allen Seiten kundgab und sogar diejenigen erschütterte, die bis jetzt weder gegen noch für die Regierung, ja nicht einmal für oder gegen die Revolution Partei genommen. Sie betraf das höchste und wichtigste Interesse des ganzen Volks, die Nationalunabhängigkeit. Trotz aller französischen Eitelkeit, die nie gern an 1814 und 1815 zurückdenkt, musste man sich doch heimlich gestehen, dass eine dritte Invasion nicht so ganz außer dem Bereich der Möglichkeit läge, dass die Forts détachés nicht bloß den Alliierten kein allzu großes Hindernis sein würden, wenn sie Paris einnehmen wollten, sondern dass sie eben dieser Forts sich bemächtigen könnten, um Paris für ewige Zeiten in Zaum zu halten oder wo nicht gar für immer in den Grund zu schießen. Ich referiere hier nur die Meinung der Franzosen, die sich für überzeugt halten, dass einst bei der Invasion die fremden Truppen sich wieder von Paris entfernt, weil sie keinen Stützpunkt gegen die große Einwohnermasse gefunden, und dass jetzt die Fürsten in der Tiefe ihrer Herzen nichts Sehnlicheres wünschen, als Paris, das Foyer der Revolution, von Grund aus zu zerstören. – –«

Sollte jetzt wirklich das Projekt der Forts détachés für immer aufgegeben sein? Das weiß nur der Gott, der in die Nieren der Könige schaut.

Ich kann nicht umhin zu erwähnen, dass uns vielleicht der Parteigeist verblendet und der König wirklich die gemeinnützigsten Absichten hegt und sich nur gegen die Heilige Allianz barrikadieren will. Es ist aber unwahrscheinlich. Die Heilige Allianz hat tausend Gründe, vielmehr den Ludwig Philipp zu fürchten, und sie hat noch außerdem einen allerwichtigsten Hauptgrund, seine Erhaltung zu wünschen. Denn erstens ist Ludwig Philipp der mächtigste Fürst in Europa, seine materiellen Kräfte werden verzehnfacht durch die ihnen inwohnende Beweglichkeit, und zehnfach, ja hundertfach stärker noch sind die geistigen Mittel, worüber er nötigenfalls gebieten könnte; und sollten dennoch die vereinigten Fürsten den Sturz dieses Mannes bewirken, so hätten sie selber die mächtigste und vielleicht letzte Stütze des Königtums in Europa umgestürzt. Ja, die Fürsten sollten dem Schöpfer der Kronen und Throne tagtäglich auf ihren Knien dafür danken, dass Ludwig Philipp König von Frankreich ist. Schon haben sie einmal die Torheit begangen, den Mann zu töten, der am gewaltigsten die Republikaner zu bändigen vermochte, den Napoleon. Oh, mit Recht nennt ihr euch Könige von Gottes Gnade! Es war eine besondere Gnade Gottes, dass er den Königen noch einmal einen Mann schickte, der sie rettete, als wieder der Jakobinismus die Axt in Händen hatte und das alte Königtum zu zertrümmern drohte; töten die Fürsten auch diesen Mann, so kann ihnen Gott nicht mehr helfen. Durch die Sendung des Napoleon Bonaparte und des Ludwig Philipp Orleans, dieser zwei Mirakel, hat er dem Königtum zweimal seine Rettung angeboten. Denn Gott ist vernünftig und sieht ein, dass die republikanische Regierungsform sehr unpassend, unersprießlich und unerquicklich ist für das alte Europa. Und auch ich habe diese Einsicht. Aber wir können vielleicht beide nichts ausrichten gegen die Verblendung der Fürsten und Demagogen. Gegen die Dummheit kämpfen wir Götter selbst vergebens.

Ja, es ist meine heiligste Überzeugung, dass das Republikentum unpassend, unersprießlich und unerquicklich wäre für die Völker Europas und gar unmöglich für die Deutschen. Als in blinder Nachäffung der Franzosen die deutschen Demagogen eine deutsche Republik predigten und nicht bloß die Könige, sondern auch das Königtum selbst, die letzte Garantie unseres Gesellschaft, mit wahnsinniger Wut zu verlästern und zu schmähen suchten: da hielt ich es für Pflicht, mich auszusprechen, wie es in vorstehenden Blättern in Beziehung auf den 21. Januar geschehen ist. Obgleich mir seit dem 28. Junius des vorigen Jahrs mein Monarchismus etwas sauer gemacht wird, so habe ich doch jene Äußerungen bei diesem erneuerten Druck nicht ausscheiden wollen. Ich bin stolz darauf, dass ich einst den Mut besessen, weder durch Liebkosung und Intrige noch durch Drohung mich fortreißen zu lassen in Unverstand und Irrsal. Wer nicht so weit geht, als sein Herz ihn drängt und die Vernunft ihm erlaubt, ist eine Memme; wer weiter geht, als er gehen wollte, ist ein Sklave.

Französische Zustände

[Allgemeine Zeitung, Augsburg 1831/1832; Hoffmann und Campe, Hamburg 1833]

Vorrede zur Vorrede

Wie ich vernehme, ist die Vorrede zu den »Französischen Zuständen« in einer so verstümmelten Gestalt erschienen, dass mir wohl die Pflicht obliegt, sie in ihrer ursprünglichen Ganzheit herauszugeben. Indem ich nun hier einen besonderen Abdruck davon liefere, bitte ich mir keineswegs die Absicht beizumessen, als wollte ich die jetzigen Machthaber in Deutschland ganz besonders reizen oder gar beleidigen. Ich habe vielmehr meine Ausdrücke, soviel es die Wahrheit erlaubte, zu mäßigen gesucht. Ich war deshalb nicht wenig verwundert, als ich merkte, dass man jene Vorrede in Deutschland noch immer für zu herb gehalten. Lieber Gott! was soll das erst geben, wenn ich mal dem freien Herzen erlaube, in entfesselter Rede sich ganz frei auszusprechen! Und es kann dazu kommen. Die widerwärtigen Nachrichten, die täglich über den Rhein zu uns herüberseufzen, dürften mich wohl dazu bewegen. Vergebens sucht ihr die Freunde des Vaterlands und ihre Grundsätze in der öffentlichen Meinung herabzuwürdigen, indem ihr diese als »französische Revolutionslehren« und jene als »französische Partei in Deutschland« verschreit; denn ihr spekuliert immer auf alles, was schlecht im deutschen Volk ist, auf Nationalhass, religiösen und politischen Aberglauben und Dummheit überhaupt. Aber ihr wisst nicht, dass auch Deutschland nicht mehr durch die alten Kniffe getäuscht werden kann, dass sogar die Deutschen gemerkt, wie der Nationalhass nur ein Mittel ist, eine Nation durch die andere zu knechten, und wie es überhaupt in Europa keine Nationen mehr gibt, sondern nur zwei Parteien, wovon die eine, Aristokratie genannt, sich durch Geburt bevorrechtet dünkt und alle Herrlichkeiten der bürgerlichen Gesellschaft usurpiert, während die andere, Demokratie genannt, ihre unveräußerlichen Menschenrechte vindiziert und jedes Geburtsprivilegium abgeschafft haben will, im Namen der Vernunft. Wahrlich, ihr solltet uns die himmlische Partei nennen, nicht die französische; denn jene Erklärung der Menschenrechte, worauf unsere ganze Staatswissenschaft basiert ist, stammt nicht aus Frankreich, wo sie freilich am glorreichsten proklamiert worden, nicht einmal aus Amerika, woher sie Lafayette geholt hat, sondern sie stammt aus dem Himmel, dem ewigen Vaterland der Vernunft.

Wie muss euch doch das Wort »Vernunft« fatal sein! Gewiss ebenso fatal wie den Erbfeinden derselben, den Pfaffen, deren Reich sie ebenfalls ein Ende macht und die in der gemeinschaftlichen Not sich mit euch verbündet.

Der Ausdruck »französische Partei in Deutschland« schwebt mir heute vorherrschend im Sinn, weil er mir diesen Morgen in dem neuesten Heft des »Edinburgh Review« besonders auffiel. Es war bei Gelegenheit einer Charakteristik der Gedichte des Herrn Uhland, des guten Kindes, und der meinigen, des bösen Kindes, das als ein Häuptling »der französischen Partei in Deutschland« dargestellt wird. Wie ich merke, ist dergleichen nur ein Echo deutscher Zeitschriften, die ich leider hier nicht sehe. Kann ich sie aber jetzt nicht besonders würdigen, geschieht es ein andermal zum allgemeinen Besten. Seit zehn Jahren in beständiger Gegenstand der Tageskritik, die entweder pro oder contra, aber immer mit Leidenschaft, meine Schriften besprochen, darf man mir wohl eine hinlängliche Indifferenz in Betreff gedruckter Urteile über mich zutrauen; wenn ich daher, was ich bisher nie getan habe, solche Besprechungen jetzt manchmal erwähnen werde, so wird man hoffentlich wohl einsehen, dass nicht die persönlichen Empfindlichkeiten des Schriftstellers, sondern die allgemeinen Interessen des Bürgers das Wort hervorrufen. Leider sind jetzt, wie gesagt, außer den politischen Blättern sehr wenig deutsche Tageserzeugnisse in Paris sichtbar. Ich vermisse sie ungern, in jeder

Hinsicht. Wahrlich, in dieser grandiosen Stadt, wo alle Tag ein Stück Weltgeschichte tragiert wird, wäre es pikant, sich manchmal gegensätzlich mit unserer heimischen Misere zu beschäftigen. Ein junger Mann hat mir jüngst geschrieben, dass er voriges Jahr einige Schmähungen gegen mich drucken lassen, welches ich ihm nicht übelnehmen möchte, da ihn meine antinationale Gesinnung in Leidenschaft gesetzt und er im patriotischen Zorn seiner Worte nicht mächtig war; dieser junge Mann hätte auch so artig sein sollen, mir ein Exemplärchen seines Opus mitzuschicken. Er scheint zu der böotischen Partei in Deutschland zu gehören, deren Unmut gegen »die französische Partei« sehr verzeihlich ist; ich verzeihe ihm von Herzen. Es wäre mir aber wirklich lieb gewesen, wenn er mir das Opus selbst geschickt hätte. Da lob ich mir die sodomitische Partei in Deutschland, die mir ihre Schmähartikel immer selbst zuschickt, und manchmal sogar hübsch abgeschrieben und was am löblichsten ist, immer postfrei. Diese Leute hätten aber nicht nötig, so viele Vorsichtsmaßregeln zu nehmen, damit ihre Anonymität bewahrt bleibe. Trotz der verstellten Schreibweise erkenne ich doch immer die namenlosen Verfasser dieser namenlosen Niederträchtigkeiten, ich kenne diese Leute am Stil – »Cognosco stilum curiae romanae!« rief der edle Geschichtsschreiber des tridentinischen Konziliums, als der feige Dolch des Meuchelmörders ihn von hinten traf.

Außer der sodomitischen und böotischen ist aber auch die abderitische Partei in Deutschland gegen mich aufgebracht. Es sind da nicht bloß meine französischen Prinzipien, was die meisten derselben gegen mich anreizt. Da gibt's zuweilen noch edlere Gründe. Z. B. ein Häuptling der abderitischen Partei, der seit vielen Jahren unaufhörlich in Schimpf und Ernst gegen mich loszieht, ist nur ein Champion seiner Gattin, die sich von mir beleidigt glaubt und mir den Untergang geschworen hat. Solcher Todeshass schmerzt mich sehr, denn die Dame ist sehr liebenswürdig. Sie hat sehr viele Ähnlichkeit mit der Mediceischen Venus, sie ist nämlich ebenfalls sehr alt, hat ebenfalls keine Zähne; ihr Kinn, wenn sie sich rasiert hat, ist ebenso glatt wie das Kinn jener marmornen Göttin; auch geht sie fast ebenso nackt wie diese, und zwar um zu zeigen, dass ihre Haut nicht ganz gelb sei, sondern hie und da auch einige weiße Flecken habe. Vergebens habe ich dieser liebenswürdigen Dame die versöhnlichsten Artigkeiten gesagt, z. B. dass ich sie beneide, weil sie sich nur zweimal die Woche zu rasieren braucht, während ich diese Operation alle Tage erdulden muss, dass ich sie für die tugendhafteste von allen Frauen halte, die keine Zähne haben, dass ich ihr Herz zu besitzen wünsche, und zwar in einer goldenen Kapsel – vergebens, hier half keine Begütigung! Die Unversöhnliche hasst mich zu sehr, und wie einst Isabella von Kastilien das Gelübde tat, nicht eher ihr Hemd zu wechseln, als bis Granada gefallen sei, so hat jene Dame ebenfalls geschworen, nicht eher ein reines Hemd anzuziehen, als bis ich, ihr Feind, zu Boden liege. Nun setzt sie alle Skribler gegen mich in Bewegung, namentlich ihren armen Gatten, den wahrlich das isabellenfarbige Hemd seiner Ehehälfte nicht wenig inkommodiert, besonders im Sommer, wo die Holde dadurch noch anmutiger als gewöhnlich duftet – so dass er manchmal, wie wahnsinnig, aus dem Bette springt und nach dem Schreibtisch stürzt und mich schnell zugrunde schreiben will.

Das Brockhaussche »Konversationsblatt« enthält im Sommer weit mehr Schmähartikel gegen mich als im Winter.

Verzeih, lieber Leser, dass diese Zeilen dem Ernst der Zeit nicht ganz angemessen sind. Aber meine Feinde sind gar zu lächerlich! Ich sage Feinde, ich gebe ihnen aus Courtoisie diesen Titel, obgleich sie meistens nur meine Verleumder sind. Es sind kleine Leute, deren Hass nicht einmal bis an meine Waden reicht. Mit stumpfen Zähnen nagen sie an meinen Stiefeln. Das bellt sich müd da unten.

Misslicher ist es, wenn die Freunde mich verkennen. Das dürfte mich verstimmen, und wirklich, es verstimmt mich. Ich will es aber nicht verhehlen, ich will es selber zur öffentlichen Kunde bringen, dass auch von Seiten der himmlischen Partei mein guter Leumund angegriffen worden. Diese hat jedoch Phantasie, und ihre Insinuationen sind nicht so platt prosaisch wie die der böotischen, sodomitischen und abderitischen Partei. Oder gehörte nicht eine große Phantasie dazu, dass man mich in jüngster Zeit der antiliberalsten Tendenzen bezichtigte und der Sache der Freiheit abtrünnig glaubte? Eine gedruckte Äußerung über diese angeschuldete Abtrünnigkeit fand ich dieser Tage in einem Buch, betitelt: »Briefe eines Narren an eine Närrin«. Ob des vielen Guten und Geistreichen, das darin entfalten ist, ob der edlen Gesinnung des Verfassers überhaupt, verzeih ich diesem gern die mich betreffenden bösen Äußerungen; ich weiß, von welcher Himmelsgegend ihm dergleichen zugeblasen worden, ich weiß, woher der Wind pfiff. Da gibt es nämlich unter unseren jakobinischen Enragés, die seit den Juliustagen so laut geworden, einige Nachahmer jener Polemik, die ich während der Restaurationsperiode mit fester Rücksichtslosigkeit und zugleich mit besonnener Selbstsicherung geführt habe. Jene aber haben ihre Sache sehr schlecht gemacht, und statt die persönlichen Bedrängnisse, die ihnen daraus entstanden, nur ihrer eigenen Ungeschicklichkeit beizumessen, fiel ihr Unmut auf den Schreiber dieser Blätter, den sie unbeschädigt sahen. Es ging ihnen wie dem Affen, der zugesehen hatte, wie sich ein Mensch rasierte. Als dieser nun das Zimmer verließ, kam der Affe und nahm das Barbierzeug wieder aus der Schublade hervor und seifte sich ein und schnitt sich dann die Kehle ab. Ich weiß nicht, inwieweit jene deutschen Jakobiner sich die Kehle abgeschnitten; aber ich sehe, dass sie stark bluten. Auf mich schelten sie jetzt. »Seht«, rufen sie, »wir haben uns ehrlich eingeseift und bluten für die gute Sache, der Heine meint es aber nicht ehrlich mit dem Barbieren, ihm fehlt der wahre Ernst beim Gebrauch des Messers, er schneidet sich nie, er wischt sich ruhig die Seife ab und pfeift sorglos dabei und lacht über die blutigen Wunden der Kehlabschneider, die es ehrlich meinen.« – Gebt euch zufrieden; ich habe mich diesmal geschnitten.

Paris, Ende November 1832

Vorrede

»Diejenigen, welche lesen können, werden in diesem Buch von selbst merken, dass die größten Gebrechen desselben nicht meiner Schuld beigemessen werden dürfen, und diejenigen, welche nicht lesen können, werden gar nichts merken.« Mit diesen einfachen Vernunftschlüssen, die der alte Scarron seinem »Komischen Roman« voransetzt, kann ich auch diese ernsteren Blätter bevorworten.

Ich gebe hier eine Reihe Artikel und Tagesberichte, die ich, nach dem Begehr des Augenblicks, in stürmischen Verhältnissen aller Art, zu leicht erratbaren Zwecken, unter noch leichter erratbaren Beschränkungen, für die Augsburger »Allgemeine Zeitung« geschrieben habe. Diese anonymen, flüchtigen Blätter soll ich nun unter meinem Namen als festes Buch herausgeben, damit kein anderer, wie ich bedroht worden bin, sie nach eigener Laune zusammenstellt und nach Willkür umgestaltet oder gar jene fremden Erzeugnisse hineinwischt, die man mir irrtümlich zuschreibt.

Ich benutze diese Gelegenheit, um aufs Bestimmteste zu erklären, dass ich seit zwei Jahren in keinem politischen Journal Deutschlands, außer der »Allgemeinen Zeitung«, eine Zeile drucken lassen. Letztere, die ihre weltberühmte Autorität so sehr verdient und die man wohl die »Allgemeine Zeitung« von Europa nennen dürfte, schien mir eben wegen ihres Ansehens und ihres unerhört großen Absatzes das geeignete Blatt für Berichterstattungen, die nur das Verständnis der Gegenwart beabsichtigen. Wenn wir es dahin bringen, dass die große Menge die Gegenwart versteht, so lassen die Völker sich nicht mehr von den Lohnschreibern der

Aristokratie zu Hass und Krieg verhetzen, das große Völkerbündnis, die Heilige Allianz der Nationen, kommt zustande, wir brauchen aus wechselseitigem Misstrauen keine stehenden Heere von vielen hunderttausend Mördern mehr zu füttern, wir benutzen zum Pflug ihre Schwerter und Rosse, und wir erlangen Friede und Wohlstand und Freiheit. Dieser Wirksamkeit bleibt mein Leben gewidmet; es ist mein Amt. Der Hass meiner Feinde darf als Bürgschaft gelten, dass ich dieses Amt bisher recht treu und ehrlich verwaltet. Ich werde mich jenes Hasses immer würdig zeigen. Meine Feinde werden mich nie verkennen, wenn auch die Freunde im Taumel der aufgeregten Leidenschaften meine besonnene Ruhe für Lauheit halten möchten. Jetzt freilich, in dieser Zeit, werden sie mich weniger verkennen als damals, wo sie am Ziel ihrer Wünsche zu stehen glaubten und Siegeshoffnung alle Segel ihrer Gedanken schwellte; an ihrer Torheit nahm ich keinen Teil, aber ich werde immer teilnehmen an ihrem Unglück. Ich werde nicht in die Heimat zurückkehren, solange noch ein einziger jener edlen Flüchtlinge, die vor allzu großer Begeisterung keiner Vernunft Gehör geben konnten, in der Fremde, im Elend, weilen muss. Ich würde lieber bei dem ärmsten Franzosen um eine Kruste Brot betteln, als dass ich Dienst nehmen möchte bei jenen vornehmen Gönnern im deutschen Vaterlande, die jede Mäßigung der Kraft für Feigheit halten oder gar für präludierenden Übergang zum Servilismus und die unsere beste Tugend, den Glauben an die ehrliche Gesinnung des Gegners, für plebejische Erbdummheit ansehen. Ich werde mich nie schämen, betrogen worden zu sein von jenen, die uns so schöne Hoffnungen ins Herz lächelten: »Wie alles aufs Friedlichste zugestanden werden sollte, wie wir hübsch gemäßigt bleiben müssten, damit die Zugeständnisse nicht erzwungen und dadurch ungedeihlich würden, wie sie wohl selbst einsähen, dass man die Freiheit uns nicht ohne Gefahr länger vorenthalten könne – –« Ja, wir sind wieder Düpes [Geprellte, übers Ohr Gehauene, zum Narren Gehaltene] geworden, und wir müssen eingestehen, dass die Lüge wieder einen großen Triumph erfochten und neue Lorbeeren eingeerntet. In der Tat, wir sind die Besiegten, und seit die heroische Überlistung auch offiziell beurkundet worden, seit der Promulgation der deplorablen Bundestagsbeschlüsse vom 28. Junius, erkrankt uns das Herz in der Brust vor Kummer und Zorn.

Armes, unglückliches Vaterland! welche Schande steht dir bevor, wenn du sie erträgst, diese Schmach! welche Schmerzen, wenn du sie nicht erträgst!

Nie ist ein Volk von seinen Machthabern grausamer verhöhnt worden. Nicht bloß, dass jene Bundestagsordonnanzen voraussetzen, wir ließen uns alles gefallen: man möchte uns dabei noch einreden, es geschehe uns ja eigentlich gar kein Leid oder Unrecht. Wenn ihr aber auch mit Zuversicht auf knechtische Unterwürfigkeit rechnen durftet, so hattet ihr doch kein Recht, uns für Dummköpfe zu halten. Eine Handvoll Junker, die nichts gelernt haben als ein bisschen Rosstäuscherei, Volteschlagen, Becherspiel oder sonstig plumpe Schelmenkünste, womit man höchstens nur Bauern auf Jahrmärkten übertölpeln kann; diese wähnen damit ein ganzes Volk betören zu können, und zwar ein Volk, welches das Pulver erfunden hat und die Buchdruckerei und die »Kritik der reinen Vernunft«. Diese unverdiente Beleidigung, dass ihr uns für noch dümmer gehalten, als ihr selber seid, und euch einbildet, uns täuschen zu können, das ist die schlimmere Beleidigung, die ihr uns zugefügt in Gegenwart der umstehenden Völker.

Ich will nicht die konstitutionellen deutschen Fürsten anklagen; ich kenne ihre Nöten, ich weiß, sie schmachten in den Ketten ihrer kleinen Kamarillen und sind nicht zurechnungsfähig. Dann sind sie auch durch Zwang aller Art von Östreich und Preußen embauchiert [eingespannt] worden. Wir wollen sie nicht schmähen, wir wollen sie bedauern. Früh oder spät ernten sie die bitteren Früchte der bösen Saat. Die Toren, sie sind noch eifersüchtig aufeinander, und während jedes klare Auge einsieht, dass sie am Ende von Östreich und Preußen mediatisiert werden, ist all ihr Sinnen und Trachten nur darauf gerichtet, wie man dem Nachbar ein

Stück seines Ländchens abgewinnt. Wahrlich, sie gleichen jenen Dieben, die, während man sie nach der Hängstätte führt, sich noch untereinander die Taschen bestehlen.

Wir können ob der Großtaten des Bundestags nur die beiden absoluten Mächte Östreich und Preußen unbedingt anklagen. Wie weit sie gemeinschaftlich unsere Erkenntlichkeit in Anspruch nehmen, kann ich nicht bestimmen. Nur will es mich bedünken, als habe Östreich wieder das Gehässige jener Großtaten auf die Schulter seines weisen Bundesgenossen zu wälzen gewusst.

In der Tat, wir können gegen Östreich kämpfen, und todeskühn kämpfen, mit dem Schwert in der Hand; aber wir fühlen in tiefster Brust, dass wir nicht berechtigt sind, mit Scheltworten diese Macht zu schmähen. Östreich war immer ein offener, ehrlicher Feind, der nie seinen Kampf gegen den Liberalismus geleugnet oder auf eine kurze Zeit eingestellt hätte. Metternich hat nie mit der Göttin der Freiheit geliebäugelt, er hat nie in der Angst des Herzens den Demagogen gespielt, er hat nie Arndts Lieder gesungen und dabei Weißbier getrunken, er hat nie auf der Hasenheide geturnt, er hat nie pietistisch gefrömmelt, er hat nie mit den Festungsarrestanten geweint, geweint, während er sie an der Kette festhielt; – man wusste immer, wie man mit ihm dran war, man wusste, dass man sich vor ihm zu hüten hatte, und man hütete sich vor ihm. Er war immer ein sicherer Mann, der uns weder durch gnädige Blicke täuschte noch durch Privatmalicen empörte. Man wusste, dass er weder aus Liebe noch aus kleinlichem Hass, sondern großartig im Geist eines Systems handelte, welchem Östreich seit drei Jahrhunderten treu geblieben. Es ist dasselbe System, für welches Östreich gegen die Reformation gestritten; es ist dasselbe System, wofür es mit der Revolution in den Kampf getreten. Für dieses System fochten nicht bloß die Männer, sondern auch die Töchter vom Hause Habsburg. Für die Erhaltung dieses Systems hatte Marie Antoinette in den Tuilerien zum kühnsten Kampfe die Waffen ergriffen; für die Erhaltung dieses Systems hatte Maria Luisa, die als erklärte Regentin für Mann und Kind streiten sollte, in denselben Tuilerien den Kampf unterlassen und die Waffen niedergelegt. Kaiser Franz hat für die Erhaltung dieses Systems den teuersten Gefühlen entsagt und unsägliches Herzleid erduldet, eben jetzt trägt er Trauer um den geliebten blühenden Enkel, den er jenem System geopfert, dieser neue Kummer hat tief gebeugt das greise Haupt, welches einst die deutsche Kaiserkrone getragen – dieser arme Kaiser ist noch immer der wahre Repräsentant des unglücklichen Deutschlands!

Von Preußen dürfen wir in einem anderen Ton sprechen. Hier hemmt uns wenigstens keine Pietät ob der Heiligkeit eines deutschen Kaiserhaupts. Mögen immerhin die gelehrten Knechte an der Spree von einem großen Imperator des Borussenreichs träumen und die Hegemonie und Schirmherrlichkeit Preußens proklamieren. Aber bis jetzt ist es den langen Fingern von Hohenzollern noch nicht gelungen, die Krone Karls des Großen zu erfassen und zu dem Raub so vieler polnischer und sächsischer Kleinodien in den Sack zu stecken. Noch hängt die Krone Karls des Großen viel zu hoch, und ich zweifle sehr, ob sie je herabsinkt auf das witzige Haupt jenes goldgespornten Prinzen, dem seine Barone schon jetzt als dem künftigen Restaurator des Rittertums ihre Huldigungen darbringen. Ich glaube vielmehr, Se. Königl. Hoheit wird statt eines Nachfolgers Karls des Großen nur ein Nachfolger Karls X. und Karls von Braunschweig.

Es ist wahr, noch vor kurzem haben viele Freunde des Vaterlandes die Vergrößerung Preußens gewünscht und in seinen Königen die Oberherren eines vereinigten Deutschlands zu sehen gehofft, und man hat die Vaterlandsliebe zu ködern gewusst, und es gab einen preußischen Liberalismus, und die Freunde der Freiheit blickten schon vertrauungsvoll nach den Linden von Berlin. Was mich betrifft, ich habe mich nie zu solchem Vertrauen verstehen wollen. Ich betrachtete vielmehr mit Besorgnis diesen preußischen Adler, und während andere rühmten, wie kühn er in die Sonne schaue, war ich desto aufmerksamer auf seine Krallen. Ich traute nicht diesem Preußen, diesem langen frömmelnden Kamaschenheld mit dem weiten Magen und mit dem großen Maul und mit dem Korporalstock, den er erst in Weihwasser taucht, ehe er damit zuschlägt. Mir missfiel dieses philosophisch christliche Soldatentum, dieses Gemengsel von Weißbier, Lüge und Sand. Widerwärtig, tief widerwärtig war mir dieses Preußen, dieses steife, heuchlerische, scheinheilige Preußen, dieser Tartuffe unter den Staaten.

Endlich, als Warschau fiel, fiel auch der weiche fromme Mantel, worin sich Preußen so schön zu drapieren gewusst, und selbst der Blödsichtigste erblickte die eiserne Rüstung des Despotismus, die darunter verborgen war. Diese heilsame Enttäuschung verdankt Deutschland dem Unglück der Polen.

Die Polen! Das Blut zittert mir in den Adern, wenn ich das Wort niederschreibe, wenn ich daran denke, wie Preußen gegen diese edelsten Kinder des Unglücks gehandelt hat, wie feige, wie gemein, wie meuchlerisch. Der Geschichtsschreiber wird vor innerem Abscheu keine Worte finden können, wenn er etwa erzählen soll, was sich zu Fischau begeben hat; jene unehrlichen Heldentaten wird vielmehr der Scharfrichter beschreiben müssen – ich höre das rote Eisen schon zischen auf Preußens magerem Rücken.

Unlängst las ich in der »Allg. Zeitung«, dass der Geh. Regierungsrat Friedrich von Raumer, welcher sich unlängst das Renommee eines königl. preuß. Revolutionärs erworben, indem er als Mitglied der Zensurkommission gegen deren allzu unterdrückungssüchtige Strenge sich aufgelehnt, jetzt den Auftrag erhalten hat, das Verfahren der preußischen Regierung gegen Polen zu rechtfertigen. Die Schrift ist vollendet, und der Verfasser hat bereits seine 200 Taler preußisch Kurant dafür in Empfang genommen. Indessen, wie ich höre, ist sie nach der Meinung der uckermärk'schen Kamarilla noch immer nicht servil genug geschrieben. – So geringfügig auch dieses kleine Begebnis aussieht, so ist es eben groß genug, den Geist der Gewalthaber und ihrer Untergebenen zu charakterisieren. Ich kenne zufällig den armen Friedrich von Raumer, ich habe ihn zuweilen in seinem blaugrauen Röckchen und graublauen Militärmützchen unter den Linden spazieren sehen; ich sah ihn mal auf dem Katheder, als er den Tod Ludwigs XVI. vortrug und dabei einige königl. preuß. Amtstränen vergoss; dann habe ich in einem Damenalmanach seine »Geschichte der Hohenstaufen« gelesen; ich kenne ebenfalls seine »Briefe aus Paris«, worin er der Madame Crelinger und ihrem Gatten über die hiesige Politik und das hiesige Theater seine Ansichten mitteilt. Es ist durchaus ein friedlebiger Mann, der ruhig Queue macht. Von allen mittelmäßigen Schriftstellern ist er noch der beste, und dabei ist er nicht ganz ohne Salz, und er hat eine gewisse äußere Gelehrsamkeit und gleicht daher einem alten trockenen Hering, der mit gelehrter Makulatur umwickelt ist. Ich wiederhole, es ist das friedlebigste Geschöpf, das sich immer ruhig von seinen Vorgesetzten die Säcke aufladen ließ und gehorsam damit zur Amtsmühle trabte und nur hie und da stillstand, wo Musik gemacht wurde. Wie schnöde muss sich nun eine Regierung in ihrer Unterdrückungslust gezeigt haben, wenn sogar ein Friedrich von Raumer die Geduld verlor und rappelköpfisch wurde und nicht weitertraben wollte und sogar in menschlicher Sprache zu sprechen begann! Hat er vielleicht den Engel mit dem Schwerte gesehen, der im Wege steht und den die Bileame von Berlin, die Verblendeten, noch nicht sehen? Ach! sie gaben dem armen Geschöpf die wohlgemeintesten Tritte und stacheln es mit ihren goldenen Sporen und haben es schon zum dritten Male geschlagen. Das Volk der Borussen aber – und daraus kann man seinen Zustand ermessen – pries seinen Friedrich von Raumer als einen Ajax der Freiheit.

Dieser königl. preuß. Revolutionär wird nun dazu benutzt, eine Apologie des Verfahrens gegen Polen zu schreiben und das Berliner Kabinett in der öffentlichen Meinung wieder ehrlich zu machen.

Dieses Preußen! wie es versteht, seine Leute zu gebrauchen! Es weiß sogar von seinen Revolutionären Vorteil zu ziehen. Zu seinen Staatskomödien bedarf es Komparsen von jeder Farbe. Es weiß sogar trikolor gestreifte Zebras zu benutzen. So hat es in den letzten Jahren seine wütendsten Demagogen dazu gebraucht, überall herumzupredigen, dass ganz Deutschland preußisch werden müsse. Hegel musste die Knechtschaft, das Bestehende, als vernünftig rechtfertigen. Schleiermacher musste gegen die Freiheit protestieren und christliche Ergebung in den Willen der Obrigkeit empfehlen. Empörend und verrucht ist diese Benutzung von Philosophen und Theologen, durch deren Einfluss man auf das gemeine Volk wirken will und die man zwingt, durch Verrat an Vernunft und Gott sich öffentlich zu entehren. Wie manch schöner Name, wie manch hübsches Talent wird da zugrunde gerichtet für die nichtswürdigsten Zwecke. Wie schön war der Name Arndts, ehe er, auf höheren Geheiß, jenes schäbige Büchlein geschrieben, worin er wie ein Hund wedelt und hündisch, wie ein wendischer Hund, die Sonne des Julius anbellt. Stägemann, ein Name besten Klanges, wie tief ist er gesunken, seit er Russenlieder gedichtet! Mag es ihm die Muse verzeihen, die einst mit heiligem Kuss zu besseren Liedern seine Lippen geweiht hat. Was soll ich von Schleiermacher sagen, dem Ritter des roten Adlerordens dritter Klasse! Er war einst ein besserer Ritter und war selbst ein Adler und gehörte zur ersten Klasse. Aber nicht bloß die Großen, sondern auch die Kleinen werden ruiniert. Da ist der arme Ranke, den die preußische Regierung einige Zeit auf ihre Kosten reisen lassen, ein hübsches Talent, kleine historische Figürchen auszuschnitzeln und pittoresk nebeneinander zu kleben, eine gute Seele, gemütlich wie Hammelfleisch mit Teltower Rübchen, ein unschuldiger Mensch, den ich, wenn ich mal heirate, zu meinem Hausfreund wähle und der gewiss auch liberal – dieser musste jüngst in der Staatszeitung eine Apologie der Bundestagsbeschlüsse drucken lassen. Andere Stipendiaten, die ich nicht nennen will, haben Ähnliches tun müssen und sind doch ganz liberale Leute.

Oh, ich kenne sie, diese Jesuiten des Nordens! Wer nur jemals aus Not oder Leichtsinn das Mindeste von ihnen angenommen hat, ist ihnen auf immer verfallen. Wie die Hölle Proserpinen nicht losgibt, weil sie den Kern eines Granatapfels dort genossen, so geben jene Jesuiten keinen Menschen los, der nur das Mindeste von ihnen genossen hat, und sei es auch nur einen einzigen Kern des goldenen Apfels oder, um prosaisch zu sprechen, einen einzigen Louisdor; – kaum erlauben sie ihm, wie die Hölle der Proserpine, die eine Hälfte des Jahrs in oberweltlichem Lichte zuzubringen; – in solcher Periode erscheinen diese Leute wie Lichtmenschen, und sie nehmen Platz unter uns andern Olympiern und sprechen und schreiben ambrosisch liberal; doch zur gehörigen Zeit findet man sie wieder im höllischen Dunkel, im Reich des Obskurantismus, und sie schreiben preußische Apologien, Erklärungen gegen den »Messager«, Zensurgesetzentwürfe oder gar eine Rechtfertigung der Bundestagsbeschlüsse.

Letztere, die Bundestagsbeschlüsse, kann ich nicht unbesprochen lassen. Ich werde ihre amtlichen Verteidiger nicht zu widerlegen noch viel weniger, wie vielfach geschehen, ihre Illegalität zu erweisen suchen. Da ich wohl weiß, von welchen Leuten die Urkunde, worauf sich jene Beschlüsse berufen, verfertigt worden ist, so zweifle ich keineswegs, dass diese Urkunde, nämlich die Wiener Bundesakte, zu jedem despotischen Gelüst die legalsten Befugnisse enthält. Bis jetzt hat man von jenem Meisterwerk der edlen Junkerschaft wenig Gebrauch gemacht, und sein Inhalt konnte dem Volk gleichgültig sein. Nun es aber ins rechte Tageslicht gestellt wird, dieses Meisterstück, nun die eigentlichen Schönheiten des Werks, die geheimen Springfedern, die verborgenen Ringe, woran jede Kette befestigt werden kann, die Fußangeln, die versteckten Halseisen, Daumenschrauben, kurz, nun die ganze künstliche, durchtriebene Arbeit allgemein sichtbar wird: jetzt sieht jeder, dass das deutsche Volk, als es für seine Fürsten Gut und Blut geopfert und den versprochenen Lohn der Dankbarkeit empfangen sollte, aufs Heilloseste getäuscht worden, dass man ein freches Gaukelspiel mit uns getrieben, dass man statt der zugelobten Magna Charta der Freiheit uns nur eine verbriefte Knechtschaft ausgefertigt hat.

Kraft meiner akademischen Befugnis als Doktor beider Rechte erkläre ich feierlichst, dass eine solche von ungetreuen Mandatarien ausgefertigte Urkunde null und nichtig ist; kraft meiner Pflicht als Bürger protestiere ich gegen alle Folgerungen, welche die Bundestagsbeschlüsse vom 28. Juni aus dieser nichtigen Urkunde geschöpft haben; kraft meiner Machtvollkommenheit als öffentlicher Sprecher erhebe ich gegen die Verfertiger dieser Urkunde meine Anklage und klage sie an des missbrauchten Volksvertrauens, ich klage sie an der beleidigten Volksmajestät, ich klage sie an des Hochverrats am deutschen Volk, ich klage sie an!

Armes Volk der Deutschen! Damals, während ihr euch ausruhtet von dem Kampf für eure Fürsten und die Brüder begrubet, die in diesem Kampf gefallen, und euch einander die treuen Wunden verbandet und lächelnd euer Blut noch rinnen saht aus der vollen Brust, die so voll Freude und Vertrauen war, so voll Freude wegen der Rettung der geliebten Fürsten, so voll Vertrauen auf die menschlich heiligsten Gefühle der Dankbarkeit: damals, dort unten zu Wien, in den alten Werkstätten der Aristokratie, schmiedete man die Bundesakte!

Sonderbar! Eben der Fürst, der seinem Volk am meisten Dank schuldig war, der deshalb seinem Volk eine repräsentative Verfassung, eine volkstümliche Konstitution, wie andere freie Völker sie besitzen, in jener Zeit der Not versprochen hat, schwarz auf weiß versprochen und mit den bestimmtesten Worten versprochen hat, dieser Fürst hat jetzt jene anderen deutschen Fürsten, die sich verpflichtet gehalten, ihren Untertanen eine freie Verfassung zu erteilen, ebenfalls zu Wortbruch und Treulosigkeit zu verführen gewusst, und er stützt sich jetzt auf die Wiener Bundesakte, um die kaum emporgeblühten deutschen Konstitutionen zu vernichten, er, welcher, ohne zu erröten, das Wort »Konstitution« nicht einmal aussprechen dürfte!

Ich rede von Sr. Majestät Friedrich Wilhelm, dritten des Namens, König von Preußen.

Monarchisch gesinnt, wie ich es immer war und wohl auch immer bleibe, widerstrebt es meinen Grundsätzen und Gefühlen, dass ich die Person der Fürsten selber einer allzu herben Rüge unterwürfe. Es liegt vielmehr in meinen Neigungen, sie ob ihrer guten Eigenschaften zu rühmen. Ich rühme daher gern die persönlichen Tugenden des Monarchen, dessen Regierungssystem oder vielmehr dessen Kabinett ich eben so unumwunden besprochen. Ich bestätige mit Vergnügen, dass Friedrich Wilhelm III. als Mensch die hohe Verehrung und Liebe verdient, die ihm der größte Teil des preußischen Volkes so reichlich spendet. Er ist gut und tapfer. Er hat sich standhaft im Unglück und, was viel seltener ist, milde im Glück gezeigt. Er ist von keuschem Herzen, rührend bescheidenem Wesen, bürgerlicher Prunklosigkeit, häuslich guten Sitten, ein zärtlicher Vater, besonders zärtlich für die schöne Zarewna, welcher Zärtlichkeit wir vielleicht die Cholera und ein noch größeres Übel, womit erst unsere Nachkommen kämpfen werden, schönstens verdanken. Außerdem ist der König von Preußen ein sehr religiöser Mann, er hält streng auf Religion, er ist ein guter Christ, er hängt fest am evangelischen Bekenntnis, er hat selbst eine Liturgie geschrieben, er glaubt an die Symbole – ach! ich wollte, er glaubte an den Jupiter, den Vater der Götter, der den Meineid rächt, und er gäbe uns endlich die versprochene Konstitution.

Oder ist das Wort eines Königs nicht so heilig wie ein Eid?

Von allen Tugenden Friedrich Wilhelms rühmt man jedoch am meisten seine Gerechtigkeitsliebe. Man erzählt davon die rührendsten Geschichten. Noch jüngst hat er 11 227 Taler 13 gute Groschen aus seiner Privatkasse geopfert, um den Rechtsansprüchen eines Kyritzer Bürgers zu genügen. Man erzählt, der Sohn des Müllers von Sanssouci habe aus Geldnot die berühmte Windmühle verkaufen wollen, worüber sein Vater mit Friedrich dem Großen prozessiert hat. Der jetzige König ließ aber dem benötigten Mann eine große Geldsumme vorstrecken, damit die berühmte Windmühle in dem alten Zustande stehenbleibe, als ein Denkmal preußischer Gerechtigkeitsliebe. Das ist alles sehr hübsch und löblich – aber wo bleibt die versprochene Konstitution, worauf das preußische Volk nach göttlichem und weltlichem Recht die eigentümlichsten Ansprüche machen kann? Solange der König von Preußen diese heiligste »Obligatio« nicht erfüllt, solange er die wohlverdiente, freie Verfassung seinem Volk vorenthält, kann ich ihn nicht gerecht nennen, und sehe ich die Windmühle von Sanssouci, so denke ich nicht an preußische Gerechtigkeitsliebe, sondern an preußischen Wind.

Ich weiß sehr gut, die literarischen Lohnlakaien behaupten, der König von Preußen habe jene Konstitution nur der eigenen Laune halber versprochen, ein Versprechen, welches ganz unabhängig von den Zeitumständen gewesen sei. Die Toren! ohne Gemüt, wie sie sind, fühlen sie nicht, dass die Menschen, wenn man ihnen vorenthält, was man ihnen von Rechts wegen schuldig ist, weit weniger beleidigt werden, als wenn man ihnen das versagt, was man ihnen aus bloßer Liebe versprochen hat; denn in solchem Falle wird auch unsere Eitelkeit gekränkt, indem wir sehen, dass wir demjenigen, der uns aus freiem Willen etwas versprach, nicht mehr so viel wert sind.

Oder war es wirklich nur eigne Laune, ganz unabhängig von den Zeitumständen, was den König von Preußen einst bewogen hätte, seinem Volk eine freie Konstitution zu versprechen? Er hatte also auch nicht einmal damals die Absicht, dankbar zu sein? Und er hatte doch so viel Grund dazu, denn nie befand sich ein Fürst in einer kläglicheren Lage als die, worin der König von Preußen nach der Schlacht bei Jena geraten war und woraus ihn sein Volk gerettet. Standen ihm damals nicht die Tröstungen der Religion zu Gebote, er musste verzweifeln ob der Insolenz, womit der Kaiser Napoleon ihn behandelte. Aber, wie gesagt, er fand Trost im Christentum, welches wahrlich die beste Religion ist nach einer verlorenen Schlacht. Ihn stärkte das Beispiel seines Heilandes; auch er konnte damals sagen: »Mein Reich ist nicht von dieser Welt!«, und er vergab seinen Feinden, welche mit viermalhunderttausend Mann ganz Preußen besetzt hielten. Wäre Napoleon damals nicht mit weit wichtigeren Dingen beschäftigt gewesen, als dass er an Se. Majestät Friedrich Wilhelm III. allzu viel denken konnte, er hätte diesen gewiss gänzlich in Ruhestand gesetzt. Späterhin, als alle Könige von Europa sich gegen den Napoleon zusammenrotteten und der Mann des Volkes in dieser Fürsten-Emeute unterlag und der preußische Esel dem sterbenden Löwen die letzten Fußtritte gab, da bereute er zu spät die Unterlassungssünde. Wenn er in seinem hölzernen Käfig zu St. Helena auf und ab ging und es ihm in den Sinn kam, dass er den Papst kajoliert und vergessen hatte, Preußen zu zertreten, dann knirschte er mit den Zähnen, und wenn ihm dann eine Ratte in den Weg lief, dann zertrat er die arme Ratte.

Napoleon ist jetzt tot und liegt wohlverschlossen in seinem bleiernen Sarg unter dem Sand von Longwood, auf der Insel Sankt Helena. Rund herum ist Meer. Den braucht ihr also nicht mehr zu fürchten. Auch die letzten drei Götter, die noch im Himmel übriggeblieben, den Vater, den Sohn und den Heiligen Geist, braucht ihr nicht zu fürchten, denn ihr steht gut mit ihrer heiligen Dienerschaft. Ihr braucht euch nicht zu fürchten, denn ihr seid mächtig und weise. Ihr habt Gold und Flinten, und was feil ist, könnt ihr kaufen, und was sterblich ist, könnt ihr töten. Eurer Weisheit kann man ebenso wenig widerstehen. Jeder von euch ist ein Salomo, und es ist schade, dass die Königin von Saba, die schöne Frau, nicht mehr lebt; ihr hättet sie bis aufs Hemd enträtselt. Dann habt ihr auch eiserne Töpfe, worin ihr diejenigen einsperren könnt, die euch etwas zu raten aufgeben, wovon ihr nichts wissen wollt, und ihr könnt sie versiegeln und ins Meer der Vergessenheit versenken; alles wie König Salomo. Gleich diesem versteht ihr auch die Sprache der Vögel. Ihr wisst alles, was im Lande gezwitschert und gepfiffen wird, und missfällt euch der Gesang eines Vogels, so habt ihr eine große Schere, womit ihr ihm den Schnabel zurechtschneidet, und wie ich höre, wollt ihr euch eine noch größere Schere anschaffen für die, welche über zwanzig Bogen singen. Dabei habt ihr die klügsten Vögel in eurem Dienst, alle Edelfalken, alle Raben, nämlich die schwarzen, alle Pfauen, alle Eulen. Auch lebt noch der alte Simurgh, und er ist euer Großwesir, und er ist der gescheiteste Vogel der Welt. Er will das Reich wieder ganz so herstellen, wie es unter den präadamitischen Sultanen bestanden, und er legt deshalb unermüdlich Eier, Tag und Nacht, und in Frankfurt werden sie ausgebrütet. Hut-Hut, der akkreditierte Wiedehopf, läuft unterdessen über den märk'schen Sand, mit den pfiffigsten Depeschen im Schnabel. Ihr braucht euch nicht zu fürchten.

Nur vor einem möchte ich euch warnen, nämlich vor dem »Moniteur« von 1793. Das ist ein Höllenzwang, den ihr nicht an die Kette legen könnt, und es sind Beschwörungsworte darin, die viel mächtiger sind als Gold und Flinten, Worte, womit man die Toten aus den Gräbern ruft und die Lebenden in den Tod schickt, Worte, womit man die Zwerge zu Riesen macht und die Riesen zerschmettert, Worte, die eure ganze Macht zerschneiden, wie das Fallbeil einen Königshals.

Ich will euch die Wahrheit gestehen. Es gibt Leute, die Mut genug besitzen, jene Worte auszusprechen, und die sich nicht gefürchtet hätten vor den grauenhaftesten Geistererscheinungen; aber sie wussten eben nicht das rechte Wort im Buche zu finden und hätten es auch mit ihren dicken Lippen nicht aussprechen können; sie sind keine Hexenmeister. Andere, die, vertraut mit der geheimnisvollen Wünschelrute, das rechte Wort wohl aufzufinden wüssten und auch mit zauberkundiger Zunge es auszusprechen vermöchten, diese waren zagen Herzens und fürchteten sich vor den Geistern, die sie beschwören sollten; – denn ach! wir wissen nicht das Sprüchlein, womit man die Geister wieder zähmt, wenn der Spuk allzu toll wird; wir wissen nicht, wie man die begeisterten Besenstiele wieder in ihre hölzerne Ruhe zurückbannt, wenn sie mit allzu viel rotem Wasser das Haus überschwemmen; wir wissen nicht, wie man das Feuer wieder bespricht, wenn es allzu rasend umherleckt; wir fürchteten uns.

Verlasst euch aber nicht auf Ohnmacht und Furcht von unserer Seite. Der verhüllte Mann der Zeit, der ebenso kühnen Herzens wie kundiger Zunge ist und der das große Beschwörungswort weiß und es auch auszusprechen vermag, er steht vielleicht schon in eurer Nähe. Vielleicht ist er in knechtischer Livree oder gar in Harlekinstracht vermummt, und ihr ahnet nicht, dass es euer Verderber ist, welcher euch untertänig die Stiefel auszieht oder durch seine Schnurren euer Zwerchfell erschüttert. Graut euch nicht manchmal, wenn euch die servilen Gestalten mit fast ironischer Demut umwedeln und euch plötzlich in den Sinn kommt: das ist vielleicht eine List, dieser Elende, der sich so blödsinnig absolutistisch, so viehisch gehorsam gebärdet, der ist vielleicht ein geheimer Brutus? Habt ihr nicht nachts zuweilen Träume, die euch vor den kleinsten, windigsten Würmern warnen, die ihr des Tags zufällig kriechen gesehen? Ängstigt euch nicht! Ich scherze nur, ihr seid ganz sicher. Unsere dummen Teufel von Servilen verstellen sich durchaus nicht. Sogar der Jarcke ist nicht gefährlich. Seid auch außer Sorge in Betreff der kleinen Narren, die euch zuweilen mit bedenklichen Späßen umgaukeln. Der große Narr schützt euch vor den kleinen. Der große Narr ist ein sehr großer Narr, riesengroß, und er nennt sich deutsches Volk.

Oh, das ist ein sehr großer Narr! Seine buntscheckige Jacke besteht aus sechsunddreißig Flicken. An seiner Kappe hängen statt der Schellen lauter zentnerschwere Kirchenglocken, und in der Hand trägt er eine ungeheure Pritsche von Eisen. Seine Brust aber ist voll Schmerzen. Nur will er an diese Schmerzen nicht denken, und er reißt deshalb um so lustigere Possen, und er lacht manchmal, um nicht zu weinen. Treten ihm seine Schmerzen allzu brennend in den Sinn, dann schüttelt er wie toll den Kopf und betäubt sich selber mit dem christlich frommen Glockengeläute seiner Kappe. Kommt ein guter Freund zu ihm, der teilnehmend über seine Schmerzen mit ihm reden will oder gar ihm ein Hausmittelchen dagegen anrät, dann wird er rein wütend und schlägt nach ihm mit der eisernen Pritsche. Er ist überhaupt wütend gegen jeden, der es gut mit ihm meint. Er ist der schlimmste Feind seiner Freunde und der beste Freund seiner Feinde. Oh! der große Narr wird euch immer treu und unterwürfig bleiben, mit seinen Riesenspäßchen wird er immer eure Junkerlein ergötzen, er wird täglich zu ihrem Vergnügen seine alten Kunststücke machen und unzählige Lasten auf der Nase balancieren und viele hunderttausend Soldaten auf seinem Bauch herumtrampeln lassen. Aber habt ihr gar keine Furcht, dass dem Narren mal all die Lasten zu schwer werden und dass er eure Soldaten von sich abschüttelt und euch selber aus Überspaß mit dem kleinen Finger den Kopf eindrückt, so dass euer Hirn bis an die Sterne spritzt?

Fürchtet euch nicht, ich scherze nur. Der große Narr bleibt euch untertänigst gehorsam, und wollen euch die kleinen Narren ein Leid zufügen, der große schlägt sie tot.

Geschrieben zu Paris, den 18. Oktober 1832

Vive la France! quand même –

Artikel I

Paris, 28. Dezember 1831

Die erblichen Pairs haben jetzt ihre last speeches gehalten und waren gescheit genug, sich selber für tot zu erklären, um nicht vom Volke umgebracht zu werden. Dieser Beweggrund ist ihnen von Casimir-Périer ganz besonders ans Herz gelegt worden. Von solcher Seite ist also kein Vorwand zu Emeuten mehr vorhanden. Der Zustand des niedern Volks von Paris ist indessen, wie man sagt, so trostlos, dass bei dem geringsten Anlass, der von außen her gegeben würde, eine mehr als sonst bedrohliche Emeute stattfinden kann. Ich glaube aber dennoch nicht, dass wir solchen Ausbrüchen so nahe sind, wie man in diesem Augenblick behauptet. Nicht als ob ich die Regierung für gar zu mächtig hielte oder die Gegenparteien für gar zu kraftlos, im Gegenteil, die Regierung bekundet ihre Schwäche bei jeder Gelegenheit; namentlich geschah dies zur Zeit der Lyoner Unruhen, und was die Gegenparteien betrifft, so sind sie hinreichend erbittert und dürften obendrein bei Tausenden, die vor Elend sterben, die tollkühnste Unterstützung finden; – aber es ist jetzt kaltes, nebliches Winterwetter.

»Sie werden heute Abend nicht kommen, denn es regnet«, sagte Petion, nachdem er das Fenster geöffnet und wieder ruhig geschlossen, während seine Freunde, die Girondisten, von dem Volke, welches die Bergpartei verhetzte, einen Überfall erwarteten. Man erzählt diese Anekdote in den Revolutionsgeschichten, um Petions Phlegma zu zeigen. Aber seit ich mit eigenen Augen die Natur der Pariser Volksaufstände studiert, sehe ich ein, wie sehr man jene Worte missverstand. Zu guten Emeuten gehört wirklich gutes Wetter, behaglicher Sonnenschein, ein angenehm warmer Tag, und daher gerieten sie im Junius, Juli und August immer am besten. Es darf dann auch nicht regnen, denn die Pariser fürchten nichts mehr als den Regen, und dieser verscheucht die Hunderttausende von Männern, Weibern und Kindern, die meistens geputzt und lachend nach den Walstätten ziehen und durch ihre Anzahl den Mut der Agitatoren heben. Auch darf die Luft nicht neblicht sein, sonst kann man ja die großen Plakate, die das Gouvernement an die Straßenecken anschlägt, nicht lesen; und doch muss diese Lektüre dazu dienen, die Menschenmassen nach bestimmten Orten zusammenzuziehen, wo sie sich am besten drängen, stoßen und tumultuarisch aufregen können. Guizot, ein fast deutscher Pedant, hat, als er Konrektor von Frankreich war, auf solchen Plakaten auch all sein philosophisch-historisches Wissen auskramen wollen, und man versichert, dass eben weil die Volkshaufen mit dieser Lektüre nicht so leicht fertig werden konnten und sich daher an den Straßenecken um so drängender vermehrten, sei die Emeute so bedenklich geworden, dass der arme Doktrinär, ein Opfer seiner eigenen Gelehrsamkeit, sein Amt niederlegen musste. Was aber vielleicht die Hauptsache ist, bei kaltem Wetter können im Palais Royal keine Zeitungen gelesen werden, und doch ist es hier, wo unter den hübschen Bäumen sich die eifrigsten Politiker versammeln, die Blätter vorlesen, in wütenden Gruppen debattieren und ihre Inspirationen nach allen Richtungen verbreiten.

Es hat sich jetzt gezeigt, wie sehr man dem vorigen Orleans, dem Philipp Egalité, unrecht tat, als man ihn der Oberleitung der meisten Volksaufstände beschuldigte, weil man damals entdeckt hatte, dass das Palais Royal, wo er wohnte, der Mittelpunkt derselben sei. In diesem Jahr zeigte sich das Palais Royal noch immer als ein solcher Mittelpunkt; es war noch immer der Versammlungsort aller unruhigen Köpfe; es war noch immer das Hauptquartier der Unzufriedenen, und doch hatte sein jetziger Eigentümer dergleichen Volk gewiss nicht berufen und besoldet. Der Geist der Revolution wollte das Palais Royal nicht verlassen, obgleich sein Eigentümer König geworden, und dieser war deshalb gezwungen, seine alte Wohnung aufzugeben. Man sprach von besonderen Besorgnissen, die jene Wohnungsveränderung veranlasst hätten, namentlich sprach man von der Furcht vor einer französischen Pulververschwörung. Freilich, da von einem Teil des Palastes, den oben der König bewohnte, das Rez-de-chaussée für Butiken vermietet ist, so wäre es leicht gewesen, die Pulverfässer dorthin zu bringen und Se. Majestät mit aller Bequemlichkeit in die Luft zu sprengen. Andere meinten, es sei nicht anständig gewesen, dass Ludwig Philipp oben regiere, während unten Hr. Chevet seine Würste verkaufe. Letzteres ist aber doch ein ebenso honettes Geschäft, und ein Bürgerkönig hätte darum just nicht auszuziehen gebraucht, zumal Ludwig Philipp, der sich noch voriges Jahr über alles feudalistische und cäsartümliche Herkommen und Kostümwesen mokiert und gegen einige junge Republikaner geäußert hatte, die goldene Krone sei zu kalt im Winter und zu heiß im Sommer, ein Zepter sei zu stumpf, um es als Waffe, und zu kurz, um es als Stütze zu gebrauchen, und ein runder Filzhut und ein guter Regenschirm sei in jetziger Zeit viel nützlicher.

Ich weiß nicht, ob Ludwig Philipp sich dieser Äußerungen noch zu besinnen weiß, denn es ist schon lange her, seit er das letzte Mal mit rundem Hut und Regenschirm durch die Straßen von Paris wanderte und mit raffinierter Treuherzigkeit die Rolle eines biederen, schlichten Hausvaters spielte. Er drückte damals jedem Spezereihändler und Handwerker die Hand und trug dazu, wie man sagt, einen besonderen schmutzigen Handschuh, den er jedes Mal wieder auszog und mit einem reineren Glacéhandschuh vertauschte, wenn er in seine höhere Region, zu seinen alten Edelleuten, Bankierministern, Intriganten und amarantroten Lakaien, wieder hinaufstieg. Als ich ihn das letzte Mal sah, wandelte er auf und nieder zwischen den goldenen Türmchen, Marmorvasen und Blumen auf dem Dach der Galerie Orleans. Er trug einen schwarzen Rock, und auf seinem breiten Gesicht spazierte eine Sorglosigkeit, worüber wir fast ein Grauen empfinden, wenn wir die schwindelnde Stellung des Mannes bedenken. Man sagt jedoch, sein Gemüt sei gar nicht so sorglos wie sein Gesicht.

Es ist gewiss tadelnswert, dass man das Gesicht des Königs zum Gegenstand der meisten Witzeleien erwählt und dass er in allen Karikaturläden als Zielscheibe des Spottes ausgehängt ist. Wollen die Gerichte diesem Frevel Einhalt tun, dann wird gewöhnlich das Übel noch vermehrt. So sahen wir jüngst, wie aus einem Prozess der Art sich ein anderer entspann, wobei der König nur noch desto mehr kompromittiert wurde. Nämlich Philipon, der Herausgeber eines Karikaturjournals, verteidigte sich folgendermaßen: Wolle man in irgendeiner Karikaturfratze eine Ähnlichkeit mit dem Gesicht des Königs finden, so fände man diese auch, sobald man nur wolle, in jedem beliebigen, noch so heterogenen Bildnis, sodass am Ende niemand vor einer Anklage beleidigter Majestät sichergestellt sei. Um den Vordersatz zu beweisen, zeichnete er auf ein Stück Papier mehrere Karikaturengesichter, wovon das erste dem Könige frappant glich, das zweite aber dem ersten glich, ohne dass jene königliche Ähnlichkeit allzu bemerkbar blieb, in solcher Weise glich wieder das dritte dem zweiten und das vierte dem dritten Gesicht, dergestalt aber, dass jenes vierte Gesicht ganz wie eine Birne aussah und dennoch eine leise, jedoch desto spaßhaftere Ähnlichkeit mit den Zügen des geliebten Monarchen darbot. Da nun Philipon trotzdem von der Jury verurteilt wurde, druckte er in seinem Journal seine Verteidigungsrede, und zu den Beweisstücken gab er lithographiert das Blatt mit den vier Karikaturgesichtern. Wegen dieser Lithographie, die unter dem Namen »Die Birne« bekannt ist, wurde der geistreiche Künstler nun wieder verklagt, und die ergötzlichsten Verwicklungen erwartet man von diesem Prozess. Ich glaube, Ludwig Philipp ist kein uedler Mann, der auch gewiss nicht das Schlechte will und der nur den Fehler hat, sein eigenstes Lebensprinzip zu verkennen. Dadurch kann er zugrunde gehen. »Denn«, wie Sallust tiefsinnig ausspricht, »die Regierungen können sich nur durch dasjenige erhalten, wodurch sie entstanden sind«, so z. B., dass eine Regierung, die durch Gewalt gestiftet worden, sich auch nur durch Gewalt erhält, nicht durch List, und so umgekehrt. Ludwig Philipp hat vergessen, dass seine Regierung durch das Prinzip der Volkssouveränität entstanden ist, und in trübseligster Verblendung möchte er sie jetzt durch eine Quasilegitimität, durch Verbindung mit absoluten Fürsten und durch Fortsetzung der Restaurationsperiode zu erhalten suchen. Dadurch geschieht es, dass jetzt die Geister der Revolution ihm grollen und unter allen Gestalten ihn befehden. Diese Fehde ist jedenfalls noch gerechter als die Fehde gegen die vorige Regierung, welche dem Volke nichts verdankte und sich ihm gleich anfangs offen feindlich entgegensetzte. Ludwig Philipp, der dem Volke und den Pflastersteinen des Julius seine Krone verdankte, ist ein Undankbarer, dessen Abfall um so verdrießlicher, da man täglich mehr und mehr die Einsicht gewinnt, dass man sich gröblich täuschen lassen. Ja, täglich geschehen offenbare Rückschritte, und wie man die Pflastersteine, die man in den Juliustagen als Waffe gebrauchte und die an einigen Orten noch seitdem aufgehäuft lagen, jetzt wieder ruhig einsetzt, damit keine äußere Spur der Revolution übrigbleibe: so wird auch jetzt das Volk wieder an seine vorige Stelle, wie Pflastersteine, in die Erde zurückgestampft und, nach wie vor, mit Füßen getreten.

Ich habe vergessen, oben zu erwähnen: unter den Beweggründen, die dem König zugeschrieben worden, als er das Palais Royal verließ und die Tuilerien bezog, gehörte das Gerücht, dass er die Krone nur zum Schein angenommen, dass er im Herzen seinem legitimen Herrn, Karl X., ergeben geblieben, dass er dessen Rückkehr vorbereite und deshalb auch nicht die Tuilerien beziehe. Die Karlisten hatten dieses Gerücht ausgeheckt, und es war absurd genug, um beim Volk Eingang zu finden. Nun, diesem Gerücht ist durch die Tat widersprochen, der Sohn Egalités ist endlich als Sieger eingezogen durch die Triumphpforte des Carrousels und spaziert jetzt mit seinem sorglosen Gesicht und mit Hut und Regenschirm durch die weltgeschichtlichen Gemächer der Tuilerien. Man sagt, die Königin habe sich sehr gesträubt, dieses »Haus des Unglücks« zu bewohnen. Vom König will man wissen, er habe dort in der ersten Nacht nicht so gut wie gewöhnlich schlafen können und sei von allerlei Visionen heimgesucht worden; z. B. Marie Antoinette habe er mit zornsprühenden Nüstern, wie einst am 10. August, umherrennen sehen; dann habe er das hämische Gelächter jenes roten Männleins gehört, das sogar manchmal hinter Napoleons Rücken vernehmlich lachte, wenn dieser eben seine stolzesten Befehle im Audienzsaal erteilte; endlich aber sei St. Denis zu ihm gekommen und habe ihn im Namen Ludwigs XVI. auf Guillotinen herausgefordert. St. Denis ist, wie männlich [jeder] weiß, der Schutzpatron der Könige von Frankreich, bekanntlich ein Heiliger, der mit seinem eigenen Kopf in der Hand dargestellt wird. – Bedenklicher als alle Gespenster, die im Innern des Schlosses lauern mögen, sind die Torheiten, die sich bei seinen Außenwerken offenbaren. Ich rede von den famosen fossés des Tuileries. Diese waren lange Zeit ein Hauptgegenstand der Unterhaltung sowohl in Salons als in Carrefours, und noch immer liegen sie im Bereich der bittersten und feindseligsten Besprechung. Als noch vor der Gartenfassade der Tuilerien die hohen Bretterwände standen, die den Augen des Publikums jene Arbeiten verhüllten, hörte man darüber die absurdesten Hypothesen. Die meisten meinten, der König wolle das Schloss befestigen, und zwar von der Gartenseite, wo einst am 10. August das Volk so leicht eindringen konnte. Es hieß sogar, der Pont Royal würde deshalb abgebrochen. Andere meinten, der König wolle nur eine lange Mauer aufrichten, um sich selbst die Aussicht nach der Place de la Concorde zu verdecken; dieses jedoch geschehe nicht aus kindischer Furcht, sondern aus Zartgefühl; denn sein Vater starb auf der Place de Grève, die Place de la Concorde aber war der Hinrichtungsplatz für die ältere Linie. Indessen, wie dem armen Ludwig Philipp so oft Unrecht geschieht, so auch hier. Als man jene mystischen Bretterwände vor dem Schlosse wieder niederriss, sah man weder Befestigungswerke noch Schutzmauern, weder Schanzgräben noch Bastionen, sondern eitel Dummheit und Blumen. Der König hatte nämlich, bausüchtig wie er ist, den Einfall gehabt, vor dem Schloss einen kleinen Garten für sich und seine Familie von dem größern öffentlichen Garten abzuscheiden, diese Abscheidung war nur durch einen gewöhnlichen Graben und ein Drahtgitterwerk von einigen Fuß Höhe ausgeführt worden, und in den ausgestochenen Beeten standen schon Blumen, ebenso unschuldig wie jene Gartenidee des Königs selbst.

Casimir-Périer soll aber über diese unschuldige Idee, die ohne sein Vorwissen ausgeführt worden, sehr ärgerlich gewesen sein. Denn jedenfalls veranlasst sie den gerechten Unmut des Publikums über die Verunstaltung des ganzen Gartens, eines Meisterstücks von Le Nôtre, das eben durch sein großartiges Ensemble so sehr imponiert. Es ist gerade, als wollte man einige Szenen aus einer Racineschen Tragödie ausscheiden. Englische Gärten und romantische Dramen mag man immerhin ohne Schaden, oft sogar mit Vorteil verkürzen; Racines poetische Gärten aber mit ihren sublim langweiligen Einheiten, pathetischen Marmorgestalten, gemessenen Abgängen und sonstig strengem Zuschnitt, ebenso wenig wie Le Nôtres grüne Tragödie, die mit der breiten Tuilerien-Exposition so großartig beginnt und mit der erhabenen Terrasse, wo man die Katastrophe des Concordeplatzes schaut, so großartig endigt, kann man nicht im Mindesten verändern, ohne ihre Symmetrie, und also ihre eigentliche Schönheit, zu zerstören. Außerdem ist jener unzeitige Gartenbau noch wegen anderer Gründe dem König schädlich. Erstens kommt er dadurch umso öfter ins Gerede, was ihm doch jetzt nicht sonderlich nützlich ist; zweitens versammelt sich dadurch in seiner persönlichen Nähe beständig viel Gaffervolk, das allerlei bedenkliche Glossen macht, das vielleicht seinen Hunger durch Schaulust zu vergessen sucht, auf jeden Fall aber lange müßige Hände hat. Da hört man bitter scharfe Bemerkungen und rote Witzeleien, die an die neunziger Jahre erinnern. An der einen Eingangsseite des neuen Gartens steht ein metallener Abguss des Messerschleifers, dessen Original in der Tribüne zu Florenz zu sehen ist und über dessen Bedeutung verschiedene Meinungen herrschen. Hier aber, im Tuileriengarten, hörte ich über den Sinn dieses Bildes einige moderne Auslegungen, worüber manche Antiquare mitleidig lächeln und manche Aristokraten heimlich erzittern würden.

Gewiss, dieser Gartenbau ist eine kolossale Torheit und gibt den König den gehässigsten Anschuldigungen preis. Man kann ihn sogar als eine symbolische Handlung interpretieren. Ludwig Philipp zieht einen Graben zwischen sich und dem Volk, er trennt sich von demselben auch sichtbar. Oder hat er das Wesen des konstitutionellen Königtums so kleinmütig aufgefasst und so kurzsinnig begriffen, dass er meint, wenn er dem Volke den größeren Teil des Gartens überlasse, so dürfe er den kleineren Teil desto ausschließlicher als Privatgärtchen besitzen? Nein, das absolute Königtum mit seinem großartig egoistischen Ludwig XIV., der statt des L'état c'est moi auch sagen konnte Les tuileries c'est moi, erschiene alsdann viel herrlicher als die konstitutionelle Volkssouveränität mit ihrem Ludwig Philipp I., der angstvoll sein Privatgärtchen abgrenzt und ein kümmerliches Chacun chez soi in Anspruch nimmt. Man sagt, dass der ganze Bau im Frühjahr vollendet werde. Alsdann wird auch das neue Königtum, das jetzt noch so wenig ausgebaut und noch so kalkfrisch ist, etwas fertiger aussehen. Seine gegenwärtige Erscheinung ist im höchsten Grad ungewöhnlich In der Tat, wenn man jetzt die Tuilerien von der Gartenseite betrachtet und all jenes Graben und Umgraben, das Versetzen der Statuen, das Pflanzen der laublosen Bäume, den alten Steinschutt, die neuen Baumaterialien und all die Reparaturen sieht, wobei so viel gehämmert, geschrien, gelacht und getobt wird, dann glaubt man ein Sinnbild des neuen unvollendeten Königtums selbst vor Augen zu haben.

Artikel II

Paris, 19. Januar 1832

Der »Temps« bemerkt heute, dass die »Allgemeine Zeitung« jetzt Artikel liefere, die feindselig gegen die königliche Familie gerichtet seien, und dass die deutsche Zensur, die nicht die geringste Äußerung gegen absolute Könige erlaube, gegen einen Bürgerkönig nicht die mindeste Schonung ausübe. Der »Temps« ist doch die gescheiteste Zeitschrift der Welt! Mit wenigen milden Worten erreicht er seine Zwecke viel schneller als andere mit ihrer lautesten Polemik. Sein schlauer Wink ist hinreichend verstanden worden, und ich weiß wenigstens einen liberalen Schriftsteller, der es jetzt seiner Ehre nicht angemessen hält, unter Zensurerlaubnis gegen einen Bürgerkönig die feindliche Sprache zu führen, die man ihm gegen einen absoluten König nicht gestatten würde. Aber dafür tue uns Ludwig Philipp auch den einzigen Gefallen, ein Bürgerkönig zu bleiben. Eben weil er den absoluten Königen täglich ähnlicher wird, müssen wir ihm grollen. Er ist gewiss als Mensch ganz ehrenfest und ein achtungswerter Familienvater, zärtlicher Gatte und guter Ökonom; aber es ist verdrießlich, dass er alle Freiheitsbäume abschlagen lässt und sie ihres hübschen Laubwerks entkleidet, um daraus Stützbalken zu zimmern für das wackelnde Haus Orleans. Deshalb, nur deshalb zürnt ihm die liberale Presse, und die Geister der Wahrheit verschmähen sogar die Lüge nicht, um ihn damit zu befehden. Es ist traurig, bejammernswert, dass durch diese Taktik sogar die Familie des Königs leiden muss, die ebenso schuldlos wie liebenswürdig ist. Von dieser Seite wird die deutsche liberale Presse, minder geistreich, aber gemütvoller als ihre französische ältere Schwester, sich keine Grausamkeiten zuschulden kommen lassen. »Ihr solltet wenigstens mit dem König Mitleid haben!« rief jüngst das sanftlebende »Journal des débats«. – »Mitleid mit Ludwig Philipp!« entgegnete die »Tribune«, »dieser Mann verlangt fünfzehn Millionen und unser Mitleid! Hat er Mitleid gehabt mit Italien, mit Polen usw.?« – Ich sah dieser Tage die unmündige Waise des Menotti, der in Modena gehenkt worden. Auch sah ich unlängst Señora Luisa de Torrijos, eine arme todblasse Dame, die schnell wieder nach Paris zurückgekehrt ist, als sie an der spanischen Grenze die Nachricht von der Hinrichtung ihres Gatten und seiner zweiundfünfzig Unglücksgefährten erfuhr. Ach, ich habe wirklich Mitleid mit Ludwig Philipp!

Die »Tribune«, das Organ der offen republikanischen Partei, ist unerbittlich gegen ihren königlichen Feind und predigt täglich die Republik. Der »National«, das rücksichtsloseste und unabhängigste Journal Frankreichs, hat unlängst auf eine befremdende Art in diesen Ton eingestimmt. Furchtbar, wie ein Echo aus den blutigsten Tagen der Konvention, klangen die Reden jener Häuptlinge der Société des amis du peuple, die vorige Woche vor den Assisen standen, angeklagt, »gegen die bestehende Regierung konspiriert zu haben, um dieselbe zu stürzen und eine Republik zu errichten«. Sie wurden von der Jury freigesprochen, weil sie bewiesen, dass sie keineswegs konspiriert, sondern ihre Gesinnungen im Angesicht des ganzen Publikums ausgesprochen hätten. »Ja, wir wünschen den Umsturz dieser schwachen Regierung, wir wollen eine Republik«, war der Refrain aller ihrer Reden vor Gericht.

Während auf der einen Seite die ernsthaften Republikaner das Schwert ziehen und mit Donnerworten grollen, blitzt und lacht »Figaro« und schwingt am wirksamsten seine leichte Geißel. Er ist unerschöpflich in Witzen über »die beste Republik«, ein Ausdruck, wodurch zugleich der arme Lafayette geneckt wird, weil er bekanntlich einst vor dem Hôtel de ville den Ludwig Philipp umarmt und ausgerufen: »Vous êtes la meilleure république!« Dieser Tage bemerkte »Figaro«, man verlange keine Republik, seit man die beste gesehen. Ebenso sanglant sagt er bei Gelegenheit der Debatten über die Zivilliste: »La meilleure république coûte quinze millions.«

Die Partei der Republikaner will dem Lafayette seinen Missgriff in Betreff des empfohlenen Königs nimmermehr verzeihen. Sie wirft ihm vor, dass er den Ludwig Philipp lange genug gekannt habe, um vorauswissen zu können, was von ihm zu erwarten sei. Lafayette ist jetzt krank, kummerkrank. Ach! das größte Herz beider Welten, wie schmerzlich muss es jene königliche Täuschung empfinden! Vergebens, in der ersten Zeit, mahnte Lafayette beständig an das Programme de l'hôtel de ville, an die republikanischen Institutionen, womit das Königtum umgeben werden sollte, und an ähnliche Versprechungen. Aber ihn überschrien jene doktrinären Schwätzer, die aus der englischen Geschichte von 1688 beweisen, dass man sich im Julius 1830 nur für die Aufrechterhaltung der Charte in Paris geschlagen und alle Aufopferungen und Kämpfe nur die Einsetzung der jüngeren Linie der Bourbonen an die Stelle der älteren bezweckt habe, ebenso wie einst in England mit der Einsetzung des Hauses Oranien an die Stelle der Stuarts alles abgetan war. Thiers, welcher zwar nicht wie die Doktrinäre denkt, aber jetzt im Sinne dieser Partei spricht, hat ihr in der letzten Zeit nicht geringen Vorschub geleistet. Dieser Indifferentist von der tiefsten Art, der so wunderbar maßzuhalten weiß in der Klarheit, Verständigkeit und Veranschaulichung seiner Schreibweise, dieser Goethe der Politik, ist gewiss in diesem Augenblick der mächtigste Verfechter des Périerschen Systems, und wahrlich, mit seiner Broschüre gegen Chateaubriand vernichtete er fast jenen Don Quixote der Legitimität, der auf seiner geflügelten Rosinante so pathetisch saß, dessen Schwert mehr glänzend als scharf war und der nur mit kostbaren Perlen schoss, statt mit guten, eindringlichen Bleikugeln.

In ihrem Unmut über die klägliche Wendung der Ereignisse lassen sich viele Freiheitsenthusiasten sogar zur Verlästerung des Lafayette verleiten. Wie weit man in dieser Hinsicht sich vergehen kann, ergibt sich aus der Schrift des Belmontet, die ebenfalls gegen die bekannte Broschüre des Chateaubriand gerichtet ist und worin mit ehrenwerter Offenheit die Republik gepredigt wird. Ich würde die bitteren Urteile, die in dieser Schrift über Lafayette vorkommen, hier ganz hersetzen, wären sie nicht einesteils gar zu gehässig und ständen sie nicht anderenteils in Verbindung mit einer für diese Blätter unstatthaften Apologie der Republik. Ich verweise aber in dieser Hinsicht auf die Schrift selbst und namentlich auf einen Abschnitt derselben, der »Die Republik« überschrieben ist. Man sieht da, wie Menschen, die edelsten sogar, ungerecht werden durch das Unglück.

Den glänzenden Wahn von der Möglichkeit einer Republik in Frankreich will ich hier nicht bekämpfen. Royalist aus angeborener Neigung, werde ich es in Frankreich auch aus Überzeugung. Ich bin überzeugt, dass die Franzosen keine Republik, weder die Verfassung von Athen noch die von Sparta und am allerwenigsten die von Nordamerika, ertragen können. Die Athener waren die studierende Jugend der Menschheit, die Verfassung von Athen war eine Art akademischer Freiheit, und es wäre töricht, diese in unserer erwachsenen Zeit, in unserem greisen Europa wieder einführen zu wollen. Und gar wie ertrügen wir die Verfassung von Sparta, dieser großen, langweiligen Patriotismusfabrik, dieser Kaserne der republikanischen Tugend, dieser erhaben schlechten Gleichheitsküche, worin die schwarzen Suppen so schlecht gekocht wurden, dass attische Witzlinge behaupteten, die Lakedämonier seien deshalb Verächter des Lebens und todesmutige Helden in der Schlacht. Wie könnte solche Verfassung gedeihen im Foyer der Gourmands, im Vaterlande des Véry, der Véfour, des Carême! Dieser letztere würde sich gewiss, wie Vatel, in sein Schwert stürzen, als ein Brutus der Kochkunst, als der letzte Gastronom! Wahrlich, hätte Robespierre nur die spartanische Küche eingeführt, so wäre die Guillotine ganz überflüssig gewesen; denn die letzten Aristokraten wären alsdann vor Schrecken gestorben oder schleunigst emigriert. Armer Robespierre! du wolltest republikanische Strenge einführen in Paris, in einer Stadt, worin 150 000 Putzmacherinnen und 150 000 Perruquiers und Parfumeurs ihr lächelndes, frisierendes und duftendes Gewerbe treiben!

Die amerikanische Lebensmonotonie, Farblosigkeit und Spießbürgerei wäre noch unerträglicher in der Heimat der Schaulust, der Eitelkeit, der Moden und Novitäten. Wahrlich, nirgends grassiert die Krankheit der Auszeichnungssucht so sehr wie in Frankreich. Vielleicht mit Ausnahme von August Wilhelm Schlegel gibt es keine Frau in Deutschland, die sich so gern durch ein buntes Bändchen auszeichnete wie die Franzosen; sogar die Juliushelden, die doch für Freiheit und Gleichheit gefochten, ließen sich hernach dafür mit einem blauen Bändchen dekorieren, um sich dadurch von dem übrigen Volke zu unterscheiden. Wenn ich aber deshalb das Gedeihen einer Republik in Frankreich bezweifle, so lässt sich darum doch nicht leugnen, dass alles zu einer Republik aboutiert [führt], dass die republikanische Ehrfurcht für das Gesetz an die Stelle der royalistischen Personenverehrung getreten ist bei den Besseren und dass die Opposition ebenso, wie sie einst fünfzehn Jahre lang mit einem König Komödie gespielt, jetzt dieselbe Komödie mit dem Königtum selber fortsetzt und dass also die Republik wenigstens für kurze Zeit das Ende des Liedes sein könnte. Die Karlisten befördern solches, da sie es als eine notwendige Phase betrachten, um wieder zum absoluten Königtum der älteren Linie zu gelangen. Deshalb gebärden sie sich jetzt als die eifrigsten Republikaner, selbst Chateaubriand preist die Republik, nennt sich Republikaner aus Neigung, fraternisiert mit Marrast und lässt sich die Akkolade erteilen von Béranger. Die »Gazette«, die heuchlerische »Gazette de France«, schmachtet jetzt nach republikanischen Staatsformen, allgemeinem Votum, Primärversammlungen usw. Es ist spaßhaft, wie die verkappten Pfäffchen jetzt in der Sprache des Sansculottismus bramarbasieren, wie farousch sie mit der roten Jakobinermütze kokettieren, wie sie dennoch manchmal in Angst geraten, sie hätten etwa statt dessen aus Zerstreuung das rote Prälatenkäppchen aufgesetzt, wie sie dann die erborgte Bedeckung einen Augenblick vom Haupte nehmen und alle Welt die Tonsur bemerkt. Solche Leute glauben jetzt ebenfalls den Lafayette schmähen zu dürfen, und dieses dient ihnen dann als süße Erholung für den sauren Republikanismus, den Freiheitszwang, den sie sich auferlegen müssen.

Aber was auch die verblendeten Freunde und die heuchlerischen Feinde sagen mögen, Lafayette ist nächst Robespierre der reinste Charakter der französischen Revolution, und nächst Napoleon ist er ihr populärster Held. Napoleon und Lafayette sind die beiden Namen, die jetzt in Frankreich am schönsten blühen. Freilich ihr Ruhm ist verschiedener Art; dieser kämpfte mehr für den Frieden als für den Sieg, und jener kämpfte mehr um den Lorbeer als um den Eichenkranz. Freilich, es wäre lächerlich, wenn man die Größe beider Helden messen wollte mit demselben Maßstab und den einen hinstellen wollte auf das Postament des andern. Es wäre lächerlich, wenn man das Standbild des Lafayette auf die Vendômesäule setzen wollte, auf jene Säule, die aus den erbeuteten Kanonen so vieler Schlachten gegossen worden und deren Anblick, wie Barbier singt, keine französische Mutter ertragen kann. Auf diese eiserne Säule stellt den Napoleon, den eisernen Mann, hier wie im Leben fußend auf seinen Kanonenruhm und schauerlich isoliert emporragend in den Wolken, so dass jedem ehrgeizigen Soldaten, wenn er ihn dort oben, den Unerreichbaren, erblickt, das gedemütigte Herz geheilt wird von der eiteln Ruhmsucht und solchermaßen diese kolossale Metallsäule als ein Gewitterableiter des Heldentums den friedlichsten Nutzen stifte in Europa.

Lafayette gründete sich eine bessere Säule als die des Vendômeplatzes und ein besseres Standbild als von Metall oder Marmor. Wo gibt es Marmor so rein wie das Herz, wo gibt es Metall so fest wie die Treue des alten Lafayette? Freilich, er war immer einseitig, aber einseitig wie die Magnetnadel, die immer nach Norden zeigt, niemals zur Abwechslung einmal nach Süden oder Osten. So sagt Lafayette seit vierzig Jahren täglich dasselbe und zeigt beständig nach Nordamerika; er ist es, der die Revolution eröffnete mit der Erklärung der Menschenrechte; noch zu dieser Stunde beharrt er auf dieser Erklärung, ohne welche kein Heil zu erwarten sei – der einseitige Mann mit seiner einseitigen Himmelsgegend der Freiheit! Freilich! er ist kein Genie, wie Napoleon war, in dessen Haupt die Adler der Begeisterung horsteten, während in seinem Herzen die Schlangen des Kalküls sich ringelten; aber er hat sich doch nie von Adlern einschüchtern oder von Schlangen verführen lassen. Als Jüngling weise wie ein Greis, als Greis feurig wie ein Jüngling, ein Schützer des Volkes gegen die List der Großen, ein Schützer der Großen gegen die Wut des Volks, mitleidend und mitkämpfend, nie übermütig und nie verzagend, ebenmäßig streng und milde, so blieb Lafayette sich immer gleich; und so in seiner Einseitigkeit und Gleichmäßigkeit blieb er auch immer stehen auf demselben Platz, seit den Tagen Marie Antoinettens bis zur heutigen Stunde; ein getreuer Eckart der Freiheit, steht er noch immer auf sein Schwert gestützt und warnend vor dem Eingang der Tuilerien, dem verführerischen Venusberg, dessen Zaubertöne so verlockend klingen und aus dessen süßen Netzen die armen Verstrickten sich niemals wieder losreißen können.

Es ist freilich wahr, dass dennoch der tote Napoleon noch mehr von den Franzosen geliebt wird als der lebende Lafayette. Vielleicht eben weil er tot ist, was wenigstens mir das liebste an Napoleon ist; denn lebte er noch, so müsste ich ihn ja bekämpfen helfen. Man hat außer Frankreich keinen Begriff davon, wie sehr noch das französische Volk an Napoleon hängt. Deshalb werden auch die Missvergnügten, wenn sie einmal etwas Entscheidendes wagen, damit anfangen, dass sie den jungen Napoleon proklamieren, um sich der Sympathie der Massen zu versichern. »Napoleon« ist für die Franzosen ein Zauberwort, das sie elektrisiert und betäubt. Es schlafen tausend Kanonen in diesem Namen, ebenso wie in der Säule des Vendômeplatzes, und die Tuilerien werden zittern, wenn einmal diese Kanonen erwachen. Wie die Juden den Namen ihres Gottes nicht eitel aussprachen, so wird hier Napoleon selten bei seinem Namen genannt, und er heißt immer »der Mann, l'homme«. Aber sein Bild sieht man überall, in Kupferstich und Gips, in Metall und Holz und in allen Situationen. Auf allen Boulevards und Carrefours stehen Redner, die ihn preisen, den Mann, Volkssänger, die seine Taten besingen. Als ich gestern Abend beim Nachhausegehen in ein einsam dunkles Gässchen geriet, stand dort ein Kind von höchstens drei Jahren vor einem Talglichtchen, das in die Erde gesteckt war, und lallte ein Lied zum Ruhm des großen Kaisers. Als ich ihm einen Sou auf das ausgebreitete Taschentuch hinwarf, rutschte etwas neben mich, welches ebenfalls um einen Sou bat. Es war ein alter Soldat, der ebenfalls von dem Ruhme des großen Kaisers ein Liedchen singen konnte, denn dieser Ruhm hatte ihm beide Beine gekostet. Der arme Krüppel bat mich nicht im Namen Gottes, sondern mit gläubigster Innigkeit flehte er: »Au nom de Napoléon, donnez-moi un sou.« So dient dieser Name auch als das höchste Beschwörungswort des Volkes, Napoleon ist sein Gott, sein Kultus, seine Religion; und diese Religion wird am Ende langweilig wie jede andere. Dagegen wird Lafayette mehr als Mensch verehrt oder als Schutzengel. Auch er lebt in Bildern und Liedern, aber minder heroisch, und ehrlich gestanden, es hat sogar einen komischen Effekt auf mich gemacht, als ich voriges Jahr den 28. Julius im Gesang der Parisienne die Worte hörte: »Lafayette aux cheveux blancs«, während ich ihn selbst mit seiner braunen Perücke neben mir stehen sah. Es war auf dem Bastillenplatz, der Mann war auf seinem rechten Platz, und dennoch musste ich heimlich lachen. Vielleicht eben solche komische Beimischung bringt ihn unseren Herzen menschlich näher. Seine Bonhomie wirkt sogar auf Kinder, und diese verstehen seine Größe vielleicht noch besser als die Großen. Hierüber weiß ich wieder eine kleine Bettelgeschichte zu erzählen, die aber den Charakter des Lafayetteschen Ruhms in seiner Unterscheidung von dem Napoleonschen bezeichnet. Als ich nämlich jüngst an einer Straßenecke vor dem Pantheon stillstand und, wie gewöhnlich, dieses schöne Gebäude betrachtend, in Nachdenken versank, bat mich ein kleiner Auvergniate um einen Sou, und ich gab ihm ein Zehnsoustück, um seiner nur gleich loszuwerden. Aber da näherte er sich mir desto zutraulicher mit den Worten: »Est-ce que vous connaissez le général Lafayette?«, und als ich diese wunderliche Frage bejahte, malte sich das stolzeste Vergnügen auf dem naiv-schmutzigen Gesicht des hübschen Buben, und mit drolligem Ernst sagte er: »Il est de mon pays.« Er glaubte gewiss, ein Mann, der ihm zehn Sous gegeben, müsse auch ein Verehrer von Lafayette sein, und da hielt er mich zugleich für würdig, sich mir als Landsmann desselben zu präsentieren.

So hegt auch das Landvolk die liebevollste Ehrfurcht gegen Lafayette, umso mehr, da er selbst die Landwirtschaft zu seiner Hauptbeschäftigung macht. Diese erhält ihm die Einfalt und Frische, die in beständigem Stadttreiben verlorengehen könnten. Hierin gleicht er auch jenen großen Republikanern der Vorzeit, die ebenfalls ihren eigenen Kohl bauten, in Zeiten der Not vom Pflug zur Schlacht oder zur Tribüne eilten und nach erfochtenen Siegen wieder zu ihren ländlichen Arbeiten zurückkehrten. Auf dem Landsitz, wo Lafayette die mildere Jahreszeit zubringt, ist er gewöhnlich umringt von strebenden Jünglingen und schönen Mädchen, da herrscht Gastlichkeit der Tafel und des Herzens, da wird viel gelacht und getanzt, da ist der Hof des souveränen Volkes, da ist jeder hoffähig, der ein Sohn seiner Taten ist und keine Mesalliance geschlossen hat mit der Lüge, und da ist Lafayette der Zeremonienmeister.

Mehr aber noch als unter jeder andern Volksklasse herrscht die Verehrung Lafayettes unter dem eigentlichen Mittelstand, unter Gewerbeleuten und Kleinhändlern. Diese vergöttern ihn. Lafayette, der ordnungstiftende, ist der Abgott dieser Leute. Sie verehren ihn als eine Art Vorsehung zu Pferde, als einen bewaffneten Schutzpatron der öffentlichen Sicherheit, als einen Genius der Freiheit, der zugleich sorgt, dass beim Freiheitskampf nichts gestohlen wird und jeder das liebe Seinige behält! Die große Armee der öffentlichen Ordnung, wie Casimir-Périer die Nationalgarde genannt hat, die wohlgenährten Helden mit großen Bärenmützen, worin Krämerköpfe stecken, sind außer sich vor Entzücken, wenn sie von Lafayette sprechen, ihrem alten General, ihrem Friedens-Napoleon. Ja, er ist der Napoleon der petite bourgeoisie, jener braven, zahlungsfähigen Leute, jener Gevatter Schneider und Handschuhmacher, die zwar des Tages über zu sehr beschäftigt sind, um an Lafayette denken zu können, die ihn aber nachher, des Abends, mit verdoppeltem Enthusiasmus preisen, sodass man wohl behaupten kann, dass um elf Uhr, wenn die meisten Butiken geschlossen sind, der Ruhm des Lafayette seine höchste Blüte erreicht.

Ich habe oben das Wort »Zeremonienmeister« gebraucht. Es fällt mir ein, dass Wolfgang Menzel, in seiner geistreichen Frivolität, den Lafayette einen Zeremonienmeister der Freiheit genannt hat, als er einst dessen Triumphzug durch die Vereinigten Staaten und die Deputationen, Adressen und feierlichen Reden, die dabei zum Vorschein kamen, im »Literaturblatt« besprach. Auch andere, minder witzige Leute hegen den Irrtum, der Lafayette sei nur ein alter Mann, der zur Schau hingestellt oder als Maschine gebraucht werde. Indessen, wenn diese Leute ihn nur ein einziges Mal auf der Rednerbühne sähen, so würden sie leicht erkennen, dass er nicht eine bloße Fahne ist, der man folgt oder wobei man schwört, sondern dass er selbst noch immer der Gonfaloniere ist, in dessen Händen das gute Banner, die Oriflamme [Kriegsfahne der französischen Könige] der Völker. Lafayette ist vielleicht der bedeutendste Sprecher in der jetzigen Deputiertenkammer. Wenn er spricht, trifft er immer den Nagel auf den Kopf und seine vernagelten Feinde auf die Köpfe. Wenn es gilt, wenn eine der großen Fragen der Menschheit zur Sprache kommt, dann erhebt sich jedes Mal der Lafayette, kampf-lustig wie ein Jüngling. Nur der Leib ist schwach und schlotternd, von Zeit und Zeitkämpfen zusammengebrochen, wie eine zerhackte und zerschlagene alte Eisenrüstung, und es ist rüh-rend, wie er sich damit zur Tribüne schleppt und, wenn er diese, den alten Posten, erreicht hat, tief Atem schöpft und lächelt. Dieses Lächeln, der Vortrag und das ganze Wesen des Mannes, während er auf der Tribüne spricht, ist unbeschreibbar. Es liegt darin so viel Hold-seligkeit und zugleich so viel feine Ironie, dass man wie von einer wunderbaren Neugier ge-fesselt wird, wie von einem süßen Rätsel. Man weiß nicht, sind das die feinen Manieren ei-nes französischen Marquis, oder ist das die offene Gradheit eines amerikanischen Bürgers? Das Beste des alten Regimes, das Chevareleske, die Höflichkeit, der Takt, ist hier wunderbar verschmolzen mit dem Besten des neuen Bürgertums, der Gleichheitsliebe, der Prunklosig-keit und der Ehrlichkeit. Nichts ist interessanter, als wenn in einer Kammer von den ersten Zeiten der Revolution gesprochen wird und irgendjemand in doktrinärer Weise eine histori-sche Tatsache aus ihrem wahren Zusammenhang reißt und zu seinem Räsonnement benutzt. Dann zerstört Lafayette mit wenigen Worten die irrtümlichen Folgerungen, indem er den wahren Sinn einer solchen Tatsache durch Anführung der dazu gehörigen Umstände il-lustriert oder berichtigt. Selbst Thiers muss in einem solchen Fall die Segel streichen, und der große Historiograph der Revolution beugt sich vor dem Ausspruch ihres großen lebenden Denkmals, ihres Generals Lafayette.

In der Kammer sitzt der Rednerbühne gegenüber ein steinalter Mann mit glänzenden Sil-berhaaren, die über seine schwarze Kleidung lang herabhängen, sein Leib ist von einer sehr breiten dreifarbigen Schärpe umwickelt, und das ist jener alte Messager, der schon im An-fang der Revolution ein solches Amt in der Kammer verwaltet und seitdem in dieser Stellung der ganzen Weltgeschichte beigewohnt hat, von der Zeit der ersten Nationalversammlung bis zum Justemilieu. Man sagt mir, er spreche noch oft von Robespierre, den er le bon Monsieur de Robespierre nenne. Während der Restaurationsperiode litt der alte Mann an der Kolik; aber seit er wieder die dreifarbige Schärpe um den Leib hat, befindet er sich wieder wohl. Nur an Schläfrigkeit leidet er in dieser langweiligen Justemilieu-Zeit. Sogar einmal, während Mauguin sprach, sah ich ihn einschlafen. Der Mann hat gewiss schon Bessere gehört als Mauguin, der doch einer der besten Redner der Opposition, und er findet ihn vielleicht gar nicht heftig, er, qui a beaucoup connu ce bon Monsieur de Robespierre. Aber wenn Lafayette spricht, dann erwacht der alte Messager aus seiner dämmernden Schläfrigkeit, er wird aufge-muntert wie ein alter Husarenschimmel, der eine Trompete hört, und es kommt über ihn wie süße Jugenderinnerung, und er nickt dann vergnügt mit dem silberweißen Kopf.

Artikel III

Paris, 10. Februar

Den Verfasser des vorigen Artikels leitete ein richtiger Takt, als er, die Auszeichnungssucht rügend, die bei den Franzosen mehr als bei deutschen Frauen grassiert, unter den letzteren ei-nen deutschen Schriftsteller, der als Kunstkritiker und Übersetzer berühmt ist, ausnahmsweise erwähnte. Dieser Ausgenommene, welcher der deutschen Unruhen halber, die er selbst durch einige Almanachxenien veranlasst, voriges Jahr hierher emigriert und seitdem von Sr. Majestät dem König Ludwig Philipp I. den Orden der Ehrenlegion erhielt, ist wegen seines rührigen Eifers nach Dekorationen von vielen Franzosen leider gar zu sehr bemerkt worden, als dass sie nicht durch Hindeutung auf ihn jeden überrheinischen Vorwurf der Eitelkeit entkräften könnten. Perfide, wie sie sind, haben sie diese Ordensverleihung nicht einmal in den französischen Journalen angezeigt; und da die Deutschen in ihrem Landsmann sich selbst geehrt fühlen mussten und aus Bescheidenheit nicht gern davon sprachen, so ist dieses für beide Länder gleich wichtige Ereignis bis jetzt wenig bekannt worden. Solche Unterlassung und Verschweigung war für den neuen Ritter umso verdrießlicher, da man in seiner Gegenwart laut flüsterte, der neue Orden, wenn er ihn auch aus den Händen der Königin erhalten habe, sei durchaus ohne Geltung, solange solche Verleihung nicht im »Moniteur« angezeigt stehe. Der neue Ritter wünschte diesem Missstand abgeholfen zu sehen, aber leider ergab sich jetzt ein noch bedenklicherer Einspruch, nämlich dass das Patent eines Ordens, den der König verleiht, ganz ohne Gültigkeit sei, solange solches nicht von einem Minister kontrasigniert worden. Unser Ritter hatte durch die Vermittlung der doktrinären Verwandten einer berühmten Dame, bei welcher er einst Kapaun im Korbe war, seinen Orden vom König erhalten, und man sagt, dieser habe in seinem ganzen Wesen eine frappante Ähnlichkeit mit seiner verstorbenen Erzieherin, der Frau v. Genlis, erkannt und letztere noch nach ihrem Tod in ihrem Ebenbild ehren wollen. Die Minister aber, die beim Anblick des Ritters keine solche gemütlichen Regungen verspüren und ihn irrtümlich für einen deutschen Liberalen halten, fürchten durch Kontrasignierung des Patents die absoluten Regierungen zu beleidigen. Indessen wird bald eine verständigende Ausgleichung erwartet, und um der Billigung der Kontinentalmächte ganz versichert zu sein, sind Unterhandlungen angeknüpft, die das Kabinett von St. James zu einer ähnlichen Ordensverleihung bewegen müssen, und der Supplikant [Bittsteller] wird sich deshalb, mit einem Sr. Majestät dem König Wilhelm IV. dedizierten altindischen Epos, persönlich nach England begeben. Für die hiesigen Deutschen ist es jedoch ein betrübendes Schauspiel, ihren hochverehrten schwächlichen Landsmann, derlei Verzögernisse halber, von Pontius zu Pilatus rennen zu sehen, in Kot und Kälte und in bestürmender Ungeduld, die um so unbegreiflicher, da ihm doch alle Beispiele indischer Gelassenheit, der ganze »Ramayana« und der ganze »Mahabharata«, allertröstlichst zu Gebote stehen.

Die Art, wie die Franzosen die wichtigsten Gegenstände mit spöttelndem Leichtsinn behandeln, zeigt sich auch bei den Gesprächen über die letzten Konspirationen. Die, welche auf den Türmen von Notre-Dame tragiert wurde, scheint sich ganz als Polizeiintrige auszuweisen. Man äußerte scherzend, es seien Klassiker gewesen, die aus Hass gegen Victor Hugos romantischen Roman »Notre Dame de Paris« die Kirche selbst in Brand stecken wollten. Rabelais' Witze über die Glocken derselben kamen wieder zum Vorschein. Auch das bekannte Wort: »Si on m'accuserait d'avoir volé les cloches de Notre-Dame, je commencerais par prendre la fuite« wurde scherzend variiert, als einige Karlisten infolge dieser Begebenheit die Flucht ergriffen. Die letzte Konspiration von der Nacht des zweiten Februars will man ebenfalls zum größten Teil den Machinationen der Polizei zuschreiben. Man sagt, sie habe sich in einer Restauration der Rue des Prouvaires eine splendide Verschwörung zu zweihundert Kuverts bestellt und einige blödsinnige Karlisten zu Gaste geladen, die natürlich die Zeche bezahlen mussten. Letztere hatten kein Geld dabei gespart, und in den Stiefeln eines arretierten Verschwornen fand man 27 000 Francs. Mit dieser Summe hätte man schon etwas ausrichten können. In den »Memoiren« von Marmontel las ich einmal eine Äußerung von Chamfort, dass man mit tausend Louisdor schon einen ordentlichen Lärm in Paris anzetteln könne; und bei den letzten Emeuten ist mir diese Äußerung immer wieder ins Gedächtnis gekommen. Ich darf aus wichtigen Gründen nicht verschweigen, dass zu einer Revolution immer Geld notwendig ist. Selbst die herrliche Juliusrevolution ist nicht so ganz gratis aufgeführt worden, wie man wohl glaubt. Dieses Schauspiel für Götter hat dennoch einige Millionen gekostet, obgleich die eigentlichen Akteure, das Volk von Paris, in Heroismus und Uneigennützigkeit gewetteifert. Die Sachen geschehen nicht des Geldes wegen, aber es gehört Geld dazu, um sie in Gang zu bringen. Die törichten Karlisten meinen aber, sie gingen von selbst, wenn sie nur Geld in den Stiefeln haben. Die Republikaner sind gewiss bei den Vorgängen der Nacht vom zweiten Februar ganz unschuldig; denn wie mir jüngst einer derselben sagte: »Wenn du hörst, dass bei einer Verschwörung Geld verteilt worden, so kannst du darauf rechnen, dass kein Republikaner dabei gewesen.« In der Tat, diese Partei hat wenig Geld, da sie meistens aus ehrlichen und uneigennützigen Menschen besteht. Sie werden, wenn sie zur Macht gelangen, ihre Hände mit Blut beflecken, aber nicht mit Geld. Man weiß das und hegt daher weniger Scheu vor den Intriganten, denen mehr nach Geld als nach Blut gelüstet.

Jene Guillotinomanie, die wir bei den Republikanern finden, ist vielleicht durch die Schriftsteller und Redner veranlasst worden, die zuerst das Wort »Schreckenssystem« gebraucht haben, um die Regierung, welche 1793 zur Rettung Frankreichs die äußersten Mittel aufbot, zu bezeichnen. Der Terrorismus, der sich damals entfaltete, war aber mehr eine Erscheinung als ein System, und der Schrecken war ebenso sehr in den Gemütern der Gewalthaber als des Volkes. Es ist töricht, wenn man jetzt, zur Nacheiferung aufreizend, den Gesichtsabguss des Robespierre herumträgt. Töricht ist es, wenn man die Sprache von 1793 wieder heraufbeschwört, wie die Amis du peuple es tun, die dadurch, ohne es zu ahnen, ebenso retrograde handeln wie die eifrigsten Kämpen des alten Regimes. Wer die roten Blüten, die im Frühling von den Bäumen gefallen, nachher mit Wachs wieder anklebt, handelt ebenso töricht wie derjenige, welcher abgeschnittene welke Lilien in den Sand pflanzt. Republikaner und Karlisten sind Plagiarien der Vergangenheit, und wenn sie sich vereinigen, so mahnt das an die lächerlichsten Tollhausbündnisse, wo der gemeinsame Zwang oft die heterogensten Narren in ein freundschaftliches Verhältnis bringt, obgleich der eine, der sich selbst für den Jehova hält, den anderen, der sich für den Jupiter ausgibt, im tiefsten Herzen verachtet. So sahen wir diese Woche Genoude und Thouret, den Redakteur der »Gazette« und den Redakteur der »Révolution«, als Verbündete vor den Assisen stehen, und als Chorus standen hinter ihnen Fitz-James mit seinen Karlisten und Cavaignac mit seinen Republikanern. Gibt es widerwärtigere Kontraste! Trotzdem dass ich dem Republikwesen sehr abhold bin, so schmerzt es mich doch in der Seele, wenn ich die Republikaner in einer so unwürdigen Gemeinschaft sehe. Nur auf demselben Schafott dürften sie zusammentreffen mit jenen Freunden des Absolutismus und des Jesuitismus, aber nimmermehr vor denselben Assisen. Und wie lächerlich werden sie durch solche Bündnisse! Es gibt nichts Lächerlicheres, als dass die Journale unter den Verschworenen des zweiten Februars vier ehemalige Köche von Karl X. und vier Republikaner von der Gesellschaft der Amis du peuple zusammen erwähnten.

Ich glaube wirklich nicht, dass letztere in diese dumme Geschichte verwickelt sind. Ich selbst befand mich denselben Abend zufällig in der Versammlung der Amis du peuple und glaube aus vielen Umständen schließen zu können, dass man eher an Gegenwehr als an Angriff dachte. Es waren dort über fünfzehnhundert Menschen in einem engen Saal, der wie ein Theater aussah, gehörig zusammengedrängt. Der Citoyen Blanqui, Sohn eines Konventionels, hielt eine lange Rede, voll von Spott gegen die Bourgeoisie, die Boutiquiers, die einen Louis Philippe, la boutique incarnée, zum König gewählt, und zwar in ihrem eigenen Interesse, nicht im Interesse des Volks, du peuple, qui n'était pas complice d'une si indigne usurpation. Es war eine Rede voll Geist, Redlichkeit und Grimm; doch der vorgetragenen Freiheit fehlte der freie Vortrag. Trotz aller republikanischen Strenge verleugnete sich doch nicht die alte Galanterie, und den Damen, den Citoyennes, wurden mit echt französischer Aufmerksamkeit die besten Plätze neben der Rednerbühne angewiesen. Die Versammlung roch ganz wie ein zerlesenes, klebrichtes Exemplar des »Moniteur« von 1793. Sie bestand meistens aus sehr jungen und ganz alten Leuten. In der ersten Revolution war der Freiheitsenthusiasmus mehr bei den Männern von mittlerem Alter, in welchen der noch jugendliche Unwille über Pfaffentrug und Adelsinsolenz mit einer männlich klaren Einsicht zusammentraf; die jüngern Leute und die ganz alten waren Anhänger des verjährten Regimes, letztere, die silberhaarigen Greise, aus Gewohnheit, erstere, die Jeunesse dorée, aus Missmut über die bürgerliche Prunklosigkeit der republikanischen Sitten. Jetzt ist es umgekehrt, die eigentlichen Freiheitsenthusiasten bestehen aus ganz jungen und ganz alten Leuten. Diese kennen noch aus eigener Erfahrung die Abscheulichkeiten des alten Regimes, und sie denken mit Entzücken zurück an die Zeiten der ersten Revolution, wo sie selber so kräftig gewesen und so groß. Jene, die Jugend, liebt diese Zeiten, weil sie überhaupt aufopferungssüchtig und heroisch gestimmt ist und nach großen Taten lechzt und den knickerigen Kleinmut und die krämerhafte Selbstsucht der jetzigen Gewalthaber verachtet. Die Männer mittleren Alters sind meistens ermüdet von dem harzelierenden Oppositionsgeschäft während der Restauration oder verdorben durch die Kaiserzeit, deren rauschende Ruhmsucht und glänzendes Soldatentum alle bürgerliche Einfalt und Freiheitsliebe ertötete. Außerdem hat diese imperiale Heldenperiode gar viele das Leben gekostet, die jetzt Männer wären, sodass überhaupt unter diesen letztern von manchen Jahrgängen nur wenige komplette Exemplare vorhanden sind.

Bei jung und alt aber im Saal der Amis du peuple herrschte der würdige Ernst, den man immer bei Menschen findet, die sich stark fühlen. Nur ihre Augen blitzten, und nur manchmal riefen sie: »C'est vrai! c'est vrai!«, wenn der Redner eine Tatsache erwähnte. Als der Citoyen Cavaignac in einer Rede, die ich nicht genau verstehen konnte, weil er in kurzen, nachlässig hervorgestoßenen Sätzen spricht, die Gerichtsverfolgungen erwähnte, denen die Schriftsteller noch immer ausgesetzt sind, da sah ich, dass mein Nachbar sich an mir festhielt vor innerer Bewegung und dass er sich die Lippen wund biss, um nicht mitzusprechen. Es war ein junger Brausekopf, mit Augen wie zornige Sterne, und er trug den niedrigen breitrandigen Hut von schwarzem Wachsleinen, der die Republikaner auszeichnet. »Aber nicht wahr«, sagte er endlich zu mir, »diese Schriftstellerverfolgung ist ja eine mittelbare Zensur? Man darf drucken, was man sagen darf, und man darf alles sagen. Marat behauptete, dass es eine Ungerechtigkeit sei, wenn ein Bürger wegen einer Meinung vor Gericht geladen wird, und dass man wegen einer Meinung nur dem Publikum Rechenschaft schuldig sei. (Toute citation devant un tribunal pour une opinion est une injustice; on ne peut citer, en ce cas, un citoyen que devant le public.) Alles, was man sagt, ist nur eine Meinung. Camille Desmoulins bemerkt ebenfalls mit Recht: sobald die Dezemvirn in die Gesetzsammlung, die sie aus Griechenland mitgebracht, auch ein Gesetz gegen die Verleumdung eingeschwärzt hatten, so entdeckte man gleich, dass sie die Absicht hegten, die Freiheit zu vernichten und ihr Dezemvirat permanent zu machen. Ebenfalls, sobald Octavius, vierhundert Jahre nachher, jenes Gesetz der Dezemvirn gegen Schriften und Reden wieder ins Leben rief und der Lex Julia Laesae Majestatis noch einen Artikel hinzufügte, konnte man sagen, dass die römische Freiheit ihren letzten Seufzer verhauchte.«

Ich habe diese Zitate hierhergesetzt, um anzudeuten, welche Autoren bei den Amis du peuple zitiert werden. Robespierres letzte Rede vom achten Thermidor ist ihr Evangelium. Komisch war es jedoch, dass diese Leute über Unterdrückung klagten, während man ihnen erlaubt, sich so offen gegen die Regierung zu verbinden und Dinge zu sagen, deren zehnter Teil hinlänglich wäre, um in Norddeutschland zu lebenslänglicher Untersuchung verurteilt zu werden. Denselben Abend hieß es jedoch, man würde dieser Ungebühr ein Ende machen und den Saal der Amis du peuple schließen. »Ich glaube, die Nationalgarde und die Linie werden uns heute zernieren [durch Truppen umzingeln]«, bemerkte mein Nachbar, »haben Sie auch für diesen Fall Ihre Pistolen bei sich?« – »Ich will sie holen«, gab ich zur Antwort, verließ den Saal und fuhr zu einer Soiree im Faubourg St. Germain. Nichts als Lichter, Spiegel, Blumen, nackte Schultern, Zuckerwasser, gelbe Glacéhandschuh' und Fadaisen [Albernheiten]. Außerdem lag eine so triumphierende Freude auf allen Gesichtern, als sei der Sieg des alten Regimes ganz entschieden, und während mir noch das »Vive la République« der Rue Grenelle in den Ohren nachdröhnte, musste ich die bestimmte Versicherung anhören, dass die Rückkehr des Mirakelkindes mit der ganzen Mirakelsippschaft so gut wie gewiss sei. Ich kann nicht umhin, zu verraten, dass ich dort zwei Doktrinäre eine Anglaise tanzen sehen; sie tanzen nur Anglaisen. Eine Dame mit einem weißen Kleid, worin grüne Bienen, die wie Lilien aussahen, fragte mich, ob man des Beistandes der Deutschen und der Kosaken gewiss sei. »Wir werden es uns wieder zur höchsten Ehre anrechnen«, beteuerte ich, »für die Wiedereinsetzung der älteren Bourbonen unser Gut und Blut zu opfern.« – »Wissen Sie auch«, fügte die Dame hinzu, »dass heute der Tag ist, wo Heinrich V. als Herzog von Bordeaux zuerst kommunizierte?« – »Welch ein wichtiger Tag für die Freunde des Throns und Altars«, erwiderte ich, »ein heiliger Tag, wert, von de Lamartine besungen zu werden!«

Die Nacht dieses schönen Tages sollte rot angestrichen werden im Kalender von Frankreich, und die Gerüchte darüber waren des folgenden Morgens das Gespräch von ganz Paris. Widersprüche der tollsten Art liefen herum, und noch jetzt liegt, wie schon oben angedeutet, ein geheimnisvoller Schleier über jener Verschwörungsgeschichte. Es hieß, man habe die ganze königliche Familie, mitsamt der großen Gesellschaft, die in den Tuilerien versammelt gewesen, ermorden wollen, man habe den Concierge des Louvres gewonnen, um durch die große Galerie desselben unmittelbar in den Tanzsaal der Tuilerien hineindringen zu können, ein Schuss sei dort gefallen, der dem König gegolten, ihn aber nicht getroffen, mehrere hundert Individuen seien arretiert worden usw. Den Nachmittag fand ich vor der Gartenseite der Tuilerien noch eine große Menge Menschen, die nach den Fenstern hinaufschauten, als wollten sie den Schuss sehen, der dort gefallen. Einer erzählte, Périer sei die vorige Nacht zu Pferde gestiegen und gleich nach der Rue des Prouvairs geritten, als dort die Verschworenen verhaftet und ein Polizeiagent getötet worden. Man habe den Pavillon Flore in Brand stecken und von außen den Pavillon Marsan angreifen wollen. Der König, hieß es, sei sehr betrübt. Die Weiber bedauerten ihn, die Männer schüttelten unwillig den Kopf. Die Franzosen verabscheuen allen nächtlichen Mord. In den stürmischen Revolutionszeiten wurden die schrecklichsten Taten offenkundig und bei Tageslicht ausgeführt. Was die Gräuel der Bartholomäusnacht betrifft, so waren sie vielmehr von römisch-katholischen Priestern angestiftet.

Wie weit der Concierge des Louvres in die Verschwörung vom zweiten Februar verwickelt ist, habe ich noch nicht bestimmt erfahren können. Die einen sagen, er habe der Polizei gleich Anzeige gemacht, als man ihm Geld anbot, damit er die Schlüssel des Louvres ausliefere. Andere meinen, er habe sie wirklich ausgeliefert und sei jetzt eingezogen. Auf jeden Fall zeigt sich bei solchen Begebenheiten, wie die wichtigsten Posten in Paris ohne sonderliche Sicherheitsmaßregeln den unzulänglichsten Personen anvertraut sind. So war der Schatz selbst lange Zeit in den Händen eines Papierspekulanten, des Hrn. Keßner, den der Staat mit einer Eichenkrone dafür belohnen sollte, dass er nur sechs Millionen und nicht hundert Millionen auf der Börse verspielt hat. So hätte die Gemäldegalerie des Louvres, die mehr ein Eigentum der Menschheit als der Franzosen ist, der Schauplatz nächtlicher Frevel und dabei zugrunde gerichtet werden können. So ist das Medaillenkabinett eine Beute von Dieben geworden, die dessen Schätze gewiss nicht aus numismatischer Liebhaberei gestohlen haben, sondern um sie direkt in den Schmelztiegel wandern zu lassen. Welch ein Verlust für die Wissenschaften, da unter den gestohlenen Antiquitäten nicht bloß die seltensten Stücke, sondern vielleicht auch die einzigen Exemplare waren, die davon übriggeblieben! Der Untergang dieser alten Münzen ist unersetzbar; denn die Alten können sich doch nicht noch einmal niedersetzen und neue fabrizieren. Aber es ist nicht bloß ein Verlust für die Wissenschaften, sondern durch den Untergang solcher kleinen Denkmäler von Gold und Silber verliert das Leben selbst den Ausdruck seiner Realität. Die alte Geschichte klänge wie ein Märchen, wären nicht die damaligen Geldstücke, das Realste jener Zeiten, übriggeblieben, um uns zu überzeugen, dass die alten Völker und Könige, wovon wir so Wunderbares lesen, wirklich existiert haben, dass sie keine müßigen Phantasiegebilde, keine Erfindungen der Dichter sind, wie manche Schriftsteller behaupten, die uns überreden möchten, die ganze Geschichte des Altertums, alle geschriebenen Urkunden desselben, seien im Mittelalter von den Mönchen geschmiedet worden. Gegen solche Behauptungen enthielt das hiesige Medaillenkabinett die klingendsten Gegenbeweise. Aber diese sind jetzt unwiederbringlich verloren, ein Teil der alten Weltgeschichte wurde eingesteckt und eingeschmolzen, und die mächtigsten Völker und Könige des Altertums sind jetzt nur Fabeln, an die man nicht zu glauben braucht.

Es ist ergötzlich, dass man die Fenster des Medaillenkabinetts jetzt mit eisernen Gitterstangen versieht, obgleich es gar nicht zu erwarten steht, dass die Diebe das Gestohlene wieder nächtlicherweile zurückbringen werden. Besagte eiserne Stangen werden rot angestrichen, welches sehr gut aussieht. Jeder Vorübergehende schaut hinauf und lacht. Monsieur Raoul Rochette, der Aufseher der gestohlenen Medaillen, le conservateur des exmédailles, soll sich wundern, dass die Diebe nicht ihn gestohlen, da er sich selbst immer für wichtiger als die Medaillen gehalten hat und letztere jedenfalls für unbenutzbar hielt, wenn man seiner mündlichen Erklärungen dabei entbehren würde. Er geht jetzt müßig herum und lächelt wie unsere Köchin, als die Katze ein Stück rohes Fleisch aus der Küche gestohlen; »sie weiß ja doch nicht, wie das Fleisch gekocht wird«, sagte unsere Köchin und lächelte.

Indessen, wie sehr auch jener Medaillendiebstahl ein Verlust für die alte Geschichte ist, so scheint der Keßnersche Kassendefekt die Geister doch noch mehr zu irritieren. Dieser ist wichtiger für die Tagesgeschichte. Während ich dieses schreibe, vernimmt man, dass er nicht sechs, sondern zehn Millionen betrage. Man glaubt, er werde sich am Ende sogar als eine Summe von zwölf Millionen ausweisen. Das schmälert freilich das Verdienst des Mannes, und ich kann ihm keine Eichenkrone mehr zuerkennen. Durch diesen Kassendefekt, wobei es an Ifflandschen Rührungsszenen nicht fehlte, gerät zunächst der Baron Louis in große Verlegenheit. Er wird wohl am Ende das Kautionnement, das von Keßner nicht gefordert worden, selbst bezahlen müssen. Er kann diesen Schaden leicht tragen; denn er ist enorm reich, zieht jährlich über 200 000 Franken bare Revenuen und ist ein alter Abbé, der keine Familie hat. Périer ärgert sich mehr, als man glaubt, über diese Geschichte, da sie Geld, welches seine Force und seine Schwäche, betrifft; wie wenig Schonung ihm die Opposition bei dieser Gelegenheit angedeihen lassen, ist aus den Blättern bekannt. Diese referieren hinlänglich die Unwürdigkeiten, die in der Kammer vorfallen, und es bedarf ihrer hier keiner besondern Erwähnung. Wahrlich, die Opposition beträgt sich ebenso kläglich wie das Ministerium und gewährt einen ebenso widerwärtigen Anblick.

Während aber Bedrängnisse und Nöte aller Art das Innere des Staates durchwühlen und die äußeren Angelegenheiten seit den Ereignissen in Italien und Don Pedros Expedition bedenklich verwickelter werden; während alle Institutionen, selbst die königlich höchste, gefährdet sind; während der politische Wirrwarr alle Existenzen bedroht: ist Paris diesen Winter noch immer das alte Paris, die schöne Zauberstadt, die dem Jüngling so holdselig lächelt, den Mann so gewaltig begeistert und den Greis so sanft tröstet. »Hier kann man das Glück entbehren«, sagte einst Frau v. Staël, ein treffendes Wort, das aber in ihrem Mund seine Wirkung verlor, da sie sich lange Zeit nur deshalb unglücklich fühlte, weil sie nicht in Paris leben durfte, und da also Paris ihr Glück war. So liegt in dem Patriotismus der Franzosen größtenteils die Vorliebe für Paris, und wenn Danton nicht floh, »weil man das Vaterland nicht an den Schuhsohlen mitschleppen kann«, so hieß das wohl auch, dass man im Ausland die Herrlichkeiten des schönen Paris entbehren würde. Aber Paris ist eigentlich Frankreich; dieses ist nur die umliegende Gegend von Paris. Abgerechnet die schönen Landschaften und den liebenswürdigen Sinn des Volks im Allgemeinen, ist Frankreich ganz öde, auf jeden Fall ist es geistig öde, alles, was sich in der Provinz auszeichnet, wandert früh nach der Hauptstadt, dem Foyer alles Lichts und alles Glanzes. Frankreich sieht aus wie ein Garten, wo man alle schönsten Blumen gepflückt, um sie zu einem Strauß zu verbinden, und dieser Strauß heißt Paris. Es ist wahr, er duftet jetzt nicht mehr so gewaltig wie nach jenen Blütetagen des Julius, als die Völker von diesem Duft betäubt wurden. Er ist jedoch noch immer schön genug, um bräutlich zu prangen an dem Busen Europas. Paris ist nicht bloß die Hauptstadt von Frankreich, sondern der ganzen zivilisierten Welt, und ist ein Sammelplatz ihrer geistigen Notabilitäten. Versammelt ist hier alles, was groß ist durch Liebe oder Hass, durch Fühlen oder Denken, durch Wissen oder Können, durch Glück oder Unglück, durch Zukunft oder Vergangenheit. Betrachtet man den Verein von berühmten oder ausgezeichneten Männern, die hier zusammentreffen, so hält man Paris für ein Pantheon der Lebenden. Eine neue Kunst, eine neue Religion, ein neues Leben wird hier geschaffen, und lustig tummeln sich hier die Schöpfer einer neuen Welt. Die Gewalthaber gebärden sich kleinlich, aber das Volk ist groß und fühlt seine schauerlich erhabene Bestimmung. Die Söhne wollen wetteifern mit den Vätern, die so ruhmvoll und heilig ins Grab gestiegen. Es dämmern gewaltige Taten, und unbekannte Götter wollen sich offenbaren. Und dabei lacht und tanzt man überall, überall blüht der leichte Scherz, die heiterste Mokerie, und da jetzt Karneval ist, so maskieren sich viele als Doktrinäre und schneiden possierlich-pedantische Gesichter und behaupten, sie hätten Furcht vor den Preußen.

Artikel IV

Paris, 1. März

Die Vorgänge in England nehmen seit einiger Zeit mehr als jemals unsere Aufmerksamkeit in Anspruch. Wir müssen es uns endlich gestehen, dass die offene Feindschaft der absoluten Könige uns minder gefährlich ist als des konstitutionellen John Bulls zweideutige Freundschaft. Die völkermeuchelnden Umtriebe der englischen Aristokratie treten bedrohlich genug ans offizielle Tageslicht, und der Nebel von London verhüllt nur noch spärlich die feinen Schlingen und Knoten, die das konferenzliche Protokollgespinst mit den parlamentarischen Fangfäden verknüpfen. Die Diplomatie hat dort tätiger als jemals ihre geburtstümlichen Interessen wahrgenommen und emsiger als jemals das verderblichste Gewebe gesponnen, und Herr v. Talleyrand scheint zugleich Spinne und Fliege zu sein. Ist der alte Diplomat nicht mehr so schlau wie weiland, als er, ein zweiter Hephaistos, den gewaltigen Kriegsgott selbst in seinem feingeschmiedeten Netzwerk gefangen? Oder erging's ihm diesmal wie dem überklugen Meister Merlin, der sich in den eigenen Zauber verstrickt und wortgefesselt und selbstgebannt im Grabe liegt? Aber warum hat man eben Hrn. v. Talleyrand auf einen Posten gestellt, der für die Interessen der Juliusrevolution der wichtigste und wo vielmehr die unbeugsame Gradheit eines unbescholtenen Bürgers nötig war? Ich will damit nicht ausdrücklich sagen, der alte, glatte ehemalige Bischof von Autun sei nicht ehrlich. Im Gegenteil, den Eid, den er jetzt geschworen hat, den hält er gewiss, denn er ist der dreizehnte. Wir haben freilich keine andere Garantie seiner Ehrlichkeit, aber sie ist hinreichend; denn noch nie hat ein ehrlicher Mann zum dreizehntenmal seinen Eid gebrochen. Außerdem versichert man, dass Ludwig Philipp in der Abschiedsaudienz noch aus Vorsorge zu ihm gesagt habe: »Herr v. Talleyrand, was man Ihnen auch bieten mag, ich gebe Ihnen immer das Doppelte.« Indessen, bei treulosen Menschen gäbe das dennoch keine Sicherheit; denn im Charakter der Treulosigkeit liegt es, dass sie sich selbst nicht treu bleibt und dass man auch nicht einmal durch Befriedigung des Eigennutzes auf sie rechnen kann.

Das Schlimmste ist, dass die Franzosen sich London als ein anderes Paris, das Westend als ein andres St.-Germain-Viertel denken, dass sie britische Reformers für verbrüderte Liberale und die Parlamente für eine Pairs- und Deputiertenkammer ansehen, kurz, dass sie alle englischen Vorhandenheiten nach französischem Maßstab messen und beurteilen. Dadurch entstehen Irrtümer, wofür sie vielleicht in der Folge schwer büßen müssen. Beide Völker haben einen allzu schroff entgegengesetzten Charakter, als dass sie sich einander verstehen könnten, und die Verhältnisse in beiden Ländern sind zu ursprünglich verschieden, als dass sie sich miteinander vergleichen ließen. Und vollends in politischer Beziehung! Die »Nachträge zu den Reisebildern« enthalten hierüber manche Belehrungen, die aus der unmittelbaren Anschauung geschöpft sind, und auf diese muss ich hier verweisen, um Wiederholungen zu vermeiden. Auch auf die trefflichen »Briefe eines Verstorbenen« will ich hier nochmals hindeuten, obgleich das poetische Gemüt des Verfassers in das starre Britentum mehr geistige Bewegung hineingeschaut, als wohl grundwirklich darin zu finden sein möchte. England müsste man eigentlich im Stil eines Handbuchs der höhern Mechanik beschreiben, ungefähr wie eine ungeheuer komplizierte Fabrik, wie ein sausendes, brausendes, stockendes, stampfendes und verdrießlich schnurrendes Maschinenwesen, wo die blankgescheuerten Utilitätsräder sich um alt verrostete historische Jahrzahlen drehen. Mit Recht sagen die St. Simonisten, England sei die Hand und Frankreich das Herz der Welt. Ach! dieses große Weltherz müsste verbluten, wenn es, auf britische Generosität rechnend, einmal Hilfe verlangte von der kalten, hölzernen Nachbarhand. Ich denke mir das egoistische England nicht als einen fetten, wohlhabenden Bierwanst, wie man ihn auf Karikaturen sieht, sondern, nach der Beschreibung eines Satirikers, in der Gestalt eines langen, mageren, knöchernen Hagestolzes, der sich einen abgerissenen Knopf an die Hosen wieder annäht, und zwar mit einem Zwirnfaden, an dessen Ende als Knäuel die Weltkugel hängt – er schneidet aber ruhig den Faden ab, wo er ihn nicht mehr braucht, und lässt ruhig die ganze Welt in den Abgrund fallen.

Die Franzosen meinen, das englische Volk hege Freiheitswünsche gleich den ihrigen, es ringe, ebenso wie sie, gegen die Usurpationen einer Aristokratie, und daher gäben nicht bloß viele äußern, sondern auch viele innern Interessen die Bürgschaft einer engen Allianz. Aber sie wissen nicht, dass das englische Volk selbst durchaus aristokratisch ist, dass es nur in engsinniger Korporationsweise seine Freiheit oder vielmehr seine verbrieften vorrechtlichen Freiheiten verlangt und dass die französische, allgemein menschentümliche Freiheit, deren die ganze Welt nach den Urkunden der Vernunft teilhaftig werden soll, ihrem tiefsten Wesen nach den Engländern verhasst ist. Sie kennen nur eine englische Freiheit, eine historisch-englische Freiheit, die entweder den königl. großbritannischen Untertanen patentiert wird oder auf ein altes Gesetz, etwa aus der Zeit der Königin Anna, basiert ist. Burke, der die Geister zu burken suchte und das Leben selbst an die Anatomie der Geschichte verhandelte, dieser machte der französischen Revolution zum hauptsächlichen Vorwurf, dass sie sich nicht wie die englische aus alten Institutionen herausgebildet, und er kann nicht begreifen, dass ein Staat ohne Nobility bestehen könne. Englands Nobility ist aber auch etwas ganz anderes als die französische Noblesse, und sie verdient, dass ich ihr unterscheidendes Lob ausspreche. Der englische Adel stellte sich dem Absolutismus der Könige immer entgegen, in Gemeinschaft mit dem Volk, um dessen Rechte nebst den seinigen zu behaupten; der französische

Adel hingegen ergab sich den Königen auf Gnade und Ungnade; seit Mazarin widerstrebte er nicht mehr ihrer Gewalt, er suchte nur daran Teil zu gewinnen, durch geschmeidigen Hofdienst, und in untertänigster Handlangergemeinschaft mit den Königen drückte und verriet er das Volk. Unbewusst hat sich der französische Adel für die frühere Unterdrückung an den Königen gerächt, indem er sie zu entnervender Sittenlosigkeit verführte und sie fast blödsinnig schmeichelte. Freilich er selber, geschwächt und entgeistet, musste dadurch zugleich mit dem älteren Königtum zugrunde gehen, der 10. August fand in den Tuilerien nur ein greisenhaft abgelebtes Volk mit gebrechlichen Galanteriedegen, und nicht einmal ein Mann, nur eine Frau war es, die mit Mut und Kraft zur Gegenwehr aufforderte; – aber auch diese letzte Dame des französischen Rittertums, die letzte Repräsentantin des hinsterbenden alten Regimes, auch sie sollte nicht in so holder Jugendgestalt ins Grab sinken, und eine einzige Nacht hat schneeweiß gefärbt die blonden Locken der schönen Antoinette.

Anders erging es dem englischen Adel. Dieser hat seine Kraft erhalten, er wurzelt im Volke, dem gesunden Boden, der die jüngeren Söhne der Nobility als edle Schösslinge aufnimmt und durch diese, die eigentliche Gentry, mit dem Adel selbst, der Nobility, verbunden bleibt. Dabei ist der englische Adel voll Patriotismus, er hat bisher, mit unerlogenem Eifer, das alte England wahrhaftig repräsentiert, und jene Lords, die so viel kosten, haben auch, wenn es Not tat, dem Vaterland Opfer gebracht. Es ist wahr, sie sind hochmütig, mehr noch als der Adel auf dem Kontinent, der seinen Hochmut zur Schau trägt und sich äußerlich vom Volke auszeichnet durch Kostüme, Bänder, schlechtes Französisch, Wappen, Sterne und sonstige Spielereien; der englische Adel verachtet den Bürgerstand zu sehr, als dass er es für nötig hielte, ihm durch äußere Mittel zu imponieren, die bunten Zeichen der Macht öffentlich zur Schau zu tragen; im Gegenteil, wie Götter inkognito sieht man den englischen Adel, schlicht bürgerlich gekleidet und daher unbemerkt, in den Straßen, Routs und Theatern Londons; mit seinen feudalistischen Dekorationen und sonstigem Prachtflitterstaate bekleidet er sich nur bei Hoffesten und altherkömmlichen Hofzeremonien. Daher bewahrt er auch bei dem Volke mehr Ehrfurcht als unsere Kontinentalgötter, die so wohlbekannt mit allen ihren Attributen umherlaufen. Auf der Waterloobrücke zu London hörte ich einst, wie ein Knabe zu dem andern sagte: »Have you ever seen a nobleman?« (»Hast du je einen Edelmann gesehen?«), worauf der andere antwortete: »No, but I have seen the coach of the Lord Mayor.« (»Nein, aber ich habe die Kutsche des Lord Mayors gesehen.«). Diese Kutsche ist nämlich ein abenteuerlich großer Kasten, überreich vergoldet, fabelhaft bunt bemalt, mit einem rotsamtenen, steifgoldenen Haarbeutelkutscher auf dem Bock und drei dito Haarbeutellakaien hinten auf dem Schlag. Wenn das englische Volk jetzt mit seinem Adel hadert, so geschieht das nicht der bürgerlichen Gleichheit wegen, woran es nicht denkt, am wenigsten der bürgerlichen Freiheit wegen, deren es vollauf genießt, sondern wegen barer Geldinteressen; indem der Adel, im Besitz aller Sinekuren, geistlichen Pfründen und übereinträglicher Ämter, frech und üppig schwelgt, während der größte Teil des Volkes, überlastet mit Abgaben, im tiefsten Elend schmachtet und verhungert. Daher verlangt es eine Parlamentsreform, und die adeligen Beförderer derselben haben wahrlich nicht im Sinn, sie zu etwas anderem zu benutzen als zu materiellen Verbesserungen.

Ja, der Adel von England ist noch immer mit dem Volk verbundener als mit den Königen, von denen er sich immer unabhängig zu halten gewusst, im Gegensatz zu dem französischen Adel. Er lieh den Königen nur sein Schwert und sein Wort, jedoch an dem Privatleben derselben, in Lust und Lüsten, nahm er nur gleichgültig vertraulichen Anteil. Dies gilt sogar von den verdorbensten Zeiten. Hamilton in seinen »Memoiren des Duc de Grammont« gibt ein anschauliches Bild dieses Verhältnisses. Solcherweise, bis auf die letzte Zeit, blieb der englische Adel zwar der Etikette nach handküssend und kniend, jedoch faktisch auf gleichheitlichem Fuße mit den Königen, denen er sich ernsthaft genug widersetzte, sobald sie seine Vorrechte antasten oder sich seinem Einfluss entziehen wollten. Dieses letztere geschah vor einigen Jahren am offenkundigsten, als Canning Minister wurde; zur Zeit des Mittelalters wären die englischen Barone in einem solchen Fall behelmt und gepanzert, mit dem Schwert in der Faust und im Geleit ihrer Lehnsmannen, aufs Schloss des Königs gestiegen und hätten mit ironischer Demut, mit bewaffneter Courtoisie ihren Willen ertrotzt. In unserm Jahrhundert mussten sie zu minder rittertümlichen Mitteln ihre Zuflucht nehmen, und wie männiglich bekannt, suchten die Edelleute, die damals das Ministerium bildeten, dem Könige dadurch zu imponieren, dass sie unvermutet und in perfid abgekarteter Weise sämtlich ihre Demissionen gaben. Die Folgen sind ebenfalls hinlänglich bekannt, Georg IV. stützte sich alsdann auf George Canning, den heiligen Georg von England, der nahe daran war, den mächtigsten Lindwurm der Erde niederzuschlagen. Nach ihm kam Lord Goderich mit seinem rotbäckig behaglichen Gesicht und affektiert heftigem Advokatenton und ließ bald die überlieferte Lanze aus den schwachen Händen fallen, sodass der arme König sich wieder auf Gnade und Ungnade seinen alten Baronen übergeben musste und der Feldherr der Heiligen Allianz wieder den Kommandostab erhielt. Ich habe an einem andern Ort nachgewiesen, warum kein liberaler Minister in England etwas besonders Gutes bewirken kann und deshalb abtreten muss, um jenen Hochtories Platz zu machen, die eine große Verbesserungsbill natürlicherweise umso leichter durchsetzen, da sie den parlamentarischen Widerstand ihrer eigenen Halsstarrigkeit nicht zu besiegen brauchen. Der Teufel hat von jeher die besten Kirchen gebaut. Wellington erfocht jene Emanzipation, wofür Canning vergebens kämpfte, und vielleicht ist er auch der Mann, der dazu bestimmt ist, jene Reformbill durchzusetzen, woran Lord Grey wahrscheinlich scheitert. Ich glaube an dessen baldigen Sturz, und dann gelangen wieder ans Regiment jene unversöhnlichsten Aristokraten, die seit vierzig Jahren das französische Volk, als den Repräsentanten der demokratischen Ideen, auf Tod und Leben befehden. Diesmal wird freilich der alte Groll den materiellen Interessen nachgestellt werden, und den gefährlicheren Feind im Osten und seine Anhängsel wird man gern von französischen Waffen bekämpft sehen. Umso mehr, da sich die Feinde alsdann wechselseitig schwächen. Ja, die Engländer werden den gallischen Hahn noch besonders anspornen zum Kampf mit den absoluten Adlern, und sie werden schaubegierig mit ihren langen Hälsen über den Kanal herüberschauen und applaudieren, wie im Cockpit, und ob des Ausgangs des Kampfes viele tausend Guineen verwetten.

Werden die Götter dort oben im blauen Zelt ebenso gleichgültig dieses Schauspiel betrachten? Werden sie, Engländer des Himmels, unbekümmert ob unseres Hilferufs und unseres Verblutens, herzlos und mit bleiernem Blick auf den Todeskampf der Völker herabschauen? Oder hat der Dichter recht, welcher behauptet hat, so wie wir die Affen hassen, weil sie von allen Säugetieren uns selber am ähnlichsten schauen und dadurch unsern Stolz kränken, so seien den Göttern auch die Menschen verhasst, die, nach ihrem eigenen Bildnis erschaffen, mit ihnen selber so viel beleidigende Ähnlichkeit haben; sodass die Götter, je größer, schöner, gottgleicher die Menschen sind, sie desto grimmiger durch Missgeschick verfolgen und zugrunde richten, während sie die kleinen, hässlichen, säugetierlicheren Menschen gnädigst verschonen und im Glück gedeihen lassen. Wenn diese letzte traurige Ansicht wahr ist, so sind freilich die Franzosen ihrem Untergang näher als andere! Ach, möge das Ende ihres Kaisers noch frühzeitig die Franzosen belehren, was von dem Großsinn Englands zu erwarten ist! Hat der »Bellerophon« diese Chimäre nicht längst entführt? Möge Frankreich sich niemals auf England verlassen wie Polen auf Frankreich!

Sollte sich jedoch das Entsetzliche begeben und Frankreich, das Mutterland der Zivilisation und der Freiheit, ginge verloren durch Leichtsinn und Verrat und die potsdämische Junkersprache schnarrte wieder durch die Straßen von Paris und schmutzige Teutonenstiefel befleckten wieder den heiligen Boden der Boulevards und der Palais Royal röche wieder nach Juchten – – – dann gäbe es einen Mann in der Welt, der elender wäre, als jemals ein Mensch gewesen, einen Mann, der durch seinen kläglichen, krämerhaften Kleinsinn das Verderben des Vaterlandes verschuldet hätte und alle Schlangen der Reue im Herzen und alle Flüche der Menschheit auf dem Haupte trüge. Die Verdammten in der Hölle würden sich alsdann, um sich einander zu trösten, die Qualen dieses Mannes erzählen, die Qualen des Casimir-Périer.

Welch eine schauerliche Verantwortlichkeit lastet auf diesem einzigen Mann! Ein Grauen erfasst mich jedes Mal, wenn ich in seine Nähe trete. Wie gebannt von einem unheimlichen Zauber, stand ich jüngst eine Stunde lang neben ihm und betrachtete diese trübe Gestalt, die sich zwischen den Völkern und der Sonne des Julius so kühn gestellt hat. Wenn dieser Mann fällt, dachte ich, hat die große Sonnenfinsternis ein Ende, und die dreifarbige Fahne auf dem Pantheon erglänzt wieder begeistert, und die Freiheitsbäume erblühen wieder! Dieser Mann ist der Atlas, der die Börse und das Haus Orleans und das ganze europäische Staatengebäude auf seinen Schultern trägt, und wenn er fällt, so fällt die ganze Bude, worin man die edelsten Hoffnungen der Menschheit verschachert, und es fallen die Wechseltische und die Kurse und die Eigensucht und die Gemeinheit!

Es ist nicht so ganz uneigentlich, wenn man ihn einen Atlas nennt, Périer ist ein ungewöhnlich großer, breitschultriger Mann von starkem Knochenbau und gewaltig stämmigem Ansehen. Man hat gewöhnlich irrige Begriffe von seinem Äußern, teils, weil die Journale beständig von seiner Kränklichkeit reden, um ihn, der durchaus gesund und Präsident des Konseils bleiben will, zu irritieren, teils auch, weil man von seiner Irritation selbst die übertriebensten Anekdoten erzählt und die Leidenschaftlichkeit, womit man ihn auf der Rednerbühne agieren sieht, als seinen gewöhnlichen Zustand betrachtet. Aber der Mann ist ein ganz anderer, sobald man ihn in seiner Häuslichkeit, in Gesellschaft, überhaupt in einem befriedeten Zustand erblickt. Dann gewinnt sein Gesicht statt des begeistert erhöhten oder erniedrigten Ausdrucks, den ihm die Tribüne verleiht, eine wahrhaft imposante Würde, seine Gestalt erhebt sich noch männlich schöner und edler, und man betrachtet ihn mit Wohlgefallen, besonders solange er nicht spricht. In dieser Hinsicht ist er ganz das Gegenteil der Femme du bureau im Café Colbert, die fast unschön erscheint, solange sie schweigt, deren Gesicht aber von Holdseligkeit überstrahlt wird, sobald sie zum Sprechen den Mund öffnet. Nur dass Périer, wenn er lange schweigt und andere mit Bedächtigkeit anhört, die dünnen Lippen tief einwärts zieht und der Mund dadurch wie eine Grube im Gesicht anzuschauen ist. Dann pflegt er auch mit dem horchend gebeugten Haupte leise auf und nieder zu nicken wie einer, der zu sagen scheint: das wird sich schon geben. Seine Stirne ist hoch und scheint es umso mehr, da das Vorderhaupt nur mit wenigen Haaren bedeckt ist. Diese sind grau, beinahe weiß, glatt anliegend und bedecken nur spärlich den übrigen Teil des Kopfes, dessen Wölbung schön und ebenmäßig und woran die kleinen Ohren fast anmutig genannt werden können. Das Kinn ist aber kurz und ordinär. Wild und wüst hängt das schwarze Buschwerk seiner Brauen herab bis zu den tiefen Augenhöhlen, worin die kleinen dunkeln Augen tief versteckt auf der Lauer liegen; nur zuweilen blitzt es da hervor wie ein Stilett. Die Farbe des Gesichts ist graugelblich, das gewöhnliche Kolorit der Sorge und Verdrossenheit, und es irren allerlei wunderliche Falten darüber hin, die zwar nicht gemein sind, aber auch nicht edel, vielleicht Justemilieu –, anständig grämliche Justemilieu-Falten. Man will dem Manne das Bankierhafte anmerken, sogar in seiner Haltung das Kaufmännische herausfinden, und einer meiner Freunde gibt vor, dass er immer in Versuchung gerate, ihn über den jetzigen Preis des Kaffees oder den Stand des Diskontos zu befragen. »Wenn man aber von jemandem weiß, dass er blind ist«, sagt Lichtenberg, »so glaubt man es ihm von hinten ansehen zu können.« Ich finde in der ganzen Erscheinung Casimir-Périers freilich nichts, was an Adel der Geburt erinnert, aber in seinem Wesen liegt viel von schöner Ausbildung der Bürgerlichkeit, wie man sie bei Männern findet, die mit den tatsächlichsten Staatssorgen belastet sind und sich mit chevaleresken Manieren und sonstigem Toilettengeschäft nicht viel befassen können.

Nach seinen Reden kann man Périer noch am besten beurteilen, es ist das auch seine beste Seite, wenigstens während der Restaurationsperiode, wo er, einer der besten Sprecher der Opposition, gegen windiges Pfaffen- und Schranzentum den edelsten Krieg führte. Ich weiß nicht, ob er damals schon so körperlich ungestüm war wie jetzt; ich las damals nur seine Reden, die, ein Muster von Haltung und Würde, auch zugleich so ruhig und besonnen waren, dass ich ihn für einen ganz alten Mann hielt. In diesen Reden herrschte die strengste Logik, es war darin etwas Starres, starre Vernunftgründe nebeneinander grad aufgerichtet, gleich unzerbrechbar eisernen Stangen, und dahinter lauschte manchmal eine leise Wehmut, wie eine blasse Nonne hinter klösterlichem Sprachgitter. Die starren Vernunftgründe, die eisernen Stangen sind in seinen Reden geblieben, aber jetzt schaut man dahinter nur einen ohnmächtigen Zorn, der wie ein wildes Tier hin und her springt.

Viele der neuesten Reden Périers, welche Gesetzentwürfe besprechen, wie z. B. über die Pairie, sind nicht von ihm selbst abgefasst; zu solchen großen Ausarbeitungen fehlt es dem Minister an Zeit. Er muss jetzt täglich reizbarer, kleinlicher und leidenschaftlicher in seinen eigenen Reden werden, je bedenklicher, würdeloser und unedler das System ist, das er zu verteidigen hat. Was ihm in der öffentlichen Meinung am förderlichsten, das ist seine Stellung neben Herrn Sebastiani, dem alten koketten Menschen mit dem aschgrauen Herzen und dem gelben Gesicht, worauf noch manchmal ein Stückchen Röte zu schauen, wie bei herbstlichen Bäumen, aus deren gelbem Laubwerk einige grellrote Blätter hervorgrinsen. Wahrlich, es gibt nichts Widerwärtigeres als diese aufgeblasene Nichtigkeit, die, obgleich für krank erklärt, noch oft in die Kammer kommt und sich auf die Ministerbank setzt, ein fades Lächeln um die Lippen und eine Dummheit auf der Zunge. Ich kann kaum begreifen, dass dieses wohl gantierte [behandschuhte], niedlich chaussierte [beschuhte], schwächliche Männlein mit verschwimmenden Vapeuräuglein jemals große Dinge verrichten konnte, im Feld und im Rat, wie uns die Berichterstatter des russischen Rückzuges und der türkischen Gesandtschaft erzählen. Seine ganze Wissenschaft besteht jetzt nur noch aus einigen altabgenutzten Diplomatenstückchen, die in seinem blechernen Gehirn beständig klappern. Seine eigentlich politischen Ideen gleichen dem großen Riemen, welchen Karthagos Königin aus einer Kuhhaut schnitt und womit sie ein ganzes Land umspannte; der Ideenkreis des guten Mannes ist groß, umfasst viel Land, aber er ist dennoch von Leder. Périer sagte einst von ihm: »Er hat eine große Idee von sich selbst, und das ist die einzige Idee, die er hat.«

Ich habe den Kupido der Kaiserperiode, wie man Sebastiani genannt, neben dem Herkules der Justemilieu-Zeit, wie man Périer bezeichnet, nur deshalb hingestellt, damit dieser in völliger Größe erscheine. Wahrlich, ich möchte ihn lieber vergrößern als verkleinern, und dennoch kann ich nicht umhin zu gestehen, dass bei seinem Anblick mir eine Gestalt ins Gedächtnis heraufsteigt, woneben er ebenso klein erscheint wie Sebastiani neben ihm. Ist es der Geist der Satire, der an die Gegensätze erinnert? Oder hat Casimir-Périer wirklich eine Ähnlichkeit mit dem größten Minister, der jemals England regierte, mit George Canning? Aber auch andere Leute gestehen, dass er sonderbarerweise an diesen erinnere und irgendeine verborgene Verwandtschaft zwischen beiden vorhanden sei.

Vielleicht in der Bürgerlichkeit der Geburt und der Erscheinung, in der Schwierigkeit der Lage, in der unerschütterlichen Tatkraft und im Widerstand gegen feudalaristokratischen Ankampf zeigt sich jene Ähnlichkeit zwischen Périer und Canning. Nimmermehr in ihrer Laufbahn und entfalteten Gesinnung. Ersterer, geboren und erzogen auf den weichen Polstern des Reichtums, konnte ruhig seine besten Neigungen entwickeln und ruhig teilnehmen an jener wohlhabenden Opposition, die der Bürgerstand während der Restaurationszeit gegen Aristokratie und Jesuitenschaft führte. Der andere hingegen, George Canning, geboren von unglücklichen Eltern, war das arme Kind einer armen Mutter, die ihn des Tags über traurig und weinend pflegte und des Abends, um Brot für ihn zu verdienen, aufs Theater steigen und Komödie spielen und lachen musste; späterhin, aus dem kleinen Elend der Armut in das größere Elend einer glänzenden Abhängigkeit übergehend, erduldete er die Unterstützung eines Oheims und die Gönnerschaft eines hohen Adels.

Unterschieden sich aber beide Männer durch die Lage, worein das Glück sie versetzt und lange Zeit erhalten hatte, so unterschieden sie sich noch mehr durch die Gesinnung, die sie offenbarten, als sie den Gipfel der Macht erreicht, wo endlich, frei von allem Zwang, das große Wort des Lebens ausgesprochen werden konnte. Casimir-Périer, der nie abhängig gewesen, der immer die goldenen Mittel besaß, die Gefühle der Freiheit in sich zu erhalten, auszubilden, zu erhöhen, dieser wurde plötzlich kleinsinnig und krämerhaft; er beugte sich, seine Kräfte misskennend, vor jenen Mächtigen, die er vernichten konnte, und bettelte um den Frieden, den er nur als Gnade gewähren durfte; er verletzt jetzt die Gastfreundschaft und beleidigt das heiligste Unglück, und, ein verkehrter Prometheus, stiehlt er den Menschen das Licht, um es den Göttern wiederzugeben. George Canning hingegen, weiland Gladiator im Dienste der Tories, als er endlich die Ketten der Geistessklaverei abschütteln konnte, erhob er sich in aller Majestät seines angeborenen Bürgertums, und zum Entsetzen seiner ehemaligen Gönner, ein Spartakus von Downing Street, proklamierte er die bürgerliche und kirchliche Freiheit für alle Völker und gewann für England alle liberalen Herzen und hierdurch die Obermacht in Europa.

Es war damals eine dunkle Zeit in Deutschland, nichts als Eulen, Zensuredikte, Kerkerduft, Entsagungsromane, Wachtparaden, Frömmelei und Blödsinn; als nun der Lichtschein der Canningschen Worte zu uns herüberleuchtete, jauchzten die wenigen Herzen, die noch Hoffnung fühlten, und was den Schreiber dieser Blätter betrifft, er küsste Abschied von seinen Lieben und Liebsten und stieg zu Schiff und fuhr gen London, um den Canning zu sehen und zu hören. Da saß ich nun ganze Tage auf der Galerie der St.-Stephans-Kapelle und lebte in seinem Anblick und trank die Worte seines Mundes, und mein Herz war berauscht. Er war mittlerer Gestalt, ein schöner Mann, edel geformtes, klares Gesicht, sehr hohe Stirn, etwas Glatze, wohlwollend gewölbte Lippen, sanfte, überzeugende Augen, heftig genug in seinen Bewegungen, wenn er zuweilen auf den blechernen Kasten schlug, der vor ihm auf dem Aktentisch lag, aber in der Leidenschaft immer anstandsvoll, würdig, gentlemanlike. Worin glich also seine äußere Erscheinung dem Casimir-Périer? Ich weiß nicht, aber es will mich bedünken, als sei dessen Kopfbildung, obgleich derber und größer, der Canningschen auffallend ähnlich. Eine gewisse Krankhaftigkeit, Überreizung und Abspannung, die wir bei Canning sahen, ist auch bei Périer auffallend und mahnte eben an jenen. Was Talent betrifft, so konnten sich wohl beide die Waage halten. Nur dass Canning das Schwerste mit einer gewissen Leichtigkeit vollbrachte, gleich dem Odysseus, der den gewaltigen Bogen so leicht spannte, als habe er die Saiten einer Leier aufgezogen; Périer hingegen zeigt bei der geringfügigsten Handlung eine gewisse Schwerfälligkeit, er entfaltet bei der unbedeutendsten Maßregel alle seine Kräfte, alle seine geistige und weltliche Kavallerie und Infanterie, und wenn er die gelindesten Saiten aufziehen will, gebärdet er sich dabei so anstrengungsvoll, als spannte er den Bogen des Odysseus. Seine Reden habe ich oben charakterisiert. Canning war ebenfalls einer der größten Redner seiner Zeit. Nur warf man ihm vor, dass er zu geblümt, zu geschmückt spreche. Aber diesen Vorwurf verdiente er gewiss nur in seiner früheren Periode, als er noch, in abhängiger Stellung, keine eigene Meinung aussprechen durfte und er daher statt dessen nur oratorische Blumen, geistige Arabesken und brillante Witze geben konnte. Seine Rede war damals kein Schwert, sondern nur die Scheide desselben, und zwar eine sehr kostbare Scheide, woran das getriebene Goldblumenwerk und die eingelegten Edelsteine aufs Reichste blitzten. Aus dieser Scheide zog er späterhin die grade, schmucklose Stahlklinge hervor, und das funkelte noch herrlicher und war doch scharf und schneidend genug. Noch sehe ich die greinenden Gesichter, die ihm gegenübersaßen, besonders den lächerlichen Sir Thomas Lethbridge, der ihn mit großem Pathos fragte, ob er auch schon die Mitglieder seines Ministeriums gewählt habe – worauf George Canning sich ruhig erhob, als wolle er eine lange Rede halten, und, mit parodiertem Pathos Yes sagend, sich gleich wieder niedersetzte, so dass das ganze Haus vom Gelächter erdröhnte. Es war damals ein wunderlicher Anblick, fast die ganze frühere Opposition saß hinter dem Minister, namentlich der wackere Russell, der unermüdliche Brougham, der gelehrte Mackintosh, Cam Hobhouse mit seinem verstürmt wüsten Gesicht, der edle, spitznäsige Robert Wilson und gar Francis Burdett, die begeistert lange donquichottliche Gestalt, dessen liebes Herz ein unverwelklicher Baumgarten liberaler Gedanken ist und dessen magere Knie damals, wie Cobbett sagte, den Rücken Cannings berührten. Diese Zeit wird mir ewig im Gedächtnis blühen, und nimmermehr vergesse ich die Stunde, als ich George Canning über die Rechte der Völker sprechen hörte und jene Befreiungsworte vernahm, die wie heilige Donner über die ganze Erde rollten und in der Hütte des Mexikaners wie des Hindu ein tröstendes Echo zurückließen. »That is my thunder!« konnte Canning damals sagen. Seine schöne, volle, tiefsinnige Stimme drang wehmütig kraftvoll aus der kranken Brust, und es waren klare, entschleierte, todbekräftigte Scheideworte eines Sterbenden. Einige Tage vorher war seine Mutter gestorben, und die Trauerkleidung, die er deshalb trug, erhöhte die Feierlichkeit seiner Erscheinung. Ich sehe ihn noch in einem schwarzen Oberrock und mit seinen schwarzen Handschuhen. Diese betrachtete er manchmal, während er sprach, und wenn er dabei besonders nachsinnend aussah, dann dachte ich: Jetzt denkt er vielleicht an seine tote Mutter und an ihr langes Elend und an das Elend des übrigen armen Volkes, das im reichen England verhungert, und diese Handschuhe sind dessen Garantien, dass Canning weiß, wie ihm zumute ist, und ihm helfen will. In der Heftigkeit der Rede riss er einmal einen jener Handschuhe von der Hand, und ich glaubte schon, er wollte ihn der ganzen hohen Aristokratie von England vor die Füße werfen, als den schwarzen Fehdehandschuh der beleidigten Menschheit.

Wenn ihn jene Aristokratie gerade nicht ermordet hat, ebenso wenig wie jenen von St. Helena, der an einem Magenkrebs gestorben, so hat sie ihm doch genug kleine vergiftete Nadeln ins Herz gestochen. Man erzählte mir z. B., Canning erhielt in jener Zeit, als er eben ins Parlament ging, einen mit wohlbekanntem Wappen versiegelten Brief, den er erst im Sitzungssaal öffnete und worin er einen alten Komödienzettel fand, auf welchem der Name seiner verstorbenen Mutter unter dem Personal der Schauspieler gedruckt war. Bald darauf starb Canning, und jetzt, seit fünf Jahren, schläft er in Westminster neben Fox und Sheridan, und über den Mund, der so Großes und Gewaltiges gesprochen, zieht vielleicht eine Spinne ihr blödsinnig schweigendes Gewebe. Auch Georg IV. schläft jetzt dort in der Reihe seiner Väter und Vorfahren, die in steinernen Abbildungen auf den Grabmälern ausgestreckt liegen, das steinerne Haupt auf steinernen Kissen, Weltkugel und Zepter in der Hand; und rings um sie her, in hohen Särgen, liegt Englands Aristokratie, die vornehmen Herzöge und Bischöfe, Lords und Barone, die sich im Tode wie im Leben um die Könige drängen; und wer sie dort schauen will in Westminster, zahlt einen Schilling und sechs Pence. Dieses Geld empfängt ein armer, kleiner Aufseher, dessen Erwerbszweig es ist, die toten, hohen Herrschaften sehen zu lassen, und der dabei ihre Namen und Taten hinschnattert, als wenn er ein Wachsfigurenkabinett zeigte. Ich sehe gern dergleichen, indem ich mich dann überzeuge, dass die Großen der Erde nicht unsterblich sind, mein Schilling und sechs Pence hat mich nicht gereut, und als ich Westminster verließ, sagte ich zu dem Aufseher: »Ich bin mit deiner Exhibition zufrieden, ich wollte dir aber gern das Doppelte zahlen, wenn die Sammlung vollständig wäre.«

Das ist es. Solange Englands Aristokraten nicht sämtlich zu ihren Vätern versammelt sind, solange die Sammlung in Westminster nicht vollständig ist, bleibt der Kampf der Völker gegen Bevorrechtung der Geburt noch immer unentschieden, und Frankreichs Bürgerallianz mit England bleibt zweifelhaft.

Artikel V

Paris, 25. März 1832

Der Feldzug nach Belgien, die Blockade von Lissabon und die Einnahme von Ancona sind die drei charakteristischen Heldentaten, womit das Justemilieu nach außen seine Kraft, seine Weisheit und seine Herrlichkeit geltend gemacht; im Inneren pflückte es ebenso rühmliche Lorbeeren unter den Pfeilern des Palais Royal, zu Lyon und zu Grenoble. Nie stand Frankreich so tief in den Augen des Auslandes, nicht einmal zur Zeit der Pompadour und der Dubarry. Man merkt jetzt, dass es noch etwas Kläglicheres gibt als eine Mätressenherrschaft. In dem Boudoir einer galanten Dame ist noch immer mehr Ehre zu finden als in dem Comptoir eines Bankiers. Sogar in der Betstube Karls X. hat man nicht so ganz und gar der Nationalwürde vergessen, und von dort aus eroberte man Algier. Diese Eroberung soll, damit die Demütigung vollständig sei, jetzt aufgegeben werden. Diesen letzten Fetzen von Frankreichs Ehre opfert man dem Trugbild einer Allianz mit England. Als ob die imaginäre Hoffnung derselben nicht schon genug gekostet habe! Dieser Allianz halber werden sich die Franzosen auch auf der Zitadelle von Ancona blamieren müssen, wie auf den Ebenen von Belgien und unter den Mauern von Lissabon.

Im Innern sind die Beengnisse und Zerrissenheiten nachgerade so unleidlich geworden, dass sogar ein Deutscher die Geduld verlieren könnte. Die Franzosen gleichen jetzt jenen Verdammten in Dantes Hölle, denen ihr dermaliger Zustand so unerträglich geworden, dass sie nur diesem entzogen zu werden wünschen, und sollten sie auch dadurch in einen noch schlechtern Zustand geraten. So erklärt es sich, dass den Republikanern das legitime Regime und den Legitimisten die Republik viel wünschenswerter geworden als der Sumpf, der in der Mitte liegt und worin sie beide jetzt stecken. Die gemeinsame Qual verbindet sie. Sie haben nicht denselben Himmel, aber dieselbe Hölle, und da ist Heulen und Zähneklappern – Vive la République! Vive Henri V!

Die Anhänger des Ministeriums, d. h. Angestellte, Bankiers, Gutsbesitzer und Boutiquiers, erhöhen das allgemeine Missbehagen noch durch die lächelnden Versicherungen, dass wir ja alle im ruhigsten Zustand leben, dass das Thermometer des Volksglücks, der Staatspapierkurs, gestiegen und dass wir diesen Winter in Paris mehr Bälle als jemals und die Oper in ihrer höchsten Blüte gesehen haben. Dieses war wirklich der Fall; denn jene Leute haben ja die Mittel, Bälle zu geben, und da tanzten sie nun, um zu zeigen, dass Frankreich glücklich sei; sie tanzten für ihr System, für den Frieden, für die Ruhe Europas; sie wollten die Kurse in die Höhe tanzen, sie tanzten à la hausse. Freilich manchmal, während den erfreulichsten Entrechats, brachte das diplomatische Korps allerlei Hiobsdepeschen aus Belgien, Spanien, England und Italien; aber man ließ keine Bestürzung merken und tanzte verzweiflungsvoll lustig weiter; ungefähr wie Aline, Königin von Golkonda, ihre scheinbar fröhlichen Tänze fortsetzt, wenn auch das Chor der Eunuchen mit einer Schreckensnachricht nach der anderen heranquäkt. Wie gesagt, die Leute tanzten für ihre Renten, je gemäßigter sie gesinnt waren, desto

leidenschaftlicher tanzten sie, und die dicksten, moralischsten Bankiers tanzten den verruchten Nonnenwalzer aus »Robert le Diable«, der berühmten Oper. – Meyerbeer hat das Unerhörte erreicht, indem er die flatterhaften Pariser einen ganzen Winter lang zu fesseln gewusst;
noch immer strömt alles nach der Académie de musique, um »Robert le Diable« zu sehen;
aber die enthusiastischen Meyerbeerianer mögen mir verzeihen, wenn ich glaube, dass mancher nicht bloß von der Musik angezogen wird, sondern auch von der politischen Bedeutung
der Oper! Robert le Diable, der Sohn eines Teufels, der so verrucht war wie Philipp Egalité,
und einer Fürstin, die so fromm war wie die Tochter Penthièvres, wird von dem Geist seines
Vaters zum Bösen, zur Revolution, und von dem Geist seiner Mutter zum Guten, zum alten
Regime, hingezogen, in seinem Gemüt kämpfen die beiden angeborenen Naturen, und schwebt
in der Mitte zwischen den beiden Prinzipien, er ist Justemilieu; – vergebens wollen ihn die
Wolfschluchtstimmen der Hölle ins Mouvement ziehen, vergebens verlocken ihn – die
Geister der Konvention, die als revolutionäre Nonnen aus dem Grab steigen, vergebens gibt
Robespierre in der Gestalt der Mademoiselle Taglioni ihm die Akkolade; er widersteht allen
Anfechtungen, allen Verführungen, ihn leitet die Liebe zu einer Prinzessin beider Sizilien,
die sehr fromm ist, und auch er wird fromm, und wir erblicken ihn am Ende im Schoße der
Kirche, umsummt von Pfaffen und umnebelt von Weihrauch. Ich kann nicht umhin zu bemerken, dass bei der ersten Vorstellung dieser Oper durch ein Versehen des Maschinisten das
Brett der Versenkung, worin der alte Vater Teufel zur Hölle fuhr, ungeschlossen geblieben
und dass der Teufel Sohn, als er zufällig darauf trat, ebenfalls hinabsank. – Da in der Deputiertenkammer von dieser Oper so viel gesprochen worden, so war die Erwähnung derselben
keineswegs diesen Blättern unangemessen. Die gesellschaftlichen Erscheinungen sind hier
durchaus nicht politisch unwichtig, und ich begreife jetzt sehr gut, wie Napoleon in Moskau
sich damit beschäftigen konnte, das Reglement für die Pariser Theater auszuarbeiten. – Auf
letztere hatte die Regierung während des verflossenen Faschings ihr besonderes Augenmerk,
wie denn überhaupt diese Zeit um so mehr ihre Aufmerksamkeit in Anspruch nahm, da man
sogar die Maskenfreiheit fürchtete und besonders am Mardigras eine Emeute erwartete. Wie
leicht ein Mummenschanz dazu Gelegenheit geben kann, hat sich in Grenoble erwiesen. Voriges Jahr ward der Mardigras durch Demolierung des erzbischöflichen Palastes gefeiert.

Da dieser Winter der erste war, den ich in Paris zubrachte, so kann ich nicht entscheiden,
ob der Karneval dieses Jahr so brillant gewesen, wie die Regierung prahlt, oder ob er so trist
aussah, wie die Opposition klagt. Sogar bei solchen Außendingen kann man der Wahrheit
hier nicht auf die Spur kommen. Alle Parteien suchen zu täuschen, und selbst den eigenen
Augen darf man nicht trauen. Einer meiner Freunde, ein Justemillionär, hatte die Güte, letzten Mardigras mich in Paris herumzuführen und mir durch den Augenschein zu zeigen, wie
glücklich und heiter das Volk sei. Er ließ an jenem Tag auch alle seine Bedienten ausgehen
und befahl ihnen ausdrücklich, sich recht viel Vergnügen zu machen. Vergnügt fasste er meinen Arm und rannte vergnügt mit mir durch die Straßen und lachte zuweilen recht laut. An
der Porte St. Martin, auf dem feuchten Pflaster, lag ein todblasser, röchelnder Mensch, von
welchem die umstehenden Gaffer behaupteten, er sterbe vor Hunger. Mein Begleiter aber
versicherte mir, dass dieser Mensch alle Tage auf einer andern Straße vor Hunger sterbe und
dass er davon lebe, indem ihn nämlich die Karlisten dafür bezahlten, durch solches Schauspiel das Volk gegen die Regierung zu verhetzen. Dieses Handwerk muss jedoch schlecht bezahlt werden, da viele dabei wirklich vor Hunger sterben. Es ist eine eigene Sache mit dem
Verhungern; man würde hier täglich viele tausend Menschen in diesem Zustand sehen, wenn
sie es nur längere Zeit darin aushalten könnten. So aber, gewöhnlich nach drei Tagen, welche
ohne Nahrung verbracht worden, sterben die armen Hungerleider, einer nach dem anderen,
und sie werden still eingescharrt, und man bemerkt sie kaum. – »Sehen Sie, wie glücklich

das Volk ist«, bemerkte mein Begleiter, indem er mir die vielen Wagen voll Masken zeigte, die laut jubelten und die lustigsten Narreteien trieben. Die Boulevards gewährten wirklich einen überaus ergötzlich bunten Anblick, und ich dachte an das alte Sprichwort: »Wenn der liebe Gott sich im Himmel langweilt, dann öffnet er das Fenster und betrachtet die Boulevards von Paris.« Nur wollte es mich bedünken, als sei dabei mehr Gendarmerie aufgestellt, als zu einem harmlosen Vergnügen eben notwendig gewesen. Ein Republikaner, der mir begegnete, verdarb mir den Spaß, indem er mir versicherte, die meisten Masken, die sich am lustigsten gebärdeten, habe die Polizei eigens dafür bezahlt, damit man nicht klage, das Volk sei nicht mehr vergnügt. Inwieweit dieses wahr sein mag, will ich nicht bestimmen; die maskierten Männer und Weiber schienen sich ganz von innen heraus zu belustigen, und wenn die Polizei sie noch besonders dafür bezahlte, so war das sehr artig von der Polizei. Was ihre Einwirkung besonders verraten konnte, waren die Gespräche der maskierten gemeinen Kerle und öffentlichen Dirnen, die in ertrödelten Hoftrachten, mit Schönheitspflästerchen auf den geschminkten Gesichtern, die Vornehmheit der vorigen Regierung parodistisch nachäfften, sich mit karlistischen Namen titulierten und sich dabei so hoffärtig fächerten und spreizten, dass ich mich unwillkürlich der hohen Festivitäten erinnerte, die ich als Knabe die Ehre hatte, von der Galerie herab zu betrachten; nur dass die Pariser Poissarden ein besseres Französisch sprachen als die Kavaliere und gnädigen Fräulein meines Vaterlandes.

Um diesem letztern Gerechtigkeit widerfahren zu lassen, gestehe ich, dass der diesjährige Bœuf-gras gar kein Aufsehen in Deutschland gemacht haben würde. Ein Deutscher musste über diesen unbedeutenden Ochsen lächeln, ob dessen Größe man sich hier besonders wunderte. Mit Anspielungen auf diesen armen Ochsen waren eine Woche lang die kleinen Blätter gefüllt; dass er gros, gras et bête gewesen, war ein stehender Witz, und in Karikaturen parodierte man auf die gehässigste Weise den Zug dieses quasi-fetten Ochsen. Schon hieß es, man würde dieses Jahr den Zug verbieten; aber man besann sich eines Besseren. Von so vielen überlieferten Volksspäßen ist fast allein der Zug des Bœuf-gras in Frankreich übriggeblieben. Den absoluten Thron, den Parc-des-cerfs, das Christentum, die Bastille und andere ähnliche Institute aus der guten alten Zeit hat die Revolution niedergerissen; der Ochs allein ist geblieben. Darum wird er auch im Triumph durch die Stadt geführt, bekränzt mit Blumen und umgeben von Metzgerknechten, die meistens mit Helm und Harnischen bekleidet sind und die diesen eisernen Plunder von den verstorbenen Rittern als nächste Wahlverwandte geerbt haben. Es ist sehr leicht, die Bedeutung der öffentlichen Mummereien einzusehen. Schwerer ist es, die geheime Maskerade zu durchschauen, die hier in allen Verhältnissen zu finden ist. Dieser größere Karneval beginnt mit dem ersten Januar und endigt mit dem einunddreißigsten Dezember. Die glänzendsten Redouten desselben sieht man im Palais Bourbon, im Luxemburg und in den Tuilerien. Nicht bloß in der Deputiertenkammer, sondern auch in der Pairskammer und im königlichen Kabinett spielt man jetzt eine heillose Komödie, die vielleicht tragisch enden wird. Die Oppositionsmänner, welche nur die Komödie der Restaurationszeit fortsetzen, sind vermummte Republikaner, die mit sichtbarer Ironie oder mit auffallendem Widerwillen als Komparsen des Königtums agieren. Die Pairs spielen jetzt die Rolle von unerblichen, durch Verdienst berufenen Amtsleuten; wenn man ihnen aber hinter die Maske schaut, so sieht man meistens die wohlbekannten noblen Gesichter; und wie modern sie sich auch kostümieren, so sind sie doch immer die Erben der alten Aristokratie, und sie tragen sogar die Namen, die an die alte Misere erinnern, sodass man darunter sogar einen Dreux-Brézé findet, von dem der »National« sagt, er sei nur dadurch ausgezeichnet, dass einmal einem seiner Vorfahren eine gute Antwort gegeben worden ist. Was Ludwig Philipp betrifft, so spielt er noch immer seinen roi-citoyen und trägt noch immer das dazugehörige Bürgerkostüm; unter seinem bescheidenen Filzhut trägt er jedoch, wie männiglich weiß, eine ganz unmaßgebliche Krone von gewöhnlichem Zuschnitt, und in seinem Regenschirm verbirgt er das absoluteste Zepter. Nur wenn die liebsten Interessen zur Sprache kommen oder wenn einer mit dem gehörigen Stichwort die Leidenschaften aufreizt, dann vergessen die Leute ihre einstudierte Rolle und offenbaren ihre Persönlichkeit. Jene Interessen sind zunächst die des Geldes, und diese müssen allen anderen weichen, wie man bei den Diskussionen über das Budget wahrnehmen konnte ... Die Stichworte, bei denen in der Deputiertenkammer die republikanische Gesinnung sich verriet, sind bekannt. Nicht so unbedeutend und zufällig, wie man etwa in Deutschland glaubt, waren die Diskussionen über das Wort sujet. Letzteres hat schon im Beginn der französischen Revolution Veranlassung zu Expektorationen gegeben, wobei sich die republikanische Tendenz der Zeit aussprach. Wie leidenschaftlich tobte man, als einst dem armen Ludwig XVI. in einer Rede dieses Wort entschlüpfte. Ich habe zur Vergleichung mit der Gegenwart die damaligen Journale in dieser Beziehung nachgelesen; der Ton von 1790 ist nicht verhallt, sondern nur veredelt. Die Philippisten sind nicht so ganz arglos, wenn sie durch Stichworte oberwähnter Art die Opposition in Leidenschaft bringen. Voriges Jahr hütete man sich wohl, die Tuilerien mit dem Namen Château zu benennen, und der »Moniteur« erhielt ausdrücklich die Weisung, sich des Wortes Palais zu bedienen. Später nahm man es nicht mehr so genau. Jetzt wagt man schon mehr, und die »Débats« sprechen von dem Hofe, la cour! »Wir gehen mit großen Schritten zur Restauration zurück!« klagte mir ein allzu ängstlicher Freund, als er las, dass die Schwester des Königs »Madame« tituliert worden. Dieser Argwohn grenzt fast ans Lächerliche. »Wir gehen noch weiter zurück als zur Restauration!« rief jüngst derselbe Freund, vor Schrecken erbleichend. Er hatte in einer gewissen Soiree etwas Entsetzliches gesehen, nämlich eine schöne junge Dame mit Puder in den Haaren. Ehrlich gestanden, es sah gut aus; die blonden Locken waren wie von leisem Frosthauch angereift, und die warmen frischen Blumen schauten um so rührend lieblicher daraus hervor.

»Der 21. Januar« war, in ähnlicher Weise, das Stichwort, wobei sich in der Pairskammer die vermummten Erbleidenschaften und der krasseste Aristokratismus enthüllten. Was ich längst vorausgesehen, geschah; auch parlamentarisch gebärdete sich die Aristokratie, als sei sie besonders bevorrechtet, den Tod Ludwigs XVI. zu bejammern, und sie verhöhnte das französische Volk durch die Beschönigung jenes Bußtagsgesetzes, wodurch der eingesetzte Statthalter der Heiligen Allianz, Ludwig XVIII., dem ganzen französischen Volk, wie einem Verbrecher, eine Pönitenz auferlegt hatte. Der 21. Januar war der Tag, wo das regizide Volk, zum Abschrecken der umstehenden Nachbarvölker, in Sack und Asche und mit der Kerze in der Hand vor Notre-Dame stehen sollte. Mit Recht stimmten die Deputierten für die Aufhebung eines Gesetzes, welches mehr dazu diente, die Franzosen zu demütigen, als sie zu trösten ob des Nationalunglücks, das sie am 21. Januar 1793 betroffen hat. Indem die Pairskammer die Aufhebung jenes Gesetzes verwarf, verriet sie ihren unversöhnlichen Groll gegen das neue Frankreich und entlarvte sie alle ihre adelige Vendetta gegen die Kinder der Revolution und gegen die Revolution selbst. Minder für die nächsten Interessen des Tages als vielmehr gegen die Grundsätze der Revolution kämpfen jetzt die lebenslänglichen Herren des Luxemburg. Daher verwarfen sie nicht den Briquevilleschen Gesetzesvorschlag; sie verleugneten ihre Ehre und unterdrückten ihre grimmigste Abneigung. Jener Gesetzesvorschlag betraf ja nicht im Geringsten die Grundsätze der Revolution. Aber das Gesetz wegen Ehescheidung, das darf nicht angenommen werden, denn es ist durchaus revolutionärer Natur, wie jeder christkatholische Edelmann begreifen wird.

Das Schisma, das bei solcher Gelegenheit zwischen der Deputiertenkammer und der Pairie entsteht, wird die unerquicklichsten Erscheinungen hervorbringen. Man sagt, der König beginne schon die Bedeutung dieses Schismas in seiner ganzen Trostlosigkeit einzusehen. Das ist nun die Folge jener Halbheit, jenes Schwankens zwischen Himmel und Hölle, jenes Robert-le-Diableschen Justemilieu-Wesens. Ludwig Philipp sollte sich vorsehen, dass er nicht einmal unversehens auf das versinkende Brett gerät. Er steht auf einem sehr unsicheren Boden. Er hat durch eigene Schuld seine beste Stütze verloren. Er beging den gewöhnlichen Missgriff zagender Menschen, die mit ihren Feinden gut stehen wollen und es daher mit ihren Freunden verderben. Er kajolierte die Aristokratie, die ihn hasst, und beleidigte das Volk, das seine beste Stütze war. Seine Sympathie für die Erblichkeit der Pairschaft hat ihm die gleichheitssüchtigen Herzen vieler Franzosen entfremdet, und seine Nöte mit den Lebenslänglichen werden ihnen ein schadenfrohes Ergötzen gewähren. Nur wenn die Frage aufs Tapet kommt, »was die Juliusrevolution bedeutet habe«, verfliegt der scherzende Missmut, und der düstere Groll bricht hervor in bedrohlichen Reden. Das ist das gewaltigste jener Stichworte, wobei die verborgene Leidenschaft ans Tageslicht tritt und die Parteien ihre Masken gänzlich fallen lassen. Ich glaube, man könnte die Toten der großen Woche, die unter den Mauern des Louvres begraben liegen, aus ihrem Schlaf wecken, wenn man sie früge, ob die Männer der Juliusrevolution wirklich nichts anderes gewollt haben, als was die Opposition in der Kammer während der Restaurationszeit ausgesprochen hat. Dieses nämlich war die Definition, welche die Ministeriellen bei den jüngsten Debatten von der Juliusrevolution gegeben haben. Wie kläglich diese Erklärung in sich selbst zerfällt, ergibt sich schon daraus, dass die Opposition seitdem eingestanden, dass sie während der ganzen Restaurationszeit Komödie gespielt hat. Wie kann also hier von bestimmten Manifestationen die Rede sein? Auch was das Volk in den drei Tagen während des Kanonendonners gerufen, war nicht der bestimmte Ausdruck seines Willens, wie nachträglich die Philippisten behauptet haben. Der Ruf »Vive la Charte!«, den man nachher als den allgemeinen Wunsch, die Charte beizubehalten, interpretierte, war damals nichts anderes als ein Losungswort, als eine Tagesparole, deren man sich nur als signe de ralliement [Erkennungszeichen] bediente. Man darf den Ausdrücken, die das Volk in solchen Fällen gebraucht, keine allzu bestimmte Bedeutung verleihen. Dies gilt von allen Revolutionen, die das Volk gemacht. Die »Männer des andern Morgens« kommen immer hintendrein und klauben Worte. Sie finden nur das tötende Wort, nicht den lebendig machenden Geist. Diesem, nicht jenem muss man nachforschen. Denn das Volk versteht sich ebenso wenig auf Worte, wie es sich durch Worte verständlich machen kann. Es versteht nur Tatsachen, nur Fakta, und spricht durch solche. Ein solches Faktum war die Juliusrevolution, und dieses besteht nicht einzig darin, dass Karl X. aus den Tuilerien nach Holyrood [bei Edinburgh] gejagt worden und Ludwig Philipp sich dort einquartiert hat; solch bloße Personalveränderung wäre nur wichtig für den Portier jenes Palastes. Das Volk, indem es Karl X. verjagte, sah in ihm nur den Repräsentanten der Aristokratie, wie er sich sein ganzes Leben hindurch gezeigt hat, seit 1788, wo er, als Fürst vom Geblüte, in einer Vorstellung an Ludwig XVI. förmlich ausgesprochen, dass ein Fürst vor allem Edelmann sei, als solcher naturgemäß dem Korps des Adels angehöre und daher dessen Rechte vor allen andern Interessen verteidigen müsse; in Ludwig Philipp sah aber das Volk einen Mann, dessen Vater schon, sogar in seinem Namen, die bürgerliche Gleichheit der Menschen anerkannt hat, einen Mann, der selbst bei Valmy und Jemappes für die Freiheit gefochten, der von seiner frühesten Jugend an bis jetzt die Worte Freiheit und Gleichheit im Munde geführt und sich, in Opposition gegen die eigene Sippschaft, als einen Repräsentanten der Demokratie dargegeben hat.

Wie herrlich leuchtete dieser Mann im Glanz der Juliussonne, die sein Haupt wie mit einer Glorie umstrahlte und selbst auf seine Fehler so viel heiteres Licht streute, dass sie noch mehr als seine Tugenden blendeten. »Valmy und Jemappes!« war damals der patriotische Refrain aller seiner Reden; er streichelte die dreifarbige Fahne wie eine wiedergefundene Geliebte; er stand auf dem Balkon des Palais Royal und schlug mit der Hand den Takt zu der

Marseillaise, die unten das Volk jubelte; und er war ganz der Sohn der Gleichheit, fils d'Égalité, der Soldat tricolore der Freiheit, wie er sich von Delavigne in der Parisienne besingen lassen und wie er sich von Horace Vernet malen lassen auf jenen Gemälden, die in den Gemächern des Palais Royal immer besonders bedeutungsvoll zur Schau gestanden. In diesen Gemächern hatte das Volk während der Restauration immer freien Zutritt; und da wandelte es herum des Sonntags und bewunderte, wie bürgerlich alles dort aussah, im Gegensatz zu den Tuilerien, wo kein armer Bürgersmann so leicht hinkommen durfte; und mit besonderer Vorliebe betrachtete man das Gemälde, worauf Ludwig Philipp abgebildet ist, wie er in der Schweiz als Schullehrer vor der Weltkugel steht und den Knaben in der Geographie Unterricht erteilt. Die guten Leute dachten wunder, wie viel er selbst dabei gelernt haben müsse! Jetzt sagt man, Ludwig Philipp habe damals nichts anderes gelernt als faire bonne mine à mauvais jeu und allzu große Schätzung des Geldes. Die Glorie seines Hauptes ist verschwunden, und den Unmut erblickt darin nur eine Birne.

Die Birne ist noch immer stehender Volkswitz in Spottblättern und Karikaturen. Jene, namentlich »Le Revenant«, »Les Cancans«, »Le Brid-Oison«, »La Mode«, und wie das karlistische Ungeziefer sonst heißen mag, misshandeln den König mit einer Unverschämtheit, die um so widerwärtiger ist, da man wohl weiß, dass das edle Faubourg solche Blätter bezahlt. Man sagt, die Königin lese sie oft und weine darüber; die arme Frau erhält diese Blätter durch den unermüdlichen Diensteifer jener schlimmsten Feinde, die unter dem Namen »die guten Freunde« in jedem großen Hause zu finden sind. Die Birne ist, wie gesagt, ein stehender Witz geworden, und Hunderte von Karikaturen, worauf man sie erblickt, sind überall ausgehängt. Hier sieht man Périer auf der Rednerbühne, in der Hand die Birne, die er den Umsitzenden anpreist und an den Meistbietenden für achtzehn Millionen losschlägt. Dort wieder liegt eine ungeheuer große Birne gleich einem Alp auf der Brust des schlafenden Lafayette, der, wie an der Zimmerwand angedeutet steht, von der besten Republik träumt. Dann sieht man auch Périer und Sebastiani, jener als Pierrot, dieser als dreifarbiger Harlekin gekleidet, durch den tiefsten Kot waten und auf den Schultern eine Querstange tragen, woran eine ungeheure Birne hängt. Den jungen Heinrich sieht man als frommen Wallfahrter in Pilgertracht, mit Muschelhut und Stab, woran oben eine Birne hängt, gleich einem abgeschnittenen Kopfe.

Ich will wahrlich den Unfug dieser Fratzenbilder nicht vertreten, am allerwenigsten, wenn sie die Person des Fürsten selbst betreffen. Ihre unaufhörliche Menge ist aber eine Volksstimme und bedeutet etwas. Einigermaßen verzeihlich werden solche Karikaturen, wenn sie keine bloße Beleidigung der Persönlichkeit beabsichtigen, nur die Täuschung rügen, die man gegen das Volk verübt. Dann ist auch ihre Wirkung grenzenlos. Seit eine Karikatur erschienen ist, worauf ein dreifarbiger Papagei dargestellt ist, der auf jede Frage, die man an ihn richtete, abwechselnd »Valmy« oder »Jemappes« antwortet, seitdem hütet sich Ludwig Philipp, diese Worte so wiederholentlich wie sonst vorzubringen. Er fühlt wohl, in diesen Worten lag immer ein Versprechen, und wer sie im Mund führte, durfte keine Quasilegitimität nachsuchen, durfte keine aristokratischen Institutionen beibehalten, durfte nicht auf diese Weise den Frieden erflehen, durfte nicht Frankreich ungestraft beleidigen lassen, durfte nicht die Freiheit der übrigen Welt ihren Henkern preisgeben. Ludwig Philipp musste vielmehr auf das Vertrauen des Volkes den Thron stützen, den er dem Vertrauen des Volkes verdankte. Er musste ihn mit republikanischen Institutionen umgeben, wie er gelobt, nach dem Zeugnis des unbescholtensten Bürgers beider Welten. Die Lügen der Charte mussten vernichtet, Valmy und Jemappes aber mussten eine Wahrheit werden. Ludwig Philipp musste erfüllen, was sein ganzes Leben symbolisch versprochen hatte. Wie einst in der Schweiz musste er wieder als Schulmeister vor die Weltkugel treten und öffentlich erklären: »Seht diese hübschen Länder, die Menschen darin sind alle frei, sind alle gleich, und wenn ihr Kleinen das nicht im Gedächtnis behaltet, bekommt ihr die Rute.« Ja, Ludwig Philipp musste an die Spitze der europäischen Freiheit treten, die Interessen derselben mit seinen eigenen verschmelzen, sich selbst und die Freiheit identifizieren, und wie einer seiner Vorgänger ein kühnes »L'état c'est moi!« aussprach, so musste er mit noch größerem Selbstbewusstsein ausrufen: »La liberté c'est moi!«

Er hat es nicht getan. Wir wollen nun die Folgen abwarten. Sie sind unausbleiblich, und nur über die Länge der Zeit lässt sich nichts Bestimmtes voraussagen. Vor den schönen Frühlingstagen wird gewarnt. Die Karlisten meinen, erst im Herbst werde der neue Thron zusammenbrechen; geschehe es nicht, so werde er sich alsdann noch vier bis fünf Jahre halten. Die Republikaner wollen sich auf bestimmte Prophezeiungen nicht mehr einlassen. »Genug«, sagen sie, »die Zukunft gehört uns.« Und darin haben sie vielleicht recht. Obgleich sie bis jetzt immer die Düpes der Karlisten und Bonapartisten gewesen, so mag doch die Zeit kommen, wo die Tätigkeit dieser beiden Parteien nur den Interessen der Republikaner gefrommt haben wird. Sie rechnen auch auf diese Tätigkeit der Karlisten und Bonapartisten umso mehr, da sie selbst weder durch Geld noch durch Sympathie die Massen in Bewegung setzen können. Das Geld aber fließt jetzt in goldenen Strömen aus dem Faubourg St. Germain, und was feil ist, wird gekauft. Leider ist dessen zu Paris immer viel am Markte, und man glaubt, dass die Karlisten in diesem Monat große Fortschritte gemacht. Viele Männer, die immer großen Einfluss auf das Volk ausgeübt, sollen gewonnen sein. Die frommen Umtriebe der Schwarzröckchen in den Provinzen sind bekannt; das schleicht und zischt überall herum und lügt im Namen Gottes. Überall wird das Bild des Mirakeljungen aufgestellt, und man sieht ihn in den sentimentalsten Posituren. Hier liegt er auf den Knien und betet für das Heil Frankreichs und seiner unglücklichen Untertanen sehr rührend; dort klettert er auf den Bergen Schottlands, gekleidet in hochländischer Tracht, ohne Beinkleider. »Mâtin!« sagte ein Ouvrier, der mit mir dieses Bild an einem Kupferstichladen betrachtete, »on le représente sans culotte, mais nous savons bien qu'il est jésuite.« Auf einem ähnlichen Bild ist er weinend mit seinem Schwesterchen dargestellt, und darunter stehen gefühlvolle Verse: »Oh! que j'ai douce souvenance – de ce beau pays de mon enfance« usw. Lieder und Gedichte, die den jungen Heinrich feiern, zirkulieren in großer Anzahl, und sie werden gut bezahlt. Wie es einst in England eine jakobitische Poesie gab, so gibt es jetzt hier eine karlistische.

Indessen, die bonapartistische Poesie ist weit bedeutender und wichtiger und bedrohlicher für die Regierung. Es gibt keine Grisette in Paris, die nicht Bérangers Lieder singt und fühlt. Das Volk versteht am besten diese bonapartistische Poesie, und darauf spekulieren die Dichter, und auf die Dichter spekulieren wieder andere Leute. Victor Hugo schreibt jetzt ein großes Heldengedicht auf den alten Napoleon, und die väterlichen Verwandten des jungen Napoleons stehen in Briefwechsel mit ebensolchen Volksdichtern, die als Tyrtäen des Bonapartismus bekannt sind und deren begeisternde Leier man zur rechten Zeit zu benutzen hofft. Man ist nämlich der Meinung, dass der Sohn des Mannes nur zu erscheinen brauche, um der jetzigen Regierung ein Ende zu machen. Man weiß, dass der Name Napoleon das Volk hinreißt und die Armee entwaffnet. Die besonnenen, echten Demokraten sind jedoch keineswegs geneigt, in die allgemeine Huldigung einzustimmen. Der Name Napoleon ist ihnen freilich lieb und wert, weil er fast synonym geworden mit dem Ruhm Frankreichs und dem Sieg der dreifarbigen Fahne. In Napoleon sehen sie den Sohn der Revolution; in dem jungen Reichstadt sehen sie nur den Sohn eines Kaisers, durch dessen Anerkennung sie dem Prinzip der Legitimität huldigen würden. Dieses wäre jedenfalls eine lächerliche Inkonsequenz. Ebenso lächerlich ist die Meinung, dass der Sohn, wenn er auch nicht die Größe seines Vaters erreiche, doch gewiss nicht ganz aus der Art geschlagen und immer ein kleiner Napoleon sei. Ein kleiner Napoleon! Als ob die Vendômesäule nicht eben durch ihre Größe unsere Bewunderung erregte. Eben weil sie so groß ist und stark, will sich das Volk an sie lehnen in dieser vagen, schwankenden Zeit, wo die Vendômesäule das einzige in Frankreich ist, was fest steht.

Um diese Säule drehen sich alle Gedanken des Volkes. Sie ist sein unverwüstliches eisernes Geschichtsbuch, und es liest darauf seine eigenen Heldentaten. Besonders aber lebt in seiner Erinnerung die schmähliche Art, wie von den Deutschen das Standbild dieser Säule misshandelt worden, wie man dem armen Kaiser die Füße abgesägt, wie man ihm, gleich einem Diebe, einen Strick um den Hals gebunden und ihn herabgerissen von seiner Höhe. Die guten Deutschen haben ihre Schuldigkeit getan. Jeder hat seine Sendung auf dieser Erde, unbewusst erfüllt er sie und hinterlässt ein Symbol dieser Erfüllung. So sollte Napoleon in allen Ländern den Sieg der Revolution erfechten; aber uneingedenk dieser Sendung, wollte er durch den Sieg sich selbst verherrlichen, und egoistisch erhaben stellte er sein eigenes Bild auf die erbeuteten Trophäen der Revolution, auf die zusammengegossenen Kanonen der Vendômesäule. Da hatten die Deutschen nun die Sendung, die Revolution zu rächen und den Imperator wieder herabzureißen von der usurpierten Höhe, von der Höhe der Vendômesäule. Nur der dreifarbigen Fahne gebührt dieser Platz, und seit den Juliustagen flattert sie dort siegreich und verheißend. Wenn man in der Folge den Napoleon wieder hinaufsetzt auf die Vendômesäule, so steht er dort nicht mehr als Imperator, als Cäsar, sondern als ein durch Unglück gesühnter und durch Tod gereinigter Repräsentant der Revolution, als ein Sinnbild der siegenden Volksgewalt.

Da ich eben von dem jungen Napoleon und dem jungen Heinrich gesprochen, so muss ich auch des jungen Herzogs von Orleans Erwähnung tun. In den Bilderläden sieht man sie hier gewöhnlich nebeneinander hängen, und unsere Pamphletisten diskutieren beständig diese drei sonderbaren Legitimitäten. Dass letztere auch außerdem ein Hauptthema des öffentlichen Geschwätzes sind, versteht sich von selbst. Es ist zu weitläufig und unfruchtbar, als dass ich es auch hier erörtern möchte. Jede Auskunft über die persönlichen Eigenschaften des Herzogs von Orleans scheint mir wichtiger zu sein, da sich an die Persönlichkeit des jungen Fürsten so viele Interessen der nächsten Wirklichkeit knüpfen. Die praktischere Frage ist nicht, ob er das Recht hat, den Thron zu besteigen, sondern ob er die Kraft dazu hat, ob seine Partei dieser Kraft vertrauen darf und was, da er in jedem Fall eine wichtige Rolle spielen muss, von seinem Charakter zu erwarten steht. Über letzteren sind aber die Meinungen verschieden, ja entgegengesetzt. Die einen sagen, der Herzog von Orleans sei gänzlich borniert, geistesblöde, stumpfsinnig, sogar in seiner Familie heiße er grand poulot, dabei sei er dennoch mit absolutistischen Neigungen behaftet, manchmal bekomme er sogar Anfälle von Herrschwut, so habe er z. B. halsstarrig darauf bestanden, dass ihn sein Vater zur Zeit der Ouvrier-Emeuten nach Lyon gehen lasse, denn sonst käme ihm der Herzog von Reichstadt zuvor usw. Andere hingegen sagen, Se. Königliche Hoheit der Kronprinz sei lauter Herzensgüte, Wohlgesinnung und Bescheidenheit; er sei ein sehr vernünftiger junger Mensch, der die angemessenste Erziehung und den besten Unterricht genossen; er sei voll Mut, Ehrgefühl und Freiheitsliebe, wie er denn oft seinem Vater ein liberaleres System dringend anrate; er sei ganz ohne Falsch und Groll, er sei die Liebenswürdigkeit selbst und räche sich an seinen Feinden am liebsten dadurch, dass er ihnen beim Tanz die hübschen Mädchen wegkapere. Ich brauche wohl nicht zu sagen, dass solch wohlwollendes Urteil von den Anhängern der Dynastie, das böswillige aber von deren Gegnern herrührt. Diesen ist ebenso wenig wie jenen zu trauen.

Ich kann also über den jungen Fürsten nichts Bestimmtes mitteilen, als was ich selbst gesehen habe, nämlich wie sein Äußeres beschaffen ist. Hier muss ich, der Wahrheit gemäß, eingestehen, er sieht gut aus. Eine etwas längliche, nicht eigentlich magere, sondern vielmehr stakige Gestalt; ein länglicher, schmaler Kopf an einem langen Hals; ebenfalls längliche, aber ganz regelmäßige, edle Gesichtszüge; brave, freie Stirn; gerade gutgemessene Nase; ein schöner, frischer Mund mit sanftgewölbten, bittenden Lippen; kleine, bläuliche, sonderbar unbedeutende, gedankenlose Augen, die wie kleine Dreiecke geformt sind; braunes Haar und ein lichtblonder Backenbart, der, unter dem Kinn fortlaufend, fast wie ein goldener Rahmen das rosig gesunde, blühende Jünglingsgesicht umschließt. Ich glaube in den Lineamenten dieser Gestalt viel Zukunft lesen zu können, jedoch nicht allzu heitere Zukunft. Glücklichstenfalls geht dieser junge Mensch einem sehr großen Martyrtum entgegen; er soll König werden. Wenn er auch mit dem Geist die Dinge nicht durchschaut, so scheint er sie doch instinktartig zu ahnen; die tierische Natur, sozusagen der Leib, scheint von trüber Vorahnung befangen zu sein, und daher offenbart sich eine gewisse Melancholie in seinem äußeren Wesen. Trübsam träumerisch lässt er zuweilen das schmale längliche Haupt von dem langen Hals herabhängen. Der Gang ist schläfrig und hinzögernd, wie der eines Menschen, der immer noch zu früh zu kommen glaubt. Seine Sprache ist schleppend oder in kurzen Lauten abgebrochen, wie im Halbschlummer. Hierin liegt jene angedeutete Melancholie oder vielmehr die melancholische Signatur der Zukunft. Übrigens hat sein Äußeres etwas schlicht Bürgerliches. Diese Eigenschaft tritt vielleicht um so bedeutender hervor, da man bei seinem Bruder, dem Herzog von Nemours, das Gegenteil zu bemerken glaubt. Dieser ist ein hübscher, sehr gescheiter Junge; schlank, aber nicht groß; äußerst zart gebaut; weißes nettes Gesichtchen; geistreich leicht hingeworfener Blick; etwas bourbonisch gebogene Nase; ein feiner Blondin von einem altadeligen Ansehen. Es sind nicht die anmaßenden Züge eines hannöverischen Krautjunkers, sondern eine gewisse Vornehmheit des Erscheinens und des Gehabens, wie sie nur unter dem gebildetsten hohen Adel gefunden wird. Da diese Sorte täglich an Zahl abnimmt oder durch Mesalliancen ausartet, so ist das aristokratische Aussehen des Herzogs von Nemours sehr bemerkbar. Bei seinem Anblick hörte ich mal jemand sagen: »Dieses Gesicht wird in einigen Jahren großes Aufsehen in Amerika machen.«

Artikel VI

Paris, 19. April 1832

Nicht den Werkstätten der Parteien will ich ihren banalen Maßstab entborgen, um Menschen und Dinge damit zu messen, noch viel weniger will ich Wert und Größe derselben nach träumenden Privatgefühlen bestimmen, sondern ich will so viel als möglich parteilos das Verständnis der Gegenwart befördern und den Schlüssel der lärmenden Tagesrätsel zunächst in der Vergangenheit suchen. Die Salons lügen, die Gräber sind wahr. Aber ach! die Toten, die kalten Sprecher der Geschichte, reden vergebens zur tobenden Menge, die nur die Sprache der Leidenschaft versteht.

Freilich, nicht vorsätzlich lügen die Salons. Die Gesellschaft der Gewalthaber glaubt wirklich an die ewige Dauer ihrer Macht, wenn auch die Annalen der Welthistorie und das feurige Menetekel der Tagesblätter und sogar die laute Volksstimme auf der Straße ihre Warnungen aussprechen. Auch die Oppositionskoterien lügen eigentlich nicht mit Absicht; sie glauben ganz bestimmt zu siegen, wie überhaupt die Menschen immer das glauben, was sie wünschen; sie berauschen sich im Champagner ihrer Hoffnungen; jedes Missgeschick deuten sie als ein notwendiges Ereignis, das sie dem Ziel desto näher bringe; am Vorabend ihres Untergangs strahlt ihre Zuversicht am brillantesten, und der Gerichtsbote, der ihnen ihre Niederlage gesetzlich ankündigt, findet sie gewöhnlich im Streit über die Verteilung der Bärenhaut. Daher die einseitigen Irrtümer, denen man nicht entgehen kann, wenn man der einen oder der andern Partei nahesteht; jede täuscht uns, ohne es zu wollen, und wir vertrauen am liebsten unsern gleichgesinnten Freunden. Sind wir selber vielleicht so indifferenter Natur, dass wir, ohne sonderliche Vorneigung, mit allen Parteien beständig verkehren, so verwirrt uns die süffisante Sicherheit, die wir bei jeder Partei erblicken, und unser Urteil wird aufs Unerquicklichste neutralisiert. Indifferentisten solcher Art, die selbst ohne eigene Meinung sind, ohne Teilnahme an den Interessen der Zeit, und die nur erlauschen wollen, was eigentlich vorgehe, und daher das Geschwätz aller Salons erhorchen und die Chronique scandaleuse jeder Partei bei der andern aufgabeln, solchen Indifferentisten begegnet's wohl, dass sie überall nur Personen und keine Dinge oder vielmehr in den Dingen nur die Personen sehen, dass sie den Untergang der erstern prophezeien, weil sie die Schwäche der letztern erkannt haben, und dass sie dadurch ihre respektiven Kommittenten zu den bedenklichsten Irrnissen und Fehlgriffen verleiten.

Ich kann nicht umhin, auf das Missverhältnis, das jetzt in Frankreich zwischen den Dingen (d. h. den geistigen und materiellen Interessen) und den Personen (d. h. den Repräsentanten dieser Interessen) stattfindet, hier besonders aufmerksam zu machen. Dies war ganz anders zu Ende des vorigen Jahrhunderts, wo die Menschen noch kolossal bis zur Höhe der Dinge hinauffragten, so dass sie in den Revolutionsgeschichten gleichsam das heroische Zeitalter bilden und als solches jetzt von unsrer republikanischen Jugend gefeiert und geliebt werden. Oder täuscht uns in dieser Hinsicht derselbe Irrtum, den wir bei Madame Roland finden, die in ihren »Memoiren« gar bitter klagt, dass unter den Männern ihrer Zeit kein einziger bedeutend sei? Die arme Frau kannte nicht ihre eigene Größe und merkte daher nicht, dass ihre Zeitgenossen schon groß genug waren, wenn sie ihr selbst nichts an geistiger Statur nachgaben. Das ganze französische Volk ist jetzt so gewaltig in die Höhe gewachsen, dass wir vielleicht ungerecht sind gegen seine öffentlichen Repräsentanten, die nicht sonderlich aus der Menge hervorragen, aber darum doch nicht klein genannt werden dürfen. Man kann jetzt vor lauter Wald die Bäume nicht sehen. In Deutschland erblicken wir das Gegenteil, eine überreichliche Menge Krüppelholz und Zwergtannen und dazwischen hie und da eine Rieseneiche, deren Haupt sich bis in die Wolken erhebt – während unten am Stamme die Würmer nagen.

Der heutige Tag ist ein Resultat des gestrigen. Was dieser gewollt hat, müssen wir erforschen, wenn wir zu wissen wünschen, was jener will. Die Revolution ist eine und dieselbe; nicht, wie uns die Doktrinäre einreden möchten, nicht für die Charte schlug man sich in der großen Woche, sondern für dieselben Revolutionsinteressen, denen man seit vierzig Jahren das beste Blut Frankreichs geopfert hatte. Damit man aber den Schreiber dieser Blätter nicht für einen jener Prädikanten ansehe, die unter Revolution nur Umwälzung und wieder Umwälzung verstehen und die zufälligen Erscheinungen für das Wesentliche der Revolution halten, will ich, so genau als möglich, den Hauptbegriff feststellen.

Wenn die Geistesbildung und die daraus entstandenen Sitten und Bedürfnisse eines Volkes nicht mehr im Einklang sind mit den alten Staatsinstitutionen, so tritt es mit diesen in einen Notkampf, der die Umgestaltung derselben zur Folge hat und eine Revolution genannt wird. Solange die Revolution nicht vollendet ist, solange jene Umgestaltung der Institutionen nicht ganz mit der Geistesbildung und den daraus hervorgegangenen Sitten und Bedürfnissen des Volks übereinstimmt, so lange ist gleichsam das Staatssiechtum nicht völlig geheilt, und das krank überreizte Volk wird zwar manchmal in die schlaffe Ruhe der Abspannung versinken, wird aber bald wieder in Fieberhitze geraten, die festesten Bandagen und die gutmütigste Scharpie von den alten Wunden abreißen, die edelsten Krankenwärter zum Fenster hinauswerfen und sich so lange, schmerzhaft und missbehaglich, hin und her wälzen, bis es sich in die angemessenen Institutionen von selbst hineingefunden haben wird. – Die Fragen, ob

Frankreich jetzt zur Ruhe gelangt oder ob wir neuen Staatsveränderungen entgegensehen, und endlich, welch ein Ende das alles nehmen wird, diese Fragen sollten eigentlicher lauten: Was trieb die Franzosen, eine Revolution zu beginnen, und haben sie das erreicht, was sie bedurften? Die Beantwortung dieser Fragen zu befördern, will ich den Beginn der Revolution in meinen nächsten Artikeln besprechen. Es ist dieses ein doppelt nützliches Geschäft, da, indem man die Gegenwart durch die Vergangenheit zu erklären sucht, zu gleicher Zeit offenbar wird, wie diese, die Vergangenheit, erst durch jene, die Gegenwart, ihr eigentlichstes Verständnis findet und jeder neue Tag ein neues Licht auf sie wirft, wovon unsere bisherigen Handbuchschreiber keine Ahnung hatten. Diese glaubten, die Akten der Revolutionsgeschichte seien geschlossen, und sie hatten schon über Menschen und Dinge ihr letztes Urteil gefällt: da brüllten plötzlich die Kanonen der großen Woche, und die Göttinger Fakultät merkte, dass von ihrem akademischen Spruchkollegium an eine höhere Instanz appelliert worden und dass nicht bloß die französische Spezialrevolution noch nicht vollendet sei, sondern dass erst die weit umfassendere Universalrevolution ihren Anfang genommen habe. Wie mussten sie erschrecken, diese friedlichen Leute, als sie eines frühen Morgens die Köpfe zum Fenster hinaussteckten und den Umsturz des Staates und ihrer Kompendien erblickten und trotz der Schlafmützen die Töne der Marseiller Hymne in ihre Ohren drangen. Wahrlich, dass 1830 die dreifarbige Fahne einige Tage lang auf den Türmen von Göttingen flatterte, das war ein burschikoser Spaß, den sich die Weltgeschichte gegen das hochgelahrte Philistertum der Georgia Augusta erlaubt hat. In dieser allzu ernsten Zeit bedarf es wohl solcher aufheiternden Erscheinungen.

So viel zur Bevorwortung eines Artikels, der sich mit vergangenheitlichen Beleuchtungen beschäftigen mag. Die Gegenwart ist in diesem Augenblick das Wichtigere, und das Thema, das sie mir zur Besprechung darbietet, ist von der Art, dass überhaupt jedes Weiterschreiben davon abhängt.

(Ich will ein Fragment des Artikels, der hier angekündigt worden, in der Beilage mitteilen. In einem nächsten Buch mag dann die später geschriebene Ergänzung nachfolgen. Ich wurde in dieser Arbeit viel gestört, zumeist durch das grauenhafte Schreien meines Nachbars, welcher an der Cholera starb. Überhaupt muss ich bemerken, dass die damaligen Umstände auch auf die folgenden Blätter misslich eingewirkt; ich bin mir zwar nicht bewusst, die mindeste Unruhe empfunden zu haben, aber es ist doch sehr störsam, wenn einem beständig das Sichelwetzen des Todes allzu vernehmbar ans Ohr klingt. Ein mehr körperliches als geistiges Unbehagen, dessen man sich doch nicht erwehren konnte, würde mich mit den andern Fremden ebenfalls von hier verscheucht haben; aber mein bester Freund lag hier krank darnieder. Ich bemerke dieses, damit man mein Zurückbleiben in Paris für keine Bravade [Prahlerei] ansehe. Nur ein Tor konnte sich darin gefallen, der Cholera zu trotzen. Es war eine Schreckenszeit, weit schauerlicher als die frühere, da die Hinrichtungen so rasch und so geheimnisvoll stattfanden. Es war ein verlarvter Henker, der mit einer unsichtbaren Guillotine ambulant durch Paris zog. »Wir werden einer nach dem andern in den Sack gesteckt!« sagte seufzend mein Bedienter jeden Morgen, wenn er mir die Zahl der Toten oder das Verscheiden eines Bekannten meldete. Das Wort »in den Sack stecken« war gar keine Redefigur; es fehlte bald an Särgen, und der größte Teil der Toten wurde in Säcken beerdigt. Als ich vorige Woche an einem öffentlichen Gebäude vorbeiging und in der geräumigen Halle das lustige Volk sah, die springend munteren Französchen, die niedlichen Plaudertaschen von Französinnen, die dort lachend und schäkernd ihre Einkäufe machten, da erinnerte ich mich, dass hier während der Cholerazeit, hoch aufeinandergeschichtet, viele hundert weiße Säcke standen, die lauter Leichname enthielten, und dass man hier sehr wenige, aber desto fatalere Stimmen hörte, nämlich wie die Leichenwächter mit unheimlicher Gleichgültigkeit ihre Säcke den Totengräbern zuzählten und diese wieder, während sie solche auf ihre Karren luden, gedämpfteren Tones die Zahl wiederholten oder gar sich grell laut beklagten, man habe ihnen einen Sack zu wenig geliefert, wobei nicht selten ein sonderbares Gezänk entstand. Ich erinnere mich, dass zwei kleine Knäbchen mit betrübter Miene neben mir standen und der eine mich frug, ob ich ihm nicht sagen könne, in welchem Sack sein Vater sei.

Die folgende Mitteilung hat vielleicht das Verdienst, dass sie gleichsam ein Bulletin ist, welches auf dem Schlachtfeld selbst, und zwar während der Schlacht geschrieben worden und daher unverfälscht die Farbe des Augenblicks trägt. Thukydides, der Historienschreiber, und Boccaccio, der Novellist, haben uns freilich bessere Darstellungen dieser Art hinterlassen; aber ich zweifle, ob sie genug Gemütsruhe besessen hätten, während die Cholera ihrer Zeit am entsetzlichsten um sie her wütete, sie gleich, als schleunigen Artikel für die Allgemeine Zeitung von Korinth oder Pisa, so schön und meisterhaft zu beschreiben.

Ich werde bei den folgenden Blättern einem Grundsatz treu bleiben, den ich auch bei dem ganzen Buch ausübe, nämlich: dass ich nichts an diesen Artikeln ändere, dass ich sie ganz so abdrucken lasse, wie ich sie ursprünglich geschrieben, dass ich nur hie und da irgendein Wort einschalte oder ausmerze, wenn dergleichen in meiner Erinnerung dem ursprünglichen Manuskript entspricht. Solche kleinen Reminiszenzen kann ich nicht abweisen, aber sie sind sehr selten, sehr geringfügig und betreffen nie eigentliche Irrtümer, falsche Prophezeiungen und schiefe Ansichten, die hier nicht fehlen dürfen, da sie zur Geschichte der Zeit gehören. Die Ereignisse selbst bilden immer die beste Berichtigung.)

Ich rede von der Cholera, die seitdem hier herrscht, und zwar unumschränkt, und die, ohne Rücksicht auf Stand und Gesinnung, tausendweise ihre Opfer niederwirft.

Man hatte jener Pestilenz um so sorgloser entgegengesehn, da aus London die Nachricht angelangt war, dass sie verhältnismäßig nur wenige hingerafft. Es schien anfänglich sogar darauf abgesehen zu sein, sie zu verhöhnen, und man meinte, die Cholera werde, ebenso wenig wie jede andere große Reputation, sich hier in Ansehn erhalten können. Da war es nun der guten Cholera nicht zu verdenken, dass sie, aus Furcht vor dem Ridikül, zu einem Mittel griff, welches schon Robespierre und Napoleon als probat befunden, dass sie nämlich, um sich in Respekt zu setzen, das Volk dezimiert. Bei dem großen Elend, das hier herrscht, bei der kolossalen Unsauberkeit, die nicht bloß bei den ärmeren Klassen zu finden ist, bei der Reizbarkeit des Volks überhaupt, bei seinem grenzenlosen Leichtsinn, bei dem gänzlichen Mangel an Vorkehrungen und Vorsichtsmaßregeln musste die Cholera hier rascher und furchtbarer als anderswo um sich greifen. Ihre Ankunft war den 29. März offiziell bekanntgemacht worden, und da dieses der Tag des Demi-carême und das Wetter sonnig und lieblich war, so tummelten sich die Pariser um so lustiger auf den Boulevards, wo man sogar Masken erblickte, die, in karikierter Missfarbigkeit und Ungestalt, die Furcht vor der Cholera und die Krankheit selbst verspotteten. Desselben Abends waren die Redouten besuchter als jemals; übermütiges Gelächter überjauchzte fast die lauteste Musik, man erhitzte sich beim Chahut, einem sehr zweideutigen Tanz, man schluckte dabei allerlei Eis und sonstig kaltes Getränk, als plötzlich der lustigste der Arlequine eine allzu große Kühle in den Beinen verspürte und die Maske abnahm und zu aller Welt Verwunderung ein veilchenblaues Gesicht zum Vorschein kam. Man merkte bald, dass solches kein Spaß sei, und das Gelächter verstummte, und mehrere Wagen voll Menschen fuhr man von der Redoute gleich nach dem Hôtel-Dieu, dem Zentralhospital, wo sie, in ihren abenteuerlichen Maskenkleidern anlangend, gleich verschieden. Da man in der ersten Bestürzung an Ansteckung glaubte und die älteren Gäste des Hôtel-Dieu ein grässliches Angstgeschrei erhoben, sind jene Toten, wie man sagt, so schnell beerdigt worden, dass man ihnen nicht einmal die buntscheckigen Narrenkleider auszog, und lustig, wie sie gelebt haben, liegen sie auch lustig im Grabe.

Nichts gleicht der Verwirrung, womit jetzt plötzlich Sicherungsanstalten getroffen wurden. Es bildete sich eine Commission sanitaire, es wurden überall Bureaux de secours eingerichtet, und die Verordnung in Betreff der Salubrité publique sollte schleunigst in Wirksamkeit treten. Da kollidierte man zuerst mit den Interessen einiger tausend Menschen, die den öffentlichen Schmutz als ihre Domäne betrachten. Dieses sind die sogenannten Chiffonniers [Lumpensammler], die von dem Kehricht, der sich des Tags über vor den Häusern in den Kotwinkeln aufhäuft, ihren Lebensunterhalt ziehen. Mit großen Spitzkörben auf dem Rücken und einem Hakenstock in der Hand, schlendern diese Menschen, bleiche Schmutzgestalten, durch die Straßen und wissen mancherlei, was noch brauchbar ist, aus dem Kehricht aufzugabeln und zu verkaufen. Als nun die Polizei, damit der Kot nicht lange auf den Straßen liegenbleibe, die Säuberung derselben in Entreprise gab und der Kehricht, auf Karren verladen, unmittelbar zur Stadt hinausgebracht ward aufs freie Feld, wo es den Chiffonniers freistehen sollte, nach Herzenslust darin herumzufischen, da klagten diese Menschen, dass sie, wo nicht ganz brotlos, doch wenigstens in ihrem Erwerb geschmälert worden, dass dieser Erwerb ein verjährtes Recht sei, gleichsam ein Eigentum, dessen man sie nicht nach Willkür berauben könne. Es ist sonderbar, dass die Beweistümer, die sie in dieser Hinsicht vorbrachten, ganz dieselben sind, die auch unsere Krautjunker, Zunftherren, Gildemeister, Zehntenprediger, Fakultätsgenossen und sonstige Vorrechtsbeflissene vorzubringen pflegen, wenn die alten Missbräuche, wovon sie Nutzen ziehen, der Kehricht des Mittelalters, endlich fortgeräumt werden sollen, damit durch den verjährten Moder und Dunst unser jetziges Leben nicht verpestet werde. Als ihre Protestationen nichts halfen, suchten die Chiffonniers gewalttätig die Reinigungsreform zu hintertreiben; sie versuchten eine kleine Konterrevolution, und zwar in Verbindung mit alten Weibern, den Revendeuses [Wiederverkäuferinnen, Zwischenhändlerinnen], denen man verboten hatte, das übelriechende Zeug, dass sie größtenteils von den Chiffonniers erhandeln, längs den Kais zum Wiederverkauf auszukramen. Da sahen wir nun die widerwärtigste Emeute. Die neuen Reinigungskarren wurden zerschlagen und in die Seine geschmissen; die Chiffonniers verbarrikadierten sich bei der Porte St. Denis; mit ihren groben Regenschirmen fochten die alten Trödelweiber auf dem Châtelet; der Generalmarsch erscholl; Casimir-Périer ließ seine Myrmidonen aus ihren Butiken heraustrommeln; der Bürgerthron zitterte; die Rente fiel; die Karlisten jauchzten. Letztere hatten endlich ihre natürlichsten Alliierten gefunden, Lumpensammler und alte Trödelweiber, die sich jetzt mit denselben Prinzipien geltend machten, als Verfechter des Herkömmlichen, der überlieferten Erbkehrichtinteressen, der Verfaultheiten aller Art.

Als die Emeute der Chiffonniers durch bewaffnete Macht gedämpft worden und die Cholera noch immer nicht so wütend um sich griff, wie gewisse Leute es wünschten, die bei jeder Volksnot und Volksaufregung, wenn auch nicht den Sieg ihrer eigenen Sache, doch wenigstens den Untergang der jetzigen Regierung erhoffen, da vernahm man plötzlich das Gerücht, die vielen Menschen, die so rasch zur Erde bestattet würden, stürben nicht durch eine Krankheit, sondern durch Gift. Gift, hieß es, habe man in alle Lebensmittel zu streuen gewusst, auf den Gemüsemärkten, bei den Bäckern, bei den Fleischern, bei den Weinhändlern. Je wunderlicher die Erzählungen lauteten, desto begieriger wurden sie vom Volke aufgegriffen, und selbst die kopfschüttelnden Zweifler mussten ihnen Glauben schenken, als des Polizeipräfekten Bekanntmachung erschien. Die Polizei, welcher hier wie überall weniger daran gelegen ist, die Verbrechen zu vereiteln, als vielmehr, sie gewusst zu haben, wollte entweder mit ihrer allgemeinen Wissenschaft prahlen, oder sie gedachte, bei jenen Vergiftungsgerüchten, sie mögen wahr oder falsch sein, wenigstens von der Regierung jeden Argwohn abzuwenden; genug, durch ihre unglückselige Bekanntmachung, worin sie ausdrücklich sagte, dass sie den Giftmischern auf der Spur sei, ward das böse Gerücht offiziell bestätigt, und ganz Paris geriet in die grauenhafteste Todesbestürzung. – »Das ist unerhört«, schrien die ältesten Leute, die selbst in den grimmigsten Revolutionszeiten keine solche Frevel erfahren hatten. »Franzosen, wir sind entehrt!« riefen die Männer und schlugen sich vor die Stirn. Die Weiber mit ihren kleinen Kindern, die sie angstvoll an ihr Herz drückten, weinten bitterlich und jammerten, dass die unschuldigen Würmchen in ihren Armen stürben Die armen Leute wagten weder zu essen noch zu trinken und rangen die Hände vor Schmerz und Wut. Es war, als ob die Welt unterginge. Besonders an den Straßenecken, wo die rotangestrichenen Weinläden stehen, sammelten und berieten sich die Gruppen, und dort war es meistens, wo man die Menschen, die verdächtig aussahen, durchsuchte, und wehe ihnen, wenn man irgendetwas Verdächtiges in ihren Taschen fand! Wie wilde Tiere, wie Rasende fiel dann das Volk über sie her. Sehr viele retteten sich durch Geistesgegenwart; viele wurden durch die Entschlossenheit der Kommunalgarden, die an jenem Tag überall herumpatrouillierten, der Gefahr entrissen; andere wurden schwer verwundet und verstümmelt; sechs Menschen wurden aufs Unbarmherzigste ermordet. Es gibt keinen grässlicheren Anblick als solchen Volkszorn, wenn er nach Blut lechzt und seine wehrlosen Opfer hinwürgt. Dann wälzt sich durch die Straßen ein dunkles Menschenmeer, worin hie und da die Ouvriers in Hemdsärmeln, wie weiße Sturzwellen, hervorschäumen, und das heult und braust, gnadenlos, heidnisch, dämonisch. An der Straße St. Denis hörte ich den altberühmten Ruf »A la lanterne!«, und mit Wut erzählten mir einige Stimmen, man hänge einen Giftmischer. Die einen sagten, er sei ein Karlist, man habe ein brevet du lis in seiner Tasche gefunden; die andern sagten, es sei ein Priester, ein solcher sei alles fähig. Auf der Straße Vaugirard, wo man zwei Menschen, die ein weißes Pulver bei sich gehabt, ermordete, sah ich einen dieser Unglücklichen, als er noch etwas röchelte und eben die alten Weiber ihre Holzschuhe von den Füßen zogen und ihn damit so lange auf den Kopf schlugen, bis er tot war. Er war ganz nackt und blutrünstig zerschlagen und zerquetscht; nicht bloß die Kleider, sondern auch die Haare, die Scham, die Lippen und die Nase waren ihm abgerissen, und ein wüster Mensch band dem Leichnam einen Strick um die Füße und schleifte ihn damit durch die Straße, während er beständig schrie: »Voilà le Choléra-morbus!« Ein wunderschönes, wutblasses Weibsbild mit entblößten Brüsten und blutbedeckten Händen stand dabei und gab dem Leichnam, als er ihr nahe kam, noch einen Tritt mit dem Fuß. Sie lachte und bat mich, ihrem zärtlichen Handwerk einige Francs zu zollen, damit sie sich dafür ein schwarzes Trauerkleid kaufe; denn ihre Mutter sei vor einigen Stunden gestorben, an Gift.

Des andern Tags ergab sich aus den öffentlichen Blättern, dass die unglücklichen Menschen, die man so grausam ermordet hatte, ganz unschuldig gewesen, dass die verdächtigen Pulver, die man bei ihnen gefunden, entweder aus Kampfer oder Chlorür oder sonstigen Schutzmitteln gegen die Cholera bestanden und dass die vorgeblich Vergifteten ganz natürlich an der herrschenden Seuche gestorben waren. Das hiesige Volk, das, wie das Volk überall, rasch in Leidenschaft geratend, zu Gräueln verleitet werden kann, kehrt jedoch ebenso rasch zur Milde zurück und bereut mit rührendem Kummer seine Untat, wenn es die Stimme der Besonnenheit vernimmt. Mit solcher Stimme haben die Journale gleich des andern Morgens das Volk zu beschwichtigen und zu besänftigen gewusst, und es mag als ein Triumph der Presse signalisiert werden, dass sie imstande war, dem Unheil, welches die Polizei angerichtet, so schnell Einhalt zu tun. Rügen muss ich hier das Benehmen einiger Leute, die eben nicht zur unteren Klasse gehören und sich doch vom Unwillen so weit hinreißen ließen, dass sie die Partei der Karlisten öffentlich der Giftmischerei bezichtigten. So weit darf die Leidenschaft uns nie führen; wahrlich, ich würde mich sehr lange bedenken, ehe ich gegen meine giftigsten Feinde solche grässliche Beschuldigung ausspräche. Mit Recht, in dieser Hinsicht, beklagten sich die Karlisten. Nur dass sie dabei so laut schimpfend sich gebärdeten, könnte mir Argwohn einflößen; das ist sonst nicht die Sprache der Unschuld. Aber es hat nach der Überzeugung der Bestunterrichteten gar keine Vergiftung stattgefunden. Man hat vielleicht Scheinvergiftungen angezettelt, man hat vielleicht wirklich einige Elende gedungen, die allerlei unschädliche Pulver auf die Lebensmittel streuten, um das Volk in Unruhe zu setzen und aufzureizen; war dieses letztere der Fall, so muss man dem Volk sein tumultuarisches Verfahren nicht zu hoch anrechnen, umso mehr, da es nicht aus Privathass entstand, sondern »im Interesse des allgemeinen Wohls, ganz nach den Prinzipien der Abschreckungstheorie«. Ja, die Karlisten waren vielleicht in die Grube gestürzt, die sie der Regierung gegraben; nicht dieser, noch viel weniger den Republikanern wurden die Vergiftungen allgemein zugeschrieben, sondern jener Partei, »die immer durch die Waffen besiegt, durch feige Mittel sich immer wieder erhob, die immer nur durch das Unglück Frankreichs zu Glück und Macht gelangte und die jetzt, die Hilfe der Kosaken entbehrend, wohl leichtlich zu gewöhnlichem Gift ihre Zuflucht nehmen konnte«. So ungefähr äußerte sich der »Constitutionnel«.

Was ich selbst an dem Tag, wo jene Totschläge stattfanden, an besonderer Einsicht gewann, das war die Überzeugung, dass die Macht der älteren Bourbonen nie und nimmermehr in Frankreich gedeihen wird. Ich hatte aus den verschiedenen Menschengruppen die merkwürdigsten Worte gehört; ich hatte tief hinabgeschaut in das Herz des Volkes; es kennt seine Leute.

Seitdem ist hier alles ruhig; l'ordre règne à Paris, würde Horatius Sebastiani sagen. Eine Totenstille herrscht in ganz Paris. Ein steinerner Ernst liegt auf allen Gesichtern. Mehrere Abende lang sah man sogar auf den Boulevards wenig Menschen, und diese eilten aneinander schnell vorüber, die Hand oder ein Tuch vor dem Mund. Die Theater sind wie ausgestorben. Wenn ich in einen Salon trete, sind die Leute verwundert, mich noch in Paris zu sehen, da ich doch hier keine notwendigen Geschäfte habe. Die meisten Fremden, namentlich meine Landsleute, sind gleich abgereist. Gehorsame Eltern hatten von ihren Kindern Befehl erhalten, schleunigst nach Hause zu kommen. Gottesfürchtige Söhne erfüllten unverzüglich die zärtliche Bitte ihrer lieben Eltern, die ihre Rückkehr in die Heimat wünschten; ehre Vater und Mutter, damit du lange lebest auf Erden! Bei andern erwachte plötzlich eine unendliche Sehnsucht nach dem teuern Vaterlande, nach den romantischen Gauen des ehrwürdigen Rheins, nach den geliebten Bergen, nach dem holdseligen Schwaben, dem Land der frommen Minne, der Frauentreue, der gemütlichen Lieder und der gesünderen Luft. Man sagt, auf dem Hôtel-de-ville seien seitdem über 120 000 Pässe ausgegeben worden. Obgleich die Cholera sichtbar zunächst die ärmere Klasse angriff, so haben doch die Reichen gleich die Flucht ergriffen. Gewissen Parvenüs war es nicht zu verdenken, dass sie flohen; denn sie dachten wohl, die Cholera, die weit her aus Asien komme, weiß nicht, dass wir in der letzten Zeit viel Geld an der Börse verdient haben, und sie hält uns vielleicht noch für einen armen Lump und lässt uns ins Gras beißen. Herr Aguado, einer der reichsten Bankiers und Ritter der Ehrenlegion, war Feldmarschall bei jener großen Retirade. Der Ritter soll beständig mit wahnsinniger Angst zum Kutschenfenster hinausgesehen und seinen blauen Bedienten, der hintenauf stand, für den leibhaftigen Tod, den Choléra-morbus, gehalten haben.

Das Volk murrte bitter, als es sah, wie die Reichen flohen und bepackt mit Ärzten und Apotheken sich nach gesünderen Gegenden retteten. Mit Unmut sah der Arme, dass das Geld auch ein Schutzmittel gegen den Tod geworden. Der größte Teil des Justemilieu und der Hautefinance ist seitdem ebenfalls davongegangen und lebt auf seinen Schlössern. Die eigentlichen Repräsentanten des Reichtums, die Herren von Rothschild, sind jedoch ruhig in Paris geblieben, hierdurch beurkundend, dass sie nicht bloß in Geldgeschäften großartig und kühn sind. Auch Casimir-Périer zeigte sich großartig und kühn, indem er nach dem Ausbruch der Cholera das Hôtel-Dieu besuchte; sogar seine Gegner musste es betrüben, dass er in der

Folge dessen, bei seiner bekannten Reizbarkeit, selbst von der Cholera ergriffen worden. Er ist ihr jedoch nicht unterlegen, denn er selber ist eine schlimmere Krankheit. Auch der junge Kronprinz, der Herzog von Orleans, welcher in Begleitung Périers das Hospital besuchte, verdient die schönste Anerkennung. Die ganze königliche Familie hat sich in dieser trostlosen Zeit ebenfalls rühmlich bewiesen. Beim Ausbruch der Cholera versammelte die gute Königin ihre Freunde und Diener und verteilte unter ihnen Leibbinden von Flanell, die sie meistens selbst verfertigt hat. Die Sitten der alten Chevalerie sind nicht erloschen; sie sind nur ins Bürgerliche umgewandelt; hohe Damen versehen ihre Kämpen jetzt mit minder poetischen, aber gesünderen Schärpen. Wir leben ja nicht mehr in den alten Helm- und Harnischzeiten des kriegerischen Rittertums, sondern in der friedlichen Bürgerzeit der warmen Leibbinden und Unterjacken; wir leben nicht mehr im eisernen Zeitalter, sondern in flanellenen. Flanell ist wirklich jetzt der beste Panzer gegen die Angriffe des schlimmsten Feindes, gegen die Cholera. »Venus würde heutzutage«, sagt »Figaro«, »einen Gürtel von Flanell tragen.« Ich selbst stecke bis zum Hals in Flanell und dünke mich dadurch cholerafest. Auch der König trägt jetzt eine Leibbinde vom besten Bürgerflanell.

Ich darf nicht unerwähnt lassen, dass er, der Bürgerkönig, bei dem allgemeinen Unglück viel Geld für die armen Bürger hergegeben und sich bürgerlich mitfühlend und edel benommen hat. – Da ich mal im Zuge bin, will ich auch den Erzbischof von Paris loben, welcher ebenfalls im Hôtel-Dieu, nachdem der Kronprinz und Périer dort ihren Besuch abgestattet, die Kranken zu trösten kam. Er hatte längst prophezeit, dass Gott die Cholera als Strafgericht schicken werde, um ein Volk zu züchtigen, »welches den allerchristlichsten König fortgejagt und das katholische Religionsprivilegium in der Charte abgeschafft hat«. Jetzt, wo der Zorn Gottes die Sünder heimsucht, will Herr von Quelen sein Gebet zum Himmel schicken und Gnade erflehen, wenigstens für die Unschuldigen; denn es sterben auch viele Karlisten. Außerdem hat Herr von Quelen, der Erzbischof, sein Schloss Conflans angeboten zur Errichtung eines Hospitals. Die Regierung hat aber dieses Anerbieten abgelehnt, da dieses Schloss in wüstem, zerstörtem Zustand ist und die Reparaturen zu viel kosten würden. Außerdem hatte der Erzbischof verlangt, dass man ihm in diesem Hospital freie Hand lassen müsse. Man durfte aber die Seelen der armen Kranken, deren Leiber schon an einem schrecklichen Übel litten, nicht den quälenden Rettungsversuchen aussetzen, die der Erzbischof und seine geistlichen Gehilfen beabsichtigten; man wollte die verstockten Revolutionssünder lieber ohne Mahnung an ewige Verdammnis und Höllenqual, ohne Beicht' und Ölung, an der bloßen Cholera sterben lassen. Obgleich man behauptet, dass der Katholizismus eine passende Religion sei für so unglückliche Zeiten wie die jetzigen, so wollen doch die Franzosen sich nicht mehr dazu bequemen, aus Furcht, sie würden diese Krankheitsreligion alsdann auch in glücklichen Tagen behalten müssen.

Es gehen jetzt viele verkleidete Priester im Volk herum und behaupten, ein geweihter Rosenkranz sei ein Schutzmittel gegen die Cholera. Die Saint-Simonisten rechnen zu den Vorzügen ihrer Religion, dass kein Saint-Simonist an der herrschenden Krankheit sterben könne; denn da der Fortschritt ein Naturgesetz sei und der soziale Fortschritt im Saint-Simonismus liege, so dürfe, solange die Zahl seiner Apostel noch unzureichend ist, keiner von denselben sterben. Die Bonapartisten behaupten, wenn man die Cholera an sich verspüre, so solle man gleich zur Vendômesäule hinaufschauen, man bleibe alsdann am Leben. So hat jeder seinen Glauben in dieser Zeit der Not. Was mich betrifft, ich glaube an Flanell. Gute Diät kann auch nicht schaden, nur muss man wieder nicht zu wenig essen, wie gewisse Leute, die des Nachts die Leibschmerzen des Hungers für Cholera halten. Es ist spaßhaft, wenn man sieht, mit welcher Poltronerie [Feigheit] die Leute jetzt bei Tisch sitzen und die menschenfreundlichsten Gerichte mit Misstrauen betrachten und tief seufzend die besten Bissen hinunterschlucken. Man soll, haben ihnen die Ärzte gesagt, keine Furcht haben und jeden Ärger vermeiden; nun aber fürchten sie, dass sie sich mal unversehens ärgern möchten, und ärgern sich wieder, dass sie deshalb Furcht hatten. Sie sind jetzt die Liebe selbst und gebrauchen oft das Wort mon Dieu, und ihre Stimme ist hingehaucht milde wie die einer Wöchnerin. Dabei riechen sie wie ambulante Apotheken, fühlen sich oft nach dem Bauche, und mit zitternden Augen fragen sie jede Stunde nach der Zahl der Toten. Dass man diese Zahl nie genau wusste, oder vielmehr, dass man von der Unrichtigkeit der angegebenen Zahl überzeugt war, füllte die Gemüter mit vagem Schrecken und steigerte die Angst ins Unermessliche. In der Tat, die Journale haben seitdem eingestanden, dass in einem Tag, nämlich den 10. April, an die zweitausend Menschen gestorben sind. Das Volk ließ sich nicht offiziell täuschen und klagte beständig, dass mehr Menschen stürben, als man angebe. Mein Barbier erzählte mir, dass eine alte Frau auf dem Faubourg Montmartre die ganze Nacht am Fenster sitzen geblieben, um die Leichen zu zählen, die man vorbeitrüge; sie habe dreihundert Leichen gezählt, worauf sie selbst, als der Morgen anbrach, von dem Frost und den Krämpfen der Cholera ergriffen ward und bald verschied. Wo man nur hinsah auf den Straßen, erblickte man Leichenzüge oder, was noch melancholischer aussieht, Leichenwagen, denen niemand folgte. Da die vorhandenen Leichenwagen nicht zureichten, musste man allerlei andere Fuhrwerke gebrauchen, die, mit schwarzem Tuch überzogen, abenteuerlich genug aussahen. Auch daran fehlte es zuletzt, und ich sah Särge in Fiakern fortbringen; man legte sie in die Mitte, so dass aus den offenen Seitentüren die beiden Enden herausstanden. Widerwärtig war es anzuschauen, wenn die großen Möbelwagen, die man beim Ausziehen gebraucht, jetzt gleichsam als Totenomnibusse, als omnibus mortuis, herumfuhren und sich in den verschiedenen Straßen die Särge aufladen ließen und sie dutzendweise zur Ruhestätte brachten.

Die Nähe eines Kirchhofs, wo die Leichenzüge zusammentrafen, gewährte erst recht den trostlosesten Anblick. Als ich einen guten Bekannten besuchen wollte und eben zur rechten Zeit kam, wo man seine Leiche auflud, erfasste mich die trübe Grille, eine Ehre, die er mir mal erwiesen, zu erwidern, und ich nahm eine Kutsche und begleitete ihn nach Père-Lachaise. Hier nun, in der Nähe dieses Kirchhofs, hielt plötzlich mein Kutscher still, und als ich, aus meinen Träumen erwachend mich umsah, erblickte ich nichts als Himmel und Särge. Ich war unter einige hundert Leichenwagen geraten, die vor dem engen Kirchhofstor gleichsam Queue machten, und in dieser schwarzen Umgebung, unfähig mich herauszuziehen, musste ich einige Stunden ausdauern. Aus Langeweile frug ich den Kutscher nach dem Namen meiner Nachbarleiche, und, wehmütiger Zufall! er nannte mir da eine junge Frau, deren Wagen einige Monate vorher, als ich zu Lointier nach einem Balle fuhr, in ähnlicher Weise einige Zeit neben dem meinigen stillhalten musste. Nur dass die junge Frau damals mit ihrem hastigen Blumenköpfchen und lebhaften Mondscheingesichtchen öfters zum Kutschenfenster hinausblickte und über die Verzögerung ihre holdeste Misslaune ausdrückte. Jetzt war sie sehr still und vielleicht blau. Manchmal jedoch, wenn die Trauerpferde an den Leichenwagen sich schaudernd unruhig bewegten, wollte es mich bedünken, als regte sich die Ungeduld in den Toten selbst, als seien sie des Wartens müde, als hätten sie Eile, ins Grab zu kommen; und wie nun gar an dem Kirchhofstor ein Kutscher dem andern vorauseilen wollte und der Zug in Unordnung geriet, die Gendarmen mit blanken Säbeln dazwischenfahren, hie und da ein Schreien und Fluchen entstand, einige Wagen umstürzten, die Särge auseinanderfielen, die Leichen hervorkamen: da glaubte ich die entsetzlichste aller Emeuten zu sehen, eine Totenemeute.

Ich will, um die Gemüter zu schonen, hier nicht erzählen, was ich auf dem Père-Lachaise gesehen habe. Genug, gefesteter Mann wie ich bin, konnte ich mich doch des tiefsten Grauens nicht erwehren. Man kann an den Sterbebetten das Sterben lernen und nachher mit heiterer Ruhe den Tod erwarten, aber das Begrabenwerden unter die Choleraleichen, in die Kalk-gräber, das kann man nicht lernen. Ich rettete mich so rasch als möglich auf den höchsten Hügel des Kirchhofs, wo man die Stadt so schön vor sich liegen sieht. Eben war die Sonne untergegangen, ihre letzten Strahlen schienen wehmütig Abschied zu nehmen, die Nebel der Dämmerung umhüllten wie weiße Laken das kranke Paris, und ich weinte bitterlich über die unglückliche Stadt, die Stadt der Freiheit, der Begeisterung und des Martyrtums, die Heiland-stadt, die für die weltliche Erlösung der Menschheit schon so viel gelitten!

Artikel VII

Paris, 12. Mai 1832

Die geschichtlichen Rückblicke, die der vorige Artikel angekündigt, müssen vertagt werden. Die Gegenwart hat sich unterdessen so herbe geltend gemacht, dass man sich wenig mit der Vergangenheit beschäftigen konnte. – Das große allgemeine Übel, die Cholera, entweicht zwar allmählich, aber es hinterlässt viel Betrübung und Bekümmernis. Die Sonne scheint zwar lustig genug, die Menschen gehen wieder lustig spazieren und kosen und lächeln; aber die vielen schwarzen Trauerkleider, die man überall sieht, lassen keine rechte Heiterkeit in unserem Gemüt aufkommen. Eine krankhafte Wehmut scheint jetzt im ganzen Volk zu herr-schen, wie bei Leuten, die ein schweres Siechtum überstanden. Nicht bloß auf der Regierung, sondern auch auf der Opposition liegt eine fast sentimentale Mattigkeit. Die Begeisterung des Hasses erlischt, die Herzen versumpfen, im Gehirn verblassen die Gedanken, man betrachtet einander gutmütig gähnend, man ist nicht mehr böse aufeinander, man wird sanftlebig, lieb-sam, vertröstet, christlich; deutsche Pietisten könnten jetzt hier gute Geschäfte machen.

Man hatte früher Wunder geglaubt, wie schnell sich die Dinge ändern würden, wenn Casi-mir-Périer sie nicht mehr leite. Aber es scheint, als sei unterdessen das Übel inkurabel gewor-den; nicht einmal durch den Tod Périers kann der Staat genesen.

Dass Périer durch die Cholera fällt, durch ein Weltunglück, dem weder Kraft noch Klug-heit widerstehen kann, muss auch seine abgesagtesten Gegner missstimmen. Der allgemeine Feind hat sich in ihre Bundesgenossenschaft gedrängt, und von solcher Seite kann ihnen auch die wirksamste Hilfeleistung nicht sehr behagen. Périer hingegen gewinnt dadurch die Sym-pathie der Menge, die plötzlich einsieht, dass er ein großer Mann war. Jetzt wo er durch an-dere ersetzt werden soll, musste diese Größe bemerkbar werden. Vermochte er auch nicht mit Leichtigkeit den Bogen des Odysseus zu spannen, so hätte er doch vielleicht, wo es Not tat, mit Anstrengung aller seiner Spannkraft, das Werk vollbracht. Wenigstens können jetzt seine Freunde prahlen, er hätte, intervenierte nicht die Cholera, alle seine Vorsätze durchgeführt. Was wird aber aus Frankreich werden? Nun ja, Frankreich ist jene harrende Penelope, die täglich webt und täglich ihr Gewebe wieder zerstört, um nur Zeit zu gewinnen bis zur An-kunft des rechten Mannes. Wer ist dieser rechte Mann? Ich weiß es nicht. Aber ich weiß, er wird den großen Bogen spannen können, er wird den frechen Freiern den Schmaus verleiden, er wird sie mit tödlichen Bolzen bewirten, er wird die doktrinären Mägde, die mit ihnen allen gebuhlt haben, aufhängen, er wird das Haus säubern von der großen Unordnung und mit Hil-fe der weisen Göttin eine bessere Wirtschaft einführen. Wie unser jetziger Zustand, wo die Schwäche regiert, ganz der Zeit des Direktoriums ähnelt, so werden wir auch unseren acht-zehnten Brumaire erleben, und der rechte Mann wird plötzlich unter die erblassenden Macht-haber treten und ihnen die Endschaft ihrer Regierung ankündigen. Man wird alsdann über die Verletzung der Konstitution schreien, wie einst im Rate der Alten, als ebenfalls der rechte Mann kam, welcher das Haus säuberte. Aber wie dieser entrüstet ausrief: »Konstitution! Ihr wagt es noch euch auf die Konstitution zu berufen, ihr, die ihr sie verletzt habt am 18. Fructidor [zwölfter Monat des republikanischen Kalenders der Französischen Revolution; etwa 18. August bis 16. September], verletzt am 22. Floréal [achter Monat; etwa 20. April bis 19. Mai], verletzt am 30. Prairial [neunter Monat; etwa 20. Mai bis 18. Juni]!«, so wird der rechte Mann auch jetzt Tag und Datum anzugeben wissen, wo die Justemilieu-Ministerien die Konstitution verletzt haben.

Wie wenig die Konstitution nicht bloß in die Gesinnung der Regierung, sondern auch des Volks eingedrungen, ergibt sich hier jedes Mal, wenn die wichtigsten konstitutionellen Fragen zur Sprache kommen. Beide, Volk und Regierung, wollen die Konstitution nach ihren Privatgefühlen auslegen und ausbeuten. Das Volk wird hierzu missleitet durch seine Schreiber und Sprecher, die entweder aus Unwissenheit oder Parteisucht die Begriffe zu verkehren suchen; die Regierung wird dazu missleitet durch jene Fraktion der Aristokratie, die, aus Eigennutz ihr zugetan, den jetzigen Hof bildet und noch immer, wie unter der Restauration, das Repräsentativsystem als einen modernen Aberglauben betrachtet, woran das Volk nun einmal hänge, den man ihm auch nicht mit Gewalt rauben dürfe, den man jedoch unschädlich mache, wenn man den neuen Namen und Formen, ohne dass die Menge es merke, die alten Menschen und Wünsche unterschiebt. Nach den Begriffen solcher Leute ist derjenige der größte Minister, der mit den neuen konstitutionellen Formeln ebenso viel auszurichten vermag, wie man sonst mit den alten Formeln des alten Regimes durchzusetzen wusste. Ein solcher Minister war Villèle, an den man jedoch jetzt, als nämlich Périer erkrankte, nicht zu denken gewagt. Indessen man hatte Mut genug, an Decazes zu denken. Er wäre auch Minister geworden, wenn der neue Hof nicht gefürchtet hätte, dass er alsdann durch die Glieder des alten Hofes bald verdrängt würde. Man fürchtete, er möchte die ganze Restauration mit sich ins Ministerium bringen. Nächst Decazes hatte man Herrn Guizot besonders im Auge. Auch diesem wird viel zugetraut, wo es gilt, unter konstitutionellen Namen und Formen die absolutesten Gelüste zu verbergen. Denn dieser Quasivater der neueren Doktrinäre, dieser Verfasser einer englischen Geschichte und einer französischen Synonymik versteht aufs Meisterhafteste, durch parlamentarische Beispiele aus England, die illegalsten Dinge mit einem ordre légal zu bekleiden und durch das plump gelehrte Wort den hochfliegenden Geist der Franzosen zu unterdrücken. Aber man sagt, während er mit dem König, welcher ihm ein Portefeuille antrug, etwas feurig sprach, habe er plötzlich die ignobelsten [gemeinsten, niedrigsten] Wirkungen der Cholera verspürt, und schnell in der Rede abbrechend, sei er geschieden mit der Äußerung, er könne dem Drang der Zeit nicht widerstehen. Guizots Durchfall bei der Wahl eines neuen Ministers wird von anderen noch komischer erzählt. Mit Dupin, den man immer als Périers Nachfolger betrachtet hatte und dem man viel Kraft und Mut zutraut, begannen jetzt die Unterhandlungen. Aber diese scheiterten ebenfalls, indem Dupin sich manche Beschränkungen nicht gefallen lassen wollte, die zunächst die Präsidentur des Konseils betrafen. Mit der erwähnten Präsidentur des Konseils hat es eine eigene Bewandtnis. Der König hat nämlich sich selber sehr oft diese Präsidentur zugeteilt, namentlich zu Beginn seiner Regierung; dieses war für die Minister immer ein fataler Umstand, und die damaligen Misshelligkeiten sind meistens daraus hervorgegangen. Périer allein hat sich solchen Eingriffen zu widersetzen gewusst; er entzog dadurch die Geschäfte dem allzu großen Einfluss des Hofes, der unter allen Regierungen die Könige lenkt; und man sagt, dass die Nachricht von Périers Krankheit nicht allen Freunden der Tuilerien unangenehm gewesen sei. Der König schien jetzt gerechtfertigt, wenn er selbst die Präsidentur des Konseils übernahm. Als solches offenkundig ward, entstand in Salons und Journalen die leidenschaftlichste Polemik über die Frage, ob der König das Recht habe, dem Konzil zu präsidieren.

Hierbei kam nun viel Schikane und noch mehr Unwissenheit zum Vorschein. Da schwatzten die Leute, was sie nur jemals halb gehört und gar nicht verstanden hatten, und das rauschte und spritzte ihnen aus dem Munde wie ein politischer Wasserfall. Die Einsicht der meisten

Journale war ebenfalls nicht von der brillantesten Art. Nur der »National« zeichnete sich aus. Man hörte auch wieder die alte Streitformel, die er in der letzten Zeit der Restauration vorgebracht hatte: »Le roi règne, mais ne gouverne pas.« Die dreiundeinhalb Menschen, die sich damals in Deutschland mit Politik beschäftigten, übersetzten diesen Satz, wenn ich nicht irre, mit den Worten: »Der König herrscht, aber er regiert nicht.« Ich bin jedoch gegen das Wort »herrschen«; es trägt nach meinen Gefühlen eine Färbung von Absolutismus. Und doch sollte eben dieser Satz den Unterschied beider Gewalten, der absoluten und der konstitutionellen, bezeichnen.

Worin besteht dieser Unterschied? Wer politisch reinen Herzens ist, darf auch jenseits des Rheins diese Frage aufs Bestimmteste erörtern. Durch das absichtliche Umgehen derselben hat man eben auf der einen Seite dem kecksten Jakobinismus, auf der anderen Seite dem feigsten Knechtsinn Vorschub geleistet.

Da die Theorie des Absolutismus, von dem verächtlichen, gelehrten Salmasius bis herunter auf den Herrn Jarcke, der nicht gelehrt ist, meistens von verdächtigen Schriftstellern verteidigt worden, so hat die Verrufenheit der Anwälte über alle Maßen der Sache selber geschadet. Wer seinen ehrlichen Namen liebhat, darf kaum wagen, sie öffentlich zu verfechten, und wäre er noch so sehr von ihrer Vortrefflichkeit überzeugt. Und doch ist die Lehre von der absoluten Gewalt ebenso honett und ebenso vertretbar wie jede andere politische Meinung. Nichts ist widersinniger, als, wie jetzt so oft geschieht, den Absolutismus mit dem Despotismus zu verwechseln. Der Despot handelt nach der Willkür seiner Laune, der absolute Fürst handelt nach Einsicht und Pflichtgefühl. Das Charakteristische eines absoluten Königs ist hierbei, dass alles im Staat durch seinen Selbstwillen geschieht. Da aber nur wenige Menschen einen Selbstwillen haben, da vielmehr die meisten Menschen, ohne es zu wissen, nur das wollen, was ihre Umgebung will, so herrscht gewöhnlich diese an der Stelle der absoluten Könige. Die Umgebung eines Königs nennen wir Hof, und Höflinge sind es also, die in denjenigen absoluten Monarchien herrschen, wo die Fürsten nicht von allzu störrischer Natur und dadurch dem fremden Einfluss unzugänglich sind. Die Kunst der Höfe besteht darin, die sanften Fürsten so zu härten, dass sie eine Keule werden in der Hand des Höflings, und die wilden Fürsten so zu sänftigen, dass sie sich willig zu jedem Spiel, zu allen Posituren und Aktionen hergeben, wie die Löwen des Herrn Martin. Ach! fast auf dieselbe Weise, wie dieser den König der Tiere zu zähmen weiß, indem er nämlich des Nachts seinem Käfig naht, ihn mit dunkler Hand in menschliche Laster einweiht und nachher, am Tag, den Geschwächten ganz gehorsam findet: so wissen die Höflinge manchen König der Menschen, wenn er allzu strebsam und wild ist, durch entnervende Lüste zu zähmen, und sie beherrschen ihn durch Mätressen, Köche, Komödianten, üppige Musik, Tanz und sonstigen Sinnenrausch. Nur zu oft sind absolute Fürsten die abhängigsten Sklaven ihrer Umgebung, und könnte man die Stimme derjenigen vernehmen, die man in der öffentlichen Meinung am gehässigsten beurteilt sieht, so würde man vielleicht gerührt werden von den gerechtesten Klagen über unerhörte Verführungskünste und trübselige Verkehrung der menschlich schönsten Gefühle. Außerdem liegt in der unumschränkten Gewalt eine so schauerliche Macht der bösen Versuchung, dass nur die alleredelsten Menschen ihr widerstehen können. Wer keinem Gesetz unterworfen ist, der entbehrt der heilsamsten Schutzwehr; denn die Gesetze sollen uns nicht bloß gegen andere, sondern auch gegen uns selbst schützen. Der Glaube, dass ihre Macht ihnen von Gott verliehen sei, ist daher bei den absoluten Fürsten nicht nur verzeihlich, sondern auch notwendig. Ohne solchen Glauben wären sie die unglücklichsten der Sterblichen, die, ohne mehr als Menschen zu sein, sich der übermenschlichsten Versuchung und übermenschlichsten Verantwortlichkeit ausgesetzt hätten. Eben jener Glaube an ein göttliches Mandat gab den absoluten Königen, die wir in der Geschichte bewundern, eine Herrlichkeit, wozu das neuere Königtum sich nimmermehr erheben wird. Sie waren weltliche Vermittler, sie mussten zuweilen büßen für die Sünden ihrer Völker, sie waren zugleich Opfer und Opferpriester, sie waren heilig, sacer in der antiken Bedeutung der Todesweihe. So sehen wir Könige des Altertums, die in Pestzeiten mit ihrem eigenen Blut das Volk sühnten oder das allgemeine Unglück als eine Strafe für eigene Verschuldung betrachteten. Noch jetzt, wenn eine Sonnenfinsternis in China eintritt, erschrickt der Kaiser und denkt darüber nach, ob er etwa durch irgendeine Sünde solche allgemeine Verdüsterung verschuldet habe, und er tut Buße, damit sich für seine Untertanen der Himmel wieder lichte. Bei den Völkern, wo der Absolutismus noch in so heiliger Strenge herrscht, und das ist auch bei den nordwestlichen Nachbarn der Chinesen bis an die Elbe der Fall, würde es zu missbilligen sein, wenn man ihnen die repräsentative Verfassungsdoktrin predigen wollte; ebenso tadelhaft ist es aber, wenn man im größten Teil des übrigen Europas, wo der Glaube an die göttliche Recht bei Fürsten und Völkern erloschen ist, den Absolutismus doziert. Indem ich das Wesen des Absolutismus dadurch bezeichnete, dass in der absoluten Monarchie der Selbstwille des Königs regiert, bezeichne ich das Wesen der repräsentativen, der konstitutionellen Monarchie um so leichter, wenn ich sage: diese unterscheide sich von jener dadurch, dass an die Stelle des königlichen Selbstwillens die Institution getreten ist. An die Stelle eines Selbstwillens, der leicht missleitet werden kann, sehen wir hier eine Institution, ein System von Staatsgrundsätzen, die unveränderlich sind. Der König ist hier eine Art moralischer Person im juristischen Sinn, und er gehorcht jetzt weniger den Leidenschaften seiner physischen Umgebung als vielmehr den Bedürfnissen seines Volks, er handelt nicht mehr nach den losen Wünschen des Hofes, sondern nach festen Gesetzen. Deshalb sind die Höflinge in allen Ländern dem konstitutionellen Wesen heimlich oder gar öffentlich gram. Letzteres brach ihre vieltausendjährige Macht durch die tieferdachte, ingeniöse Einrichtung, dass der König gleichsam nur die Idee der Gewalt repräsentiert, dass er zwar seine Minister wählen könne, jedoch nicht er, sondern diese regieren, dass diese aber nur so lange regieren können, als sie im Sinne der Majorität der Volksvertreter regieren, indem letztere die Regierungsmittel, z. B. die Steuern, verweigern können. Dadurch, dass der König nicht selbst regiert, kann ihn auch, bei schlechter Regierung, der Volksunmut nicht unmittelbar treffen; dieser wird in konstitutionellen Staaten nur die Folge haben, dass der König andere, und zwar populäre Minister erwählt, von denen man ein besseres Regiment erwartet, statt dass in absoluten Staaten, wo der König selbst regiert, ihn unmittelbar selbst der Unmut des Volks trifft und dieses, um sich zu helfen, genötigt ist, den Staat umzustürzen. Dadurch, dass der König nicht selbst regiert, ist das Heil des Staates unabhängig von seiner Persönlichkeit, der Staat wird da nicht mehr durch jeden Zufall, durch jede allerhöchste oder allerniedrigste Leidenschaft gefährdet und gewinnt eine Sicherung, wovon die früheren Staatsweisen gar keine Ahnung hatten, denn von Xenophon bis Fénelon erschien ihnen die Erziehung eines Fürsten als die Hauptsache; sogar der große Aristoteles muss in seiner »Politik« darauf hinzielen, und der größere Plato weiß nichts Besseres vorzuschlagen, als die Philosophen auf den Thron zu setzen oder die Fürsten zu Philosophen zu machen. Dadurch, dass der König nicht selbst regiert, ist er auch nicht verantwortlich, ist er unverletzlich, inviolable, und nur seine Minister können wegen schlechter Regierung angeklagt, verurteilt und bestraft werden. Der Kommentator der englischen Konstitution, Blackstone, begeht einen Missgriff, wenn er die Unverantwortlichkeit des Königs zu dessen Prärogativen zählt. Diese Ansicht schmeichelt einem König mehr, als sie ihm nützt. In den Ländern des politischen Protestantismus, in konstitutionellen Ländern, will man die Rechte der Fürsten vielmehr in der Vernunft begründet wissen, und diese gewährt hinlängliche Gründe für ihre Unverletzlichkeit, wenn man annimmt, dass sie nicht selbst handeln können und also deshalb nicht zurechnungsfähig, nicht verantwortlich, nicht bestrafbar sind, wie jeder, der nicht selbst handelt. Der Grundsatz »the king cannot do wrong« mag also insofern man die Unverantwortlichkeit darauf gründet, nur dadurch seine Gültigkeit erlangen, dass man hinzusetzt: because he does nothing. Aber an der Stelle des konstitutionellen Königs handeln die Minister, und daher sind diese verantwortlich. Sie handeln selbständig, dürfen jedes königliche Ansinnen, womit sie nicht übereinstimmen, geradezu abweisen und, im Fall dem König ihre Regierungsart missfällt, sich ganz zurückziehen. Ohne solche Freiheit des Willens wäre die Verantwortlichkeit der Minister, die sie durch die Kontrasignatur [Gegenzeichnung] bei jedem Regierungsakt sich aufbürden, eine heillose Ungerechtigkeit, eine Grausamkeit, ein Widersinn, es wäre gleichsam die Lehre vom Sündenbock in das Staatsrecht eingeführt. Aus demselben Grund sind die Minister eines absoluten Fürsten ganz unverantwortlich, außer gegen diesen selbst; wie dieser nur Gott, so sind jene nur ihrem unumschränkten Herrn Rechenschaft schuldig. Sie sind nur seine untergebenen Gehilfen, seine getreuen Diener, und müssen ihm unbedingt gehorchen. Ihre Kontrasignatur dient nur, die Echtheit der Ausfertigung und der fürstlichen Unterschrift zu beglaubigen. Man hat freilich nach dem Tod der Fürsten viele solcher Minister angeklagt und verurteilt; aber immer mit Unrecht. Enguerrand de Marigny verteidigte sich in einem solchen Fall mit den rührenden Worten: »Wir als Minister sind nur wie Hände und Füße, wir müssen dem Haupte, dem König, gehorchen; dieses ist jetzt tot, und seine Gedanken liegen mit ihm im Grab; wir können und wir dürfen nicht sprechen.«

Nach diesen wenigen Andeutungen über den Unterschied der beiden Gewalten, der absoluten und der konstitutionellen, wird es jedem einleuchtend sein, dass der Streit über die Präsidentur, wie er in den hiesigen Verhältnissen zum Vorschein kam, minder die Frage betreffen sollte, ob der König das Konseil präsidieren darf, als vielmehr, inwiefern er es präsidieren darf. Es kommt nicht darauf an, dass ihm die Charte die Präsidentur nicht verbietet oder ein Paragraph derselben ihm solche sogar zu erlauben scheint; sondern es kommt darauf an, ob er nur honoris causa, zu seiner eigenen Belehrung, ganz passiv, ohne aktive Teilnahme präsidiert oder ob er als Präsident seinen Selbstwillen geltend macht in der Leitung und Ausführung der Staatsgeschäfte. Im ersten Falle mag es ihm immerhin erlaubt sein, sich täglich einige Stunden lang in der Gesellschaft von Herrn Barthe, Louis, Sebastiani usw. zu ennuyieren, im anderen Fall muss ihm jedoch dieses Vergnügen streng verboten bleiben. In diesem letztern Falle würde er, durch seinen Selbstwillen regierend, sich dem absoluten Königtum nähern, wenigstens würde er selbst als ein verantwortlicher Minister betrachtet werden können. Ganz richtig behaupteten einige Journale, dass es unrecht wäre, wenn ein Mann, der auf dem Totenbett läge, wie Périer, oder der nicht einmal seine Gesichtsmuskeln regieren könne, wie Sebastiani für die selbstwilligen Regierungsakte des Königs verantwortlich sein müsse. Das ist jedenfalls eine schlimme Streitfrage, die eine hinlänglich grelle Bedeutung hat; denn mancher erinnert sich dabei an das terroristische Wort: La responsabilité c'est la mort. Mit einer Inoffiziosität, die ich nicht billigen darf, wird bei dieser Gelegenheit, namentlich von dem »National«, die Verantwortlichkeit des Königs behauptet und infolgedessen seine Inviolabilität geleugnet. Dieses ist immer für Ludwig Philipp eine missbehagliche Mahnung und dürfte wohl einiges Nachsinnen in seinem Haupte hervorbringen. Seine Freunde meinten, es wäre wünschenswert, dass er gar nichts tue, wobei nur im Mindesten das Prinzip von der Inviolabilität zur Diskussion kommen und dadurch in der öffentlichen Meinung erschüttert werden könnte. Aber Ludwig Philipp, wenn wir seine Lage billig ermessen, möchte doch nicht unbedingt zu tadeln sein, dass er beim Regieren ein bisschen nachzuhelfen sucht. Er weiß, seine Minister sind keine Genies; das Fleisch ist willig, aber der Geist ist schwach. Die faktische Erhaltung seiner Macht scheint ihm die Hauptsache. Das Prinzip von der Inviolabilität muss für ihn nur ein sekundäres Interesse haben. Er weiß, dass Ludwig XVI., kopflosen Andenkens, ebenfalls inviolabel gewesen. Es hat überhaupt in Frankreich mit der Inviolabilität eine eigene Bewandtnis. Das Prinzip der Inviolabilität ist durchaus unverletzlich. Es gleicht dem Edelstein in dem Ring des Don Louis Fernando Perez Akaiba, welcher Stein die wunderbare Eigenschaft hatte: wenn ein Mann, der ihn am Finger trug, vom höchsten Kirchturme herabfiel, blieb der Stein unverletzt.

Um jedoch dem fatalen Missstand einigermaßen abzuhelfen, hat Ludwig Philipp eine Interimspräsidentur gestiftet und den Herrn Montalivet damit bekleidet. Dieser wurde jetzt auch Minister des Innern, und an seiner Stelle wurde Herr Girod de L'Ain Minister des Kultus. Man braucht diese beiden Leute nur anzusehen, um mit Sicherheit behaupten zu können, dass sie keiner Selbständigkeit sich erfreuen und dass sie nur als kontrasignierende Hampelmänner agieren. Der eine, Monsieur le comte de Montalivet, ist ein wohlgeformter junger Mann, fast aussehend wie ein hübscher Schuljunge, den man durch ein Vergrößerungsglas sieht. Der andere, Herr Girod de L'Ain, zur Genüge bekannt als Präsident der Deputiertenkammer, wo er jederzeit durch Verlängerung oder Abkürzung der Sitzung die Interessen des Königs zu fördern gewusst, ist das Devouement [die Ergebenheit] selbst. Er ist ein untersetzter Mann von weichem Fleisch, behäbigem Bäuchlein, steifsamen Beinchen, einem Herzen von Papiermaché, und er sieht aus wie ein Braunschweiger, der auf den Märkten mit Pfeifenköpfen handelt, oder auch wie ein Hausfreund, der den Kindern Brezeln mitbringt und die Hunde streichelt.

Vom Marschall Soult, dem Kriegsminister, will man wissen, oder vielmehr man weiß von ihm ganz genau, dass er unterdessen beständig intrigiert, um zur Präsidentur des Konseils zu gelangen. Letztere ist überhaupt das Ziel vieler Bestrebnisse im Ministerium selbst, und die Ränke, die sich dabei durchkreuzen, vereiteln nicht selten die besten Anordnungen, und es entstehen Gegnerschaft, Zwist und Zerwürfnisse, die scheinbar in der verschiedenen Meinung, eigentlich aber in der übereinstimmenden Eitelkeit ihren Grund haben. Jeder ehrgeizt nach der Präsidentur. Präsident des Konseils ist ein bestimmter Titel, der von den übrigen Ministern etwas allzu scharf scheidet. So z. B. bei der Frage von der Verantwortlichkeit der Minister gilt hier die Ansicht, dass der Präsident für Fehler in der Tendenz des Ministeriums, jeder andere Minister aber nur für die Fehler seines Departements verantwortlich sei. – Diese Unterscheidung und überhaupt die offizielle Ernennung eines Präsidenten des Konseils ist ein hemmendes und verwirrendes Gebrechen. Wir finden dieses nicht bei den Engländern, deren konstitutionelle Formen doch immer als Muster dienen; die Präsidentur, wenn ich nicht irre, existiert bei ihnen keineswegs als offizieller Titel. »Der erste Lord des Schatzes« ist zwar gewöhnlich Präsident, aber nicht als solcher. Der natürliche, wenn auch durch kein Gesetz bestimmte Präsident ist immer derjenige Minister, dem der König den Auftrag gegeben, ein Ministerium zu bilden, d. h. unter seinen Freunden und Bekannten diejenigen als Minister zu wählen, die mit ihm in politischer Meinung übereinstimmen und zugleich die Majorität im Parlamente haben würden. – Solchen Auftrag hat jetzt der Herzog von Wellington erhalten; Lord Grey und seine Whigs unterliegen – für den Augenblick.

Artikel VIII

Paris, 27. Mai 1832

Casimir-Périer hat Frankreich erniedrigt, um die Börsenkurse zu heben. Er wollte die Freiheit von Europa verkaufen um den Preis eines kurzen schmählichen Friedens für Frankreich. Er hat den Sbirren der Knechtschaft und dem Schlechtesten in uns selber, dem Eigennutz, Vorschub geleistet, sodass Tausende der edelsten Menschen zugrunde gingen durch Kummer und Elend und Schimpf und Selbstentwürdigung. Er hat die Toten in den Juliusgräbern lächerlich gemacht, und er hat den Lebenden so entsetzlich das Leben verleidet, dass sie selbst diese Toten beneiden mussten. Er hat das heilige Feuer gelöscht, die Tempel geschlossen, die Götter gekränkt, die Herzen gebrochen. Und dennoch würde ich dafür stimmen, dass Casimir-Périer beigesetzt werde in das Pantheon, in das große Haus der Ehre, welches die goldne Aufschrift führt: »Den großen Männern das dankbare Vaterland.« Denn Casimir-Périer war ein großer Mann; er besaß seltene Talente und seltene Willenskraft, und was er tat, tat er in gutem Glauben, dass es dem Vaterland nutze, und er tat es mit Aufopferung seiner Ruhe, seines Glücks und seines Lebens. Das ist es eben, nicht für den Nutzen und den Erfolg ihrer Taten muss das Vaterland seinen großen Männern danken, sondern für den Willen und die Aufopferung, die sie dabei bekundet. Selbst wenn sie gar nichts gewollt und getan hätten für das Vaterland, müsste dieses seine großen Männer nach ihrem Tode ehren; denn sie haben es durch ihre Größe verherrlicht. Wie die Sterne eine Zierde des Himmels sind, so zieren große Menschen ihre Heimat, ja die ganze Erde. Die Herzen großer Menschen sind aber die Sterne der Erde, und ich glaube, wenn man von oben herabsähe auf unseren Planeten, würden uns diese Herzen wie klare Lichter, gleich den Sternen des Himmels, entgegenstrahlen. Vielleicht von so hohem Standpunkte würde man erkennen, wie viel herrliche Sterne auf dieser Erde zerstreut sind, wie viele derselben in obskuren Wüsten unbekannt und einsam leuchten, wie schöngestirnt unser deutsches Vaterland, wie glänzend, wie strahlend Frankreich ist, diese Milchstraße großer Menschenherzen!

Frankreich hat in der letzten Zeit viele Sterne erster Größe verloren. Viele Helden aus der Revolutions- und Kaiserzeit hat die Cholera hingerafft. Viele bedeutende Staatsmänner, worunter Martignac der ausgezeichnetste, sind durch andere Krankheiten gestorben. Die Freunde der Wissenschaft betrauerten besonders den Tod Champollions, der so viele ägyptische Könige gefunden hat, und den Tod Cuviers, der so viele andere große Tiere entdeckt, die gar nicht mehr existieren, und unserer alten Mutter Erde aufs Ungalanteste nachgewiesen hat, dass sie viele tausend Jahre älter ist, als wofür sie sich bisher ausgegeben. »Läh tähte sanne won!« (Les têtes s'en vont) quäkte Herr Sebastiani, als er den Tod Périers erfuhr, und auch er werde bald sterben, quäkte er hinzu.

Der Tod Périers hat hier geringere Sensation erregt, als zu erwarten stand. Nicht einmal auf der Börse. Ich konnte nicht umhin, an dem Tag, wo Périer gestorben, nach der Place de la Bourse zu gehen. Da stand der große Marmortempel, worin Périer wie ein Gott und sein Wort wie ein Orakel verehrt worden, und ich fühlte an die Säulen, die hundert kolossalen Säulen, die draußen ragen, und sie waren alle unbewegt und kalt, wie die Herzen jener Menschen, für welche Périer so viel getan hat. O der trübseligen Zwerge! Nie wird wieder ein Riese sich für sie aufopfern und, um ihre Zwerginteressen zu fördern, seine großen Brüder verlassen. Diese Kleinen mögen immerhin spotten über die Riesen, die, arm und ungeschlacht, auf den Bergen sitzen, während sie, die Kleinen, begünstigt durch ihre Statur, in die engen Gruben der Berge hineinkriechen und dort die edlen Metalle hervorklopfen oder den noch kleineren Gnomen, den Metallariis, abgewinnen können. Steigt nur immer hinab in eure Gruben, haltet euch nur fest an der Leiter, und kümmert euch nicht darum, dass die Sprossen immer schmutziger werden, je tiefer ihr hinabsteigt zu den kostbarsten Stollen des Reichtums!

Ich ärgere mich jedes Mal, wenn ich die Börse betrete, das schöne Marmorhaus, erbaut im edelsten griechischen Stil und geweiht dem nichtswürdigsten Geschäft, dem Staatspapiereschacher. Es ist das schönste Gebäude von Paris; Napoleon hat es bauen lassen. In demselben Stil und Maßstab ließ er einen Tempel des Ruhms bauen. Ach, der Tempel des Ruhms ist nicht fertig geworden; die Bourbonen verwandelten ihn in eine Kirche und weihten diese der reuigen Magdalene; aber die Börse steht fertig in ihrem vollendetsten Glanz, und ihrem Einflusse ist es wohl zuzuschreiben, dass ihre edlere Nebenbuhlerin, der Tempel des Ruhms, noch immer unvollendet und noch immer, in schmählichster Verhöhnung, der reuigen Magdalene geweiht bleibt. Hier, in dem ungeheuren Raum der hochgewölbten Börsenhalle, hier ist es, wo der Staatspapiereschacher, mit allen seinen grellen Gestalten und Misstönen, wogend und brausend sich bewegt, wie ein Meer des Eigennutzes, wo aus den wüsten Menschenwellen die großen Bankiers gleich Haifischen hervorschnappen, wo ein Ungetüm das andere verschlingt und wo oben auf der Galerie, gleich lauernden Raubvögeln auf einer Meerklippe, sogar spekulierende Damen bemerkbar sind. Hier ist es jedoch, wo die Interessen wohnen, die in dieser Zeit über Krieg und Frieden entscheiden.

Daher ist die Börse auch für uns Publizisten so wichtig. Es ist aber nicht leicht, die Natur jener Interessen, nach jedem einwirkenden Ereignis, genau zu begreifen und die Folgen danach würdigen zu können. Der Kurs der Staatspapiere und des Diskontos ist freilich ein politischer Thermometer, aber man würde sich irren, wenn man glaubte, dieser Thermometer zeige den Siegesgrad der einen oder der anderen großen Fragen, die jetzt die Menschheit bewegen. Das Steigen und Fallen der Kurse beweist nicht das Steigen oder Fallen der liberalen oder servilen Partei, sondern die größere oder geringere Hoffnung, die man hegt für die Pazifikation Europas, für die Erhaltung des Bestehenden oder vielmehr für die Sicherung der Verhältnisse, wovon die Auszahlung der Staatsschuldzinsen abhängt.

In dieser beschränkten Auffassung, bei allen möglichen Vorkommenheiten, sind die Börsenspekulanten bewunderungswürdig. Ungestört von allen geistigen Aufregungen, haben sie ihren Sinn allein auf alles Faktische gewendet, und fast mit tierischem Gefühl, wie Wetterfrösche, erkennen sie, ob irgendein Ereignis, das scheinbar beruhigend aussieht, nicht eine Quelle künftiger Stürme sein wird oder ob ein großes Missgeschick nicht am Ende dazu diene, die Ruhe zu konsolidieren. Bei dem Fall Warschaus frug man nicht: Wie viel Unheil wird für die Menschheit dadurch entstehen?, sondern: Wird der Sieg des Kantschus [der Riemenpeitsche, Attribut russischer Kosaken und Offiziere; Züchtigungsinstrument] die Unruhestifter, d. h. die Freunde der Freiheit, entmutigen? Durch die Bejahung dieser Frage stieg der Kurs. Erhielte man heute an der Börse plötzlich die telegraphische Nachricht, dass Herr Talleyrand an eine Vergeltung nach dem Tod glaube, so würden die französischen Staatspapiere gleich um zehn Prozent fallen; denn man könnte fürchten, er werde sich mit Gott zu versöhnen suchen und dem Ludwig Philipp und dem ganzen Justemilieu entsagen und sie sakrifizieren und die schöne Ruhe, deren wir jetzt genießen, aufs Spiel setzen. Weder Sein noch Nichtsein, sondern Ruhe oder Unruhe ist die große Frage der Börse. Danach richtet sich auch der Diskont. In unruhiger Zeit ist das Geld ängstlich, zieht sich in die Kisten der Reichen, wie in eine Festung, zurück, hält sich eingezogen; der Diskont steigt. In ruhiger Zeit wird das Geld wieder sorglos, bietet sich preis, zeigt sich öffentlich, ist sehr herablassend; der Diskont ist niedrig. So ein alter Louisdor hat mehr Verstand als ein Mensch und weiß am besten, ob es Krieg oder Frieden gibt. Vielleicht durch den guten Umgang mit Geld haben die Leute der Börse ebenfalls eine Art von politischem Instinkt bekommen, und während in der letzten Zeit die tiefsten Denker nur Krieg erwarteten, blieben sie ganz ruhig und glaubten an die Erhaltung des Friedens. Frug man einen derselben nach seinen Gründen, so ließ er sich, wie Sir John, keine Gründe abzwingen, sondern behauptete immer: »Das ist meine Idee.«

In dieser Idee ist die Börse seitdem sehr erstarkt, und nicht einmal der Tod Périers konnte sie auf eine andere Idee bringen. Freilich, sie war längst auf diesen Fall vorbereitet, und zudem bildet man sich ein, sein Friedenssystem überlebe ihn und stehe fest durch den Willen des Königs. Aber diese gänzliche Indifferenz bei der Todesnachricht Périers hat mich widerwärtig berührt. Anstandshalber hätte die Börse doch wenigstens durch eine kleine Baisse ihre Betrübnis an den Tag legen müssen. Aber nein, nicht einmal ein achtel Prozent, nicht einmal ein achtel Trauerprozent sind die Staatspapiere gefallen bei dem Tode Casimir-Périers, des großen Bankierministers!

Bei Périers Begräbnis zeigte sich wie bei seinem Tode die kühlste Indifferenz. Es war ein Schauspiel wie jedes andere; das Wetter war schön, und Hunderttausende von Menschen waren auf den Beinen, um den Leichenzug zu sehen, der sich lang und gleichgültig, über die Boulevards nach Père-Lachaise hinzog. Auf vielen Gesichtern ein Lächeln, auf anderen die laueste Werkeltagsstimmung, auf den meisten nur Ennui. Unzählig viel Militär, wie es sich kaum ziemte für den Friedensheld des Entwaffnungssystems. Viel Nationalgarden und Gendarmen. Dabei auch die Kanoniere mit ihren Kanonen, welche letztere mit Recht trauern konnten, denn sie hatten gute Tage unter Périer, gleichsam eine Sinekur. Das Volk betrachtete alles mit einer seltsamen Apathie; es zeigte weder Hass noch Liebe; der Feind der Begeisterung wurde begraben, und Gleichgültigkeit bildete den Leichenzug. Die einzigen wahrhaft Betrübten unter den Leidtragenden waren die beiden Söhne des Verstorbenen, die in langen Trauermänteln und mit blassen Gesichtern hinter dem Leichenwagen gingen. Es sind zwei junge Menschen, etwa in den Zwanzigen, untersetzt, etwas rundlich, von einem Äußern, das vielmehr Wohlhabenheit als Geist verrät; ich sah sie diesen Winter auf allen Bällen, lustig und frischbäckig. Auf dem Sarg lagen dreifarbige Fahnen, mit schwarzem Krepp umflort. Die dreifarbige Fahne hätte just nicht zu trauern brauchen bei Casimir-Périers Tod. Wie ein schweigender Vorwurf lag sie traurig auf seinem Sarg, die Fahne der Freiheit, die durch seine Schuld so viele Beleidigungen erlitten. Wie der Anblick dieser Fahne, so rührte mich auch der Anblick des alten Lafayette bei dem Leichenzug Périers, des abtrünnigen Mannes, der doch einst so glorreich mit ihm gekämpft unter jener Fahne.

Meine Nachbarn, die dem Zuge zuschauten, sprachen von dem Leichenbegängnis Benjamin Constants. Da ich erst ein Jahr in Paris bin, so kenne ich die Betrübnis, die damals das Volk an den Tag legte, nur aus der Beschreibung. Ich kann mir jedoch von solchem Volksschmerz eine Vorstellung machen, da ich kurz nachher dem Begräbnis des ehemaligen Bischofs von Blois, des Konventionel Grégoire, zugesehen. Da waren keine hohen Beamten, keine Infanterie und Kavallerie, keine leeren Trauerwagen voll Hoflakaien, keine Kanonen, keine Gesandten mit bunten Livreen, kein offizieller Pomp. Aber das Volk weinte, Schmerz lag auf allen Gesichtern, und obgleich ein starker Regen wie mit Eimern vom Himmel herabgoss, waren doch alle Häupter unbedeckt, und das Volk spannte sich vor den Leichenwagen und zog ihn eigenhändig nach dem Montparnasse. Grégoire, ein wahrer Priester, stritt sein ganzes Leben hindurch für die Freiheit und Gleichheit der Menschen jeder Farbe und jedes Bekenntnisses; er ward immer gehasst und verfolgt von den Feinden des Volks, und das Volk liebte ihn und weinte, als er starb.

Zwischen zwei bis drei Uhr ging der Leichenzug Périers über die Boulevards; als ich um halb acht von Tische kam, begegnete ich den Soldaten und Wagen, die vom Kirchhof zurückkehrten. Die Wagen rollten jetzt rasch und heiter; die Trauerflöre waren von der dreifarbigen Fahne abgenommen; diese und die Harnische der Kürassiere glänzten im lustigsten Sonnenschein; die roten Trompeter, auf weißen Rossen dahintrabend, bliesen lustig die Marseillaise; das Volk, bunt geputzt und lachend, tänzelte nach den Theatern; der Himmel, der lange umwölkt gewesen, war jetzt so lieblich blau, so sonnenduftig; die Bäume glänzten so grünvergnügt; die Cholera und Casimir-Périer waren vergessen, und es war Frühling.

Nun ist der Leib begraben, aber das System lebt noch. Oder ist es wirklich wahr, dass jenes System nicht eine Schöpfung Périers ist, sondern des Königs? Einige Philippisten haben diese Meinung zuerst geäußert, damit man der selbständigen Kraft des Königs vertraue; damit man nicht wähne, er stehe ratlos an dem Grabe seines Beschützers; damit man an der Aufrechterhaltung des bisherigen Systems nicht zweifle. Viele Feinde des Königs bemächtigen sich jetzt dieser Meinung; es kommt ihnen ganz erwünscht, dass man jenes unpopuläre System früher als den 13. März datiert und ihm einen allerhöchsten Stifter zuschreibt, dem dadurch die allerhöchste Verantwortlichkeit erwächst. Freunde und Feinde vereinigen sich hier manchmal, um die Wahrheit zu verstümmeln. Entweder schneiden sie ihr die Beine ab oder ziehen sie so in die Länge, dass sie so dünn wird wie eine Lüge. Der Parteigeist ist ein Prokrustes, der die Wahrheit schlecht bettet. Ich glaube nicht dass Périer bei dem sogenannten System vom 13. März nur seinen ehrlichen Namen hergeopfert und dass Ludwig Philipp der eigentliche Vater sei. Er leugnet vielleicht die Vaterschaft bei diesem bedenklichen Kind, ebenso wie jener Bauernbursche, der naiv hinzusetzte: »Mais pour dire la vérité, je n'y ai pas nui.« Alle Beleidigungen, die Frankreich bisher erdulden musste, kommen jetzt auf Rechnung des Königs. Der Fußtritt, den der kranke Löwe noch zuletzt in Rom, von der Eselin des Herrn, erhalten hat, erbittert die Franzosen aufs Unleidlichste. Man tut ihm aber unrecht; Ludwig Philipp lässt ungern eine Beleidigung hingehen und möchte sich gerne schlagen, nur nicht mit jedem; z. B. er würde sich nicht gern mit Russland schlagen, aber sehr gern mit den Preußen, mit denen er sich schon bei Valmy geschlagen und die er daher nicht sehr zu fürchten scheint. Man will nämlich nie Furcht an ihm bemerkt haben, wenn von Preußen und dessen bedrohlicher Rittertümlichkeit die Rede ist. Ludwig Philipp Orleans, der Enkel des heiligen Ludwig, der Sprössling des ältesten Königsstammes, der größte Edelmann der Christenheit, pflegt dann jovial bürgerlich zu scherzen, wie es doch betrübend sei, dass die uckermärk'sche Kamarilla so gar vornehm und adelsstolz auf ihn, den armen Bürgerkönig, herabsehe.

Ich kann nicht umhin, hier zu erwähnen, dass man niemals an Ludwig Philipp den Grandseigneur merkt und dass in der Tat das französische Volk keinen bürgerlicheren Mann zum König wählen konnte. Ebenso wenig liegt ihm daran, ein legitimer König zu sein, und, wie man sagt, die Guizotsche Erfindung der Quasilegitimität war gar nicht nach seinem Geschmack. Er beneidet Heinrich V. nicht im Mindesten ob des Vorzugs der Legitimität und ist durchaus nicht geneigt, deshalb mit ihm zu unterhandeln oder gar ihm Geld dafür zu bieten; aber Ludwig Philipp ist nun einmal der Meinung, dass er das Bürgerkönigtum erfunden habe, er hat ein Patent auf diese Erfindung bekommen; er verdient damit jährlich achtzehn Millionen, eine Summe, die das Einkommen der Pariser Spielhäuser fast übertrifft, und er möchte solch einträgliches Geschäft als ein Monopol für sich und seine Nachkommen behalten.

Schon im vorigen Artikel habe ich angedeutet, wie die Erhaltung jenes Königsmonopols dem Ludwig Philipp über alles am Herzen liegt und wie, in Berücksichtigung solcher menschlichen Denkungsweise, seine Usurpation der Präsidentur im Konseil zu entschuldigen ist.

Noch immer hat er sich, der Tat nach, nicht in die gebührenden Grenzen seiner konstitutionellen Befugnis zurückgezogen, obgleich er, der Form nach, nicht mehr zu präsidieren wagt. Die eigentliche Streitfrage ist noch immer nicht geschlichtet und wird sich wohl bis zur Bildung eines neuen Ministeriums hinzerren. Was aber die Schwäche der Regierung am meisten offenbart, das ist eben, dass nicht das innere Landesbedürfnis, sondern ausländische Ereignisse die Erhaltung, Erneuerung oder Umgestaltung des französischen Ministeriums bedingen. Solche Abhängigkeit von fremdländischen Interessen zeigte sich betrübsam und offenkundig genug während der letzten Vorfallenheiten in England. Jedes Gerücht, das uns in dieser letzten Zeit von dort zuwehte, brachte hier eine neue Ministerkombination in Vorschlag und Beratung. Man dachte viel an Odilon Barrot, und man war auf gutem Weg, sogar an Mauguin zu denken. Als man das britische Staatssteuer in Wellingtons Händen sah, verlor man ganz den Kopf, und man war schon im Begriff, des militärischen Gleichgewichts halber, den Marschall Soult zum ersten Minister zu machen.

Die Freiheit von England und Frankreich wäre alsdann unter das Kommando zweier alten Soldaten gekommen, die, allem selbständigen Bürgertum fremd oder gar feindlich, nie etwas anderes gelernt haben, als sklavisch zu gehorchen oder despotisch zu befehlen. Soult und

Wellington sind ihrem Charakter nach bloße Condottieri, nur dass ersterer in einer edleren Schule das Waffenhandwerk gelernt hat und ebenso sehr nach Ruhm wie nach Sold dürstet. Nichts Geringeres als eine Krone sollte ihm einst als Beute zufallen, und, wie man mir versichert, Soult war einige Tage lang König von Portugal unter dem Namen Nicolo I., König der Algarven. Die Laune seines strengen Oberherrn erlaubte ihm nicht, diesen königlichen Spaß länger zu treiben. Aber er kann es gewiss nicht vergessen: er hat einst mit vollen Ohren den süßen Majestätstitel eingesogen, mit berauschten Augen hat er die Menschen, in untertänigster Haltung, vor sich knien sehen, auf seinen gnädigen Händen fühlt er noch die brennenden portugiesischen Lippen – und ihm sollte die Freiheit Frankreichs anvertraut werden! Über den andern, über Mylord Wellington, brauche ich wohl nichts zu sagen. Die letzten Begebenheiten haben bewiesen, dass ich in meinen früheren Schriften noch immer zu milde von ihm gesprochen. Man hat, verblendet durch seine täppischen Siege, nie geglaubt, dass er eigentlich einfältig sei; aber auch das haben die jüngsten Ereignisse bewiesen. Er ist dumm wie alle Menschen, die kein Herz haben. Denn die Gedanken kommen nicht aus dem Kopfe, sondern aus dem Herzen. Lobt ihn immerhin, feile Hofpoeten und reimende Schmeichler des toryschen Hochmuts! Besinge ihn immerhin, kaledonischer Barde, bankrottes Gespenst mit der bleiernen Harfe, deren Saiten von Spinnweb! Besingt ihn, fromme Laureaten, bezahlte Heldensänger, und zumal besingt seine letzten Heldentaten! Nie hat ein Sterblicher vor aller Welt Augen sich in so kläglicher Blöße gezeigt. Fast einstimmig hat ganz England, eine Jury von zwanzig Millionen freier Bürger, sein Schuldig ausgesprochen über den armen Sünder, der, wie ein gemeiner Dieb, nächtlicherweile und mit Hilfe listiger Hehlerinnen die Kronjuwelen des souveränen Volks, seine Freiheit und seine Rechte, einstecken wollte. Lest den »Morning Chronicle«, die »Times« und sogar jene Sprecher, die sonst so gemäßigt sind, und staunt ob der scharfrichterlichen Worte, womit sie den Sieger von Waterloo gestäupt und gebrandmarkt. Sein Name ist ein Schimpf geworden. Durch die feigsten Höflingskünste soll es gelungen sein, ihm auf einige Tage die Gewalt in die Hände zu spielen, die er doch nicht auszuüben wagte. Leigh Hunt vergleicht ihn deshalb mit einem greisen Lüstling, der ein Mädchen verführen wollte, welches, in solcher Bedrängnis, eine Freundin um Rat frug und zur Antwort erhielt: »Lass ihn nur gewähren, und er wird außer der Sünde seines bösen Willens auch noch die Schande der Ohnmacht auf sich laden.«

Ich habe immer diesen Mann gehasst, aber ich dachte nie, dass er so verächtlich sei. Ich habe überhaupt von denen, die ich hasse, immer größer gedacht, als sie es verdienten. Und ich gestehe, dass ich den Tories von England mehr Mut und Kraft und großsinnige Aufopferung zutraute, als sie jetzt, wo es Not tat, bewiesen haben. Ja, ich habe mich geirrt in diesem hohen Adel von England, ich glaubte, sie würden, wie stolze Römer, die Äcker, worauf der Feind kampiert, nicht geringeren Preises wie sonst verkaufen; sie würden auf ihren kurulischen Stühlen [Amtssessel der höchsten altrömischen Beamten] die Feinde erwarten – nein! ein panischer Schrecken ergriff sie, als sie sahen, dass John Bull etwas ernsthaft sich gebärdete, und die Äcker mitsamt den rotten boroughs werden jetzt wohlfeiler ausgeboten, und die Zahl der kurulischen Stühle wird vermehrt, damit auch die Feinde gefälligst Platz nehmen. Die Tories vertrauen nicht mehr ihrer eigenen Kraft; sie glauben nicht mehr an sich selbst – ihre Macht ist gebrochen. Freilich, die Whigs sind ebenfalls Aristokraten, Lord Grey ist ebenso adelssüchtig wie Lord Wellington; aber es wird der englischen Aristokratie wie der französischen ergehen: der eine Arm schneidet den andern ab.

Es ist unbegreiflich, dass die Tories, auf einen nächtlichen Streich ihrer Königin rechnend, so sehr erschraken, als dieser gelang und das Volk sich überall mit lautem Protest dagegen erhob. Dies war ja vorauszusehen, wenn man den Charakter der Engländer und ihre gesetzlichen Widerstandsmittel in Anschlag brachte. Das Urteil über die Reformbill stand fest bei jedem im Volke. Alles Nachdenken darüber war ein Faktum geworden. Überhaupt haben die Engländer, wo es Handeln gilt, den Vorteil, dass sie, als freie Menschen immer befugt, sich frei auszusprechen, über jede Frage ein Urteil in Bereitschaft haben. Sie urteilen gleichsam mehr, als sie denken. Wir Deutsche hingegen, wir denken immer, vor lauter Denken kommen wir zu keinem Urteil; auch ist es nicht immer ratsam, sich auszusprechen; den einen hält die Furcht vor dem Missfallen des Herrn Polizeidirektors, den anderen die Bescheidenheit oder gar die Blödigkeit davon zurück, ein Urteil zu fällen; viele deutsche Denker sind ins Grab gestiegen, ohne über irgendeine große Frage ein eigenes Urteil ausgesprochen zu haben. Die Engländer sind hingegen bestimmt, praktisch, alles Geistige verfestet sich bei ihnen, sodass ihre Gedanken, ihr Leben sind selbst eine einzige Tatsache werden, deren Rechte unabweisbar. Ja, sie sind »brutal wie eine Tatsache« und widerstehen materiell. Ein Deutscher mit seinen Gedanken, seinen Ideen, die weich wie das Gehirn, woraus sie hervorgegangen, ist gleichsam selbst nur eine Idee, und wenn diese der Regierung missfällt, so schickt man sie auf die Festung. So saßen sechzig Ideen in Köpenick eingesperrt, und niemand vermisste sie; die Bierbrauer brauten ihr Bier nach wie vor; die Almanachspressen druckten ihre Kunstnovellen nach wie vor. Zu jener tatsächlichen Widerstandsnatur der Engländer, jenem unbeugsamen Eigensinn bei abgeurteilten Fragen, kommt noch die gesetzliche Sicherheit, womit sie handeln können. Wir vermögen uns keinen Begriff davon zu machen, wie weit die englische Opposition, die Gegnerin der Regierung innerhalb und außerhalb des Parlaments, auf legalem Wege vorwärtsschreiten darf. Die Tage von Wilkes begreift man erst, wenn man England selbst gesehen hat. Die Reisenden, die uns die englische Freiheit schildern wollen, geben uns in dieser Absicht eine Aufzählung von Gesetzen. Aber die Gesetze sind nicht die Freiheit selbst, sondern nur die Grenzen derselben. Man hat auf dem Kontinent keinen Begriff davon, wie viel intensive Freiheit zuweilen in jenen Grenzen zusammengedrängt ist, und man hat noch viel weniger einen Begriff von der Faulheit und Schläfrigkeit der Grenzwächter. Nur wo sie Schutz geben sollen gegen Willkür der Gewalthaber, sind jene Grenzen fest und wachsam gehütet. Wenn sie überschritten werden von den Gewalthabern, dann steht ganz England auf, wie ein einziger Mann, und die Willkür wird zurückgetrieben. Ja, diese Leute warten nicht einmal, bis die Freiheit verletzt worden, sondern wo sie nur im Geringsten bedroht ist, erheben sie sich gewaltig, mit Worten und Flinten. Die Franzosen des Julius sind nicht früher aufgestanden, als bis die ersten Keulenschläge der Willkür, die Ordonnanzen, ihnen aufs Haupt niederfielen. Die Engländer dieses Maimonds haben nicht den ersten Schlag abgewartet; es war ihnen schon genug, dass dem berühmten Scharfrichter, der schon in anderen Ländern die Freiheit hingerichtet, das Schwert in die Hände gegeben worden.

Es sind wunderliche Käuze, diese Engländer. Ich kann sie nicht leiden. Sie sind erstens langweilig, und dann sind sie ungesellig, eigensüchtig, sie quäken wie die Frösche, sie sind geborene Feinde aller guten Musik, sie gehen in die Kirche mit vergoldeten Gebetbüchern, und sie verachten uns Deutsche, weil wir Sauerkraut essen. Aber als es der englischen Aristokratie gelang, »das deutsche Weib« (the nasty German frow) durch die Hofbastardschaft in ihr Interesse zu ziehen; als König Wilhelm, der noch des Abends Lord Grey versprach, so viel neue Pairs zu ernennen, als zum Durchsetzen der Reformbill nötig sei, umgestimmt durch die Königin der Nacht, des andern Morgens sein Wort brach; als Wellington und seine Tories mit ihren libertiziden Händen die Staatsgewalt ergriffen, da waren jene Engländer plötzlich gar nicht mehr langweilig, sondern sehr interessant; sie waren gar nicht mehr ungesellig, sondern sie vereinigten sich hunderttausendweis; sie wurden sehr gemeinsinnig; ihre Worte waren gar nicht mehr so quäkend, sondern voll des kühnsten Wohllauts, sie sprachen Dinge, die hinreißender klangen als die Melodien von Rossini und Meyerbeer, und sie sprachen gar nicht gebetbücherlich fromm von den Priestern der Kirche sondern sie berieten sich ganz freigeistig, »ob sie nicht die Bischöfe zum Henker jagen und König Wilhelm mitsamt seiner Sauerkrautsippschaft nach Hannover zurückschicken sollten«.

Ich habe, als ich früher in England war, über vieles gelacht, aber am herzlichsten über den Lord Mayor, den eigentlichen Bürgermeister des Weichbilds von London der, als eine Ruine des mittelalterlichen Kommunewesens, sich in all seiner Perückenmajestät und breiten Zunftwürde erhalten hat. Ich sah ihn in der Gesellschaft seiner Aldermänner; das sind die gravitätischen Vorstände der Bürgerschaft, Gevatter Schneider und Handschuhmacher, meistens dicke Krämer, rote Beefsteakgesichter, lebendige Porterkrüge, aber nüchtern und sehr reich durch Fleiß und Sparsamkeit, sodass viele darunter, wie man mir versichert, über eine Million Pfund Sterling in der Englischen Bank liegen haben. Die Englische Bank ist ein großes Gebäude in Thread-needle-Street; und würde in England eine Revolution ausbrechen, so kann die Bank in die größte Gefahr geraten, und die reichen Bürger von London könnten ihr Vermögen verlieren und in einer Stunde zu Bettlern werden. Nichtsdestoweniger, als König Wilhelm sein Wort brach und die Freiheit von England gefährdet stand, da hat der Lord Mayor von London seine große Perücke aufgesetzt, und mit seinen dicken Aldermännern machte er sich auf den Weg, und sie sahen dabei so sichermütig, so amtsruhig aus, als gingen sie zu einem feierlichen Gastmahl in Guildhall; sie gingen aber nach dem Hause der Gemeinen und protestierten dort aufs Entschlossenste gegen das neue Regiment und widersagten dem König, im Fall er es nicht widerriefe, und wollten lieber durch eine Revolution Leib und Gut aufs Spiel setzen, als den Untergang der englischen Freiheit gestatten. Es sind wunderliche Käuze, diese Engländer!

Ich werde eines Mannes, den ich auf der linken Seite des Sprechers im englischen Unterhaus sitzen sah, nie vergessen; denn nie hat mir ein Mensch mehr als dieser missfallen. Er sitzt dort noch immer. Es ist eine untersetzte, stämmige Figur mit einem großen, viereckigen Kopf, der mit unangenehm aufgesträubten rötlichen Haaren bedeckt ist. Das über und über gerötete, breitbäckige Gesicht ist ordinär, regelmäßig unedel; nüchterne, wohlfeile Augen; karg zugemessene Nase; eine große Strecke von da bis zum Mund, und dieser kann keine drei Worte sprechen, ohne dass eine Zahl dazwischenläuft oder wenigstens von Geld die Rede ist. Es liegt in seinem ganzen Wesen etwas Knickrichtes, Filziges, Schäbiges; kurz, es ist der echte Sohn Schottlands, Herr Joseph Hume. Man sollte diese Gestalt vor jedem Rechenbuch in Kupfer stechen. Er gehörte immer zur Opposition; die englischen Minister haben immer besondere Angst vor ihm, wenn Geldsummen besprochen werden. Sogar als Canning Minister wurde, blieb er auf der Oppositionsbank sitzen, und wenn Canning in seinen Reden eine Zahl zu nennen hatte, frug er jedes Mal in leisem Ton den neben ihm sitzenden Huskisson »How much?«, und wenn dieser ihm die Zahl soufliert hatte, sprach er sie laut aus, indem er fast lächelnd Joseph Hume dabei ansah; nie hat mir ein Mensch mehr missfallen als dieser. Als aber König Wilhelm sein Wort brach, da erhob sich Joseph Hume hoch und heldenmütig wie ein Gott der Freiheit, und er sprach Worte, die so gewaltig und so erhaben läuteten wie die Glocke von Sankt Paul, und es war freilich wieder von Geld die Rede, und er erklärte, »dass man keine Steuern bezahlen solle«, und das Parlament stimmte ein in den Antrag seines großen Bürgers.

Das war es, das entschied; die gesetzliche Verweigerung der Abgaben schreckte die Feinde der Freiheit. Sie wagten nicht den Kampf mit einem einigen Volk, das Leib und Gut aufs Spiel setzte. Sie hatten freilich noch immer ihre Soldaten und ihre Guineen. Aber man traute nicht mehr den roten Knechten, obgleich sie bisher dem Wellingtonschen Stocke so prügeltreu gehorcht. Man vertraute nicht mehr der Ergebenheit erkaufter Wortführer; denn selbst Englands Nobility merkt jetzt, »dass nicht alles in der Welt feil ist und dass man auch am Ende nicht Geld genug hat, alles zu bezahlen«. Die Tories gaben nach. Es war in der Tat das Feigste, aber auch das Klügste. Wie kam es aber, dass sie das einsahen? Haben sie etwa unter den Steinen, womit man ihnen die Fenster einwarf, zufällig den Stein der Weisen gefunden?

Artikel IX

Paris, 16. Junius 1832

John Bull verlangt jetzt eine wohlfeile Regierung und eine wohlfeile Religion (cheap government, cheap religion) und will nicht mehr alle Früchte seiner Arbeit hergeben, damit die ganze Sippschaft jener Herren, die seine Staatsinteressen verwalten oder ihm die christliche Demut predigen, im stolzesten Überfluss schwelgt. Er hat vor ihrer Macht nicht mehr so viel Ehrfurcht wie sonst, und auch John Bull hat gemerkt: La force des grands n'est que dans la tête des petits. Der Zauber ist gebrochen, seitdem die englische Nobility ihre eigene Schwäche offenbart hat. Man fürchtet sie nicht mehr, man sieht ein, sie besteht aus schwachen Menschen wie wir andere. Als der erste Spanier fiel und die Mexikaner merkten, dass die weißen Götter, die sie mit Blitz und Donner bewaffnet sahen, ebenfalls sterblich seien, wäre diesen der Kampf schier schlecht bekommen, hätten die Feuergewehre nicht den Ausschlag gegeben. Unsere Feinde aber haben nicht diesen Vorteil; Berthold Schwarz hat das Pulver für uns alle erfunden. Vergebens scherzt die Klerisei: Gebt dem Cäsar, was des Cäsars ist. Unsere Antwort ist: Während achtzehn Jahrhunderten haben wir dem Cäsar immer viel zu viel gegeben; was übriggeblieben, das ist jetzt für uns. –

Seit die Reformbill zum Gesetz erhoben ist, sind die Aristokraten plötzlich so großmütig geworden, dass sie behaupten, nicht bloß wer zehn Pfund Sterling Steuer bezahle, sondern jeder Engländer, sogar der ärmste, habe das Recht, bei der Wahl eines Parlamentsdeputierten seine Stimme zu geben. Sie möchten lieber abhängig werden von dem niedrigsten Bettler- und Lumpengesindel als von jenem wohlhabenden Mittelstand, der nicht so leicht zu bestechen ist und der für sie auch keine so tiefe Sympathie fühlt wie der Pöbel. Letzterer ist jenen Hochgeborenen wenigstens wahlverwandt; sie haben beide, der Adel und der Pöbel, den größten Abscheu vor gewerbfleißiger Tätigkeit; sie streben vielmehr nach Eroberung des fremden Eigentums oder nach Geschenken und Trinkgeldern für gelegentliche Lohndienerei; Schuldenmachen ist durchaus nicht unter ihrer Würde; der Bettler und der Lord verachten die bürgerliche Ehre; sie haben eine gleiche Unverschämtheit, wenn sie hungrig sind, und sie stimmen ganz überein in ihrem Hasse gegen den wohlhabenden Mittelstand. Die Fabel erzählt: Die obersten Sprossen einer Leiter sprachen einst hochmütig zu den untersten: »Glaubt nicht, dass ihr uns gleich seid, ihr steckt unten im Kot, während wir oben frei emporragen, die Hierarchie der Sprossen ist von der Natur eingeführt, sie ist von der Zeit geheiligt, sie ist legitim«; ein Philosoph aber, welcher vorüberging und diese hochadelige Sprache hörte, lächelte und drehte die Leiter herum. Sehr oft geschieht dieses im Leben, und dann zeigt sich, dass die hohen und die niedrigen Sprossen der gesellschaftlichen Leiter in derselben Lage eine gleiche Gesinnung beurkunden. Die vornehmen Emigranten, die im Ausland in Misere gerieten, wurden ganz gemeine Bettler in Gefühl und Gesinnung, während das korsikanische Lumpengesindel, das ihren Platz in Frankreich einnahm, sich so frech, so hochnäsig, so hoffärtig spreizte, als wären sie die älteste Noblesse.

Wie sehr den Freunden der Freiheit jenes Bündnis der Noblesse und des Pöbels gefährlich ist, zeigt sich am widerwärtigsten auf der Pyrenäischen Halbinsel. Hier, wie auch in einigen Provinzen von Westfrankreich und Süddeutschland, segnet die katholische Priesterschaft diese heilige Allianz. Auch die Priester der protestantischen Kirche sind überall bemüht, das schöne Verhältnis zwischen dem Volk und den Machthabern (d. h. zwischen dem Pöbel und der Aristokratie) zu befördern, damit die Gottlosen (die Liberalen) nicht die Obergewalt gewinnen. Denn sie urteilen sehr richtig: Wer sich frevelhaft seiner Vernunft bedient und die Vorrechte der adeligen Geburt leugnet, der zweifelt am Ende auch an den heiligsten Lehren der Religion und glaubt nicht mehr an die Erbsünde, an den Satan, an die Erlösung, an die Himmelfahrt, er geht nicht mehr nach dem Tisch des Herrn und gibt dann auch den Dienern des Herrn keine Abendmahlstrinkgelder oder sonstige Gebühr, wovon ihre Subsistenz und also das Heil der Welt abhängt. Die Aristokraten aber haben ihrerseits eingesehen, dass das Christentum eine sehr nützliche Religion ist, dass derjenige, der an die Erbsünde glaubt, auch die Erbprivilegien nicht leugnen wird, dass die Hölle eine sehr gute Anstalt ist die Menschen in Furcht zu halten, dass jemand, der seinen Gott frisst, sehr viel vertragen kann. Diese vornehmen Leute waren freilich einst selbst sehr gottlos und haben durch die Auflösung der Sitten den Umsturz des alten Regimes befördert. Aber sie haben sich gebessert, und wenigstens sehen sie ein, dass man dem Volk ein gutes Beispiel geben muss. Nachdem die alte Orgie ein so schlechtes Ende genommen und auf den süßesten Sündenrausch die bitterste Not gefolgt war, haben die edlen Herren ihre schlüpfrigen Romane mit Erbauungsbüchern vertauscht, und sie sind sehr devot geworden und keusch, und sie wollen dem Volk ein gutes Beispiel geben. Auch die edlen Damen haben sich, mit verwischter Röte auf den Wangen, von dem Boden der Sünde wieder erhoben und bringen ihre zerzausten Frisuren und ihre zerknitterten Röcke wieder in Ordnung und predigen Tugend und Anständigkeit und Christentum und wollen dem Volk ein gutes Beispiel geben.

(Ich habe hier einige Stücke ausscheiden müssen, die allzu sehr jenem Moderantismus huldigten, der in dieser Zeit der Reaktion nicht mehr rühmlich und passend ist. Ich gebe dafür eine nachträglich geschriebene Note, die ich dem Schlusse dieses Artikels anfüge.)

Ich liebe die Erinnerung der früheren Revolutionskämpfe und der Helden, die sie gekämpft, ich verehre diese ebenso hoch, wie es nur immer die Jugend Frankreichs vermag, ja, ich habe noch vor den Juliustagen den Robespierre und den Sanktum Justum und den großen Berg bewundert – aber ich möchte dennoch nicht unter dem Regiment solcher Erhabenen leben, ich würde es nicht aushalten können, alle Tage guillotiniert zu werden, und niemand hat es aushalten können, und die französische Republik konnte nur siegen und siegend verbluten. Es ist keine Inkonsequenz, dass ich diese Republik enthusiastisch liebe, ohne im Geringsten die Wiedereinführung dieser Regierungsform in Frankreich und noch weniger eine deutsche Übersetzung derselben zu wünschen. Ja, man könnte sogar, ohne inkonsequent zu sein, zu gleicher Zeit wünschen, dass in Frankreich die Republik wieder eingeführt und dass in Deutschland hingegen der Monarchismus erhalten bleibe. In der Tat, wem die Sicherung der Siege, die für das demokratische Prinzip erfochten worden, mehr als alle anderen Interessen am Herzen liegt, dürfte leicht in solchen Fall geraten.

Hier berühre ich die große Streitfrage, worüber jetzt in Frankreich so blutig und bitter gestritten wird, und ich muss die Gründe anführen, weshalb so viele Freunde der Freiheit immer noch der gegenwärtigen Regierung anhängen und warum andere den Umsturz derselben und die Wiedereinführung der Republik verlangen. Jene, die Philippisten, sagen: Frankreich, welches nur monarchisch regiert werden könne, habe an Ludwig Philipp den geeignetsten König; er sei ein sicherer Schützer der erlangten Freiheit und Gleichheit, da er selber in seinen Gesinnungen und Sitten vernünftig und bürgerlich ist; er könne nicht, wie die vorige Dynastie, einen Groll im Herzen tragen gegen die Revolution, da sein Vater und er selber daran teilgenommen; er könne das Volk nicht an die vorige Dynastie verraten, da er sie als Verwandter inniger als andere hassen muss; er könne mit den übrigen Fürsten in Frieden bleiben, da diese, seiner hohen Geburt halber ihm seine Illegitimität zugute halten, statt dass sie gleich den Krieg erklärt hätten, wenn ein bloßer Roturier auf den französischen Thron gesetzt oder gar die Republik proklamiert worden wäre; und doch sei der Frieden nötig für das Glück Frankreichs. Dagegen behaupten die Republikaner: Das stille Glück des Friedens sei gewiss ein schönes Gut, es habe jedoch keinen Wert ohne die Freiheit; in dieser Gesinnung hätten ihre Väter die Bastille gestürmt und Ludwig Capet das Haupt abgeschlagen und mit der ganzen Aristokratie Europas Krieg geführt; dieser Krieg sei noch nicht zu Ende, es sei nur Waffenstillstand, die europäische Aristokratie hege noch immer den tiefsten Groll gegen Frankreich, es sei eine Blutfeindschaft, die nur mit der Vernichtung der einen oder der anderen Macht aufhöre; Ludwig Philipp aber sei ein König, die Erhaltung seiner Krone sei ihm die Hauptsache, er verständige und verschwägere sich mit Königen, und hin- und hergezerrt durch allerlei Hausverhältnisse und zur leidigsten Halbheit verdammt, sei er ein unzulänglicher Vertreter jener heiligsten Interessen, die einst nur die Republik am kräftigsten vertreten konnte und derenthalber die Wiedereinführung der Republik eine Notwendigkeit sei.

Wer in Frankreich keine teuren Güter besitzt, die durch den Krieg zugrunde gehen können, mag man leicht eine Sympathie für jene Kampflustigen empfinden, die dem Sieg des demokratischen Prinzips das stille Glück des Lebens aufopfern, Gut und Blut in die Schanze schlagen und so lange fechten wollen, bis die Aristokratie in ganz Europa vernichtet ist. Da zu Europa auch Deutschland gehört, so hegen viele Deutsche jene Sympathie für die französischen Republikaner; aber wie man oft zu weit geht, so gestaltet sie sich bei manchen zu einer Vorliebe für die republikanische Form selbst, und da sehen wir eine Erscheinung, die kaum begreifbar, nämlich deutsche Republikaner. Dass Polen und Italiener, die ebenso wie die deutschen Freiheitsfreunde von den französischen Republikanern mehr Heil erwarten als von dem Justemilieu und sie daher mehr lieben, jetzt auch für die republikanische Regierungsform, die ihnen nicht ganz fremd ist, eine Vorliebe empfinden, das ist sehr natürlich. Aber deutsche Republikaner! man traut seinen Ohren kaum und seinen Augen, und doch sehen wir deren hier und in Deutschland.

Noch immer, wenn ich meine deutschen Republikaner betrachte, reibe ich mir die Augen und sage zu mir selber: Träumst du etwa? Lese ich gar die »Deutsche Tribüne« und ähnliche Blätter, so frage ich mich: Wer ist denn der große Dichter, der dies alles erfindet? Existiert der Doktor Wirth mit seinem blanken Ehrenschwert? Oder ist er nur ein Phantasiegebilde von Tieck oder Immermann? Dann aber fühle ich wohl, dass die Poesie sich nicht so hoch versteigt, dass unsere großen Poeten dennoch keine so bedeutende Charaktere darstellen können und dass der Doktor Wirth wirklich leibt und lebt, ein zwar irrender, aber tapferer Ritter der Freiheit, wie Deutschland deren wenige gesehen, seit den Tagen Ulrichs von Hutten.

Ist es wirklich wahr, dass das stille Traumland in lebendige Bewegung geraten? Wer hätte das vor dem Julius 1830 denken können! Goethe mit seinem Eiapopeia, die Pietisten mit ihrem langweiligen Gebetbücherton, die Mystiker mit ihrem Magnetismus hatten Deutschland völlig eingeschläfert, und weit und breit, regungslos, lag alles und schlief. Aber nur die Leiber waren schlafgebunden; die Seelen, die darin eingekerkert, behielten ein sonderbares Bewusstsein. Der Schreiber dieser Blätter wandelte damals, als junger Mensch, durch die deutschen Lande und betrachtete die schlafenden Menschen; ich sah den Schmerz auf ihren Gesichtern, ich studierte ihre Physiognomien, ich legte ihnen die Hand aufs Herz, und sie fingen an, nachtwandlerhaft im Schlafe zu sprechen, seltsam abgebrochene Reden, ihre geheimsten Gedanken enthüllend. Die Wächter des Volks, ihre goldenen Nachtmützen tief über die Ohren gezogen und tief eingehüllt in Schlafröcken von Hermelin, saßen auf roten Polsterstühlen und schliefen ebenfalls und schnarchten sogar. Wie ich so dahinwanderte, mit Ränzel und Stock, sprach ich oder sang ich laut vor mich hin, was ich den schlafenden Menschen auf den Gesichtern erspäht oder aus den seufzenden Herzen erlauscht hatte; – es war sehr still um mich her, und ich hörte nichts als das Echo meiner eigenen Worte. Seitdem, geweckt von den

Kanonen der großen Woche ist Deutschland erwacht, und jeder, der bisher geschwiegen, will das Versäumte schnell wieder einholen, und das ist ein redseliger Lärm und ein Gepolter, und dabei wird Tabak geraucht, und aus den dunklen Dampfwolken droht ein schreckliches Gewitter. Das ist wie ein aufgeregtes Meer, und auf den hervorragenden Klippen stehen die Wortführer; die einen blasen mit vollen Backen in die Wellen hinein, und sie meinen sie hätten diesen Sturm erregt und je mehr sie bliesen, desto wütender heule die Windsbraut; die anderen sind ängstlich, sie hören die Staatsschiffe krachen, sie betrachten mit Schrecken das wilde Gewoge, und da sie aus ihren Schulbüchern wissen, dass man mit Öl das Meer besänftigen könne, so gießen sie ihre Studierlämpchen in die empörte Menschenflut, oder, prosaisch zu sprechen, sie schreiben ein versöhnendes Broschürchen und wundern sich, wenn das Mittel nicht hilft, und seufzen: »Oleum perdidi!«

Es ist leicht vorauszusehen, dass die Idee einer Republik, wie sie jetzt viele deutsche Geister erfasst, keineswegs eine vorübergehende Grille ist. Den Doktor Wirth und den Siebenpfeiffer und Herrn Scharpff und Georg Fein aus Braunschweig und Grosse und Schüler und Savoye, man kann sie festsetzen, und man wird sie festsetzen; aber ihre Gedanken bleiben frei und schweben frei, wie Vögel, in den Lüften. Wie Vögel nisten sie in den Wipfeln deutscher Eichen, und vielleicht ein halb Jahrhundert lang sieht man und hört man nichts von ihnen, bis sie eines schönen Sommermorgens auf dem öffentlichen Markte zum Vorschein kommen, großgewachsen, gleich dem Adler des obersten Gottes, und mit Blitzen in den Krallen. Was ist denn ein halb oder gar ein ganzes Jahrhundert? Die Völker haben Zeit genug, sie sind ewig; nur die Könige sind sterblich.

Ich glaube nicht so bald an eine deutsche Revolution und noch viel weniger an eine deutsche Republik; letztere erlebe ich auf keinen Fall; aber ich bin überzeugt, wenn wir längst ruhig in unseren Gräbern vermodert sind, kämpft man in Deutschland mit Wort und Schwert für die Republik. Denn die Republik ist eine Idee, und noch nie haben die Deutschen eine Idee aufgegeben, ohne sie bis in allen ihren Konsequenzen durchgefochten zu haben. Wir Deutschen, die wir in unserer Kunstzeit die kleinste ästhetische Streitfrage, z. B. über das Sonett, gründlichst ausgestritten, wir sollten jetzt, wo unsere politische Periode beginnt, jene wichtigere Frage unerörtert lassen?

Zu solcher Polemik haben uns die Franzosen noch ganz besondere Waffen geliefert; denn wir haben beide, Franzosen und Deutsche, in der jüngsten Zeit viel voneinander gelernt; jene haben viel deutsche Philosophie und Poesie angenommen, wir dagegen die politischen Erfahrungen und den praktischen Sinn der Franzosen; beide Völker gleichen jenen Homerischen Heroen, die auf dem Schlachtfeld Waffen und Rüstungen wechseln als Zeichen der Freundschaft. Daher überhaupt diese große Veränderung, die jetzt mit den deutschen Schriftstellern vorgeht. In früheren Zeiten waren sie entweder Fakultätsgelehrte oder Poeten, sie kümmerten sich wenig um das Volk, für dieses schrieb keiner von beiden, und in dem philosophischen poetischen Deutschland blieb das Volk von der plumpsten Denkweise befangen, und wenn es etwa einmal mit seinen Obrigkeiten haderte, so war nur die Rede von rohen Tatsächlichkeiten, materiellen Nöten, Steuerlast, Maut, Wildschaden, Torsperre usw.; – während im praktischen Frankereich das Volk, welches von den Schriftstellern erzogen und geleitet wurde, viel mehr um ideelle Interessen, um philosophische Grundsätze, stritt. Im Freiheitskrieg (lucus a non lucendo) benutzten die Regierungen eine Koppel Fakultätsgelehrte und Poeten, um für ihre Kroninteressen auf das Volk zu wirken, und dieses zeigte viel Empfänglichkeit, las den »Merkur« von Joseph Görres, sang die Lieder von E. M. Arndt, schmückte sich mit dem Laub seiner vaterländischen Eichen, bewaffnete sich, stellte sich begeistert in Reih und Glied, ließ sich »Sie« titulieren, landstürmte und focht und besiegte den Napoleon; – denn gegen die Dummheit kämpfen die Götter selbst vergebens. Jetzt wollen die deutschen Regierungen jene Koppel wieder benutzen. Aber diese hat unterdessen immer im dunklen Loch angekettet gelegen und ist sehr räudig geworden, in übeln Geruch gekommen und hat nichts Neues gelernt und bellt noch immer in der alten Weise; das Volk hingegen hat unterdessen ganz andere Töne gehört, hohe, herrliche Töne von bürgerlicher Gleichheit, von Menschenrechten unveräußerlichen Menschenrechten, und mit lächelndem Mitleiden, wo nicht gar mit Verachtung, schaut es hinab auf die bekannten Kläffer, die mittelalterlichen Rüden, die getreuen Pudel und die frommen Möpse von 1814.

Nun freilich, die Töne von 1832 möchte ich nicht samt und sonders vertreten. Ich habe mich schon oben geäußert in Betreff der befremdlichsten dieser Töne, nämlich über unsere deutschen Republikaner. Ich habe den zufälligen Umstand gezeigt, woraus ihre ganze Erscheinung hervorgegangen. Ich will hier durchaus nicht ihre Meinungen bekämpfen; das ist nicht meines Amtes, und dafür haben ja die Regierungen ihre besonderen Leute, die sie dafür besonders bezahlen. Aber ich kann nicht umhin, hier die Bemerkung auszusprechen: der Hauptirrtum der deutschen Republikaner entsteht dadurch, dass sie den Unterschied beider Länder nicht genau in Anschlag bringen, wenn sie auch für Deutschland jene republikanische Regierungsart wünschen, die vielleicht für Frankreich ganz passend sein möchte. Nicht wegen seiner geographischen Lage und des bewaffneten Einspruchs der Nachbarfürsten kann Deutschland keine Republik werden, wie jüngst der Großherzog von Baden behauptet hat. Vielmehr sind es eben jene geographischen Verhältnisse, die den deutschen Republikanern bei ihrer Argumentation zugute kämen, und was ausländische Gefahr betrifft, so wäre das vereinigte Deutschland die furchtbarste Macht der Welt, und ein Volk, welches sich unter servilsten Verhältnissen immer so vortrefflich schlug, würde, wenn es erst aus lauter Republikanern bestünde, sehr leicht die angedrohten Baschkiren und Kalmücken an Tapferkeit übertreffen. Aber Deutschland kann keine Republik sein, weil es seinem Wesen nach royalistisch ist. Frankreich ist, im Gegenteil, seinem Wesen nach republikanisch. Ich sage hiermit nicht, dass die Franzosen mehr republikanische Tugenden hätten als wir; nein, diese sind auch bei den Franzosen nicht im Überfluss vorhanden. Ich spreche nur von dem Wesen, von dem Charakter, wodurch der Republikanismus und der Royalismus sich nicht bloß voneinander unterscheiden, sondern sich auch als grundverschiedene Erscheinungen kundgeben und geltend machen.

Der Royalismus eines Volks besteht, dem Wesen nach, darin, dass es Autoritäten achtet, dass es an die Personen glaubt, die jene Autoritäten repräsentieren, dass es in dieser Zuversicht auch der Person selbst anhängt. Der Republikanismus eines Volks besteht, dem Wesen nach, darin, dass der Republikaner an keine Autorität glaubt, dass er nur die Gesetze hochachtet, dass er von den Vertretern derselben beständig Rechenschaft verlangt, sie mit Misstrauen beobachtet, sie kontrolliert, dass er also nie den Personen anhängt und diese vielmehr, je höher sie aus dem Volk hervorragen, desto emsiger mit Widerspruch, Argwohn, Spott und Verfolgung niederzuhalten sucht.

Der Ostrazismus [Scherbengericht, altathenisches Volksgericht] war in dieser Hinsicht die republikanischste Einrichtung, und jener Athener, welcher für die Verbannung des Aristides stimmte, »weil man ihn immer den Gerechten nenne«, war der echteste Republikaner. Er wollte nicht, dass die Tugend durch eine Person repräsentiert werde, dass die Person am Ende mehr gelte als die Gesetze, er fürchtete die Autorität eines Namens; – dieser Mann war der größte Bürger von Athen, und dass die Geschichte seinen eigenen Namen verschweigt, charakterisiert ihn am meisten. Ja, seitdem ich die französischen Republikaner, sowohl in Schriften als im Leben, studiere, erkenne ich überall als charakteristische Zeichen jenes Misstrauen gegen die Person, jenen Hass gegen die Autorität eines Namens. Es ist nicht kleinliche Gleichheitssucht, weshalb jene Menschen die großen Namen hassen, nein, sie fürchten, dass die Träger solcher Namen ihn gegen die Freiheit missbrauchen möchten oder vielleicht durch Schwäche und Nachgiebigkeit ihren Namen zum Schaden der Freiheit missbrauchen lassen. Deshalb wurden in der Revolutionszeit so viele große populäre Freiheitsmänner hingerichtet, eben weil man, in gefährlichen Zuständen, einen schädlichen Einfluss ihrer Autorität befürchtete. Deshalb höre ich noch jetzt aus manchem Munde die republikanische Lehre, dass man alle liberalen Reputationen zugrunde richten müsse, denn diese übten, im entscheidenden Augenblick, den schädlichsten Einfluss, wie man es zuletzt bei Lafayette gesehen, dem man »die beste Republik« verdanke.

Vielleicht habe ich hier beiläufig die Ursache angedeutet, weshalb jetzt so wenig große Reputationen in Frankreich hervorragen; sie sind zum größten Teil schon zugrunde gerichtet. Von den allerhöchsten Personen bis zu den allerniedrigsten gibt es hier keine Autoritäten mehr. Von Ludwig Philipp I. bis zu Alexander, Chef des claqueurs, vom großen Talleyrand bis zu Vidocq, von Gaspar Debureau, dem berühmten Pierrot des Fünembülen-Theaters, bis hinab auf Hyazinth de Quelen, Erzbischof von Paris, von Monsieur Staub, maître tailleur, bis zu de Lamartine, dem frommen Böcklein, von Guizot bis Paul de Kock, von Cherubini bis Biffi, von Rossini bis zum kleinsten Maulaffi – keiner, von welchem Gewerbe er auch sei, hat hier ein unbestrittenes Ansehen. Aber nicht bloß der Glaube an Personen ist hier vernichtet, sondern auch der Glaube an alles, was existiert. Ja, in den meisten Fällen zweifelt man nicht einmal; denn der Zweifel selbst setzt ja einen Glauben voraus. Es gibt hier keine Atheisten; man hat für den lieben Gott nicht einmal so viel Achtung übrig, dass man sich die Mühe gäbe, ihn zu leugnen. Die alte Religion ist gründlich tot, sie ist bereits in Verwesung übergegangen, »die Mehrheit der Franzosen« will von diesem Leichnam nichts mehr wissen und hält das Schnupftuch vor der Nase, wenn vom Katholizismus die Rede ist. Die alte Moral ist ebenfalls tot, oder vielmehr, sie ist nur noch ein Gespenst, das nicht einmal des Nachts erscheint. Wahrlich, wenn ich dieses Volk betrachte, wie es zuweilen hervorstürmt und auf dem Tisch, den man Altar nennt, die heiligen Puppen zerschlägt und von dem Stuhl, den man Thron nennt, den roten Sammet abreißt und neues Brot und neue Spiele verlangt und seine Lust daran hat, aus den eigenen Herzwunden das freche Lebensblut sprudeln zu sehen: dann will es mich bedünken, dieses Volk glaube nicht einmal an den Tod.

Bei solchen Ungläubigen wurzelt das Königtum nur noch in den kleinen Bedürfnissen der Eitelkeit, eine größere Gewalt aber treibt sie wider ihren Willen zur Republik. Diese Menschen, deren Bedürfnissen von Auszeichnung und Prunk nur die monarchische Regierungsform entspricht, sind dennoch, durch die Unvereinbarkeit ihres Wesens mit den Bedingnissen des Royalismus, zur Republik verdammt. Die Deutschen aber sind noch nicht in diesem Falle, der Glaube an Autoritäten ist noch nicht bei ihnen erloschen, und nichts Wesentliches drängt sie zur republikanischen Regierungsform. Sie sind dem Royalismus nicht entwachsen, die Ehrfurcht vor den Fürsten ist bei ihnen nicht gewaltsam gestört, sie haben nicht das Unglück eines 21. Januarii erlebt, sie glauben noch an Personen, sie glauben an Autoritäten, an eine hohe Obrigkeit, an die Polizei, an die heilige Dreifaltigkeit, an die »Hallesche Literaturzeitung«, an Löschpapier und Packpapier, am meisten aber an Pergament. Armer Wirth! du hast die Rechnung ohne die Gäste gemacht!

Der Schriftsteller, welcher eine soziale Revolution befördern will, darf immerhin seiner Zeit um ein Jahrhundert vorauseilen; der Tribun hingegen, welcher eine politische Revolution beabsichtigt, darf sich nicht allzu weit von den Massen entfernen. Überhaupt, in der Politik wie im Leben, muss man nur das Erreichbare wünschen.

Wenn ich oben von dem Republikanismus der Franzosen sprach, so hatte ich, wie schon erwähnt, mehr die unwillkürliche Richtung als den ausgesprochenen Willen des Volks im Sinne. Wie wenig, für den Augenblick, der ausgesprochene Wille des Volks den Republikanern günstig ist, hat sich den 5. und 6. Junius kundgegeben. Ich habe über diese denkwürdigen Tage schon hinlänglich kummervolle Berichte mitgeteilt, als dass ich mich einer ausführlichen Besprechung derselben nicht überheben dürfte. Auch sind die Akten darüber noch nicht geschlossen, und vielleicht geben uns die kriegsgerichtlichen Verhöre mehr Aufschluss über jene Tage, als wir bisher zu erlangen vermochten. Noch kennt man nicht die eigentlichen Anfänge des Streites, noch viel weniger die Zahl der Kämpfer. Die Philippisten sind dabei interessiert, die Sache als eine lang vorbereitete Verschwörung darzustellen und die Zahl ihrer Feinde zu übertreiben. Dadurch entschuldigen sie die jetzigen Gewaltmaßregeln der Regierung und gewinnen dadurch den Ruhm einer großen Kriegstat. Die Opposition hingegen behauptet, dass bei jenem Aufruhr nicht die mindeste Vorbereitung stattgefunden, dass die Republikaner ganz ohne Führer und ihre Zahl ganz gering gewesen. Dieses scheint die Wahrheit zu sein. Jedenfalls ist es jedoch für die Opposition ein großes Missgeschick, dass, während sie in corpore versammelt war und gleichsam in Reih und Glied stand, jener misslungene Revolutionsversuch stattgefunden. Hat aber die Opposition hierdurch an Ansehen verloren, so hat die Regierung dessen noch mehr eingebüßt durch die unbesonnene Erklärung des État de siège. Es ist, als habe sie zeigen wollen, dass sie, wenn es darauf ankomme, sich noch grandioser zu blamieren wisse als die Opposition. Ich glaube wirklich, dass die Tage vom 5. und 6. Junius als ein bloßes Ereignis zu betrachten sind, das nicht besonders vorbereitet war. Jener Lamarquesche Leichenzug sollte nur eine große Heerschau der Opposition sein. Aber die Versammlung so vieler streitbarer und streitsüchtiger Menschen geriet plötzlich in unwiderstehlichen Enthusiasmus, der Heilige Geist kam über sie zur unrechten Zeit, sie fingen an zur unrechten Zeit zu weissagen, und der Anblick der roten Fahne soll, wie ein Zauber, die Sinne verwirrt haben.

Es hat eine mystische Bewandtnis mit dieser roten, schwarz umfransten Fahne, worauf die schwarzen Worte »La liberté ou la mort!« geschrieben standen und die wie ein Banner der Todesweihe über alle Köpfe am Pont d'Austerlitz hervorragte. Mehrere Leute, die den geheimnisvollen Fahnenträger selbst gesehen haben, behaupten, es sei ein langer, magerer Mensch gewesen, mit einem langen Leichengesicht, starren Augen, geschlossenem Mund, über welchem ein schwarzer altspanischer Schnurrbart mit seinen Spitzen an jeder Seite weit hervorstach, eine unheimliche Figur, die auf einem großen schwarzen Klepper gespenstisch unbeweglich saß, während ringsumher der Kampf am leidenschaftlichsten wütete.

Den Gerüchten in Betreff Lafayettes, die mit dieser Fahne in Verbindung stehen, wird jetzt von dessen Freunden aufs Ängstlichste widersprochen. Er soll weder die rote Fahne noch die rote Mütze bekränzt haben. Der arme General sitzt zu Hause und weint über den schmerzlichen Ausgang jener Feier, wobei er wieder, wie bei den meisten Volksaufständen seit Beginn der Revolution, eine Rolle gespielt – immer sonderbarer mit fortgezogen durch die allgemeine Bewegung und in der guten Absicht, durch seine persönliche Gegenwart das Volk vor allzu großen Exzessen zu bewahren. Er gleicht dem Hofmeister, der seinem Zögling in die Frauenhäuser folgte, damit er sich dort nicht betrinke, und mit ihm ins Weinhaus ging, damit er wenigstens dort nicht spiele, und ihn sogar in die Spielhäuser begleitete, damit er ihn dort vor Duellen bewahre; – kam es aber zu einem ordentlichen Duell, dann hat der Alte selber sekundiert.

Wenn man auch voraussehen konnte, dass bei dem Lamarqueschen Begräbnisse, wo ein Heer von Unzufriedenen sich versammelte, einige Unruhen stattfinden würden, so glaubte doch niemand an den Ausbruch einer eigentlichen Insurrektion. Es war vielleicht der Gedanke, dass man jetzt so hübsch beisammen sei, was einige Republikaner veranlasste, eine Insurrektion zu improvisieren. Der Augenblick war keineswegs ungünstig gewählt, eine allgemeine Begeisterung hervorzubringen und selbst die Zagenden zu entflammen. Es war ein Augenblick, der wenigstens das Gemüt gewaltsam aufregte und die gewöhnliche Werkeltagsstimmung und alle kleinen Besorgnisse und Bedenklichkeiten daraus verscheuchte. Schon auf den ruhigen Zuschauer musste dieser Leichenzug einen großen Eindruck machen, sowohl durch die Zahl der Leidtragenden, die über hunderttausend betrug, als auch durch den dunkelmutigen Geist, der sich in ihren Mienen und Gebärden aussprach. Erhebend und doch zugleich beängstigend wirkte besonders der Anblick der Jugend aller hohen Schulen von Paris, der Amis du peuple und so vieler anderer Republikaner aus allen Ständen, die, mit furchtbarem Jubel die Luft erfüllend, gleich Bacchanten der Freiheit vorüberzogen, in den Händen belaubte Stäbe, die sie als ihre Thyrsen schwangen, grüne Weidenkränze um die kleinen Hüte, die Tracht brüderlich einfach, die Augen wie trunken von Tatenlust, Hals und Wangen rotflammend – ach! auf manchem dieser Gesichter bemerkte ich auch den melancholischen Schatten eines nahen Todes, wie er jungen Helden sehr leicht geweissagt werden kann. Wer diese Jünglinge sah, in ihrem übermütigen Freiheitsrausch, der fühlte wohl, dass viele derselben nicht lange leben würden. Es war auch ein trübes Vorbedeutnis, dass der Siegeswagen, dem jene bacchantische Jugend nachjubelte, keinen lebenden, sondern einen toten Triumphator trug.

Unglückseliger Lamarque! wie viel Blut hat deine Leichenfeier gekostet! Und es waren nicht gezwungene oder gedungene Gladiatoren, die sich niedermetzelten, um ein eitel Trauergepränge durch Kampfspiel zu erhöhen. Es war die blühend begeisterte Jugend, die ihr Blut hingab für die heiligsten Gefühle, für den großmütigsten Traum ihrer Seele. Es war das beste Blut Frankreichs, welches in der Rue Saint-Martin geflossen, und ich glaube nicht, dass man bei den Thermopylen tapferer gefochten als am Eingang der Gässchen Saint-Merry und Aubry-des-Bouchers, wo sich endlich eine Handvoll von einigen sechzig Republikanern gegen 60 000 Linientruppen und Nationalgarden verteidigten und sie zweimal zurückschlugen. Die alten Soldaten des Napoleon, welche sich auf Waffentaten so gut verstehen wie wir etwa auf christliche Dogmatik, Vermittlung der Extreme oder Kunstleistungen einer Mimin, behaupten, dass der Kampf auf der Rue Saint-Martin zu den größten Heldentaten der neueren Geschichte gehört. Die Republikaner taten Wunder der Tapferkeit, und die wenigen, die am Leben blieben, baten keineswegs um Schonung. Dieses bestätigen alle meine Nachforschungen, die ich, wie mein Amt es erheischt, gewissenhaft angestellt. Sie wurden größtenteils mit den Bajonetten erstochen, von den Nationalgardisten. Einige Republikaner traten, als aller Widerstand vergebens war, mit entblößter Brust ihren Feinden entgegen und ließen sich erschießen. Als das Eckhaus der Rue Saint-Merry eingenommen wurde, stieg ein Schüler der École d'Alfort mit der Fahne aufs Dach, rief sein »Vive la République!« und stürzte nieder, von Kugeln durchbohrt. In ein Haus, dessen erste Etage noch von den Republikanern behauptet wurde, drangen die Soldaten und brachen die Treppe ab; jene aber, die ihren Feinden nicht lebend in die Hände fallen wollten, haben sich selber umgebracht, und man eroberte nur ein Zimmer voll Leichen. In der Kirche Saint-Merry hat man mir diese Geschichte erzählt, und ich musste mich dort an die Bildsäule des heiligen Sebastian anlehnen, um nicht vor innerer Bewegung umzusinken, und ich weinte wie ein Knabe. Alle Heldengeschichten, worüber ich als Knabe schon so viel geweint, traten mir dabei ins Gedächtnis, fürnehmlich aber dacht ich an Kleomenes, König von Sparta, und seine zwölf Gefährten, die durch die Straßen von Alexandrien rannten und das Volk zur Erkämpfung der Freiheit aufriefen und keine gleichgesinnten Herzen fanden und, um den Tyrannenknechten zu entgehen, sich selber töteten; der schöne Anteos war der letzte, noch einmal beugte er sich über den toten Kleomenes, den geliebten Freund, und küsste die geliebten Lippen und stürzte sich dann in sein Schwert.

Über die Zahl derer, die auf der Rue Saint-Martin gefochten, ist noch nichts Bestimmtes ermittelt. Ich glaube, dass anfangs gegen zweihundert Republikaner dort versammelt gewesen, die aber endlich, wie oben angedeutet, während des Tages vom 6. Juni auf sechzig zusammengeschmolzen waren. Kein einziger war dabei, der einen bekannten Namen trug oder den man früher als einen ausgezeichneten Kämpen des Republikanismus gekannt hätte. Es ist das wieder ein Zeichen, dass, wenn jetzt nicht viele Heldennamen in Frankreich besonders laut erklingen, keineswegs der Mangel an Helden daran schuld ist. Überhaupt scheint die Weltperiode vorbei zu sein, wo die Taten der Einzelnen hervorragen; die Völker, die Parteien, die Massen selber sind die Helden der neueren Zeit; die moderne Tragödie unterscheidet sich von der antiken dadurch, dass jetzt die Chöre agieren und die eigentlichen Hauptrollen spielen, während die Götter, Heroen und Tyrannen, die früherhin die handelnden Personen waren, jetzt zu mäßigen Repräsentanten des Parteiwillens und der Volkstat herabsinken und zur schwatzenden Betrachtung hingestellt sind, als Thronredner, als Gastmahlpräsidenten, Landtagsabgeordnete, Minister, Tribüne usw. Die Tafelrunde des großen Ludwig Philipp, die ganze Opposition mit ihren comptes rendus [Rechenschaftsberichten], mit ihren Deputationen, die Herren Odilon Barrot, Lafitte und Arago, wie passiv und geringselig erscheinen diese abgedroschenen renommierten Leute, diese scheinbaren Notabilitäten, wenn man sie mit den Helden der Rue Saint-Martin vergleicht, deren Namen niemand kennt, die gleichsam anonym gestorben sind.

Der bescheidene Tod dieser großen Unbekannten vermag nicht bloß uns eine wehmütige Rührung einzuflößen, sondern er ermutigt auch unsere Seele, als Zeugnis, dass viele tausend Menschen, die wir gar nicht kennen, bereitstehen, für die heilige Sache der Menschheit ihr Leben zu opfern. Die Despoten aber müssen von heimlichem Grauen erfasst werden, bei dem Gedanken, dass eine solche unbekannte Schar von Todessüchtigen sie immer umringt gleich den vermummten Dienern einer heiligen Feme. Mit Recht fürchten sie Frankreich, die rote Erde der Freiheit!

Es ist ein Irrtum, wenn man etwa glaubt, dass die Helden der Rue Saint-Martin zu den unteren Volksklassen gehört oder gar zum Pöbel, wie man sich ausdrückt; nein, es waren meistens Studenten, schöne Jünglinge, von der École d'Alfort, Künstler, Journalisten, überhaupt Strebende, darunter auch einige Ouvriers, die unter der groben Jacke sehr feine Herzen trugen. Bei dem Kloster Saint-Merry scheinen nur junge Menschen gefochten zu haben; an anderen Orten kämpften auch alte Leute. Unter den Gefangenen, die ich durch die Stadt führen sehen, befanden sich auch Greise, und besonders auffallend war mir die Miene eines alten Mannes, der, nebst einigen Schülern der École polytechnique, nach der Conciergerie gebracht wurde. Letztere gingen gebeugten Hauptes, düster und wüst, das Gemüt zerrissen, wie ihre Kleider; der Alte hingegen ging zwar ärmlich und altfränkisch, aber sorgfältig angezogen, mit abgeschabt strohgelbem Frack und dito Weste und Hose, zugeschnitten nach der neuesten Mode von 1793, mit einem großen dreieckigen Hut auf dem alten gepuderten Köpfchen, und das Gesicht so sorglos, so vergnügt fast, als ging's zu einer Hochzeit; eine alte Frau lief hinter ihm drein, in der Hand einen Regenschirm, den sie ihm nachzubringen schien, und in jeder Falte ihres Gesichtes eine Todesangst, wie man sie wohl empfinden kann, wenn es heißt, irgendeiner unserer Lieben soll vor ein Kriegsgericht gestellt und binnen vierundzwanzig Stunden erschossen werden. Ich kann das Gesicht jenes alten Mannes gar nicht vergessen. Auf der Morgue sah ich den 8. Junius ebenfalls einen alten Mann, der mit Wunden bedeckt war und, wie ein neben mir stehender Nationalgarde mir versicherte, ebenfalls als Republikaner sehr kompromittiert sei. Er lag aber auf den Bänken der Morgue. Letztere ist nämlich ein Gebäude, wo man die Leichen, die man auf der Straße oder in der Seine findet, hinbringt und ausstellt und wo man also die Angehörigen, die man vermisst, aufzusuchen pflegt.

An obenerwähntem Tage, den 8. Juni, begaben sich so viele Menschen nach der Morgue, dass man dort Queue machen musste, wie vor der Großen Oper, wenn »Robert le Diable« gegeben wird. Ich musste dort fast eine Stunde lang warten, bis ich Einlass fand, und hatte Zeit genug, jenes trübsinnige Haus, das vielmehr einem großen Steinklumpen gleicht, ausführlich zu betrachten. Ich weiß nicht, was es bedeutet, dass eine gelbe Holzscheibe mit blauem Mittelgrund, wie eine große brasilianische Kokarde, vor dem Eingang hängt. Die Hausnummer ist 21, vingt-un. Drinnen war es melancholisch anzusehen, wie ängstlich einige Menschen die ausgestellten Toten betrachteten, immer fürchtend, denjenigen zu finden, den sie suchten. Es gab dort zwei entsetzliche Erkennungsszenen. Ein kleiner Junge erblickte seinen toten Bruder und blieb schweigend, wie angewurzelt, stehen. Ein junges Mädchen fand dort ihren toten Geliebten und fiel schreiend in Ohnmacht. Da ich sie kannte, hatte ich das traurige Geschäft, die Trostlose nach Hause zu führen. Sie gehörte zu einem Putzladen in meiner Nachbarschaft, wo acht junge Damen arbeiten, welche sämtlich Republikanerinnen sind. Ihre Liebhaber sind lauter junge Republikaner. Ich bin in diesem Hause immer der einzige Royalist.

Zwischennote zu Artikel IX

Geschrieben den 1. Oktober 1832

Die im vorstehenden Artikel unterdrückte Stelle bezog sich zunächst auf den deutschen Adel. Je mehr ich aber die neuesten Tageserscheinungen überdenke, desto wichtiger dünkt mir dies Thema, und ich muss mich nächstens zu einer gründlichen Besprechung desselben entschließen. Wahrlich, es geschieht nicht aus Privatgefühlen; ich glaube es in der jüngsten Zeit bewiesen zu haben, dass meine Befehdung nur die Prinzipien und nicht leiblich unmittelbar die Person der Gegner trifft. Die Enragés des Tages haben mich deshalb in der letzten Zeit als einen geheimen Bundesgenossen der Artistokraten verschrien, und wenn die Insurrektion vom 5. Junius nicht scheiterte, wäre es ihnen leicht gelungen, mir den Tod zu bereiten, den sie mir zugedacht. Ich verzeihte ihnen gern diese Narrheit, und nur in meinem Tagesbericht vom 7. Junius ist mir ein Wort darüber entschlüpft. – Der Parteigeist ist ein ebenso blindes wie rasendes Tier.

Es ist aber mit dem deutschen Adel eine sehr schlimme Sache. Alle Konstitutionen, selbst die beste, können uns nichts helfen, solange nicht das ganze Adeltum bis zur letzten Wurzel zerstört ist. Die armen Fürsten sind selbst in der größten Not, ihr schönster Wille ist fruchtlos, sie müssen ihren heiligsten Eiden zuwiderhandeln, sie sind gezwungen, der Sache des Volks entgegenzuwirken, mit einem Wort: sie können den beschworenen Konstitutionen nicht treu bleiben, solange sie nicht von jenen älteren Konstitutionen befreit sind, die ihnen der Adel, als er seine waffenherrliche Unabhängigkeit einbüßte, durch die seidenen Künste der Kurtisanerie abzugewinnen wusste; Konstitutionen, die als ungeschriebene Gewohnheitsrechte tiefer begründet sind als die gedruckten Löschpapierverfassungen; Konstitutionen, deren Kodex jeder Krautjunker auswendig weiß und deren Aufrechterhaltung unter die besondere Obhut jeder alten Hofkatze gestellt ist; Konstitutionen, wovon auch der absoluteste König nicht das geringste Titelchen zu verletzen wagt – ich spreche von der Etikette.

Durch die Etikette liegen die Fürsten ganz in der Gewalt des Adels, sie sind unfrei, sie sind unzurechnungsfähig, und die Treulosigkeit, die einige derselben bei den letzten Ordonnanzen des Bundestags beurkundet, ist, wenn man sie billig beurteilt, nicht ihrem Willen, sondern ihren Verhältnissen beizumessen. Keine Konstitution sichert die Rechte des Volks, solange die Fürsten gefangenliegen in den Etiketten des Adels, der, sobald die Kasteninteressen ins Spiel kommen, alle Privatfeindschaften beiseite setzt und als Korps verbündet ist. Was vermag der Einzelne, der Fürst, gegen jenes Korps, das in Intrigen geübt ist, das alle fürstlichen Schwächen kennt, das unter seinen Mitgliedern auch die nächsten Verwandten des Fürsten zählt, das ausschließlich um dessen Person sein darf, dergestalt, dass der Fürst seine Edelleute, selbst wenn er sie hasst, durchaus nicht von sich weisen kann, dass er ihren holden Anblick ertragen muss, dass er sich von ihnen ankleiden, die Hände waschen und lecken lassen muss, dass er mit ihnen essen, trinken und sprechen muss – denn sie sind hoffähig, durch Erbrang zu jenen Hofchargen bevorzugt, und alle Hofdamen würden sich empören und dem armen Fürsten sein eigenes Haus verleiden, wenn er nach seines Herzens Gefühlen handelte und nicht nach den Vorschriften der Etikette. So geschah es, dass König Wilhelm von England, ein wackerer, guter Fürst, durch die Ränke seiner noblen Umgebung, aufs Kläglichste gezwungen ward, sein Wort zu brechen und seinen ehrlichen Namen zu opfern und der Achtung und des Vertrauens seines Volkes auf immer verlustig zu werden. So geschah es, dass einer der edelsten und geistreichsten Fürsten, die je einen Thron geziert, Ludwig von Bayern, der noch vor drei Jahren der Sache des Volkes so eifrig zugetan war und allen Unterjochungsversuchen seiner Noblesse so fest widerstand und ihre frondierende Insolenz und Verleumdungen so heldenmütig ertrug: dass dieser jetzt, müd und entkräftet, in ihre verräterische Arme sinkt und sich selber untreu wird! Armes Herz, das einst so ruhmsüchtig und stolz war, wie sehr muss dein Mut gebrochen sein, dass du, um von einigen störrigen Untertanen nicht mehr durch Widerrede inkommodiert zu werden, deine eigene unabhängige Oberherrschaft aufgabest und selbst ein untertäniger Vasall wurdest, Vasall deiner natürlichen Feinde, Vasall deiner Schwäger!

Ich wiederhole, alle geschriebene Konstitutionen können uns nichts helfen, solange wir das Adeltum nicht von Grund aus vernichten. Es ist nicht damit abgetan, dass man durch diskutierte, votierte und sanktionierte und promulgierte Gesetze die Privilegien des Adels annulliert; dieses ist an mehreren Orten geschehen, und dennoch herrschen dort noch immer die Adelsinteressen. Wir müssen die herkömmlichen Missbräuche im fürstlichen Haushalt vertilgen, auch für das Hofgesinde eine neue Gesindeordnung einführen, die Etiketten zerbrechen und, um selbst frei zu werden, mit der Fürstenbefreiung, mit der Emanzipation der Könige, das Werk beginnen. Die alten Drachen müssen verscheucht werden von dem Quell der Macht. Wenn ihr dieses getan habt, seid wachsam, damit sie nicht nächtlicherweile wieder herankriechen und den Quell vergiften. Einst gehörten wir den Königen, jetzt gehören die Könige uns. Daher müssen wir sie auch selbst erziehen und nicht mehr jenen hochgeborenen Prinzenhofmeistern überlassen, die sie zu den Zwecken ihrer Kaste erziehen und an Leib und Seele verstümmeln. Nichts ist den Völkern gefährlicher als jene frühe Umjunkerung der Kronprinzen. Der beste Bürger werde Prinzenerzieher, durch die Wahl des Volks, und wer verrufenen Leumunds ist oder nur im Geringsten bescholten, werde gesetzlich entfernt von der Person des jungen Fürsten. Drängt er sich dennoch hinzu, mit jener unverschämten Zudringlichkeit, die dem Adel in solchen Fällen eigen ist, so werde er gestäupt, auf dem Marktplatz, nach den schönsten Rhythmen, und mit rotem Eisen werde ihm das Metrum aufs Schulterblatt gedruckt. Wenn er etwa behauptet, er habe sich an die Person des jungen Fürsten gedrängt, um für geistreich und witzig gehalten zu werden, und wenn er einen dicken Bauch hat wie Sir John, so setze man ihn bloß ins Zuchthaus, aber wo die Weiber sitzen.

Indessen, es gibt auch weiße Raben.

Ich werde, wie ich schon in der Vorrede zu Kahldorfs Briefen an den Grafen Moltke angedeutet, diesen Gegenstand ausführlicher besprechen; eine Statistik des diplomatischen Korps, dem die Interessen der Völker anvertraut sind, wird dabei am interessantesten sein. Es werden Tabellen beigefügt werden, Verzeichnisse der verschiedenen Tugenden desselben, in den verschiedenen Hauptstädten. Man wird z. B. daraus ersehen, wie in einer der letzteren immer der dritte Mann unter der edlen Genossenschaft entweder ein Spieler ist oder ein heimatloser Lohndiener oder ein Escroc [Betrüger, Gauner, Schwindler, Hochstapler] oder der Ruffiano [Rüpel, Raufbold] seiner eigenen Gattin oder der Gemahl seines Jockeis oder ein Allerweltsspion oder sonst ein adliger Taugenichts. Ich habe behufs dieser Statistik ein sehr gründliches Quellenstudium getrieben, und zwar an den Tischen des Königs Pharo und anderer Könige des Morgenlands, in den Soireen der schönsten Göttinnen des Tanzes und des Gesanges, in den Tempeln der Gourmandise und der Galanterie, kurz, in den vornehmsten Häusern Europas.

Ich muss in Betreff des Grafen Moltke hier nachträglich erwähnen, dass derselbe Juli vorigen Jahres hier in Paris war und mich in einen Federkrieg über den Adel verwickeln wollte, um dem Publikum zu zeigen, dass ich seine Prinzipien missverstanden oder willkürlich entstellt hätte. Es schien mir aber grade damals bedenklich, in meiner gewöhnlichen Weise ein Thema öffentlich zu erörtern, das die Tagesleidenschaften so furchtbar ansprechen musste. Ich habe diese Besorgnisse dem Grafen mitgeteilt, und er war verständig genug, nichts gegen mich zu schreiben. Da ich ihn zuerst angegriffen, hätte ich seine Antwort nicht ignorieren dürfen, und eine Replik hätte wieder von meiner Seite erfolgen müssen. Wegen jener Einsicht verdient der Graf das beste Lob, das ich ihm hiermit zolle, und zwar um so bereitwilliger, da ich in ihm persönlich einen geistreichen und, was noch mehr sagen will, einen wohldenkenden Mann gefunden, der es wohl verdient hätte, in der Vorrede zu den Kahldorfschen Briefen nicht wie ein gewöhnlicher Adliger behandelt zu werden. Seitdem habe ich seine Schrift über Gewerbefreiheit gelesen, worin er, wie bei vielen anderen Fragen, den liberalsten Grundsätzen huldigt.

Es ist eine sonderbare Sache mit diesen Adligen! Die Besten unter ihnen können sich von ihren Geburtsinteressen nicht lossagen. Sie können in den meisten Fällen liberal denken, vielleicht noch unabhängig liberaler als Roturiers, sie können vielleicht mehr als diese die Freiheit lieben und Opfer dafür bringen – aber für bürgerliche Gleichheit sind sie sehr unempfänglich. Im Grunde ist kein Mensch ganz liberal, nur die Menschheit ist es ganz, da der eine das Stück Liberalismus besitzt, das dem anderen mangelt, und die Leute sich also in ihrer Gesamtheit aufs Beste ergänzen. Der Graf Moltke ist gewiss der festesten Meinung, dass der Sklavenhandel etwas Widerrechtliches und Schändliches ist, und er stimmt gewiss für dessen Abschaffung. Mynheer van der Null hingegen, ein Sklavenhändler, den ich unter den Bohmchen zu Rotterdam kennengelernt, ist durchaus überzeugt, der Sklavenhandel sei etwas ganz Natürliches und Anständiges, das Vorrecht der Geburt aber, das Erbprivilegium, der Adel, sei etwas Ungerechtes und Widersinniges, welches jeder honette Staat ganz abschaffen müsse.

Dass ich im Julius 1831 mit dem Grafen Moltke, dem Champion des Adels, keinen Federkrieg führen wollte, wird jeder vernünftig fühlende Mensch zu würdigen wissen, wenn er die Natur der Bedrohnisse erwägt, die damals in Deutschland laut geworden.

Die Leidenschaften tobten wilder als je, und es galt damals, dem Jakobinismus ebenso kühn die Stirn zu bieten wie einst dem Absolutismus. Unbeweglich in meinen Grundsätzen, haben selbst die Ränke des Jakobinismus nicht vermocht, mich hier, zu Paris, in den dunklen Strudel hineinzureißen, wo deutscher Unverstand mit französischem Leichtsinn rivalisierte. Ich habe keinen Teil genommen an der hiesigen deutschen Assoziation, außer dass ich ihr, bei einer Kollekte für die Unterstützung der freien Presse, einige Francs zollte; lange vor den Juniustagen habe ich den Vorstehern jener Assoziation aufs Bestimmteste notifiziert, dass ich nicht mit derselben in weiterer Verbindung stehe. Ich kann daher nur mitleidig die Achsel zucken, wenn ich höre, dass die jesuitisch aristokratische Partei in Deutschland sich zu jener Zeit die größte Mühe gab, mich als einen der Enragés des Tages darzustellen, um mir bei deren Exzessen eine kompromittierende Solidarität aufzubürden.

Es war eine tolle Zeit, und ich hatte meine große Not mit meinen besten Freunden, und ich war sehr besorgt für meine schlimmsten Feinde. Ja, ihr teuern Feinde, ihr wisst nicht, wie

117

viel Angst ich um euch ausgestanden habe. Es war schon die Rede davon, alle verräterischen Junker, verleumderischen Pfaffen und sonstige Schurken in Deutschland aufzuknüpfen. Wie durfte ich das leiden! Galt es nur, euch ein bisschen zu züchtigen, euch auf dem Schlossplatz zu Berlin oder auf dem Schrannenmarkt [Kornmarkt; heutiger Marienplatz] zu München in einem gelinden Versmaß mit Ruten zu streichen oder euch die trikolore Kokarde auf die Tonsur zu nageln oder sonst ein Späßchen mit euch zu treiben, das hätte ich schon hingehen lassen. Aber dass man euch geradezu umbringen wollte, das litt ich nicht. Euer Tod wäre ja für mich der größte Verlust gewesen. Ich hätte mir neue Feinde erwerben müssen, vielleicht unter honetten Leuten, welches einem Schriftsteller in den Augen des Publikums sehr schädlich ist. Nichts ist uns ersprießlicher, als wenn wir lauter schlechte Kerle zu Feinden haben. Der HERR hat mich unübersehbar reichlich mit dieser Sorte gesegnet, und ich bin froh, dass sie jetzt in Sicherheit sind. Ja, lasst uns ein »Te Metternich laudamus« singen, ihr teuern Feinde! Ihr wart in der größten Gefahr, gehenkt zu werden, und ich hätte euch dann auf immer verloren! Jetzt ist wieder alles still, alles wird beigelegt oder festgesetzt, die Bundesakte wird losgelassen, und die Patrioten werden eingesperrt, und wir sehen einer langen, süßen, sicheren Ruhe entgegen. Jetzt können wir uns wieder ungestört des alten schönen Verhältnisses erfreuen: ich geißle euch wieder nach wie vor, und ihr verleumdet mich wieder nach wie vor. Wie froh bin ich, euch noch so ungehenkt zu sehen! Euer Leben ist mir teurer als jemals. Ich kann mich bei eurem Anblick einer gewissen Rührung nicht erwehren. Ich bitte euch, schont eure Gesundheit; verschluckt nicht euer eigenes Gift, lügt und verleumdet lieber womöglich noch mehr, als ihr zu tun pflegt, das erleichtert das fromme Herz; geht nicht so gebückt und gekrümmt, das schadet der Brust; geht mal ins Theater, wenn eine Raupachsche Tragödie gegeben wird, das heitert auf; versucht eine Abwechselung in euren Privatvergnügungen, besucht auch einmal ein schönes Mädchen; hütet euch aber vor des Seilers Töchterlein!

Ihr flattert jetzt wieder an einem langen Faden; aber wer weiß, eines frühen Morgens hängt ihr an einem kurzen Strick.

Beilage zu Artikel VI

»Siehe zu, die Grundsuppe des Wuchers, der Dieberei und der Räuberei sind unsere Großen und Herren, nehmen alle Kreaturen zum Eigentum, die Fische im Wasser, die Vögel in der Luft, das Gewächs auf Erden, alles muss ihr sein. (Jes. V.) Darüber lassen sie denn Gottes Gebot ausgehen unter die Armen und sprechen: ›Gott hat geboten, du sollst nicht stehlen‹; es dienet aber ihnen nicht. So sie nun alle Menschen verursachen, den armen Ackermann, Handwerkmann und alles, was da lebt, schinden und schaben (Mich. III.), so er sich dann vergreift an dem Allerheiligsten, so muss er henken. Da sagt dann der Doktor Lügner Amen. Die Herren machen das selber, dass ihnen der arme Mann feind wird. Die Ursach des Aufruhrs wollen sie nicht wegtun, wie kann es in der Länge gut werden? So ich das sage, werde ich aufrührisch sein, wohl hin.« – So sprach vor dreihundert Jahren Thomas Münzer, einer der heldenmütigsten und unglücklichsten Söhne des deutschen Vaterlandes, im Prediger des Evangeliums, das, nach seiner Meinung, nicht bloß die Seligkeit im Himmel verhieß, sondern auch die Gleichheit und Brüderschaft der Menschen auf Erden befehle. Der Doktor Martinus Luther war anderer Meinung und verdammte solch aufrührerische Lehren, wodurch sein eigenes Werk, die Losreißung von Rom und die Begründung des neuen Bekenntnisses, gefährdet wurde; und vielleicht mehr aus Weltklugheit denn aus bösem Eifer schrieb er das unrühmliche Buch gegen die unglücklichen Bauern. Pietisten und servile Duckmäuser haben in jüngster Zeit dieses Buch wieder ins Leben gerufen und die neuen Abdrücke ins Land herum verbreitet, einerseits, um den hohen Protektoren zu zeigen, wie die reine lutherische Lehre den Absolutismus unterstütze, andererseits, um durch Luthers Autorität den Freiheitsenthusiasmus in Deutschland niederzudrücken. Aber ein heiligeres Zeugnis, das aus dem Evangelium hervorblutet, widerspricht der knechtischen Ausdeutung und vernichtet die irrige Autorität; Christus, der für die Gleichheit und Brüderschaft der Menschen gestorben ist, hat sein Wort nicht als Werkzeug des Absolutismus offenbart, und Luther hatte unrecht, und Thomas Münzer hatte recht. Er wurde enthauptet zu Mödlin. Seine Gefährten hatten ebenfalls recht, und sie wurden teils mit dem Schwert hingerichtet, teils mit dem Strick gehenkt, je nachdem sie adeliger oder bürgerlicher Abkunft waren. Markgraf Kasimir von Ansbach hat, noch außer solchen Hinrichtungen, auch fünfundachtzig Bauern die Augen ausstechen lassen, die nachher im Land herumbettelten und ebenfalls recht hatten. Wie es in Oberösterreich und Schwaben den armen Bauern erging, wie überhaupt in Deutschland viele hunderttausend Bauern, die nichts als Menschenrechte und christliche Milde verlangten, abgeschlachtet und gewürgt wurden von ihren geistlichen und weltlichen Herren, ist männiglich bekannt. Aber auch letztere hatten recht, denn sie waren noch in der Fülle ihrer Kraft, und die Bauern wurden manchmal irre an sich selber, durch die Autoritäten eines Luthers und anderer Geistlichen, die es mit den Weltlichen hielten, und durch unzeitige Kontroverse über zweideutige Bibelstellen und weil sie manchmal Psalmen sangen, statt zu fechten.

Im Jahr der Gnade 1789 begann in Frankreich derselbe Kampf um Gleichheit und Brüderschaft, aus denselben Gründen, gegen dieselben Gewalthaber, nur dass diese durch die Zeit ihre Kraft verloren und das Volk an Kraft gewonnen und nicht mehr aus dem Evangelium, sondern aus der Philosophie seine Rechtsansprüche geschöpft hatte. Die feudalistischen und hierarchischen Institutionen, die Karl der Große in seinem großen Reich begründet und die sich in den daraus hervorgegangenen Ländern mannigfaltig entwickelt, diese hatten in Frankreich ihre mächtigen Wurzeln geschlagen, jahrhundertelang kräftig geblüht und, wie alles in der Welt, endlich ihre Kraft verloren. Die Könige von Frankreich, verdrießlich ob ihrer Abhängigkeit von dem Adel und von der Geistlichkeit, welcher erstere sich ihnen gleich dünkte und welche letztere mehr als sie selbst das Volk beherrschte, hatten allmählich die Selbständigkeit jener beiden Mächte zu vernichten gewusst, und unter Ludwig XIV. war dieses stolze Werk vollendet. Statt eines kriegerischen Feudaladels, der die Könige einst beherrschte und schützte, kroch jetzt um die Stufen des Thrones ein schwächlicher Hofadel, dem nur die Zahl seiner Ahnen, nicht seiner Burgen und Mannen, Bedeutung verlieh; statt starrer, ultramontanischer Priester, die mit Beicht' und Bann die Könige schreckten, aber auch das Volk im Zaume hielten, gab es jetzt eine gallikanische, sozusagen mediatisierte Kirche, deren Ämter man im Œil de bœuf von Versailles oder im Boudoir der Mätressen erschlich und deren Oberhäupter zu denselben Adligen gehörten, die als Hofdomestiken paradierten, so dass Abt- und Bischofskostüm, Pallium und Mitra, als eine andere Art von Hoflivree betrachtet werden konnte; – und ungeachtet dieser Umwandlung behielt der Adel die Vorrechte, die er einst über das Volk ausgeübt; ja sein Hochmut gegen letzteres stieg, je mehr er gegen seinen königlichen Herren in Demut versank; er usurpierte, nach wie vor, alle Genüsse, drückte und beleidigte, nach wie vor; und dasselbe tat jene Geistlichkeit, die ihre Macht über die Geister längst verloren, aber ihre Zehnten, ihr Dreigöttermonopol, ihre Privilegien der Geistesunterdrückung und der kirchlichen Tücken noch bewahrt hatte. Was einst, im Bauernkrieg, die Lehrer des Evangeliums versucht, das taten die Philosophen jetzt in Frankreich, und mit besserem Erfolg; sie demonstrierten dem Volke die Usurpationen des Adels und der Kirche; sie zeigten ihm, dass beide kraftlos geworden; – und das Volk jubelte auf, und als am 14. Julius 1789 das Wetter sehr günstig war, begann das Volk das Werk seiner Befreiung, und wer am 14. Julius 1790 den Platz besuchte, wo die alte, dumpfe, mürrisch unangenehme Bastille gestanden hatte, fand dort, statt dieser, ein luftig lustiges Gebäude, mit der lachenden Aufschrift: »Ici on danse.« – Seit siebzehn Jahren sind viele Schriftsteller in Europa unablässig bemüht, die Gelehrten Frankreichs von dem Vorwurf zu befreien, als hätten sie den Ausbruch der französischen Revolution ganz besonders verursacht. Die jetzigen Gelehrten wollten wieder bei den Großen zu Gnaden aufgenommen werden, sie suchten wieder ihr weiches Plätzchen zu Füßen der Macht und gebärdeten sich dabei so servil unschuldig, dass man sie nicht mehr für Schlangen ansah, sondern für gewöhnliches Gewürm. Ich kann aber nicht umhin, der Wahrheit wegen zu gestehen, dass eben die Gelehrten des vorigen Jahrhunderts den Ausbruch der Revolution am meisten befördert und deren Charakter bestimmt haben. Ich rühme sie deshalb, wie man den Arzt rühmt, der eine schnelle Krisis herbeigeführt und die Natur der Krankheit, die tödlich werden konnte, durch seine Kunst gemildert hat. Ohne das Wort der Gelehrten hätte der hinsiechende Zustand Frankreichs noch unerquicklich länger gedauert; und die Revolution, die doch am Ende ausbrechen musste, hätte sich minder edel gestaltet; sie wäre gemein und grausam geworden, statt dass sie jetzt nur tragisch und blutig ward; ja, was noch schlimmer ist, sie wäre vielleicht ins Lächerliche und Dumme ausgeartet, wenn nicht die materiellen Nöte einen idealen Ausdruck gewonnen hätten; – wie es leider nicht der Fall ist in jenen Ländern, wo nicht die Schriftsteller das Volk verleitet haben, eine Erklärung der Menschenrechte zu verlangen, und wo man eine Revolution macht, um keine Torsperre zu bezahlen oder um eine fürstliche Mätresse loszuwerden usw. Voltaire und Rousseau sind zwei Schriftsteller, die mehr als alle andere der Revolution vorgearbeitet, die späteren Bahnen derselben bestimmt haben und noch jetzt das französische Volk geistig leiten und beherrschen. Sogar die Feindschaft dieser beiden Schriftsteller hat wunderbar nachgewirkt; vielleicht war der Parteikampf unter den Revolutionsmännern selbst, bis auf diese Stunde, nur eine Fortsetzung eben dieser Feindschaft. (Vergleiche die Note a am Schluss.)

Dem Voltaire geschieht jedoch unrecht, wenn man behauptet, er sei nicht so begeistert gewesen wie Rousseau; er war nur etwas klüger und gewandter. Die Unbeholfenheit flüchtet sich immer in den Stoizismus und grollt lakonisch beim Anblick fremder Geschmeidigkeit. Alfieri macht dem Voltaire den Vorwurf, er habe als Philosoph gegen die Großen geschrieben, während er ihnen als Kammerherr die Fackel vortrug. Der düstere Piemonteser bemerkte nicht, dass Voltaire, indem er dienstbar den Großen die Fackel vortrug, auch damit zugleich ihre Blöße beleuchtete. Ich will aber Voltaire durchaus nicht von dem Vorwurf der Schmeichelei freisprechen, er und die meisten französischen Gelehrten krochen wie kleine Hunde zu den Füßen des Adels und leckten die goldenen Sporen und lächelten, wenn sie sich daran die Zunge zerrissen, und ließen sich mit Füßen treten. Wenn man aber die kleinen Hunde mit Füßen tritt, so tut das ihnen ebenso weh wie den großen Hunden. Der heimliche Hass der französischen Gelehrten gegen die Großen muss um so entsetzlicher gewesen sein, da sie außer den gelegentlichen Fußtritten auch viele wirkliche Wohltaten von ihnen genossen hatten. Garat erzählt von Chamfort, dass er tausend Taler, die Ersparnisse eines ganzen arbeitsamen Lebens, aus einem alten Lederbeutel hervorzog und freudig hingab, als, im Anfang der Revolution, zu einem revolutionären Zweck Geld gesammelt wurde. Und Chamfort war geizig und war immer von den Großen protegiert worden.

Mehr aber noch als die Männer der Wissenschaft haben die Männer der Gewerbe den Sturz des alten Regimes befördert. Glaubten jene, die Gelehrten, dass an dessen Stelle das Regime der geistigen Kapazitäten beginne, so glaubten diese, die Industriellen, dass ihnen, dem faktisch mächtigsten und kräftigsten Teil des Volks, auch gesetzlich die Anerkenntnis ihrer hohen Bedeutung, und also gewiss jede bürgerliche Gleichstellung und Mitwirkung bei den Staatsgeschäften, gebühre. Und in der Tat, da die bisherigen Institutionen auf dem alten Kriegswesen und dem Kirchenglauben beruhten, welche beide kein wahres Leben mehr in sich trugen, so musste die Gesellschaft auf den beiden neuen Gewalten basiert werden, worin eben die meiste Lebenskraft quoll, nämlich auf der Wissenschaft und der Industrie. Die

Geistlichkeit, die geistig zurückgeblieben war, seit Erfindung der Buchdruckerei, und der Adel, der durch die Erfindung des Pulvers zugrunde gerichtet worden, hätten jetzt einsehen müssen, dass die Macht, die sie seit einem Jahrtausend ausgeübt, ihren stolzen, aber schwachen Händen entschwinde und in die verachteten, aber starken Hände der Gelehrten und Gewerbefleißigen übergehe; sie hätten einsehen müssen, dass sie die verlorene Macht nur in Gemeinschaft mit eben jenen Gelehrten und Gewerbefleißigen wiedergewinnen könnten; – sie hatten aber nicht diese Einsicht, sie wehrten sich töricht gegen das Unvermeidliche, ein schmerzlicher, widersinniger Kampf begann, die schleichende, windige Lüge und der morsche, kranke Stolz fochten gegen die eiserne Notwendigkeit, gegen Fallbeil und Wahrheit, gegen Leben und Begeisterung, und wir stehen jetzt noch auf der Walstätte.

Da war ein trübseliger Minister, respektabler Bankier, guter Hausvater, guter Christ, guter Rechner, der Pantalon der Revolution, der glaubte steif und fest, das Defizit des Budgets sei der eigentliche Grund des Übels und des Streites; und er rechnete Tag und Nacht, um das Defizit zu heben, und vor lauter Zahlen sah er weder die Menschen noch ihre drohenden Mienen; doch hatte er in seiner Dummheit einen sehr guten Einfall, nämlich die Zusammenberufung der Notabeln. Ich sage, einen sehr guten Einfall, weil er der Freiheit zugute kam; ohne jenes Defizit hätte Frankreich sich noch länger im Zustand des missbehaglichsten Siechtums hingeschleppt; jenes Defizit war in der Tat nicht mit Geld zu bezahlen, nämlich weil es die Krankheit zum Ausbruch trieb; jene Zusammenberufung der Notabeln beschleunigte die Krisis und also auch die künftige Genesung; und wenn einst die Büste Neckers ins Pantheon der Freiheit aufgestellt wird, wollen wir ihm eine Narrenkappe, bekränzt mit patriotischem Eichenlaub, aufs Haupt setzen. Wahrlich, ist es töricht, wenn man nur die Personen sieht in den Dingen, so ist es noch törichter, wenn man in den Dingen nur die Zahlen sieht. Es gibt aber Kleingeister, die aufs Pfiffigste beide Irrtümer zu verschmelzen suchen, die sogar in den Personen die Zahlen suchen, womit sie uns die Dinge erklären wollen. Sie sind nicht damit zufrieden, den Julius Cäsar für die Ursache des Untergangs römischer Freiheit zu halten, sondern sie behaupten, der geniale Julius sei so verschuldet gewesen, dass er, um nicht selber eingesteckt zu werden, genötigt war, die ganze Welt mitsamt seinen Gläubigern einzustecken. Wenn ich nicht irre, so dient eine Stelle Plutarchs, wo dieser von Cäsars Schulden spricht, zur Basis einer solchen Argumentation. Bourienne, der kleine schmuckelnde Bourienne, der bestechliche Croupier beim Glückspiel des Kaiserreichs, die armselige arme Seele, hat irgendwo in seinen Memoiren angedeutet, dass es wohl Geldverlegenheit gewesen sein mag, was den Napoleon Bonaparte, im Anfang seiner Laufbahn, zu großen Unternehmungen angetrieben habe. In dieser Weise sind manche Tiefdenker nicht damit zufrieden, den Grafen Mirabeau für die Ursache des Untergangs der französischen Monarchie zu halten, sondern sie behaupten sogar, jener sei so sehr durch Geldnot und Schulden bedrängt gewesen, dass er sich nur durch den Umsturz des Vorhandenen habe helfen können. Ich will solche Absurdität nicht weiter besprechen; doch musste ich sie erwähnen, weil sie eben in der letzten Zeit sich am blühendsten entfalten konnte. Mirabeau betrachtet man nämlich jetzt als den eigentlichen Repräsentanten jener ersten Phasis der Revolution, die mit der Nationalversammlung beginnt und schließt. Er ist als solcher ein Volksheld geworden, man bespricht ihn täglich, man erblickt ihn überall, gemalt und gemeißelt, man sieht ihn dargestellt auf allen französischen Theatern, in allen seinen Gestalten: arm und wild; liebend und hassend; lachend und knirschend; ein sorglos verschuldeter Gott, dem Himmel und Erde gehörte und der kapabel war, seinen letzten Fixstern und letzten Louisdor im Pharo zu verspielen; ein Simson, der die Staatssäulen niederreißt, um im stürzenden Gebäude seine mahnenden Philister zu verschütten; ein Herkules, der am Scheideweg sich mit beiden Damen verständigt und in den Armen des Lasters sich von den Anstrengungen der Tugend zu erholen weiß; »ein von Genie und Hässlichkeit strahlender Ariel-Kaliban«, den die Prosa der Liebe ernüchterte, wenn ihn die Poesie der Vernunft berauscht hatte; ein verklärter, anbetungswürdiger Wüstling der Freiheit; ein Zwitterwesen, das nur Jules Janin schildern konnte.

Eben durch die moralischen Widersprüche seines Charakters und Lebens ist Mirabeau der eigentliche Repräsentant seiner Zeit, die ebenfalls so liederlich und erhaben, so verschuldet und reich war, die ebenfalls, im Kerker sitzend, die schlüpfrigsten Romane, aber auch die edelsten Befreiungsbücher geschrieben und die nachher, obgleich belastet mit der alten Puderperücke und mit einem Stück von der alten, infamen Kette, als Herold des neuen Weltfrühlings auftrat und dem erblassenden Zeremonienmeister der Vergangenheit die kühnen Worte zurief: »Allez dire à votre maître que nous sommes ici par la puissance du peuple, et qu'on ne nous en arrachera que par la force des baïonnettes.« Mit diesen Worten beginnt die französische Revolution; kein Bürgerlicher hätte den Mut gehabt, sie auszusprechen, die Zunge der Roturiers und Vilains war noch gebunden von dem stummen Zauber des alten Gehorsams, und eben nur im Adel, in jener überfrechen Kaste, die niemals wahre Ehrfurcht vor den Königen fühlte, fand die neue Zeit ihr erstes Organ.

Ich kann nicht umhin zu erwähnen, dass man mir jüngst versichert, jene weltberühmten Worte Mirabeaus gehörten eigentlich dem Grafen Volney, der, neben ihm sitzend, sie ihm souffliert habe. Ich glaube nicht, dass diese Sage ganz grundlos erfunden sei, sie widerspricht durchaus nicht dem Charakter Mirabeaus, der die Ideen seiner Freunde ebenso gern wie ihr Geld borgte und der deswegen in vielen Memoiren, namentlich in den Brissotschen und in den jüngst erschienenen Memoiren von Dumont, entsetzlich verschrien wird. Manche seiner Zeitgenossen haben deshalb an der Größe seines Rednertalentes gezweifelt und ihm nur wirksame Saillies [Einfälle; Geistesblitze], Theatercoups der Tribüne, zugestanden. Es ist jetzt schwer, ihn in dieser Hinsicht zu beurteilen. Nach dem Zeugnis der Mitlebenden, die man noch über ihn befragen kann, lag der Zauber seiner Rede mehr in seiner persönlichen Erscheinung als in seinen Worten. Besonders wenn er leise sprach, ward man durchschauert von dem wunderbaren Laut seiner Stimme; man hörte die Schlangen zischen, die heimlich unter den oratorischen Blumen krochen. Kam er in Leidenschaft, war er unwiderstehlich. Von Frau von Staël erzählt man, dass sie auf der Galerie der Nationalversammlung saß, als Mirabeau die Tribüne bestieg, um gegen Necker zu sprechen. Es versteht sich, dass eine Tochter wie sie, die ihren Vater anbetete, mit Wut und Grimm gegen Mirabeau erfüllt war; aber diese feindlichen Gefühle schwanden, je länger sie ihn anhörte, und endlich, als das Gewitter seiner Rede mit schrecklichster Herrlichkeit aufstieg, als die vergifteten Blitze aus seinen Augen schossen, als die weltzerschmetternden Donner aus seiner Seele hervorgrollten – da lag Frau von Staël weit hinausgelehnt über der Balustrade der Galerie und applaudierte wie toll.

Aber bedeutsamer noch als das Rednertalent des Mannes war das, was er sagte. Dieses können wir jetzt am unparteiischsten beurteilen, und da sehen wir, dass Mirabeau seine Zeit am tiefsten begriffen hat, dass er nicht sowohl niederzureißen als auch aufzubauen wusste und dass er letzteres besser verstand als die großen Meister, die sich bis auf heutigen Tag an dem großen Werk abmühen. In den Schriften Mirabeaus finden wir die Hauptideen einer konstitutionellen Monarchie wie sie Frankreich bedurfte; wir entdecken den Grundriss, obgleich nur flüchtig und mit blassen Linien entworfen; und wahrlich, allen weisen und bangen Regenten Europas empfehle ich das Studium dieser Linien, dieser Staatshilfslinien, die das größte politische Genie unserer Zeit, mit prophetischer Einsicht und mathematischer Sicherheit, vorgezeichnet hat. Es wäre wichtig genug, wenn man Mirabeaus Schriften in dieser Hinsicht auch für Deutschland ganz besonders zu exploitieren suchte. Seine revolutionären, negierenden Gedanken haben leichtes Verständnis und schnelle Wirkung gefunden. Seine ebenso gewaltigen positiven, konstituierenden Gedanken sind weniger verstanden und wirksam geworden.

Am wenigsten verstand man Mirabeaus Vorliebe für das Königtum. Was er diesem an absoluter Gewalt abgewinnen wollte, das gedachte er ihm durch konstitutionelle Sicherung zu vergüten; ja, er gedachte die königliche Macht noch zu vermehren und zu verstärken, indem er den König aus den Händen der hohen Stände, die ihn durch Hofintrigen und Beichtstuhl faktisch beherrschten, gewaltsam riss und vielmehr in die Arme des dritten Standes hineindrängte. Mirabeau eben war der Verkünder jenes konstitutionellen Königtums, das nach meinem Bedünken der Wunsch jener Zeit war und das, mehr oder minder demokratisch formuliert, auch von der Gegenwart, von uns in Deutschland, verlangt wird.

Dieser konstitutionelle Royalismus war es, was dem Leumund des Grafen am meisten geschadet; denn die Revolutionäre, die ihn nicht begriffen, sahen darin einen Abfall und meinten, er habe die Revolution verkauft. Sie schmähten ihn alsdann um die Wette mit den Aristokraten, die ihn hassten, eben weil sie ihn begriffen, weil sie wussten, dass Mirabeau durch die Vernichtung der Privilegienwirtschaft das Königtum auf ihre Kosten retten und verjüngen wollte. Wie ihn aber die Misere der Privilegierten anwiderte, so musste ihm auch die Rohheit der meisten Demagogen fatal sein, umso mehr, da sie, in jener wahnwitzig debordierenden Weise, die wir wohl kennen, schon die Republik predigten. Es ist interessant, in den damaligen Blättern zu sehen, zu welchen sonderbaren Mitteln jene Demagogen, die gegen die Popularität des Mirabeau noch nicht öffentlich anzukämpfen wagten, ihre Zuflucht nahmen, um die monarchische Tendenz des großen Tribuns unwirksam zu machen. So z. B. als Mirabeau sich einmal ganz bestimmt royalistisch ausgesprochen hatte, wussten sich diese Leute nicht anders zu helfen, als indem sie aussprengten: da Mirabeau seine Reden öfters nicht selbst mache, sei es ihm passiert, dass er die Rede, die er von einem Freund erhalten, vorher zu lesen vergessen und erst auf der Tribüne bemerkt habe, dass dieser ihm perfiderweise eine ganz royalistische Rede untergeschoben.

Ob es Mirabeau gelungen wäre, die Monarchie zu retten und neu zu begründen, darüber wird noch immer gestritten. Die einen sagen, er starb zu früh; die anderen sagen, er starb eben zur rechten Zeit. Er starb nicht an Gift; denn die Aristokratie hatte ihn eben damals nötig. Volksmänner vergiften nicht; der Giftbecher gehört zur alten Tragödie der Paläste. Mirabeau starb, weil er zwei Tänzerinnen, Mesdemoiselles Helisberg und Colomb, und eine Stunde vorher eine Trüffelpastete genossen hatte. – – –

Note a

Der Kampf unter den Revolutionsmännern des Konvents war nichts anders als der geheime Groll des Rousseauischen Rigorismus gegen die Voltairesche Légèreté. Die echten Montagnards hegten ganz die Denk- und Gefühlsweise Rousseaus, und als sie die Dantonisten und Hébertisten zu gleicher Zeit guillotinierten, geschah es nicht sowohl, weil jene zu sehr den erschlaffenden Moderantismus predigten und diese hingegen im zügellosen Sansculottismus ausarteten; wie mir jüngst ein alter Bergmann sagte: »parcequ'ils étaient tous des hommes pourris, frivoles, sans croyance et sans vertu.« Beim Umstürzen des Alten waren die wilden Revolutionsmänner ziemlich einig, als aber etwas Neues gebaut werden sollte, als das Positivste zur Sprache kam, da erwachten die natürlichen Antipathien. Der rousseauisch ernste Schwärmer Saint-Just hasste alsdann den heiteren, geistreichen Fanfaron Desmoulins. Der sittenreine, unbestechliche Robespierre hasste den sinnlichen, geldbefleckten Danton. Maximilian Robespierre heiligen Andenkens war die Inkarnation Rousseaus; er war tief religiös, er glaubte an Gott und Unsterblichkeit, er hasste die Voltaireschen Religionsspöttereien, die unwürdigen Possen eines Gobels, die Orgien der Atheisten und das laxe Treiben der Esprits, und er hasste vielleicht jeden, der witzig war und gern lachte.

Am 19. Thermidor siegte die kurz vorher unterdrückte Voltairesche Partei; unter dem Direktorium übte sie ihre Reaktionen gegen den Berg; späterhin, während dem Heldenspiel der Kaiserzeit und während der frommen christlichen Komödie der Restauration, konnte sie nur in untergeordneten Rollen sich geltend machen; aber wir sahen sie doch bis auf diese Stunde, mehr oder minder tätig, am Staatsruder stehen, und zwar repräsentiert von dem ehemaligen Bischof von Autun, Charles Maurice Talleyrand. Rousseaus Partei, unterdrückt seit jenem unglückseligen Tage des Thermidor, lebt arm, aber geistig und leiblich gesund in den Faubourgs St. Antoine und St. Marceau, sie lebt in der Gestalt eines Garnier-Pagès, eines Cavaignac und so vieler anderen edlen Republikaner, die von Zeit zu Zeit als Blutzeugen auftreten, für das Evangelium der Freiheit. Ich bin nicht tugendhaft genug, um jemals dieser Partei mich anschließen zu können; ich hasse aber zu sehr das Laster, als dass ich sie jemals bekämpfen würde.

Tagesberichte

Vorbemerkung

Über die misslungene Insurrektion vom 5. und 6. Junius, über diese so bedeutende und folgenreiche Erscheinung wird man nie viel Wahres und Richtiges erfahren, sintemalen beide Parteien gleich interessiert waren, die bekannten Tatsachen zu entstellen und die unbekannten zu verhüllen. Die folgenden Tagesberichte, geschrieben angesichts der Begebenheiten, im Geräusch des Parteienkampfs, und zwar immer kurz vor Abgang der Post, so schleunig als möglich, damit die Korrespondenten des siegenden Justemilieu nicht den Vorsprung gewönnen – diese flüchtigen Blätter teile ich hier mit, unverändert, insoweit sie auf die Insurrektion vom 5. Junius Bezug haben. Der Geschichtsschreiber mag sie vielleicht einst um so gewissenhafter benutzen können, da er wenigstens sicher ist, dass sie nicht nach späteren Interessen verfertigt worden.

Wenn es auch für manche irrige Suppositionen, wie man sie in diesen Blättern findet, keines besonderen Widerrufs bedarf, so kann ich doch nicht umhin, eine einzige derselben zu berichtigen. Der General Lafayette hat nämlich seitdem öffentlich erklärt, dass er es nicht war, welcher am 5. Junius die rote Fahne und die Jakobinermütze bekränzt hat. Unser alter General hat sich, wie ich erst später erfahren, an jenem Tag ganz seiner würdig gezeigt. Eine leicht begreifliche Diskretion erlaubt mir nicht, in diesem Augenblick einige hierauf bezügliche Umstände zu berichten, die selbst den eingefleischtesten Jakobiner mit Rührung und Ehrfurcht vor Lafayette erfüllen müssten.

Man wird in diesen Blättern, wie im ganzen Buch, vielen widersprechenden Äußerungen begegnen, aber sie betreffen nie die Dinge, sondern immer die Personen. Über erstere muss unser Urteil feststehen, über letztere darf es täglich wechseln. So habe ich über das schlechte System, worin Ludwig Philipp wie in einem Sumpfe steckt, immer dieselbe Meinung ausgesprochen, aber über seine Person urteilte ich nicht immer in derselben Tonart. Im Beginn war ich gegen ihn gestimmt, weil ich ihn für einen Aristokraten hielt; später, als ich mich von seiner echten Bürgerlichkeit überzeugte, sprach ich schon von ihm viel besser; als er uns durch den État de siège erschreckte, ward ich wieder sehr aufgebracht gegen ihn; dies legte sich wieder nach den ersten Tagen, als wir sahen, dass der arme Ludwig Philipp nur in der Betäubung der eignen Angst jenen Missgriff begangen; aber seitdem haben mir die Karlisten durch ihre Schmähungen eine wahre Vorliebe für die Person dieses Königs eingeflößt, und ich könnte diese noch in meinem Herzen steigern, wenn ich ihn mit ….. vergleichen wollte.

Der Leichenzug von General Lamarque, un convoi d'opposition, wie die Philippisten sagen, ist eben von der Madelaine nach dem Bastillenplatz gezogen; es waren mehr Leidtragende und Zuschauer als bei Casimir-Périers Begräbnis. Das Volk zog selbst den Leichenwagen. Besonders auffallend in dem Zug waren die fremden Patrioten, deren Nationalfahnen in einer Reihe getragen wurden. Ich bemerkte darunter auch eine Fahne, deren Farben aus Schwarz, Karmesinrot und Gold bestanden. Um ein Uhr fiel ein starker Regen, der über eine halbe Stunde dauerte; trotzdem blieb eine unabsehbare Volksmenge auf den Boulevards, die meisten barhaupt. Als der Zug bis gegen das Variétés-Theater gelangt war und eben die Kolonne der Amis du peuple vorüberzog und mehrere derselben »Vive la République!« riefen, fiel es einem Polizeisergeanten ein, zu intervenieren; aber man stürzte über ihn her, zerbrach seinen Degen, und ein grässlicher Tumult entstand; er ist nur mit Not gestillt worden. Der Anblick einer solchen Störnis, die einige hunderttausend Menschen in Bewegung gesetzt, war jedoch merkwürdig und bedenklich genug.

Ich weiß nicht, ob ich in meinem gestrigen Brief erwähnt habe, dass auf den Abend eine Emeute angesagt war. Als Lamarques Leichenzug über die Boulevards kam und der Auftritt beim Theater des Variétés stattfand, konnte man schon Schlimmes ahnen. Auf wessen Seite die Schuld, dass die Leidenschaft so fürchterlich ausbrach, ist schwer zu ermitteln. Die widersprechendsten Gerüchte herrschen noch immer über den Anfang der Feindseligkeiten, über die Ereignisse dieser Nacht und über die ganze Lage der Dinge. Nur ein Begebnis, welches mir von mehreren Seiten und aufs Glaubwürdigste bestätigt wird, will ich hier erwähnen. Als Lafayette, dessen Anwesenheit bei dem Leichenzug überall Enthusiasmus erregt hatte, auf dem Platz, bei dem Pont d'Austerlitz, wo die Totenfeier stattfand, seine Leichenrede geendet hatte, drückte man ihm eine Immortellenkrone aufs Haupt. Zu gleicher Zeit ward auf eine ganz rote Fahne, welche schon vorher viel Aufmerksamkeit erregt, eine rote phrygische Mütze gesteckt, und ein Schüler der École polytechnique erhob sich auf den Schultern der Nebenstehenden, schwenkte seinen blanken Degen über jene rote Mütze und rief: »Vive la liberté!«, nach andrer Aussage: »Vive la République!« Lafayette soll alsdann seinen Immortellenkranz auf die rote Freiheitsmütze gesetzt haben; viele glaubwürdige Leute behaupten, sie hätten es mit eigenen Augen gesehen. Es ist möglich, dass er durch Zwang oder Überraschung diese symbolische Handlung getan; es ist aber auch möglich, dass eine dritte Hand dabei im Spiel war, ohne dass man es in dem großen Menschengedränge bemerken konnte. Nach dieser Manifestation, sagen einige, wollte man die bekränzte rote Mütze im Triumph durch die Stadt tragen, und als die Munizipalgarden und Sergeants de ville bewaffneten Widerstand leisteten, habe der Kampf begonnen. Soviel ist gewiss, als Lafayette, ermüdet von dem vierstündigen Weg, sich in einen Fiaker setzte, hat das Volk die Pferde desselben ausgespannt und seinen alten treuesten Freund, mit eigenen Händen, unter ungeheurem Beifallruf, über die Boulevards gezogen. Viele Ouvriers hatten junge Bäume aus der Erde gerissen und liefen damit, wie Wilde, neben dem Wagen, der in jedem Augenblicke bedroht schien, durch das ungefüge Menschengedränge umgestürzt zu werden. Es sollen zwei Schüsse den Wagen getroffen haben; ich kann jedoch über diesen sonderbaren Umstand nichts Bestimmtes angeben.

Viele, die ich ob des Beginns der Feindseligkeiten befragt habe, behaupten, es habe bei dem Pont d'Austerlitz wegen der Leiche des toten Helden der blutige Hader begonnen, indem ein Teil der »Patrioten« den Sarg nach dem Pantheon bringen, ein anderer Teil ihn weiter nach dem nächsten Dorf begleiten wollte und die Sergeants de ville und Munizipalgarden sich dergleichen Vorhaben widersetzten. So schlug man sich nun mit großer Erbitterung, wie einst vor dem Skäischen Tor um die Leiche des Patroklus. Auf der Place de la Bastille ist viel Blut geflossen. Um halb sieben Uhr kämpfte man schon an der Porte St. Denis, wo das Volk sich verbarrikadierte. Mehrere bedeutende Posten wurden genommen; die Nationalgarden, die solche besetzt hatten, widerstanden nur schwach und übergaben ihre Waffen. So bekam das Volk viele Gewehre. Auf der Place Notre Dame des Victoires fand ich großen Kampflärm; die »Patrioten« hatten drei Posten an der Bank besetzt. Als ich mich nach den Boulevards wandte, fand ich dort alle Butiken geschlossen, wenig Volk, darunter gar wenige Wieber, die doch sonst bei Emeuten sehr furchtlos ihre Schaulust befriedigen; es sah alles sehr ernsthaft aus. Linientruppen und Kürassiere zogen hin und her, Ordonnanzen mit besorgten Gesichtern sprengten vorüber, in der Ferne Schüsse und Pulverdampf. Das Wetter war nicht mehr trübe und gegen Abend sehr günstig. Die Sache schien für die Regierung sehr gefährlich, als es hieß, die Nationalgarden hätten sich für das Volk erklärt. Der Irrtum entstand dadurch, dass viele der »Patrioten« gestern die Uniform der Nationalgardisten trugen und die Nationalgarde wirklich einige Zeit unschlüssig war, welche Partei sie unterstützen sollte. Während dieser Nacht haben die Weiber wahrscheinlich ihren Männern demonstriert, dass man nur die Partei unterstützen müsse, die am meisten Sicherheit für Leib und Gut gewährt, und dessen gewähre Ludwig Philipp viel mehr als die Republikaner, die sehr arm und überhaupt für Handel und Gewerbe sehr schädlich seien; die Nationalgarde ist also heute ganz gegen die Republikaner; die Sache ist entschieden. »C'est un coup manqué«, sagt das Volk. Von allen Seiten kommen Linientruppen nach Paris. Auf der Place de la Concorde stehen sehr viele geladene Kanonen, ebenfalls auf der andern Seite der Tuilerien, auf dem Carrouselplatz. Der Bürgerkönig ist von Bürgerkanonen umringt; où peut-on être mieux qu'au sein de sa famille? Es ist jetzt vier Uhr, und es regnet stark. Dieses ist den »Patrioten« sehr ungünstig, die sich großenteils im Quartier St. Martin barrikadiert haben und wenig Zuhilfe erhalten. Sie sind von allen Seiten zerniert, und ich höre in diesem Augenblick den stärksten Kanonendonner. Ich vernahm, vor zwei Stunden hätte das Volk noch viele Siegeshoffnung gehabt, jetzt aber gelte es nur, heroisch zu sterben. Das werden viele. Da ich bei der Porte St. Denis wohne, habe ich die ganze Nacht schlaflos zugebracht; fast ununterbrochen dauerte das Schießen. Der Kanonendonner findet jetzt in meinem Herzen den kummervollsten Widerhall. Es ist eine unglückselige Begebenheit, die noch unglückseligere Folgen haben wird.

Paris, 7. Juni

Als ich gestern nach der Börse ging, um meinen Brief in den Postkasten zu werfen, stand das ganze Spekulantenvolk unter den Kolonnen, vor der breiten Börsentreppe. Da eben die Nachricht anlangte, dass die Niederlage der »Patrioten« gewiss sei, zog sich die süßeste Zufriedenheit über sämtliche Gesichter; man konnte sagen, die ganze Börse lächelte. Unter Kanonendonner gingen die Fonds um zehn Sous in die Höhe. Man schoss nämlich noch bis fünf Uhr; um sechs Uhr war der ganze Revolutionsversuch unterdrückt. Die Journale konnten also darüber schon heute so viel Belehrung mitteilen, als ihnen ratsam schien. Der »Constitutionnel« und die »Débats« scheinen die Hauptzüge der Ereignisse einigermaßen richtig getroffen zu haben. Nur das Kolorit und der Maßstab ist falsch. Ich komme eben von dem Schauplatz des gestrigen Kampfes, wo ich mich überzeugt habe, wie schwer es wäre, die ganze Wahrheit zu ermitteln. Dieser Schauplatz ist nämlich eine der größten und volkreichsten Straßen von Paris, die Rue St. Martin, die an der Pforte dieses Namens auf dem Boulevard beginnt und erst an der Seine, an dem Pont de Notre-Dame, aufhört. An beiden Enden der Straße hörte ich die Anzahl der »Patrioten« oder, wie sie heute heißen, der »Rebellen«, die sich dort geschlagen, auf fünfhundert bis tausend angeben; jedoch gegen die Mitte der Straße ward diese

Angabe immer kleiner und schmolz endlich bis auf fünfzig. »Was ist Wahrheit!« sagt Pontius Pilatus. – – – Die Anzahl der Linientruppen ist leichter zu ermitteln; es sollen gestern (selbst dem »Journal des débats« zufolge) 40 000 Mann schlagfertig in Paris gestanden haben. Rechnet man dazu wenigstens 20 000 Nationalgarden, so schlug sich jene Handvoll Menschen gegen 60 000 Mann. Einstimmig wird der Heldenmut dieser Tollkühnen gerühmt; sie sollen Wunder der Tapferkeit vollbracht haben. Sie riefen beständig: »Vive la Republique!«, und sie fanden kein Echo in der Brust des Volks. Hätten sie statt dessen »Vive Napoléon!« gerufen, so würde, wie man heute in allen Volksgruppen behauptet, die Linie schwerlich auf sie geschossen haben, und die große Menge der Ouvriers wäre ihnen zu Hilfe gekommen. Aber sie verschmähten die Lüge. Es waren die reinsten, jedoch keineswegs die klügsten Freunde der Freiheit. Und doch ist man heute albern genug, sie des Einverständnisses mit den Karlisten zu beschuldigen! Wahrlich, wer so todesmutig für den heiligen Irrtum seines Herzens stirbt, für den schönen Wahn einer idealischen Zukunft, der verbindet sich nicht mit jenem feigen Kot, den uns die Vergangenheit unter dem Namen Karlisten hinterlassen hat. Ich bin, bei Gott! kein Republikaner, ich weiß, wenn die Republikaner siegen, so schneiden sie mir die Kehle ab, und zwar, weil ich nicht auch alles bewundere, was sie bewundern; – aber dennoch, die nackten Tränen traten mir heute in die Augen, als ich die Orte betrat, die noch von ihrem Blut gerötet sind. Es wäre mir lieber gewesen, ich und alle meine Mitgemäßigten wären, statt jener Republikaner, gestorben.

Die Nationalgardisten freuen sich sehr ihres Sieges. In ihrer Siegestrunkenheit hätten sie gestern Abend fast mir selber, der ich doch zu ihrer Partei gehöre, eine ganz ungesunde Kugel in den Leib gejagt; sie schossen nämlich heldenmütig auf jeden, der ihren Posten zu nahe kam. – Es war ein regnichter, sternloser, widerwärtiger Abend. Wenig Licht auf den Straßen, da fast alle Läden, ebenso wie den Tag über, geschlossen waren. Heute ist wieder alles in bunter Bewegung, und man sollte glauben, nichts wäre vorgegangen. Sogar auf der Straße St. Martin sind alle Läden geöffnet. Trotzdem dass man wegen des aufgerissenen Pflasters und der Reste der Barrikaden dort schwer passiert, wälzt sich jetzt aus Neugier eine ungeheure Menschenmasse durch die Straße, die sehr lang und ziemlich eng ist und deren Häuser ungeheuer hoch gebaut. Fast überall hat dort der Kanonendonner die Fensterscheiben zerbrochen, und überall sieht man die frischen Spuren der Kugeln; denn von beiden Seiten wurde mit Kanonen in die Straße hineingeschossen, bis die Republikaner sich in die Mitte derselben zusammengedrängt sahen. Gestern sagte man, in der Kirche St. Merry seien sie endlich von allen Seiten eingeschlossen gewesen. Diesem aber hörte ich am Orte selbst widersprechen. Ein etwas hervorragendes Haus, Café Leclerque geheißen und an der Ecke des Gässchens St. Merry gelegen, scheint das Hauptquartier der Republikaner gewesen zu sein. Hier hielten sie sich am längsten; hier leisteten sie den letzten Widerstand. Sie verlangten keine Gnade und wurden meistens durch die Bajonette gejagt. Hier fielen die Schüler der Alfortschen Schule. Hier floss das glühendste Blut Frankreichs. – Man irrt jedoch, wenn man glaubt, dass die Republikaner aus lauter jungen Brauseköpfen bestanden. Viele alte Leute kämpften mit ihnen. Eine junge Frau, die ich bei der Kirche St. Merry sprach, klagte über den Tod ihres Großvaters, dieser habe sonst so friedlich gelebt, aber als er die rote Fahne gesehen und »Vive la République!« rufen hörte, sei er, mit einer alten Pike, zu den jungen Leuten gelaufen und mit ihnen gestorben. Armer Greis! er hörte den Kuhreigen »des Berges«, und die Erinnerung seiner ersten Freiheitsliebe erwachte, und er wollte noch einmal mitträumen den Traum der Jugend! Schlaft wohl!

Die Nachfolgen dieser gescheiterten Revolution sind vorauszusehen. Über tausend Menschen sind arretiert, darunter auch, wie man sagt, ein Deputierter, Garnier-Fagès. Die liberalen Journale werden unterdrückt. Das Krämertum frohlockt, der Egoismus gedeiht, und viele der besten Menschen müssen Trauer anlegen. Die Abschreckungstheorie wird noch mehr Opfer verlangen. Schon ist der Nationalgarde angst ob ihrer eignen Force; diese Helden erschrecken, wenn sie sich selbst in einem Spiegel sehen. Der König, der große, starke, mächtige Ludwig Philipp, wird viele Ehrenkreuze austeilen. Der bezahlte Witzbold wird die Freunde der Freiheit auch im Grabe schmähen, und letztere heißen jetzt Feinde der öffentlichen Ruhe, Mörder usw.

Ein Schneider, der heute morgen auf dem Vendômeplatze es wagte, die gute Absicht der Republikaner zu erwähnen, bekam Prügel von einer starken Frau, die wahrscheinlich seine eigene war. Das ist die Konterrevolution.

Paris, 8. Juni

Es scheint keine ganz rote, sondern eine rotschwarzgoldene Fahne gewesen zu sein, die Lafayette bei Lamarques Totenfeier mit Immortellen bekränzt hat. Diese fabelhafte Fahne die niemand kannte, hatten viele für eine republikanische gehalten. Ach, ich kannte sie sehr gut, ich dachte gleich: Du lieber Himmel! das sind ja unsre alten Burschenschaftsfarben, heute geschieht ein Unglück oder eine Dummheit. Leider geschah beides. Als die Dragoner, beim Beginn der Feindseligkeiten, auch auf die Deutschen einsprengten, die jener Fahne folgten, barrikadierten sich diese hinter die großen Holzbalken eines Schreinerhofs. Später retirierten sie sich nach dem Jardin des Plantes, und die Fahne, obgleich in sehr beschädigtem Zustand, ist gerettet. Den Franzosen, die mich über die Bedeutung dieser rotschwarzgoldenen Fahne befragt, habe ich gewissenhaft geantwortet, der Kaiser Rotbart, der seit vielen Jahrhunderten im Kyffhäuser wohnt, habe uns dieses Banner geschickt, als ein Zeichen, dass das alte große Traumreich noch existiert und dass er selbst kommen werde, mit Zepter und Schwert. Was mich betrifft, so glaube ich nicht, dass letzteres so bald geschieht; es flattern noch gar zu viele schwarze Raben um den Berg.

Hier, in Paris, gestalten sich die Verhältnisse minder traumhaft; auf allen Straßen Bajonette und wachsame Militärgesichter. Ich habe es anfangs nur für einen unbedeutenden Schreckschuss gehalten, dass man Paris in Belagerungsstand erklärt; es hieß, man würde diese Erklärung gleich wieder zurücknehmen. Aber als ich gestern nachmittags immer mehr und mehr Kanonen über die Rue Richelieu fahren sah, merkte ich, dass man die Niederlage der Republikaner benützen möchte, um anderen Gegnern der Regierung, namentlich den Journalisten, an den Leib zu kommen. Es ist nun die Frage, ob der »gute Wille« auch mit hinlänglicher Kraft gepaart ist. Man exploitiert jetzt die Siegesbetäubung der Nationalgardisten, die in Betreff der Republikaner an gewaltsamen Maßregeln teilgenommen und denen jetzt Ludwig Philipp wieder kameradschaftlich wie sonst die Hand drückt. Da man die Karlisten hasst und die Republikaner missbilligt, so unterstützt das Volk den König als den Erhalter der Ordnung, und er ist so populär wie die liebe Notwendigkeit. Ja, ich habe »Vive le roi!« rufen hören, als der König über die Boulevards ritt; aber ich habe auch eine hohe Gestalt gesehen, die unfern des Faubourg Montmartre ihm kühn entgegentrat und »A bas Louis Philippe!« rief. Mehrere Reiter des königlichen Gefolges stiegen gleich von ihren Pferden, ergriffen jenen Protestanten und schleppten ihn mit sich fort.

Ich habe Paris nie so sonderbar schwül gesehen wie gestern Abend. Trotz des schlechten Wetters waren die öffentlichen Orte mit Menschen gefüllt. In dem Garten des Palais Royal drängten sich die Gruppen der Politiker und sprachen leise, in der Tat sehr leise; denn man kann jetzt auf der Stelle vor ein Kriegsgericht gestellt und in vierundzwanzig Stunden erschossen werden. Ich fange an, mich nach dem Gerichtsschlendrian meines Deutschlands zurückzusehnen. Der gesetzlose Zustand, worin man sich jetzt hier befindet, ist widerwärtig; das ist ein fataleres Übel als die Cholera. Wie man früher, als letztere grassierte, durch die übertriebenen Angaben der Totenzahl geängstigt wurde, so ängstigt man sich jetzt, wenn man von den ungeheuer vielen Arrestationen, wenn man von geheimen Füsilladen hört, wenn tausenderlei schwarze Gerüchte sich, wie gestern Abend der Fall war, im Dunkeln bewegen. Heute, bei Tageslicht, ist man beruhigter. Man gesteht, dass man sich gestern geängstigt, und man ist vielmehr verdrießlich als furchtsam. Es herrscht jetzt ein Justemilieu-Terreur!

Die Journale sind gemäßigt in ihren Protestationen, jedoch keineswegs kleinlaut. Der »National« und der »Temps« sprechen furchtlos, wie freien Männern ziemt. Mehr, als heute in den Blättern steht, weiß ich über die neuesten Ereignisse nicht mitzuteilen. Man ist ruhig und lässt die Dinge ruhig herankommen. Die Regierung ist vielleicht erschrocken über die ungeheure Macht, die sie in ihren eigenen Händen sieht. Sie hat sich über die Gesetze erhoben; eine bedenkliche Stellung. Denn es heißt mit Recht: Qui est au-dessus de la loi, est hors de la loi. Das einzige, womit viele wahre Freiheitsfreunde die jetzigen gewaltsamen Maßregeln entschuldigen, ist die Notwendigkeit, dass die royauté démocratique im Inneren erstarken müsse, um nach außen kräftiger zu handeln.

Paris, 10. Juni

Gestern war Paris ganz ruhig. Den Gerüchten von den vielen Füsilladen, noch vorgestern Abend von den glaubwürdigsten Leuten verbreitet, wurde von denen, die der Regierung am nächsten stehen, aufs Beruhigendste widersprochen. Nur eine große Anzahl von Verhaftungen wurde eingestanden. Dessen konnte man sich aber auch mit eignen Augen überzeugen; gestern, noch mehr aber vorgestern, sah man überall arretierte Personen von Liniensoldaten oder Kommunalgarden vorbeiführen. Das war zuweilen wie eine Prozession; alte und junge Menschen, in den kläglichsten Kostümen und begleitet von jammernden Angehörigen. Hieß es doch, jeder werde gleich vor ein Kriegsgericht gestellt und binnen vierundzwanzig Stunden erschossen, zu Vincennes. Überall sah man Volksgruppen vor den Häusern, wo Nachsuchungen geschahen. Dies war hauptsächlich der Fall in den Straßen, die der Schauplatz des Kampfes gewesen und wo sich viele der Kämpfer, als sie an ihrer Sache verzweifelten, verborgen hielten, bis irgendein Verräter sie aufspürte. Längs den Kais sah man das meiste Volksgewimmel, gaffend und schwatzend, besonders in der Nähe der Rue St. Martin, die noch immer mit Schaulustigen gefüllt ist, und um das Palais de Justice, wohin man viele Gefangene führte. Auch an der Morgue drängte man sich, um die dort ausgestellten Toten zu sehen; dort gab es die schmerzlichsten Erkennungsszenen. Die Stadt gewährte wirklich einen kummervollen Anblick; überall Volksgruppen mit Unglück auf den Gesichtern, patrouillierende Soldaten und Leichenzüge gefallener Nationalgardisten.

In der Sozietät ist man jedoch seit vorgestern nicht im Mindesten bekümmert; man kennt seine Leute, und man weiß, dass das Justemilieu sich selbst sehr unbehaglich fühlt in der jetzigen Fülle seiner Gewalt. Es besitzt jetzt das große Richtschwert, aber es fehlt ihm die starke Hand, die dazu gehört. Bei den mindesten Streich fürchtet es, sich selbst zu verletzen. Berauscht von dem Sieg, den man zunächst dem Marschall Soult verdankte, ließ man sich zu militärischen Maßregeln verleiten, die jener alte Soldat, der noch voll von den Velleitäten der Kaiserzeit, vorgeschlagen haben soll. Nun steht dieser Mann auch faktisch an der Spitze des Ministerrats, und seine Kollegen und die übrigen Justemilieu-Leute fürchten, dass ihm jetzt auch die so eifrig ambitionierte Präsidentur anheimfalle. Man sucht daher ganz leise einzulenken und sich wieder aus dem Heroismus herauszuziehen; und dahin zielen die nachträglichen milden Definitionen, die man der Ordonnanz über die Erklärung des Belagerungszustandes jetzt nachschickt. Man kann es dem Justemilieu ansehen, wie es sich vor seiner eigenen Macht jetzt ängstigt und aus Angst sie krampfhaft in Händen hält und sie vielleicht nicht wieder losgibt, bis man ihm Pardon verspricht. Es wird vielleicht in der Verzweiflung einige unbedeutende Opfer fallenlassen; es wird sich vielleicht in den lächerlichsten Grimm hineinlügen, um seine Feinde zu erschrecken; es wird grauenhafte Dummheiten begehen; es wird – es ist unmöglich vorauszusehen, was nicht alles die Furcht vermag, wenn sie sich in den Herzen der Gewalthaber barrikadiert hat und sich rings von Tod und Spott zerniert sieht. Die Handlungen eines Furchtsamen, wie die eines Genies, liegen außerhalb aller Berechnung. Indessen, das höhere Publikum fühlt hier, dass der außergesetzliche Zustand, worein man es versetzt, nur eine Formel ist. Wo die Gesetze im Bewusstsein des Volkes leben, kann die Regierung sie nicht durch eine plötzliche Ordonnanz vernichten. Man ist hier de facto seines Leibes und seines Eigentums immer noch sicherer als im übrigen Europa, mit Ausnahme Englands und Hollands. Obgleich Kriegsgerichte instituiert sind, herrscht hier noch immer mehr faktische Pressefreiheit, und die Journalisten schreiben hier über die Maßregeln der Regierung noch immer viel freier als in manchen Staaten des Kontinents, wo die Pressefreiheit durch papierne Gesetze sanktioniert ist.

Da die Post heute, Sonntag, schon diesen Mittag abgeht, kann ich über heute nichts mitteilen. Auf die Journale muss ich bloß verweisen. Ihr Ton ist weit wichtiger als das, was sie sagen. Übrigens sind sie gewiss wieder voll von Lügen. – Seit frühestem Morgen wird unaufhörlich getrommelt. Es ist heute große Revue. Mein Bedienter sagt mir, dass die Boulevards, überhaupt die ganze Strecke von der Barrière du Trône bis an die Barrière de l'Étoile mit Linientruppen und Nationalgarden bedeckt sind. Ludwig Philipp, der Vater des Vaterlandes, der Besieger der Catilinas vom 5. Juni, Cicero zu Pferde, der Feind der Guillotine und des Papiergeldes, der Erhalter des Lebens und der Butiken, der Bürgerkönig, wird sich in einigen Stunden seinem Volke zeigen; ein lautes Lebehoch wird ihn begrüßen; er wird sehr gerührt sein; er wird vielen die Hand drücken, und die Polizei wird es an besonderen Sicherheitsmaßregeln und an Extraenthusiasmus nicht fehlen lassen.

Paris, 11. Juni

Ein wunderschönes Wetter begünstigte die gestrige Heerschau. Auf den Boulevards, von der Barrière du Trône bis zur Barrière de l'Étoile, standen vielleicht 50 000 Nationalgarden und Linientruppen, und eine unzählige Menge von Zuschauern war auf den Beinen oder an den Fenstern, neugierig erwartend, wie der König aussehen und das Volk ihn empfangen werde, nach so außerordentlichen Ereignissen. Um ein Uhr gelangten Se. Majestät mit Ihrem Generalstab in die Nähe der Porte Saint-Denis, wo ich auf einer umgestürzten Therme stand, um genauer beobachten zu können. Der König ritt nicht in der Mitte, sondern an der rechten Seite, wo Nationalgarden standen, und den ganzen Weg entlang lag er seitwärts vom Pferd herabgebeugt, um überall den Nationalgarden die Hand zu drücken; als er zwei Stunden später desselben Wegs zurückkehrte, ritt er an der linken Seite, wo er dasselbe Manöver fortsetzte, sodass ich mich nicht wundern würde, wenn er, infolge dieser schiefen Haltung, heute die größten Brustschmerzen empfindet oder sich gar eine Rippe verrenkt hat. Jene außerordentliche Geduld des Königs war wirklich unbegreiflich. Dabei musste er beständig lächeln. Aber unter der dicken Freundlichkeit jenes Gesichtes, glaube ich, lag viel Kummer und Sorge. Der Anblick des Mannes hat mir tiefes Mitleid eingeflößt. Er hat sich sehr verändert, seit ich ihn diesen Winter auf einem Ball in den Tuilerien gesehen. Das Fleisch seines Gesichtes, damals rot und schwellend, war gestern schlaff und gelb, sein schwarzer Backenbart war jetzt ganz ergraut, sodass es aussieht, als wenn sogar seine Wangen sich seitdem geängstigt ob gegenwärtiger und künftiger Schläge des Schicksals; wenigstens war es ein Zeichen des Kummers, dass er nicht daran gedacht hat, seinen Backenbart schwarz zu färben. Der dreieckige Hut, der, mit ganzer Vorderbreite, ihm tief in die Stirn gedrückt saß, gab ihm außerdem ein sehr unglückliches Ansehen. Er bat gleichsam mit den Augen um Wohlwollen und Verzeihung.

Wahrlich, diesem Mann war es nicht anzusehen, dass er uns alle in Belagerungsstand erklärt hat. Es regte sich daher auch nicht der mindeste Unwille gegen ihn, und ich muss bezeugen, dass großer Beifallruf ihn überall begrüßte; besonders haben ihm diejenigen, denen er die Hand gedrückt, ein rasendes Lebehoch nachgeschrien, und aus tausend Weibermäulern erscholl ein gellendes: »Vive le roi!« Ich sah eine alte Frau, die ihren Mann in die Rippen stieß, weil er nicht laut genug geschrien. Ein bitteres Gefühl ergriff mich, wenn ich dachte, dass das Volk, welches jetzt den armen händedrückenden Ludwig Philipp umjubelt, dieselben Franzosen sind, die so oft den Napoleon Bonaparte vorbeireiten sahen mit seinem marmornen Cäsargesicht und seinen unbewegten Augen und »unnahbaren« Händen.

Nachdem Ludwig Philipp die Heerschau gehalten oder vielmehr das Heer betastet hatte, um sich zu überzeugen, dass es wirklich existiert, dauerte der militärische Lärm noch mehrere Stunden. Die verschiedenen Korps schrien sich beständig Komplimente zu, wenn sie aneinander vorübermarschierten. »Vive la ligne!« rief die Nationalgarde, und jene schrie dagegen »Vive la Garde nationale!« Sie fraternisierten. Man sah einzelne Liniensoldaten und Nationalgarden in symbolischer Umarmung; ebenso, als symbolische Handlung, teilten sie miteinander ihre Würste, ihr Brot und ihren Wein. Es ereignete sich nicht die geringste Unordnung.

Ich kann nicht umhin zu erwähnen, dass der Ruf: »Vive la liberté!« der häufigste war, und wenn diese Worte von so vielen tausend bewaffneten Leuten aus voller Brust hervorgejauchzt wurden, fühlte man sich ganz heiter beruhigt, trotz des Belagerungsstandes und der instituierten Kriegsgerichte. Aber das ist es eben, Ludwig Philipp wird sich nie selbstwillig der öffentlichen Meinung entgegenstellen, er wird immer ihre dringendsten Gebote zu erlauschen suchen und immer darnach handeln. Das ist die wichtige Bedeutung der gestrigen Revue. Ludwig Philipp fühlte das Bedürfnis, das Volk in Masse zu sehen, um sich zu überzeugen, dass es ihm seine Kanonenschüsse und Ordonnanzen nicht übelgenommen und ihn nicht für einen argen Gewaltkönig hält und kein sonstiges Missverständnis stattfindet. Das Volk wollte sich aber auch seinen Ludwig Philipp genau betrachten, um sich zu überzeugen, dass er noch immer der untertänige Höfling seines souveränen Willens ist und ihm noch immer gehorsam und ergeben geblieben. Man konnte deshalb ebenfalls sagen, das Volk habe den König die Revue passieren lassen, es habe Königsschau gehalten und habe bei dessen Manöver seine allerhöchste Zufriedenheit geäußert.

Paris, 12. Juni

Die große Revue war gestern das allgemeine Tagesgespräch. Die Gemäßigten sahen darin das beste Einverständnis zwischen dem König und den Bürgern. Viele erfahrne Leute wollen jedoch diesem schönen Bund nicht trauen und weissagen ein Zerwürfnis, das leicht stattfinden kann, sobald einmal die Interessen des Thrones mit den Interessen der Butike in Konflikt geraten. Jetzt freilich stützen sie sich wechselseitig, und König und Bürger sind miteinander zufrieden. Wie man mir erzählt, war die Place Vendôme vorgestern Nachmittag der Schauplatz, wo man jene schöne Übereinstimmung am besten bemerken konnte; der König war erheitert durch den Jubel, womit er auf den Boulevards empfangen worden; und als die Kolonnen der Nationalgarden an ihm vorbeidefilierten, traten einzelne derselben, ohne Umstände, aus der Reihe hervor, reichten auch ihm die Hand, sagten ihm dabei ein freundliches Wort oder sagten ihm bündigst ihre Meinung über die letzten Ereignisse oder erklärten ihm unumwunden, dass sie ihn unterstützen werden, solange er seine Macht nicht missbrauche. Dass dieses nie geschehe, dass er nur die Unruhestifter unterdrücken wolle, dass er die Freiheit und Gleichheit der Franzosen um so kräftiger verfechten werde, beteuerte Ludwig Philipp aufs Heiligste, und sein Wort begründete vieles Vertrauen. Ich habe der Unparteilichkeit wegen diese Umstände nachträglich erwähnen müssen. Ja, ich gestehe es, das misstrauende Herz ward mir dadurch etwas besänftigt.

Die Oppositionsjournale scheinen fast die vorgestrigen Vorgänge ignorieren zu wollen. Überhaupt ist ihr Ton sehr merkwürdig. Es ist eine Art des Ansichhaltens, wie es furchtbaren Ausbrüchen vorherzugehen pflegt. Sie scheinen nur die Aufhebung der Ordonnanz über den Belagerungsstand abwarten zu wollen. Der Ton jedes Journals bekundet, in welchem Grade es bei den letzten Ereignissen kompromittiert ist. Die »Tribune« muss ganz schweigen, denn diese ist am meisten bloßgestellt. Der »National« ist es ebenfalls, aber nicht in so hohem Grade, und er darf schon mehr und freier sprechen. Der »Temps«, der am stärksten und kühnsten sich gegen die Ordonnanz des Belagerungsstandes erhoben hat, steht gar nicht schlecht mit einigen Rädelsführern des Justemilieu und ist viel mehr geschützt als Sarrut und Carrel; aber wir wollen uns durch solche Berücksichtigung nicht abhalten lassen, den Herrn Coste als einen der besten Bürger Frankreichs zu loben, ob der männlichen großen Worte, womit er sich in bedrängtester Zeit gegen die Ungesetzlichkeit und die Willkür der Regierung ausgesprochen hat. – Herr Sarrut ist arretiert; Herrn Carrel sucht man überall. Gegen Carrel ist man wohl am meisten aufgebracht. Man glaubte nämlich allgemein, Herr Carrel stände an der Spitze der Volksbewegung vom 5. Juni. Das große Gebäude in der Rue du Croissant, wo die Druckerei und die Bureaux des »National«, hielt man für das Hauptquartier, und gegen zweitausend Personen, worunter viele von hoher Bedeutung, sind dorthin gegangen, um sich und ihren Anhang zu jeder Mithilfe anzubieten. Es ist aber ganz gewiss, dass Carrel alle solche Anträge abgelehnt und vorausgesagt, dass die beabsichtigte Revolution misslinge, weil man sie nicht gehörig vorbereitet; weil man sich der Sympathie des Volks nicht versichert; weil man der nötigsten Hilfsmittel entbehre; weil man nicht einmal die agierenden Personen kenne usw. Und in der Tat, nie gab es eine Empörung, die schlechter eingeleitet worden, und bis auf diese Stunde weiß man noch nicht, wie sie entstanden ist und sich gestaltet hat. Jemand, der in der Rue St. Martin mitgefochten, versichert: Als die Republikaner, die sich dort eingeschlossen fanden, einander betrachteten, hat keiner den andern gekannt, und nur Zufall hat alle diese Menschen, die sich ganz fremd waren, zusammengebracht. Sie lernten sich jedoch schnell kennen, als sie sich gemeinschaftlich schlugen, und die meisten starben als herzinnig vertraute Waffenbrüder. So hat man auch bis auf diese Stunde noch nicht ermitteln können, wie es mit der Heimführung Lafayettes eigentlich zugegangen ist. Ein Wohlunterrichteter hat mir gestern versichert, die Regierung, die dem Lamarqueschen Leichenbegängnis misstraute und deshalb auch ihre Dragoner in Bereitschaft hielt, habe der Polizei Order gegeben, bei etwaigem Ausbruche von Revolte sich immer gleich des Lafayettes zu bemächtigen, damit dieser nicht in die Hände der Empörer gerate und durch das Ansehen seines Namens sie unterstützen könne; als nun die ersten Schüsse fielen, haben einige Polizeiagenten, als Ouvriers verkleidet, den armen Lafayette gewaltsam in eine Kutsche geschoben, und andere ebenfalls verkleidete Polizeiagenten haben sich davor gespannt und ihn unter lautem »Vive Lafayette!« im Triumph davongeschleppt.

Wenn man jetzt die Republikaner sprechen hört, so gestehen sie, dass am 6. Juni das Unglück ihrer Freunde ihnen viel geschadet, dass aber tags darauf die Torheit ihrer Feinde, nämlich die Ordonnanz über den Belagerungsstand der Stadt Paris, ihnen desto mehr genutzt hat. Sie behaupten, dass der 5. und 6. Juni nur als Vorpostengefecht zu betrachten sei, dass keiner von den Notabilitäten der republikanischen Partei dabeigewesen und dass ihnen aus dem vergossenen Blute viele neue Mitkämpfer erwuchsen. Was ich oben erwähnt, scheint diese Behauptung einigermaßen zu unterstützen. Die Partei, die der »National« repräsentiert und die von der perfiden »Gazette de France« als doktrinäre Republikaner bezeichnet wird, nahm an jenen Begebenheiten keinen Teil, und die Häuptlinge der Partei der »Tribune«, die Montagnards, sind ebenfalls nicht dabei zum Vorschein gekommen.

Paris, 17. Juni

Man macht sich jetzt in der Ferne gewiss die sonderbarsten Vorstellungen von dem hiesigen Zustand, wenn man die letzten Vorfälle, den noch unaufgehobenen État de siège und die schroffe Gegeneinanderstellung der Parteien, bedenkt. Und doch sehen wir diesen Augenblick hier so wenig Veränderung, dass wir uns eben über diesen Mangel an ungewöhnlichen Erscheinungen am meisten wundern müssen. Diese Bemerkung ist die Hauptsache, die ich mitzuteilen habe, und dieser negative Inhalt meines Briefes wird gewiss manche irrige Voraussetzungen berichtigen.

Es ist hier ganz still. Die Kriegsgerichte instruieren mit grimmiger Miene. Bis jetzt ist noch keine Katze erschossen. Man lacht, man spöttelt, man witzelt über den Belagerungszustand, über die Tapferkeit der Nationalgarde, über die Weisheit der Regierung. Was ich gleich vorausgesagt habe, ist richtig eingetroffen: das Justemilieu weiß nicht, wie es sich wieder aus dem Heroismus herausziehen soll, und die Belagerten betrachten mit Schadenfreude diesen verzweifelten Zustand der Belagerer. Diese möchten gern so barbarisch als möglich aussehen; sie wühlen im Archiv der barbarischsten Zeiten, um Gräuelgesetze wieder ins Leben zu rufen, und es gelingt ihnen nur, sich lächerlich zu machen.

Die geputzten Menschengruppen, die in den Gärten des Palais Royal, der Tuilerien und des Luxemburg spazierengehen und die stille Sommerkühle einatmen oder den idyllischen Spielen der kleinen Kinder zuschauen oder in sonstig umfriedeter Ruhe sich erlustigen, diese bilden, ohne es zu wissen, die heiterste Satire auf jenen Belagerungszustand, welcher gesetzlich existiert. Damit das Publikum nur einigermaßen daran glaube, werden mit dem größten Ernst überall Haussuchungen gehalten, Kranke werden aus ihren Betten aufgestört, und man wühlt nach, ob nicht etwa eine Flinte darin versteckt liegt oder gar eine Tüte mit Pulver. – Am meisten werden die armen Fremden belästigt, die des Belagerungszustandes wegen sich nach der Préfecture de Police begeben müssen, um neue Aufenthaltserlaubnisse nachzusuchen. Sie müssen dort pro forma allerlei Interrogationen ausstehen. Viele Franzosen aus der Provinz, besonders Studenten, müssen auf der Polizei einen Revers unterschreiben, dass sie während ihres Aufenthalts in Paris nichts gegen die Regierung von Ludwig Philipp unternehmen wollten. Viele haben lieber die Stadt verlassen, als dass sie diese Unterschrift gaben. Andere unterschrieben nur, nachdem man erlaubte hinzuzusetzen, dass sie ihrer Gesinnung nach Republikaner seien. Jene polizeiliche Vorsichtsmaßregel haben gewiss die Doktrinäre nach dem Beispiel deutscher Universitäten eingeführt.

Man arretiert noch immer, zuweilen die heterogensten Leute und unter den heterogensten Vorwänden; die einen wegen Teilnahme an der republikanischen Revolte, andere wegen einer neuentdeckten bonapartistischen Verschwörung; gestern arretierte man sogar drei karlistische Pairs, worunter Don Chateaubriand, der Ritter von der traurigen Gestalt, der beste Schriftsteller und größte Narr von Frankreich. Die Gefängnisse sind überfüllt. In Saint-Pélagie allein sitzen politischer Anklagen halber über 600 Gefangene. Von einem meiner Freunde, der wegen Schulden sich dort befindet und ein großes Werk schreibt, in welchem er beweist, dass Saint-Pélagie von den Pelasgern gestiftet worden, erhielt ich gestern einen Brief, worin er sehr klagt über den Lärm, der ihn jetzt umgebe und in seinen gelehrten Untersuchungen gestört habe. Der größte Übermut herrscht unter den Gefangenen von Saint-Pélagie. Auf die Mauer des Hofes haben sie eine ungeheuer große Birne gezeichnet und darüber ein Beil. – Ich kann bei Erwähnung der Birne nicht umhin zu bemerken, dass die Bilderläden durchaus keine Notiz genommen von unserem Belagerungszustand. Die Birne, und wieder

133

die Birne, ist dort auf Karikaturen zu schauen. Die auffallendste ist wohl die Darstellung der Place de la Concorde mit dem Monument, das der Charte gewidmet ist; auf letzterm, welches die Gestalt eines Altars hat, liegt eine ungeheure Birne mit den Gesichtszügen des Königs. – Dem Gemüt eines Deutschen wird dergleichen auf die Länge lästig und widrig. Jene ewigen Spöttereien, gemalt und gedruckt, erregen vielmehr bei mir eine gewisse Sympathie für Ludwig Philipp. Er ist wahrhaft zu bedauern, jetzt mehr als je. Er ist gütig und milde von Natur und wird jetzt gewiss von den Kriegsgerichten dazu verurteilt, strenge zu sein. Dabei fühlt er, dass Exekutionen weder helfen noch abschrecken, besonders nachdem die Cholera vor einigen Wochen über 35 000 Menschen durch die schrecklichsten Martern hingerichtet. Grausamkeiten werden aber den Gewalthabern eher verziehen als die Verletzung hergebrachter Rechtsbegriffe, wie sie namentlich in der rückwirkenden Kraft der Belagerungserklärung liegt. Deshalb hat jene Androhung von kriegsgerichtlicher Strenge den Republikanern einen so superieuren Ton eingeflößt, und ihre Gegner erscheinen dadurch jetzt so klein.

Paris, 7. Juli

Eine Abspannung, wie sie nach großen Aufregungen einzutreten pflegt, ist hier in diesem Augenblick bemerkbar. Überall graue Misslaune, Vergrämnis, Müdigkeit, aufgesperrte Männer, die teils gähnen, teils ohnmächtig die Zähne weisen. Der Beschluss des Kassationshofes hat unserem sonderbaren Belagerungszustand fast lustspielartig ein Ende gemacht. Es ist über diese unvorhergesehene Katastrophe so viel gelacht worden, dass man der Regierung ihren verfehlten Coup d'état fast verzieh. Mit welchem Ergötzen lasen wir an den Straßenecken die Proklamation des Herrn Montalivet, worin er sich gleichsam bei den Parisern bedankte, dass sie von dem État de siège so wenig Notiz genommen und sich unterdessen durchaus nicht in ihren Vergnügungen stören lassen! Ich glaube nicht, dass Beaumarchais dieses Aktenstück besser geschrieben hätte. Wahrlich, die jetzige Regierung tut viel für die Aufheiterung des Volks!

Zu gleicher Zeit amüsierten sich die Franzosen mit einem sonderbaren Puzzlespiel. Letzteres ist bekanntlich ein chinesischer Zeitvertreib, und man hat dabei die Aufgabe zu lösen, dass man mit einigen schiefen und eckigen Stückchen Holz eine bestimmte Figur zusammensetzen könne. Nach den Regeln dieses Spiels beschäftigte man sich nun in den hiesigen Salons, ein neues Ministerium zusammenzusetzen, und man hat keine Idee davon, welche schiefe und eckige Personnagen nebeneinandergestellt wurden und wie alle diese hölzernen Kombinationen dennoch keine honette Gesamtfigur bildeten. –

Über Dupins Misslichkeiten, in Betreff einer Ministerwahl, haben die Journale viel Sonderbares geschwatzt, doch nicht immer ohne Grund. Es ist wahr, dass er mit dem König etwas hart zusammengeraten und sie sich beide einmal mit wechselseitigem Unmute getrennt. Auch ist es wahr, dass Lord Granville die Veranlassung gewesen. Aber die Sache verhält sich folgendermaßen: Herr Dupin hatte früher dem König Ludwig Philipp sein Wort gegeben, dass er, sobald dieser es verlange, die Präsidentur des Konseils annehmen wolle. Lord Granville, dem es nicht genehm ist, einen solchen bürgerlichen Mann an der Spitze der Regierung zu sehen, und der sich, im Geiste seiner Kaste, einen noblern Premierminister wünscht, soll gegen Ludwig Philipp einige ernsthafte Bedenklichkeiten über die Kapazität des Herrn Dupin geäußert haben. Als der König solche Reden dem Herrn Dupin wiedererzählte, wurde dieser so unwirsch, geriet in so unziemliche Äußerungen, dass zwischen ihm und dem König ein Zerwürfnis entstand. Eine Menge kleiner Intrigen durchkreuzt diese Begebenheit. Indessen die Macht der Dinge wird viele Misshelligkeiten lösen; Dupin ist, sobald die Kammer wieder ihre Debatten beginnt, der einzig mögliche Minister des Justemilieu; nur er vermag der Opposition parlamentarischen Widerstand zu leisten, und wahrlich, die Regierung wird genugsam Rede stehen müssen. – Bis jetzt ist Ludwig Philipp noch immer sein eigener Premierminister. Dieses bekundet sich schon dadurch, dass man alle Regierungsakte ihm selber zuschreibt und nicht Herrn Montalivet, von welchem kaum die Rede ist, ja, welcher nicht einmal gehabt wird. Merkwürdig ist die Umwandlung, die sich seit der Revolte vom 5. und 6. Juni in den Ansichten des Königs gebildet zu haben scheint. Er hält sich nämlich jetzt für ganz stark; er glaubt auf die große Masse der Nation bestimmt rechnen zu können; er glaubt der Mann der Notwendigkeit zu sein, dem sich, bei ausländischen Anfeindungen, die Nation unbedingt anschließen werde, und er scheint deshalb den Krieg nicht mehr so ängstlich wie sonst zu fürchten. Die patriotische Partei bildet freilich die Minorität, und diese misstraut ihm; sie fürchtet mit Recht, dass er gegen die Fremden minder feindlich sei als gegen die Einheimischen. Jene bedrohen nur seine Krone, diese sein Leben. Dass letzteres wirklich geschieht, weiß der König. In der Tat, wenn man berücksichtigt, dass Ludwig Philipp von der blutigsten Böswilligkeit seiner Gegner in tiefster Seele überzeugt ist, so muss man über seine Mäßigung erstaunen. Er hat freilich durch die Erklärung des État de siège eine unverantwortliche Illegalität sich zuschulden kommen lassen; aber man kann doch nicht sagen, dass er seine Macht unwürdigerweise missbraucht habe. Er hat vielmehr alle, die ihn persönlich beleidigt hatten, großmütigst verschont, während er nur diejenigen, die seiner Regierung sich feindlich entgegengesetzt, niederzuhalten oder vielmehr zu entwaffnen suchte. Trotz allen Missmuts, den man gegen den König Ludwig Philipp hegen mag, will sich mir doch die Überzeugung aufdrängen, als sei der Mensch Ludwig Philipp ungewöhnlich edelmütig und großsinnig. Seine Hauptleidenschaft scheint die Bausucht zu sein. Ich war gestern in den Tuilerien; überall wird dort gebaut, über und unter der Erde; Zimmerwände werden eingerissen, große Keller werden ausgegraben, und das ist ein beständiges Klipp-Klapp. Der König, welcher mit seiner ganzen Familie in St. Cloud wohnt, kommt täglich nach Paris und betrachtet dann zuerst die Fortschritte der Bauten in den Tuilerien. Diese stehen jetzt fast ganz leer; nur das Ministerkonseil wird dort gehalten. Oh, wenn alle Blutstropfen sprechen könnten, wie es in den Kindermärchen geschieht, so würde man dort manchmal guten Rat vernehmen; denn in jedem Zimmer dieses tragischen Hauses ist belehrendes Blut geflossen.

Paris, 15. Juli

Der vierzehnte Julius ist ruhig vorübergegangen, ohne dass die von der Polizei angekündigte Emeute irgendwo zum Vorschein kam. Es war aber auch ein so heißer Tag, es lag eine so drü-ckende Schwüle auf ganz Paris, dass jene Ankündigung nicht einmal die gehörige Anzahl Neugieriger nach den gewöhnlichen Tummelorten der Emeuten locken konnte. Nur auf dem großen Inauguralplatz der Revolution, wo einst an diesem Tag die Bastille zerstört wurde, zeigten sich viele Gruppen von Menschen, die in der grellsten Mittagshitze ruhig ausharrten und sich gleichsam aus Patriotismus von der Juliussonne braten ließen. Es hieß früherhin, dass man am 14. Juli die alten Bastillenstürmer, die noch am Leben sind und die jetzt eine Pension bekommen, auf diesem Platz öffentlich belorbeeren wollte. Dem Lafayette war bei dieser Feier eine Hauptrolle zugedacht. Aber durch die Affären vom 5. und 6. Juni mag dieses Projekt rückgängig geworden sein; auch scheint Lafayette in diesem Jahr nach keinen neuen Triumphzügen zu verlangen. Vielleicht gab's unter den Gruppen auf dem Bastillenplatz mehr Polizei als Menschen; denn es wurden bitterböse Bemerkungen so laut geäußert, wie nur verkleidete Mouchards sie auszusprechen pflegen. Ludwig Philipp, hieß es, sei ein Verräter, die Nationalgarden seien Verräter, die Deputierten seien Verräter, nur die Juliussonne meine es noch ehrlich. Und in der Tat, sie tat das Ihrige und durchglühte uns mit ihren Strahlen, dass es fast nicht zum Aushalten war. Was mich betrifft, ich machte in der starken

Hitze die Bemerkung, dass die Bastille ein sehr kühles Gebäude gewesen sein muss und gewiss im Sommer einen sehr angenehmen Schatten gegeben hat. Als sie zerstört wurde, saßen dort fünf Personen gefangen. Jetzt gibt's aber zehn Staatsgefängnisse, und in St. Pélagie allein sitzen über 600 Staatsgefangene. St. Pélagie soll sehr ungesund sein und ist sehr eng gebaut. Es geht aber lustig dort zu; die Republikaner und die Karlisten halten sich zwar voneinander getrennt, rufen sich jedoch beständig lustige Witze zu und lachen und jubeln. Jene, die Republikaner, tragen rote Jakobinermützen; diese, die Karlisten, tragen grüne Mützen mit einer weißen Lilienquaste; jene schreien beständig »Vive la Republique!«, diese schreien »Vive Henri V!« Gemeinschaftlicher Beifallsruf erschallt, wenn jemand mit wilder Wut auf Ludwig Philipp losschimpft. Dieses geschieht umso unumwundener, da in St. Pélagie kein Gefangener weder arretiert noch festgesetzt werden kann. Die meisten Hitzköpfe, die sonst bei jedem Anlass gleich tumultuieren, sitzen jetzt dort in Gewahrsam, und der Polizei konnte es daher seitdem nicht gelingen, eine etwas ergiebige Emeute hervorzubringen. Die Republikaner werden sich vorderhand sehr hüten, Gewaltsames zu versuchen. Auch haben sie keine Waffen; die Desarmierung ist sehr gründlich betrieben worden. –

Heute ist der Namenstag des jungen Heinrich, und man erwartet einige karlistische Exzesse. Eine Proklamation zugunsten Heinrichs V. wurde gestern Abend durch Chiffonniers und verkleidete Priester verbreitet. Es heißt darin, er werde Frankreich glücklich machen und vor der Fremden Invasion beschützen; nächstes Jahr ist er mündig, indem nämlich die französischen Könige schon mit 13 Jahren mündig werden und ihre höchste Ausbildung erlangt haben. Auf jener Proklamation ist der junge Heinrich zum ersten Mal dargestellt mit Zepter und Krone; bisher sah man ihn immer in der Tracht eines Pilgers oder eines Bergschotten, der Felsen erklimmt oder einer armen Bettelfrau seine Börse in die Hand drückt usw. Es ist jedoch von dieser Misere wenig Bedrohliches zu erwarten. Die Karlisten sind auch sehr niedergeschlagenen Mutes. Die Tollkühnheit der Herzogin von Berry hat ihnen viel geschadet. Vergebens hatten die Häupter der Pariser Karlisten den Herrn Berryer an die Herzogin abgeschickt, um sie zur Heimkehr nach Holyrood zu vermögen. Vergebens hat Ludwig Philipp durch seine Agenten dasselbe zu bewirken gesucht. Vergebens wurde sie von fremden Gesandten um Gottes willen beschworen, ihr Treiben für den Augenblick aufzugeben. Alle Vernunftgründe, Drohungen und Bitten haben diese halsstarrige Frau nicht zur Abreise bewegen können. Sie ist noch immer in der Vendée. Obgleich aller Mittel entblößt und nirgends mehr Unterstützung findend, will sie nicht weichen. Der Schlüssel des Rätsels ist, dass dumme oder kluge Priester sie fanatisiert und ihr eingeredet haben, es werde ihrem Kinde Segen bringen, wenn sie jetzt für dessen Sache stürbe. Und nun sucht sie den Tod mit religiöser Martyrsucht und schwärmerischer Mutterliebe.

Wenn sich hier auf den öffentlichen Plätzen keine Bewegungen zeigen, so bekundet sich desto mehr Unruhe in der Gesellschaft. Zunächst sind es die deutschen Angelegenheiten, die Beschlüsse des Bundestags, welche alle Geister aufgeregt. Da werden nun über Deutschland die unsinnigsten Urteile gefällt. Die Franzosen in ihrem leichtfertigen Irrtume meinen, die Fürsten unterdrückten die Freiheit, und sie sehen nicht ein, dass nur der Anarchie unter den deutschen Liberalen ein Ende gemacht werden soll und dass überhaupt die Einigkeit und das Heil des deutschen Volks befördert wird. Schon den 2. Junius hat der »Temps« von den sechs Artikeln des Bundestagsbeschlusses eine Inhaltsanzeige geliefert. Ein bekannter Pietist hatte hier noch früher Auszüge jenes Beschlusses in der Tasche herumgetragen und durch die Mitteilung derselben viele Herzen erbaut.

Ludwig Philipp ist noch immer der Meinung, dass er stark sei. »Seht, wie stark wir sind!« ist in den Tuilerien der Refrain jeder Rede. Wie ein Kranker immer von Gesundheit spricht und nicht genug zu rühmen weiß, dass er gut verdaue, dass er ohne Krämpfe auf den Beinen stehen könne, dass er ganz bequem Atem schöpfe usw., so sprechen jene Leute unaufhörlich von Stärke und von der Kraft, die sie bei den verschiedenen Bedrohnissen schon entwickelt und noch zu entwickeln vermögen. Da kommen nun täglich die Diplomaten aufs Schloss und fühlen ihnen den Puls und lassen sich die Zunge zeigen, betrachten sorgfältig den Urin und schicken dann ihren Höfen das politische Sanitätsbulletin. Bei den fremden Bevollmächtigten ist es ja ebenfalls eine ewige Frage: »Ist Ludwig Philipp stark oder schwach?« Im erstern Fall können ihre Herren daheim jede Maßregel ruhig beschließen und ausführen; im andern Falle, wo ein Umsturz der französischen Regierung und Krieg zu befürchten stände, dürften sie nichts Unmildes zu Hause unternehmen. – Jene große Frage, ob Ludwig Philipp schwach oder stark ist, mag schwer zu entscheiden sein. Aber leicht ist es einzusehen, dass die Franzosen selbst in diesem Augenblicke durchaus nicht schwach sind. Im Herzen der Völker haben sie neue Alliierte gefunden, während ihre Gegner jetzt eben nicht auf der Höhe der Popularität stehen. Sie haben unsichtbare Geisterheere zu Kampfgenossen, und dabei sind ihre eigenen leiblichen Armeen im blühendsten Zustand. Die französische Jugend ist so kriegslustig und begeistert wie 1792. Mit lustiger Musik ziehen die jungen Konskribierten durch die Stadt und tragen auf den Hüten flatternde Bänder und Blumen und die Nummer, die sie gezogen, welche gleichsam ihr großes Los. Und dabei werden Freiheitslieder gesungen und Märsche getrommelt vom Jahre 90.

Aus der Normandie

Havre, 1. August

Ob Ludwig Philipp stark oder schwach ist, scheint wirklich die Hauptfrage zu sein, deren Lösung ebenso sehr die Völker wie die Machthaber interessiert. Ich hielt sie daher beständig im Sinne während meiner Exkursion durch die nördlichen Provinzen Frankreichs. Dennoch erfuhr ich, die öffentliche Stimmung betreffend, so viel Widersprechendes, dass ich über jene Frage nicht viel Gründlicheres mitteilen kann als diejenigen, die in den Tuilerien, oder vielmehr in St. Cloud, ihre Weisheit holen. Die Nordfranzosen, namentlich die schlauen Normannen, sind überhaupt nicht so leicht geneigt, sich unverhohlen auszusprechen, wie die Leute im Lande Oc [Okzitanien]. Oder ist es schon ein Zeichen von Missvergnügen, dass jener Teil der Bürger im Lande Oui, die nur für das Landesinteresse besorgt sind, meistens ein ernstes Stillschweigen beobachten, sobald man sie über letzteres befragt? Nur die Jugend, welche für Ideeninteressen begeistert ist, äußert sich unverschleiert über das, wie sie glaubt, unvermeidliche Nahen einer Republik; und die Karlisten, welche einem Personeninteresse zugetan sind, insinuieren auf alle mögliche Weise ihren Hass gegen die jetzigen Gewalthaber, die sie mit den übertriebensten Farben schildern und deren Sturz sie als ganz gewiss, fast bis auf Tag und Stunde, voraussagen. Die Karlisten sind in hiesiger Gegend ziemlich zahlreich. Dieses erklärt sich dadurch, dass hier noch ein besonderes Interesse vorhanden ist, nämlich eine Vorliebe für einige Glieder der gefallenen Dynastie, die in dieser Gegend den Sommer zuzubringen pflegten und sich hie und da beliebt zu machen wussten. Namentlich tat dieses die Herzogin von Berry. Die Abenteuer derselben sind daher das Tagesgespräch in dieser Provinz, und die Priester der katholischen Kirche erfinden noch obendrein die gottseligsten Legenden zur Verherrlichung der politischen Madonna und der gebenedeiten Frucht ihres Leibes. In frühern Zeiten waren die Priester keineswegs so besonders mit dem kirchlichen Eifer der Herzogin zufrieden, und eben indem letztere manchmal das priesterliche Missfallen erregte, erwarb sie sich die Gunst des Volkes. »Die kleine nette Frau ist durchaus nicht so bigott wie die anderen«, hieß es damals, »seht, wie weltlich kokett sie bei der Prozession einherschlendert und das Gebetbuch ganz gleichgültig in der Hand trägt und die Kerze so

137

spielend niedrig hält, dass das Wachs auf die Atlasschleppe ihrer Schwägerin, der brummig devoten Angoulême, niederträufelt!« Diese Zeiten sind vorbei, die rosige Heiterkeit ist erblichen auf den Wangen der armen Karoline, sie ist fromm geworden wie die andern und trägt die Kerze ganz so gläubig, wie die Priester es begehren, und sie entzündet damit den Bürgerkrieg im schönen Frankreich, wie die Priester es begehren.

Ich kann nicht umhin zu bemerken, dass der Einfluss der katholischen Geistlichen in dieser Provinz größer ist, als man es in Paris glaubt. Bei Leichenzügen sieht man sie hier in ihren Kirchentrachten, mit Kreuzen und Fahnen und melancholisch singend, durch die Straßen wandeln, ein Anblick, der schier befremdlich, wenn man aus der Hauptstadt kommt, wo dergleichen von der Polizei oder vielmehr von dem Volke streng untersagt ist. Solang ich in Paris war, habe ich nie einen Geistlichen in seiner Amtstracht auf der Straße gesehen; bei keinem einzigen von den vielen tausend Leichenbegängnissen, die in der Cholerazeit an mir vorüberzogen, sah ich die Kirche weder durch ihre Diener noch durch ihre Symbole repräsentiert. Viele wollen jedoch behaupten, dass auch in Paris die Religion wieder still auflebe. Es ist wahr, wenigstens die französisch-katholische Gemeinde des Abbé Chatel nimmt täglich zu; der Saal desselben auf der Rue Clichy ist schon zu eng geworden für die Menge der Gläubigen, und seit einiger Zeit hält er den katholischen Gottesdienst in dem großen Gebäude auf dem Boulevard Bonne-Nouvelle, worin früherhin Herr Martin die Tiere seiner Menagerie sehen lassen und worauf jetzt mit großen Buchstaben die Aufschrift steht: Église catholique et apostolique.

Diejenigen Nordfranzosen, die weder von der Republik noch von dem Mirakelknaben etwas wissen wollen, sondern nur den Wohlstand Frankreichs wünschen, sind just keine allzu eifrige Anhänger von Ludwig Philipp, rühmen ihn auch eben nicht wegen seiner Offenherzigkeit und Gradheit, aber sie sind durchdrungen von der Überzeugung, dass er der Mann der Notwendigkeit sei; dass man sein Ansehen unterstützen müsse insofern die öffentliche Ruhe dadurch erhalten werde; dass die Unterdrückung aller Emeuten für den Handel heilsam sei und dass man überhaupt, damit der Handel nicht ganz stocke, jede neue Revolution und gar den Krieg vermeiden müsse. Letzteren fürchten sie nur wegen des Handels, der schon jetzt in einem kläglichen Zustand. Sie fürchten den Krieg nicht des Krieges wegen, denn sie sind Franzosen, also ruhmsüchtig und kampflustig von Geblüt, und obendrein sind sie von größerem und stärkerem Gliederbau als die Südfranzosen und Übertreffen diese vielleicht, wo Festigkeit und hartnäckige Ausdauer verlangt wird. Ist das eine Folge der Beimischung von germanischer Rasse? Sie gleichen ihren großen gewaltigen Pferden, die ebenso tüchtig zum mutigen Trab wie zum Lasttragen und Überwinden aller Mühseligkeiten der Witterung und des Weges. Diese Menschen fürchten weder Österreicher noch Russen, weder Preußen noch Baschkiren. Sie sind weder Anhänger noch Gegner von Ludwig Philipp. Sobald es Krieg gibt, folgen sie der dreifarbigen Fahne, gleichviel, wer diese trägt.

Ich glaube wirklich, sobald Krieg erklärt würde, sind die innern Zwistigkeiten der Franzosen, auf eine oder die andere Art, durch Nachgiebigkeit oder Gewalt, schnell geschlichtet, und Frankreich ist eine gewaltige, einige Macht, die aller Welt die Spitze bieten kann. Die Stärke oder Schwäche von Ludwig Philipp ist alsdann kein Gegenstand der Kontroverse. Er ist alsdann entweder stark oder gar nichts mehr. Die Frage, ob er stark oder schwach, gilt nur für die Erhaltung des Friedenszustandes, und nur in dieser Hinsicht ist sie wichtig für auswärtige Mächte. Ich erhielt von mehreren Seiten die Antwort: »Le parti du roi est très nombreux, mais il n'est pas fort.« Ich glaube, diese Worte geben viel Stoff zum Nachdenken. Zunächst liegt darin die schmerzliche Andeutung, dass die Regierung selbst nur einer Partei und allen Parteiinteressen unterworfen sei. Der König ist hier nicht mehr die erhabene Obergewalt, die von der Höhe des Thrones dem Kampf der Parteien ruhig zuschaut und sie im heilsamen Gleichgewicht zu halten weiß; nein, er ist selbst herabgestiegen in die Arena. Odilon Barrot, Mauguin, Carrel, Pagès, Cavaignac dünken sich vielleicht nur durch die Zufälligkeit der momentanen Gewalt von ihm unterschieden. Das ist die trübselige Folge davon, dass der König die Präsidentur des Konseils sich selbst zuteilte. Jetzt kann Ludwig Philipp nicht das vorhandene Regierungssystem ändern, ohne dass er alsdann in Widerspruch mit seiner Partei und sich selbst fiele. So kam es, dass ihn die Presse gleich dem ersten Chef einer Partei behandelt, in ihm selber alle Regierungsfehler rügt, jedes ministerielle Wort seiner eigenen Zunge zuschreibt und in dem Bürgerkönig nur den Königsminister sieht. Wenn die Götterbilder von ihren erhabenen Postamenten herabsteigen, dann entweicht die heilige Ehrfurcht, die wir ihnen zollten, und wir richten sie nach ihren Taten und Worten, als wären sie unseresgleichen.

Was die Andeutung betrifft, dass die Partei des Königs zwar zahlreich, aber nicht stark sei, so ist damit freilich nichts Neues gesagt, es ist dieses eine längst bekannte Wahrheit; aber bemerkenswert ist es, dass auch das Volk diese Entdeckung gemacht, dass es nicht wie gewöhnlich die Köpfe zählt, sondern die Hände, und dass es genau unterscheidet die, welche Beifall klatschen, und die, welche zum Schwert greifen. Das Volk hat sich seine Leute genau betrachtet und weiß sehr gut, dass die Partei des Königs aus folgenden drei Klassen besteht: nämlich aus Handels- und Besitzleuten, welche für ihre Buden und Güter besorgt sind, aus Kampfmüden, welche überhaupt Ruhe haben möchten, und aus Bangherzigen, welche die Herrschaft des Schreckens befürchten. Diese königliche Partei, mit Eigentum bepackt, verdrießlich ob jeder Störnis in ihrer Behaglichkeit, diese Majorität steht einer Minorität gegenüber, die wenig Bagage zu schleppen hat und dabei unruhsüchtig über alle Maßen ist, ohne in ihrem wilden, schrankenlosen Ideengang den Schrecken anders als wie einen Bundesgenossen zu betrachten.

Trotz der großen Kopfzahl, trotz des Triumphes vom 6. Junius zweifelt das Volk an der Stärke des Justemilieu. Es ist aber immer bedenklich, wenn eine Regierung nicht stark scheint in den Augen des Volks. Es lockt dann jeden, seine Kraft daran zu versuchen; ein dämonisch dunkler Drang treibt die Menschen, daran zu rütteln. Das ist das Geheimnis der Revolution.

Dieppe, 20. August

Man hat keinen Begriff davon, welchen Eindruck der Tod des jungen Napoleon bei den unteren Klassen des französischen Volkes hervorgebracht. Schon das sentimentale Bulletin, welches der »Temps« über sein allmähliches Dahinsterben vor etwa sechs Wochen geliefert und welches, besonders abgedruckt, in Paris für einen Sou herumverkauft wurde, hat dort in allen Carrefours die äußerste Betrübnis erregt. Sogar junge Republikaner sah ich weinen; die alten jedoch schienen nicht sehr gerührt, und von einem derselben hörte ich mit Befremdung die verdrießliche Äußerung: »Ne pleurez pas, c'était le fils de l'homme qui a fait mitrailler le peuple le 13 Vendémiaire.« Es ist sonderbar, wenn jemanden ein Missgeschick trifft, so erinnern wir uns unwillkürlich irgendeiner alten Unbill, die uns von seiner Seite widerfahren und woran wir vielleicht seit undenklicher Zeit nicht gedacht haben. – Ganz unbedingt verehrt man den Kaiser auf dem Lande; da hängt in jeder Hütte das Porträt »des Mannes«, und zwar, wie die »Quotidienne« bemerkt, an derselben Wand, wo das Porträt des Haussohnes hängen würde, wäre er nicht von jenem Mann auf einem seiner hundert Schlachtfelder hingeopfert worden. Der Ärger entlockt zuweilen der »Quotidienne« die ehrlichsten Bemerkungen, und darüber ärgert sich dann die jesuitisch feinere »Gazette«; das ist ihre hauptsächliche politische Verschiedenheit.

Ich bereiste den größten Teil der nordfranzösischen Küstengegenden, während die Nachricht von dem Tode des jungen Napoleon sich dort verbreitete. Ich fand deshalb überall, wohin ich kam, eine wunderbare Trauer unter den Leuten. Sie fühlten einen reinen Schmerz, der nicht in dem Eigennutz des Tages wurzelte, sondern in den liebsten Erinnerungen einer glorreichen Vergangenheit. Besonders unter den schönen Normanninnen war großes Klagen um den frühen Tod des jungen Heldensohnes.

Ja, in allen Hütten hängt das Bild des Kaisers. Überall fand ich es mit Trauerblumen bekränzt, wie Heilandsbilder in der Karwoche. Viele Soldaten trugen Flor. Ein alter Stelzfuß reichte mir wehmütig die Hand mit den Worten: »A présent tout est fini.«

Freilich, für jene Bonapartisten, die an eine kaiserliche Auferstehung des Fleisches glaubten, ist alles zu Ende. Napoleon ist ihnen nur noch ein Name, wie etwa Alexander von Mazedonien, dessen Leibeserbe in gleicher Weise früh verblichen. Aber für die Bonapartisten, die an eine Auferstehung des Geistes geglaubt, erblüht jetzt die beste Hoffnung. Der Bonapartismus ist für diese nicht eine Überlieferung der Macht durch Zeugung und Erstgeburt; nein, ihr Bonapartismus ist jetzt gleichsam von aller tierischen Beimischung gereinigt, er ist ihnen die Idee einer Alleinherrschaft der höchsten Kraft, angewendet zum Besten des Volks, und wer diese Kraft hat und sie so anwendet, den nennen sie Napoleon II. Wie Cäsar der bloßen Herrschergewalt seinen Namen gab, so gibt Napoleon seinen Namen einem neuen Cäsartum, wozu nur derjenige berechtigt ist, der die höchste Fähigkeit und den besten Willen besitzt.

In gewisser Hinsicht war Napoleon ein saintsimonistischer Kaiser; wie er selbst vermöge seiner geistigen Superiorität zur Obergewalt befugt war, so beförderte er nur die Herrschaft der Kapazitäten und erzielte die physische und moralische Wohlfahrt der zahlreicheren und ärmeren Klassen. Er herrschte weniger zum Besten des dritten Standes, des Mittelstandes, des Justemilieu, als vielmehr zum Besten der Männer, deren Vermögen nur in Herz und Hand besteht; und gar seine Armee war eine Hierarchie, deren Ehrenstufen nur durch Eigenwert und Fähigkeit erstiegen wurden. Der geringste Bauernsohn konnte dort, ebenso gut wie der Junker aus dem ältesten Hause, die höchsten Würden erlangen und Gold und Sterne erwerben. Darum hängt des Kaisers Bild in der Hütte jedes Landmannes, an derselben Wand, wo das Bild des eigenen Sohnes hängen würde, wenn dieser nicht auf irgendeinem Schlachtfeld gefallen wäre, ehe er zum General avanciert oder gar zum Herzog oder zum König, wie so mancher arme Bursche, der durch Mut und Talent sich so hoch emporschwingen konnte – als der Kaiser noch regierte. In dem Bild desselben verehrt vielleicht mancher nur die verbliche Hoffnung seiner eigenen Herrlichkeit.

Am öftesten fand ich in den Bauernhäusern das Bild des Kaisers, wie er zu Jaffa das Lazarett besucht und wie er zu St. Helena auf dem Totenbette liegt. Beide Darstellungen tragen auffallende Ähnlichkeit mit den Heiligenbildern jener christlichen Religion, die jetzt in Frankreich erloschen ist. Auf dem einen Bild gleicht Napoleon einem Heiland, von dessen Berührung die Pestkranken zu genesen scheinen; auf dem andern Bild stirbt er gleichsam den Tod der Sühne.

Wir, die wir von einer andern Symbolik befangen sind, wir sehen in Napoleons Martyrtod auf St. Helena keine Versöhnung in dem angedeuteten Sinne, der Kaiser büßte dort für den schlimmsten seiner Irrtümer, für die Treulosigkeit, die er gegen die Revolution, seine Mutter, begangen. Die Geschichte hatte längst gezeigt, wie die Vermählung zwischen dem Sohne der Revolution und der Tochter der Vergangenheit nimmermehr gedeihen konnte – und jetzt sehen wir auch, wie die einzige Frucht solcher Ehe nicht lange zu leben vermochte und kläglich dahinstarb.

In Betreff der Erbschaft des Verstorbenen sind die Meinungen sehr geteilt. Die Freunde von Ludwig Philipp glauben, dass jetzt die verwaisten Bonapartisten sich ihnen anschließen werden; doch zweifle ich, ob die Männer des Krieges und des Ruhmes so schnell ins friedliche Justemilieu übergehen können. Die Karlisten glauben, dass die Bonapartisten jetzt dem alleinigen Prätendenten, Heinrich V., huldigen werden; ich weiß wahrlich nicht, ob ich in den Hoffnungen dieser Menschen mehr ihre Torheit oder ihre Insolenz bewundern soll. Die Republikaner scheinen noch am meisten imstande zu sein, die Bonapartisten an sich zu ziehen; aber wenn es einst leicht war, aus den ungekämmtesten Sansculotten die brillantesten Imperialisten zu machen, so mag es jetzt schwer sein, die entgegengesetzte Umwandlung zu bewerkstelligen.

Man bedauert, dass die teuern Reliquien, wie das Schwert des Kaisers, der Mantel von Marengo, der welthistorische dreieckige Hut u. dgl. m., welche, gemäß dem Testament von St. Helena, dem jungen Reichstadt überliefert worden, nicht Frankreich anheimfallen. Jede der französischen Parteien könnte ein Stück aus diesem Nachlasse sehr gut brauchen. Und wahrlich, wenn ich darüber zu verfügen hätte, so sollte die Verteilung folgendermaßen stattfinden: Den Republikanern würde ich das Schwert des Kaisers überliefern, dieweil sie noch die Einzigen sind, die es zu gebrauchen verständen. Den Herren vom Justemilieu würde ich den Mantel von Marengo zukommen lassen; und, in der Tat, sie bedürfen eines solchen Mantels, um ihre ruhmlose Blöße damit zu bedecken. Den Karlisten gebe ich des Kaisers Hut, der freilich für solche Köpfe nicht sehr passend ist, aber ihnen doch zugute kommen kann, wenn sie nächstens wieder aufs Haupt geschlagen werden; ja, ich gebe ihnen auch die kaiserlichen Stiefel, die sie ebenfalls brauchen können, wenn sie nächstens wieder davonlaufen müssen. Was aber den Stock betrifft, womit der Kaiser bei Jena spazierengegangen, so zweifle ich, ob derselbe sich unter der herzoglich Reichstädtischen Verlassenschaft befindet, und ich glaube, die Franzosen haben ihn noch immer in Händen.

Nächst dem Tode des jungen Napoleon hörte ich die Fahrten der Herzogin von Berry in diesen Provinzen am meisten besprechen. Die Abenteuer dieser Frau werden hier so poetisch erzählt, dass man glaubt, die Enkel der Fabliauxdichter hätten sie in müßiger Laune ersonnen. Dann gab auch die Hochzeit von Compiègne sehr viel Stoff zur Unterhaltung; ich könnte eine Insektensammlung von schlechten Witzen mitteilen, die ich in einem karlistischen Schlosse darüber debattieren hörte. Z. B. einer der Festredner in Compiègne soll bemerkt haben, in Compiègne sei die Jungfrau von Orleans gefangen worden, und es füge sich jetzt, dass wieder in Compiègne einer Jungfrau von Orleans Fesseln angelegt würden. – Obgleich in allen französischen Blättern aufs Prunkhafteste erzählt wird, dass der Zusammenfluss von Fremden hier sehr groß und überhaupt das Badeleben in Dieppe dieses Jahr sehr brillant sei, so habe ich doch an Ort und Stelle das Gegenteil gefunden. Es sind hier vielleicht keine fünfzig eigentliche Badegäste, alles ist trist und betrübt, und das Bad, das durch die Herzogin von Berry, die alle Sommer hierher kam, einst so mächtig emporblühte, ist auf immer zugrunde gegangen. Da viele Menschen dieser Stadt hierdurch in bitterste Armut versinken und den Sturz der Bourbonen als die Quelle ihres Unglücks betrachten, so ist es begreiflich, dass man hier viele enragierte Karlisten findet. Dennoch würde man Dieppe verleumden, wenn man annähme, dass mehr als ein Viertel seiner Bewohner aus Anhängern der vorigen Dynastie bestände. Nirgends zeigen die Nationalgarden mehr Patriotismus als hier, alle sind hier gleich beim ersten Trommelschlag versammelt, wenn exerziert werden soll; alle sind hier ganz uniformiert, welches letztere von besonderem Eifer zeugt. Das Napoleonsfest wurde dieser Tage mit auffallendem Enthusiasmus gefeiert.

Ludwig Philipp wird hier im Allgemeinen weder geliebt noch gehasst. Man betrachtet seine Erhaltung als notwendig für das Glück Frankreichs; für sein Regiment ist man nicht sonderlich begeistert. Die Franzosen sind allgemein durch die freie Presse so wohlunterrichtet über die wahre Lage der Dinge, sie sind so politisch aufgeklärt, dass sie kleine Übel mit Geduld ertragen, um größeren nicht anheimzufallen. Gegen den persönlichen

Charakter des Königs hat man wenig einzuwenden; man hält ihn für einen ehrenwerten Mann.

Rouen, 17. September

Ich schreibe diese Zeilen in der ehemaligen Residenz der Herzöge von der Normandie, in der altertümlichen Stadt, wo noch so viele steinerne Urkunden uns an die Geschichte jenes Volkes erinnern, das wegen seiner ehemaligen Heldenfahrten und Abenteuerlichkeit und wegen seiner jetzigen Prozesssucht und Erwerbslist so berühmt ist. In jener Burg dort hauste Robert der Teufel, den Meyerbeer in Musik gesetzt, auf jenem Marktplatz verbrannte man die Pucelle, das großmütige Mädchen, das Schiller und Voltaire besungen; in jenem Dome liegt das Herz des Richard, des tapfern Königs, den man selber Löwenherz, Cœur de lion, genannt hat; diesem Boden entsprossten die Sieger von Hastings, die Söhne Tankreds und so viele andre Blumen normannischer Ritterschaft – aber diese gehen uns heute alle nichts an, wir beschäftigen uns hier vielmehr mit der Frage: Hat Ludwig Philipps friedsames System Wurzel geschlagen in dem kriegerischen Boden der Normandie? Ist das neue Bürgerkönigtum gut oder schlecht gebettet in der alten Heldenwiege der englischen und italienischen Aristokratie, in dem Lande der Normannen? Diese Frage glaube ich heute aufs Kürzeste beantworten zu können: Die großen Grundbesitzer, meistens Adel, sind karlistisch gesinnt, die wohlhabenden Gewerbsleute und Landbauer sind philippistisch, und die untere Volksmenge verachtet und hasst die Bourbonen und liebt, geringernteils, die gigantischen Erinnerungen der Republik, größerenteils den glänzenden Heroismus der Kaiserzeit. Die Karlisten, wie jede unterdrückte Partei, sind tätiger als die Philippisten, die sich gesichert fühlen, und zu ihrem Lobe mag es gesagt sein, dass sie auch größere Opfer bringen, nämlich Geldopfer. Die Karlisten, die nie an ihrem einstigen Siege zweifeln und überzeugt sind, dass ihnen die Zukunft alle Opfer der Gegenwart tausendfach vergütet, geben ihren letzten Sou her, wenn ihr Parteiinteresse dadurch gefördert scheint; es liegt überhaupt im Charakter dieser Klasse dass sie des eignen Gutes weniger achtet, als sie nach fremdem Eigentum lüstern ist (sui profusus, alieni appetens). Habsucht und Verschwendung sind Geschwister. Der Roturier, der nicht durch Hofdienst, Mätressengunst, süße Rede und leichtes Spiel, sondern durch schwere, saure Arbeit seine irdischen Güter zu erwerben pflegt, hält fester an dem Erworbenen.

Indessen, die guten Bürger der Normandie haben die Einsicht gewonnen, dass die Journale, womit die Karlisten auf die öffentliche Meinung zu wirken suchen, der Sicherheit des Staats und ihrer eignen Besitztümer sehr gefährlich seien, und sie sind der Meinung, dass man durch dasselbe Mittel, durch die Presse, jene Umtriebe vereiteln müsse. In diesem Sinne hat man unlängst die »Estafette du Havre« gestiftet, eine sanftmütige Justemilieu-Zeitung, die der ehrsamen Kaufmannschaft in Havre sehr viel Geld kostet und woran auch mehrere Pariser arbeiten, namentlich Monsieur de Salvandy, ein kleiner, geschmeidiger, wässrichter Geist in einem langen, steifen, trockenen Körper (Goethe hat ihn gelobt). Bis jetzt ist jenes Journal die einzige Gegenmine, die den Karlisten in der Normandie gegraben worden; letztere hingegen sind unermüdlich und errichten überall ihre Zeitschriften, ihre Festungen der Lüge, woran der Freiheitsgeist seine Kräfte zersplittern soll, bis Entsatz kommt von Osten. Diese Zeitschriften sind mehr oder minder im Geiste der »Gazette de France« und der »Quotidienne« abgefasst; letztere werden außerdem aufs Tätigste unter das Volk verbreitet. Beide Blätter sind schön und geistreich und anziehend geschrieben, dabei sind sie tief boshaft, perfid, voll nützlicher Belehrung, voll ergötzlicher Schadenfreude, und ihre adeligen Kolporteurs, die sie oft gratis austeilen, ja vielleicht den Lesern manchmal noch Geld dazugeben, finden natürlicherweise größeren Absatz als sanftmütige Justemilieu-Zeitungen. Ich kann diese beiden Blätter nicht genug empfehlen, da ich, von einem höheren Standpunkte, sie durchaus nicht schädlich achte für die Sache der Wahrheit; sie fördern diese vielmehr dadurch, dass sie die Kämpfer, die im Kampfe zuweilen ermüden, zu neuer Tatkraft anstacheln. Jene zwei Journale sind die wahren Repräsentanten jener Leute, die, wenn ihre Sache unterliegt, sich an den Personen rächen; es ist ein uraltes Verhältnis, wir treten ihnen auf den Kopf, und sie stechen uns in die Ferse. Nur muss man zum Lobe der »Quotidienne« erwähnen, dass sie zwar ebenso wohl wie die »Gazette« eine Schlange ist, dass sie aber ihre Böswilligkeit minder verbirgt; dass ihr Erbgroll sich in jedem Worte verrät; dass sie eine Art Klapperschlange ist, die, wenn sie herankriecht, mit ihrer Klapper vor sich selber warnt. Die »Gazette« hat leider keine solche Klapper. Die »Gazette« spricht zuweilen gegen ihre eigenen Prinzipien, um den Sieg derselben indirekt zu bewirken; die »Quotidienne«, in ihrer Hitze, opfert lieber den Sieg, als dass sie sich solcher kalten Selbstverleugnung unterwürfe. Die »Gazette« hat die Ruhe des Jesuitismus, der sich nicht von Meinungswut verwirren lässt, welches um so leichter ist, da der Jesuitismus eigentlich keine Gesinnung, sondern nur ein Metier ist; in der »Quotidienne« hingegen brüten und wüten hochfahrende Junker und grimmige Mönche, schlecht vermummt in ritterlicher Loyalität und christlicher Liebe. Diesen letztern Charakter trägt auch die karlistische Zeitschrift, die unter dem Titel »Gazette de la Normandie« hier in Rouen erscheint. Es ist darin ein süßliches Geklage über die gute alte Zeit, die leider verschwunden mit ihren chevaleresken Gestalten, mit ihren Kreuzzügen, Turnieren, Wappenherolden, ehrsamen Bürgern, frommen Nonnen, minniglichen Damen, Troubadouren und sonstigen Gemütlichkeiten, so dass man erinnert wird an die feudalistischen Romane eines berühmten deutschen Dichters, in dessen Kopf mehr Blumen als Gedanken blühten, dessen Herz aber voller Liebe war; – bei dem Redakteur der »Gazette de la Normandie« ist hingegen der Kopf voll von krassem Obskurantismus, und sein Herz ist voll Gift und Galle. Dieser Redakteur ist ein gewisser Vicomte Walsh, ein langer gräulicher Blondin, von etwa sechzig Jahren. Ich sah ihn in Dieppe, wo er zu einem Karlistenkonzilium eingeladen war und von der ganzen nobeln Sippschaft sehr fetiert wurde. Geschwätzig, wie sie sind, hat jedoch ein kleines Karlistchen mir zugeflüstert: »C'est un fameux compère«; er ist eigentlich nicht von gutem französischem Adel; sein Vater, ein Irländer von Geburt, war in französischem Kriegsdienst beim Ausbruch der Revolution, und als er emigrierte und die Konfiskation seiner Güter verhindern wollte, verkaufte er sie zum Scheine seinem Sohn; als aber der alte Mann später nach Frankreich zurückkehrte und von dem Sohn seine Güter zurückverlangte, leugnete dieser den Scheinkauf, behauptete, der Verkauf der Güter habe in vollgültigem Ernst stattgefunden, und behielt somit das Vermögen seines geprellten Vaters und seiner armen Schwester; diese wurde Hofdame bei Madame (der Herzogin von Berry), und ihres Bruders Begeisterung für Madame hat seinen Grund sowohl in der Eitelkeit als im Eigennutz; denn – »Ich wusste genug.«

Man kann sich schwerlich einen Begriff davon machen, mit welcher perfiden Konsequenz die Regierung der jetzigen Gewalthaber von den Karlisten untergraben wird. Ob mit Erfolg, muss die Zeit lehren. Wie ihnen kein Mensch zu schlecht, wenn sie ihn zu ihren Zwecken gebrauchen können, so ist ihnen auch kein Mittel zu schlecht. Neben jenen kanonischen Journalen, die ich oben bezeichnet, wirken die Karlisten auch durch die mündliche Überlieferung aller möglichen Verleumdung, durch die Tradition. Diese schwarze Propaganda sucht den guten Leumund der jetzigen Gewalthaber, namentlich des Königs, aufs Gründlichste zu verderben. Die Lügen, die in dieser Absicht geschmiedet werden, sind zuweilen ebenso abscheulich wie absurd. »Immer verleumden, immer verleumden, es bleibt was kleben!« war schon der Wahlspruch der saubern Lehrer.

In einer karlistischen Gesellschaft zu Dieppe sagte mir ein junger Priester: »Wenn Sie Ihren Landsleuten Bericht abstatten, müssen Sie der Wahrheit noch etwas nachhelfen, damit, wenn der Krieg ausbricht und Ludwig Philipp vielleicht noch immer an der Spitze der französischen Regierung stehen geblieben, die Deutschen ihn desto stärker hassen und mit desto größerer Begeisterung gegen ihn fechten.« Auf meine Frage, ob uns der Sieg auch ganz gewiss sei, lächelte jener fast mitleidig und versicherte mir: die Deutschen seien das tapferste Volk, und man werde ihnen nur einen geringen Scheinwiderstand leisten; der Norden sowie der Süden sei der rechtmäßigen Dynastie ganz ergeben; Heinrich V. und Madame seien, gleich einem kleinen Heiland und einer Muttergottes, allgemein verehrt; das sei die Religion des Volks; über kurz oder lang komme dieser legitime Glaubenseifer besonders in der Normandie zum öffentlichen Ausbruch. – Während der Mann Gottes sich solchermaßen aussprach, erhob sich plötzlich vor dem Haus, worin wir uns befanden, ein ungeheurer Lärm; es wirbelten die Trommeln, Trompeten erklangen, die Marseiller Hymne erscholl so laut, dass die Fensterscheiben zitterten, und aus vollen Kehlen drang der Jubelruf: »Vive Louis Philippe! A bas les Carlistes! Les Carlistes à la lanterne!« Das geschah um ein Uhr in der Nacht, und die ganze Gesellschaft erschrak sehr. Auch ich war erschrocken, denn ich dachte an das Sprichwort: Mitgefangen, mitgehangen. Aber es war nur ein Spaß der Diepper Nationalgarden. Diese hatten erfahren, dass Ludwig Philipp im Schlosse Eu angekommen sei, und sie fassten auf der Stelle den Beschluss, dorthin zu marschieren, um den König zu begrüßen; vor ihrer Abreise wollten sie aber die armen Karlisten in Schrecken setzen, und sie machten den entsetzlichsten Lärm vor den Häusern derselben und sangen dort wie wahnsinnig die Marseiller Hymne, jenes »Dies irae, dies illa« der neuen Kirche, das zunächst den Karlisten ihren jüngsten Gerichtstag verkündet.

Da ich mich bald darauf ebenfalls nach Eu begab, so kann ich als Augenzeuge berichten, dass es keine angeordnete Begeisterung war, womit die Nationalgarden dort den König umjubelten. Er ließ sie die Revue passieren, war sehr vergnügt über die unverhohlene Freude, womit sie ihn anlachten, und ich kann nicht leugnen, dass in dieser Zeit des Zwiespalts und des Misstrauens solches Bild der Eintracht sehr erbaulich war. Es waren freie, bewehrte Bürger, die ohne Scheu ihrem König ins Auge sahen, mit den Waffen in der Hand ihm ihre Ehrfurcht bezeugten und zuweilen mit männlichem Handschlag ihm Treue und Gehorsam zusagten. Ludwig Philipp nämlich, wie sich von selbst versteht, gab jedem die Hand. – Über dieses Händedrücken mokieren sich die Karlisten noch am meisten, und ich gestehe gern, der Hass macht sie zuweilen witzig, wenn sie jene »mésséante popularité des poignées de main« persiflieren. So sah ich in dem Schlosse, dessen ich schon früher erwähnt, en petit comité eine Posse aufführen, wo aufs Ergötzlichste dargestellt war, wie Fip I., König der Philister (épiciers), seinem Sohne Großkuken (grand poulot) Unterricht in der Staatswissenschaft gibt und ihn väterlich belehrt: er solle sich nicht von den Theoretikern verleiten lassen, das Bürgerkönigtum in der Volkssouveränität zu sehen, noch viel weniger in der Aufrechthaltung der Charte; er solle sich weder an das Geschwätz der Rechten noch der Linken kehren; es komme nicht darauf an, ob Frankreich im Innern frei und im Auslande geehrt sei, noch viel weniger, ob der Thron mit republikanischen Institutionen barrikadiert oder von erblichen Pairs gestützt werde; weder die oktroyierten Worte noch die heroischen Taten seien von großer Wichtigkeit; das Bürgerkönigtum und die ganze Regierungskunst bestehe darin, dass man jedem Lump die Hand drücke. Und nun zeigt er die verschiedenen Handgriffe, wie man den Leuten die Hand drückt, in allen Positionen, zu Fuß, zu Pferd, wenn man durch ihre Reihen galoppiert, wenn sie vorbeidefilieren usw. Großkuken ist gelehrig, macht diese Regierungskunststücke aufs Beste nach; ja, er sagt, er wolle die Erfindung des Bürgerkönigtums noch verbessern und jedes Mal, wenn er einem Bürger die Hand drücke, ihn auch fragen: »Wie geht's, mon vieux cochon?« oder, was synonym sei: »Wie geht's, citoyen?« – »Ja, das ist synonym«, sagt dann der König ganz trocken, und die Karlisten lachten. Hernach will sich

Großkuken im Händedrücken üben, zuerst an einer Grisette, nachher am Baron Louis; er macht aber jetzt alles zu plump, zerdrückt den Leuten die Finger; dabei fehlt es nicht an Verhöhnung und Verleumdung jener wohlbekannten Leute, die wir einst, vor der Juliusrevolution, als Lichter des Liberalismus feierten und die wir seitdem so gern als Servile herabwürdigen. Bin ich aber sonst dem Justemilieu nicht sehr gewogen, so regte sich doch in meinem Gemüt eine gewisse Pietät gegen die einst Hochverehrten; es regte sich wieder die alte Neigung, als ich sie geschmäht sah von jenen schlechteren Menschen. Ja, wie derjenige, der sich in der Tiefe eines dunkeln Brunnens befindet, am hellen, lichten Tag die Sterne des Himmels schauen kann, so habe ich, als ich in eine obskure Karlistengesellschaft hinabgestiegen war, wieder klar und rein die Verdienste der Justemilieu-Leute anerkennen können; ich fühle wieder die ehemalige Verehrung für den ehemaligen Herzog von Orleans, für die Doktrinäre, für einen Guizot, einen Thiers, einen Royer-Collard und für einen Dupin und andere Sterne, die durch das überflammende Tageslicht der Juliussonne ihren Glanz verloren haben.

Es ist dann und wann nützlich, die Dinge von solch einem tiefen, statt von einem hohen Standpunkte zu betrachten. Zunächst lernen wir die Personen unparteiischer beurteilen, wenn wir auch die Sache hassen, deren Repräsentanten sie sind; wir lernen die Menschen des Justemilieu von dem System desselben unterscheiden. Dieses letztere ist schlecht, nach unserer Ansicht, aber die Personen verdienen noch immer unsere Achtung, namentlich der Mann, dessen Stellung die schwierigste in Europa ist und der jetzt nur in dem Gedanken vom 13. März die Möglichkeit seiner Existenz sieht; dieser Erhaltungstrieb ist sehr menschlich. Sind wir gar unter Karlisten geraten und hören wir diesen Mann beständig schmähen, so steigt er in unserer Achtung, indem wir bemerken, dass jene an Ludwig Philipp eben dasjenige tadeln, was wir noch am liebsten an ihm sehen, und dass sie eben dasjenige, was uns an ihm missfällt, noch am liebsten goutieren. Wenn er in den Augen der Karlisten das Verdienst hat, ein Bourbon zu sein, so erscheint uns dieses Verdienst im Gegenteil als eine levis nota. Aber es wäre Unrecht, wenn wir ihn und seine Familie nicht von der älteren Linie der Bourbonen aufs Rühmendste unterschieden. Das Haus Orleans hat sich dem französischen Volk so bestimmt angeschlossen, dass es gemeinschaftlich mit demselben regeneriert wurde; dass es aus dem schrecklichen Reinigungsbad der Revolution, ebenso wie das französische Volk, gesäubert und gebessert, geheilt und verbürgerlicht hervorging; – während die älteren Bourbonen, die an jener Verjüngung nicht teilnahmen, noch ganz zu jener älteren, kranken Generation gehören, die Crébillon, Laclos und Louvet uns in ihrem heitersten Sündenglanz und in ihrer blühenden Verwesung so gut geschildert haben. Das wieder jung gewordene Frankreich konnte dieser Dynastie, diesen Revenants der Vergangenheit, nimmer angehören; das erheuchelte Leben wurde täglich unheimlicher; die Bekehrung nach dem Tode war ein widerwärtiger Anblick; die parfümierte Fäulnis beleidigte jede honette Nase; und eines schönen Juliusmorgens, als der gallische Hahn krähte, mussten diese Gespenster wieder entfliehen. Ludwig Philipp aber und die Seinigen sind gesund und lebendig, es sind blühende Kinder des jungen Frankreichs, keuschen Geistes, frischen Leibes und von bürgerlich guten Sitten. Eben jene Bürgerlichkeit, die den Karlisten an Ludwig Philipp so sehr missfällt, hebt ihn in unserer Achtung. Ich kann mich trotz des besten Willens nicht so ganz des Parteigeistes entäußern, um richtig zu beurteilen, wie weit es ihm mit dem Bürgerkönigtum ernst ist. Die große Jury der Geschichte wird entscheiden, ob er es ehrlich gemeint hat. In diesem Falle sind die Poignées de main gar nicht lächerlich, und der männliche Handschlag wird vielleicht ein Symbol des neuen Bürgerkönigtums, wie das knechtische Knien ein Symbol der feudalistischen Souveränität geworden war. Ludwig Philipp, wenn er Thron und ehrliche Gesinnung bewahrt und seinen Kindern überliefert kann in der Geschichte einen großen Namen hinterlassen, nicht bloß als Stifter einer neuen Dynastie, sondern sogar als Stifter eines neuen Herrschertums, das der Welt eine andere Gestalt gibt – als der erste Bürgerkönig Ludwig Philipp, wenn er Thron und ehrliche Gesinnung bewahrt –, aber das ist ja eben die große Frage.

Über die Französische Bühne

Vertraute Briefe an August Lewald

[Geschrieben im Mai 1837, auf einem Dorfe bei Paris;
Der Salon, Band 4, Hoffmann und Campe, Hamburg 1840]

Erster Brief

Endlich, endlich erlaubte es die Witterung, Paris und den warmen Kamin zu verlassen, und die ersten Stunden, die ich auf dem Lande zubringe, sollen wieder dem geliebten Freunde gewidmet sein. Wie hübsch scheint mir die Sonne aufs Papier und vergoldet die Buchstaben, die Ihnen meine heitersten Grüße überbringen! Ja, der Winter flüchtet sich über die Berge, und hinter ihm drein flattern die neckischen Frühlingslüfte, gleich einer Schar leichtfertiger Grisetten, die einen verliebten Greis mit Spottgelächter, oder wohl gar mit Birkenreisern, verfolgen. Wie er keucht und ächzt, der weißhaarige Geck! Wie ihn die jungen Mädchen unerbittlich vor sich hintreiben! Wie die bunten Busenbänder knistern und glänzen! Hie und da fällt eine Schleife ins Gras! Die Veilchen schauen neugierig hervor, und mit ängstlicher Wonne betrachten sie die heitere Hetzjagd. Der Alte ist endlich ganz in die Flucht geschlagen, und die Nachtigallen singen ein Triumphlied. Sie singen so schön und so frisch! Endlich können wir die Große Oper mitsamt Meyerbeer und Duprez entbehren. Nourrit entbehren wir schon längst. Jeder in dieser Welt ist am Ende entbehrlich, ausgenommen etwa die Sonne und ich. Denn ohne diese beiden kann ich mir keinen Frühling denken und auch keine Frühlingslüfte und keine Grisetten und keine deutsche Literatur! ... Die ganze Welt wäre ein gähnendes Nichts, der Schatten einer Null, der Traum eines Flohs, ein Gedicht von Karl Streckfuß!

Ja, es ist Frühling, und ich kann endlich die Unterjacke ausziehn. Die kleinen Jungen haben sogar ihre Röckchen ausgezogen und springen in Hemdsärmeln um den großen Baum, der neben der kleinen Dorfkirche steht und als Glockenturm dient. Jetzt ist der Baum ganz mit Blüten bedeckt und sieht aus wie ein alter gepuderter Großvater, der, ruhig und lächelnd, in der Mitte der blonden Enkel steht, die lustig um ihn herumtanzen. Manchmal überschüttet er sie neckend mit seinen weißen Flocken. Aber dann jauchzen die Knaben umso brausender. Streng ist es untersagt, bei Prügelstrafe untersagt, an dem Glockenstrang zu ziehen. Doch der große Junge, der den Übrigen ein gutes Beispiel geben sollte, kann dem Gelüste nicht widerstehen, er zieht heimlich an dem verbotenen Strang, und dann ertönt die Glocke wie großväterliches Mahnen.

Späterhin, im Sommer, wenn der Baum in ganzer Grüne prangt und das Laubwerk die Glocke dicht umhüllt, hat ihr Ton etwas Geheimnisvolles, es sind wunderbar gedämpfte Laute, und sobald sie erklingen, verstummen plötzlich die geschwätzigen Vögel, die sich auf den Zweigen wiegten, und fliegen erschrocken davon.

Im Herbst ist der Ton der Glocke noch viel ernster, noch viel schauerlicher, und man glaubt eine Geisterstimme zu vernehmen. Besonders wenn jemand begraben wird, hat das Glockengeläut einen unaussprechlich wehmütigen Nachhall; bei jedem Glockenschlag fallen dann einige gelbe kranke Blätter vom Baume herab, und dieser tönende Blätterfall, dieses klingende Sinnbild des Sterbens, erfüllte mich einst mit so übermächtiger Trauer, dass ich wie ein Kind weinte. Das geschah vorig Jahr, als die Margot ihren Mann begrub ...

Aber jetzt ist ein schönes Frühlingswetter, die Sonne lacht, die Kinder jauchzen, sogar lauter, als eben nötig wäre, und hier, in dem kleinen Dorfhäuschen, wo ich schon vorig Jahr die schönsten Monate zubrachte, will ich Ihnen über das französische Theater eine Reihe Briefe schreiben und dabei, Ihrem Wunsche gemäß, auch die Bezüge auf die heimische Bühne nicht außer Augen lassen. Letzteres hat seine Schwierigkeit, da die Erinnerungen der deutschen Bretterwelt täglich mehr und mehr in meinem Gedächtnis erbleichen. Von Theaterstücken, die in der letzten Zeit geschrieben worden, ist mir nichts zu Gesicht gekommen als zwei Tragödien von Immermann, »Merlin« und »Peter der Große«, welche gewiss beide, der »Merlin« wegen der Poesie, der »Peter« wegen der Politik, nicht aufgeführt werden konnten ... Und denken Sie sich meine Miene: in dem Paket, welches diese Schöpfungen eines lieben großen Dichters enthielt, fand ich einige Bände beigepackt, welche »Dramatische Werke von Ernst Raupach« betitelt waren!

Von Angesicht kannte ich ihn zwar, aber gelesen hatte ich noch nie etwas von diesem Schoßkind der deutschen Theaterdirektionen. Einige seiner Stücke hatte ich nur durch die Bühne kennengelernt, und da weiß man nicht genau, ob der Autor von dem Schauspieler oder dieser von jenem hingerichtet wird. Die Gunst des Schicksals wollte es nun, dass ich in fremdem Lande einige Lustspiele des Doktors Ernst Raupach mit Muße lesen konnte. Nicht ohne Anstrengung konnte ich mich bis zu den letzten Akten durcharbeiten. Die schlechten Witze möchte ich ihm alle hingehen lassen, und am Ende will er damit nur dem Publikum schmeicheln; denn der arme Hecht im Parterre wird zu sich selber sagen: ›Solche Witze kann ich auch machen!‹, und für dieses befriedigte Selbstgefühl wird er dem Autor Dank wissen. Unerträglich war mir aber der Stil. Ich bin so sehr verwöhnt, der gute Ton der Unterhaltung, die wahre, leichte Gesellschaftssprache ist mir durch meinen langen Aufenthalt in Frankreich so sehr zum Bedürfnis geworden, dass ich bei der Lektüre der Raupachschen Lustspiele ein sonderbares Übelbefinden verspürte. Dieser Stil hat auch so etwas Einsames, Abgesondertes, Ungeselliges, das die Brust beklemmt. Die Konversation in diesen Lustspielen ist erlogen, sie ist immer nur bauchrednerisch vielstimmiger Monolog, ein ödes Ablagern von lauter hagestolzen Gedanken, Gedanken, die allein schlafen, sich selbst des Morgens ihren Kaffee kochen, sich selbst rasieren, allein spazierengehn vors Brandenburger Tor und für sich selbst Blumen pflücken. Wo er Frauenzimmer sprechen lässt, tragen die Redensarten unter der wießen Musselinrobe eine schmierige Hose von Gesundheitsflanell und riechen nach Tabak und Juchten.

Aber unter den Blinden ist der Einäugige König, und unter unseren schlechten Lustspieldichtern ist Raupach der beste. Wenn ich schlechte Lustspieldichter sage, so will ich nur von jenen armen Teufeln reden, die ihre Machwerke unter dem Titel Lustspiele aufführen lassen oder, da sie meistens Komödianten sind, selber aufführen. Aber diese sogenannten Lustspiele sind eigentlich nur prosaische Pantomimen mit traditionellen Masken: Väter, Bösewichter, Hofräte, Chevaliers, der Liebhaber, die Liebende, die Soubrette, Mütter, oder wie sie sonst benannt werden in den Kontrakten unserer Schauspieler, die nur zu dergleichen feststehenden Rollen, nach herkömmlichen Typen, abgerichtet sind. Gleich der italienischen Maskenkomödie ist unser deutsches Lustspiel eigentlich nur ein einziges, aber unendlich variiertes Stück. Die Charaktere und Verhältnisse sind gegeben, und wer ein Talent zu Kombinationsspielen besitzt, unternimmt die Zusammensetzung dieser gegebenen Charaktere und Verhältnisse und bildet daraus ein scheinbar neues Stück, ungefähr nach demselben Verfahren, wie man im chinesischen Puzzlespiel mit einer bestimmten Anzahl verschiedenartig ausgeschnittener Holzblättchen allerlei Figuren kombiniert. Mit diesem Talent sind oft die unbedeutendsten Menschen begabt, und vergebens strebt danach der wahre Dichter, der seinen Genius nur frei zu bewegen und nur lebende Gestalten, keine konstruierten Holzfiguren, zu schaffen weiß. Einige wahre Dichter, welche sich die undankbare Mühe gaben, deutsche Lustspiele zu schreiben, schufen einige neue komische Masken; aber da gerieten sie in Kollision mit den Schauspielern, welche, nur zu den schon vorhandenen Masken dressiert, um ihre Ungelehrigkeit oder Lernfaulheit zu beschönigen, gegen die neuen Stücke so wirksam kabalierten, dass sie nicht aufgeführt werden konnten.

Vielleicht liegt dem Urteil, das mir eben über die Werke des Dr. Raupach entfallen ist, ein geheimer Unmut gegen die Person des Verfassers zugrunde. Der Anblick dieses Mannes hat mich einst zittern gemacht, und, wie Sie wissen, das verzeiht kein Fürst. Sie sehen mich mit Befremden an, Sie finden den Dr. Raupach gar nicht so furchtbar und sind auch nicht gewohnt, mich vor einem lebenden Menschen zittern zu sehen? Aber es ist dennoch der Fall, ich habe vor dem Dr. Raupach einst eine solche Angst empfunden, dass meine Knie zu schlottern und meine Zähne zu klappern begonnen. Ich kann, neben dem Titelblatt der dramatischen Werke von Ernst Raupach, das gestochene Gesicht des Verfassers nicht betrachten, ohne dass mir noch jetzt das Herz in der Brust bebt ... Sie sehen mich mit großem Erstaunen an, teurer Freund, und ich höre auch neben Ihnen eine weibliche Stimme, welche neugierig fleht: »Ich bitte, erzählen Sie ...«

Doch das ist eine lange Geschichte, und dergleichen heute zu erzählen, dazu fehlt mir die Zeit. Auch werde ich an zu viele Dinge, die ich gerne vergäße, bei dieser Gelegenheit erinnert, z. B. an die trüben Tage, die ich in Potsdam zubrachte, und an den großen Schmerz, der mich damals in die Einsamkeit bannte. Ich spazierte dort mutterseelenallein, in dem verschollenen Sanssouci, unter den Orangenbäumen der großen Rampe ... Mein Gott, wie unerquicklich, poesielos sind diese Orangenbäume! Sie sehen aus wie verkleidete Eichbüsche, und dabei hat jeder Baum seine Nummer, wie ein Mitarbeiter am Brockhausschen »Konversationsblatt«, und diese nummerierte Natur hat etwas so pfiffig Langweiliges, so korporalstöckig Gezwungenes! Es wollte mich immer bedünken, als schnupften sie Tabak, diese Orangenbäume, wie ihr seliger Herr, der Alte Fritz, welcher, wie Sie wissen, ein großer Heros gewesen, zur Zeit, als Ramler ein großer Dichter war. Glauben Sie beileibe nicht, dass ich den Ruhm Friedrichs des Großen zu schmälern suche! Ich erkenne sogar seine Verdienste um die deutsche Poesie. Hat er nicht dem Gellert einen Schimmel und der Madame Karschin fünf Taler geschenkt? Hat er nicht, um die deutsche Literatur zu fördern, seine eigenen schlechten Gedichte in französischer Sprache geschrieben? Hätte er sie in deutscher Sprache herausgegeben, könnte sein hohes Beispiel einen unberechenbaren Schaden stiften! Die deutsche Muse wird ihm diesen Dienst nie vergessen.

Ich befand mich, wie gesagt, zu Potsdam nicht sonderlich heiter gestimmt, und dazu kam noch, dass der Leib mit der Seele eine Wette einging, wer von beiden mich am meisten quälen könne. Ach! der psychische Schmerz ist leichter zu ertragen als der physische, und gewährt man mir z. B. die Wahl zwischen einem bösen Gewissen und einem bösen Zahn, so wähle ich ersteres. Ach, es ist nichts Grässlicheres als Zahnschmerz! Das fühlte ich in Potsdam, ich vergaß alle meine Seelenleiden und beschloss, nach Berlin zu reisen, um mir dort den kranken Zahn ausziehen zu lassen. Welche schauerliche, grauenhafte Operation! Sie hat so etwas vom Geköpftwerden. Man muss sich auch dabei auf einen Stuhl setzen und ganz stillhalten und ruhig den schrecklichen Ruck erwarten! Mein Haar sträubt sich, wenn ich nur daran denke. Aber die Vorsehung, in ihrer Weisheit, hat alles zu unserem Besten eingerichtet, und sogar die Schmerzen des Menschen dienen am Ende nur zu seinem Heile. Freilich, Zahnschmerzen sind fürchterlich, unerträglich; doch die wohltätig berechnende Vorsehung hat unseren Zahnschmerzen eben diesen fürchterlich unerträglichen Charakter verliehen, damit wir aus Verzweiflung endlich zum Zahnarzt laufen und uns den Zahn ausreißen lassen. Wahrlich, niemand würde sich zu dieser Operation oder vielmehr Exekution entschließen, wenn der Zahnschmerz nur im Mindesten erträglich wäre!

Sie können sich nicht vorstellen, wie zagen und bangen Sinnes ich während der dreistündigen Fahrt im Postwagen saß. Als ich zu Berlin anlangte, war ich wie gebrochen, und da man in solchen Momenten gar keinen Sinn für Geld hat, gab ich dem Postillion zwölf gute Groschen Trinkgeld. Der Kerl sah mich mit sonderbar unschlüssigem Gesicht an; denn nach dem neuen Naglerschen Postreglement war es den Postillionen streng untersagt, Trinkgelder anzunehmen. Er hielt lange das Zwölfgroschenstück, als wenn er es wöge, in der Hand, und ehe er es einsteckte, sprach er mit wehmütiger Stimme: »Seit zwanzig Jahren bin ich Postillion und bin ganz an Trinkgelder gewöhnt, und jetzt auf einmal wird uns von dem Herrn Oberpostdirektor bei harter Strafe verboten, etwas von den Passagieren anzunehmen; aber das ist ein unmenschliches Gesetz, kein Mensch kann ein Trinkgeld abweisen, das ist gegen die Natur!« Ich drückte dem ehrlichen Mann die Hand und seufzte. Seufzend gelangte ich endlich in den Gasthof, und als ich mich dort gleich nach einem guten Zahnarzt erkundigte, sprach der Wirt mit großer Freude: »Das ist ja ganz vortrefflich, soeben ist ein berühmter Zahnarzt von St. Petersburg bei mir eingekehrt, und wenn Sie an der Table d'hôte speisen, werden Sie ihn sehen.« Ja, dachte ich, ich will erst meine Henkersmahlzeit halten, ehe ich mich aufs Armesünderstühlchen setze. Aber bei Tisch fehlte mir doch alle Lust zum Essen. Ich hatte Hunger, aber keinen Appetit. Trotz meines Leichtsinns konnte ich mir doch die Schrecknisse, die in der nächsten Stunde meiner harrten, nicht aus dem Sinn schlagen. Sogar mein Lieblingsgericht, Hammelfleisch mit Teltower Rübchen, widerstand mir. Unwillkürlich suchten meine Augen den schrecklichen Mann, den Zahnhenker aus St. Petersburg, und mit dem Instinkte der Angst hatte ich ihn bald unter den übrigen Gästen herausgefunden. Er saß fern von mir, am Ende der Tafel, hatte ein verzwicktes und verkniffenes Gesicht, ein Gesicht wie eine Zange, womit man Zähne auszieht. Es war ein fataler Kauz, in einem aschgrauen Rock mit blitzenden Stahlknöpfen. Ich wagte kaum, ihm ins Gesicht zu sehen, und als er eine Gabel in die Hand nahm, erschrak ich, als nahe er schon meinen Kinnbacken mit dem Brecheisen. Mit bebender Angst wandte ich mich weg von seinem Anblick und hätte mir auch gern die Ohren verstopft, um nur nicht den Ton seiner Stimme zu vernehmen. An diesem Tone merkte ich, dass er einer jener Leute war, die inwendig, im Leib, grau angestrichen sind und hölzerne Gedärme haben. Er sprach von Russland, wo er lange Zeit verweilt, wo aber seine Kunst keinen hinreichenden Spielraum gefunden. Er sprach mit jener stillen, impertinenten Zurückhaltung, die noch unerträglicher ist als die vorlauteste Aufschneiderei. Jedes Mal, wenn er sprach, ward mir flau zumut und zitterte meine Seele. Aus Verzweiflung warf ich mich in ein Gespräch mit meinem Tischnachbarn, und indem ich dem Schrecklichen recht ängstlich den Rücken zukehrte, sprach ich auch so selbstbetäubend laut, dass ich die Stimme desselben endlich nicht mehr hörte. Mein Nachbar war ein liebenswürdiger Mann, von dem vornehmsten Anstand, von den feinsten Manieren, und seine wohlwollende Unterhaltung linderte die peinliche Stimmung, worin ich mich befand. Er war die Bescheidenheit selbst. Die Rede floss milde von seinen sanftgewölbten Lippen, seine Augen waren klar und freundlich, und als er hörte, dass ich an einem kranken Zahne litt, errötete er und bot mir seine Dienste an. »Um Gottes willen«, rief ich, »wer sind Sie denn?« – »Ich bin der Zahnarzt Meyer aus St. Petersburg«, antwortete er. Ich rückte fast unartig schnell mit meinem Stuhle von ihm weg und stotterte in großer Verlegenheit: »Wer ist denn dort oben an der Tafel der Mann im aschgrauen Rock mit blitzenden Spiegelknöpfen?« – »Ich weiß nicht«, erwiderte mein Nachbar, indem er mich befremdet ansah. Doch der Kellner, welcher meine Frage vernommen, flüsterte mir mit großer Wichtigkeit ins Ohr: »Es ist der Herr Theaterdichter Raupach.«

Zweiter Brief

...Oder ist es wahr, dass wir Deutschen wirklich kein gutes Lustspiel produzieren können und auf ewig verdammt sind, dergleichen Dichtungen von den Franzosen zu borgen?

Ich höre, dass ihr euch in Stuttgart mit dieser Frage so lange herumgequält, bis ihr aus Verzweiflung auf den Kopf des besten Lustspieldichters einen Preis gesetzt habt. Wie ich vernehme, gehörten Sie selber, lieber Lewald, zu den Männern der Jury, und die J. G. Cotta-sche Buchhandlung hat euch so lange ohne Bier und Tabak eingesperrt gehalten, bis ihr euer dramaturgisches Verdikt ausgesprochen. Wenigstens habt ihr dadurch den Stoff zu einem guten Lustspiel gewonnen.

Nichts ist haltloser als die Gründe, womit man die Bejahung der oben aufgeworfenen Frage zu unterstützen pflegt. Man behauptet z. B., die Deutschen besäßen kein gutes Lustspiel, weil sie ein ernstes Volk seien, die Franzosen hingegen wären ein heiteres Volk und deshalb begabter für das Lustspiel. Dieser Satz ist grundfalsch. Die Franzosen sind keineswegs ein heiteres Volk. Im Gegenteil, ich fange an zu glauben, dass Lorenz Sterne recht hatte, wenn er behauptete, sie seien viel zu ernsthaft. Und damals, als Yorick seine »Sentimentale Reise nach Frankreich« schrieb, blühte dort noch die ganze Leichtfüßigkeit und parfümierte Fadaise [Albernheit, Geschmacklosigkeit] des alten Regimes, und die Franzosen hatten im Nachdenken noch nicht durch die Guillotine und Napoleon die gehörigen Lektionen bekommen. Und gar jetzt, seit der Juliusrevolution, wie haben sie in der Ernsthaftigkeit, oder wenigstens in der Spaßlosigkeit, die langweiligsten Fortschritte gemacht! Ihre Gesichter sind länger geworden, ihre Mundwinkel sind tiefsinniger herabgezogen; sie lernten von uns Philosophie und Tabakrauchen. Eine große Umwandlung hat sich seitdem mit den Franzosen begeben, sie sehen sich selber nicht mehr ähnlich. Nichts ist kläglicher als das Geschwätz unserer Teutomanen, die, wenn sie gegen die Franzosen losziehen, doch noch immer die Franzosen des Empires, die sie in Deutschland gesehen, vor Augen haben. Sie denken nicht dran, dass dieses veränderungslustige Volk, ob dessen Unbeständigkeit sie selber immer eifern, seit zwanzig Jahren nicht in Denkungsart und Gefühlsweise stabil bleiben konnte!

Nein, sie sind nicht heiterer als wir; wir Deutsche haben für das Komische vielleicht mehr Sinn und Empfänglichkeit als die Franzosen, wir, das Volk des Humors. Dabei findet man in Deutschland für die Lachlust ergiebigere Stoffe, mehr wahrhaft lächerliche Charaktere als in Frankreich, wo die Persiflage der Gesellschaft jede außerordentliche Lächerlichkeit im Keim erstickt, wo kein Originalnarr sich ungehindert entwickeln und ausbilden kann. Mit Stolz darf ein Deutscher behaupten, dass nur auf deutschem Boden die Narren zu jener titanenhaften Höhe emporblühen können, wovon ein verflachter, frühunterdrückter französischer Narr keine Ahnung hat. Nur Deutschland erzeugt jene kolossalen Toren, deren Schellenkappe bis in den Himmel reicht und mit ihrem Geklingel die Sterne ergötzt! Lasst uns nicht die Verdienste der Landsleute verkennen und ausländischer Narrheit huldigen; lasst uns nicht ungerecht sein gegen das eigene Vaterland!

Es ist ebenfalls ein Irrtum, wenn man die Unfruchtbarkeit der deutschen Thalia dem Mangel an freier Luft oder, erlauben Sie mir das leichtsinnige Wort, dem Mangel an politischer Freiheit zuschreibt. Das, was man politische Freiheit zu nennen pflegt, ist für das Gedeihen des Lustspiels durchaus nicht nötig. Man denke nur an Venedig, wo, trotz der Bleikammern und geheimen Ersäufungsanstalten, dennoch Goldoni und Gozzi ihre Meisterwerke schufen, an Spanien, wo, trotz dem absoluten Beil und dem orthodoxen Feuer, die köstlichen Mantel-und-Degenstücke gedichtet wurden, man denke an Molière, welcher unter Ludwig XIV. schrieb; sogar China besitzt vortreffliche Lustspiele ... Nein, nicht der politische Zustand bedingt die Entwicklung des Lustspiels bei einem Volk, und ich würde dieses ausführlich beweisen, geriete ich nicht dadurch in ein Gebiet, von welchem ich mich gern entfernt halte. Ja, liebster Freund, ich hege eine wahre Scheu vor der Politik, und jedem politischen Gedanken gehe ich auf zehn Schritt aus dem Weg, wie einem tollen Hunde. Wenn mir in meinem Ideengange unversehens ein politischer Gedanke begegnet, bete ich schnell den Spruch ...

Kennen Sie, liebster Freund, den Spruch, den man schnell vor sich hin spricht, wenn man einem tollen Hunde begegnet? Ich erinnere mich desselben noch aus meinen Knabenjahren, und ich lernte ihn damals von dem alten Kaplan Asthöver. Wenn wir spazierengingen und eines Hundes ansichtig wurden, der den Schwanz ein bisschen zweideutig eingekniffen trug, beteten wir geschwind: »O Hund, du Hund – Du bist nicht gesund – Du bist vermaledeit – In Ewigkeit – Vor deinem Biss – Behüte mich mein Herr und Heiland Jesu Christ, Amen!«

Wie vor der Politik, hege ich jetzt auch eine grenzenlose Furcht vor der Theologie, die mir ebenfalls nichts als Verdruss eingetränkt hat. Ich lasse mich vom Satan nicht mehr verführen, ich enthalte mich selbst alles Nachdenkens über das Christentum und bin kein Narr mehr, dass ich Hengstenberg und Konsorten zum Lebensgenuss bekehren wollte; mögen diese Unglücklichen bis an ihr Lebensende nur Disteln statt Ananas fressen und ihr Fleisch kasteien; tant mieux, ich selber möchte ihnen die Ruten dazu liefern. Die Theologie hat mich ins Unglück gebracht; Sie wissen, durch welches Missverständnis. Sie wissen, wie ich vom Bundestag, ohne dass ich drum nachgesucht hätte, beim Jungen Deutschland angestellt wurde und wie ich bis auf heutigen Tag vergebens um meine Entlassung gebeten habe. Vergebens schreibe ich die demütigsten Bittschriften, vergebens behaupte ich, dass ich an alle meine religiösen Irrtümer gar nicht mehr glaube ... nichts will fruchten! Ich verlange wahrhaftig keinen Groschen Pension, aber ich möchte gern in Ruhestand gesetzt werden. Liebster Freund, Sie tun mir wirklich einen Gefallen, wenn Sie mich in Ihrem Journal gelegentlich des Obskurantismus und Servilismus beschuldigen wollten; das kann mir nützen. Von meinen Feinden brauche ich einen solchen Liebesdienst nicht besonders zu erbitten, sie verleumden mich mit der größten Zuvorkommenheit.

... Ich bemerkte zuletzt, dass die Franzosen, bei denen das Lustspiel mehr als bei uns gedeiht, nicht eben ihrer politischen Freiheit diesen Vorteil beizumessen haben; es ist mir vielleicht erlaubt, etwas ausführlicher zu zeigen, wie es vielmehr der soziale Zustand ist, dem die Lustspieldichter in Frankreich ihre Suprematie verdanken.

Selten behandelt der französische Lustspieldichter das öffentliche Treiben des Volkes als Hauptstoff, er pflegt nur einzelne Momente desselben zu benutzen; auf diesem Boden pflückt er nur hie und da einige närrische Blumen, womit er den Spiegel umkränzt, aus dessen ironisch geschliffenen Facetten uns das häusliche Treiben der Franzosen entgegenlacht. Eine größere Ausbeute findet der Lustspieldichter in den Kontrasten, die manche alte Institution mit den heutigen Sitten und manche heutige Sitte mit der geheimen Denkweise des Volkes bildet, und endlich gar besonders ergiebig sind für ihn die Gegensätze, die so ergötzlich zum Vorschein kommen, wenn der edle Enthusiasmus, der bei den Franzosen so leicht auflodert und ebenfalls leicht erlischt, mit den positiven, industriellen Tendenzen des Tages in Kollision gerät. Wir stehen hier auf einem Boden, wo die große Despotin, die Revolution, seit fünfzig Jahren ihre Willkürherrschaft ausgeübt, hier niederreißend, dort schonend, aber überall rüttelnd an den Fundamenten des gesellschaftlichen Lebens: – und diese Gleichheitswut, die nicht das Niedrige erheben, sondern nur die Erhabenheiten abflachen konnte; dieser Zwist der Gegenwart mit der Vergangenheit, die sich wechselseitig verhöhnen, der Zank eines Wahnsinnigen mit einem Gespenst; dieser Umsturz aller Autoritäten, der geistigen sowohl als der materiellen; dieses Stolpern über die letzten Trümmer derselben; und dieser Blödsinn in ungeheuren Schicksalsstunden, wo die Notwendigkeit einer Autorität fühlbar wird und wo der Zerstörer vor seinem eignen Werke erschrickt, aus Angst zu singen beginnt und endlich laut auflacht ... Sehen Sie, das ist schrecklich, gewissermaßen sogar entsetzlich, aber für das Lustspiel ist das ganz vortrefflich!

Nur wird doch einem Deutschen etwas unheimlich hier zumute. Bei den ewigen Göttern! wir sollten unserem Herren und Heiland täglich dafür danken, dass wir kein Lustspiel haben wie die Franzosen, dass bei uns keine Blumen wachsen, die nur einem Scherbenberg, einem Trümmerhaufen, wie es die französische Gesellschaft ist, entblühen können! Der französische Lustspieldichter kommt mir zuweilen vor wie ein Affe, der auf den Ruinen einer zerstörten Stadt sitzt und Grimassen schneidet und sein grinsendes Gelache erhebt, wenn aus den gebrochenen Ogiven der Kathedrale der Kopf eines wirklichen Fuchses herausschaut, wenn im ehemaligen Boudoir der königlichen Mätresse eine wirkliche Sau ihr Wochenbett hält oder wenn die Raben auf den Zinnen des Gildehauses gravitätisch Rat halten oder gar die Hyäne in der Fürstengruft die alten Knochen aufwühlt ...

Ich habe schon erwähnt, dass die Hauptmotive des französischen Lustspiels nicht dem öffentlichen, sondern dem häuslichen Zustand des Volkes entlehnt sind; und hier ist das Verhältnis zwischen Mann und Frau das ergiebigste Thema. Wie in allen Lebensbezügen, so sind auch in der Familie der Franzosen alle Bande gelockert und alle Autoritäten niedergebrochen. Dass das väterliche Ansehen bei Sohn und Tochter vernichtet ist, ist leicht begreiflich, bedenkt man die korrosive Macht jenes Kritizismus, der aus der materialistischen Philosophie hervorging. Dieser Mangel an Pietät gebärdet sich noch weit greller in dem Verhältnis zwischen Mann und Weib, sowohl in den ehelichen als außerehelichen Bündnissen, die hier einen Charakter gewinnen, der sich ganz besonders zum Lustspiel eignet. Hier ist der Originalschauplatz aller jener Geschlechtskriege, die uns in Deutschland nur aus schlechten Übersetzungen oder Bearbeitungen bekannt sind und die ein Deutscher kaum als ein Polybius, aber nimmermehr als ein Cäsar beschreiben kann. Krieg, freilich, führen die beiden Gatten, wie überhaupt Mann und Weib, in allen Landen, aber dem schönen Geschlecht fehlt anderswo als in Frankreich die Freiheit der Bewegung, der Krieg muss versteckter geführt werden; er kann nicht äußerlich, dramatisch, zur Erscheinung kommen. Anderswo bringt es die Frau kaum zu einer kleinen Emeute, höchstens zu einer Insurrektion. Hier aber stehen sich beide Ehemächte mit gleichen Streitkräften gegenüber und liefern ihre entsetzlichsten Hausschlachten. Bei der Einförmigkeit des deutschen Lebens amüsiert ihr euch sehr im deutschen Schauspielhaus, beim Anblick jener Feldzüge der beiden Geschlechter, wo eins das andere durch strategische Künste, geheimen Hinterhalt, nächtlichen Überfall, zweideutigen Waffenstillstand, oder gar durch ewige Friedensschlüsse, zu überlisten sucht. Ist man aber hier in Frankreich auf den Walplätzen selbst, wo dergleichen nicht bloß zum Scheine, sondern auch in der Wirklichkeit aufgeführt wird, und trägt man ein deutsches Gemüt in der Brust, so schmilzt einem das Vergnügen bei dem besten französischen Lustspiel. Und ach! seit langer Zeit lache ich nicht mehr über Arnal, wenn er mit seiner köstlichsten Niaiserie [Albernheit, Einfältigkeit, Dummheit] den Hahnrei spielt. Und ich lache auch nicht mehr über Jenny Vertpré, wenn sie als große Dame, alle mögliche Grazie entfaltend, mit den Blumen des Ehebruchs tändelt. Und ich lache auch nicht mehr über Mademoiselle Déjazet, die, wie Sie wissen, die Rolle einer Grisette so vortrefflich, mit einer klassischen Liederlichkeit, zu spielen weiß. Wie viel Niederlagen in der Tugend gehörten dazu, ehe dieses Weib zu solchen Triumphen in der Kunst gelangen konnte! Sie ist vielleicht die beste Schauspielerin Frankreichs. Wie meisterhaft spielt sie eine arme Modistin, die, durch die Liberalität eines reichen Liebhabers, sich plötzlich mit allem Luxus einer großen Dame umgeben sieht, oder eine kleine Wäscherin, die zum ersten Male die Zärtlichkeiten eines Carabins (Studiosus medicinae; Medizinstudenten) anhört und sich von ihm nach dem bal champêtre der Grande Chaumière geleiten lässt ... Ach! das ist alles sehr hübsch und spaßhaft, und die Leute lachen dabei; aber ich, wenn ich heimlich bedenke, wo dergleichen Lustspiel in der Wirklichkeit endet, nämlich in den Gossen der Prostitution, in den Hospitälern von St.-Lazare, auf den Tischen der Anatomie, wo der Carabin nicht selten seine ehemalige Liebesgefährtin belehrsam zerschneiden sieht ... Dann erstickt mir das Lachen in der Kehle, und fürchtete ich nicht, vor dem gebildetsten Publikum der Welt als Narr zu erscheinen, so würde ich meine Tränen nicht zurückhalten. – Sehen Sie, teurer Freund, das ist eben der geheime Fluch des Exils, dass uns nie ganz wohnlich zumute wird in der Atmosphäre der Fremde, dass wir mit unserer mitgebrachten, heimischen Denk- und Gefühlsweise immer isoliert stehen unter einem Volke, das ganz anders fühlt und denkt als wir, dass wir beständig verletzt werden von sittlichen oder vielmehr unsittlichen Erscheinungen, womit der Einheimische sich längst ausgesöhnt, ja wofür er durch die Gewohnheit allen Sinn verloren hat, wie für die Naturerscheinungen seines Landes ... Ach! das geistige Klima ist uns in der Fremde ebenso unwirtlich wie das physische; ja, mit diesem kann man sich leichter abfinden, und höchstens erkrankt dadurch der Leib, nicht die Seele!

Ein revolutionärer Frosch, welcher sich gern aus dem dicken Heimatgewässer erhübe und die Existenz des Vogels in der Luft für das Ideal der Freiheit ansieht, wird es dennoch im Trockenen, in der sogenannten freien Luft, nicht lange aushalten können und sehnt sich gewiss bald zurück nach dem schweren, soliden Geburtssumpf. Anfangs bläht er sich sehr stark auf und begrüßt freudig die Sonne, die im Monat Juli so herrlich strahlt, und er spricht zu sich selber: »Ich bin mehr als meine Landsleute, die Fische, die Stockfische, die stummen Wassertiere, mir gab Jupiter die Gabe der Rede, ja ich bin sogar Sänger, schon dadurch fühl ich mich den Vögeln verwandt, und es fehlen mir nur die Flügel ...« Der arme Frosch! und bekäme er auch Flügel, so würde er sich doch nicht über alles erheben können, in den Lüften würde ihm der leichte Vogelsinn fehlen, er würde immer unwillkürlich zur Erde hinabschauen, von dieser Höhe würden ihm die schmerzlichen Erscheinungen des irdischen Jammertals erst recht sichtbar werden, und der gefiederte Frosch wird alsdann größere Beengnisse empfinden als früher in dem deutschesten Sumpf!

Dritter Brief

Das Gehirn ist mir schwer wüst. Ich habe diese Nacht fast gar nicht schlafen können. Beständig rollte ich mich im Bett umher, und beständig rollte mir selber im Kopf der Gedanke: Wer war der verlarvte Scharfrichter, welcher zu Whitehall Karl I. köpfte? Erst gegen Morgen schlummerte ich ein, und da träumte mir: es sei Nacht und ich stände einsam auf dem Pontneuf zu Paris und schaute hinab in die dunkle Seine. Unten aber, zwischen den Pfeilern der Brücke, kamen nackte Menschen zum Vorschein, die bis an die Hüften aus dem Wasser hervortauchten, in den Händen brennende Lampen hielten und etwas zu suchen schienen. Sie schauten mit bedeutsamen Blicken zu mir hinauf, und ich selber nickte ihnen hinab, wie im geheimnisvollsten Einverständnis ... Endlich schlug die schwere Notre-Dame-Glocke, und ich erwachte. Und nun grüble ich schon eine Stunde darüber nach, was eigentlich die nackten Leute unter dem Pont-neuf suchten. Ich glaube, im Traume wusst ich es und habe es seitdem vergessen.

Die glänzenden Morgennebel versprechen einen schönen Frühlingstag. Der Hahn kräht. Der alte Invalide, welcher neben uns wohnt, sitzt schon vor seiner Haustür und singt seine napoleonischen Lieder. Sein Enkel, das blondgelockte Kind, ist ebenfalls schon auf seinen nackten Beinchen und steht jetzt vor meinem Fenster, ein Stück Zucker in den Händchen, und will damit die Rosen füttern. Ein Sperling trippelt heran mit den kleinen Füßchen und betrachtet das liebe Kind wie neugierig, wie verwundert. Mit hastigem Schritt kommt aber die Mutter, das schöne Bauernweib, nimmt das Kind auf den Arm und trägt es wieder ins Haus, damit es sich nicht in der Morgenluft erkälte.

Ich aber greife wieder zur Feder, um über das französische Theater meine verworrenen Gedanken in einem noch verworreneren Stile niederzukritzeln. Schwerlich wird in dieser geschriebenen Wildnis etwas zum Vorschein kommen, was für Sie, teurer Freund, belehrsam wäre. Ihnen, dem Dramaturgen, der das Theater in allen seinen Beziehungen kennt und den

Komödianten in die Nieren sieht wie uns Menschen der liebe Gott; Ihnen, der Sie auf den Brettern, die die Welt bedeuten, einst gelebt, geliebt und gelitten haben, wie in der Welt selbst der liebe Gott: Ihnen werde ich wohl weder über deutsches noch französisches Theater viel Neues sagen können! Nur flüchtige Bemerkungen wage ich hier hinzuwerfen, die ein geneigtes Kopfnicken von Ihnen erschmeicheln sollen.

So, hoffe ich, findet Ihre Beistimmung, was ich im vorigen Brief über das französische Lustspiel angedeutet habe. Das sittliche Verhältnis oder vielmehr Missverhältnis zwischen Mann und Weib ist hier in Frankreich der Dünger, welcher den Boden des Lustspiels so kostbar befruchtet. Die Ehe, oder vielmehr der Ehebruch, ist der Mittelpunkt aller jener Lustspielraketen, die so brillant in die Höhe schießen, aber eine melancholische Dunkelheit, wo nicht gar einen üblen Duft, zurücklassen. Die alte Religion, das katholische Christentum, welche die Ehe sanktionierte und den ungetreuen Gatten mit der Hölle bedrohte, ist hier mitsamt dieser Hölle erloschen. Die Moral, die nichts anders ist als die in die Sitten eingewachsene Religion, hat dadurch alle ihre Lebenswurzeln verloren und rankt jetzt missmutig welk an den dürren Stäben der Vernunft, die man an die Stelle der Religion aufgepflanzt hat. Aber nicht einmal diese armselig wurzellose, nur auf Vernunft gestützte Moral wird hier gehörig respektiert, und die Gesellschaft huldigt nur der Konvenienz, welche nichts anderes ist als der Schein der Moral, die Verpflichtung einer sorgfältigen Vermeidung alles dessen, was einen öffentlichen Skandal hervorbringen kann; ich sage, einen öffentlichen, nicht einen heimlichen Skandal, denn alles Skandalöse, was nicht zur Erscheinung kommt, existiert nicht für die Gesellschaft; sie bestraft die Sünde nur in Fällen, wo die Zungen allzu laut murmeln. Und selbst dann gibt es gnädige Milderungen. Die Sünderin wird nicht früher ganz verdammt, als bis der Ehegatte selbst sein »Schuldig« ausspricht. Der verrufensten Messaline öffnen sich die Flügeltore des französischen Salons, solange das eheliche Hornvieh geduldig an ihrer Seite hineintrabt. Dagegen das Mädchen, das sich wahnsinnig großmütig, weiblich aufopferungsvoll in die Arme des Geliebten wirft, ist auf immer aus der Gesellschaft verbannt. Aber dieses geschieht selten, erstens, weil Mädchen hierzulande nie lieben, und zweitens, weil sie im Liebesfalle sich so bald als möglich zu verheiraten suchen, um jener Freiheit teilhaft zu werden, die von der Sitte nur den verheirateten Frauen bewilligt ist.

Das ist es. Bei uns in Deutschland, wie auch in England und anderen germanischen Ländern, gestattet man den Mädchen die größtmöglichste Freiheit, verehelichte Frauen hingegen treten in die strengste Abhängigkeit und unter die ängstlichste Obhut ihres Gemahls. Hier in Frankreich ist, wie gesagt, das Gegenteil der Fall, junge Mädchen verharren hier so lange in klösterlicher Eingezogenheit, bis sie entweder heiraten oder unter strengster Aufsicht einer Verwandten in die Welt eingeführt werden. In der Welt, d. h. im französischen Salon, sitzen sie immer schweigend und wenig beachtet; denn es ist hier weder guter Ton noch klug, einem unverheirateten Mädchen den Hof zu machen.

Das ist es. Wir Deutsche, wie unsere germanischen Nachbarn, wir huldigen mit unserer Liebe immer nur unverheirateten Mädchen, und nur diese besingen unsere Poeten; bei den Franzosen hingegen ist nur die verheiratete Frau der Gegenstand der Liebe, im Leben wie in der Kunst.

Ich habe soeben auf eine Tatsache hingewiesen, welche einer wesentlichen Verschiedenheit der deutschen Tragödie und der französischen zugrunde liegt. Die Heldinnen der deutschen Tragödien sind fast immer Jungfrauen, in der französischen Tragödie sind es verheiratete Weiber, und die komplizierteren Verhältnisse, die hier eintreten, eröffnen vielleicht einen freieren Spielraum für Handlung und Passion.

Es wird mir nie in den Sinn kommen, die französische Tragödie auf Kosten der deutschen, oder umgekehrt, zu preisen. Die Literatur und die Kunst jedes Landes sind bedingt von lokalen Bedürfnissen, die man bei ihrer Würdigung nicht unberücksichtigt lassen darf. Der Wert deutscher Tragödien, wie die von Goethe, Schiller, Kleist, Immermann, Grabbe, Oehlenschläger, Uhland, Grillparzer, Werner und dergleichen Großdichtern, besteht mehr in der Poesie als in der Handlung und Passion. Aber wie köstlich auch die Poesie ist, so wirkt sie doch mehr auf den einsamen Leser als auf eine große Versammlung. Was im Theater auf die Masse des Publikums am hinreißendsten wirkt, ist eben Handlung und Passion, und in diesen beiden exzellieren die französischen Trauerspieldichter. Die Franzosen sind schon von Natur aktiver und passionierter als wir, und es ist schwer zu bestimmen, ob es die angeborene Aktivität ist, wodurch die Passion bei ihnen mehr als bei uns zur äußeren Erscheinung kommt, oder ob die angeborene Passion ihren Handlungen einen leidenschaftlicheren Charakter erteilt und ihr ganzes Leben dadurch dramatischer gestaltet als das unsrige, dessen stille Gewässer im Zwangsbett des Herkommens ruhig dahinfließen und mehr Tiefe als Wellenschlag verraten. Genug, das Leben ist hier in Frankreich dramatischer, und der Spiegel des Lebens, das Theater, zeigt hier im höchsten Grade Handlung und Passion.

Die Passion, wie sie sich in der französischen Tragödie gebärdet, jener unaufhörliche Sturm der Gefühle, jener beständige Donner und Blitz, jene ewige Gemütsbewegung, ist den Bedürfnissen des französischen Publikums ebenso sehr angemessen, wie es den Bedürfnissen eines deutschen Publikums angemessen ist, dass der Autor die tollen Ausbrüche der Leidenschaft erst langsam motiviert, dass er nachher stille Partien eintreten lässt, damit sich das deutsche Gemüt wieder sanft erhole, dass er unserer Besinnung und der Ahnung kleine Ruhestellen gewährt, dass wir bequem und ohne Übereilung gerührt werden. Im deutschen Parterre sitzen friedliebende Staatsbürger und Regierungsbeamte, die dort ruhig ihr Sauerkraut verdauen möchten, und oben in den Logen sitzen blauäugige Töchter gebildeter Stände, schöne blonde Seelen, die ihren Strickstrumpf oder sonst eine Handarbeit ins Theater mitgebracht haben und gelinde schwärmen wollen, ohne dass ihnen eine Masche fällt. Und alle Zuschauer besitzen jene deutsche Tugend, die uns angeboren oder wenigstens anerzogen wird, Geduld. Auch geht man bei uns ins Schauspiel, um das Spiel der Komödianten oder, wie wir uns ausdrücken, die Leistungen der Künstler zu beurteilen, und letztere liefern allen Stoff der Unterhaltung in unseren Salons und Journalen. Ein Franzose hingegen geht ins Theater, um das Stück zu sehen, um Emotionen zu empfangen; über das Dargestellte werden die Darsteller ganz vergessen, und wenig ist überhaupt von ihnen die Rede. Die Unruhe treibt den Franzosen ins Theater, und hier sucht er am allerwenigsten Ruhe. Ließe ihm der Autor nur einen Moment Ruhe, er wäre kapabel, Azor zu rufen, was auf deutsch pfeifen heißt. Die Hauptaufgabe für den französischen Bühnendichter ist also, dass sein Publikum gar nicht zu sich selber, gar nicht zur Besinnung komme, dass Schlag auf Schlag die Emotionen herbeigeführt werden, dass Liebe, Hass, Eifersucht, Ehrgeiz, Stolz, Point d'honneur, kurz, alle jene leidenschaftlichen Gefühle, die im wirklichen Leben der Franzosen sich schon tobsüchtig genug gebärden, auf den Brettern in noch wilderen Rasereien ausbrechen.

Aber um zu beurteilen, ob in einem französischen Stück die Übertreibung der Leidenschaft zu groß ist, ob hier nicht alle Grenzen überschritten sind, dazu gehört die innigste Bekanntschaft mit dem französischen Leben selbst, das dem Dichter als Vorbild diente. Um französische Stücke einer gerechten Kritik zu unterwerfen, muss man sie mit französischem, nicht mit deutschem Maßstab messen. Die Leidenschaften, die uns, wenn wir in einem umfriedeten Winkel des geruhsamen Deutschlands ein französisches Stück sehen oder lesen, ganz übertrieben erscheinen, sind vielleicht dem wirklichen Leben hier treu nachgesprochen, und was uns im theatralischen Gewand so gräuelhaft unnatürlich vorkommt, ereignet sich täglich und stündlich zu Paris in der bürgerlichsten Wirklichkeit. Nein, in Deutschland ist es unmöglich, sich von dieser französischen Leidenschaft eine Vorstellung zu machen. Wir sehen ihre

Handlungen, wir hören ihre Worte, aber diese Handlungen und Worte setzen uns zwar in Verwunderung, erregen in uns vielleicht eine ferne Ahnung, aber nimmermehr geben sie uns eine bestimmte Kenntnis der Gefühle, denen sie entsprossen. Wer wissen will, was Brennen ist, muss die Hand ins Feuer halten; der Anblick eines Gebrannten ist nicht hinreichend, und am ungenügendsten ist es, wenn wir über die Natur der Flamme nur durch Hörensagen oder Bücher unterrichtet werden. Leute, die am Nordpol der Gesellschaft leben, haben keinen Begriff davon, wie leicht in dem heißen Klima der französischen Sozietät die Herzen sich entzünden oder gar, während den Julitagen, die Köpfe von den tollsten Sonnenstichen erhitzt sind. Hören wir, wie sie dort schreien, und sehen wir, wie sie Gesichter schneiden, wenn dergleichen Gluten ihnen Hirn und Herz versengen, so sind wir Deutschen schier verwundert und schütteln die Köpfe und erklären alles für Unnatur oder gar Wahnsinn.

Wie wir Deutsche in den Werken französischer Dichter den unaufhörlichen Sturm und Drang der Passion nicht begreifen können, so unbegreiflich ist den Franzosen die stille Heimlichkeit, das ahnungs- und erinnerungssüchtige Traumleben, das selbst in den leidenschaftlich bewegtesten Dichtungen der Deutschen beständig hervortritt. Menschen, die nur an den Tag denken, nur dem Tage die höchste Geltung zuerkennen und ihn daher auch mit der erstaunlichsten Sicherheit handhaben, diese begreifen nicht die Gefühlsweise eines Volkes, das nur ein Gestern und ein Morgen, aber kein Heute hat, das sich der Vergangenheit beständig erinnert und die Zukunft beständig ahnt, aber die Gegenwart nimmermehr zu fassen weiß, in der Liebe wie in der Politik. Mit Verwunderung betrachten sie uns Deutsche, die wir oft sieben Jahre lang die blauen Augen der Geliebten anflehen, ehe wir es wagen, mit entschlossenem Arm ihre Hüften zu umschlingen. Sie sehen uns an mit Verwunderung, wenn wir erst die ganze Geschichte der französischen Revolution samt allen Kommentarien gründlich durchstudieren und die letzten Supplementbände abwarten, ehe wir diese Arbeit ins Deutsche übertragen, ehe wir eine Prachtausgabe der Menschenrechte, mit einer Dedikation an den König von Bayern ...

»O Hund, du Hund – Du bist nicht gesund – Du bist vermaledeit – In Ewigkeit – Vor deinem Biss behüte mich, mein Herr und Heiland, Jesu Christ, Amen!«

Vierter Brief

Ich bin diesen Morgen, liebster Freund, in einer wunderlich weichen Stimmung. Der Frühling wirkt auf mich recht sonderbar. Den Tag über bin ich betäubt, und es schlummert meine Seele. Aber des Nachts bin ich so aufgeregt, dass ich erst gegen Morgen einschlafe, und dann umschlingen mich die qualvoll entzückendsten Träume. O schmerzliches Glück, wie beängstigend drücktest du mich an dein Herz vor einigen Stunden! Mir träumte von ihr, die ich nicht lieben will und nicht lieben darf, deren Leidenschaft mich aber dennoch heimlich beseligt. Es war in ihrem Landhaus, in dem kleinen, dämmerigen Gemach, wo die wilden Oleanderbäume das Balkonfenster überragen. Das Fenster war offen, und der helle Mond schien zu uns ins Zimmer herein und warf seine silbernen Streiflichter über ihre weißen Arme, die mich so liebevoll umschlossen hielten. Wir schwiegen und dachten nur an unser süßes Elend. An den Wänden bewegten sich die Schatten der Bäume, deren Blüten immer stärker dufteten. Draußen im Garten, erst fern, dann wieder nah, ertönte eine Geige, lange, langsam gezogene Töne, jetzt traurig, dann wieder gutmütig heiter, manchmal wie wehmütiges Schluchzen, mitunter auch grollend, aber immer lieblich, schön und wahr ... »Wer ist das?« flüsterte ich leise. Und sie antwortete: »Es ist mein Bruder, welcher die Geige spielt.« Aber bald schwieg draußen die Geige, und statt ihrer vernahmen wir einer Flöte schmelzend verhallende Töne, und die klangen so bittend, so flehend, so verblutend, und es waren so geheimnisvolle Klagelaute, dass sie einem die Seele mit wahnsinnigem Grauen erfüllten, dass man an die schauerlichsten Dinge denken musste, an Leben ohne Liebe, an Tod ohne Auferstehung, an Tränen, die man nicht weinen kann ... »Wer ist das?« flüsterte ich leise. Und sie antwortete: »Es ist mein Mann, welcher die Flöte bläst.«

Teurer Freund, schlimmer noch als das Träumen ist das Erwachen.

Wie glücklich sind doch die Franzosen! Sie träumen gar nicht. Ich habe mich genau darnach erkundigt, und dieser Umstand erklärt auch, warum sie mit so wacher Sicherheit ihr Tagesgeschäft verrichten und sich nicht auf unklare, dämmernde Gedanken und Gefühle einlassen, in der Kunst wie im Leben. In den Tragödien unsrer großen deutschen Dichter spielt der Traum eine große Rolle, wovon französische Trauerspieldichter nicht die geringste Ahnung haben. Ahnungen haben sie überhaupt nicht. Was derart in neueren französischen Dichtungen zum Vorschein kommt, ist weder dem Naturell des Dichters noch des Publikums angemessen, ist nur den Deutschen nachempfunden, ja am Ende vielleicht nur armselig abgestohlen. Denn die Franzosen begehen nicht bloß Gedankenplagiate, sie entwenden uns nicht bloß poetische Figuren und Bilder, Ideen und Ansichten, sondern sie stehlen uns auch Empfindungen, Stimmungen, Seelenzustände, sie begehen Gefühlsplagiate. – Dieses gewahrt man namentlich, wenn einige von ihnen die Gemütsfaseleien der katholisch-romantischen Schule aus der Schlegel-Zeit jetzt nachheucheln.

Mit wenigen Ausnahmen können alle Franzosen ihre Erziehung nicht verleugnen; sie sind mehr oder weniger Materialisten, je nachdem sie mehr oder weniger jene französische Erziehung genossen, die ein Produkt der materialistischen Philosophie ist. Daher ist ihren Dichtern die Naivität, das Gemüt, die Erkenntnis durch Anschauungen und das Aufgehen im angeschauten Gegenstand versagt. Sie haben nur Reflexion, Passion und Sentimentalität.

Ja, ich möchte hier zu gleicher Zeit eine Andeutung aussprechen, die zur Beurteilung mancher deutschen Autoren nützlich wäre: Die Sentimentalität ist ein Produkt des Materialismus. Der Materialist trägt nämlich in der Seele das dämmernde Bewusstsein, dass dennoch in der Welt nicht alles Materie ist; wenn ihm sein kurzer Verstand die Materialität aller Dinge noch so bündig demonstriert, so sträubt sich doch dagegen sein Gefühl; es beschleicht ihn zuweilen das geheime Bedürfnis, in den Dingen auch etwas Urgeistiges anzuerkennen; und dieses unklare Sehnen und Bedürfen erzeugt jene unklare Empfindsamkeit, welche wir Sentimentalität nennen. Sentimentalität ist die Verzweiflung der Materie, die sich selber nicht genügt und nach etwas Besserem, ins unbestimmte Gefühl hinausschwärmt. – Und in der Tat, ich habe gefunden, dass es eben die sentimentalen Autoren waren, die zu Hause, oder wenn ihnen der Wein die Zunge gelöst hatte, in den derbsten Zoten ihren Materialismus auskramten. Der sentimentale Ton, besonders wenn er mit patriotischen, sittlich-religiösen Bettelgedanken verbrämt ist, gilt aber bei dem großen Publikum als das Kennzeichen einer schönen Seele! – Frankreich ist das Land des Materialismus; er bekundet sich in allen Erscheinungen des hiesigen Lebens. Manche begabte Geister versuchen zwar seine Wurzel auszugraben, aber diese Versuche bringen noch größere Misslichkeiten hervor. In den aufgelockerten Boden fallen die Samenkörner jener spiritualistischen Irrlehren, deren Gift den sozialen Zustand Frankreichs aufs Unheilsamste verschlimmert.

Täglich steigert sich meine Angst über die Krisen, die dieser soziale Zustand Frankreichs hervorbringen kann; wenn die Franzosen nur im Mindesten an die Zukunft dächten, könnten sie auch keinen Augenblick mit Ruhe ihres Daseins froh werden. Und wirklich freuen sie sich dessen nie mit Ruhe. Sie sitzen nicht gemächlich am Bankette des Lebens, sondern sie verschlucken dort eilig die holden Gerichte, stürzen den süßen Trank hastig in den Schlund und können sich dem Genuss nie mit Wohlbehagen hingeben. Sie mahnen mich an den alten Holzschnitt in unserer Hausbibel, wo die Kinder Israel vor dem Auszug aus Ägypten das Paschafest begehen und stehend, reisegerüstet und den Wanderstab in den Händen, ihren Lämmerbraten verzehren. Werden uns in Deutschland die Lebenswonnen auch viel spärlicher zugeteilt, so ist es uns doch vergönnt, sie mit behaglichster Ruhe zu genießen. Unsere Tage gleiten sanft dahin, wie ein Haar, welches man durch die Milch zieht.

Liebster Lewald, der letztere Vergleich ist nicht von mir, sondern von einem Rabbinen; ich las ihn unlängst in einer Blumenlese rabbinischer Poesie, wo der Dichter das Leben des Gerechten mit einem Haar vergleicht, welches man durch die Milch zieht. Anfangs kotzte ich ein bisschen über dieses Bild, denn nichts wirkt erbrechlicher auf meinen Magen, als wenn ich des Morgens meinen Kaffee trinke und ein Haar in der Milch finde. Nun gar ein langes Haar, welches sich sanft hindurchziehen lässt, wie das Leben des Gerechten! Aber das ist eine Idiosynkrasie von mir; ich will mich durchaus an das Bild gewöhnen und werde es bei jeder Gelegenheit anwenden. Ein Schriftsteller darf sich nicht seiner Subjektivität ganz überlassen, er muss alles schreiben können, und sollte es ihm noch so übel werden.

Das Leben eines Deutschen gleicht einem Haar, welches durch die Milch gezogen wird. Ja, man könnte der Vergleichung noch größere Vollkommenheit verleihen, wenn man sagte: Das deutsche Volk gleicht einem Zopf von dreißig Millionen zusammengeflochtenen Haaren, welcher in einem großen Milchtopf seelenruhig herumschwimmt. Die Hälfte des Bildes könnte ich beibehalten und das französische Leben mit einem Milchtopf vergleichen, worin tausend und aber tausend Fliegen hineingestürzt sind und die einen sich auf den Rücken der andern emporzuschwingen suchen, am Ende aber doch alle zugrunde gehen, mit Ausnahme einiger wenigen, die sich durch Zufall oder Klugheit bis an den Rand des Topfes zu rudern gewusst und dort, im Trockenen, aber mit nassen Flügeln, herumkriechen.

Ich habe Ihnen über den sozialen Zustand der Franzosen, aus besonderen Gründen, nur wenige Andeutungen geben wollen; wie sich aber die Verwicklung lösen wird, das vermag kein Mensch zu erraten. Vielleicht naht Frankreich einer schrecklichen Katastrophe. Diejenigen, welche eine Revolution anfangen, sind gewöhnlich ihre Opfer, und solches Schicksal trifft vielleicht Völker ebenso gut wie Individuen. Das französische Volk, welches die große Revolution Europas begonnen, geht vielleicht zugrunde, während nachfolgende Völker die Früchte seines Beginnens ernten.

Aber hoffentlich irre ich mich. Das französische Volk ist die Katze, welche, sie falle auch von der gefährlichsten Höhe herab, dennoch nie den Hals bricht, sondern unten gleich wieder auf den Beinen steht.

Eigentlich, liebster Lewald, weiß ich nicht, ob es naturhistorisch richtig ist, dass die Katzen immer auf die vier Pfoten fallen und sich daher nie beschädigen, wie ich als kleiner Junge einst gehört hatte. Ich wollte damals gleich das Experiment anstellen, stieg mit unserer Katze aufs Dach und warf sie von dieser Höhe in die Straße hinab. Zufällig aber ritt eben ein Kosak an unserem Hause vorbei, die arme Katze fiel just auf die Spitze seiner Lanze, und er ritt lustig mit dem gespießten Tiere von dannen. – Wenn es nun wirklich wahr ist, dass Katzen immer unbeschädigt auf die Beine fallen, so müssen sie sich doch in solchem Falle vor den Lanzen der Kosaken in acht nehmen ...

Fünfter Brief

Mein Nachbar, der alte Grenadier, sitzt heute nachsinnend vor seiner Haustür; manchmal beginnt er eins seiner alten bonapartistischen Lieder, doch die Stimme versagt ihm vor innerer Bewegung; seine Augen sind rot, und allem Anschein nach hat der alte Kauz geweint.

Aber er war gestern Abend bei Franconi und hat dort die Schlacht bei Austerlitz gesehen. Um Mitternacht verließ er Paris, und die Erinnerungen beschäftigten seine Seele so übermächtig, dass er wie somnambul die ganze Nacht durchmarschierte und zu seiner eigenen Verwunderung diesen Morgen im Dorfe anlangte. Er hat mir die Fehler des Stücks auseinandergesetzt, denn er war selber bei Austerlitz, wo das Wetter so kalt gewesen, dass ihm die Flinte an den Fingern festfror; bei Franconi hingegen konnte man es vor Hitze nicht aushalten. Mit dem Pulverdampf war er sehr zufrieden, auch mit dem Geruche der Pferde; nur behauptete er, dass die Kavallerie bei Austerlitz keine so gut dressierte Schimmel besessen. Ob das Manöver der Infanterie ganz richtig dargestellt worden, wusste er nicht genau zu beurteilen; denn bei Austerlitz, wie bei jeder Schlacht, sei der Pulverdampf so stark gewesen, dass man kaum sah, was ganz in der Nähe vorging. Der Pulverdampf bei Franconi war aber, wie der Alte sagte, ganz vortrefflich und schlug ihm so angenehm auf die Brust, dass er dadurch von seinem Husten geheilt ward. »Und der Kaiser?« fragte ich ihn. »Der Kaiser«, antwortete der Alte, »war ganz unverändert, wie er leibte und lebte, in seiner grauen Kapote mit dem dreieckigen Hütchen, und das Herz pochte mir in der Brust. Ach, der Kaiser«, setzte der Alte hinzu, »Gott weiß, wie ich ihn liebe, ich bin oft genug in diesem Leben für ihn ins Feuer gegangen, und sogar nach dem Tode muss ich für ihn ins Feuer gehen!«

Den letzten Zusatz sprach Ricou, so heißt der Alte, mit einem geheimnisvoll düsteren Ton, und schon mehrmals hatte ich von ihm die Äußerung vernommen, dass er einst für den Kaiser in die Hölle käme. Als ich heute ernsthaft in ihn drang, mir diese rätselhaften Worte zu erklären, erzählte er mir folgende entsetzliche Geschichte:

Als Napoleon den Papst Pius VII. von Rom wegführen und nach dem hohen Bergschloss von Savona bringen ließ, gehörte Ricou zu einer Kompanie Grenadiere, die ihn dort bewachten. Anfangs gewährte man dem Papst manche Freiheiten; ungehindert konnte er zu beliebigen Stunden seine Gemächer verlassen und sich nach der Schlosskapelle begeben, wo er täglich selber Messe las. Wenn er dann durch den großen Saal schritt, wo die kaiserlichen Grenadiere Wache hielten, streckte er die Hand nach ihnen aus und gab ihnen den Segen. Aber eines Morgens erhielten die Grenadiere bestimmten Befehl, den Ausgang der päpstlichen Gemächer strenger als vorher zu bewachen und dem Papst den Durchgang im großen Saal zu versagen. Unglücklicherweise traf just Ricou das Los, diesen Befehl auszuführen, ihn, welcher Bretone von Geburt, also erzkatholisch war und in dem gefangenen Papst den Statthalter Christi verehrte. Der arme Ricou stand Schildwache vor den Gemächern des Papstes, als dieser, wie gewöhnlich, um in der Schlosskapelle Messe zu lesen, durch den großen Saal wandern wollte. Aber Ricou trat vor ihn hin und erklärte, dass er die Consigne [Weisung] erhalten, den Heiligen Vater nicht durchzulassen. Vergebens suchten einige Priester, die sich im Gefolge des Papstes befanden, ihm ins Gemüt zu reden und ihm zu bedeuten, welch einen Frevel, welche Sünde, welche Verdammnis er auf sich lade, wenn er Seine Heiligkeit, das Oberhaupt der Kirche, verhindere, Messe zu lesen ... Aber Ricou blieb unerschütterlich, er berief sich immer auf die Unmöglichkeit, seine Consigne zu brechen, und als der Papst dennoch weiterschreiten wollte, rief er entschlossen: »Au nom de l'Empereur!« und trieb ihn mit vorgehaltenem Bajonett zurück. Nach einigen Tagen wurde der strenge Befehl wieder aufgehoben, und der Papst durfte, wie früherhin, um Messe zu lesen, den großen Saal durchwandern. Allen Anwesenden gab er dann wieder den Segen, nur nicht dem armen Ricou, den er seitdem immer mit strengem Strafblicke ansah und dem er den Rücken kehrte, während er gegen die Übrigen die segnende Hand ausstreckte. »Und doch konnte ich nicht anders handeln« – setzte der alte Invalide hinzu, als er mir diese entsetzliche Geschichte erzählte –, »ich konnte nicht anders handeln, ich hatte meine Consigne, ich musste dem Kaiser gehorchen; und auf seinen Befehl – Gott verzeih mir's! – hätte ich dem lieben Gott selber das Bajonett durch den Leib gerannt.« – Ich habe dem armen Schelm versichert, dass der Kaiser für alle Sünden der Großen Armee verantwortlich sei, was ihm aber wenig schaden könne, da kein Teufel in der

Hölle sich unterstehen würde, den Napoleon anzutasten. Der Alte gab mir gern Beifall und erzählte, wie gewöhnlich, mit geschwätziger Begeisterung, von der Herrlichkeit des Kaiserreichs, der imperialen Zeit, wo alles so goldströmend und blühend, statt dass heutzutage die ganze Welt so welk und abgefärbt aussieht.

War wirklich die Zeit des Kaiserreichs in Frankreich so schön und beglückend, wie diese Bonapartisten, klein und groß, vom Invaliden Ricou bis zur Herzogin von Abrantes, uns vorzuprahlen pflegen? Ich glaube nicht. Die Äcker lagen brach, und die Menschen wurden zur Schlachtbank geführt. Überall Muttertränen und häusliche Verödung. Aber es geht diesen Bonapartisten wie dem versoffenen Bettler, der die scharfsinnige Bemerkung gemacht hatte, dass, solange er nüchtern blieb, seine Wohnung nur eine erbärmliche Hütte, sein Weib in Lumpen gehüllt und sein Kind krank und hungrig war, dass aber, sobald er einige Gläser Branntwein getrunken, dieses ganze Elend sich plötzlich änderte, seine Hütte sich in einen Palast verwandelte, sein Weib wie eine geputzte Prinzessin aussah und sein Kind wie die wohlgenährteste Gesundheit ihn anlachte. Wenn man ihn nun ob seiner schlechten Wirtschaft manchmal ausschalt, so versicherte er immer, man möge ihm nur genug Branntwein zu trinken geben, und sein ganzer Haushalt würde bald ein glänzenderes Ansehen gewinnen. Statt Branntwein war es Ruhm, Ehrgier und Eroberungslust, was jene Bonapartisten so sehr berauschte, dass sie die wirkliche Gestalt der Dinge während der Kaiserzeit nicht sahen; und jetzt, bei jeder Gelegenheit, wo eine Klage über schlechte Zeiten laut wird, rufen sie immer: »Das würde sich gleich ändern, Frankreich würde blühen und glänzen, wenn man uns wieder wie sonst zu trinken gäbe: Ehrenkreuze, Epaulette, contributions volontaires, spanische Gemälde, Herzogtümer in vollen Zügen.«

Wie dem aber auch sei, nicht bloß die alten Bonapartisten, sondern auch die große Masse des Volks wiegt sich gern in diesen Illusionen, und die Tage des Kaiserreichs sind die Poesie dieser Leute, eine Poesie, die noch dazu Opposition bildet gegen die Geistesnüchternheit des siegenden Bürgerstandes. Der Heroismus der imperialen Herrschaft ist der einzige, wofür die Franzosen noch empfänglich sind, und Napoleon ist der einzige Heros, an den sie noch glauben.

Wenn Sie dieses erwägen, teurer Freund, so begreifen Sie auch seine Geltung für das französische Theater und den Erfolg, womit die hiesigen Bühnendichter diese einzige, in der Sandwüste des Indifferentismus einzige Quelle der Begeisterung so oft ausbeuten. Wenn in den kleinen Vaudevillen der Boulevardstheater eine Szene aus der Kaiserzeit dargestellt wird oder gar der Kaiser in Person auftritt, dann mag das Stück auch noch so schlecht sein, es fehlt doch nicht an Beifallsbezeugungen; denn die Seele der Zuschauer spielt mit, und sie applaudieren ihren eigenen Gefühlen und Erinnerungen. Da gibt es Couplets, worin Stichworte sind, die wie betäubende Kolbenschläge auf das Gehirn eines Franzosen, andere, die wie Zwiebeln auf seine Tränendrüsen wirken. Das jauchzt, das weint, das flammt bei den Worten: Aigle français, soleil d'Austerlitz, Jéna, les pyramides, la grande armée, l'honneur, la vieille garde, Napoléon ... oder wenn gar der Mann selber, l'homme, zum Vorschein kommt, am Ende des Stücks, als Deus ex machina! Er hat immer das Wünschelhütchen auf dem Kopf und die Hände hinterm Rücken und spricht so lakonisch als möglich. Er singt nie. Ich habe nie ein Vaudeville gesehen, worin Napoleon gesungen. Alle anderen singen. Ich habe sogar den Alten Fritz, Frédéric le Grand, in Vaudevillen singen hören, und zwar sang er so schlechte Verse, dass man schier glauben konnte, er habe sie selbst gedichtet.

In der Tat, die Verse dieser Vaudeville sind spottschlecht, aber nicht die Musik, namentlich in den Stücken, wo alte Stelzfüße die Feldherrngröße und das kummervolle Ende des Kaisers besingen. Die graziöse Leichtfertigkeit des Vaudevilles geht dann über in einen elegisch-sentimentalen Ton, der selbst einen Deutschen rühren könnte. Den schlechten Texten solcher Complaintes sind nämlich alsdann jene bekannten Melodien unterlegt, womit das Volk seine Napoleonslieder absingt. Diese letzteren ertönen hier an allen Orten, man sollte glauben, sie schwebten in der Luft oder die Vögel sängen sie in den Baumzweigen. Mir liegen beständig diese elegisch-sentimentalen Melodien im Sinn, wie ich sie von jungen Mädchen, kleinen Kindern, verkrüppelten Soldaten mit allerlei Begleitungen und allerlei Variationen singen hörte. Am rührendsten sang sie der blinde Invalide auf der Zitadelle von Dieppe. Meine Wohnung lag dicht am Fuße jener Zitadelle, wo sie ins Meer hinausragt, und dort, auf dem dunklen Gemäuer, saß er ganze Nächte, der Alte, und sang die Taten des Kaisers Napoleon. Das Meer schien seinen Gesängen zu lauschen, das Wort »gloire« zog immer so feierlich über die Wellen, die manchmal wie vor Bewunderung aufrauschten und dann wieder still weiterzogen ihren nächtlichen Weg ... Wenn sie nach St. Helena kamen, grüßten sie vielleicht ehrfurchtsvoll den tragischen Felsen oder brandeten dort mit schmerzlichem Unmut. Wie manche Nacht stand ich am Fenster und horchte ihm zu, dem alten Invaliden von Dieppe. Ich kann seiner nicht vergessen. Ich sehe ihn noch immer sitzen auf dem alten Gemäuer, während aus den dunklen Wolken der Mond hervortrat und ihn wehmütig beleuchtete, den Ossian des Kaiserreichs.

Von welcher Bedeutung Napoleon einst für die französische Bühne sein wird, lässt sich gar nicht ermessen. Bis jetzt sah man den Kaiser nur in Vaudevillen oder großen Spektakel- und Dekorationsstücken. Aber es ist die Göttin der Tragödie, welche diese hohe Gestalt als rechtmäßiges Eigentum in Anspruch nimmt. Ist es doch, als habe jene Fortuna, die sein Leben so sonderbar lenkte, ihn zu einem ganz besonderen Geschenk für ihre Cousine Melpomene bestimmt. Die Tragödiendichter aller Zeiten werden die Schicksale dieses Mannes in Versen und Prosa verherrlichen. Die französischen Dichter sind jedoch ganz besonders an diesen Helden gewiesen, da das französische Volk mit seiner ganzen Vergangenheit gebrochen hat, für die Helden der feudalistischen und kurtisanesken Zeit der Valois und Bourbonen keine wohlwollende Sympathie, wo nicht gar eine hässliche Antipathie empfindet und Napoleon, der Sohn der Revolution, die einzige große Herrschergestalt, der einzige königliche Held ist, woran das neue Frankreich sein volles Herz weiden kann.

Hier habe ich beiläufig angedeutet, dass der politische Zustand der Franzosen dem Gedeihen ihrer Tragödie nicht günstig sein kann. Wenn sie geschichtliche Stoffe aus dem Mittelalter oder aus der Zeit der letzten Bourbonen behandeln, so können sie sich des Einflusses eines gewissen Parteigeistes nimmermehr erwehren, und der Dichter bildet dann schon von vornherein, ohne es zu wissen, eine modern-liberale Opposition gegen den alten König oder Ritter, den er feiern wollte. Dadurch entstehen Misslaute, die einem Deutschen, der mit der Vergangenheit noch nicht tatsächlich gebrochen hat, und gar einem deutschen Dichter, der in der Unparteilichkeit Goethescher Künstlerweise auferzogen worden, aufs Unangenehmste ins Gemüt stechen. Die letzten Töne der Marseillaise müssen verhallen, ehe Autor und Publikum in Frankreich sich an den Helden ihrer früheren Geschichte wieder gehörig erbauen können. Und wäre auch die Seele des Autors schon gereinigt von allen Schlacken des Hasses, so fände doch sein Wort kein unparteiisches Ohr im Parterre, wo die Männer sitzen, die nicht vergessen können, in welche blutigen Konflikte sie mit der Sippschaft jener Helden geraten, die auf der Bühne tragieren. Man kann den Anblick der Väter nicht sehr goutieren, wenn man den Söhnen auf dem Place de Gréve das Haupt abgeschlagen hat. So etwas trübt den reinen Theatergenuss. Nicht selten verkennt man die Unparteilichkeit des Dichters so weit, dass man ihn antirevolutionärer Gesinnungen beschuldigt. – »Was soll dieses Rittertum, dieser phantastische Plunder?« ruft dann der entrüstete Republikaner, und er schreit Anathema über den Dichter, der die Helden alter Zeit, zur Verführung des Volkes, zur Erweckung aristokratischer Sympathien, mit seinen Versen verherrlicht.

Hier, wie in vielen anderen Dingen, zeigt sich eine wahlverwandtschaftliche Ähnlichkeit zwischen den französischen Republikanern und den englischen Puritanern. Es knurret fast derselbe Ton in ihrer Theaterpolemik, nur dass diesen der religiöse, jenen der politische Fanatismus die absurdesten Argumente leiht. Unter den Aktenstücken aus der Cromwellschen Periode gibt es eine Streitschrift des berühmten Puritaners Prynne, betitelt »Histriomastix« (gedr. 1633), woraus ich Ihnen folgende Diatribe gegen das Theater zur Ergötzung mitteile: »There is scarce one Divell in Hell, hardly a notorious *sinne* or *sinner* upon earth, either of moderne or ancient times, but hath some part or other in Stage-playes ... O that our Players, our Play-haunters would now seriously consider, that the persons whose parts, whose sinnes they act and see, are even *then yelling in the eternall flames of hell,* for these particular sinnes of theirs, even then whiles they are playing of these sinnes, these parts of theirs on the Stage! O that they would now remember the sighs, the groanes, *the tears, the anguish, weeping, and gnashing of teeth, the cryes, and shreekes,* that these wickednesses cause in Hell, whiles they are acting, applauding, committing and laughing at them in the Playhouse!«

Sechster Brief

Mein teurer, innig geliebter Freund! Mir ist, als trüge ich diesen Morgen einen Kranz von Mohnblumen auf dem Haupt, der all mein Sinnen und Denken einschläfert. Unwirsch rüttle ich manchmal den Kopf, und dann erwachen wohl darin hie und da einige Gedanken, aber gleich nicken sie wieder ein und schnarchen um die Wette. Die Witze, die Flöhe des Gehirns, die zwischen den schlummernden Gedanken umherspringen, zeigen sich ebenfalls nicht besonders munter und sind vielmehr sentimental und träge. Ist es die Frühlingsluft, die dergleichen Kopfbetäubungen verursacht, oder die veränderte Lebensart? Hier geh ich abends schon um neun Uhr zu Bette, ohne müde zu sein, genieße dann keinen gesunden Schlaf, der alle Glieder bindet, sondern wälze mich die ganze Nacht in einem traumsüchtigen Halbschlummer. In Paris hingegen, wo ich mich erst einige Stunden nach Mitternacht zur Ruhe begeben konnte, war mein Schlaf wie von Eisen. Kam ich doch erst um acht Uhr von Tische, und dann rollten wir ins Theater. Der Dr. Detmold aus Hannover, der den verflossenen Winter in Paris zubrachte und uns immer ins Theater begleitete, hielt uns munter, wenn die Stücke auch noch so einschläfernd. Wir haben viel zusammen gelacht und kritisiert und medisiert [geschmäht, gelästert]. Seien Sie ruhig, Liebster, Ihrer wurde nur mit der schönsten Anerkenntnis gedacht. Wir zollten Ihnen das freudigste Lob.

Sie wundern sich, dass ich so oft ins Theater gegangen; Sie wissen, der Besuch des Schauspielhauses gehört nicht eben zu meinen Gewohnheiten. Aus Kaprice enthielt ich mich diesen Winter des Salonlebens, und damit die Freunde, bei denen ich selten erschien, mich nicht im Theater sähen, wählte ich gewöhnlich eine Avant-scène [Proszeniumsloge], in deren Ecke man sich am besten den Augen des Publikums verbergen kann. Diese Avant-scènen sind auch außerdem meine Lieblingsplätze. Man sieht hier nicht bloß, was auf dem Theater gespielt wird, sondern auch, was hinter den Kulissen vorgeht, hinter jenen Kulissen, wo die Kunst aufhört und die liebe Natur wieder anfängt. Wenn auf der Bühne irgendeine pathetische Tragödie zu schauen ist und zu gleicher Zeit von dem liederlichen Komödiantentreiben hinter den Kulissen hie und da ein Stück zum Vorschein kommt, so mahnt dergleichen an antike Wandbilder oder an die Fresken der Münchener Glyptothek und mancher italienischer Palazzos, wo in den Ausschnittecken der großen historischen Gemälde lauter possierliche Arabesken, lachende Götterspäße, Bacchanalien und Satyridyllen angebracht sind.

Das Théâtre Français besuchte ich sehr wenig; dieses Haus hat für mich etwas Ödes, Unerfreuliches. Hier spuken noch die Gespenster der alten Tragödie, mit Dolch und Giftbecher in den bleichen Händen; hier stäubt noch der Puder der klassischen Perücken. Dass man auf diesem klassischen Boden manchmal der modernen Romantik ihre tollen Spiele erlaubt oder dass man den Anforderungen des älteren und des jüngeren Publikums, durch eine Mischung des Klassischen und Romantischen, entgegenkommt, dass man gleichsam ein tragisches Justemilieu gebildet hat, das ist am unerträglichsten. Diese französischen Tragödiendichter sind emanzipierte Sklaven, die immer noch ein Stück der alten klassischen Kette mit sich herumschleppen; ein feines Ohr hört bei jedem ihrer Tritte noch immer ein Geklirre, wie zur Zeit der Herrschaft Agamemnons und Talmas.

Ich bin weit davon entfernt, die ältere französische Tragödie unbedingt zu verwerfen. Ich ehre Corneille, und ich liebe Racine. Sie haben Meisterwerke geliefert, die auf ewigen Postamenten stehen bleiben im Tempel der Kunst. Aber für das Theater ist ihre Zeit vorüber, sie haben ihre Sendung erfüllt vor einem Publikum von Edelleuten, die sich gern für Erben des älteren Heroismus hielten oder wenigstens diesen Heroismus nicht kleinbürgerlich verwarfen. Auch noch unter dem Empire konnten die Helden von Corneille und Racine auf die größte Sympathie rechnen, damals, wo sie vor der Loge des großen Kaisers und vor einem Parterre von Königen spielten. Diese Zeiten sind vorbei, die alte Aristokratie ist tot, und Napoleon ist tot, und der Thron ist nichts als ein gewöhnlicher Holzstuhl, überzogen mit rotem Sammet, und heute herrscht die Bourgeoisie, die Helden des Paul de Kock und des Eugène Scribe.

Ein Zwitterstil und eine Geschmacksanarchie, wie sie jetzt im Théâtre Français vorwalten, ist gräulich. Die meisten Novatoren neigen sich gar zu einem Naturalismus, der für die höhere Tragödie ebenso verwerflich ist wie die hohle Nachahmung des klassischen Pathos. Sie kennen zur Genüge, lieber Lewald, das Natürlichkeitssystem, den Ifflandianismus, der einst in Deutschland grassierte und von Weimar aus, besonders durch den Einfluss von Schiller und Goethe, besiegt wurde. Ein solches Natürlichkeitssystem will sich auch hier ausbreiten, und seine Anhänger eifern gegen metrische Form und gemessenen Vortrag. Wenn erstere nur in dem Alexandriner und letzterer nur in dem Zittergegröle der älteren Periode bestehen soll, so hätten diese Leute recht, und die schlichte Prosa und der nüchternste Gesellschaftston wären ersprießlicher für die Bühne. Aber die wahre Tragödie muss alsdann untergehen. Diese fordert Rhythmus der Sprache und eine von dem Gesellschaftston verschiedene Deklamation. Ich möchte dergleichen fast für alle dramatische Erzeugnisse in Anspruch nehmen.

Wenigstens sei die Bühne niemals eine banale Wiederholung des Lebens, und sie zeige dasselbe in einer gewissen vornehmen Veredlung, die sich, wenn auch nicht im Wortmaß und Vortrag, doch in dem Grundton, in der inneren Feierlichkeit eines Stückes, ausspricht. Denn das Theater ist eine andere Welt, die von der unsrigen geschieden ist, wie die Szene vom Parterre. Zwischen dem Theater und der Wirklichkeit liegt das Orchester, die Musik, und zieht sich der Feuerstreif der Rampe. Die Wirklichkeit, nachdem sie das Tonreich durchwandert und auch die bedeutungsvollen Rampenlichter überschritten, steht auf dem Theater als Poesie verklärt uns gegenüber. Wie ein verhallendes Echo klingt noch in ihr der holde Wohllaut der Musik, und sie ist märchenhaft angestrahlt von den geheimnisvollen Lampen. Das ist ein Zauberklang und Zauberglanz, der einem prosaischen Publikum sehr leicht als unnatürlich vorkommt und der doch noch weit natürlicher ist als die gewöhnliche Natur; es ist nämlich durch die Kunst erhöhte, bis zur blühendsten Göttlichkeit gesteigerte Natur.

Die besten Tragödiendichter der Franzosen sind noch immer Alexander Dumas und Victor Hugo. Diesen nenne ich zuletzt, weil seine Wirksamkeit für das Theater nicht so groß und erfolgreich ist, obgleich er alle seine Zeitgenossen diesseits des Rheines an poetischer Bedeutung überragt. Ich will ihm keineswegs das Talent für das Dramatische absprechen, wie von vielen geschieht, die aus perfider Absicht beständig seine lyrische Größe preisen. Er ist ein

Dichter und kommandiert die Poesie in jeder Form. Seine Dramen sind ebenso lobenswert wie seine Oden. Aber auf dem Theater wirkt mehr das Rhetorische als das Poetische, und die Vorwürfe, die bei dem Fiasko eines Stückes dem Dichter gemacht werden, träfen mit größerem Rechte die Masse des Publikums, welches für naive Naturlaute, tiefsinnige Gestaltungen und psychologische Feinheiten minder empfänglich ist als für pompöse Phrase, plumpes Gewieher der Leidenschaft und Kulissenreißerei. Letzteres heißt im französischen Schauspielerargot: brûler les planches.

Victor Hugo ist überhaupt hier in Frankreich noch nicht nach seinem vollen Wert gefeiert. Deutsche Kritik und deutsche Unparteilichkeit weiß seine Verdienste mit besserem Maß zu messen und mit freierem Lob zu würdigen. Hier steht seiner Anerkenntnis nicht bloß eine klägliche Kritikasterei, sondern auch die politische Parteisucht im Weg. Die Karlisten betrachten ihn als einen Abtrünnigen, der seine Leier, als sie noch von den letzten Akkorden des Salbungslieds Karls X. vibrierte, zu einem Hymnus auf die Juliusrevolution umzustimmen gewusst. Die Republikaner misstrauen seinem Eifer für die Volkssache und wittern in jeder Phrase die versteckte Vorliebe für Adeltum und Katholizismus. Sogar die unsichtbare Kirche der Saint-Simonisten, die überall und nirgends, wie die christliche Kirche vor Konstantin, auch diese verwirft ihn; denn diese betrachtet die Kunst als ein Priestertum und verlangt, dass jedes Werk des Dichters, des Malers, des Bildhauers, des Musikers Zeugnis gebe von seiner höheren Weihe, dass es seine heilige Sendung beurkunde, dass es die Beglückung und Verschönerung des Menschengeschlechts bezwecke. Die Meisterwerke Victor Hugos vertragen keinen solchen moralischen Maßstab, ja sie sündigen gegen alle jene großmütigen, aber irrigen Anforderungen der neuen Kirche. Ich nenne sie irrig, denn, wie Sie wissen, ich bin für die Autonomie der Kunst; weder der Religion noch der Politik soll sie als Magd dienen, sie ist sich selber letzter Zweck, wie die Welt selbst. Hier begegnen wir denselben einseitigen Vorwürfen, die schon Goethe von unseren Frommen zu ertragen hatte, und wie dieser muss auch Victor Hugo die unpassende Anklage hören, dass er keine Begeisterung empfände für das Ideale, dass er ohne moralischen Halt, dass er ein kaltherziger Egoist sei usw. Dazu kommt eine falsche Kritik, welche das Beste, was wir an ihm loben müssen, sein Talent der sinnlichen Gestaltung, für einen Fehler erklärt, und sie sagen: es mangle seinen Schöpfungen die innerliche Poesie, la poésie intime, Umriss und Farbe seien ihm die Hauptsache, er gebe äußerlich fassbare Poesie, er sei materiell, kurz, sie tadeln an ihm eben die löblichste Eigenschaft, seinen Sinn für das Plastische.

Und dergleichen Unrecht geschieht ihm nicht von den alten Klassikern, die ihn nur mit aristotelischen Waffen befehdeten und längst besiegt sind, sondern von seinen ehemaligen Kampfgenossen, einer Fraktion der romantischen Schule, die sich mit ihrem literarischen Gonfaloniere ganz überworfen hat. Fast alle seine früheren Freunde sind vor ihm abgefallen, und, um die Wahrheit zu gestehen, abgefallen durch seine eigene Schuld, verletzt durch jenen Egoismus, der bei der Schöpfung von Meisterwerken sehr vorteilhaft, im gesellschaftlichen Umgang aber sehr nachteilig wirkt. Sogar Sainte-Beuve hat es nicht mehr mit ihm aushalten können; sogar Sainte-Beuve tadelt ihn jetzt, er, welcher einst der getreueste Schildknappe seines Ruhmes war. Wie in Afrika, wenn der König von Darfur öffentlich ausreitet, ein Panegyriker vor ihm herläuft, welcher mit lautester Stimme beständig schreit: »Seht da den Büffel, den Abkömmling eines Büffels, den Stier der Stiere, alle anderen sind Ochsen, und nur dieser ist der rechte Büffel!«, so lief einst Sainte-Beuve jedes Mal vor Victor Hugo einher, wenn dieser mit einem neuen Werk vors Publikum trat, und stieß in die Posaune und lobhudelte den Büffel der Poesie. Diese Zeit ist vorbei, Sainte-Beuve feiert jetzt die gewöhnlichen Kälber und ausgezeichneten Kühe der französischen Literatur, die befreundeten Stimmen schweigen oder tadeln, und der größte Dichter Frankreichs kann in seiner Heimat nimmermehr die gebührende Anerkennung finden. – Ja, Victor Hugo ist der größte Dichter Frankreichs, und, was viel sagen will, er könnte sogar in Deutschland unter den Dichtern erster Klasse eine Stellung einnehmen. Er hat Phantasie und Gemüt und dazu einen Mangel an Takt, wie nie bei Franzosen, sondern nur bei uns Deutschen gefunden wird. Es fehlt seinem Geist an Harmonie, und er ist voller geschmackloser Auswüchse, wie Grabbe und Jean Paul. Es fehlt ihm das schöne Maßhalten, welches wir bei den klassischen Schriftstellern bewundern. Seine Muse, trotz ihrer Herrlichkeit, ist mit einer gewissen deutschen Unbeholfenheit behaftet. Ich möchte dasselbe von seiner Muse behaupten, was man von den schönen Engländerinnen sagt: sie hat zwei linke Hände.

Alexander Dumas ist kein so großer Dichter wie Victor Hugo, aber er besitzt Eigenschaften, womit er auf dem Theater weit mehr als dieser ausrichten kann. Ihm steht zu Gebote jener unmittelbare Ausdruck der Leidenschaft, welchen die Franzosen Verve nennen, und dann ist er mehr Franzose als Hugo: er sympathisiert mit allen Tugenden und Gebrechen, Tagesnöten und Unruhigkeiten seiner Landsleute, er ist enthusiastisch, aufbrausend, komödiantenhaft, edelmütig, leichtsinnig, großsprecherisch, ein echter Sohn Frankreichs, der Gascogne von Europa. Er redet zu dem Herzen mit dem Herzen und wird verstanden und applaudiert. Sein Kopf ist ein Gasthof, wo manchmal gute Gedanken einkehren, die sich aber dort nicht länger als über Nacht aufhalten; sehr oft steht er leer. Keiner hat wie Dumas ein Talent für das Dramatische. Das Theater ist sein wahrer Beruf. Er ist ein geborener Bühnendichter, und von Rechts wegen gehören ihm alle dramatischen Stoffe, er finde sie in der Natur oder in Schiller, Shakespeare und Calderon. Er entlockt ihnen neue Effekte, er schmilzt die alten Münzen um, damit sie wieder eine freudige Tagesgeltung gewinnen, und wir sollten ihm sogar danken für seine Diebstähle an der Vergangenheit, denn er bereichert damit die Gegenwart. Eine ungerechte Kritik, ein unter betrübsamen Umständen ans Licht getretener Aufsatz im »Journal des débats«, hat unserem armen Dichter bei der großen unwissenden Menge sehr stark geschadet, indem vielen Szenen seiner Stücke die frappantesten Parallelstellen in ausländischen Tragödien nachgewiesen wurden. Aber nichts ist törichter als dieser Vorwurf des Plagiats, es gibt in der Kunst kein sechstes Gebot, der Dichter darf überall zugreifen, wo er Material zu seinen Werken findet, und selbst ganze Säulen mit ausgemeißelten Kapitälern darf er sich zueignen, wenn nur der Tempel herrlich ist, den er damit stützt. Dieses hat Goethe sehr gut verstanden, und vor ihm sogar Shakespeare. Nichts ist törichter als das Begehrnis, ein Dichter solle alle seine Stoffe aus sich selber heraus schaffen; das sei Originalität. Ich erinnere mich einer Fabel, wo die Spinne mit der Biene spricht und ihr vorwirft, dass sie aus tausend Blumen das Material sammle, wovon sie ihren Wachsbau und den Honig darin bereite: »Ich aber«, setzt sie triumphierend hinzu, »ich ziehe mein ganzes Kunstgewebe in Originalfäden aus mir selber hervor.«

Wie ich eben erwähnte, der Aufsatz gegen Dumas im »Journal des débats« trat unter betrübsamen Umständen ans Licht; er war nämlich abgefasst von einem jener jungen Séiden [Figur in Voltaires *Le Fanatisme, ou Mahomet le prophète*; seinem Führer, einer Sache oder Partei blind ergebener Gefolgsmann], die blindlings den Befehlen Victor Hugos gehorchen, und er ward gedruckt in einem Blatte, dessen Direktoren mit demselben aufs Innigste befreundet sind. Hugo war großartig genug, die Mitwisserschaft an dem Erscheinen dieses Artikels nicht abzuleugnen, und er glaubte, seinem alten Freund Dumas, wie es in literarischen Freundschaften üblich ist, zu rechter Zeit den zweckmäßigen Todesstoß versetzt zu haben. In der Tat, über Dumas' Renommee hing seitdem ein schwarzer Trauerflor, und viele behaupteten, wenn man diesen Flor wegzöge, werde man gar nichts mehr dahinter erblicken. Aber seit der Aufführung eines Dramas wie »Edmund Kean« ist Dumas' Renommee aus ihrer dunklen Verhüllung wieder leuchtend hervorgetreten, und er beurkundete damit aufs Neue sein großes dramatisches Talent.

Dieses Stück, welches sich gewiss auch die deutsche Bühne zugeeignet hat, ist mit einer Lebendigkeit aufgefasst und ausgeführt, wie ich noch nie gesehen; da ist ein Guss, eine Neuheit in den Mitteln, die sich wie von selbst darbieten, eine Fabel, deren Verwicklungen ganz natürlich aus einander entspringen, ein Gefühl, das aus dem Herzen kommt und zum Herzen spricht, kurz, eine Schöpfung. Mag Dumas auch in Äußerlichkeiten des Kostüms und des Lokalen sich kleine Fehler zuschulden kommen lassen; in dem ganzen Gemälde herrscht nichtsdestoweniger eine erschütternde Wahrheit: er versetzte mich im Geiste wieder ganz zurück nach Altengland, und den seligen Kean selber, den ich dort so oft sah, glaubte ich wieder leibhaftig vor mir zu sehen. Zu solcher Täuschung hat freilich auch der Schauspieler beigetragen, der die Rolle des Kean spielte, obgleich sein Äußeres, die imposante Gestalt von Frédéric Lemaître, so sehr verschieden war von der kleinen, untersetzten Figur des seligen Kean. Dieser aber hatte dennoch etwas in seiner Persönlichkeit sowie auch in seinem Spiel, was ich bei Frédéric Lemaître wiederfinde. Es herrscht zwischen ihnen eine wunderbare Verwandtschaft. Kean war eine jener exzeptionellen Naturen, die weniger die allgemeinen schlichten Gefühle als vielmehr das Ungewöhnliche, Bizarre, Außerordentliche, das sich in einer Menschenbrust begeben kann, durch überraschende Bewegung des Körpers, unbegreiflichen Ton der Stimme und noch unbegreiflicheren Blick des Auges zur äußeren Anschauung bringen. Dasselbe ist bei Frédéric Lemaître der Fall, und dieser ist ebenfalls einer jener fürchterlichen Farceure [Possenreißer], bei deren Anblick Thalia vor Entsetzen erbleicht und Melpomene vor Wonne lächelt. Kean war einer jener Menschen, deren Charakter allen Reibungen der Zivilisation trotzt, die, ich will nicht sagen aus besserem, sondern aus ganz anderem Stoff als wir andere bestehen, eckige Sonderlinge mit einseitiger Begabung, aber in dieser Einseitigkeit außerordentlich, alles Vorhandene überragend, erfüllt von jener unbegrenzten, unergründlichen, unbewussten, teuflisch göttlichen Gewalt, welche wir das Dämonische nennen. Mehr oder minder findet sich dieses Dämonische bei allen großen Männern der Tat oder des Wortes. Kean war gar kein vielseitiger Schauspieler; er konnte zwar in vielerlei Rollen spielen, doch in diesen Rollen spielte er immer sich selber. Aber dadurch gab er uns immer eine erschütternde Wahrheit, und obgleich zehn Jahre seitdem verflossen sind, sehe ich ihn doch noch immer vor mir stehen als Shylock, als Othello, Richard, Macbeth, und bei manchen dunklen Stellen dieser Shakespeareschen Stücke erschloss mir sein Spiel das volle Verständnis. Da gab's Modulationen in seiner Stimme, die ein ganzes Schreckenleben offenbarten; da gab es Lichter in seinem Auge, die einwärts alle Finsternisse einer Titanenseele beleuchteten; da gab es Plötzlichkeiten in der Bewegung der Hand, des Fußes, des Kopfes, die mehr sagten als ein vierbändiger Kommentar von Franz Horn.

Siebenter Brief

Es wäre ungerecht, wenn ich, nach so rühmlicher Erwähnung Frédéric Lemaîtres, den andern großen Schauspieler, dessen sich Paris zu erfreuen hat, mit Stillschweigen überginge. Bocage genießt hier eines ebenso glänzenden Ruhmes, und seine Persönlichkeit ist, wo nicht ebenso merkwürdig, doch gewiss ebenso interessant wie die seines Kollegen. Bocage ist ein schöner, vornehmer Mensch, der sich in den edelsten Formen bewegt. Er besitzt eine metallreiche, zu allen Tonarten biegsame Stimme, die ebenso gut des furchtbarsten Donners von Zorn und Grimm als der hinschmelzendsten Zärtlichkeit des Liebeflüsterns fähig ist. In den wildesten Ausbrüchen der Leidenschaft bewahrt er eine Grazie, bewahrt er die Würde der Kunst und verschmäht es, in rohe Natur überzuschnappen, wie Frédéric Lemaître, der zu diesem Preise größere Effekte erreicht, aber Effekte, die uns nicht durch poetische Schönheit entzücken.

Dieser ist eine exzeptionelle Natur, der von seiner dämonischen Gewalt mehr besessen wird, als er sie selber besitzt, und den ich mit Kean vergleichen konnte; jener, Bocage, ist nicht von anderen Menschen organisch verschieden, sondern unterscheidet sich von ihnen durch eine ausgebildetere Organisation, er ist nicht ein Zwittergeschöpf von Ariel und Kaliban, sondern er ist ein harmonischer Mensch, eine schöne, schlanke Gestalt, wie Phöbus Apollo. Sein Auge ist nicht so bedeutend, aber mit der Kopfbewegung kann er ungeheure Effekte hervorbringen, besonders wenn er manchmal weltverhöhnend vornehm das Haupt zurückwirft. Er hat kalte, ironische Seufzer, die einem wie eine stählerne Säge durch die Seele ziehen. Er hat Tränen in der Stimme und tiefe Schmerzenslaute, dass man glauben sollte, er verblute nach innen. Wenn er sich plötzlich mit beiden Händen die Augen bedeckt, so wird einem zumute, als spräche der Tod: »Es werde Finsternis!« Wenn er aber dann wieder lächelt, mit all seinem süßen Zauber lächelt, dann ist es, als ob in seinen Mundwinkeln die Sonne aufgehe.

Da ich doch einmal in die Beurteilung des Spiels gerate, so erlaube ich mir, Ihnen über die Verschiedenheit der Deklamation in den drei Königreichen der zivilisierten Welt, in England, Frankreich und Deutschland, einige unmaßgebliche Bemerkungen mitzuteilen.

Als ich in England der Vorstellung englischer Tragödien zuerst beiwohnte, ist mir besonders eine Gestikulation aufgefallen, die mit der Gestikulation der Pantomimenspiele die größte Ähnlichkeit zeigte. Dieses erschien mir aber nicht als Unnatur, sondern vielmehr als Übertreibung der Natur, und es dauerte lange, ehe ich mich daran gewöhnen, trotz des karikierten Vertrags die Schönheit einer Shakespeareschen Tragödie auf englischem Boden genießen konnte. Auch das Schreien, das zerreißende Schreien, womit dort sowohl Männer wie Weiber ihre Rollen tragieren, konnte ich im Anfang nicht vertragen. Ist in England, wo die Schauspielhäuser so groß sind, dieses Schreien notwendig, damit die Worte nicht im weiten Raume verhallen? Ist die oberwähnte karikierte Gestikulation ebenfalls eine lokale Notwendigkeit, indem der größte Teil der Zuschauer in so großer Entfernung von der Bühne sich befindet? Ich weiß nicht. Es herrscht vielleicht auf dem englischen Theater ein Gewohnheitsrecht der Darstellung, und diesem ist die Übertreibung beizumessen, die mir besonders auffiel bei Schauspielerinnen, bei zarten Organen, die auf Stelzen schreitend, nicht selten in die widerwärtigsten Misslaute herabstürzen, bei jungfräulichen Leidenschaften, die sich wie Trampeltiere gebärden. Der Umstand, dass früherhin die Frauenzimmerrollen auf der englischen Bühne von Männern gespielt wurden, wirkt vielleicht noch auf die Deklamation der heutigen Schauspielerinnen, die ihre Rollen vielleicht nach alten Überlieferungen, nach Theatertraditionen, herschreien.

Indessen, wie groß auch die Gebrechen sind, womit die englische Deklamation behaftet ist, so leistet sie doch einen bedeutenden Ersatz durch die Innigkeit und Naivität, die sie zuweilen hervortreten lässt. Diese Eigenschaften verdankt sie der Landessprache, die eigentlich ein Dialekt ist und alle Tugenden einer aus dem Volke unmittelbar hervorgegangenen Mundart besitzt. Die französische Sprache ist vielmehr ein Produkt der Gesellschaft, und sie entbehrt jene Innigkeit und Naivität, die nur eine lautere, dem Herzen des Volks entsprungene und mit dem Herzblut desselben geschwängerte Wortquelle gewähren kann. Dafür aber besitzt die französische Deklamation eine Grazie und Flüssigkeit, die der englischen ganz fremd, ja unmöglich ist. Die Rede ist hier in Frankreich, durch das schwatzende Gesellschaftsleben, während drei Jahrhunderten so rein filtriert worden, dass sie alle unedlen Ausdrücke und unklare Wendungen, alles Trübe und Gemeine, aber auch allen Duft, alle jene wilden Heilkräfte, alle jene geheimen Zauber, die im rohen Worte rinnen und rieseln, unwiederbringlich verloren hat. Die französische Sprache, und also auch die französische Deklamation, ist, wie das Volk selber, nur dem Tag, der Gegenwart angewiesen, das dämmernde Reich der Erinnerung und der Ahnung ist ihr verschlossen: sie gedeiht im Licht der Sonne, und von dieser stammt ihre schöne Klarheit und Wärme; fremd und unwirtlich ist ihr die Nacht mit dem blassen Mondschein, den mystischen Sternen, den süßen Träumen und schauerlichen Gespenstern.

Was aber das eigentliche Spiel der französischen Schauspieler betrifft, so überragen sie ihre Kollegen in allen Landen, und zwar aus dem natürlichen Grund, weil alle Franzosen geborene Komödianten sind. Das weiß sich in alle Lebensrollen so leicht hineinzustudieren und immer so vorteilhaft zu drapieren, dass es eine Freude ist anzusehen. Die Franzosen sind die Hofschauspieler des lieben Gottes, les comédiens ordinaires du bon Dieu, eine auserlesene Truppe, und die ganze französische Geschichte kommt mir manchmal vor wie eine große Komödie, die aber zum Besten der Menschheit aufgeführt wird. Im Leben wie in der Literatur und den bildenden Künsten der Franzosen herrscht der Charakter des Theatralischen.

Was uns Deutsche betrifft, so sind wir ehrliche Leute und gute Bürger. Was uns die Natur versagt, das erzielen wir durch Studium. Nur wenn wir zu stark brüllen, fürchten wir zuweilen, dass man in den Logen erschrecken und uns bestrafen möchte, und wir insinuieren dann mit einer gewissen Schlauheit, dass wir keine wirklichen Löwen sind, sondern nur in tragische Löwenhäute eingenähte Zettel, und diese Insinuation nennen wir Ironie. Wir sind ehrliche Leute und spielen am besten ehrliche Leute. Jubilierende Staatsdiener, alte Dallners, rechtschaffene Oberforstmeister und treue Bediente sind unsere Wonne. Helden werden uns sehr sauer, doch können wir schon damit fertig werden, besonders in Garnisonstädten, wo wir gute Muster vor Augen haben. Mit Königen sind wir nicht glücklich. In fürstlichen Residenzen hindert uns der Respekt, die Königsrollen mit absoluter Keckheit zu spielen; man könnte es übelnehmen, und wir lassen dann unter dem Hermelin den schäbigen Kittel der Untertansdemut hervorlauschen. In den deutschen Freistaaten, in Hamburg, Lübeck, Bremen und Frankfurt, in diesen glorreichen Republiken, dürften die Schauspieler ihre Könige ganz unbefangen spielen, aber der Patriotismus verleitet sie, die Bühne zu politischen Zwecken zu missbrauchen, und sie spielen mit Vorsatz ihre Könige so schlecht, dass sie das Königtum, wo nicht verhasst, doch wenigstens lächerlich machen. Sie befördern indirekt den Sinn für Republikanismus, und das ist besonders in Hamburg der Fall, wo die Könige am miserabelsten gespielt werden. Wäre der dortige hochweise Senat nicht undankbar, wie die Regierungen aller Republiken, Athen, Rom, Florenz, es immer gewesen sind, so müsste die Republik Hamburg für ihre Schauspieler ein großes Pantheon errichten, mit der Aufschrift: »Den schlechten Komödianten das dankbare Vaterland!«

Erinnern Sie sich noch, lieber Lewald, des seligen Schwarz, der in Hamburg den König Philipp im »Don Karlos« spielte und immer seine Worte ganz langsam bis in den Mittelpunkt der Erde hinabzog und dann wieder plötzlich gen Himmel schnellte, dergestalt, dass sie uns nur eine Sekunde lang zu Gesicht kamen?

Aber um nicht ungerecht zu sein, müssen wir eingestehen, dass es vornehmlich an der deutschen Sprache liegt, wenn auf unserem Theater der Vortrag schlechter ist als bei den Engländern und Franzosen. Die Sprache der ersteren ist ein Dialekt, die Sprache der letzteren ist ein Erzeugnis der Gesellschaft; die unsrige ist weder das eine noch das andere, sie entbehrt dadurch sowohl der naiven Innigkeit als der flüssigen Grazie, sie ist nur eine Büchersprache, ein bodenloses Fabrikat der Schriftsteller, das wir durch Buchhändlervertrieb von der Leipziger Messe beziehen. Die Deklamation der Engländer ist Übertreibung der Natur, Übernatur; die unsrige ist Unnatur. Die Deklamation der Franzosen ist affektierter Tiradenton, die unsrige ist Lüge. Da ist ein herkömmliches Gegreine auf unserem Theater, wodurch mir oft die besten Stücke von Schiller verleidet wurden; besonders bei sentimentalen Stellen, wo unsere Schauspielerinnen in ein wässriges Gesinge zerschmelzen. Doch wir wollen von deutschen Schauspielerinnen nichts Böses sagen, sie sind ja meine Landsmänninnen, und dann haben ja die Gänse das Kapitol gerettet, und dann gibt es auch so viel ordentliche Frauenzimmer darunter, und endlich ... ich werde hier unterbrochen von dem Teufelslärm, der vor meinem Fenster, auf dem Kirchhof, los ist.

... Bei den Knaben, die eben noch so friedlich um den großen Baum herumtanzten, regte sich der alte Adam oder vielmehr der alte Kain, und sie begannen sich untereinander zu balgen. Ich musste, um die Ruhe wiederherzustellen, zu ihnen hinauszutreten, und kaum gelang es mir, sie mit Worten zu beschwichtigen. Da war ein kleiner Junge, der mit ganz besonderer Wut auf den Rücken eines anderen kleinen Jungen losschlug. Als ich ihn frug: »Was hat dir das arme Kind getan?«, sah er mich großäugig an und stotterte: »Es ist ja mein Bruder.«

Auch in meinem Haus blüht heute nichts weniger als der ewige Friede. Auf dem Korridor höre ich eben einen Spektakel, als fiele eine Klopstocksche Ode die Treppe herunter. Wirt und Wirtin zanken sich, und letztere macht ihrem armen Mann den Vorwurf, er sei ein Verschwender, er verzehre ihr Heiratsgut, und sie stürbe vor Kummer. Krank ist sie freilich, aber vor Geiz. Jeder Bissen, den ihr Mann in den Mund steckt, bekommt ihr schlecht. Und dann auch, wenn ihr Mann seine Medizin einnimmt und etwas in den Flaschen übriglässt, pflegt sie selber diese Reste zu verschlucken, damit kein Tropfen von der teuern Medizin verlorengehe, und davon wird sie krank. Der arme Mann, ein Schneider von Nation und seines Handwerks ein Deutscher, hat sich aufs Land zurückgezogen, um seine übrigen Tage in ländlicher Ruhe zu genießen. Diese Ruhe findet er aber gewiss nur auf dem Grab seiner Gattin. Deshalb vielleicht hat er sich ein Haus neben dem Kirchhof gekauft und schaut er so sehnsuchtsvoll nach den Ruhestätten der Abgeschiedenen. Sein einziges Vergnügen besteht in Tabak und Rosen, und von letzteren weiß er die schönsten Gattungen zu ziehen. Er hat diesen Morgen einige Töpfe mit Rosenstöcken in das Parterre vor meinem Fenster eingepflanzt. Sie blühen wunderschön. Aber, liebster Lewald, fragen Sie doch Ihre Frau, warum diese Rosen nicht duften? Entweder haben diese Rosen den Schnupfen oder ich.

Achter Brief

Ich habe im vorletzten Brief die beiden Chorführer des französischen Dramas besprochen. Es waren jedoch nicht eben die Namen Victor Hugo und Alexander Dumas, welche diesen Winter auf den Theatern des Boulevards am meisten florierten. Hier gab's drei Namen, die beständig im Munde des Volkes widerklangen, obgleich sie bis jetzt in der Literatur unbekannt sind. Es waren: Mallefille, Rougemont und Bouchardy. Von ersterem hoffe ich das Beste, er besitzt, soviel ich merke, große poetische Anlagen. Sie erinnern sich vielleicht seiner »Sieben Infanten von Lara«, jenes Gräuelstücks, das wir einst an der Porte Saint-Martin miteinander sahen. Aus diesem wüsten Mischmasch von Blut und Wut traten manchmal wunderschöne, wahrhaft erhabene Szenen hervor, die von romantischer Phantasie und dramatischem Talent zeugten. Eine andere Tragödie von Mallefille, »Glenarvon«, ist von noch größerer Bedeutung, da sie weniger verworren und unklar und eine Exposition enthält, die erschütternd schön und grandios. In beiden Stücken sind die Rollen der ehebrecherischen Mutter vortrefflich besetzt durch Mademoiselle Georges, der ungeheuren, strahlenden Fleischsonne am Theaterhimmel des Boulevards. Vor einigen Monaten gab Mallefille ein neues Stück, betitelt »Der Alpenhirt« (Le paysan des Alpes). Hier hat er sich einer größeren Einfachheit beflissen, aber auf Kosten des poetischen Gehalts. Das Stück ist schwächer als seine früheren Tragödien. Wie in diesen, werden auch hier die ehelichen Schranken pathetisch niedergerissen.

Der zweite Laureat des Boulevards, Rougemont, begründete seine Renommee durch drei Schauspiele, die in der kurzen Frist von etwa sechs Monaten hintereinander zum Vorschein kamen und des größten Beifalls genossen. Das erste hieß »Die Herzogin von Lavaubalière«, ein schwaches Machwerk, worin viel Handlung ist, die aber nicht überraschend kühn oder natürlich sich entfaltet, sondern immer mühsam durch kleinliche Berechnung herbeigeführt wird, so wie auch die Leidenschaft darin ihre Glut nur erheuchelt und innerlich träge und wurmkalt ist. Das zweite Stück, betitelt »Léon«, ist schon besser, und obgleich es ebenfalls an der erwähnten Vorsätzlichkeit leidet, so enthält es doch einige großartig erschütternde Szenen. Vorige Woche sah ich das dritte Stück, »Eulalie Granger«, ein rein bürgerliches Drama, ganz vortrefflich, indem der Verfasser darin der Natur seines Talentes gehorcht und die traurigen Wirrnisse heutiger Gesellschaft mit Verstandesklarheit in einem schön eingerahmten Gemälde darstellt.

Von Bouchardy, dem dritten Laureaten, ist bis jetzt nur ein einziges Stück aufgeführt worden, das aber mit beispiellosem Erfolg gekrönt ward. Es heißt »Gaspardo«, ist binnen fünf Monaten alle Tage gespielt worden, und geht es in diesem Zuge fort, so erlebt es einige hundert Vorstellungen. Ehrlich gesagt, der Verstand steht mir still, wenn ich den letzten Gründen dieses kolossalen Beifalls nachsinne. Das Stück ist mittelmäßig, wo nicht gar ganz schlecht. Voll Handlung, wovon aber die eine über den Kopf der anderen stolpert, sodass ein Effekt dem anderen den Hals bricht. Der Gedanke, worin sich der ganze Spektakel bewegt, ist eng, und weder ein Charakter noch eine Situation kann sich natürlich entwickeln und entfalten. Dieses Aufeinandertürmen von Stoff ist zwar schon bei den vorhergenannten Bühnendichtern in unerträglichem Grade zu finden; aber der Verfasser des »Gaspardo« hat sie beide noch überboten. Indessen, das ist Vorsatz, das ist Prinzip, wie mir einige junge Dramaturgen versichern, durch dieses Zusammenhäufen von heterogenen Stoffen, Zeitperioden und Lokalen unterscheidet sich der jetzige Romantiker von den ehemaligen Klassikern, die in den geschlossenen Schranken des Dramas auf die Einheit der Zeit, des Ortes und der Handlung so strenge hielten.

Haben diese Neuerer wirklich die Grenzen des französischen Theaters erweitert? Ich weiß nicht. Aber diese französischen Bühnendichter mahnen mich immer an den Kerkermeister, welcher über die Enge des Gefängnisses sich beklagte und, um den Raum desselben zu erweitern, kein besseres Mittel wusste, als dass er immer mehr und mehr Gefangene hineinsperrte, die aber, statt die Kerkerwände auszudehnen, sich nur einander erdrückten.

Nachträglich erwähne ich, dass auch in »Gaspardo« und »Eulalie Granger«, wie in allen dionysischen Spielen des Boulevards, die Ehe als Sündenbock geschlachtet wird.

Ich möchte Ihnen gern noch, lieber Freund, von einigen anderen Bühnendichtern des Boulevards berichten, aber wenn sie auch dann und wann ein verdauliches Stück liefern, so zeigt sich darin nur eine Leichtigkeit der Behandlung, die wir bei allen Franzosen finden, keineswegs aber eine Eigentümlichkeit der Auffassung. Auch habe ich nur die Stücke gesehen und gleich vergessen und mich nie danach erkundigt, wie ihre Autoren hießen. Zum Ersatz aber will ich Ihnen die Namen der Eunuchen mitteilen, die dem König Ahasverus in Susa als Kämmerer dienten; sie hießen: Mehuman, Bistha, Harbona, Bigtha, Abagtha, Sethar und Charkas.

Die Theater des Boulevards, von denen ich eben sprach und die ich in diesen Briefen beständig im Sinne hatte, sind die eigentlichen Volkstheater, welche an der Porte Saint-Martin anfangen und dem Boulevard du Temple entlang in immer absteigendem Werte sich aufgestellt haben. Ja, diese lokale Rangordnung ist ganz richtig. Erst kommt das Schauspielhaus, welches den Namen der Porte Saint-Martin führt und für das Drama gewiss das beste Theater von Paris ist, die Werke von Hugo und Dumas am vortrefflichsten gibt und eine vortreffliche Truppe, worunter Mademoiselle Georges und Bocage, besitzt. Hierauf folgt das Ambigu-Comique, wo es schon mit Darstellung und Darstellern schlechter bestellt ist, aber noch immer das romantische Drama tragiert wird. Von da gelangen wir zu Franconi, welche Bühne jedoch in dieser Reihe nicht mitzurechnen ist, da man dort mehr Pferde- als Menschenstücke aufführt. Dann kommt La Gaité, ein Theater, das unlängst abgebrannt, aber jetzt wieder aufgebaut ist und von außen wie von innen seinem heiteren Namen entspricht. Das romantische Drama hat hier ebenfalls das Bürgerrecht, und auch in diesem freundlichen Hause fließen zuweilen die Tränen und pochen die Herzen von den furchtbarsten Emotionen; aber hier wird doch schon mehr gesungen und gelacht, und das Vaudeville kommt schon mit seinem leichten Geträller zum Vorschein. Dasselbe ist der Fall in dem danebenstehenden Theater Les Folies dramatiques, welches ebenfalls Dramen und noch mehr Vaudevilles gibt; aber schlecht ist dieses Theater nicht zu nennen, und ich habe dort manches gute Stück aufführen, und zwar gut aufführen sehen. Nach den Folies dramatiques, dem Werte wie dem Lokale nach, folgt das Theater von Madame Sacqui, wo man ebenfalls noch Dramen, aber äußerst mittelmäßige, und die miserabelsten Singspäße gibt, die endlich bei dem benachbarten Fünembülen in die derbsten Possenreißereien ausarten. Hinter der Fünembülen, wo einer der vortrefflichsten Pierrots, der berühmte Debureau, seine weißen Gesichter schneidet, entdeckte ich noch ein ganz kleines Theater, welches Lazarry heißt, wo man ganz schlecht spielt, wo das Schlechte endlich seine Grenzen gefunden, wo die Kunst mit Brettern zugenagelt ist.

Während Ihrer Abwesenheit ist zu Paris noch ein neues Theater errichtet worden, ganz am Ende des Boulevards, bei der Bastille, und heißt Théâtre de la Porte Saint-Antoine. Es ist in jeder Hinsicht hors de ligne, und man kann es weder seiner artistischen noch lokalen Stellung nach unter die erwähnten Boulevardstheater rangieren. Auch ist es zu neu, als dass man über seinen Wert schon etwas Bestimmtes aussprechen dürfte. Die Stücke, die dort aufgeführt werden, sind übrigens nicht schlecht. Unlängst habe ich dort, in der Nachbarschaft der Bastille, ein Drama aufführen sehen, welches den Namen dieses Gefängnisses trägt und sehr ergreifende Stellen enthielt. Die Heldin, wie sich von selbst versteht, ist die Gemahlin des Gouverneurs der Bastille und entflieht mit einem Staatsgefangenen. Auch ein gutes Lustspiel sah ich dort aufführen, welches den Titel führt »Mariez-vous donc!« und die Schicksale eines Ehemanns veranschaulichte, der keine vornehme Konvenienzehe schließen wollte, sondern ein schönes Mädchen aus dem Volk heiratete. Der Vetter wird ihr Liebhaber, die Schwiegermutter bildet mit diesem und der getreuen Gemahlin die Hausopposition gegen den Ehemann, den ihr Luxus und die schlechte Wirtschaft in Armut stürzen. Um den Lebensunterhalt für seine Familie zu gewinnen, muss der Unglückliche endlich an der Barriere eine Tanzbude für Lumpengesindel eröffnen. Wenn die Quadrille nicht vollzählig ist, lässt er sein siebenjähriges Söhnchen mittanzen, und das Kind weiß schon seine Pas mit den liederlichsten Pantomimen des Chahuts [Radau, Rabatz, Krach] zu variieren. So findet ihn ein Freund, und während der arme Mann, mit der Violine in der Hand, fiedelnd und springend die Touren angibt, findet er manchmal eine Zwischenpause, wo er dem Ankömmling seine Ehestandsnöte erzählen kann. Es gibt nichts Schmerzlicheres als der Kontrast der Erzählung und der gleichzeitigen Beschäftigung des Erzählers, der seine Leidensgeschichte oft unterbrechen muss, um mit einem »Chassez!« oder »En avant deux!« in die Tanzreihen einzuspringen und mitzutanzen. Die Tanzmusik, die melodramatisch jenen Ehestandsgeschichten als Akkompagnement dient, diese sonst so heiteren Töne schneiden einem hier ironisch grässlich ins Herz. Ich habe nicht in das Gelächter der Zuschauer einstimmen können. Gelacht habe ich nur über den Schwiegervater, einen alten Trunkenbold, der all sein Hab und Gut verschluckt und endlich betteln gehen muss. Aber er bettelt höchst humoristisch. Er ist ein dicker Faulwanst mit einem rotversoffenen Gesicht, und an einem Seil führt er einen räudigen, blinden Hund, welchen er seinen Belisar nennt. Der Mensch, behauptet er, sei undankbar gegen die Hunde, die den blinden Menschen so oft als getreue Führer dienten; er aber wolle diesen Bestien ihre Menschenliebe vergelten, und er diene jetzt als Führer seinem armen Belisar, seinem blinden

Hund. – Ich habe so herzlich gelacht, dass die Umstehenden mich gewiss für den Chatouilleur des Theaters hielten.

Wissen Sie, was ein Chatouilleur ist? Ich selber kenne die Bedeutung dieses Wortes erst seit kurzem und verdanke diese Belehrung meinem Barbier, dessen Bruder als Chatouilleur bei einem Boulevardtheater angestellt ist. Er wird nämlich dafür bezahlt, dass er bei der Vorstellung von Lustspielen jedes Mal, wenn ein guter Witz gerissen wird, laut lacht und die Lachlust des Publikums aufreizt. Dieses ist ein sehr wichtiges Amt, und der Sukzess von vielen Lustspielen hängt davon ab. Denn manchmal sind die guten Witze sehr schlecht, und das Publikum würde durchaus nicht lachen, wenn nicht der Chatouilleur die Kunst verstände, durch allerlei Modulationen seines Lachens, vom leisesten Kichern bis zum herzlichsten Wonnegrunzen, das Mitgelächter der Menge zu erzwingen. Das Lachen hat einen epidemischen Charakter wie das Gähnen, und ich empfehle Ihnen für die deutsche Bühne die Einführung eines Chatouilleurs, eines Vorlachers. Vorgähner besitzen Sie dort gewiss genug. Aber es ist nicht leicht, jenes Amt zu verrichten, und, wie mir mein Barbier versichert, es gehört viel Talent dazu. Sein Bruder übt es jetzt schon seit fünfzehn Jahren und brachte es darin zu einer solchen Virtuosität, dass er nur einen einzigen seiner feineren, halbgedämpften, halbentschlüpften Fistellaute anzuschlagen braucht, um die Menge in ein volles Jauchzen ausbrechen zu lassen. »Er ist ein Mann von Talent«, setzte mein Barbier hinzu, »und er verdient mehr Geld als ich; denn außerdem ist er noch als Leidtragender bei den Pompes Funèbres angestellt, und er hat des Morgens oft fünf bis sechs Leichenzüge, wo er, in seiner rabenschwarzen Trauerkleidung mit weißem Taschentuch und betrübtem Gesicht, so weinerlich aussehen kann, dass man schwören sollte, er folge dem Sarge seines eignen Vaters.«

Wahrlich, lieber Lewald, ich habe Respekt vor dieser Vielseitigkeit, doch wäre ich auch derselben fähig, für alles Geld in der Welt möchte ich nicht die Ämter dieses Mannes übernehmen. Denken Sie sich, wie schrecklich es ist, an einem Frühlingsmorgen, wenn man eben seinen vergnügten Kaffee getrunken und die Sonne einem froh ins Herz lacht, schon gleich eine Leichenbittermiene anzunehmen und Tränen zu vergießen für irgendeinen abgeschiedenen Gewürzkrämer, den man vielleicht gar nicht kennt und dessen Tod einem nur erfreulich sein kann, weil er dem Leidtragenden sieben Francs und zehn Sous einträgt. Und dann, wenn man sechsmal vom Kirchhof zurückgekehrt und todmüde und sterbensverdrießlich und ernsthaft ist, soll man noch den ganzen Abend lachen über alle schlechten Witze, die man schon so oft belacht hat, lachen mit dem ganzen Gesicht, mit jedem Muskel, mit allen Krämpfen des Leibes und der Seele, um ein blasiertes Parterre zum Mitgelächter zu stimulieren ... Das ist entsetzlich! Ich möchte lieber König von Frankreich sein.

Neunter Brief

Aber was ist die Musik? Diese Frage hat mich gestern Abend vor dem Einschlafen stundenlang beschäftigt. Es hat mit der Musik eine wunderliche Bewandtnis; ich möchte sagen, sie ist ein Wunder. Sie steht zwischen Gedanken und Erscheinung; als dämmernde Vermittlerin steht sie zwischen Geist und Materie; sie ist beiden verwandt und doch von beiden verschieden: sie ist Geist, aber Geist, welcher eines Zeitmaßes bedarf; sie ist Materie, aber Materie, die des Raumes entbehren kann.

Wir wissen nicht, was Musik ist. Aber was gute Musik ist, das wissen wir, und noch besser wissen wir, was schlechte Musik ist; denn von letzterer ist uns eine größere Menge zu Ohren gekommen. Die musikalische Kritik kann sich nur auf Erfahrung, nicht auf eine Synthese stützen; sie sollte die musikalischen Werke nur nach ihren Ähnlichkeiten klassifizieren und den Eindruck, den sie auf die Gesamtheit hervorgebracht, als Maßstab annehmen.

173

Nichts ist unzulänglicher als das Theoretisieren in der Musik; hier gibt es freilich Gesetze, mathematisch bestimmte Gesetze, aber diese Gesetze sind nicht die Musik, sondern ihre Bedingnisse, wie die Kunst des Zeichnens und die Farbenlehre oder gar Palett' und Pinsel nicht die Malerei sind, sondern nur notwendige Mittel. Das Wesen der Musik ist Offenbarung, es lässt sich keine Rechenschaft davon geben, und die wahre musikalische Kritik ist eine Erfahrungswissenschaft.

Ich kenne nichts Unerquicklicheres als eine Kritik von Monsieur Fétis oder von seinem Sohne, Monsieur Foetus, wo a priori, aus letzten Gründen, einem musikalischen Werke sein Wert ab- oder zuräsoniert wird. Dergleichen Kritiken, abgefasst in einem gewissen Argot und gespickt mit technischen Ausdrücken, die nicht der allgemein gebildeten Welt, sondern nur den exekutierenden Künstlern bekannt sind, geben jenem leeren Gewäsch ein gewisses Ansehen bei der großen Menge. Wie mein Freund Detmold, in Beziehung auf die Malerei, ein Handbuch geschrieben hat, wodurch man in zwei Stunden zur Kunstkennerschaft gelangt, so sollte jemand ein ähnliches Büchlein in Beziehung auf die Musik schreiben und, durch ein ironisches Vokabular der musikalischen Kritikphrasen und des Orchesterjargons, dem hohlen Handwerk eines Fétis und eines Foetus ein Ende machen. Die beste Musikkritik, die einzige, die vielleicht etwas beweist, hörte ich voriges Jahr in Marseille an der Table d'hôte, wo zwei Commis voyageurs über das Tagesthema, ob Rossini oder Meyerbeer der größere Meister sei, disputierten. Sobald der eine dem Italiener die höchste Vortrefflichkeit zusprach, opponierte der andere, aber nicht mit trockenen Worten, sondern er trillerte einige besonders schöne Melodien aus »Robert le Diable«. Hierauf wusste der erstere nicht schlagender zu repartieren, als indem er eifrig einige Fetzen aus dem »Barbiere de Seviglia« entgegensang, und so trieben sie es beide während der ganzen Tischzeit; statt eines lärmenden Austausches von nichtssagenden Redensarten gaben sie uns die köstlichste Tafelmusik, und am Ende musste ich gestehen, dass man über Musik entweder gar nicht oder nur auf diese realistische Weise disputieren sollte.

Sie merken, teurer Freund, dass ich Sie mit keinen herkömmlichen Phrasen in Betreff der Oper belästigen werde. Doch bei Besprechung der französischen Bühne kann ich letztere nicht ganz unerwähnt lassen. Auch keine vergleichende Diskussion über Rossini und Meyerbeer, in gewöhnlicher Weise, haben Sie von mir zu befürchten. Ich beschränke mich darauf, beide zu lieben, und keinen von beiden liebe ich auf Unkosten des anderen. Wenn ich mit ersterem vielleicht mehr noch als mit letzterem sympathisiere, so ist das nur ein Privatgefühl, keineswegs ein Anerkenntnis größeren Wertes. Vielleicht sind es eben Untugenden, welche manchen entsprechenden Untugenden in mir selber so wahlverwandt klingen. Von Natur neige ich mich zu einem gewissen Dolcefarniente, und ich lagere mich gern auf blumige Rasen und betrachte dann die ruhigen Züge der Wolken und ergötze mich an ihrer Beleuchtung; doch der Zufall wollte, dass ich aus dieser gemächlichen Träumerei sehr oft durch harte Rippenstöße des Schicksals geweckt wurde, ich musste gezwungenerweise teilnehmen an den Schmerzen und Kämpfen der Zeit, und ehrlich war dann meine Teilnahme, und ich schlug mich trotz den Tapfersten ... Aber ich weiß nicht, wie ich mich ausdrücken soll, meine Empfindungen behielten doch immer eine gewisse Abgeschiedenheit von den Empfindungen der anderen; ich wusste, wie ihnen zumute war, aber mir war ganz anders zumute wie ihnen; und wenn ich mein Schlachtross auch noch so rüstig tummelte und mit dem Schwert auch noch so gnadenlos auf die Feinde einhieb, so erfasste mich doch nie das Fieber oder die Lust oder die Angst der Schlacht; ob meiner inneren Ruhe ward mir oft unheimlich zu Sinne, ich merkte, dass die Gedanken andernorts verweilten, während ich im dichtesten Gedränge des Parteikriegs mich herumschlug, und ich kam mir manchmal vor wie Ogier der Däne, welcher traumwandelnd gegen die Sarazenen focht. Einem solchen Menschen muss Rossini besser zusagen als Meyerbeer, und doch zu gewissen Zeiten wird er der Musik des letzteren, wo nicht sich ganz hingeben, doch gewiss enthusiastisch huldigen. Denn auf den Wogen Rossinischer Musik schaukeln sich am behaglichsten die individuellen Freuden und Leiden des Menschen; Liebe und Hass, Zärtlichkeit und Sehnsucht, Eifersucht und Schmollen, alles ist hier das isolierte Gefühl eines Einzelnen. Charakteristisch ist daher in der Musik Rossinis das Vorwalten der Melodie, welche immer der unmittelbare Ausdruck eines isolierten Empfindens ist. Bei Meyerbeer hingegen finden wir die Oberherrschaft der Harmonie; in dem Strom der harmonischen Massen verklingen, ja ersäufen die Melodien, wie die besonderen Empfindungen des einzelnen Menschen untergehen in dem Gesamtgefühl eines ganzen Volkes, und in diese harmonischen Ströme stürzt sich gern unsere Seele, wenn sie von den Leiden und Freuden des ganzen Menschengeschlechts erfasst wird und Partei ergreift für die großen Fragen der Gesellschaft. Meyerbeers Musik ist mehr sozial als individuell; die dankbare Gegenwart, die ihre inneren und äußeren Fehden, ihren Gemütszwiespalt und ihren Willenskampf, ihre Not und ihre Hoffnung in seiner Musik wiederfindet, feiert ihre eigene Leidenschaft und Begeisterung, während sie dem großen Maestro applaudiert. Rossinis Musik war angemessener für die Zeit der Restauration, wo, nach großen Kämpfen und Enttäuschungen, bei den blasierten Menschen der Sinn für ihre großen Gesamtinteressen in den Hintergrund zurückweichen musste und die Gefühle der Ichheit wieder in ihre legitimen Rechte eintreten konnten. Nimmermehr würde Rossini während der Revolution und dem Empire seine große Popularität erlangt haben. Robespierre hätte ihn vielleicht antipatriotischer, moderantistischer Melodien angeklagt, und Napoleon hätte ihn gewiss nicht als Kapellmeister angestellt bei der Großen Armee, wo er einer Gesamtbegeisterung bedurfte ... Armer Schwan von Pesaro! der gallische Hahn und der kaiserliche Adler hätten dich vielleicht zerrissen, und geeigneter als die Schlachtfelder der Bürgertugend und des Ruhmes war für dich ein stiller See, an dessen Ufer die zahmen Lilien dir friedlich zunickten und wo du ruhig auf und ab rudern konntest, Schönheit und Lieblichkeit in jeder Bewegung! Die Restauration war Rossinis Triumphzeit, und sogar die Sterne des Himmels, die damals Feierabend hatten und sich nicht mehr um das Schicksal der Völker bekümmerten, lauschten ihm mit Entzücken. Die Julusrevolution hat indessen im Himmel und auf Erden eine große Bewegung hervorgebracht, Sterne und Menschen, Engel und Könige, ja der liebe Gott selbst wurden ihrem Friedenszustand entrissen, haben wieder viel Geschäfte, haben eine neue Zeit zu ordnen, haben weder Muße noch hinlängliche Seelenruhe, um sich an den Melodien des Privatgefühls zu ergötzen, und nur wenn die großen Chöre von »Robert le Diable« oder gar der »Hugenotten« harmonisch grollen, harmonisch jauchzen, harmonisch schluchzen, horchen ihre Herzen und schluchzen, jauchzen und grollen im begeisterten Einklang.

Dieses ist vielleicht der letzte Grund jenes unerhörten, kolossalen Beifalls, dessen sich die zwei großen Opern von Meyerbeer in der ganzen Welt erfreuen. Er ist der Mann seiner Zeit, und die Zeit, die immer ihre Leute zu wählen weiß, hat ihn tumultuarisch aufs Schild gehoben und proklamiert seine Herrschaft und hält mit ihm ihren fröhlichen Einzug. Es ist eben keine behagliche Position, solcherweise im Triumph getragen zu werden: durch Ungeschick oder Ungeschicklichkeit eines einzigen Schildhalters kann man in ein bedenkliches Wackeln geraten, wo nicht gar stark beschädigt werden; die Blumenkränze, die einem an den Kopf fliegen, können zuweilen mehr verletzen als erquicken, wo nicht gar besudeln, wenn sie aus schmutzigen Händen kommen; und die Überlast der Lorbeeren kann einem gewiss viel Angstschweiß auspressen ... Rossini, wenn er solchem Zuge begegnet, lächelt überaus ironisch mit seinen feinen italienischen Lippen, und er klagt dann über seinen schlechten Magen, der sich täglich verschlimmere, so dass er gar nichts mehr essen könne. – Das ist hart, denn Rossini war immer einer der größten Gourmands. Meyerbeer ist just das Gegenteil; wie in seiner äußeren Erscheinung, so ist er auch in seinen Genüssen die Bescheidenheit selbst. Nur wenn er Freunde geladen hat, findet man bei ihm einen guten Tisch. Als ich einst à la fortune du pot bei ihm speisen wollte, fand ich ihn bei einem ärmlichen Gericht Stockfische, welches sein ganzes Diner ausmachte; wie natürlich, ich behauptete, schon gespeist zu haben. – Manche haben behauptet, er sei geizig. Dieses ist nicht der Fall. Er ist nur geizig in Ausgaben, die seine Person betreffen. Für andere ist er die Freigebigkeit selbst, und besonders unglückliche Landsleute haben sich derselben bis zum Missbrauch erfreut. Wohltätigkeit ist eine Haustugend der Meyerbeerschen Familie, besonders der Mutter, welcher ich alle Hilfsbedürftigen, und nie ohne Erfolg, auf den Hals jage. Diese Frau ist aber auch die glücklichste Mutter, die es auf dieser Welt gibt. Überall umklingt sie die Herrlichkeit ihres Sohnes, wo sie geht und steht, flattern ihr einige Fetzen seiner Musik um die Ohren, überall glänzt ihr sein Ruhm entgegen, und gar in der Oper, wo ein ganzes Publikum seine Begeisterung für Giacomo in dem brausendsten Beifall ausspricht, da bebt ihr Mutterherz vor Entzückungen, die wir kaum ahnen mögen. Ich kenne in der ganzen Weltgeschichte nur *eine* Mutter, die ihr zu vergleichen wäre, das ist die Mutter des heiligen Borromäus, die noch bei ihren Lebzeiten ihren Sohn kanonisiert sah und in der Kirche, nebst Tausenden von Gläubigen, vor ihm knien und zu ihm beten konnte.

Meyerbeer schreibt jetzt eine neue Oper, welcher ich mit großer Neugier entgegensehe. Die Entfaltung dieses Genius ist für mich ein höchst merkwürdiges Schauspiel. Mit Interesse folge ich den Phasen seines musikalischen wie seines persönlichen Lebens und beobachtete die Wechselwirkungen, die zwischen ihm und seinem europäischen Publikum stattfinden. Es sind jetzt zehn Jahre, dass ich ihm zuerst in Berlin begegnete, zwischen dem Universitätsgebäude und der Wachtstube, zwischen der Wissenschaft und der Trommel, und er schien sich in dieser Stellung sehr beklemmt zu fühlen. Ich erinnere mich, ich traf ihn in der Gesellschaft des Dr. Marx, welcher damals zu einer gewissen musikalischen Regence gehörte, die, während der Minderjährigkeit eines gewissen jungen Genies, das man als legitimen Thronfolger Mozarts betrachtete, beständig dem Sebastian Bach huldigte. Der Enthusiasmus für Sebastian Bach sollte aber nicht bloß jenes Interregnum ausfüllen, sondern auch die Reputation von Rossini vernichten, den die Regence am meisten fürchtete und also auch am meisten hasste. Meyerbeer galt damals für einen Nachahmer Rossinis, und der Dr. Marx behandelte ihn mit einer gewissen Herablassung, mit einer leutseligen Oberhoheitsmiene, worüber ich jetzt herzlich lachen muss. Der Rossinismus war damals das große Verbrechen Meyerbeers; er war noch weit entfernt von der Ehre, um seiner selbst willen angefeindet zu werden. Er enthielt sich auch wohlweislich aller Ansprüche, und als ich ihm erzählte, mit welchem Enthusiasmus ich jüngst in Italien seinen »Crociato« aufführen sehen, lächelte er mit launiger Wehmut und sagte: »Sie kompromittieren sich, wenn Sie mich armen Italiener hier in Berlin loben, in der Hauptstadt von Sebastian Bach!«

Meyerbeer war in der Tat damals ganz ein Nachahmer der Italiener geworden. Der Missmut gegen den feuchtkalten, verstandeswitzigen, farblosen Berlinianismus hatte frühzeitig eine natürliche Reaktion in ihm hervorgebracht; er entsprang nach Italien, genoss fröhlich seines Lebens, ergab sich dort ganz seinen Privatgefühlen und komponierte dort jene köstlichen Opern, worin der Rossinismus mit der süßesten Übertreibung gesteigert ist; hier ist das Gold noch übergüldet und die Blume mit noch stärkeren Wohldüften parfümiert. Das war die glücklichste Zeit Meyerbeers; er schrieb im vergnügten Rausche der italienischen Sinnenlust, und im Leben wie in der Kunst pflückte er die leichtesten Blumen.

Aber dergleichen konnte einer deutschen Natur nicht lange genügen. Ein gewisses Heimweh nach dem Ernst des Vaterlands ward in ihm wach: während er unter welschen Myrten lagerte, beschlich ihn die Erinnerung an die geheimnisvollen Schauer deutscher Eichenwälder; während südliche Zephire ihn umkosten, dachte er an die dunklen Choräle des Nordwinds; – es ging ihm vielleicht gar wie der Frau von Sévigné, die, als sie neben einer Orangerie wohnte und beständig von lauter Orangenblüten umduftet war, sich am Ende nach dem schlechten Geruch einer gesunden Mistkarre zu sehnen begann ... Kurz, eine neue Reaktion fand statt, Signor Giacomo ward plötzlich wieder ein Deutscher und schloss sich wieder an Deutschland, nicht an das alte, morsche, abgelebte Deutschland des engbrüstigen Spießbürgertums, sondern an das junge, großmütige, weltfreie Deutschland einer neuen Generation, die alle Fragen der Menschheit zu ihren eigenen gemacht hat und die, wenn auch nicht immer auf ihrem Banner, doch desto unauslöschlicher in ihrem Herzen die großen Menschheitsfragen eingeschrieben trägt.

Bald nach der Julirevolution trat Meyerbeer vor das Publikum mit einem Werk, das während den Wehen jener Revolution seinem Geist entsprossen, mit »Robert le Diable«, dem Helden, der nicht genau weiß, was er will, der beständig mit sich selber im Kampfe liegt, ein treues Bild des moralischen Schwankens damaliger Zeit, einer Zeit, die sich zwischen Tugend und Laster so qualvoll unruhig bewegte, in Bestrebungen und Hindernissen sich aufrieb und nicht immer genug Kraft besaß, den Anfechtungen Satans zu widerstehen! Ich liebe keineswegs diese Oper, dieses Meisterwerk der Zaghcit, ich sage der Zaghcit, nicht bloß in Betreff des Stoffes, sondern auch der Exekution, indem der Komponist seinem Genius noch nicht traut, noch nicht wagt, sich dem ganzen Willen desselben hinzugeben, und der Menge zitternd dient, statt ihr unerschrocken zu gebieten. Man hat damals Meyerbeer mit Recht ein ängstliches Genie genannt; es mangelte ihm der siegreiche Glaube an sich selbst, er zeigte Furcht vor der öffentlichen Meinung, der kleinste Tadel erschreckte ihn, er schmeichelte allen Launen des Publikums und gab links und rechts die eifrigsten Poignées de main, als habe er auch in der Musik die Volkssouveränität anerkannt und begründe sein Regiment auf Stimmenmehrheit, im Gegensatze zu Rossini, der als König von Gottes Gnade im Reich der Tonkunst absolut herrschte. Diese Ängstlichkeit hat ihn im Leben noch nicht verlassen; er ist noch immer besorgt um die Meinung des Publikums, aber der Erfolg von »Robert le Diable« bewirkte glücklicherweise, dass er von jener Sorge nicht belästigt wird, während er arbeitet, dass er mit weit mehr Sicherheit komponiert, dass er den großen Willen seiner Seele in ihren Schöpfungen hervortreten lässt. Und mit dieser erweiterten Geistesfreiheit schrieb er die »Hugenotten«, worin aller Zweifel verschwunden, der innere Selbstkampf aufgehört und der äußere Zweikampf angefangen hat, dessen kolossale Gestaltung uns in Erstaunen setzt. Erst durch dieses Werk gewann Meyerbeer sein unsterbliches Bürgerrecht in der ewigen Geisterstadt, im himmlischen Jerusalem der Kunst. In den »Hugenotten« offenbart sich endlich Meyerbeer ohne Scheu; mit unerschrockenen Linien zeichnete er hier seinen ganzen Gedanken, und alles, was seine Brust bewegte, wagte er auszusprechen in ungezügelten Tönen.

Was dieses Werk ganz besonders auszeichnet, ist das Gleichmaß, das zwischen dem Enthusiasmus und der artistischen Vollendung stattfindet, oder, um mich besser auszudrücken, die gleiche Höhe, welche darin die Passion und die Kunst erreichen; der Mensch und der Künstler haben hier gewetteifert, und wenn jener die Sturmglocke der wildesten Leidenschaften anzieht, weiß dieser die rohen Naturtöne zum schauerlich süßesten Wohllaut zu verklären. Während die große Menge ergriffen wird von der inneren Gewalt, von der Passion der »Hugenotten«, bewundert der Kunstverständige die Meisterschaft, die sich in den Formen bekundet. Dieses Werk ist ein gotischer Dom, dessen himmelstrebender Pfeilerbau und kolossale Kuppel von der kühnen Hand eines Riesen aufgepflanzt zu sein scheinen, während die unzähligen, zierlich feinen Festons, Rosacen und Arabesken, die wie ein steinerner Spitzenschleier darüber ausgebreitet sind, von einer unermüdlichen Zwergsgeduld Zeugnis geben. Riese in der Konzeption und Gestaltung des Ganzen, Zwerg in der mühseligen Ausführung der Einzelheiten, ist uns der Baumeister der »Hugenotten« ebenso unbegreiflich wie die Kompositoren der alten Dome. Als ich jüngst mit einem Freunde vor der Kathedrale zu Amiens stand und mein Freund dieses Monument von felsentürmender Riesenkraft und unermüdlich schnitzelnder Zwergsgeduld mit Schrecken und Mitleiden betrachtete und mich endlich frug, wie es komme, dass wir heutzutage keine solchen Bauwerke mehr zustande bringen, antwortete ich ihm: »Teurer Alphonse, die Menschen in jener alten Zeit hatten Überzeugungen, wir Neueren haben nur Meinungen, und es gehört etwas mehr als eine bloße Meinung dazu, um so einen gotischen Dom aufzurichten.«

Das ist es. Meyerbeer ist ein Mann der Überzeugung. Dieses bezieht sich aber nicht eigentlich auf die Tagesfragen der Gesellschaft, obgleich auch in diesem Betracht bei Meyerbeer die Gesinnungen fester begründet stehen als bei anderen Künstlern. Meyerbeer, den die Fürsten dieser Erde mit allen möglichen Ehrenbezeugungen überschütten und der auch für diese Auszeichnungen so viel Sinn hat, trägt doch ein Herz in der Brust, welches für die heiligsten Interessen der Menschheit glüht, und unumwunden gesteht er seinen Kultus für die Helden der Revolution. Es ist ein Glück für ihn, dass manche nordischen Behörden keine Musik verstehen, sie würden sonst in den »Hugenotten« nicht bloß einen Parteikampf zwischen Protestanten und Katholiken erblicken. Aber dennoch sind seine Überzeugungen nicht eigentlich politischer und noch weniger religiöser Art. Die eigentliche Religion Meyerbeers ist die Religion Mozarts, Glucks, Beethovens, es ist die Musik; nur an diese glaubt er, nur in diesem Glauben findet er seine Seligkeit und lebt er mit einer Überzeugung, die den Überzeugungen früherer Jahrhunderte ähnlich ist an Tiefe, Leidenschaft und Ausdauer. Ja, ich möchte sagen, er ist Apostel dieser Religion. Wie mit apostolischem Eifer und Drang behandelt er alles, was seine Musik betrifft. Während andere Künstler zufrieden sind, wenn sie etwas Schönes geschaffen haben, ja nicht selten alles Interesse für ihr Werk verlieren, sobald es fertig ist, so beginnt im Gegenteil bei Meyerbeer die größere Kindesnot erst nach der Entbindung, er gibt sich alsdann nicht zufrieden, bis die Schöpfung seines Geistes sich auch glänzend dem übrigen Volk offenbart, bis das ganze Publikum von seiner Musik erbaut wird, bis seine Oper in alle Herzen die Gefühle gegossen, die er der ganzen Welt predigen will, bis er mit der ganzen Menschheit kommuniziert hat. Wie der Apostel, um eine einzige verlorene Seele zu retten, weder Mühe noch Schmerzen achtet, so wird auch Meyerbeer, erfährt er, dass irgendjemand seine Musik verleugnet, ihm unermüdlich nachstellen, bis er ihn zu sich bekehrt hat; und das einzige gerettete Lamm, und sei es auch die unbedeutendste Feuilletonistenseele, ist ihm dann lieber als die ganze Herde von Gläubigen, die ihn immer mit orthodoxer Treue verehrten.

Die Musik ist die Überzeugung von Meyerbeer, und das ist vielleicht der Grund aller jener Ängstlichkeiten und Bekümmernisse, die der große Meister so oft an den Tag legt und die uns nicht selten ein Lächeln entlocken. Man muss ihn sehen, wenn er eine neue Oper einstudiert; er ist dann der Plagegeist aller Musiker und Sänger, die er mit unaufhörlichen Proben quält. Nie kann er sich ganz zufriedengeben, ein einziger falscher Ton im Orchester ist ihm ein Dolchstich, woran er zu sterben glaubt. Diese Unruhe verfolgt ihn noch lange, wenn die Oper bereits aufgeführt und mit Beifallsrausch empfangen worden ist. Er ängstigt sich dann noch immer, und ich glaube, er gibt sich nicht eher zufrieden, als bis einige tausend Menschen, die seine Oper gehört und bewundert haben, gestorben und begraben sind; bei diesen wenigstens hat er keinen Abfall zu befürchten, diese Seelen sind ihm sicher. An den Tagen, wo seine Oper gegeben wird, kann es ihm der liebe Gott nie recht machen; regnet es und ist es kalt, so fürchtet er, dass Mademoiselle Falcon den Schnupfen bekomme, ist hingegen der Abend hell und warm, so fürchtet er, dass das schöne Wetter die Leute ins Freie locken und das Theater leer stehen möchte. Nichts ist der Peinlichkeit zu vergleichen, womit Meyerbeer, wenn seine Musik endlich gedruckt wird, die Korrektur besorgt; diese unermüdliche Verbesserungssucht während der Korrektur ist bei den Pariser Künstlern zum Sprichwort geworden. Aber man bedenke, dass ihm die Musik über alles teuer ist, teurer gewiss als sein Leben. Als die Cholera in Paris zu wüten begann, beschwor ich Meyerbeer, so schleunig als möglich abzureisen; aber er hatte noch für einige Tage Geschäfte, die er nicht hintenansetzen konnte, er hatte mit einem Italiener das italienische Libretto für »Robert le Diable« zu arrangieren.

Weit mehr als »Robert le Diable« sind die »Hugenotten« ein Werk der Überzeugung, sowohl in Hinsicht des Inhalts als der Form. Wie ich schon bemerkt habe, während die große Menge vom Inhalt hingerissen wird, bewundert der stillere Betrachter die ungeheuren Fortschritte der Kunst, die neuen Formen, die hier hervortreten. Nach dem Ausspruch der kompetentesten Richter müssen jetzt alle Musiker, die für die Oper schreiben wollen, vorher die »Hugenotten« studieren. In der Instrumentation hat es Meyerbeer am weitesten gebracht. Unerhört ist die Behandlung der Chöre, die sich hier wie Individuen aussprechen und aller opernhaften Herkömmlichkeit entäußert haben. Seit dem »Don Juan« gibt es gewiss keine größere Erscheinung im Reich der Tonkunst als jener vierte Akt der »Hugenotten«, wo auf die grauenhaft erschütternde Szene der Schwerterweihe, der eingesegneten Mordlust, noch ein Duo gesetzt ist, das jenen ersten Effekt noch überbietet; ein kolossales Wagnis, das man dem ängstlichen Genie kaum zutrauen sollte, dessen Gelingen aber ebenso sehr unser Entzücken wie unsere Verwunderung erregt. Was mich betrifft, so glaube ich, dass Meyerbeer diese Aufgabe nicht durch Kunstmittel gelöst hat, sondern durch Naturmittel, indem jenes famose Duo eine Reihe von Gefühlen ausspricht, die vielleicht nie, oder wenigstens nie mit solcher Wahrheit, in einer Oper hervorgetreten und für welche dennoch in den Gemütern der Gegenwart die wildesten Sympathien auflodern. Was mich betrifft, so gestehe ich, dass nie bei einer Musik mein Herz so stürmisch pochte wie bei dem vierten Akt der »Hugenotten«, dass ich aber diesem Akt und seinen Aufregungen gern aus dem Wege gehe und mit weit größerem Vergnügen dem zweiten Akt beiwohne. Dieser ist ein Idyll, das an Lieblichkeit und Grazie den romantischen Lustspielen von Shakespeare, vielleicht aber noch mehr dem »Aminta« von Tasso ähnlich ist. In der Tat, unter den Rosen der Freude lauscht darin eine sanfte Schwermut, die an den unglücklichen Hofdichter von Ferrara erinnert. Es ist mehr ein Sehnsucht nach der Heiterkeit als die Heiterkeit selbst, es ist kein herzliches Lachen, sondern ein Lächeln des Herzens, eines Herzens, welches heimlich krank ist und von Gesundheit nur träumen kann. Wie kommt es, dass ein Künstler, dem von der Wiege an alle blutsaugenden Lebenssorgen abgewedelt worden, der, geboren im Schoß des Reichtums, gehätschelt von der ganzen Familie, die allen seinen Neigungen bereitwillig, ja enthusiastisch frönte, weit mehr als irgendein sterblicher Künstler zum Glück berechtigt war – wie kommt es, dass dieser dennoch jene ungeheuren Schmerzen erfahren hat, die uns aus seiner Musik entgegenseufzen und -schluchzen? Denn was er nicht selber empfindet, kann der Musiker nicht so gewaltig, nicht so erschütternd aussprechen. Es ist sonderbar, dass der Künstler, dessen materielle Bedürfnisse befriedigt sind, desto unleidlicher von moralischen Drangsalen heimgesucht wird! Aber das ist ein Glück für das Publikum, das den Schmerzen des Künstlers seine idealsten Freuden verdankt. Der Künstler ist jenes Kind, wovon das Volksmärchen erzählt, dass seine Tränen lauter Perlen sind. Ach! die böse Stiefmutter, die Welt, schlägt das arme Kind um so unbarmherziger, damit es nur recht viele Perlen weine!

Man hat die »Hugenotten« mehr noch als »Robert le Diable« eines Mangels an Melodien zeihen wollen. Dieser Vorwurf beruht auf einem Irrtum. »Vor lauter Wald sieht man die Bäume nicht.« Die Melodie ist hier der Harmonie untergeordnet, und bereits bei einer Vergleichung mit der Musik Rossinis, worin das umgekehrte Verhältnis stattfindet, habe ich angedeutet, dass es diese Vorherrschaft der Harmonie ist, welche die Musik von Meyerbeer als eine menschheitlich bewegte, gesellschaftlich moderne Musik charakterisiert. An Melodien fehlt es ihr wahrlich nicht, nur dürfen diese Melodien nicht störsam schroff, ich möchte sagen egoistisch, hervortreten, sie dürfen nur dem Ganzen dienen, sie sind diszipliniert, statt dass bei den Italienern die Melodien isoliert, ich möchte fast sagen außergesetzlich, sich geltend machen, ungefähr wie ihre berühmten Banditen. Man merkt es nur nicht; mancher gemeine Soldat schlägt sich in einer großen Schlacht ebenso gut wie der Kalabrese, der einsame Raubheld, dessen persönliche Tapferkeit uns weniger überraschen würde, wenn er unter regulären Truppen, in Reih und Glied, sich schlüge. Ich will einer Vorherrschaft der Melodie beileibe ihr Verdienst nicht absprechen, aber bemerken muss ich, als eine Folge derselben sehen wir in Italien jene Gleichgültigkeit gegen das Ensemble der Oper, gegen die Oper als ein geschlossenes Kunstwerk, die sich so naiv äußert, dass man in den Logen, während keine Bravourpartien gesungen werden, Gesellschaft empfängt, ungeniert plaudert, wo nicht gar Karten spielt.

Die Vorherrschaft der Harmonie in den Meyerbeerschen Schöpfungen ist vielleicht eine notwendige Folge seiner weiten, das Reich des Gedankens und der Erscheinungen umfassenden Bildung. Zu seiner Erziehung wurden Schätze verwendet, und sein Geist war empfänglich; er ward früh eingeweiht in allen Wissenschaften und unterscheidet sich auch hierdurch von den meisten Musikern, deren glänzende Ignoranz einigermaßen verzeihlich, da es ihnen gewöhnlich an Mitteln und Zeit fehlte, sich außerhalb ihres Faches große Kenntnisse zu erwerben. Das Gelernte ward bei ihm Natur, und die Schule der Welt gab ihm die höchste Entwicklung; er gehört zu jener geringen Zahl Deutscher, die selbst Frankreich als Muster der Urbanität anerkennen musste. Solche Bildungshöhe war vielleicht nötig, wenn man das Material, das zur Schöpfung der »Hugenotten« gehörte, zusammenfinden und sicheren Sinnes gestalten wollte. Aber ob nicht, was an Weite der Auffassung und Klarheit des Überblicks gewonnen ward, an anderen Eigenschaften verlorenging, das ist eine Frage. Die Bildung vernichtet bei dem Künstler jene scharfe Akzentuation, jene schroffe Färbung, jene Ursprünglichkeit der Gedanken, jene Unmittelbarkeit der Gefühle, die wir bei rohbegrenzten, ungebildeten Naturen so sehr bewundern.

Die Bildung wird überhaupt immer teuer erkauft, und die kleine Blanka hat recht. Dieses etwa achtjährige Töchterchen von Meyerbeer beneidet den Müßiggang der kleinen Buben und Mädchen, die sie auf der Straße spielen sieht, und äußerte sich jüngst folgendermaßen: »Welch ein Unglück, dass ich gebildete Eltern habe! Ich muss von Morgen bis Abend alles mögliche auswendig lernen und stillsitzen und artig sein, während die ungebildeten Kinder da unten den ganzen Tag glücklich herumlaufen und sich amüsieren können!«

Zehnter Brief

Außer Meyerbeer besitzt die Académie royale de musique wenige Tondichter, von welchen es der Mühe lohnte, ausführlich zu reden. Und dennoch befindet sich die französische Oper in der reichsten Blüte, oder, um mich richtiger auszudrücken, sie erfreut sich täglich einer guten Recette [Einnahme]. Dieser Zustand des Gedeihens begann vor sechs Jahren durch die Leitung des berühmten Herrn Véron, dessen Prinzipien seitdem von dem neuen Direktor, Herrn Duponchel, mit demselben Erfolg angewendet werden. Ich sage Prinzipien, denn in der Tat, Herr Véron hatte Prinzipien, Resultate seines Nachdenkens in der Kunst und Wissenschaft, und wie er als Apotheker eine vortreffliche Mixtur für den Husten erfunden hat, so erfand er als Operndirektor ein Heilmittel gegen die Musik. Er hatte nämlich an sich selber bemerkt, dass ein Schauspiel von Franconi ihm mehr Vergnügen machte als die beste Oper; er überzeugte sich, dass der größte Teil des Publikums von denselben Empfindungen beseelt sei, dass die meisten Leute aus Konvenienz in die Große Oper gehen und nur dann sich dort ergötzen, wenn schöne Dekorationen, Kostüme und Tänze so sehr ihre Aufmerksamkeit fesseln, dass sie die fatale Musik ganz überhören. Der große Véron kam daher auf den genialen Gedanken, die Schaulust der Leute in so hohem Grade zu befriedigen, dass die Musik sie gar nicht mehr genieren kann, dass sie in der Großen Oper dasselbe Vergnügen finden wie bei Franconi. Der große Véron und das große Publikum verstanden sich: Jener wusste die Musik unschädlich zu machen und gab unter dem Titel »Oper« nichts als Pracht- und Spektakelstücke; dieses, das Publikum, konnte mit seinen Töchtern und Gattinnen in die Große Oper gehen, wie es gebildeten Ständen ziemt, ohne vor Langeweile zu sterben. Amerika war entdeckt, das Ei stand auf der Spitze, das Opernhaus füllte sich täglich, Franconi ward überboten und machte bankrott, und Herr Véron ist seitdem ein reicher Mann. Der Name Véron wird ewig leben in den Annalen der Musik; er hat den Tempel der Göttin verschönert, aber sie selbst zur Tür hinausgeschmissen. Nichts übertrifft den Luxus, der in der Großen Oper überhandgenommen, und diese ist jetzt das Paradies der Harthörigen.

Der jetzige Direktor folgt den Grundsätzen seines Vorgängers, obgleich er zu der Persönlichkeit desselben den ergötzlich schroffsten Kontrast bildet. Haben Sie Herrn Véron jemals gesehen? Im Café de Paris oder auf dem Boulevard Coblence ist sie Ihnen gewiss manchmal aufgefallen, diese feiste karikierte Figur, mit dem schief eingedrückten Hut auf dem Kopf, welcher in einer ungeheuren weißen Krawatte, deren Vatermörder bis über die Ohren reichen, ganz vergraben ist, sodass das rote, lebenslustige Gesicht mit den kleinen blinzelnden Augen nur wenig zum Vorschein kommt. In dem Bewusstsein seiner Menschenkenntnis und seines Gelingens wälzt er sich so behaglich, so insolent behaglich einher, umgeben von einem Hofstaat junger, mitunter auch ältlicher Dandys der Literatur, die er gewöhnlich mit Champagner oder schönen Figurantinnen regaliert. Es ist der Gott des Materialismus, und sein geistverhöhnender Blick schnitt mir oft peinigend ins Herz, wenn ich ihm begegnete.

Herr Duponchel ist ein hagerer, gelbblasser Mann, welcher, wo nicht edel, doch vornehm aussieht, immer trist, eine Leichenbittermiene, und jemand nannte ihn ganz richtig: un deuil perpétuel [ewiger Trauerfall]. Nach seiner äußeren Erscheinung würde man ihn eher für den Aufseher des Père-Lachaise als für den Direktor der Großen Oper halten. Er erinnert mich immer an den melancholischen Hofnarren Ludwigs XIII. Dieser Ritter von der traurigen Gestalt ist jetzt Maître de plaisir der Pariser, und ich möchte ihn manchmal belauschen, wenn er, einsam in seiner Behausung, auf neue Späße sinnt, womit er seinem Souverän, das französische Publikum, ergötzen soll, wenn er wehmütignärrisch das trübe Haupt schüttelt und das rote Buch ergreift, um nachzusehen, ob die Taglioni ...

Sie sehen mich verwundert an? Ja, das ist ein kurioses Buch, dessen Bedeutung sehr schwer mit anständigen Worten zu erklären sein möchte. Nur durch Analogien kann ich mich hier verständlich machen. Wissen Sie, was der Schnupfen der Sängerinnen ist? Ich höre Sie seufzen, und Sie denken wieder an Ihre Märtyrerzeit: die letzte Probe ist überstanden, die Oper ist schon für den Abend angekündigt, da kommt plötzlich die Primadonna und erklärt, dass sie nicht singen könne, denn sie habe den Schnupfen. Da ist nichts anzufangen, ein Blick gen Himmel, ein ungeheurer Schmerzensblick!, und ein neuer Zettel wird gedruckt, worin man einem verehrungswürdigen Publikum anzeigt, dass die Vorstellung der »Vestalin«, wegen Unpässlichkeit der Mademoiselle Schnaps, nicht stattfinden könne und statt dessen »Rochus Pumpernickel« aufgeführt wird. Den Tänzerinnen half es nichts, wenn sie den Schnupfen ansagten, er hinderte sie ja nicht am Tanzen, und sie beneideten lange Zeit die Sängerinnen ob jener rheumatischen Erfindung, womit diese sich zu jeder Zeit einen Feierabend und ihrem Feind, dem Theaterdirektor, einen Leidenstag verschaffen konnten. Sie erflehten daher vom lieben Gott dasselbe Qualrecht, und dieser, ein Freund des Balletts, wie alle Monarchen, begabte sie mit einer Unpässlichkeit, die, an sich selber harmlos, sie dennoch verhindert, öffentlich zu pirouettieren, und die wir, nach der Analogie von thé dansant, den tanzenden Schnupfen nennen möchten. Wenn nun eine Tänzerin nicht auftreten will, hat sie ebenso gut ihren unabweisbaren Vorwand wie die beste Sängerin. Der ehemalige Direktor der Großen Oper verwünschte sich oft zu allen Teufeln, wenn die »Sylphide« gegeben werden sollte und die Taglioni ihm meldete, sie könne heute keine Flügel und keine Trikothosen anziehen und nicht auftreten, denn sie habe den tanzenden Schnupfen ... Der große Véron, in seiner tiefsinnigen Weise, entdeckte, dass der tanzende Schnupfen sich von dem singenden Schnupfen der Sängerinnen durch eine gewisse Regelmäßigkeit unterscheide und seine jedesmalige Erscheinung lange vorausberechnet werden könne: denn der liebe Gott, ordnungsliebend, wie er ist, gab den Tänzerinnen eine Unpässlichkeit, die im Zusammenhang mit den Gesetzen der Astronomie, der Physik, der Hydraulik, kurz, des ganzen Universums steht und folglich kalkulable ist; der Schnupfen der Sängerinnen hingegen ist eine Privaterfindung, eine Erfindung der Weiberlaune, und folglich inkalkulable. In diesem Umstand der Berechenbarkeit der periodischen Wiederkehr des tanzenden Schnupfens suchte der große Véron eine Abhilfe gegen die Vexationen der Tänzerinnen, und jedes Mal, wenn eine derselben den ihrigen bekam, ward das Datum dieses Ereignisses in ein besonderes Buch genau aufgezeichnet, und das ist das rote Buch, welches eben Herr Duponchel in Händen hielt und in welchem er nachrechnen konnte, an welchem Tage die Taglioni ... Dieses Buch, welches den Inventionsgeist und überhaupt den Geist des ehemaligen Operndirektors, des Herrn Véron, charakterisiert, ist gewiss von praktischer Nützlichkeit.

Aus den vorhergehenden Bemerkungen werden Sie die gegenwärtige Bedeutung der französischen Großen Oper begriffen haben. Sie hat sich mit den Feinden der Musik ausgesöhnt, und wie in den Tuilerien ist der wohlhabende Bürgerstand auch in die Académie de musique eingedrungen, während die vornehme Gesellschaft das Feld geräumt hat. Die schöne Aristokratie, diese Elite, die sich durch Rang, Bildung, Geburt, Fashion und Müßiggang auszeichnet, flüchtete sich in die Italienische Oper, in diese musikalische Oase, wo die großen Nachtigallen der Kunst noch immer trillern, die Quellen der Melodie noch immer zaubervoll rieseln und die Palmen der Schönheit mit ihren stolzen Fächern Beifall winken ... während ringsumher eine blasse Sandwüste, eine Sahara der Musik. Nur einzelne gute Konzerte tauchen manchmal hervor in dieser Wüste und gewähren dem Freund der Tonkunst eine außerordentliche Labung. Dahin gehörten diesen Winter die Sonntage des Conservatoires. Einige Privatsoireen auf der Rue de Bondy und besonders die Konzerte von Berlioz und Liszt. Die beiden letzteren sind wohl die merkwürdigsten Erscheinungen in der hiesigen musikalischen Welt; ich sage die merkwürdigsten, nicht die schönsten, nicht die erfreulichsten. Von Berlioz werden wir bald eine Oper erhalten. Das Sujet ist eine Episode aus dem Leben Benvenutos Cellini, der Guss des Perseus. Man erwartet Außerordentliches, da dieser Komponist schon Außerordentliches geleistet. Seine Geistesrichtung ist das Phantastische, nicht verbunden mit Gemüt, sondern mit Sentimentalität; er hat große Ähnlichkeit mit Callot, Gozzi und Hoffmann. Schon seine äußere Erscheinung deutet darauf hin. Es ist schade, dass er seine ungeheure, antediluvianische Frisur, diese aufsträubenden Haare, die über seine Stirn, wie ein Wald über eine schroffe Felswand, sich erhoben, abschneiden lassen; so sah ich ihn zum ersten Male vor sechs Jahren, und so wird er immer in meinem Gedächtnis stehen. Es war im Conservatoire de musique, und man gab eine große Symphonie von ihm, ein bizarres Nachtstück, das nur zuweilen erhellt wird von einer sentimentalweißen Weiberrobe, die darin hin und her flattert, oder von einem schwefelgelben Blitz der Ironie. Das Beste darin ist ein Hexensabbat, wo der Teufel Messe liest und die katholische Kirchenmusik mit der schauerlichsten, blutigsten Possenhaftigkeit parodiert wird. Es ist eine Farce, wobei alle geheimen

182

Schlangen, die wir im Herzen tragen, freudig emporzischen. Mein Logennachbar, ein redseliger junger Mann, zeigte mir den Komponisten, welcher sich, am äußersten Ende des Saales, in einem Winkel des Orchesters befand und die Pauke schlug. Denn die Pauke ist sein Instrument. »Sehen Sie in der Avant-scène«, sagte mein Nachbar, »jene dicke Engländerin? Das ist Miss Smithson; in diese Dame ist Herr Berlioz seit drei Jahren sterbens verliebt, und dieser Leidenschaft verdanken wir die wilde Symphonie, die Sie heute hören.« In der Tat, in der Avant-scène-Loge saß die berühmte Schauspielerin von Coventgarden; Berlioz sah immer unverwandt nach ihr hin, und jedes Mal, wenn sein Blick dem ihrigen begegnete, schlug er los auf seine Pauke, wie wütend. Miss Smithson ist seitdem Madame Berlioz geworden, und ihr Gatte hat sich seitdem auch die Haare abschneiden lassen. Als ich diesen Winter im Conservatoire wieder seine Symphonie hörte, saß er wieder als Paukenschläger im Hintergrund des Orchesters, die dicke Engländerin saß wieder in der Avant-scène, ihre Blicke begegneten sich wieder ... aber er schlug nicht mehr so wütend auf die Pauke.

Liszt ist der nächste Wahlverwandte von Berlioz und weiß dessen Musik am besten zu exekutieren. Ich brauche Ihnen von seinem Talent nicht zu reden; sein Ruhm ist europäisch. Er ist unstreitig derjenige Künstler, welcher in Paris die unbedingtesten Enthusiasten findet, aber auch die eifrigsten Widersacher. Das ist ein bedeutendes Zeichen, dass niemand mit Indifferenz von ihm redet. Ohne positiven Gehalt kann man in dieser Welt weder günstige noch feindliche Passionen erwecken. Es gehört Feuer dazu, um die Menschen zu entzünden, sowohl zum Hass als zur Liebe. Was am besten für Liszt zeugt, ist die volle Achtung, womit selbst die Gegner seinen persönlichen Wert anerkennen. Er ist ein Mensch von verschrobenem, aber edlem Charakter, uneigennützig und ohne Falsch. Höchst merkwürdig sind seine Geistesrichtungen, er hat große Anlagen zur Spekulation, und mehr noch als die Interessen seiner Kunst interessieren ihn die Untersuchungen der verschiedenen Schulen, die sich mit der Lösung der großen, Himmel und Erde umfassenden Frage beschäftigen. Er glühte lange Zeit für die schöne Saint-Simonistische Weltansicht, später umnebelten ihn die spiritualistischen oder vielmehr vaporistischen Gedanken von Ballanche, jetzt schwärmt er für die republikanisch-katholischen Lehren eines Lamennais, welcher die Jakobinermütze aufs Kreuz gepflanzt hat ... Der Himmel weiß, in welchem Geistesstall er sein nächstes Steckenpferd finden wird. Aber lobenswert bleibt immer dieses unermüdliche Lechzen nach Licht und Gottheit, es zeugt von seinem Sinn für das Heilige, für das Religiöse. Dass ein so unruhiger Kopf, der von allen Nöten und Doktrinen der Zeit in die Wirre getrieben wird, der das Bedürfnis fühlt, sich um alle Bedürfnisse der Menschheit zu bekümmern, und gern die Nase in alle Töpfe steckt, worin der liebe Gott die Zukunft kocht, dass Franz Liszt kein stiller Klavierspieler für ruhige Staatsbürger und gemütliche Schlafmützen sein kann, das versteht sich von selbst. Wenn er am Fortepiano sitzt und sich mehrmals das Haar über die Stirn zurückgestrichen hat und zu improvisieren beginnt, dann stürmt er nicht selten allzu toll über die elfenbeinernen Tasten, und es erklingt eine Wildnis von himmelhohen Gedanken, wozwischen hie und da die süßesten Blumen ihren Duft verbreiten, dass man zugleich, beängstigt und beseligt wird, aber doch noch mehr beängstigt.

Ich gestehe es Ihnen, wie sehr ich auch Liszt liebe, so wirkt doch seine Musik nicht angenehm auf mein Gemüt, umso mehr, da ich ein Sonntagskind bin und die Gespenster auch sehe, welche andere Leute nur hören, da, wie Sie wissen, bei jedem Ton, den die Hand auf dem Klavier anschlägt, auch die entsprechende Klangfigur in meinem Geist aufsteigt, kurz, da die Musik meinem innern Auge sichtbar wird. Noch zittert mir der Verstand im Kopfe, bei der Erinnerung des Konzertes, worin ich Liszt zuletzt spielen hörte. Es war im Konzert für die unglücklichen Italiener, im Hotel jener schönen, edlen und leidenden Fürstin, welche ihr leibliches und ihr geistiges Vaterland, Italien und den Himmel, so schön repräsentiert ... (Sie haben sie gewiss in Paris gesehen, die ideale Gestalt, welche dennoch nur das Gefängnis ist, worin die heiligste Engelseele, eingekerkert worden ... Aber dieser Kerker ist so schön, das jeder wie verzaubert davor stehenbleibt und ihn anstaunt) ... Es war im Konzert zum Besten der unglücklichen Italiener, wo ich Liszt verflossenen Winter zuletzt spielen hörte, ich weiß nicht mehr was, aber ich möchte darauf schwören, er variierte einige Themata aus der Apokalypse. Anfangs konnte ich sie nicht ganz deutlich sehen, die vier mystischen Tiere, ich hörte nur ihre Stimme, besonders das Gebrüll des Löwen und das Krächzen des Adlers. Den Ochsen mit dem Buch in der Hand sah ich ganz genau. Am besten spielte er das Tal Josaphat. Es waren Schranken wie bei einem Turnier, und als Zuschauer um den ungeheuren Raum drängten sich die auferstandenen Völker, grabesbleich und zitternd. Zuerst galoppierte Satan in die Schranken, schwarzgeharnischt, auf einem milchweißen Schimmel. Langsam ritt hinter ihm her der Tod, auf seinem fahlen Pferde. Endlich erschien Christus, in goldener Rüstung, auf einem schwarzen Ross, und mit seiner heiligen Lanze stach er erst Satan zu Boden, hernach den Tod, und die Zuschauer jauchzten ... Stürmischen Beifall zollte man dem Spiel des wackeren Liszt, welcher ermüdet das Klavier verließ, sich vor den Damen verbeugte ... Um die Lippen der Schönsten zog jenes melancholisch-süße Lächeln ...

Es wäre ungerecht, wenn ich bei dieser Gelegenheit nicht eines Pianisten erwähnen wollte, der neben Liszt am meisten gefeiert wird. Es ist Chopin, der nicht bloß als Virtuose durch technische Vollendung glänzt, sondern auch als Komponist das Höchste leistet. Das ist ein Mensch vom ersten Range. Chopin ist der Liebling jener Elite, die in der Musik die höchsten Geistesgenüsse sucht. Sein Ruhm ist aristokratischer Art, er ist parfümiert von den Lobsprüchen der guten Gesellschaft, er ist vornehm wie seine Person.

Chopin ist von französischen Eltern in Polen geboren und hat einen Teil seiner Erziehung in Deutschland genossen. Diese Einflüsse dreier Nationalitäten machen seine Persönlichkeit zu einer höchst merkwürdigen Erscheinung; er hat sich nämlich das Beste angeeignet, wodurch sich die drei Völker auszeichnen: Polen gab ihm seinen chevaleresken Sinn und seinen geschichtlichen Schmerz, Frankreich gab ihm seine leichte Anmut, seine Grazie, Deutschland gab ihm den romantischen Tiefsinn ... Die Natur aber gab ihm eine zierliche, schlanke, etwas schmächtige Gestalt, das edelste Herz und das Genie. Ja, dem Chopin muss man Genie zusprechen, in der vollen Bedeutung des Worts; er ist nicht bloß Virtuose, er ist auch Poet, er kann uns die Poesie, die in seiner Seele lebt, zur Anschauung bringen, er ist Tondichter, und nichts gleicht dem Genuss, den er uns verschafft, wenn er am Klavier sitzt und improvisiert. Er ist alsdann weder Pole noch Franzose noch Deutscher, er verrät dann einen weit höheren Ursprung, man merkt alsdann, er stammt aus dem Lande Mozarts, Raffaels, Goethes, sein wahres Vaterland ist das Traumreich der Poesie. Wenn er am Klavier sitzt und improvisiert, ist es mir, als besuche mich ein Landsmann aus der geliebten Heimat und erzähle mir die kuriosesten Dinge, die, während meiner Abwesenheit, dort passiert sind ... Manchmal möcht ich ihn mit Fragen unterbrechen: Und wie geht's der schönen. Nixe, die ihren silbernen Schleier so kokett um die grünen Locken zu binden wusste? Verfolgt sie noch immer der weißbärtige Meergott mit seiner närrisch abgestandenen Liebe? Sind bei uns die Rosen noch immer so flammenstolz? Singen die Bäume noch immer so schön im Mondschein? ...

Ach! es ist schon lange her, dass ich in der Fremde lebe, und mit meinem fabelhaften Heimweh komme ich mir manchmal vor wie der Fliegende Holländer und seine Schiffsgenossen, die auf den kalten Wellen ewig geschaukelt werden und vergebens zurückverlangen nach den stillen Kaien, Tulpen, Myfrowen, Tonpfeifen und Porzellantassen von Holland ... »Amsterdam! Amsterdam! wann kommen wir wieder nach Amsterdam!« seufzen sie im Sturm, während die Heulwinde sie beständig hin und her schleudern auf den verdammten Wogen ihrer Wasserhölle. Wohl begreife ich den Schmerz, womit der Kapitän des verwünschten Schiffes einst sagte: »Komme ich jemals zurück nach Amsterdam, so will ich dort lieber ein Stein werden an irgendeiner Straßenecke, als dass ich jemals die Stadt wieder verließe!« Armer Vanderdecken!

Ich hoffe, liebster Freund, dass diese Briefe Sie froh und heiter antreffen, im rosigen Lebenslichte, und dass es mir nicht wie dem Fliegenden Holländer ergehe, dessen Briefe gewöhnlich an Personen gerichtet sind, die während seiner Abwesenheit in der Heimat längst verstorben sind!

L u t e t i a

Berichte über Politik, Kunst und Volksleben

[Allgemeine Zeitung, Augsburg 1840-1843; Vermischte Schriften,
2. und 3. Band, Hoffmann und Campe, Hamburg 1854]

Zueignungsbrief an Seine Durchlaucht, den Fürsten Pückler-Muskau

Die Reisenden, welche irgendeinen durch Kunst oder historische Erinnerung denkwürdigen Ort besuchen, pflegen hier an Mauern und Wänden ihre respektiven Namen zu inskribieren, mehr oder minder leserlich, je nachdem das Schreibmaterial war, das ihnen zu Gebote stand. Sentimentale Seelen sudeln hinzu auch einige pathetische Zeilen gereimter oder ungereimter Gefühle. In diesem Wust von Inschriften wird unsere Aufmerksamkeit plötzlich in Anspruch genommen von zwei Namen, die nebeneinander eingegraben sind; Jahreszahl und Monatstag steht darunter, und um Namen und Datum schlängelt sich ein ovaler Kreis, der einen Kranz von Eichen- oder Lorbeerblättern vorstellen soll. Sind den späteren Besuchern des Ortes die Personen bekannt, denen jene zwei Namen angehören, so rufen sie ein heiteres: »Sieh da!«, und sie machen dabei die tiefsinnige Bemerkung, dass jene beiden also einander nicht fremd gewesen, dass sie wenigstens einmal auf derselben Stelle einander nahegestanden, dass sie sich im Raum wie in der Zeit zusammengefunden, sie, die so gut zusammenpassten. – Und nun werden über beide Glossen gemacht, die wir leicht erraten, aber hier nicht mitteilen wollen.

Indem ich, mein hochgefeierter und wahlverwandter Zeitgenosse, durch die Widmung dieses Buches gleichsam auf die Fassade desselben unsere beiden Namen inskribiere, folge ich nur einer heiter gaukelnden Laune des Gemütes, und wenn meinem Sinne irgendein bestimmter Beweggrund vorschwebt, so ist es allenfalls der oberwähnte Brauch der Reisenden. – Ja, Reisende waren wir beide auf diesem Erdball, das war unsere irdische Spezialität, und diejenigen, welche nach uns kommen und in diesem Buche den Kranz sehen, womit ich unsere beiden Namen umschlungen, gewinnen wenigstens ein authentisches Datum unsres zeitlichen Zusammentreffens, und sie mögen nach Belieben darüber glossieren, inwieweit der Verfasser der »Briefe eines Verstorbenen« und der Berichterstatter der »Lutetia« zusammenpassten. –

Der Meister, dem ich dieses Buch zueigne, versteht das Handwerk und kennt die ungünstigen Umstände, unter welchen der Autor schrieb. Er kennt das Bett, in welchem meine Geisteskinder das Licht erblickten, das Augsburgsche Prokrustesbett, wo man ihnen manchmal die allzu langen Beine und nicht selten sogar den Kopf abschnitt. Um unbildlich zu sprechen, das vorliegende Buch besteht zum größten Teil aus Tagesberichten, welche ich vor geraumer Zeit in der Augsburgschen »Allgemeinen Zeitung« drucken ließ. Von vielen hatte ich Brouillons [Entwürfe, Skizzen] zurückbehalten, wonach ich jetzt, bei dem neuen Abdruck, die unterdrückten oder veränderten Stellen restaurierte. Leider erlaubt mir nicht der Zustand meiner Augen, mich mit vielen solcher Restaurationen zu befassen; ich konnte mich aus dem verwitterten Papierwust nicht mehr herausfinden. Hier nun sowie auch bei Berichten, die ich ohne vorläufigen Entwurf abgeschickt hatte, ersetzte ich die Lakunen und verbesserte ich die Alterationen so viel als möglich aus dem Gedächtnis, und bei Stellen, wo mir der Stil fremdartig und der Sinn noch fremdartiger vorkam, suchte ich wenigstens die artistische Ehre, die schöne Form, zu retten, indem ich jene verdächtigen Stellen gänzlich vertilgte. Aber dieses

Ausmerzen an Orten, wo der wahnwitzige Rotstift allzu sehr gerast zu haben schien, traf nur Unwesentliches, keineswegs die Urteile über Dinge und Menschen, die oft irrig sein mochten, aber immer treu wiedergegeben werden mussten, damit die ursprüngliche Zeitfarbe nicht verlorenging. Indem ich eine gute Anzahl von ungedruckt gebliebenen Berichten, die keine Zensur passiert hatten, ohne die geringste Veränderung hinzufügte, lieferte ich durch eine künstlerische Zusammenstellung aller dieser Monographien ein Ganzes, welches das getreue Gemälde einer Periode bildet, die ebenso wichtig wie interessant war.

Ich spreche von jener Periode, welche man zur Zeit der Regierung Ludwig Philipps die »parlamentarische« nannte, ein Name, der sehr bezeichnend war und dessen Bedeutsamkeit mir gleich im Beginn auffiel. Wie im ersten Teil dieses Buches zu lesen, schrieb ich am 9. April 1840 folgende Worte: »Es ist sehr charakteristisch, dass seit einiger Zeit die französische Staatsregierung nicht mehr ein konstitutionelles, sondern ein parlamentarisches Gouvernement genannt wird. Das Ministerium vom 1. März erhielt gleich in der Taufe diesen Namen.« – Das Parlament, nämlich die Kammer, hatte damals schon die bedeutendsten Prärogative der Krone an sich gerissen, und die ganze Staatsmacht fiel allmählich in seine Hände. Seinerseits war der König, es ist nicht zu leugnen, ebenfalls von usurpatorischen Begierden gestachelt, er wollte selbst regieren, unabhängig von Kammer- und Ministerlaune, und in diesem Streben nach unbeschränkter Souveränität suchte er immer die legale Form zu bewahren. Ludwig Philipp kann daher mit Fug behaupten, dass er nie die Legalität verletzt, und vor den Assisen der Geschichte wird man ihn gewiss von jedem Vorwurf, eine ungesetzliche Handlung begangen zu haben, ganz freisprechen und ihn allenfalls nur der allzu großen Schlauheit schuldig erklären können. Die Kammer, welche ihre Eingriffe in die königlichen Vorrechte wenigstens klug durch legale Form bemäntelte, träfe gewiss ein weit herberes Verdikt wenn nicht etwa als Milderungsgrund angeführt werden dürfte, dass sie provoziert worden sei durch die absoluten Gewaltgelüste des Königs; sie kann sagen, sie habe denselben befehdet, um ihn zu entwaffnen und selber die Diktatur zu übernehmen, die in seinen Händen staats- und freiheitsverderblich werden konnte. Der Zweikampf zwischen dem König und der Kammer bildet den Inhalt der parlamentarischen Periode, und beide Parteien hatten sich zu Ende derselben so sehr abgemüdet und geschwächt, dass sie kraftlos zu Boden sanken, als ein neuer Prätendent auf dem Schauplatz erschien. Am 24. Februar 1848 fielen sie fast gleichzeitig zu Boden, das Königtum in den Tuilerien und einige Stunden später das Parlament in dem nachbarlichen Palais Bourbon. Die Sieger, das glorreiche Lumpengesindel jener Februartage, brauchten wahrhaftig keinen Aufwand von Heldenmut zu machen, und sie können sich kaum rühmen, ihrer Feinde ansichtig geworden zu sein. Sie haben das alte Regiment nicht getötet, sondern sie haben nur seinem Scheinleben ein Ende gemacht: König und Kammer starben, weil sie längst tot waren. Diese beiden Kämpen der parlamentarischen Periode mahnen mich an ein Bildwerk, das ich einst zu Münster in dem großen Saal des Rathauses sah, wo der Westfälische Frieden geschlossen worden. Dort stehen nämlich längs den Wänden, wie Chorstühle, eine Reihe hölzerner Sitze, auf deren Lehne allerlei humoristische Skulpturen zu schauen sind. Auf einem dieser Holzstühle sind zwei Figuren dargestellt, welche in einem Zweikampf begriffen; sie sind ritterlich geharnischt und haben eben ihre ungeheuer großen Schwerter erhoben, um aufeinander einzuhauen – doch sonderbar! jedem von ihnen fehlt die Hauptsache, nämlich der Kopf, und es scheint, dass sie sich in der Hitze des Kampfes einander die Köpfe abgeschlagen haben und jetzt, ohne ihre beiderseitige Kopflosigkeit zu bemerken, weiterfechten. –

Die Blütezeit der parlamentarischen Periode waren das Ministerium vom 1. März 1840 und die ersten Jahre des Ministeriums vom 29. November 1840. Ersteres mag für den Deutschen noch ein besonderes Interesse bewahren, weil damals Thiers unser Vaterland in die große Bewegung hineintrommelte, welche das politische Leben Deutschlands weckte Thiers brachte uns wieder als Volk auf die Beine, und dieses Verdienst wird ihm die deutsche Geschichte hoch anrechnen. Auch der Erisapfel der orientalischen Frage kommt unter jenem Ministerium bereits zum Vorschein, und wir sehen im grellsten Lichte den Egoismus jener britischen Oligarchie, die uns damals gegen die Franzosen verhetzte. Dass das aufrichtige und großmütige, bis zur Fanfaronade [Großsprecherei, Prahlerei] großmütige Frankreich unser natürlicher und wahrhaft sicherster Alliierter ist, war die Überzeugung meines ganzen Lebens, und das patriotische Bedürfnis, meine verblendeten Landsleute über den treulosen Blödsinn der Franzosenfresser und Rheinliedbarden aufzuklären, hat vielleicht meinen Berichten über das Ministerium Thiers manchmal, namentlich in Bezug auf die Engländer, ein allzu leidenschaftliches Kolorit erteilt; aber die Zeit war eine höchst gefährliche, und Schweigen war ein halber Verrat.

Bis zur Katastrophe vom 24. Februar gehen nicht meine Pariser Berichte, aber man sieht schon auf jeder Seite ihre Notwendigkeit, und sie wird beständig vorausgesagt mit jenem prophetischen Schmerz, den wir in dem alten Heldenlied finden, wo Trojas Brand nicht den Schluss bildet, aber in jedem Vers geheimnisvoll knistert. Ich habe nicht das Gewitter, sondern die Wetterwolken beschrieben, die es in ihrem Schoße trugen und schauerlich düster heranzogen. Ich berichtete oft und bestimmt über die Dämonen, welche in den untern Schichten der Gesellschaft lauerten und aus ihrer Dunkelheit hervorbrechen würden, wenn der rechte Tag gekommen. Diese Ungetüme, denen die Zukunft gehört, betrachtete man damals nur durch ein Verkleinerungsglas, und da sahen sie wirklich aus wie wahnsinnige Flöhe – aber ich zeigte sie in ihrer wahren Lebensgröße, und da glichen sie vielmehr den furchtbarsten Krokodilen, welche jemals aus dem Schlamm gestiegen. –

Um die betrübsamen Berichterstattungen zu erheitern, verwob ich sie mit Schilderungen aus dem Gebiete der Kunst und der Wissenschaft, aus den Tanzsälen der guten und der schlechten Sozietät, und wenn ich unter solchen Arabesken manche allzu närrische Virtuosenfratze gezeichnet, so geschah es nicht, um irgendeinem längst verschollenen Biedermann des Pianoforte oder der Maultrommel ein Herzeleid zuzufügen, sondern um das Bild der Zeit selbst in seinen kleinsten Nuancen zu liefern. Ein ehrliches Daguerreotyp muss eine Fliege ebenso gut wie das stolzeste Pferd treu wiedergeben, und meine Berichte sind ein daguerreotypisches Geschichtsbuch, worin jeder Tag sich selber abkonterfeite, und durch die Zusammenstellung solcher Bilder hat der ordnende Geist des Künstlers ein Werk geliefert, worin das Dargestellte seine Treue authentisch durch sich selbst dokumentiert. Mein Buch ist daher zugleich ein Produkt der Natur und der Kunst, und während es jetzt vielleicht den populären Bedürfnissen der Leserwelt genügt, kann es auf jeden Fall dem späteren Historiographen als eine Geschichtsquelle dienen, die, wie gesagt, die Bürgschaft ihrer Tageswahrheit in sich trägt. Man hat in solcher Beziehung bereits meinen »Französischen Zuständen«, welche denselben Charakter tragen, die größte Anerkennung gezollt, und die französische Übersetzung wurde von historienschreibenden Franzosen vielfach benutzt. Ich erwähne dieses alles, damit ich für mein Werk ein solides Verdienst vindiziere und der Leser um so nachsichtiger sein möge, wenn er darin wieder jenen frivolen Esprit bemerkt, den unsere kerndeutschen, ich möchte sagen eicheldeutschen Landsleute auch dem Verfasser der »Briefe eines Verstorbenen« vorgeworfen haben. Indem ich demselben mein Buch zueigne, kann ich wohl, in Bezug auf den darin enthaltenen Esprit, heute von mir sagen, dass ich Eulen nach Athen bringe.

Aber wo befindet sich in diesem Augenblick der vielverehrte und vielteure Verstorbene? Wohin adressiere ich mein Buch? Wo ist er? Wo weilt er, oder vielmehr, wo galoppiert er, wo trottiert er? er, der romantische Anacharsis [sagenumwobener Entdeckungsreisender zu Solons Zeiten], der fashionabelste aller Sonderlinge, Diogenes zu Pferde, dem ein eleganter Groom die Laterne vorträgt, womit er einen Menschen sucht. – Sucht er ihn in Sandomir oder in Sandomich, wo ihm der große Wind, der durch das Brandenburger Tor weht, die Laterne ausbläst? Oder trabt er jetzt auf dem höckerichten Rücken eines Kamels durch die arabische Sandwüste, wo der langbeinichte Hut-Hut, den die deutschen Dragomanen den Legationssekretär von Wiedehopf nennen, an ihm vorüberläuft, um seiner Gebieterin, der Königin von Saba, die Ankunft des hohen Gastes zu verkünden – denn die alte fabelhafte Person erwartet den weltberühmten Touristen auf einer schönen Oase in Äthiopien, wo sie mit ihm unter wehenden Fächerpalmen und plätschernden Springbrunnen frühstücken und kokettieren will, wie einst auch die verstorbene Lady Esther Stanhope getan, die ebenfalls viele kluge Rätselsprüche wusste – Apropos: aus den Memoiren, welche ein Engländer nach dem Tod dieser berühmten Sultanin der Wüste herausgegeben, habe ich nicht ohne Verwunderung gelesen, dass die hohe Dame, als Ew. Durchlaucht sie auf dem Libanon besuchten, auch von mir sprach und der Meinung gewesen, ich sei der Stifter einer neuen Religion. Du lieber Himmel! da sehe ich, wie schlecht man in Asien über mich unterrichtet ist! –

Ja, wo ist jetzt der wandersüchtige Überall-und-Nirgends? Korrespondenten einer mongolischen Zeitung behaupten, er sei auf dem Weg nach China, um die Chinesen zu sehen, ehe es zu spät ist und dieses Volk von Porzellan in den plumpen Händen der rothaarichten Barbaren ganz zerbricht – ach! seinem armen wackelköpfigen Porzellan-Kaiser ist schon vor Gram das Herz gebrochen! – Der »Calcutta Advertiser« scheint der obenerwähnten mongolischen Zeitungsnachricht keinen Glauben zu schenken und behauptet vielmehr, dass Engländer, welche jüngst den Himalaja bestiegen, den Fürsten Piukler-Miuskau auf den Flügeln eines Greifen durch die Lüfte fliegen sahen. Jenes Journal bemerkt, dass der erlauchte Reisende sich wahrscheinlich nach dem Berge Kaf [die Welt umgebendes Ringgebirge, jenseits des unendlichen Nichts; iranische Mythologie] begab, um dem Vogel Simurgh, der dort haust, seinen Besuch abzustatten und mit ihm über antediluvianische Politik zu plaudern. – Aber der alte Simurgh, der Dekan der Diplomaten, der Exwesir so vieler präadamitischen Sultane, die alle weiße Röcke und rote Hosen getragen, residiert er nicht während den Sommermonaten auf seinem Schloss Johannisberg am Rhein? Ich habe den Wein, der dort wächst, immer für den besten gehalten, und für einen gar klugen Vogel hielt ich immer den Herrn des Johannisbergs; aber mein Respekt hat sich noch vermehrt, seitdem ich weiß, in welchem hohen Grade er meine Gedichte liebt und dass er einst Ew. Durchlaucht erzählte, wie er bei der Lektüre derselben zuweilen Tränen vergossen habe. Ich wollte, er läse auch einmal zur Abwechslung die Gedichte meiner Parnassgenossen, der heutigen Gesinnungspoeten; er wird freilich bei dieser Lektüre nicht weinen, aber desto herzlicher lachen. –

Jedoch noch immer weiß ich nicht ganz bestimmt den Aufenthaltsort des Verstorbenen, des lebendigsten aller Verstorbenen, der soviel Titularlebendige überlebt hat. – Wo ist er jetzt? Im Abendland oder im Morgenland? In China oder in England? In Hosen von Nanking oder von Manchester? In Vorderasien oder in Hinterpommern? Muss ich mein Buch nach Kyritz adressieren oder nach Tombouctou [Timbuktu], poste restante? – Gleichviel, wo er auch sei, überall verfolgen ihn die heiter treuherzigsten und wehmütig tollsten Grüße seines ergebenen

Heinrich Heine, Paris, den 23. August 1854

Erster Teil

I

Je näher man der Person des Königs steht und mit eigenen Augen das Treiben desselben beobachtet, desto leichter wird man getäuscht über die Motive seiner Handlungen, über seine geheimen Absichten, über sein Wollen und Streben. In der Schule der Revolutionsmänner hat er jene moderne Schlauheit erlernt, jenen politischen Jesuitismus, worin die Jakobiner manchmal die Jünger Loyolas übertrafen. Zu diesen Errungenschaften kommt noch ein Schatz angeerbter Verstellungskunst, die Tradition seiner Vorfahren, der französischen Könige, jener ältesten Söhne der Kirche, die immer weit mehr als andere Fürsten durch das heilige Öl von Reims geschmeidigt worden, immer mehr Fuchs als Löwe waren und einen mehr oder minder priesterlichen Charakter offenbarten. Zu der angelernten und überlieferten simulatio und dissimulatio gesellt sich noch eine natürliche Anlage bei Ludwig Philipp, sodass es fast unmöglich ist, durch die wohlwollende dicke Hülle, durch das lächelnde Fleisch, die geheimen Gedanken zu erspähen. Aber gelänge es auch, bis in die Tiefe des königlichen Herzens einen Blick zu werfen, so sind wir dadurch noch nicht weit gefördert, denn am Ende ist eine Antipathie oder Sympathie in Bezug auf Personen nie der bestimmende Grund der Handlungen Ludwig Philipps, er gehorcht nur der Macht der Dinge (la force des choses), der Notwendigkeit. Alle subjektive Anregung weist er fast grausam zurück, er ist hart gegen sich selbst, und ist er auch kein Selbstherrscher, so ist er doch ein Beherrscher seiner selbst; er ist ein sehr objektiver König. Es hat daher wenig politische Bedeutung, ob er etwa den Guizot mehr liebt oder weniger als den Thiers; er wird sich des einen oder des anderen bedienen, je nachdem er den einen oder andern nötig hat, nicht früher, nicht später. Ich kann daher wirklich nicht mit Gewissheit sagen, wer von diesen zwei Männern dem König am angenehmsten oder am unangenehmsten sei. Ich glaube, ihm missfallen alle beide, und zwar aus Metierneid, weil er ebenfalls Minister ist, in ihnen seine beständigen Nebenbuhler sieht und am Ende fürchtet, man könnte ihnen eine größere politische Kapazität zutrauen als ihm selber. Man sagt, Guizot sage ihm mehr zu als Thiers, weil jener eine gewisse Unpopularität genießt, die dem Könige gefällt. Aber der puritanische Zuschnitt, der lauernde Hochmut, der doktrinäre Belehrungston, das eckig-kalvinistische Wesen Guizots kann nicht anziehend auf den König wirken. Bei Thiers stößt er auf die entgegengesetzten Eigenschaften, auf einen ungezügelten Leichtsinn, auf eine kecke Laune, auf eine Freimütigkeit, die mit seinem eigenen versteckten, krummlinichten, eingeschachtelten Charakter fast beleidigend kontrastiert und ihm also ebenfalls wenig behagen kann. Hierzu kommt, dass der König gern spricht, ja sogar sich gern in ein unendliches Schwatzen verliert, was sehr merkwürdig, da verstellungssüchtige Naturen gewöhnlich wortkarg sind. Gar bedeutend muss ihm deshalb ein Guizot missfallen, der nie diskuriert, sondern immer doziert und endlich, wenn er seine Thesis bewiesen hat, die Gegenrede des Königs mit Strenge anhört und wohl gar dem Könige Beifall nickt, als habe er einen Schulknaben vor sich, der seine Lektion gut hersagt. Bei Thiers geht's dem König noch schlimmer, der lässt ihn gar nicht zu Worte kommen, verloren in die Strömung seiner eigenen Rede. Das rieselt unaufhörlich, wie ein Fass, dessen Hahn ohne Zapfen, aber immer kostbarer Wein. Kein anderer kommt da zu Worte, und nur während er sich rasiert, ist man imstande bei Herrn Thiers ruhiges Gehör zu finden. Nur solange ihm das Messer an der Kehle ist, schweigt er und schenkt fremder Rede Gehör.

Es ist keinem Zweifel unterworfen, dass der König sich endlich entschließt, den Begehrnissen der Kammer nachgebend, Herrn Thiers mit der Bildung eines neuen Ministeriums zu beauftragen und ihm als Präsidenten des Konseils auch das Portefeuille der äußern Angelegenheiten anzuvertrauen. Das ist leicht vorauszusehen. Man dürfte aber mit großer Gewissheit prophezeien, dass das neue Ministerium nicht von langer Dauer sein wird und dass Herr Thiers selber eines frühen Morgens dem König eine gute Gelegenheit gibt, ihn wieder zu entfernen und Herrn Guizot an seine Stelle zu berufen. Herr Thiers, bei seiner Behändigkeit und Geschmeidigkeit, zeigt immer ein großes Talent, wenn es gilt, den mât de cocagne [Klettermast] der Herrschaft zu erklettern, hinaufzurutschen; aber er bekundet ein noch größeres Talent des Wiederheruntergleitens, und wenn wir ihn ganz sicher auf dem Gipfel seiner Macht glauben, glitscht er unversehens wieder herab, so geschickt, so artig, so lächelnd, so genial, dass wir diesem neuen Kunststück schier applaudieren möchten. Herr Guizot ist nicht so geschickt im Erklimmen des glatten Mastes. Mit schwerfälliger Mühe zottelt er sich hinauf, aber wenn er oben einmal angelangt, klammert er sich fest mit der gewaltigen Tatze; und auf der Höhe der Gewalt immer länger verweilen als sein gelenkiger Nebenbuhler, ja wir möchten sagen, dass er aus Unbeholfenheit nicht mehr herunterkommen kann und ein starkes Schütteln nötig sein wird, ihm das Herabpurzeln zu erleichtern. In diesem Augenblick sind vielleicht schon die Depeschen unterwegs, worin Ludwig Philipp den auswärtigen Kabinetten auseinandersetzt, wie er, durch die Gewalt der Dinge gezwungen, den ihm fatalen Thiers zum Minister nehmen muss, anstatt des Guizot, der ihm viel angenehmer gewesen wäre.

Der König wird jetzt seine große Not haben, die Antipathie, welche die fremden Mächte gegen Thiers hegen, zu beschwichtigen. Dieses Buhlen nach dem Beifall der letztern ist eine törichte Idiosynkrasie. Er meint, dass von dem äußern Frieden auch die Ruhe seines Inlands abhänge, und er schenkt diesem nur geringe Aufmerksamkeit. Er, vor dessen Augenzwinkern alle Trajane, Titusse, Marc Aurele und Antonine dieser Erde, den Großmogul mit eingerechnet, zittern müssten, er demütigt sich vor ihnen wie ein Schulbub und jammert: »Schonet meiner! verzeiht mir, dass ich sozusagen den französischen Thron bestiegen, dass das tapferste und intelligenteste Volk, ich will sagen sechsunddreißig Millionen Unruhestifter und Gottesleugner, mich zu ihrem König gewählt haben. – Verzeiht mir, dass ich mich verleiten ließ, aus den verruchten Händen der Rebellen die Krone und die dazugehörigen Kronjuwelen in Empfang zu nehmen – ich war ein unerfahrenes Gemüt, ich hatte eine schlechte Erziehung genossen von Kind an, wo Frau von Genliß mich die Menschenrechte buchstabieren ließ – bei den Jakobinern, die mir den Ehrenposten eines Türstehers anvertrauten, habe ich auch nicht viel Gutes lernen können – ich wurde durch schlechte Gesellschaft verführt, besonders durch den Marquis de Lafayette, der aus mir die beste Republik machen wollte – ich habe mich aber seitdem gebessert, ich bereue meine jugendlichen Verirrungen, und ich bitte euch, verzeiht mir aus christlicher Barmherzigkeit – und schenket mir den Frieden!« Nein, so hat sich Ludwig Philipp nicht ausgedrückt, denn er ist stolz und edel und klug; aber das war doch immer der kurze Sinn seiner langen Reden und noch längeren Briefe, deren Schriftzüge, als ich sie jüngst sah, mir höchst originell erschienen. Wie man gewisse Schriftzüge »Fliegenpfötchen« (pattes de mouche) nennt, so könnte man die Handschrift Ludwig Philipps »Spinnenbeine« benamsen; sie ähneln nämlich den hagerdünnen und schattenartig langen Beinen der sogenannten Schneiderspinnen, und die hochgestreckten und zugleich äußerst mageren Buchstaben machen einen fabelhaft drolligen Eindruck.

Selbst in der nächsten Umgebung des Königs wird seine Nachgiebigkeit gegen das Ausland getadelt; aber niemand wagt, irgendeine Rüge laut werden zu lassen. Dieser milde, gutmütige und hausväterliche Ludwig Philipp fordert im Kreise der Seinen einen ebenso blinden Gehorsam, wie ihn der wütendste Tyrann jemals durch die größten Grausamkeiten erlangen mochte. Ehrfurcht und Liebe fesseln die Zungen seiner Familie und Freunde; das ist ein Missgeschick, und es könnten wohl Fälle eintreten, wo dem königlichen Einzelwillen irgendein Einspruch und sogar offener Widerspruch heilsam sein dürfte. Selbst der Kronprinz, der verständige Herzog von Orleans, beugt schweigend das Haupt vor dem Vater, obgleich er seine Fehler einsieht und traurige Konflikte, ja eine entsetzliche Katastrophe zu ahnen scheint. Er soll einst zu einem Vertrauten gesagt haben, er sehne sich nach einem Krieg, weil er lieber in den Wogen des Rheines als in einer schmutzigen Gosse von Paris sein Leben verlieren wolle. Der edle ritterliche Held hat melancholische Augenblicke und erzählt dann, wie seine Muhme, Madame d'Angolème, die unguillotinierte Tochter Ludwigs des XVI., mit ihrer heiseren Rabenstimme ihm ein frühes Verderben prophezeit, als sie auf ihrer letzten Flucht während den Julitagen dem heimkehrenden Prinzen in der Nähe von Paris begegnete. Sonderbar ist es, dass der Prinz einige Stunden später in Gefahr geriet, von den Republikanern, die ihn gefangennahmen, füsiliert zu werden, und nur wie durch ein Wunder solchem Schicksal entging. Der Erbprinz ist allgemein geliebt, er hat alle Herzen gewonnen, und sein Verlust wäre der jetzigen Dynastie mehr als verderblich. Seine Popularität ist vielleicht ihre einzige Garantie. Aber er ist auch eine der edelsten und kostbarsten Blüten, die dem Boden Frankreichs, diesem »schönen Menschengarten«, entsprossen sind.

II

Paris, den 1, März 1840

Thiers steht heute im vollen Lichte seines Tages. Ich sage heute, ich verbürge mich nicht für morgen. – Dass Thiers jetzt Minister ist, alleiniger, wahrhaftiger Gewaltminister, unterliegt keinem Zweifel, obgleich viele Personen, mehr aus Schelmerei denn aus Überzeugung, daran nicht glauben wollen, ehe sie die Ordonnanzen unterzeichnet sähen, schwarz auf weiß im »Moniteur«. Sie sagen, bei der zögernden Weise des Fabius Cunctator des Königtums sei alles möglich; vorigen Mai habe sich der Handel zerschlagen, als Thiers bereits zur Unterzeichnung die Feder in die Hand genommen. Aber diesmal, bin ich überzeugt, ist Thiers Minister – »schwören will ich darauf, aber nicht wetten«, sagte einst Fox bei einer ähnlichen Gelegenheit. Ich bin nun neugierig, in wie viel Zeit seine Popularität wieder demoliert sein wird. Die Republikaner sehen jetzt in ihm ein neues Bollwerk des Königtums, und sie werden ihn gewiss nicht schonen. Großmut ist nicht ihre Art, und die republikanische Tugend verschmäht nicht die Allianz mit der Lüge. Morgen schon werden die alten Verleumdungen aus den modrigsten Schlupfwinkeln ihre Schlangenköpfchen hervorrecken und freundlich züngeln. Die armen Kollegen werden ebenfalls stark herhalten. »Ein Karnevalsministerium«, rief man schon gestern Abend, als der Name des Ministers des Unterrichts genannt wurde. Das Wort hat dennoch eine gewisse Wahrheit. Ohne die Besorgnis vor den drei Karnevalstagen hätte man sich mit der Bildung des Ministeriums vielleicht nicht so sehr beeilt. Aber heute ist schon Faschingssonntag, in diesem Augenblick wälzt sich bereits der Zug des bœuf gras durch die Straßen von Paris, und morgen und übermorgen sind die gefährlichsten Tage für die öffentliche Ruhe. Das Volk überlässt sich dann einer wahnsinnigen, fast verzweiflungsvollen Lust, alle Tollheit ist grauenhaft entzügelt, und der Freiheitsrausch trinkt dann leicht Brüderschaft mit der Trunkenheit des gewöhnlichen Weins. – Mummerei gegen Mummerei, und das neue Ministerium ist vielleicht eine Maske des Königs für den Karneval.

III

Paris, den 9. April 1840

Nachdem die Leidenschaften sich etwas abgekühlt und denkende Besonnenheit sich allmählich geltend macht, gesteht jeder, dass die Ruhe Frankreichs aufs Gefährlichste bedroht war, wenn es den sogenannten Konservativen gelang, das jetzige Ministerium zu stürzen. Die

Glieder desselben sind gewiss in diesem Augenblick die geeignetsten Lenker des Staatswagens. Der König und Thiers, der eine im Innern des Wagens, der andere auf dem Bocke, sie müssen jetzt einig bleiben, denn trotz der verschiedenen Situation sind sie denselben Gefahren des Umsturzes ausgesetzt. Der König und Thiers hegen durchaus keinen geheimen Hader, wie man allgemein glaubt. Persönlich hatten sich beide schon vor geraumer Zeit ausgesöhnt. Die Differenz bleibt nur eine politische. Bei aller jetzigen Einigkeit, bei dem besten Willen des Königs für die Erhaltung des Ministeriums, kann doch in seinem Geist jene politische Differenz nie ganz schwinden; denn der König ist ja der Repräsentant der Krone, deren Interessen und Rechte in beständigem Konflikt mit den usurpierten Gelüsten der Kammer. In der Tat, wir müssen sie gemäß das ganze Streben der Kammer mit dem Ausdruck Usurpationslust bezeichnen; sie war auch immer der angreifende Teil, sie suchte bei jeder Veranlassung die Rechte der Krone zu schmälern, die Interessen derselben zu untergraben, und der König übte nur eine natürliche Notwehr. Zum Beispiel die Charte verlieh dem König das Recht, seine Minister zu wählen, und jetzt ist dieses Prärogativ nur ein leerer Schein, eine ironische, das Königtum verhöhnende Formel, denn in der Wirklichkeit ist es die Kammer, welche die Minister wählt und verabschiedet. Auch ist es sehr charakteristisch, dass seit einiger Zeit die französische Staatsregierung nicht mehr ein konstitutionelles, sondern ein parlamentarisches Gouvernement genannt wird. Das Ministerium vom 1. März erhielt gleich in der Taufe diesen Namen, und durch die Tat wie durch das Wort ward eine Rechtsberaubung der Krone zugunsten der Kammer öffentlich proklamiert und sanktioniert.

Thiers ist der Repräsentant der Kammer, er ist ihr gewählter Minister, und in dieser Beziehung kann er dem König nie ganz behagen. Die allerhöchste Misshuld trifft also, wie gesagt, nicht die Person des Ministers, sondern das Prinzip, das sich durch seine Wahl geltend gemacht hat. – Wir glauben, dass die Kammer den Sieg jenes Prinzips nicht weiter verfolgen wird; denn es ist im Grunde dasselbe Elektionsprinzip, als dessen letzte Konsequenz die Republik sich darbietet. Wohin sie führen, diese gewonnenen Kammerschlachten, merken die dynastischen Oppositionshelden jetzt ebenso gut wie jene Konservativen, die aus persönlicher Leidenschaft, bei Gelegenheit der Dotationsfrage, sich die lächerlichsten Missgriffe zuschulden kommen ließen.

Das Verwerfen der Dotation, und gar der schweigende Hohn, womit man sie verwarf, war nicht bloß eine Beleidigung des Königtums, sondern auch eine ungerechte Torheit; – denn indem man der Krone alle wirkliche Macht allmählich abkämpfte, musste man sie wenigstens entschädigen durch äußern Glanz und ihr moralisches Ansehen in den Augen des Volks vielmehr erhöhen als herabwürdigen. Welche Inkonsequenz! Ihr wollt einen Monarchen haben und knickert bei den Kosten für Hermelin und Goldprunk! Ihr schreckt zurück vor der Republik und insultiert euren König öffentlich, wie ihr getan bei der Abstimmung der Dotationsfrage! Und sie wollen wahrlich keine Republik, diese edlen Geldritter, diese Barone der Industrie, diese Auserwählten des Eigentums, diese Enthusiasten des ruhigen Besitzes, welche die Majorität in der französischen Kammer bilden. Sie hegen vor der Republik ein noch weit entsetzlicheres Grauen als der König selbst, sie zittern davor noch weit mehr als Ludwig Philipp, welcher sich in seiner Jugend schon daran gewöhnt hat.

Wird sich das Ministerium Thiers lange halten? Das ist jetzt die Frage. Dieser Mann spielt eine schauerliche Rolle. Er verfügt nicht bloß über alle Streitkräfte des mächtigsten Reiches, sondern auch über alle Heeresmacht der Revolution, über alles Feuer und allen Wahnsinn der Zeit. Reizt ihn nicht aus seiner weisen Jovialität hinaus in die fatalistischen Irrgänge der Leidenschaft, legt ihm nichts in den Weg, weder goldene Äpfel noch rohe Klötze! ... Die ganze Partei der Krone sollte sich Glück wünschen, dass die Kammer eben den Thiers gewählt, den Staatsmann, der in den jüngsten Debatten seine ganze politische Größe offenbart hat. Ja, während die andern nur Redner sind oder Administratoren oder Gelehrte oder Diplomaten oder Tugendhelden, so ist Thiers alles dieses zusammen, sogar letzteres, nur dass sich bei ihm diese Fähigkeiten nicht als schroffe Spezialitäten hervorstellen, sondern von seinem staatsmännischen Genie überragt und absorbiert werden. Thiers ist Staatsmann; er ist einer von jenen Geistern, denen das Talent des Regierens angeboren ist. Die Natur schafft Staatsmänner, wie sie Dichter schafft, zwei sehr heterogene Arten von Geschöpfen, die aber von gleicher Unentbehrlichkeit; denn die Menschheit muss begeistert werden und regiert. Die Männer, denen die Poesie oder die Staatskunst angeboren ist, werden auch von der Natur getrieben, ihr Talent geltend zu machen, und wir dürfen diesen Trieb keineswegs mit jener kleinen Eitelkeit verwechseln, welche die Minderbegabten anstachelt, die Welt mit ihren elegischen Reimereien oder mit ihren prosaischen Deklamationen zu langweilen.

Ich habe angedeutet, dass Thiers eben durch seine letzte Rede seine staatsmännische Größe bekundete. Berryer hat vielleicht mit seinen sonoren Phrasen auf die Ohren der großen Menge eine pomphaftere Wirkung ausgeübt; aber dieser Orator verhält sich zu jenem Staatsmann wie Cicero zu Demosthenes. Wenn Cicero auf dem Forum plädierte, dann sagten die Zuhörer, dass niemand schöner zu reden verstehe als der Marcus Tullius; sprach aber Demosthenes, so riefen die Athener: »Krieg gegen Philipp!« Statt aller Lobsprüche, nachdem Thiers geredet hatte, öffneten die Deputierten ihren Säckel und gaben ihm das verlangte Geld.

Kulminierend in jener Rede des Thiers war das Wort »Transaktion« – ein Wort, das unsere Tagespolitiker sehr wenig begriffen, das aber nach meiner Ansicht die tiefsinnigste Bedeutung enthält. War denn von jeher die Aufgabe der großen Staatsmänner etwas anderes als eine Transaktion, eine Vermittlung zwischen Prinzipien und Parteien? Wenn man regieren soll und sich zwischen zwei Fraktionen, die sich befehden, befindet, so muss man eine Transaktion versuchen. Wie könnte die Welt fortschreiten, wie könnte sie nur ruhig stehenbleiben, wenn nicht nach wilden Umwälzungen die gebietenden Männer kämen, die unter den ermüdeten und leidenden Kämpfern den Gottesfrieden wiederherstellten, im Reiche des Gedankens wie im Reiche der Erscheinung? Ja, auch im Reiche des Gedankens sind Transaktionen notwendig. Was war es anders als Transaktion zwischen der römisch-katholischen Überlieferung und der menschlich-göttlichen Vernunft, was vor drei Jahrhunderten in Deutschland als Reformation und protestantische Kirche ins Leben trat? Was war es anders als Transaktion, was Napoleon in Frankreich versuchte, als er die Menschen und die Interessen des alten Regimes mit den neuen Menschen und neuen Interessen der Revolution zu versöhnen suchte? Er gab dieser Transaktion den Namen »Fusion« – ebenfalls ein sehr bedeutungsvolles Wort, welches ein ganzes System offenbart. – Zwei Jahrtausende vor Napoleon hatte ein anderer großer Staatsmann, Alexander von Mazedonien, ein ähnliches Fusionssystem ersonnen, als er den Okzident mit dem Orient vermitteln wollte, durch Wechselheiraten zwischen Siegern und Besiegten, Sittentausch, Gedankenverschmelzung. – Nein, zu solcher Höhe des Fusionssystems konnte sich Napoleon nicht erheben, nur die Personen und die Interessen wusste er zu vermitteln, nicht die Ideen, und das war sein großer Fehler und auch der Grund seines Sturzes. Wird Herr Thiers denselben Missgriff begehen? Wir fürchten es fast. Herr Thiers kann sprechen von Morgen bis Mitternacht, unermüdet, immer neue glänzende Gedanken, immer neue Geistesblitze hervorsprühend, den Zuhörer ergötzend, belehrend, blendend man möchte sagen: ein gesprochenes Feuerwerk. Und dennoch begreift er mehr die materiellen als die idealen Bedürfnisse der Menschheit; er kennt den letzten Ring nicht, womit die irdischen Erscheinungen an den Himmel gekettet sind: er hat keinen Sinn für große soziale Institutionen.

IV

»Erzähle mir, was du heute gesäet hast, und ich will dir voraussagen, was du morgen ernten wirst!« An dieses Sprichwort des kernichten Sancho dachte ich dieser Tage, als ich im Faubourg Saint-Marceau einige Ateliers besuchte und dort entdeckte, welche Lektüre unter den Ouvriers, dem kräftigsten Teile der unteren Klasse, verbreitet wird. Dort fand ich nämlich mehrere neue Ausgaben von den Reden des alten Robespierre, auch von Marats Pamphleten, in Lieferungen zu zwei Sous, die Revolutionsgeschichte des Cabet, Cormenins giftige Libelle, Babeufs Lehre und Verschwörung von Buonarotti, Schriften, die wie nach Blut rochen; – und Lieder hörte ich singen, die in der Hölle gedichtet zu sein schienen und deren Refrains von der wildesten Aufregung zeugten. Nein, von den dämonischen Tönen, die in jenen Liedern walten, kann man sich in unserer zarten Sphäre gar keinen Begriff machen; man muss dergleichen mit eigenen Ohren angehört haben, z. B. in jenen ungeheuern Werkstätten, wo Metalle verarbeitet werden und die halbnackten, trotzigen Gestalten während des Singens mit dem großen eisernen Hammer den Takt schlagen auf dem dröhnenden Amboss. Solches Akkompagnement ist vom größten Effekt, sowie auch die Beleuchtung, wenn die zornigen Funken aus der Esse hervorsprühen. Nichts als Leidenschaft und Flamme!

Eine Frucht dieser Saat, droht aus Frankreichs Boden früh oder spät die Republik hervorzubrechen. Wir müssen, in der Tat, solcher Befürchtung Raum geben; aber wir sind zugleich überzeugt, dass jenes republikanische Regiment nimmermehr von langer Dauer sein kann in der Heimat der Koketterie und der Eitelkeit. Und gesetzt auch, der Nationalcharakter der Franzosen wäre mit dem Republikanismus ganz vereinbar, so könnte doch die Republik, wie unsere Radikalen sie träumen, sich nicht lange halten. In dem Lebensprinzip einer solchen Republik liegt schon der Keim ihres frühen Todes; in ihrer Blüte muss sie sterben. Gleichviel von welcher Verfassung ein Staat sei, er erhält sich nicht bloß und allein durch den Gemeinsinn und den Patriotismus der Volksmasse, wie man gewöhnlich glaubt, sondern er erhält sich durch die Geistesmacht der großen Individualitäten, die ihn lenken. Nun aber wissen wir, dass in einer Republik der angedeuteten Art ein eifersüchtiger Gleichheitssinn herrscht, der alle ausgezeichneten Individualitäten immer zurückstößt, ja unmöglich macht, und dass also in Zeiten der Not nur Gevatter Gerber und Wursthändler sich an die Spitze des Gemeinwesens stellen werden. Durch dieses Grundübel ihrer Natur müssen jene Republiken notwendigerweise zugrunde gehen, sobald sie mit energischen und von großen Individualitäten vertretenen Oligarchien und Autokratien in einen entscheidenden Kampf geraten. Dass dieses aber stattfinden muss, sobald in Frankreich die Republik proklamiert würde, unterliegt keinem Zweifel.

Während die Friedenszeit, die wir jetzt genießen, sehr günstig ist für die Verbreitung der republikanischen Lehren, löst sie unter den Republikanern selbst alle Bande der Einigkeit; der argwöhnische Geist dieser Leute muss durch die Tat beschäftigt werden, sonst gerät er in spitzfindige Diskussionen und Zwistreden, die in bittere Feindschaften ausarten. Sie haben wenig Liebe für ihre Freunde und sehr viel Hass für diejenigen, die durch Gewalt des fortschreitenden Nachdenkens sich einer entgegengesetzten Ansicht zuneigen. Mit einer Beschuldigung des Ehrgeizes, wo nicht gar der Bestechlichkeit sind sie alsdann sehr freigebig. In ihrer Beschränktheit pflegen sie nie zu begreifen, dass ihre früheren Bundesgenossen manchmal durch Meinungsverschiedenheit gezwungen werden sich von ihnen zu entfernen. Unfähig, die rationellen Gründe solcher Entfernung zu ahnen, schreien sie gleich über pekuniäre Motive. Dieses Geschrei ist charakteristisch. Die Republikaner haben sich nun einmal mit dem Geld aufs Feindlichste überworfen, alles, was ihnen Schlimmes begegnet, wird dem

Einfluss des Geldes zugeschrieben; und in der Tat, das Geld dient ihren Gegnern als Barrikade, als Schutz und Wehr, ja das Geld ist vielleicht ihr eigentlicher Gegner, der heutige Pitt, der heutige Koburg, und sie schimpfen darauf in altsansculottischer Weise. Im Grunde leitet sie ein richtiger Instinkt. Von jener neuen Doktrin, die alle sozialen Fragen von einem höheren Gesichtspunkt betrachtet und von dem banalen Republikanismus sich ebenso glänzend unterscheidet wie ein kaiserliches Purpurgewand von einem grauen Gleichheitskittel, davon haben unsere Republikaner wenig zu fürchten; denn wie sie selber, ist auch die große Menge noch entfernt von jener Doktrin. Die große Menge, der hohe und niedere Plebs, der edle Bürgerstand, der bürgerliche Adel, sämtliche Honoratioren der lieben Mittelmäßigkeit, begreifen ganz gut den Republikanismus – eine Lehre, wozu nicht viel Vorkenntnisse gehören, die zugleich allen ihren Kleingefühlen und Verflachungsgedanken zusagt und die sie auch öffentlich bekennen würden, gerieten sie nicht dadurch in einen Konflikt – mit dem Gelde. Jeder Taler ist ein tapferer Bekämpfer des Republikanismus und jeder Dukaten ein Achilles. Ein Republikaner hasst daher das Geld mit großem Recht, und wird er dieses Feindes habhaft, ach! so ist der Sieg noch schlimmer als eine Niederlage: der Republikaner, der sich des Geldes bemächtigte, hat aufgehört, ein Republikaner zu sein!

Wie die Sympathie, die der Republikanismus erregt, dennoch durch die Geldinteressen beständig niedergehalten wird, bemerkte ich dieser Tage im Gespräch mit einem sehr aufgeklärten Bankier, der im größten Eifer zu mir sagte: »Wer bestreitet denn die Vorzüge der republikanischen Verfassung? Ich selber bin manchmal ganz Republikaner. Sehen Sie, stecke ich die Hand in die rechte Hosentasche, worin mein Geld ist, so macht die Berührung mit dem kalten Metall mich zittern, ich fürchte für mein Eigentum, und ich fühle mich monarchisch gesinnt; stecke ich hingegen die Hand in die linke Hosentasche, welche leer ist, dann schwindet gleich alle Furcht, und ich pfeife lustig die Marseillaise, und ich stimme für die Republik!« –

Wie die Republikaner sind auch die Legitimisten beschäftigt, die jetzige Friedenszeit zur Aussaat zu benutzen, und besonders in den stillen Boden der Provinz streuen sie den Samen, woraus ihr Heil erblühen soll. Das meiste erwarten sie von der Propaganda, die, durch Erziehungsanstalten und Bearbeitung des Landvolks, die Autorität der Kirche wiederherzustellen trachtet. Mit dem Glauben der Väter sollen auch die Rechte der Väter wieder zu Ansehen kommen. Man sieht daher Frauen von der adeligsten Geburt, die, gleichsam als Ladies patronesses der Religion, ihre devoten Gesinnungen zur Schau tragen, überall Seelen für den Himmel anwerben und durch ihr elegantes Beispiel die ganze vornehme Welt in die Kirchen locken. Auch waren die Kirchen nie voller als letzte Ostern. Besonders nach Saint-Roch und Notre-Dame de Lorette drängte sich die geputzte Andacht; hier glänzten die schwärmerisch schönsten Toiletten, hier reichte der fromme Dandy das Weihwasser mit weißen Glacéhandschuhen, hier beteten die Grazien. Wird dies lange währen? Wird diese Religiosität, wenn sie die Vogue der Mode gewinnt, nicht auch dem schnellen Wechsel der Mode unterworfen sein? Ist diese Röte ein Zeichen der Gesundheit? ... »Der liebe Gott hat heute viel Besuche«, sagte ich vorigen Sonntag zu einem Freund, als ich den Zudrang nach den Kirchen bemerkte. »Es sind Abschiedsvisiten« – erwiderte der Ungläubige.

Die Drachenzähne, welche von Republikanern und Legitimisten gesäet werden, kennen wir jetzt, und es wird uns nicht überraschen, wenn sie einst als geharnischte Kämpen aus dem Boden hervorstürmen und sich untereinander würgen oder auch miteinander fraternisieren. Ja, letzteres ist möglich, gibt es doch hier einen entsetzlichen Priester, der, durch seine blutdürstigen Glaubensworte, die Männer des Scheiterhaufens mit den Männern der Guillotine zu verbinden hofft. – Unterdessen sind alle Augen auf das Schauspiel gerichtet, das auf Frankreichs Oberfläche, durch mehr oder minder oberflächliche Akteure, tragiert wird. Ich spreche von der Kammer und dem Ministerium. Die Stimmung der ersteren sowie die Erhaltung des letzteren ist gewiss von der größten Wichtigkeit, denn der Hader in der Kammer könnte eine Katastrophe beschleunigen, die bald näher, bald ferner zu treten scheint. Einem solchen Ausbruch so lange als möglich vorzubeugen ist die Aufgabe unserer jetzigen Staatslenker. Dass sie nichts anderes wollen, nichts anderes hoffen, dass sie die endliche »Götterdämmerung« voraussehen, verrät sich in allen ihren Handlungen, in allen ihren Worten. Mit fast naiver Ehrlichkeit gestand Thiers in einer seiner letzten Reden, wie wenig er der nächsten Zukunft traue und wie man von Tag zu Tag sich hinfristen müsse; er hat ein feines Ohr und hört schon das Geheul des Wolfes Fenris, der das Reich der Hela verkündigt. Wird ihn die Verzweiflung über das Unabwendbare nicht mal plötzlich zu einer allzu heftigen Handlung hinreißen?

V

Paris, den 30. April 1840

Gestern Abend, nach langem Erwarten von Tag zu Tag, nach einem fast zweimonatlichen Hinzögern, wodurch die Neugier, aber auch die Geduld des Publikums überreizt wurde – endlich gestern Abend ward »Cosima«, das Drama von George Sand, im Théâtre Français aufgeführt. Man hat keinen Begriff davon, wie seit einigen Wochen alle Notabilitäten der Hauptstadt, alles, was hier hervorragt durch Rang, Geburt, Talent, Laster, Reichtum, kurz, durch Auszeichnung jeder Art, sich Mühe gab, dieser Vorstellung beiwohnen zu können. Der Ruhm des Autors ist so groß, dass die Schaulust aufs Höchste gespannt war; aber nicht bloß die Schaulust, sondern noch ganz andere Interessen und Leidenschaften kamen ins Spiel. Man kannte im Voraus die Kabalen, die Intrigen, die Böswilligkeiten, die sich gegen das Stück verschworen und mit dem niedrigsten Metierneid gemeinschaftliche Sache machten. Der kühne Autor, der durch seine Romane bei der Aristokratie und bei dem Bürgerstand gleich großes Missfallen erregte, sollte für seine »irreligiösen und immoralischen Grundsätze« bei Gelegenheit eines dramatischen Debüts öffentlich büßen; denn, wie ich Ihnen dieser Tage schrieb, die französische Noblesse betrachtet die Religion als eine Abwehr gegen die herandrohenden Schrecknisse des Republikanismus und protegiert sie, um ihr Ansehen zu befördern und ihre Köpfe zu schützen, während die Bourgeoisie durch die antimatrimonialen Doktrinen eines George Sand ebenfalls ihre Köpfe bedroht sieht, nämlich bedroht durch einen gewissen Hornschmuck, den ein verheirateter Bürgergardist ebenso gern entbehrt, wie er gern mit dem Kreuz der Ehrenlegion geziert zu werden wünscht.

Der Autor hatte sehr gut seine missliche Stellung begriffen und in seinem Stück alles vermieden, was die adeligen Ritter der Religion und die bürgerlichen Schildknappen der Moral, die Legitimisten der Politik und der Ehe, in Harnisch bringen konnte; und der Verfechter der sozialen Revolution, der in seinen Schriften das Wildeste wagte, hatte sich auf der Bühne die zahmsten Schranken gesetzt, und sein nächster Zweck war, nicht auf dem Theater seine Prinzipien zu proklamieren, sondern vom Theater Besitz zu nehmen. Dass ihm dies gelingen könne, erregte aber eine große Furcht unter gewissen kleinen Leuten, denen die angedeuteten religiösen, politischen und moralischen Differenzen ganz fremd sind und die nur den gemeinsten Handwerksinteressen huldigen. Das sind die sogenannten Bühnendichter, die in Frankreich ebenso wie bei uns in Deutschland eine ganz abgesonderte Klasse bilden und wie mit der eigentlichen Literatur selbst, so auch mit den ausgezeichneten Schriftstellern, deren die Nation sich rühmt, nichts gemein haben. Letztere, mit wenigen Ausnahmen, stehen dem Theater ganz fern, nur dass bei uns die großen Schriftsteller mit vornehmer Geringschätzung sich eigenwillig von der Bretterwelt abwenden, während sie in Frankreich sich herzlich gern darauf produzieren möchten, aber durch die Machinationen der erwähnten Bühnendichter von diesem Terrain zurückgetrieben werden. Und im Grunde kann man es den kleinen Leuten nicht verdenken, dass sie sich gegen die Invasion der Großen so viel als möglich wehren. »Was wollt ihr bei uns«, rufen sie, »bleibt in eurer Literatur und drängt euch nicht zu unsern Suppentöpfen! Für euch der Ruhm, für uns das Geld! Für euch die langen Artikel der Bewunderung, die Anerkenntnis der Geister, die höhere Kritik, die uns arme Schelme ganz ignoriert! Für euch der Lorbeer, für uns der Braten! Für euch der Rausch der Poesie, für uns der Schaum des Champagners, den wir vergnüglich schlürfen in Gesellschaft des Chefs der Claqueure und der anständigsten Damen. Wir essen, trinken, werden applaudiert, ausgepfiffen und vergessen, während ihr in den Revuen ›beider Welten‹ gefeiert werdet und der erhabensten Unsterblichkeit entgegenhungert!«

In der Tat, das Theater gewährt jenen Bühnendichtern den glänzendsten Wohlstand; die meisten von ihnen werden reich, leben in Hülle und Fülle, statt dass die größten Schriftsteller Frankreichs, ruiniert durch den belgischen Nachdruck und den bankrotten Zustand des Buchhandels, in trostloser Armut dahindarben. Was ist natürlicher, als dass sie manchmal nach den goldenen Früchten schmachten, die hinter den Lampen der Bretterwelt reifen, und die Hand darnach ausstrecken, wie jüngst Balzac tat, dem solches Gelüst so schlecht bekam! Herrscht schon in Deutschland ein geheimes Schutz- und Trutzbündnis zwischen den Mittelmäßigkeiten, die das Theater ausbeuten, so ist das in weit schnöderer Weise der Fall zu Paris, wo all diese Misere zentralisiert ist. Und dabei sind hier die kleinen Leute so aktiv, so geschickt, so unermüdlich in ihrem Kampf gegen die Großen und ganz besonders in ihrem Kampf gegen das Genie, das immer isoliert steht, auch etwas ungeschickt ist und, im Vertrauen gesagt, auch gar zu träumerisch träge ist.

Welche Aufnahme fand nun das Drama von George Sand, des größten Schriftstellers, den das neue Frankreich hervorgebracht, des unheimlich einsamen Genius, der auch bei uns in Deutschland gewürdigt worden? War die Aufnahme eine entschieden schlechte oder eine zweifelhaft gute? Ehrlich gestanden, ich kann diese Frage nicht beantworten. Die Achtung vor dem großen Namen lähmte vielleicht manches böse Vorhaben. Ich erwartete das Schlimmste. Alle Antagonisten des Autors hatten sich ein Rendezvous gegeben in dem ungeheuren Saale des Théâtre Français, der über zweitausend Personen fasst. Etwa einhundertvierzig Billette hatte die Administration zur Verfügung des Autors gestellt, um sich die Freunde zu verteilen; ich glaube aber, verzettelt durch weibliche Laune, sind davon nur wenige in die rechten, applaudierenden Hände geraten. Von einer organisierten Claque war gar nicht die Rede; der gewöhnliche Chef derselben hatte seine Dienste angeboten, fand aber kein Gehör bei dem stolzen Verfasser der »Lélia«. Die sogenannten Römer, die in der Mitte des Parterres unter dem großen Leuchter so tapfer zu applaudieren pflegen, wenn ein Stück von Scribe oder Ancelot aufgeführt wird, waren gestern im Théâtre Français nicht sichtbar.

Über die Darstellung des bestrittenen Dramas kann ich leider nur das Schlimmste berichten. Außer der berühmten Dorval, die gestern nicht schlechter, aber auch nicht besser als gewöhnlich spielte, trugen alle Akteure ihre monotone Mittelmäßigkeit zur Schau. Der Hauptheld des Stücks, ein Monsieur Beauvallet, spielte, um biblisch zu reden, »wie ein Schwein mit einem goldenen Nasenring«. George Sand scheint vorausgesehn zu haben, wie wenig sein Drama, trotz aller Zugeständnisse, die er den Kapricen der Schauspieler machte, von den mimischen Leistungen derselben zu erwarten hatte, und im Gespräch mit einem deutschen Freunde sagte er scherzhaft: »Sehen Sie, die Franzosen sind alle geborene Komödianten, und jeder spielt in der Welt mehr oder minder brillant seine Rolle; diejenigen aber unter meinen Landsleuten, die am wenigsten Talent für die edle Schauspielkunst besitzen, widmen sich dem Theater und werden Akteure.«

Ich habe selbst früher bemerkt, dass das öffentliche Leben in Frankreich, das Repräsentativsystem und das politische Treiben, die besten schauspielerischen Talente der Franzosen absorbiert und deshalb auf dem eigentlichen Theater nur die Mediokritäten zu finden sind. Dieses gilt aber nur von den Männern, nicht von den Weibern; die französische Bühne ist reich an Schauspielerinnen vom höchsten Wert, und die jetzige Generation überflügelt vielleicht die frühere. Große, außerordentliche Talente bewundern wir, die sich hier um so zahlreicher entfalten konnten, da die Frauen durch eine ungerechte Gesetzgebung, durch die Usurpation der Männer, von allen politischen Ämtern und Würden ausgeschlossen sind und ihre Fähigkeiten nicht auf den Brettern des Palais Bourbon und des Luxembourg geltend machen können. Ihrem Drang nach Öffentlichkeit stehen nur die öffentlichen Häuser der Kunst und der Galanterie offen, und sie werden entweder Aktricen oder Loretten [Lebedamen] oder auch beides zugleich, denn hier in Frankreich sind diese zwei Gewerbe nicht so streng geschieden wie bei uns in Deutschland, wo die Komödianten oft zu den reputierlichsten Personen gehören und nicht selten sich durch bürgerlich gute Aufführung auszeichnen: sie sind bei uns nicht durch die öffentliche Meinung wie Parias ausgestoßen aus der Gesellschaft, und sie finden vielmehr in den Häusern des Adels, in den Soireen toleranter jüdischer Bankiers und sogar in einigen honetten bürgerlichen Familien eine zuvorkommende Aufnahme. Hier in Frankreich im Gegenteil, wo so viele Vorurteile ausgerottet sind, ist das Anathema der Kirche noch immer wirksam in Bezug auf die Schauspieler; sie werden noch immer als Verworfene betrachtet, und da die Menschen immer schlecht werden, wenn man sie schlecht behandelt, so bleiben mit wenigen Ausnahmen die Schauspieler hier im verjährten Zustande des glänzend schmutzigen Zigeunertums. Thalia und die Tugend schlafen hier selten in demselben Bett, und sogar unsere berühmteste Melpomene steigt manchmal von ihrem Kothurn herunter, um ihn mit den liederlichen Pantöffelchen einer Philine zu vertauschen.

Alle schönen Schauspielerinnen haben hier ihren bestimmten Preis, und die, welche um keinen bestimmten Preis zu haben, sind gewiss die teuersten. Die meisten jungen Schauspielerinnen werden von Verschwendern oder reichen Parvenüs unterhalten. Die eigentlichen unterhaltenen Frauen, die sogenannten femmes entretenues, empfinden dagegen die gewaltigste Sucht, sich auf dem Theater zu zeigen, eine Sucht, worin Eitelkeit und Kalkül sich vereinigen, da sie dort am besten ihre Körperlichkeit zur Schau stellen, sich den vornehmen Lüstlingen bemerkbar machen und zugleich auch vom größern Publikum bewundern lassen können. Diese Personen, die man besonders auf den kleinen Theatern spielen sieht, erhalten gewöhnlich gar keine Gage, im Gegenteil, sie bezahlen noch monatlich den Direktoren eine bestimmte Summe für die Vergünstigung, dass sie auf ihrer Bühne sich produzieren können. Man weiß daher selten hier, wo die Aktrice und die Kurtisane ihre Rolle wechseln, wo die Komödie aufhört und die liebe Natur wieder anfängt, wo der fünffüßige Jambus in die vierfüßige Unzucht übergeht. Diese Amphibien von Kunst und Laster, diese Melusinen des Seinestrandes bilden gewiss den gefährlichsten Teil des galanten Paris, worin so viele holdselige Monstra ihr Wesen treiben. Wehe dem Unerfahrenen, der in ihre Netze gerät! Wehe auch dem Erfahrenen, der wohl weiß, dass das holde Ungetüm in einem hässlichen Fischschwanz endet, und dennoch der Bezauberung nicht zu widerstehen vermag und vielleicht eben durch die Wollust des innern Grauens, durch den fatalen Reiz des lieblichen Verderbens, des süßen Abgrunds, desto sicherer überwältigt wird!

Die Weiber, von welchen hier die Rede, sind nicht böse oder falsch, sie sind sogar gewöhnlich von außerordentlicher Herzensgüte, sie sind nicht so betrüglich und so habsüchtig, wie man glaubt, sie sind mitunter vielmehr die treuherzigsten und großmütigsten Kreaturen; alle ihre unreinen Handlungen entstehen durch das momentane Bedürfnis, die Not und die Eitelkeit; sie sind überhaupt nicht schlechter als andere Töchter Evas, die von Kindheit auf durch Wohlhabenheit und überwachende Sippschaft oder durch die Gunst des Schicksals vor dem Fallen und dem noch tiefer Fallen geschützt werden. – Das Charakteristische bei ihnen ist eine gewisse Zerstörungssucht, von welcher sie besessen sind, nicht bloß zum Schaden eines Galans, sondern auch zum Schaden desjenigen Mannes, den sie wirklich lieben, und zumeist zum Schaden ihrer eigenen Person. Diese Zerstörungssucht ist tief verwebt mit einer Sucht, einer Wut, einem Wahnsinn nach Genuss, dem augenblicklichsten Genuss, der keinen Tag Frist gestattet, an keinen Morgen denkt und aller Bedenklichkeiten überhaupt spottet. Sie erpressen dem Geliebten seinen letzten Sou, bringen ihn dahin, auch seine Zukunft zu verpfänden, um nur der Freude der Stunde zu genügen; sie treiben ihn dahin, selbst jene Ressourcen zu vergeuden, die ihnen selber kommen dürften, sie sind manchmal sogar schuld, dass er seine Ehre eskomptiert – kurz, sie ruinieren den Geliebten in der grauenhaftesten Eile und mit einer schauerlichen Gründlichkeit. Montesquieu hat irgendwo in seinem »Esprit des lois« das Wesen des Despotismus dadurch zu charakterisieren gesucht, dass er die Despoten mit jenen Wilden verglich, die, wenn sie die Früchte eines Baumes genießen wollen, sogleich zur Axt greifen und den Baum selbst niederfällen und sich dann gemächlich neben dem Stamm niedersetzen und in genäschiger Hast die Früchte aufspeisen. Ich möchte diese Vergleichung auf die erwähnten Damen anwenden. Nach Shakespeare, der uns in der Kleopatra, die ich einst eine »reine entretenue« genannt habe, ein tiefsinniges Beispiel solcher Frauengestalten aufgezeichnet hat, ist gewiss unser Freund Honoré de Balzac derjenige, der sie mit der größten Treue geschildert. Er beschreibt sie, wie ein Naturforscher irgendeine Tierart oder ein Pathologe eine Krankheit beschreibt, ohne moralisierenden Zweck, ohne Vorliebe noch Abscheu. Es ist ihm gewiss nie eingefallen, solche Phänomena zu verschönern oder gar zu rehabilitieren, was die Kunst ebenso sehr verböte als die Sittlichkeit.

Spätere Notiz

1854

Berichterstattungen über die erste Vorstellung eines Dramas, wo schon der gefeierte Name des Autors die Neugier reizt, müssen mit großer Eilfertigkeit abgefasst und abgeschickt werden, damit nicht böswillige Missurteile oder verunglimpfender Klatsch einen bedenklichen Vorsprung gewinnen. In den vorstehenden Blättern fehlt daher jede nähere Besprechung des Dichters oder vielmehr der Dichterin, die hier ihren ersten Bühnenversuch wagte; ein Versuch, der gänzlich missglückte, sodass die Stirn, die an Lorbeerkränze gewöhnt, diesmal mit sehr fatalen Dornen gekrönt worden. Für die angedeutete Entbehrnis in obigem Berichte bieten wir heute einen notdürftigen Ersatz, indem wir aus einer vor etlichen Jahren geschriebenen Monographie etwelche Bemerkungen über die Person oder vielmehr die persönliche Erscheinung George Sands hier mitteilen. Sie lauten wie folgt:

»Wie männiglich bekannt, ist George Sand ein Pseudonym, der nom de guerre einer schönen Amazone. Bei der Wahl dieses Namens leitete sie keineswegs die Erinnerung an den unglückseligen Sand, den Meuchelmörder Kotzebues, des einzigen Lustspieldichters der Deutschen. Unsere Heldin wählte jenen Namen, weil er die erste Silbe von Sandeau; so hieß nämlich ihr Liebhaber, der ein achtungswerter Schriftsteller, aber dennoch mit seinem ganzen Namen nicht so berühmt werden konnte wie seine Geliebte mit der Hälfte desselben, die sie lachend mitnahm, als sie ihn verließ. Der wirkliche Name von George Sand ist Aurora Dudevant, wie ihr legitimer Gatte geheißen, der kein Mythos ist, wie man glauben sollte, sondern ein leiblicher Edelmann aus der Provinz Berry, und den ich selbst einmal das Vergnügen hatte mit eigenen Augen zu sehen. Ich sah ihn sogar bei seiner damals schon de facto geschiedenen Gattin, in ihrer kleinen Wohnung auf dem Quai Voltaire, und dass ich ihn ebendort sah, war an und für sich eine Merkwürdigkeit, ob welcher, wie Chamisso sagen würde, ich selbst mich für Geld sehen lassen könnte. Er trug ein nichtssagendes Philistergesicht und schien weder böse noch roh zu sein, doch begriff ich sehr leicht, dass diese feuchtkühle Tagtäglichkeit, dieser porzellanhafte Blick, diese monotonen, chinesischen Pagodenbewegungen für ein banales Weibzimmer sehr amüsant sein konnten, jedoch einem tieferen Frauengemüt auf die Länge sehr unheimlich werden und dasselbe endlich mit Schauder und Entsetzen, bis zum Davonlaufen, erfüllen mussten.

Der Familienname der Sand ist Dupin. Sie ist die Tochter eines Mannes von geringem Stande, dessen Mutter die berühmte, aber jetzt vergessene Tänzerin Dupin gewesen. Diese Dupin soll eine natürliche Tochter des Marschalls Moritz von Sachsen gewesen sein, welcher selber zu den vielen hundert Hurenkindern gehörte, die der Kurfürst August der Starke hinterließ. Die Mutter des Moritz von Sachsen war Aurora von Königsmark, und Aurora Dudevant, welche nach ihrer Ahnin genannt wurde, gab ihrem Sohn ebenfalls den Namen Moritz. Dieser und ihre Tochter, Solange geheißen und an den Bildhauer Clésinger vermählt, sind die zwei einzigen Kinder von George Sand. Sie war immer eine vortreffliche Mutter, und ich habe oft stundenlang dem französischen Sprachunterricht beigewohnt, den sie ihren Kindern erteilte, und es ist schade, dass die sämtliche Académie Française diesen Lektionen nicht beiwohnte, da sie gewiss davon viel profitieren konnte.

George Sand, die größte Schriftstellerin, ist zugleich eine schöne Frau. Sie ist sogar eine ausgezeichnete Schönheit. Wie der Genius, der sich in ihren Werken ausspricht, ist ihr Gesicht eher schön als interessant zu nennen; das Interessante ist immer eine graziöse oder geistreiche Abweichung vom Typus des Schönen, und die Züge von George Sand tragen ebendas Gepräge einer griechischen Regelmäßigkeit. Der Schnitt derselben ist jedoch nicht schroff und wird gemildert durch die Sentimentalität, die darüber wie ein schmerzlicher Schleier ausgegossen. Die Stirn ist nicht hoch, und gescheitelt fällt bis zur Schulter das köstliche kastanienbraune Lockenhaar. Ihre Augen sind etwas matt, wenigstens sind sie nicht glänzend, und ihr Feuer mag wohl durch viele Tränen erloschen oder in ihre Werke übergegangen sein, die ihre Flammenbrände über die ganze Welt verbreitet, manchen trostlosen Kerker erleuchtet, vielleicht aber auch manchen stillen Unschuldstempel verderblich entzündet haben. Der Autor von ›Lélia‹ hat stille, sanfte Augen, die weder an Sodom noch an Gomorrha erinnern. Sie hat weder eine emanzipierte Adlernase noch ein witziges Stumpfnäschen; es ist eben eine ordinäre gerade Nase. Ihren Mund umspielt gewöhnlich ein gutmütiges Lächeln, es ist aber nicht sehr anziehend; die etwas hängende Unterlippe verrät ermüdete Sinnlichkeit. Das Kinn ist vollfleischig, aber doch schön gemessen. Auch ihre Schultern sind schön, ja prächtig. Ebenfalls die Arme und die Hände, die sehr klein, wie ihre Füße. Die Reize des Busens mögen andere Zeitgenossen beschreiben; ich gestehe meine Inkompetenz. Ihr übriger Körperbau scheint etwas zu dick, wenigstens zu kurz zu sein. Nur der Kopf trägt den Stempel der Idealität, erinnert an die edelsten Überbleibsel der griechischen Kunst, und in dieser Beziehung konnte immerhin einer unserer Freunde die schöne Frau mit der Marmorstatue der Venus von Milo vergleichen, die in den unteren Sälen des Louvres aufgestellt. Ja, George Sand ist schön wie die Venus von Milo; sie übertrifft diese sogar durch manche Eigenschaften: sie ist z. B. sehr viel jünger. Die Physiognomen, welche behaupten, dass die Stimme des Menschen seinen Charakter am untrüglichsten ausspreche, würden sehr verlegen sein, wenn sie die außerordentliche Innigkeit einer George Sand aus ihrer Stimme herauslauschen sollten. Letztere ist matt und welk, ohne Metall, jedoch sanft und angenehm. Die Natürlichkeit ihres Sprechens verleiht ihr einigen Reiz. Von Gesangsbegabnis ist bei ihr keine Spur; George Sand singt höchstens mit der Bravour einer schönen Grisette, die noch nicht gefrühstückt hat oder sonst nicht eben bei Stimme ist. Das Organ von George Sand ist ebenso wenig glänzend wie das, was sie sagt. Sie hat durchaus nichts von dem sprudelnden Esprit ihrer Landsmänninnen, aber auch nichts von ihrer Geschwätzigkeit. Dieser Schweigsamkeit liegt aber weder Bescheidenheit noch sympathetisches Versenken in die Rede eines anderen zugrunde. Sie ist einsilbig vielmehr aus Hochmut, weil sie dich nicht wert hält, ihren Geist an dir zu vergeuden, oder gar aus Selbstsucht, weil sie das Beste deiner Rede in sich aufzunehmen trachtet, um es später in ihren Büchern zu verarbeiten. Dass George Sand aus Geiz im Gespräch nichts zu geben und immer etwas zu nehmen versteht, ist ein Zug, worauf mich Alfred de Musset einst aufmerksam machte. ›Sie hat dadurch einen großen Vorteil vor uns anderen‹, sagte Musset, der in seiner Stellung als langjähriger Cavaliere servente jener Dame die beste Gelegenheit hatte, sie gründlich kennenzulernen.

Nie sagt George Sand etwas Witziges, wie sie überhaupt eine der unwitzigsten Französinnen ist, die ich kenne. Mit einem liebenswürdigen, oft sonderbaren Lächeln hört sie zu, wenn andere reden, und die fremden Gedanken, die sie in sich aufgenommen und verarbeitet hat, gehen aus dem Alambik [Destillierapparat] ihres Geistes weit kostbarer hervor. Sie ist eine sehr feine Horcherin. Sie hört auch gerne auf den Rat ihrer Freunde. Bei ihrer unkanonischen Geistesrichtung hat sie, wie begreiflich, keinen Beichtvater; doch da die Weiber, selbst die emanzipationssüchtigsten, immer eines männlichen Lenkers, einer männlichen Autorität bedürfen, so hat George Sand gleichsam einen literarischen directeur de conscience, den philosophischen Kapuziner Pierre Leroux. Dieser wirkt leider sehr verderblich auf ihr Talent, denn er verleitet sie, sich in unklare Faseleien und halbausgebrütete Ideen einzulassen, statt sich der heitern Lust farbenreicher und bestimmter Gestaltungen hinzugeben, die Kunst der Kunst wegen übend. Mit weit weltlicheren Funktionen hatte George Sand unsern vielgeliebten Frédéric Chopin betraut. Dieser große Musiker und Pianist war während langer Zeit ihr Cavaliere servente; vor seinem Tod entließ sie ihn; sein Amt war freilich in der letzten Zeit eine Sinekure geworden.

Ich weiß nicht, wie mein Freund Heinrich Laube einst in der ›Allgemeinen Zeitung‹ mir eine Äußerung in den Mund legen konnte, die dahin lautete, als sei der damalige Liebhaber von George Sand der geniale Franz Liszt gewesen. Laubes Irrtum entstand gewiss durch Ideenassoziationen, indem er die Namen zweier gleichberühmten Pianisten verwechselte. Ich benutze diese Gelegenheit, dem guten oder vielmehr dem ästhetischen Leumund der Dame einen wirklichen Dienst zu erweisen, indem ich meinen deutschen Landsleuten zu Wien und Prag die Versicherung erteile, dass es eine der miserabelsten Verleumdungen ist, wenn dort einer der miserabelsten Liederkompositeurs vom mundfaulsten Dialekte, ein namenloses, kriechendes Insekt, sich rühmt, mit George Sand in intimem Umgange gestanden zu haben. Die Weiber haben allerlei Idiosynkrasien, und es gibt deren sogar, welche Spinnen verspeisen; aber ich bin noch keiner Frau begegnet, welche Wanzen verschluckt hätte. Nein, an dieser prahlerischen Wanze hat Lélia nie Geschmack gefunden, und sie tolerierte dieselbe nur manchmal in ihrer Nähe, weil sie gar zu zudringlich war.

Lange Zeit, wie ich oben bemerkt, war Alfred de Musset der Herzensfreund von George Sand. Sonderbarer Zufall, dass einst der größte Dichter in Prosa, den die Franzosen besitzen, und der größte ihrer jetzt lebenden Dichter in Versen (jedenfalls der größte nach Béranger), lange Zeit in leidenschaftlicher Liebe füreinander entbrannt, ein lorbeergekröntes Paar bildeten. George Sand in Prosa und Alfred de Musset in Versen überragen in der Tat den so gepriesenen Victor Hugo, der mit seiner grauenhaft hartnäckigen, fast blödsinnigen Beharrlichkeit den Franzosen und endlich sich selber weismachte, dass er der größte Dichter Frankreichs sei. Ist dieses wirklich seine eigene fixe Idee? Jedenfalls ist es nicht die unsrige. Sonderbar! die Eigenschaft, die ihm so viel fehlt, ist eben diejenige, die bei den Franzosen am meisten gilt und zu ihren schönsten Eigentümlichkeiten gehört. Es ist dieses der Geschmack.

Da sie den Geschmack bei allen französischen Schriftstellern antrafen, mochte der gänzliche Mangel desselben bei Victor Hugo ihnen vielleicht eben als eine Originalität erscheinen. Was wir bei ihm am unleidlichsten vermissen, ist das, was wir Deutsche ›Natur‹ nennen: er ist gemacht, verlogen, und oft im selben Verse sucht die eine Hälfte die andere zu belügen; er ist durch und durch kalt, wie nach Aussagen der Hexen der Teufel ist, eiskalt sogar in seinen leidenschaftlichsten Ergüssen; seine Begeisterung ist nur eine Phantasmagorie, ein Kalkül ohne Liebe, oder vielmehr, er liebt nur sich; er ist ein Egoist, und damit ich noch Schlimmeres sage, er ist ein Hugoist. Wir sehen hier mehr Härte als Kraft, eine freche eiserne Stirn und, bei allem Reichtum der Phantasie und des Witzes, dennoch die Unbeholfenheit eines Parvenüs oder eines Wilden, der sich durch Überladung und unpassende Anwendung von Gold und Edelsteinen lächerlich macht: kurz, barocke Barbarei, gellende Dissonanz und die schauderhafteste Difformität! Es sagte jemand von dem Genius des Victor Hugo: ›C'est un beau bossu.‹ Das Wort ist tiefsinniger, als diejenigen ahnen, welche Hugos Vortrefflichkeit rühmen.

Ich will hier nicht bloß darauf hindeuten, dass in seinen Romanen und Dramen die Haupthelden mit einem Höcker belastet sind, sondern dass er selbst im Geiste höckericht ist. Nach unserer modernen Identitätslehre ist es ein Naturgesetz, dass der inneren, der geistigen Signatur eines Menschen auch seine äußere, die körperliche Signatur entspricht – diese Idee trug ich noch im Kopfe, als ich nach Frankreich kam, und ich gestand einst meinem Buchhändler Eugène Renduel, welcher auch der Verleger Hugos war, dass ich, nach der Vorstellung, die ich mir von letzterem gemacht hatte, nicht wenig verwundert gewesen sei, in Herrn Hugo einen Mann zu finden, der nicht mit einem Höcker behaftet sei. ›Ja, man kann ihm seine Difformität nicht ansehen‹, bemerkte Renduel zerstreut. ›Wie‹, rief ich, ›er ist also nicht ganz frei davon?‹ – ›Nicht so ganz und gar‹, war die verlegene Antwort, und nach vielem Drängen gestand mir Freund Renduel, er habe eines Morgens Herrn Hugo in dem Moment überrascht, wo er das Hemd wechselte, und da habe er bemerkt, dass eine seiner Hüften, ich glaube die rechte, so misswüchsig hervortretend sei, wie man es bei Leuten findet, von denen das Volk zu sagen pflegt, sie hätten einen Buckel, nur wisse man nicht, wo er sitze. Das Volk in seiner scharfsinnigen Naivität nennt solche Leute auch verfehlte Bucklichte, falsche Buckelmenschen, so wie es die Albinos weiße Mohren nennt. Es ist bedeutsam, dass es eben der Verleger des Dichters war, dem jene Difformität nicht verborgen blieb. ›Niemand ist ein Held vor seinem Kammerdiener‹, sagt das Sprichwort, und vor seinem Verleger, dem lauernden Kammerdiener seines Geistes, wird auch der größte Schriftsteller nicht immer als ein Heros erscheinen; sie sehen uns zu oft in unserm menschlichen Negligé. Jedenfalls ergötzte ich mich sehr an der Entdeckung Renduels, denn sie rettet die Idee meiner deutschen Philosophie, dass nämlich der Leib der sichtbare Geist ist und die geistigen Gebresten auch in der Körperlichkeit sich offenbaren. Ich muss mich ausdrücklich gegen die irrige Annahme verwahren, als ob auch das Umgekehrte der Fall sein müsse, als ob der Leib eines Menschen ebenfalls immer sein sichtbarer Geist wäre und die äußerliche Missgestalt auch auf eine innere schließen lasse. Nein, wir haben in verkrüppelten Hüllen sehr oft die geradgewachsen schönsten Seelen gefunden, was um so erklärlicher, da die körperlichen Difformitäten gewöhnlich durch irgendein physisches Ereignis entstanden sind und nicht selten auch eine Folge von Vernachlässigung oder Krankheit nach der Geburt. Die Difformität der Seele hingegen wird mit zur Welt gebracht, und so hat der französische Poet, an welchem alles falsch ist, auch einen falschen Buckel.

Wir erleichtern uns die Beurteilung der Werke George Sands, indem wir sagen, dass sie den bestimmten Gegensatz zu denen des Victor Hugo bilden. Jener Autor hat alles, was diesem fehlt: George Sand hat Wahrheit, Natur, Geschmack, Schönheit und Begeisterung, und alle diese Eigenschaften verbindet die strengste Harmonie. George Sands Genius hat die wohlgerundet schönsten Hüften, und alles, was sie fühlt und denkt, haucht Tiefsinn und Anmut. Ihr Stil ist eine Offenbarung von Wohllaut und Reinheit der Form. Was aber den Stoff ihrer Darstellungen betrifft, ihre Sujets, die nicht selten schlechte Sujets genannt werden dürften, so enthalte ich mich hier jeder Bemerkung, und ich überlasse dieses Thema ihren Feinden – –«

VI

Paris, 7. Mai 1840

Die heutigen Pariser Blätter bringen einen Bericht des k. k. österreichischen Konsuls zu Damaskus an den k. k. österreichischen Generalkonsul in Alexandria, in Bezug der Damaszener Juden, deren Martyrtum an die dunkelsten Zeiten des Mittelalters erinnert. Während wir in Europa die Märchen desselben als poetischen Stoff bearbeiten und uns an jenen schauerlich naiven Sagen ergötzen, womit unsere Vorfahren sich nicht wenig ängstigten; während bei uns nur noch in Gedichten und Romanen von jenen Hexen, Werwölfen und Juden die Rede ist, die zu ihrem Satansdienst das Blut frommer Christenkinder nötig haben; während wir lachen und vergessen, fängt man an, im Morgenlande sich sehr betrübsam des alten Aberglaubens zu erinnern und gar ernsthafte Gesichter zu schneiden, Gesichter des düstersten Grimms und der verzweifelnden Todesqual! Unterdessen foltert der Henker, und auf der Marterbank gesteht der Jude, dass er bei dem herannahenden Paschafest etwas Christenblut brauchte zum Eintunken für seine trockenen Osterbrote und dass er zu diesem Behuf einen alten Kapuziner abgeschlachtet habe! Der Türke ist dumm und schnöde und stellt gern seine Bastonaden- und Torturapparate zur Verfügung der Christen gegen die angeklagten Juden; denn beide Sekten sind ihm verhasst, er betrachtet sie beide wie Hunde, er nennt sie auch mit diesem Ehrennamen, und er freut sich gewiss, wenn der christliche Giaur ihm Gelegenheit gibt, mit einigem Anschein von Recht den jüdischen Giaur zu misshandeln. Wartet nur, wenn es mal des Paschas Vorteil sein wird und er nicht mehr den bewaffneten Einfluss der Europäer zu fürchten braucht, wird er auch dem beschnittenen Hunde Gehör schenken, und dieser wird unsere christlichen Brüder anklagen, Gott weiß wessen! Heute Amboss, morgen Hammer! –

Aber für den Freund der Menschheit wird dergleichen immer ein Herzeleid sein. Erscheinungen dieser Art sind ein Unglück, dessen Folgen unberechenbar. Der Fanatismus ist ein ansteckendes Übel, das sich unter den verschiedensten Formen verbreitet und am Ende gegen uns alle wütet. Der französische Konsul in Damaskus, der Graf Ratti-Menton, hat sich Dinge zuschulden kommen lassen, die hier einen allgemeinen Schrei des Entsetzens erregten. Er ist es, welcher den okzidentalischen Aberglauben dem Orient einimpfte und unter dem Pöbel von Damaskus eine Schrift austeilte, worin die Juden des Christenmords bezichtigt werden. Diese hassschnaufende Schrift, die der Graf Menton von seinen geistlichen Freunden zum Behufe der Verbreitung empfangen hatte, ist ursprünglich der »Bibliotheca prompta a Lucio Ferrario« entlehnt, und es wird darin ganz bestimmt behauptet, dass die Juden zur Feier ihres Paschafestes des Blutes der Christen bedürften. Der edle Graf hütete sich, die damit verbundene Sage des Mittelalters zu wiederholen, dass nämlich die Juden zu demselben Zweck auch konsekrierte Hostien stehlen und mit Nadeln so lange stechen, bis das Blut herausfließe – eine Untat, die im Mittelalter nicht bloß durch beeidigte Zeugenaussagen, sondern auch dadurch ans Tageslicht gekommen, dass über dem Judenhaus, worin eine jener gestohlenen Hostien gekreuzigt worden, sich ein lichter Schein verbreitete. Nein, die Ungläubigen, die Mohammedaner, hätten dergleichen nimmermehr geglaubt, und der Graf Menton musste, im Interesse seiner Sendung, zu weniger mirakulösen Historien seine Zuflucht nehmen. Ich sage, im Interesse seiner Sendung, und überlasse diese Worte dem weitesten Nachdenken. Der Herr Graf ist erst seit kurzer Zeit in Damaskus; vor sechs Monaten sah man ihn hier in Paris, der Werkstätte aller progressiven, aber auch aller retrograden Verbrüderungen. – Der hiesige Minister der auswärtigen Angelegenheiten, Herr Thiers, der sich jüngst nicht bloß als Mann der Humanität, sondern sogar als Sohn der Revolution geltend zu machen suchte, offenbart bei Gelegenheit der Damaszener Vorgänge eine befremdliche Lauheit. Nach dem heutigen »Moniteur« soll bereits ein *Vizekonsul* nach Damaskus abgegangen sein, um das Betragen des dortigen französischen *Konsuls* zu untersuchen. Ein Vizekonsul! Gewiss eine untergeordnete Person aus einer nachbarlichen Landschaft, ohne Namen und ohne Bürgschaft parteiloser Unabhängigkeit!

VII

Paris, 14. Mai 1840

Die offizielle Ankündigung in Betreff der sterblichen Reste Napoleons hat hier eine Wirkung hervorgebracht, die alle Erwartungen des Ministeriums übertraf. Das Nationalgefühl ist aufgeregt bis in seine abgründlichsten Tiefen, und der große Akt der Gerechtigkeit, die Genugtuung, die dem Riesen unseres Jahrhunderts widerfährt und alle edlen Herzen dieses Erdballs erfreuen muss, erscheint den Franzosen als der Anfang einer Rehabilitation ihrer gekränkten Volksehre. Napoleon ist ihr Point d'honneur.

Während aber der kluge Präsident des Konseils die Nationaleitelkeit unserer lieben Kechenäer [gedankenlos Zerstreute, an alles glaubende Einfältige], der Maulaufsperrer an der Seine, mit Erfolg zu kitzeln und auszubeuten weiß, zeigt er sich sehr indifferent, ja mehr als indifferent in einer Sache, wo nicht die Interessen eines Landes oder eines Volks, sondern die Interessen der Menschheit selbst in Betracht kommen. Ist es Mangel an liberalem Gefühl oder an Scharfsinn, was ihn verleitete, für den französischen Konsul, dem in der Tragödie zu Damaskus die schändlichste Rolle zugeschrieben wird, offenbar Partei zu nehmen? Nein, Herr Thiers ist ein Mann von großer Einsicht und Humanität, aber er ist auch Staatsmann, er bedarf nicht bloß der revolutionären Sympathien, er hat Helfer nötig von jeder Sorte, er muss transigieren, er braucht eine Majorität in der Pairskammer, er kann den Klerus als ein gouvernementales Mittel benützen, nämlich jenen Teil des Klerus, der, von der älteren bourbonischen Linie nichts mehr erwartend, sich der jetzigen Regierung angeschlossen hat. Zu diesem Teil des Klerus, welchen man den clergé rallié nennt, gehören sehr viele Ultramontanen, deren Organ ein Journal namens »Univers«; letztere erwarten das Heil der Kirche von Herrn Thiers, und dieser sucht wieder in jenen seine Stütze. Graf Montalembert, das rührigste Mitglied der frommen Gesellschaft und seit dem 1. März auch Séide des Herrn Thiers, ist der sichtbare Vermittler zwischen dem Sohn der Revolution und den Vätern des Glaubens, zwischen dem ehemaligen Redakteur des »National« und den jetzigen Redaktoren des »Univers«, die in ihren Kolonnen alles Mögliche aufbieten, um die Welt glauben zu machen, die Juden fräßen alte Kapuziner und der Graf Ratti-Menton sei ein ehrlicher Mann. Graf Ratti-Menton, ein Freund, vielleicht nur ein Werkzeug der Freunde des Grafen Montalembert, war früher französischer Konsul in Sizilien, wo er zweimal bankrott machte und fortgeschafft ward. Später war er Konsul in Tiflis, wo er ebenfalls das Feld räumen musste, und zwar wegen Dingen, die nicht sonderlich ehrender Art sind; nur so viel will ich bemerken, dass damals der russische Botschafter in Paris, Graf Pahlen, dem hiesigen Minister der auswärtigen Angelegenheiten, Grafen Molé, die bestimmte Anzeige machte: im Fall man den Herrn Ratti-Menton nicht von Tiflis abberufe, werde die kaiserlich russische Regierung denselben schimpflich zu entfernen wissen. Man hätte das Holz, wodurch man Flammen schüren will, nicht von so faulem Baume nehmen sollen!

VIII

Herr Thiers hat, durch die überzeugende Klarheit, womit er in der Kammer die trockensten und verworrensten Gegenstände abhandelte, wieder neue Lorbeeren errungen. Die Bankverhältnisse wurden uns durch seine Rede ganz veranschaulicht sowie auch die algierschen Angelegenheiten und die Zuckerfrage. Der Mann versteht alles; es ist schade, dass er sich nicht auf deutsche Philosophie gelegt hat; er würde auch diese zu verdeutlichen wissen. Aber wer weiß! wenn die Ereignisse ihn antreiben und er sich auch mit Deutschland beschäftigen muss, wird er über Hegel und Schelling ebenso belehrend sprechen wie über Zuckerrohr und Runkelrübe.

Wichtiger aber für die Interessen Europas als die kommerziellen, finanziellen und Kolonialgegenstände, die in der Kammer zur Sprache kamen, ist die feierliche Rückkehr der irdischen Reste Napoleons. Diese Angelegenheit beschäftigt hier noch immer alle Geister, die höchsten wie die niedrigsten. Während unten im Volke alles jubelt, jauchzt, glüht und aufflammt, grübelt man oben, in den kältern Regionen der Gesellschaft, über die Gefahren, die jetzt von Sankt Helena aus täglich näher ziehen und Paris mit einer sehr bedenklichen Totenfeier bedrohen. Ja, könnte man schon den nächsten Morgen die Asche des Kaisers unter der Kuppel des Invalidenpalastes beisetzen, so dürfte man dem jetzigen Ministerium Kraft genug zutrauen, bei diesem Leichenbegängnis jeden ungefügen Ausbruch der Leidenschaften zu verhüten. Aber wird es diese Kraft noch nach sechs Monaten besitzen, zur Zeit, wenn der triumphierende Sarg in die Seine hereinschwimmt? In Frankreich, dem rauschenden Land der Bewegung, können sich binnen sechs Monaten die sonderbarsten Dinge ereignen: Thiers ist unterdessen vielleicht wieder Privatmann geworden (was wir sehr wünschten), oder er ist unterdessen als Minister sehr depopularisiert (was wir sehr befürchten), oder Frankreich ward unterdessen in einen Krieg verwickelt – und alsdann könnten aus der Asche Napoleons einige Funken hervorsprühen, ganz in der Nähe des Stuhls, der mit rotem Zunder bedeckt ist!

Schuf Herr Thiers jene Gefahr, um sich unentbehrlich zu machen, da man ihm auch die Kunst zutraut, alle selbstgeschaffenen Gefahren glücklich zu überwinden, oder sucht er im Bonapartismus eine glänzende Zuflucht für den Fall, dass er einmal mit dem Orleanismus ganz brechen müsste? Herr Thiers weiß sehr gut, dass, wenn er, in die Opposition zurücksinkend, den jetzigen Thron umstürzen hülfe, die Republikaner ans Ruder kämen und ihm für den besten Dienst den schlechtesten Dank widmen würden; im günstigsten Fall schöben sie ihn sacht beiseite. Stolpernd über jene rohen Tugendklötze, könnte er leicht den Hals brechen und noch obendrein verhöhnt werden. Dergleichen hätte er aber nicht vom Bonapartismus zu befürchten, wenn er dessen Wiedereinsetzung förderte. Und leichter wäre es, in Frankreich ein Bonapartistenregiment als eine Republik wieder zu begründen.

Die Franzosen, aller republikanischen Eigenschaften bar, sind ihrer Natur nach ganz bonapartistisch. Ihnen fehlt die Einfalt, die Selbstgenügsamkeit, die innere und die äußere Ruhe; sie lieben den Krieg des Krieges wegen; selbst im Frieden ist ihr Leben eitel Kampf und Lärm; die Alten wie die Jungen ergötzen sich gern am Trommelschlag und Pulverdampf, an Knalleffekten jeder Art.

Dadurch, dass Herr Thiers ihrem angeborenen Bonapartismus schmeichelte, hat er unter den Franzosen die außerordentlichste Popularität gewonnen. Oder ward er populär, weil er selber ein kleiner Napoleon ist, wie ihn jüngst ein deutscher Korrespondent nannte? Ein kleiner Napoleon! Ein kleiner gotischer Dom! Ein gotischer Dom erregt eben dadurch, unser Erstaunen, weil er so kolossal, so groß ist. Im verjüngten Maßstabe verlöre er alle Bedeutung. Herr Thiers ist gewiss mehr als so ein winziges Dömchen. Sein Geist überragt alle Intelligenzen rund um ihn her, obgleich manche darunter sind, die von bedeutender Statur. Keiner kann sich mit ihm messen, und in einem Kampfe mit ihm muss die Schlauheit selbst den kürzern ziehen. Er ist der klügste Kopf Frankreichs, obgleich er, wie man behauptet, es selbst gesteht. In seiner schnellzüngigen Weise soll er nämlich voriges Jahr, während der Ministerkrisis, zum König gesagt haben: »Ew. Majestät glauben, Sie seien der klügste Mann in diesem Lande, aber ich kenne hier jemand, der noch weit klüger ist, und das bin ich!« Der schlaue Philipp soll hierauf geantwortet haben: »Sie irren sich, Herr Thiers; wenn Sie es wären, würden Sie es nicht sagen.« – Dem sei aber, wie ihm wolle, Herr Thiers wandelt zu dieser Stunde durch die Gemächer der Tuilerien mit dem Selbstbewusstsein seiner Größe, als ein maire du palais der Orleanischen Dynastie. – Wird er lange diese Allmacht behaupten? Ist er nicht jetzt schon heimlich gebrochen, infolge ungeheurer Anstrengungen? Sein Haupt ist vor der Zeit gebleicht, man findet darauf gewiss kein einziges schwarzes Haar mehr; und je länger er herrscht, desto mehr schwindet die kecke Gesundheit seines Naturells. Die Leichtigkeit, womit er sich bewegt, hat jetzt sogar etwas Unheimliches. Aber außerordentlich und bewunderungswürdig ist sie noch immer, diese Leichtigkeit, und wie leicht und beweglich auch die anderen Franzosen sind, in Vergleichung mit Thiers erscheinen sie wie lauter plumpe Deutsche.

IX

Paris, 27. Mai 1840

Über die Blutfrage von Damaskus haben norddeutsche Blätter mehre Mitteilungen geliefert, welche teils von Paris, teils von Leipzig datiert, aber wohl aus derselben Feder geflossen sind und, im Interesse einer gewissen Clique, das Urteil des deutschen Publikums irreleiten sollen. Wir lassen die Persönlichkeit und die Motive jenes Berichterstatters unbeleuchtet, enthalten uns auch aller Untersuchung der Damaszener Vorgänge: nur über das, was in Beziehung derselben von den hiesigen Juden und der hiesigen Presse gesagt wurde, erlauben wir uns einige berichtigende Bemerkungen. Aber auch bei dieser Aufgabe leitet uns mehr das Interesse der Wahrheit als der Personen; und was gar die hiesigen Juden betrifft, so ist es möglich, dass unser Zeugnis eher gegen sie als für sie spräche. – Wahrlich, wir würden die Juden von Paris eher loben als tadeln, wenn sie, wie die erwähnten norddeutschen Blätter meldeten, für ihre unglücklichen Glaubensbrüder in Damaskus einen so großen Eifer an den Tag legten und zur Ehrenrettung ihrer verleumdeten Religion keine Geldopfer scheuten. Aber es ist nicht der Fall. Die Juden in Frankreich sind schon zu lange emanzipiert, als dass die Stammesbande nicht sehr gelockert wären, sie sind fast ganz untergegangen oder, besser gesagt, aufgegangen in der französischen Nationalität; sie sind gerade ebensolche Franzosen wie die anderen und haben also auch Anwandlungen von Enthusiasmus, die vierundzwanzig Stunden und, wenn die Sonne heiß ist, sogar drei Tage dauern! – und das gilt von den besseren. Viele unter ihnen üben noch den jüdischen Zeremonialdienst, den äußerlichen Kultus, mechanisch, ohne zu wissen warum, aus alter Gewohnheit; von innerem Glauben keine Spur, denn in der Synagoge ebenso wie in der christlichen Kirche hat die witzige Säure der Voltaireschen Kritik zerstörend gewirkt. Bei den französischen Juden, wie bei den übrigen Franzosen, ist das Gold der Gott des Tages, und die Industrie ist die herrschende Religion. In dieser Beziehung dürfte man die hiesigen Juden in zwei Sekten einteilen: in die Sekte der rive droite und die Sekte der rive gauche; diese Namen haben nämlich Bezug auf die beiden Eisenbahnen, welche, die eine längs dem rechten Seineufer, die andere dem linken Ufer entlang, nach Versailles führen und von zwei berühmten Finanzrabbinen geleitet werden, die miteinander ebenso divergierend hadern wie einst Rabbi Samai und Rabbi Hillel in der ältern Stadt Babylon. – Wir müssen dem Großrabbi der rive droite, dem Baron Rothschild, die Gerechtigkeit widerfahren lassen, dass er für das Haus Israel eine edlere Sympathie an den Tag legte als sein schriftgelehrter Antagonist, der Großrabbi der rive gauche, Herr Benoît Fould, der, während in Syrien, auf Anreizung eines französischen Konsuls, seine Glaubensbrüder gefoltert und gewürgt wurden, mit der unerschütterlichen Seelenruhe eines Hillel in der französischen Deputiertenkammer einige schöne Reden hielt über die Konversion der Renten und den Diskonto der Bank.

Das Interesse, welches die hiesigen Juden an der Tragödie von Damaskus nahmen, reduziert sich auf sehr geringfügige Manifestationen. Das israelitische Konsistorium, in der lauen Weise aller Körperschaften, versammelte sich und deliberierte [überlegte, beratschlagte]; das einzige Resultat dieser Deliberationen war die Meinung, dass man die Aktenstücke des Prozesses zur öffentlichen Kunde bringen müsse. Herr Crémieux, der berühmte Advokat, welcher nicht bloß den Juden, sondern den Unterdrückten aller Konfessionen und aller Doktrinen zu jeder Zeit seine großmütige Beredsamkeit gewidmet, unterzog sich der obenerwähnten Publikation, und mit Ausnahme einer schönen Frau und einiger jungen Gelehrten ist wohl Herr Crémieux der einzige in Paris, der sich der Sache Israels tätig annahm. Mit der größten Aufopferung seiner persönlichen Interessen, mit Verachtung jeder lauernder Hinterlist trat er den gehässigsten Insinuationen rücksichtslos entgegen und erbot sich sogar nach Ägypten zu reisen, wenn dort der Prozess der Damaszener Juden vor das Tribunal des Pascha Mehemed Ali gezogen werden sollte. Der ungetreue Berichterstatter in den erwähnten norddeutschen Blättern insinuiert der »Leipziger Allgemeinen Zeitung« mit perfider Nebenbemerkung, dass Herr Crémieux die Entgegnung, womit er die falschen Missionsberichte in den hiesigen Zeitungen zu entkräften wusste, als Inserat druckte und die übliche Gebühr dafür entrichtete. Wir wissen aus sicherer Quelle, dass die Journaldirektionen sich bereitwillig erklärten, jene Entgegnung ganz gebührenfrei einzurücken, wenn man einige Tage warten wolle, und nur auf Verlangen des schleunigsten Abdrucks berechneten einige Redaktionen die Kosten eines Supplementblattes, die wahrlich nicht von großem Belang, wenn man die Geldkräfte des israelitischen Konsistoriums bedenkt. Die Geldkräfte der Juden sind in der Tat groß, aber die Erfahrung lehrt, dass ihr Geiz noch weit größer ist. Eines der hochgeschätztesten Mitglieder des hiesigen Konsistoriums – man schätzt ihn nämlich auf einige dreißig Millionen Francs –, Herr W. de Romilly, gäbe vielleicht keine hundert Francs, wenn man zu ihm käme mit einer Kollekte für die Rettung seines ganzen Stammes! Es ist eine alte, klägliche, aber noch immer nicht abgenutzte Erfindung, dass man demjenigen, der zur Verteidigung der Juden seine Stimme erhebt, die unlautersten Geldmotive zuschreibt; ich bin überzeugt, nie hat Israel Geld gegeben, wenn man ihm nicht gewaltsam die Zähne ausriss, wie zur Zeit der Valois. Als ich unlängst die »Histoire des juifs« von Basnage durchblätterte, musste ich herzlich lachen über die Naivität, womit der Autor, welchen seine Gegner anklagten, als habe er Geld von den Juden empfangen, sich gegen solche Beschuldigung verteidigte; ich glaube ihm aufs Wort, wenn er wehmütig hinzusetzt: »Le peuple juif est le peuple le plus ingrat qu'il y ait au monde!« Hie und da freilich gibt es Beispiele, dass die Eitelkeit die verstockter Taschen der Juden zu erschließen verstand, aber dann war ihre Liberalität noch widerwärtiger als ihre Knickerei. Ein ehemaliger preußischer Lieferant, welcher, anspielend auf seinen hebräischen Namen Moses (Moses heißt nämlich auf deutsch »aus dem Wasser gezogen«, auf italienisch »del mare«), den dem letztern entsprechenden klangvolleren Namen eines Baron Delmar angenommen hat, stiftete hier vor einiger Zeit eine Erziehungsanstalt für verarmte junge Adelige, wozu er über anderthalb Millionen Francs aussetzte, eine noble Tat, die ihm im Faubourg Saint-Germain so hoch angerechnet wurde, dass dort selbst die stolzältesten Douairièren [reiche alte Schachteln] und die schnippisch jüngsten Fräulein nicht mehr laut über ihn spötteln. Hat dieser Edelmann aus dem Stamme David auch nur einen Pfennig beigesteuert bei einer Kollekte für die Interessen der Juden? Ich möchte mich dafür verbürgen, dass ein anderer aus dem Wasser gezogener Baron, der im edlen Faubourg den gentilhomme catholique und großen Schriftsteller spielt, weder mit seinem Gelde noch mit seiner Feder für die Stammesgenossen tätig war Hier muss ich eine Bemerkung aussprechen, die vielleicht die bitterste. Unter den getauften Juden sind viele, die aus feiger Hypokrisie über Israel noch ärgere Missreden führen als dessen geborene Feinde. In derselben Weise pflegen gewisse Schriftsteller, um nicht an ihren Ursprung zu erinnern, sich über die Juden sehr schlecht oder gar nicht auszusprechen. Das ist eine bekannte, betrübsam lächerliche Erscheinung. Aber es mag nützlich sein, das Publikum jetzt besonders darauf aufmerksam zu machen, da nicht bloß in den erwähnten norddeutschen Blättern, sondern auch in einer weit bedeutenderen Zeitung die Insinuation zu lesen war, als flösse alles, was zugunsten der Damaszener Juden geschrieben worden, aus jüdischen Quellen, als sei der österreichische Konsul zu Damaskus ein Jude, als seien die übrigen Konsuln dort, mit Ausnahme des französischen, lauter Juden. Wir kennen diese Taktik, wir erlebten sie bereits bei Gelegenheit des Jungen Deutschlands. Nein, sämtliche Konsuln von Damaskus sind Christen, und dass der österreichische Konsul dort nicht einmal jüdischen Ursprungs ist, dafür bürgt uns eben die rücksichtslose, offene Weise, womit er die Juden gegen den französischen Konsul in Schutz nahm; – was der letztere ist, wird die Zeit lehren.

X

Paris, 30. Mai 1840

Toujours lui! Napoleon und wieder Napoleon! Er ist das unaufhörliche Tagesgespräch, seit der Verkündigung seiner postumen Rückkehr und gar besonders, seit die Kammer, in Betreff der notwendigen Kosten, einen so kläglichen Beschluss gefasst. Letzteres war wieder eine Unbesonnenheit, die dem Verwerfen der Nemoursschen Dotation an die Seite gesetzt werden darf. Die Kammer ist durch jenen Beschluss mit den Sympathien des französischen Volks in eine bedenkliche Opposition geraten. Gott weiß, es geschah aus Kleinmut mehr denn aus Böswilligkeit. Die Majorität in der Kammer war im Anfang für die Translation der Napoleonischen Asche ebenso begeistert wie das übrige Volk; aber allmählich kam sie zu einer entgegengesetzten Besinnung, als sie die eventuellen Gefahren berechnete und als sie jenes bedrohliche Jauchzen der Bonapartisten vernahm, das in der Tat nicht sehr beruhigend klang. Jetzt lieh man auch den Feinden des Kaisers ein geneigteres Ohr, und sowohl die eigentlichen Legitimisten als auch die Royalisten von der laxen Observanz benutzten diese Missstimmung, indem sie gegen Napoleon mit ihrer alten eingewurzelten Erbitterung mehr oder minder geschickt hervortraten. So gab uns namentlich die »Gazette de France« eine Blumenlese von Schmähungen gegen Napoleon, nämlich Auszüge aus den Werken Chateaubriands, der Frau von Staël, Benjamin Constants usw. Unsereiner, der in Deutschland an derbere Kost gewöhnt, musste darüber lächeln. Es wäre ergötzlich, wenn man, das Feine durch das Rohe parodierend, neben jenen französischen Exzerpten ebenso viele Parallelstellen setzte von deutschen Autoren aus der grobtümlichen Periode. Der »Vater Jahn« führte eine Mistgabel, womit er auf den Korsen weit wütender zustach als so ein Chateaubriand mit seinem leichten und funkelnden Galanteriedegen. Chateaubriand und Vater Jahn! Welche Kontraste und doch welche Ähnlichkeit!

War aber Chateaubriand sehr parteiisch in seiner Beurteilung des Kaisers, so war es letzterer noch viel mehr durch die wegwerfende Weise, womit er sich auf Sankt Helena über den Pilgrim von Jerusalem aussprach. Er sagte nämlich: »C'est une âme rampante qui a la manie d'écrire des livres.« Nein, Chateaubriand ist keine niedrige Seele, sondern er ist bloß ein Narr, und zwar ein trauriger Narr, während die andern heiter und kurzweilig sind. Er erinnert mich immer an den melancholischen Lustigmacher von Ludwig XIII. Ich glaube, er hieß Angeli, trug eine Jacke von schwarzer Farbe, auch eine schwarze Kappe mit schwarzen Schellen und riss betrübte Späße. Der Pathos des Chateaubriand hat für mich immer etwas Komisches; dazwischen höre ich stets das Geklingel der schwarzen Glöckchen. Nur wird die erkünstelte Schwermut, die affektierten Todesgedanken, auf die Länge ebenso widerwärtig wie eintönig. Es heißt, er sei jetzt mit einer Schrift über die Leichenfeier Napoleons beschäftigt. Das wäre in der Tat für ihn eine vortreffliche Gelegenheit, seine oratorischen Flöre und Immortellen, den ganzen Pomp seiner Begräbnisphantasie auszukramen; sein Pamphlet wird ein geschriebener Katafalk werden, und an silbernen Tränen und Trauerkerzen wird er es nicht fehlen lassen; denn er verehrt den Kaiser, seit er tot ist.

Auch Frau von Staël würde jetzt den Napoleon feiern, wenn sie noch in den Salons der Lebenden wandelte. Schon bei der Rückkehr des Kaisers von der Insel Elba, während der Hundert Tage, war sie nicht übel geneigt, das Lob des Tyrannen zu singen, und stellte nur zur Bedingung, dass ihr vorher zwei Millionen, die man vorgeblich ihrem seligen Vater schuldete ausgezahlt würden. Als ihr aber der Kaiser dieses Geld nicht gab, fehlte ihr die nötige Inspiration für die erbotenen Preisgesänge, und Corinna improvisierte jene Tiraden, die dieser Tage von der »Gazette de France« so wohlgefällig wiederholt wurden. Point d'argent, point de Suisses! – Dass diese Worte auch auf ihren Landsmann Benjamin Constant anwendbar, ist uns leider nur gar zu sehr bekannt. – Doch lasst uns nicht weiter die Personen beleuchten, die den Kaiser geschmäht haben Genug, Madame de Staël ist tot, und B. Constant ist tot, und Chateaubriand ist sozusagen auch tot: wenigstens, wie er uns seit Jahren versichert, beschäftigt er sich ausschließlich mit seiner Beerdigung, und seine »Mémoires d'outre-tombe«, die er stückweise herausgibt, sind nichts anderes als ein Leichenbegängnis, das er vor seinem definitiven Hinscheiden selber veranstaltet, wie einst der Kaiser Karl V. Genug, er ist als tot zu betrachten, und er hat in seiner Schrift das Recht, den Napoleon wie seinesgleichen zu behandeln.

Aber nicht bloß die erwähnten Exzerpte älterer Autoren, sondern auch die Rede, die Herr v. Lamartine in der Deputiertenkammer über oder vielmehr gegen Napoleon hielt, hat mich widerwärtig berührt, obgleich diese Rede lauter Wahrheit enthält. Die Hintergedanken sind unehrlich, und der Redner sagte die Wahrheit im Interesse der Lüge. Es ist wahr, es ist tausendmal wahr, dass Napoleon ein Feind der Freiheit war, ein Despot, gekrönte Selbstsucht, und dass seine Verherrlichung ein böses, gefährliches Beispiel. Es ist wahr, ihm fehlten die Bürgertugenden eines Bailly, eines Lafayette, und er trat die Gesetze mit Füßen und sogar die Gesetzgeber, wovon noch jetzt einige lebende Zeugnisse im Hospital des Luxembourg. Aber es ist nicht dieser libertizide Napoleon, nicht der Held des 18. Brumaire, nicht der Donnergott des Ehrgeizes, dem ihr die glänzendsten Leichenspiele und Denkmale widmen sollt! Nein; es ist der Mann, der das junge Frankreich dem alten Europa gegenüber repräsentierte, dessen Verherrlichung in Frage steht: in seiner Person siegte das französische Volk, in seiner Person ward es gedemütigt, in seiner Person ehrt und feiert es sich selber – und das fühlt jeder Franzose, und deshalb vergisst man alle Schattenseiten des Verstorbenen und huldigt ihm quand même, und die Kammer beging einen großen Fehler durch ihre unzeitige Knickerei. – Die Rede des Herrn v. Lamartine war ein Meisterstück, voll von perfiden Blumen, deren feines Gift manchen schwachen Kopf betäubte; doch der Mangel an Ehrlichkeit wird spärlich bedeckt von den schönen Worten, und das Ministerium darf sich eher freuen als betrüben, dass seine Feinde ihre antinationalen Gefühle so ungeschickt verraten haben.

XI

Paris, 3. Juni 1840

Die Pariser Tagesblätter werden, wie überhaupt in der ganzen Welt, auch jenseits des Rheins gelesen, und man pflegt dort der heimatlichen Presse, im Vergleich mit der französischen, den Wert derselben überschätzend, alles Verdienst abzusprechen. Es ist wahr, die hiesigen Journale wimmeln von Stellen, die bei uns in Deutschland selbst der nachsichtigste Zensor streichen würde; es ist wahr, die Artikel sind in den französischen Blättern besser geschrieben und logischer abgefasst als in den deutschen, wo der Verfasser seine politische Sprache erst schaffen und durch die Urwälder seiner Ideen sich mühsam durchkämpfen muss; es ist wahr, der Franzose weiß seine Gedanken besser zu redigieren, und er entkleidet dieselben, vor den Augen des Publikums, bis zur deutlichsten Nacktheit, während der deutsche Journalist, weit mehr aus innerer Blödigkeit als aus Furcht vor dem tödlichen Rotstift, seine Gedanken mit allen möglichen Schleiern der Unmaßgeblichkeit zu verhüllen sucht; und dennoch, wenn man die französische Presse nicht nach ihrer äußern Erscheinung beurteilt, sondern sie in ihrem Innern, in ihren Bureaus, belauscht, muss man eingestehen, dass sie an einer besonderen Art von Unfreiheit leidet, die der deutschen Presse ganz fremd und vielleicht verderblicher ist als unsere transrhenanische Zensur. Alsdann muss man auch eingestehen, dass die Klarheit und Leichtigkeit, womit der Franzose seine Gedanken ordnet und abhandelt, aus einer dürren Einseitigkeit und mechanischen Beschränkung hervorgeht, die weit misslicher ist als die blühende Konfusion und unbeholfene Überfülle des deutschen Journalisten! Hierüber eine kurze Andeutung:

Die französische Tagespresse ist gewissermaßen eine Oligarchie, keine Demokratie; denn die Begründung eines französischen Journals ist mit so vielen Kosten und Schwierigkeiten verbunden, dass nur Personen, die imstande sind, die größten Summen aufs Spiel zu setzen, ein Journal errichten können. Es sind daher gewöhnlich Kapitalisten oder sonstige Industrielle, die das Geld herschießen zur Stiftung eines Journals; sie spekulieren dabei auf den Absatz, den das Blatt finden werde, wenn es sich als Organ einer bestimmten Partei geltend zu machen verstanden, oder sie hegen gar den Hintergedanken, das Journal späterhin, sobald es eine hinlängliche Anzahl Abonnenten gewonnen, mit noch größerem Profit an die Regierung zu verkaufen. Auf diese Weise, angewiesen auf die Ausbeutung der vorhandenen Parteien oder des Ministeriums, geraten die Journale in eine beschränkende Abhängigkeit und, was noch schlimmer ist, in eine Exklusivität, eine Ausschließlichkeit bei allen Mitteilungen, wogegen die Hemmnisse der deutschen Zensur nur wie heitere Rosenketten erscheinen dürften. Der Redakteur en chef eines französischen Journals ist ein Kondottiere, der durch seine Kolonnen die Interessen und Passionen der Partei, die ihn durch Absatz oder Subvention gedungen hat, verficht und verteidigt. Seine Unterredakteure, seine Lieutenants und Soldaten, gehorchen mit militärischer Subordination, und sie geben ihren Artikeln die verlangte Richtung und Farbe, und das Journal erhält dadurch jene Einheit und Präzision, die wir in der Ferne nicht genug bewundern können. Hier herrscht die strengste Disziplin des Gedankens und sogar des Ausdrucks. Hat irgendein unachtsamer Mitarbeiter das Kommando überhört, hat er nicht ganz so geschrieben, wie die Consigne lautete, so schneidet der Redakteur en chef ins Fleisch seines Aufsatzes mit einer militärischen Unbarmherzigkeit, wie sie bei keinem deutschen Zensor zu finden wäre. Ein deutscher Zensor ist ja auch ein Deutscher, und bei seiner gemütlichen Vielseitigkeit gibt er gern vernünftigen Gründen Gehör; aber der Redakteur en chef eines französischen Journals ist ein praktisch einseitiger Franzose, hat seine bestimmte Meinung, die er sich ein für allemal mit bestimmten Worten formuliert hat oder die ihm wohlformuliert von seinen Kommittenten überliefert worden. Käme nun gar jemand zu ihm und brächte ihm einen Aufsatz, der zu den erwähnten Zwecken seines Journals in keiner fördernden Beziehung stände, der etwa ein Thema behandelte, das kein unmittelbares Interesse hätte für das Publikum, dem das Blatt als Organ dient, so wird der Aufsatz streng zurückgewiesen, mit den sakramentalen Worten: »Cela n'entre pas dans l'idée de notre journal.« Da nun solchermaßen von den hiesigen Journalen jedes seine besondere politische Farbe und seinen bestimmten Ideenkreis hat, so ist leicht begreiflich, dass jemand, der etwas zu sagen hätte, was diesen Ideenkreis überschritte und auch keine Parteifarbe trüge, durchaus kein Organ für seine Mitteilungen finden würde. Ja, sobald man sich entfernt von der Diskussion der Tagesinteressen, den sogenannten Aktualitäten, sobald man Ideen zu entwickeln hat, die den banalen Parteifragen fremd sind, sobald man etwa nur die Sache der Menschheit besprechen wollte, würden die Redakteure der hiesigen Journale einen solchen Artikel mit ironischer Höflichkeit zurückweisen; und da man hier nur durch die Journale oder durch ihre annoncierende Vermittlung mit dem Publikum reden kann, so ist die Charte, die jedem Franzosen die Veröffentlichung seiner Gedanken durch den Druck erlaubt, eine bittere Verhöhnung für geniale Denker und Weltbürger, und faktisch existiert für diese durchaus keine Pressefreiheit: – »cela n'entre pas dans l'idée de notre journal.«

Vorstehende Andeutungen befördern vielleicht das Verständnis mancher unbegreiflichen Erscheinungen, und ich überlasse es dem deutschen Leser, allerlei nützliche Belehrung daraus zu schöpfen. Zunächst aber mögen sie zur Aufklärung dienen, weshalb die französische Presse in Betreff der Juden von Damaskus nicht so unbedingt sich zugunsten derselben aussprach, wie man gewiss in Deutschland erwartete. Ja, der Berichterstatter der »Leipziger Zeitung« und der kleineren norddeutschen Blätter hat sich keine direkte Unwahrheit zuschulden kommen lassen, wenn er frohlockend referierte, dass die französische Presse bei dieser Gelegenheit keine sonderliche Sympathie für Israel an den Tag legte. Aber die ehrliche Seele hütete sich wohlweislich, den Grund dieser Erscheinung aufzudecken, der ganz einfach darin besteht, dass der Präsident des Ministerkonseils, Herr Thiers, von Anfang an für den Grafen Ratti-Menton, den französischen Konsul von Damaskus, Partei genommen und den Redakteuren aller Blätter, die jetzt unter seiner Botmäßigkeit stehen, in dieser Angelegenheit seine Ansicht kundgegeben. Es sind gewiss viele honette und sehr honette Leute unter diesen Journalisten, aber sie gehorchen jetzt mit militärischer Disziplin dem Kommando jenes Generalissimus der öffentlichen Meinung, in dessen Vorkabinett sie sich jeden Morgen zum Empfang der Ordre du jour zusammen befinden und gewiss ohne Lachen sich einander nicht ansehen können; französische Haruspices können ihre Lachmuskeln nicht so gut beherrschen wie die römischen, von denen uns Cicero spricht. In seinen Morgenaudienzen versichert Herr Thiers mit der Miene der höchsten Überzeugung, es sei eine ausgemachte Sache, dass die Juden Christenblut am Paschafeste söffen, chacun à son goût, alle Zeugenaussagen hätten bestätigt, dass der Rabbiner von Damaskus den Pater Thomas abgeschlachtet und sein Blut getrunken – das Fleisch sei wahrscheinlich von geringeren Synagogenbeamten verschmaust worden; – da sähen wir einen traurigen Aberglauben, einen religiösen Fanatismus, der noch im Orient herrschend sei, während die Juden des Okzidents viel humaner und aufgeklärter geworden und mancher unter ihnen sich durch Vorurteilslosigkeit und einen gebildeten Geschmack auszeichne, z. B. Herr von Rothschild, der zwar nicht zur christlichen Kirche, aber desto eifriger zur christlichen Küche übergegangen und den größten Koch der Christenheit, den Liebling Talleyrands, ehemaligen Bischofs von Autun, in Dienst genommen. – So ungefähr konnte man den Sohn der Revolution reden hören, zum größten Ärger seiner Frau Mutter, die manchmal rot vor Zorn wird, wenn sie dergleichen von dem ungeratenen Sohn anhören muss oder wenn sie gar sieht, wie derselbe mit ihren ärgsten Feinden verkehrt, z. B. mit dem Grafen Montalembert, einem Jungjesuiten, der als das tätigste Werkzeug der ultramontanen Rotte bekannt ist. Dieser Anführer der sogenannten Neokatholiken dirigiert die Ze-lotenzeitung »L'Univers«, ein Blatt, welches mit ebenso viel Geist wie Perfidie geschrieben wird; auch der Graf besitzt Geist und Talent, ist jedoch ein seltsames Zwitterwesen von ade-ligem Hochmut und romantischer Bigotterie, und diese Mischung offenbart sich am naivsten in seiner Legende von der heiligen Elisabeth, einer ungarischen Prinzessin, die er en paren-thèse für seine Cousine erklärt und die von so schrecklich christlicher Demut gewesen sein soll, dass sie mit ihrer frommen Zunge den räudigsten Bettlern die Schwären und den Grind leckte, ja dass sie vor lauter Frömmigkeit sogar ihren eigenen Urin soff.

Nach diesen Andeutungen begreift man jetzt sehr leicht die illiberale Sprache jener Oppo-sitionsblätter, die zu einer anderen Zeit Mord und Zeter geschrien hätten über den im Orient neuangefachten Fanatismus und über den Elenden, der als französischer Konsul dort den Na-men Frankreichs schändet.

Vor einigen Tagen hat Herr Benoît Fould auch in der Deputiertenkammer das Betragen des französischen Konsuls von Damaskus zur Sprache gebracht. Ich muss also zunächst den Tadel zurücknehmen, der mir in einem meiner jüngsten Berichte gegen jenen Deputierten entschlüpfte. Ich zweifelte nie an dem Geist, an den Verstandeskräften des Herrn Fould; auch ich halte ihn für eine der größten Kapazitäten der französischen Kammer; aber ich zweifelte an seinem Gemüt. Wie gern lasse ich mich beschämen, wenn ich den Leuten unrecht getan habe und sie durch die Tat meinen Beschuldigungen widersprechen. Die Interpellation des Herrn Fould zeugte von großer Klugheit und Würde. Nur sehr wenige Blätter haben von sei-ner Rede Auszüge gegeben; die ministeriellen Blätter haben auch diese unterdrückt und die Thiersschen Entgegnungen desto ausführlicher mitgeteilt. Im »Moniteur« habe ich sie ganz gelesen. Der Ausdruck: »La religion à laquelle j'ai l'honneur d'appartenir« musste einen Deutschen sehr frappieren. Die Antwort des Herrn Thiers war ein Meisterstück von Perfidie: durch Ausweichen, durch Verschweigen dessen, was er wisse, durch scheinbar ängstliche Zurückhaltung wusste er seine Gegner aufs Köstlichste zu verdächtigen. Hörte man ihn re-den, so konnte man am Ende wirklich glauben, das Leibgericht der Juden sei Kapuziner-fleisch. – Aber nein, großer Geschichtsschreiber und sehr kleiner Theolog, im Morgenland ebenso wenig wie im Abendland erlaubt das Alte Testament seinen Bekennern solche schmutzige Atzung, der Abscheu der Juden vor jedem Blutgenuss ist ihnen ganz eigentüm-lich, er spricht sich aus in den ersten Dogmen ihrer Religion, in allen ihren Sanitätsgesetzen, in ihren Reinigungszeremonien, in ihrer Grundanschauung vom Reinen und Unreinen, in die-ser tiefsinnig kosmogonischen Offenbarung über die materielle Reinheit in der Tierwelt, wel-che gleichsam eine physische Ethik bildet und der Paulus, der sie als eine Fabel verwarf, kei-neswegs begriffen worden. – Nein, die Nachkömmlinge Israels, des reinen, auserlesenen Priestervolks, sie essen kein Schweinefleisch, auch keine alten Franziskaner, sie trinken kein Blut, ebenso wenig wie sie ihren eigenen Urin trinken, gleich der heiligen Elisabeth, Urmuh-me des Grafen Montalembert.

Was sich bei jener Damaszener Blutfrage am betrübsamsten herausstellte, ist die Unkennt-nis der morgenländischen Zustände, die wir bei dem jetzigen Präsidenten des Konseils be-merken, eine brillante Unwissenheit, die ihn einst zu den bedenklichsten Missgriffen verlei-ten dürfte, wenn nicht mehr jene kleine syrische Blutfrage, sondern die weit größere Welt-blutfrage, jene fatale, verhängnisvolle Frage, welche wir die orientalische nennen, eine Lö-sung oder Anstalten zur Lösung erfordern möchte. Das Urteil des Herrn Thiers ist gewöhn-lich richtig, aber seine Prämissen sind oft ganz falsch, ganz aus der Luft gegriffen, Phantas-men, ausgeheckt im fanatischen Sonnenbrand der Klöster des Libanons und ähnlicher Spe-lunken des Aberglaubens. Die ultramontane Partei liefert ihm seine Emissäre, und diese be-richten ihm Wunderdinge über die Macht der römisch-katholischen Christen im Orient, während doch eine Schilderhebung jener miserablen Lateiner wahrhaftig keinen türkischen Hund aus seinem fatalistischen Ofenloch locken würde. Herr Thiers meint, dass Frankreich, der traditionelle Glaubensvogt jener Lateiner, einst durch sie die Oberhand im Orient gewinnen könne. Da sind die Engländer viel besser unterrichtet; sie wissen, dass diese armseligen Nachzügler des Mittelalters, die in der Zivilisation mehrere Jahrhunderte zurückgeblieben, noch viel versunkener sind als ihre Herren, die Türken, und dass vielmehr die Bekenner des griechischen Symbols beim Sturz des Osmanischen Reiches, und noch vorher, den Ausschlag geben könnten. Das Oberhaupt dieser griechischen Christen ist nicht der arme Schelm, der den Titel Patriarch von Konstantinopel führt und dessen Vorgänger dort schmachvoll zwischen zwei Hunden aufgehängt worden – nein, ihr Oberhaupt ist der allmächtige Zar von Russland, der Kaiser und Papst aller Bekenner des allein heiligen, orthodoxen, griechischen Glaubens; – er ist ihr geharnischter Messias, der sie befreien soll vom Joch der Ungläubigen, der Kanonendonnergott, der einst sein Siegesbanner aufpflanzen werde auf die Türme der großen Moschee von Byzanz – ja, das ist ihr politischer wie ihr religiöser Glaube, und sie träumen eine russisch-griechisch-orthodoxe Weltherrschaft, die vom Bosporus aus über Europa, Asien und Afrika ihre Arme ausbreiten werde. – Und was das Schrecklichste ist, dieser Traum ist keine Seifenblase, die ein Windzug vernichtet, es lauert darin eine Möglichkeit, die versteinernd uns angrinst, wie das Haupt der Medusa!

Die Worte Napoleons auf Sankt Helena, dass in baldiger Zukunft die Welt eine amerikanische Republik oder eine russische Universalmonarchie sein werde, sind eine sehr entmutigende Prophezeiung. Welche Aussicht! Günstigenfalls als Republikaner vor monotoner Langeweile sterben! Arme Enkel!

Ich habe oben erwähnt, wie die Engländer viel besser als die Franzosen über alle orientalischen Zustände unterrichtet sind. Mehr als je wimmelt es in der Levante von britischen Agenten, die über jeden Beduinen, ja über jedes Kamel das durch die Wüste zieht, Erkundigungen einziehen. Wie viel Zechinen Mehemed Ali in der Tasche, wie viel Gedärme dieser Vizekönig von Ägypten im Bauche hat, man weiß es ganz genau in den Bureaux von Downing Street. Hier glaubt man nicht den Mirakelhistörchen frommer Schwärmer; hier glaubt man nur an Tatsachen und Zahlen. Aber nicht bloß im Orient, auch im Okzident hat England seine zuverlässigsten Agenten, und hier begegnen wir nicht selten Leuten, die mit ihrer geheimen Mission auch die Korrespondenz für Londoner aristokratische oder ministerielle Blätter verbinden; letztere sind darum nicht minder gut unterrichtet. Bei der Schweigsamkeit der Briten erfährt das Publikum selten das Gewerbe jener geheimen Berichterstatter, die selbst den höchsten Staatsbeamten Englands unbekannt bleiben; nur der jedesmalige Minister der äußern Angelegenheiten kennt sie und überliefert diese Kenntnis seinem Nachfolger. Der Bankier im Ausland, der einem englischen Agenten irgendeine Auszahlung zu machen hat, erfährt nie seinen Namen, er erhält nur die Order, den Betrag einer angegebenen Summe derjenigen Person auszuzahlen, die sich durch Vorzeigen einer Karte, worauf nur eine Nummer steht, legitimieren werde.

Spätere Notiz

Mai 1854

Der vorstehende Bericht ist von der Redaktion der »Allgemeinen Zeitung« nicht aufgenommen worden, und wir drucken ihn hier nach alten Brouillons, die der Zufall erhalten. Indem aus diesem Berichte hervorgeht, wie unverdient die Rüge war, welche ein früherer Artikel über den Deputierten Benoît Fould aussprach, zeigen wir, wie wenig es uns zu jener Zeit einfiel, in jenem Artikel eine Ungerechtigkeit zu begehen. Es kam uns damals ebenfalls nicht in den Sinn, die persönliche Erscheinung des erwähnten Deputierten zu verunglimpfen und zu diesem Behuf ein Spottwort des »National« zu zitieren. Schwärmerische Freunde des Herrn Benoît Fould (und welcher reiche Mann besäße nicht einen Schwarm von Freunden, die für ihn schwärmen!) behaupteten zwar zu jener Zeit, am Schluss eines Artikels in der »Allgemeinen Zeitung«, der meine Chiffre trage und also meiner Autorschaft zugeschrieben werden müsse, hätten sie eine boshafte Zitation aus dem »National« gelesen, welche den Generaladvokaten Hébert und Herrn Benoît Fould betreffe und dahin laute, »dass letzterer der einzige gewesen, der dem Generaladvokaten in der Kammer die Hand gereicht habe, und dass er selber wie der Diskurs eines accusateur public aussähe«! Wahrlich, einen sehr schwächlichen Begriff von meinem Geist und meiner Vernunft hegen jene guten Leute, welche glauben konnten, dass ich einen Angriff auf einen Mann wie B. Fould wagen würde, wenn ich meine Pfeile dem albernen Köcher des »National« entlehnen müsste! Eine solche Annahme war wirklich beleidigend für den Verfasser der »Reisebilder«! Nein, jene Zitation, jene misère, floss nicht aus meiner Feder, und gar in Bezug auf Herrn Hébert hätte ich mir keine Ungezogenheit damals erlaubt, aus ganz begreiflichen Gründen. Ich wollte nie mit der schrecklichen Person eines Generaladvokaten, dessen diskretionäre Befugnisse selbst die des Ministers übertrafen, etwas zu schaffen haben; es gibt Personen, die man gar nicht erwähnen muss, wenn man nicht speziell das Metier eines Demagogen treibt und nach dem Ruhm des Eingesperrtwerden schmachtet. Ich sage dieses jetzt, wo eine solche Erklärung von meinen mutigen und kampflustigen Kommilitonen nicht missdeutet werden kann. Zur Zeit, wo der Artikel mit der läppischen Zitation aus dem »National« erschien, enthielt ich mich jeder Erläuterung; ich durfte niemanden das Recht einräumen, mich über einen Artikel zur Rede zu stellen, der anonym erschienen und nur eine Chiffre an der Stirn trug, womit nicht ich, sondern die Redaktion meine Artikel zu bezeichnen pflegte, um administrativen Bedürfnissen zu begegnen, um z. B. die Komptabilität zu erleichtern, keineswegs aber, um einem verehrungswürdigen Publikum, wie eine leicht erratbare Scharade, den Namen des Verfassers sub rosa zuzuzuflüstern. Da nur die Redaktion und nicht der eigentliche Verfasser für jeden anonymen Artikel verantwortlich bleibt; da die Redaktion gezwungen ist, das Journal, sowohl der tausendköpfigen Leserwelt als auch manchen ganz kopflosen Behörden gegenüber, zu vertreten; da sie mit unzähligen Hindernissen, materiellen und moralischen, täglich zu kämpfen hat: so muss ihr wohl die Erlaubnis anheimgestellt werden, jeden Artikel, den sie aufnimmt, nach jedesmaligen Tagesbedürfnissen anzumodeln, nach Gutdünken durch Ausmerzen, Ausscheiden, Hinzufügen und Umänderungen jeder Art den Artikel druckbar zu machen, und gehe auch dabei die gute Gesinnung und der noch bessere Stil des Verfassers sehr bedenklich in die Krümpe. Ein in jeder Hinsicht politischer Schriftsteller muss der Sache wegen, die er verficht, der rohen Notwendigkeit manche bitteren Zugeständnisse machen. Es gibt obskure Winkelblätter genug, worin wir unser ganzes Herz mit allen seinen Zornbränden ausschütten könnten – aber sie haben nur ein sehr dürftiges und einflussloses Publikum, und es wäre ebenso gut, als wenn wir in der Bierstube oder im Kaffeehaus vor den respektiven Stammgästen schwadronierten, gleich andern großen Patrioten. Wir handeln weit klüger, wenn wir unsere Glut mäßigen und mit nüchternen Worten, wo nicht gar unter einer Maske, in einer Zeitung uns aussprechen, die mit Recht eine allgemeine Weltzeitung genannt wird und vielen hunderttausend Lesern in allen Landen belehrsam zu Händen kommt. Selbst in seiner trostlosen Verstümmelung kann hier das Wort gedeihlich wirken; die notdürftigste Andeutung wird zuweilen zu ersprießlicher Saat in unbekanntem Boden. Beseelte mich nicht dieser Gedanke, so hätte ich mir wahrlich nie die Selbsttortur angetan, für die »Allgemeine Zeitung« zu schreiben. Da ich von dem Treusinn und der Redlichkeit jenes innigst geliebten Jugendfreundes und Waffenbruders, der die Redaktion der Zeitung leitet, zu jeder Zeit unbedingt überzeugt war, so konnte ich mir auch wohl manche erschreckliche Nachqual der Umarbeitung und Verballhornung meiner Artikel gefallen lassen; – sah ich doch immer die ehrlichen Augen des Freundes, welcher dem Verwundeten zu sagen schien: »Liege ich denn etwa auf Rosen?« Dieser wackere Kämpe der deutschen Presse, der schon als Jüngling für seine liberalen Überzeugungen Not und Kerker erduldet hat, er, der für die Verbreitung von gemeinnützlichem Wissen, dem besten Emanzipationsmittel, und überhaupt für das politische Heil seiner Mitbürger so viel getan, viel mehr getan als Tausende von bramarbasierenden Maulhelden – er ward von diesen als servil verschrien, und die »Augsburger Hure« war der Schmähname, womit der Pöbel der Radikalen die »Allgemeine Zeitung« immer titulierte. –

Doch ich gerate hier in eine Strömung, die mich zu weit führen könnte. Ich begnüge mich damit, hier flüchtig angedeutet zu haben, von welcher Art die Unfreiheit war, die ich höherer vaterländischer Rücksichten wegen ertrug, wenn ich für die »Allgemeine Zeitung« schrieb. In dieser Beziehung begegnete ich mancher Missdeutung, selbst in Sphären, wo Intelligenz zu herrschen pflegte. Eine solche war z. B. die oben bezeichnete Zitation aus dem »National«, die man mir fälschlich zuschrieb. Da ich nicht gern unschuldig leide, so geriet ich am Ende auf den unseligen Gedanken, das Majestätsverbrechen, dessen man mich beschuldigte, einmal wirklich zu begehen, und bei Gelegenheit der Wahlen zu Tarbes musste der Deputierte der Hautes-Pyrénées meinen Unmut entgelten. Da ich jedes Unrecht am Ende selbst eingestehe, so will ich zu meiner eigenen Beschämung hier erwähnen, dass der Mann, dem ich jede Kapazität absprach, sich bald darauf als ein Staatsmann von höchster Bedeutung auszeichnete. Ich freute mich darüber.

XII

Paris, 12. Juni 1840

Der Ritter Spontini bombardiert in diesem Augenblick die armen Pariser mit Briefen, um zu jedem Preis das Publikum an seine verschollene Person zu erinnern. Es liegt in diesem Augenblick ein Zirkular vor mir, das er an alle Zeitungsredaktoren schickt und das keiner drucken will aus Pietät für den gesunden Menschenverstand und Spontinis alten Namen. Das Lächerliche grenzt hier ans Sublime. Diese peinliche Schwäche, die sich im barockesten Stil ausspricht oder vielmehr ausärgert, ist ebenso merkwürdig für den Arzt wie für den Sprachforscher. Ersterer gewahrt hier das traurige Phänomen einer Eitelkeit, die im Gemüt immer wütender auflodert, je mehr die edlern Geisteskräfte darin erlöschen; der andere aber, der Sprachforscher, sieht, welch ein ergötzlicher Jargon entsteht, wenn ein starrer Italiener, der in Frankreich notdürftig etwas Französisch gelernt hat, dieses sogenannte Italiener-Französisch während eines fünfundzwanzigjährigen Aufenthalts in Berlin ausbildete, sodass das alte Kauderwelsch mit sarmatischen Barbarismen gar wunderlich gespickt ward. Das Zirkular ist vom Februar datiert, ward aber neuerdings wieder hergeschickt, weil Signor Spontini hört, dass man hier sein berühmtes Werk wieder aufführen wolle, welches nichts als eine Falle sei – eine Falle, die er benutzen will, um hierher berufen zu werden. Nachdem er nämlich gegen seine Feinde pathetisch deklamiert hat, setzt er hinzu: »Et voilà justement le nouveau piège que je crois avoir deviné, et ce qui me fait un impérieux devoir de m'opposer, me trouvant absent, à la remise en scène de mes opéras sur le théâtre de l'Académie royale de musique, à moins que je ne sois officiellement engagé moi-même par l'administration, sous *la garantie du Ministère de l'intérieur,* à me rendre à Paris, pour aider de mes conseils créateurs les artistes (la tradition de mes opéras étant perdue), pour assister aux répétitions et contribuer au succès de la ›Vestale‹, puisque c'est d'elle qu'il s'agit.« Das ist noch die einzige Stelle in diesen Spontinischen Sümpfen, wo fester Boden; die Pfiffigkeit streckt hier ihre länglichten Ohren hervor. Der Mann will durchaus Berlin verlassen, wo er es nicht mehr aushalten kann, seitdem die Meyerbeerschen Opern dort gegeben werden, und vor einem Jahr kam er auf einige Wochen hierher und lief von Morgen bis Mitternacht zu allen Personen von Einfluss, um seine Berufung nach Paris zu betreiben. Da die meisten Leute hier ihn für längst verstorben hielten, so erschraken sie nicht wenig ob seiner plötzlichen geisterhaften Erscheinung. Die ränkevolle Behändigkeit dieser toten Gebeine hatte in der Tat etwas Unheimliches. Herr Duponchel, der Direktor der Großen Oper, ließ ihn gar nicht vor sich und rief mit Entsetzen: »Diese intrigante Mumie mag mir vom Leibe bleiben; ich habe bereits genug von den Intrigen der Lebenden zu erdulden!« Und doch hatte Herr Moritz Schlesinger, Verleger der Meyerbeerschen Opern – denn durch diese gute, ehrliche Seele ließ der Ritter seinen Besuch bei Herrn Duponchel voraus ankündigen –, alle seine glaubwürdige Beredsamkeit aufgeboten, um seinen Empfohlenen im besten Licht darzustellen. In der Wahl dieser empfehlenden Mittelsperson bekundete Herr Spontini seinen ganzen Scharfsinn. Er zeigte ihn auch bei andern Gelegenheiten; z. B. wenn er über jemand räsonierte, so geschah es gewöhnlich bei dessen intimsten Freunden. Den französischen Schriftstellern erzählte er, dass er in Berlin einen deutschen Schriftsteller festsetzen lassen, der gegen ihn geschrieben. Bei den französischen Sängerinnen beklagte er sich über deutsche Sängerinnen, die sich nicht bei der Berliner Oper engagieren wollten, wenn man ihnen nicht kontraktlich zugestand, dass sie in keiner Spontinischen Oper zu singen brauchten!

Aber er will durchaus hierher; er kann es nicht mehr aushalten in Berlin, wohin er, wie er behauptet, durch den Hass seiner Feinde verbannt worden und wo man ihm dennoch keine Ruhe lasse. Dieser Tage schrieb er an die Redaktion der »France musicale«: seine Feinde begnügten sich nicht, dass sie ihn über den Rhein getrieben, über die Weser, über die Elbe; sie möchten ihn noch weiter verjagen, über die Weichsel, über den Njemen! Er findet große Ähnlichkeit zwischen seinem Schicksal und dem Napoleonschen. Er dünkt sich ein Genie, wogegen sich alle musikalischen Mächte verschworen. Berlin ist sein Sankt Helena und Rellstab sein Hudson Lowe. Jetzt aber müsse man seine Gebeine nach Paris zurückkommen lassen und im Invalidenhaus der Tonkunst, in der Académie royale de musique, feierlich beisetzen. –

Das Alpha und Omega aller Spontinischen Beklagnisse ist Meyerbeer. Als mir hier in Paris der Ritter die Ehre seines Besuches schenkte, war er unerschöpflich an Geschichten, die geschwollen von Gift und Galle. Er kann die Tatsache nicht ableugnen, dass der König von Preußen unseren großen Giacomo mit Ehrenbezeugungen überhäuft und darauf bedacht ist, denselben mit hohen Ämtern und Würden zu betrauen, aber er weiß dieser königlichen Huld die schnödesten Motive anzudichten. Am Ende glaubt er selbst seine eigenen Erfindungen, und mit einer Miene der tiefsten Überzeugung versicherte er mir: als er einst bei Sr. Majestät dem König gespeist, habe Allerhöchstderselbe nach der Tafel mit heiterer Offenherzigkeit gestanden, dass er den Meyerbeer um jeden Preis an Berlin fesseln wolle, damit dieser Millionär sein Vermögen nicht im Ausland verzehre. Da die Musik, die Sucht, als Opernkomponist zu glänzen, eine bekannte Schwäche des reichen Mannes sei, suche er, der König, diese schwache Seite zu benutzen, um den Ehrgeizigen durch Auszeichnungen zu ködern. – »Es ist traurig«, soll der König hinzugesetzt haben, »dass ein vaterländisches Talent, das ein so großes, fast geniales Vermögen besitzt, in Italien und Paris seine guten preußischen harten Taler vergeuden musste, um als Komponist gefeiert zu werden – was man für Geld haben kann, ist auch bei uns in Berlin zu haben, auch in unsern Treibhäusern wachsen Lorbeerbäume für den Narren, der sie bezahlen will, auch unsere Journalisten sind geistreich und lieben ein gutes Frühstück oder gar ein gutes Mittagessen, auch unsere Eckensteher und Sauregurkenhändler haben zum Beifallklatschen ebenso derbe Hände wie die Pariser Claque – ja wenn unsre Tagediebe, statt in der Tabagie [Lokal, in dem Tabak geraucht umd Alkohol getrunken werden kann], ihre Abende im Opernhaus zubrächten, um die ›Hugenotten‹ zu applaudieren, würde auch ihre Ausbildung dadurch gewinnen – die niederen Klassen müssen sittlich und ästhetisch gehoben werden, und die Hauptsache ist, dass Geld unter die Leute komme, zumal in der Hauptstadt.« – Solcherweise, versicherte Spontini, habe sich Se. Majestät geäußert, um sich gleichsam zu entschuldigen, dass er ihn, den Verfasser der »Vestalin«, dem Meyerbeer sakrifiziere. Als ich bemerkte, dass es im Grunde sehr löblich sei, wenn ein Fürst ein solches Opfer bringe, um den Wohlstand seiner Hauptstadt zu fördern – da fiel mir Spontini in die Rede: »Oh, Sie irren sich, der König von Preußen protegiert die schlechte Musik nicht aus staatsökonomischen Gründen, sondern vielmehr, weil er die Tonkunst hasst und wohl weiß, dass sie zugrunde gehen muss durch Beispiel und Leitung eines Mannes, der ohne Sinn für Wahrheit und Adel nur der rohen Menge schmeicheln will.«

Ich konnte nicht umhin, dem hämischen Italiener offen zu gestehen, dass es nicht klug von ihm sei, dem Nebenbuhler alles Verdienst abzusprechen. – »Nebenbuhler!« rief der Wütende und wechselte zehnmal die Farbe, bis endlich die gelbe wieder die Oberhand behielt – dann aber, sich fassend, frug er mit höhnischem Zähnefletschen: »Wissen Sie ganz gewiss, dass Meyerbeer wirklich der Komponist der Musik ist, die unter seinem Namen aufgeführt wird?« Ich stutzte nicht wenig ob dieser Tollhausfrage, und mit Erstaunen hörte ich, Meyerbeer habe in Italien einigen armen Musikern ihre Kompositionen abgekauft und daraus Opern verfertigt, die aber durchgefallen seien, weil der Quark, den man ihm geliefert, gar zu miserabel war. Später habe er von einem talentvollen Abate zu Venedig etwas Besseres erstanden, welches er dem »Crociato« einverleibte. Er besitze auch Webers hinterlassene Manuskripte, die er der Witwe abgeschwatzt und woraus er gewiss später schöpfen werde. »Robert le Diable« und die »Hugenotten« seien größtenteils die Produktion eines Franzosen, welcher Gouin heiße und herzlich gern unter Meyerbeers Namen seine Opern zur Aufführung bringe, um nicht sein Amt eines Chef de bureau an der Post einzubüßen, da seine Vorgesetzten gewiss seinem administrativen Eifer misstrauen würden, wenn sie wüssten, dass er ein träumerischer Komponist; die Philister halten praktische Funktionen für unvereinbar mit artistischer Begabnis, und der Postbeamte Gouin ist klug genug, seine Autorschaft zu verschweigen und allen Weltruhm seinem ehrgeizigen Freund Meyerbeer zu überlassen. Daher die innige Verbindung beider Männer, deren Interessen sich ebenso innig ergänzen. Aber ein Vater bleibt immer Vater, und dem Freund Gouin liegt das Schicksal seiner Geisteskinder beständig am Herzen; die Details der Aufführung und des Erfolgs von »Robert le Diable« und den »Hugenotten« nehmen seine ganze Tätigkeit in Anspruch, er wohnt jeder Probe bei, er unterhandelt beständig mit dem Operndirektor, mit den Sängern, den Tänzern, dem Chef de claque, den Journalisten; er läuft mit seinen Transtiefeln ohne Lederstrippen von morgens bis abends nach allen Zeitungsredaktionen, um irgendeine Reklame zugunsten der sogenannten Meyerbeerschen Opern anzubringen, und seine Unermüdlichkeit soll jeden in Erstaunen setzen.

Als mir Spontini diese Hypothese mitteilte, gestand ich, dass sie nicht aller Wahrscheinlichkeit ermangle und dass, obgleich das vierschrötige Äußere, das ziegelrote Gesicht, die kurze Stirn, das schmierig schwarze Haar des erwähnten Herrn Gouin viel mehr an einen Ochsenzüchter oder Viehmäster als an einen Tonkünstler erinnere, dennoch in seinem Benehmen manches vorkomme, das ihn in den Verdacht bringe, der Autor der Meyerbeerschen Opern zu sein. Es passiert ihm manchmal, dass er »Robert le Diable« oder die »Hugenotten« »unsere Oper« nennt. Es entschlüpfen ihm Redensarten wie: »Wir haben heute eine Repetition« – »Wir müssen eine Arie abkürzen.« Auch ist es sonderbar, bei keiner Vorstellung jener Opern fehlt Herr Gouin, und wird eine Bravourarie applaudiert, vergisst er sich ganz und verbeugt sich nach allen Seiten, als wolle er dem Publikum danken. Ich gestand dieses alles dem grimmigen Italiener; »aber dennoch«, fügte ich hinzu, »trotzdem dass ich mit eigenen Augen dergleichen bemerkt, halte ich Herrn Gouin nicht für den Autor der Meyerbeerschen

Opern; ich kann nicht glauben, dass Herr Gouin die ›Hugenotten‹ und ›Robert le Diable‹ geschrieben habe; ist es aber doch der Fall, so muss gewiss die Künstlereitelkeit am Ende die Oberhand gewinnen, und Herr Gouin wird öffentlich die Autorschaft jener Opern für sich vindizieren«.

»Nein«, erwiderte der Italiener mit einem unheimlichen Blick, der stechend wie ein blankes Stilett, »dieser Gouin kennt zu gut seinen Meyerbeer, als dass er nicht wüsste, welche Mittel seinem schrecklichen Freunde zu Gebote stehen, um jemand zu beseitigen, der ihm gefährlich ist. Er wäre kapabel, unter dem Vorwand, sein armer Gouin sei verrückt geworden, denselben auf ewig in Charenton einsperren zu lassen, und der arme Schelm dürfte noch froh sein, mit dem Leben davonzukommen. Alle, die jenem Ehrgeizling hindernd im Wege stehen, müssen weichen. Wo ist Weber? Wo Bellini? Hum! Hum!«

Dieses »Hum! Hum!« war trotz aller unverschämten Bosheit so drollig, dass ich nicht ohne Lachen die Bemerkung machte: »Aber Sie, Maestro, Sie sind noch nicht aus dem Weg geräumt, auch nicht Donizetti oder Mendelssohn oder Rossini oder Halévy.« – »Hum! Hum!« war die Antwort, »Hum! Hum! Halévy geniert seinen Konfrater nicht, und dieser würde ihn sogar dafür bezahlen, dass er nur existiere, als ungefährlicher Scheinrival, und von Rossini weiß er, durch seine Späher, dass derselbe keine Note mehr komponiert – auch hat Rossinis Magen schon genug gelitten, und er berührt kein Piano, um nicht Meyerbeers Argwohn zu erregen. Hum! Hum! Aber gottlob! nur unsere Leiber können getötet werden, nicht unsere Geisteswerke; diese werden in ewiger Frische fortblühen, während mit dem Tode jenes Cartouche der Musik auch seine Unsterblichkeit ein Ende nimmt und seine Opern ihm folgen ins stumme Reich der Vergessenheit!«

Nur mit Mühe zügelte ich meinen Unwillen, als ich hörte, mit welcher frechen Geringschätzung der welsche Neidhart von dem großen, hochgefeierten Meister sprach, welcher der Stolz Deutschlands und die Wonne des Morgenlandes ist und gewiss als der wahre Schöpfer von »Robert le Diable« und den »Hugenotten« betrachtet und bewundert werden muss! Nein, so etwas Herrliches hat kein Gouin komponiert! Bei aller Verehrung für den hohen Genius wollen freilich zuweilen bedenkliche Zweifel in mir aufsteigen in Betreff der Unsterblichkeit dieser Meisterwerke nach dem Ableben des Meisters, aber in meiner Unterredung mit Spontini gab ich mir doch die Miene, als sei ich überzeugt von ihrer Fortdauer nach dem Tode, und um den boshaften Italiener zu ärgern, machte ich ihm im Vertrauen eine Mitteilung, woraus er ersehen konnte, wie weitsichtig Meyerbeer für das Gedeihen seiner Geisteskinder bis über das Grab hinaus gesorgt hat. »Diese Fürsorge«, sagte ich, »ist ein psychologischer Beweis, dass nicht Herr Gouin, sondern der große Giacomo der wirkliche Vater sei. Derselbe hat nämlich in seinem Testament zugunsten seiner musikalischen Geisteskinder gleichsam ein Fideikommiss [unveräußerliches und unteilbares Vermögen einer Familie] gestiftet, indem er jedem ein Kapital vermachte, dessen Zinsen dazu bestimmt sind, die Zukunft der armen Waisen zu sichern, sodass auch nach dem Hinscheiden des Herrn Vaters die gehörigen Popularitätsausgaben, der eventuelle Aufwand von Flitterstaat, Claque, Zeitungslob usw., bestritten werden können. Selbst für das noch ungeborene Prophetchen soll der zärtliche Erzeuger die Summe von 150 000 Taler preuß. Cour. ausgesetzt haben. Wahrlich, noch nie ist ein Prophet mit einem so großen Vermögen zur Welt gekommen; der Zimmermannssohn von Bethlehem und der Kameltreiber von Mekka waren nicht so begütert. ›Robert le Diable‹ und die ›Hugenotten‹ sollen minder reichlich dotiert sein; sie können vielleicht auch einige Zeit vom eigenen Fett zehren, solange für Dekorationspracht und üppige Ballettbeine gesorgt ist; später werden sie Zulage bedürfen. Für den ›Crociato‹ dürfte die Dotation nicht so glänzend ausfallen; mit Recht zeigt sich hier der Vater ein bisschen knickerig, und er klagt, der lockere Fant habe ihm einst in Italien zu viel gekostet; er sei ein Verschwender. Desto großmütiger bedenkt Meyerbeer seine unglückliche, durchgefallene Tochter ›Emma di Resburgo‹; sie soll jährlich in der Presse wieder aufgeboten werden, sie soll eine neue Ausstattung bekommen und erscheint in einer Prachtausgabe von Satin-Velin; für verkrüppelte Wechselbälge schlägt immer am treusten das liebende Herz der Eltern. Solcherweise sind alle Meyerbeerschen Geisteskinder gut versorgt, ihre Zukunft ist verassekuriert für alle Zeiten.« –

Der Hass verblendet selbst die Klügsten, und es ist kein Wunder, dass ein leidenschaftlicher Narr, wie Spontini, meine Worte nicht ganz bezweifelte. – Er rief aus: »Oh! er ist alles fähig! Unglückliche Zeit! Unglückliche Welt!«

Ich schließe hier, da ich ohnehin heute sehr tragisch gestimmt bin und trübe Todesgedanken über meinen Geist ihre Schatten werfen. Heute hat man meinen armen Sakoski begraben, den berühmten Lederkünstler – denn die Benennung Schuster ist zu gering für einen Sakoski. Alle marchands bottiers und fabricants de chaussures von Paris folgten seiner Leiche. Er ward achtundachtzig Jahre alt und starb an einer Indigestion. Er lebte weise und glücklich. Wenig bekümmerte er sich um die Köpfe, aber desto mehr um die Füße seiner Zeitgenossen. Möge die Erde dich ebenso wenig drücken wie mich deine Stiefel!

XIII

Paris, 3. Juli 1840

Für einige Zeit haben wir Ruhe, wenigstens vor den Deputierten und Fortepianospielern, den zwei schrecklichen Landplagen, wovon wir den ganzen Winter bis tief ins Frühjahr so viel erdulden müssen. Das Palais Bourbon und die Salons der H. H. Érard und Herz sind mit dreifachen Schlössern verriegelt. Gottlob, die politischen und musikalischen Virtuosen schweigen! Die paar Greise, die im Luxembourg sitzen, murmeln immer leiser oder nicken schlaftrunken ihre Einwilligung zu den Beschlüssen der jüngeren Kammer. Ein paarmal vor einigen Wochen machten die alten Herren eine verneinende Kopfbewegung, die man als bedrohlich für das Ministerium auslegte; aber sie meinten es nicht so ernsthaft. Herr Thiers hat nichts weniger als einen bedeutenden Widerspruch von Seiten der Pairskammer zu erwarten. Auf diese kann er noch sicherer zählen als auf seine Schildhalter in der Deputiertenkammer, obgleich er auch letztere mit gar starken Banden und Bändchen, mit rhetorischen Blumenketten und vollwichtigen Goldketten, an seine Person gefesselt hat!

Der große Kampf dürfte jedoch nächsten Winter hervorbrechen, nämlich, wenn Herr Guizot, der seinen Gesandtschaftsposten aufgeben wird, von London zurückkehrt und seine Opposition gegen Herrn Thiers aufs Neue eröffnet. Diese beiden Nebenbuhler haben schon früh begriffen, dass sie zwar einen kurzen Waffenstillstand schließen, aber nimmermehr ihren Zweikampf ganz aufgeben können. Mit dem Ende desselben findet vielleicht auch das ganze parlamentarische Gouvernement in Frankreich seinen Abschluss.

Herr Guizot beging einen großen Fehler, als er an der Koalition teilnahm. Er hat später selber eingestanden, dass es ein Fehler gewesen, und gewissermaßen um sich zu rehabilitieren, ging er nach London: er wollte das Vertrauen der auswärtigen Mächte, das er in seiner Stellung als Oppositionsmann eingebüßt hatte, in seiner diplomatischen Laufbahn wiedergewinnen; denn er rechnet darauf, dass am Ende, bei der Wahl eines Konseilpräsidenten in Frankreich, wieder der fremdländische Einfluss obsiegen werde. Vielleicht rechnet er zugleich auf einige einheimische Sympathien, deren Herr Thiers allmählich verlustig gehen würde und die ihm, dem geliebten Guizot, zuflössen. Böse Zungen versichern mir, die Doktrinäre bildeten sich ein, man liebe sie schon jetzt. So weit geht die Selbstverblendung selbst bei den gescheitesten Leuten! Nein, Herr Guizot, wir sind noch nicht dahin gekommen, Sie zu lieben; aber wir haben auch noch nicht aufgehört, Sie zu verehren. Trotz all unserer Liebhaberei für den beweglich brillanten Nebenbuhler haben wir dem schweren, trüben Guizot nie unsere Anerkenntnis versagt; es ist etwas Sicheres, Haltbares, Gründliches in diesem Manne, und ich glaube, die Interessen der Menschheit liegen ihm am Herzen.

Von Napoleon ist in diesem Augenblick keine Rede mehr; hier denkt niemand mehr an seine Asche, und das ist eben sehr bedenklich. Denn die Begeisterung, die durch das beständige Getratsche am Ende in eine sehr bescheidene Wärme übergegangen war, wird nach fünf Monden, wenn der kaiserliche Leichenzug anlangt, mit erneuerten Bränden aufflammen. Werden alsdann die emporsprühenden Funken großen Schaden anstiften? Es hängt alles von der Witterung ab. Vielleicht, wenn die Winterkälte früh eintritt und viel Schnee fällt, wird der Tote sehr kühl begraben.

XIV

Paris, den 25. Juli 1840

Auf den hiesigen Boulevardstheatern wird jetzt die Geschichte Bürgers, des deutschen Poeten, tragiert; da sehen wir, wie er, die »Leonore« dichtend, im Mondschein sitzt und singt: »Hurrah! les morts vont vite – mon amour, crains-tu les morts?« Das ist wahrhaftig ein guter Refrain, und wir wollen ihn unserem heutigen Bericht voranstellen, und zwar in nächster Beziehung auf das französische Ministerium. – Aus der Ferne schreitet die Leiche des Riesen von Sankt Helena immer bedrohlich näher, und in einigen Tagen öffnen sich auch die Gräber hier in Paris, und die unzufriedenen Gebeine der Juliushelden steigen hervor und wandern nach dem Bastillenplatz, der furchtbaren Stätte, wo die Gespenster von Anno 89 noch immer spuken ... »Les morts vont vite – mon amour, crains-tu les morts?«

In der Tat, wir sind sehr beängstigt wegen der bevorstehenden Juliustage, die dieses Jahr ganz besonders pomphaft, aber, wie man glaubt, zum letzten Mal gefeiert werden; nicht alle Jahr kann sich die Regierung solche Schreckenslast aufbürden. Die Aufregung wird dieser Tage größer sein, je wahlverwandter die Töne sind, die aus Spanien herüberklingen, und je greller die Details des Barceloner Aufstandes, wo sogenannte Elende bis zur gröbsten Beleidigung der Majestät sich vergaßen.

Während im Westen der Sukzessionskrieg beendigt und der eigentliche Revolutionskrieg beginnt, verwickeln sich die Angelegenheiten des Orients in einen unauflöslichen Knäuel. Die Revolte in Syrien setzt das französische Ministerium in die größte Verlegenheit. Auf der einen Seite will es mit all seinem Einfluss die Macht des Pascha von Ägypten unterstützen, auf der anderen Seite darf es die Maroniten, die Christen auf dem Berg Libanon, welche die Fahne der Empörung aufpflanzten, nicht ganz desavouieren; – denn diese Fahne ist ja die französische Trikolore; die Rebellen wollen sich durch letztere als Angehörige Frankreichs bekunden, und sie glauben, dass dieses nur scheinbar den Mehemed Ali unterstütze, im Geheimen aber die syrischen Christen gegen die ägyptische Herrschaft aufwiegle. Inwieweit sind sie zu solcher Annahme berechtigt? Haben wirklich, wie man behauptet, einige Lenker der katholischen Partei, ohne Vorwissen der französischen Regierung, eine Schilderhebung der Maroniten gegen den Pascha angezettelt, in der Hoffnung, bei der Schwäche der Türken ließe sich jetzt nach Vertreibung der Ägypter in Syrien ein christliches Reich begründen? Dieser ebenso unzeitige wie fromme Versuch wird dort viel Unglück stiften. Mehemed Ali war über den Ausbruch der syrischen Revolte so entrüstet, dass er wie ein wildes Tier raste und nichts Geringeres im Sinne hatte als die Ausrottung aller Christen auf dem Berg Libanon. Nur die Vorstellungen des österreichischen Generalkonsuls konnten ihn von diesem unmenschlichen Vorhaben abbringen, und diesem hochherzigen Mann verdanken viele Tausende von Christen ihr Leben, während ihm der Pascha noch mehr zu verdanken hat: er rettete nämlich seinen Namen vor ewiger Schande. Mehemed Ali ist nicht unempfindlich für das Ansehen, das er bei der zivilisierten Welt genießt, und Herr von Laurin entwaffnete seinen Zorn ganz besonders durch eine Schilderung der Antipathien, die er, durch die Ermordung der Maroniten, in ganz Europa auf sich lüde, zum höchsten Schaden seiner Macht und seines Ruhmes.

Das alte System der Völkervertilgung wird solchermaßen, durch europäischen Einfluss, im Orient allmählich verdrängt. Auch die Existenzrechte des Individuums gelangen dort zu höherer Anerkennung, und namentlich werden die Grausamkeiten der Tortur einem milderen Kriminalverfahren weichen. Es ist die Blutgeschichte von Damaskus, welche dieses letztere Resultat hervorbringen wird, und in dieser Beziehung dürfte die Reise des Herrn Crémieux nach Alexandria als eine wichtige Begebenheit eingezeichnet werden in die Annalen der Humanität. Dieser berühmte Rechtsgelehrte, der zu den gefeiertsten Männern Frankreichs gehört und den ich in diesen Blättern bereits besprach, hat schon seine wahrhaft fromme Wallfahrt angetreten, begleitet von seiner Gattin, die alle Gefahren, womit man ihren Mann bedrohte, teilen wollte. Mögen diese Gefahren, die ihn vielleicht nur abschrecken sollten von seinem edlen Beginnen, ebenso klein sein wie die Leute, die sie bereiten! In der Tat, dieser Advokat der Juden plädiert zugleich die Sache der ganzen Menschheit. Um nichts Geringeres handelt es sich, als auch im Orient das europäische Verfahren beim Kriminalprozess einzuführen. Der Prozess gegen die Damaszener Juden begann mit der Folter; er kam nicht zu Ende, weil ein österreichischer Untertan inkulpiert war und der österreichische Konsul gegen das Torquieren [Peinigen, Quälen, Foltern] desselben einschritt. Jetzt soll nun der Prozess aufs Neue instruiert werden, und zwar ohne obligate Folter, ohne jene Torturinstrumente, die den Beklagten die unsinnigsten Aussagen abmarterten und die Zeugen einschüchterten. Der französische Oberkonsul in Alexandria setzt Himmel und Erde in Bewegung, um diese erneute Instruktion des Prozesses zu hintertreiben; denn das Betragen des französischen Konsuls von Damaskus könnte bei dieser Gelegenheit sehr stark beleuchtet werden, und die Schande seines Repräsentanten dürfte das Ansehen Frankreichs in Syrien erschüttern. Und Frankreich hat mit diesem Land weit ausgreifende Pläne, die noch von den Kreuzzügen datieren, die nicht einmal von der Revolution aufgegeben worden, die später Napoleon ins Auge fasste und woran selbst Herr Thiers denkt. Die syrischen Christen erwarten ihre Befreiung von den Franzosen, und diese, so freigeistig sie auch zu Hause sein mögen, gelten dennoch gern als fromme Schützer des katholischen Glaubens im Orient und schmeicheln dort der Zelosis [dem Eifer, Neid] der Mönche. So erklären wir es uns, weshalb nicht bloß Herr Cochelet in Alexandria, sondern sogar unser Konseilpräsident, der Sohn der Revolution in Paris, den Konsul von Damaskus in Schutz nehmen. – Es handelt sich jetzt wahrlich nicht um die hohe Tugend eines Ratti-Menton oder um die Schlechtigkeit der Damaszener Juden – es gibt vielleicht zwischen beiden keinen großen Unterschied, und wie jener für unsern Hass, so dürften letztere für unsere Vorliebe zu gering sein –, aber es handelt sich darum, die Abschaffung der Tortur durch ein eklatantes Beispiel im Orient zu sanktionieren. – Die Konsuln der europäischen Großmächte, namentlich Österreichs und Englands, haben daher auf eine erneuerte Instruktion des Prozesses der Damaszener Juden ohne Zulassung der Tortur beim Pascha von Ägypten angetragen, und es mag ihnen vielleicht nebenher einige Schadenfreude gewähren, dass eben Herr Cochelet, der französische Konsul, der Repräsentant der Revolution und ihres Sohnes, sich jener erneuten Instruktion widersetzt und für die Tortur Partei nimmt.

XV

Hier überstürzen sich die Hiobsposten; aber die letzte, die schlimmste, die Konvention zwischen England, Russland, Österreich und Preußen gegen den Pascha von Ägypten, erregte weit mehr jauchzende Kampflust als Bestürzung, sowohl bei der Regierung als bei dem Volke. Der gestrige »Constitutionnel«, welcher ohne Umschweife gestand, dass Frankreich ganz schnöde getäuscht und beleidigt sei, beleidigt bis zur Voraussetzung einer feigen Unterwürfigkeit – diese ministerielle Anzeige des in London ausgebrüteten Verrats wirkte hier wie ein Trompetenstoß, man glaubte den großen Zornschrei des Achilles zu vernehmen, und die verletzten Nationalgefühle und Nationalinteressen bewirken jetzt einen Waffenstillstand der hadernden Parteien. Mit Ausnahme der Legitimisten, die ihr Heil nur vom Ausland erwarten, versammeln sich alle Franzosen um die dreifarbige Fahne, und Krieg mit dem »perfiden Albion« ist ihre gemeinsame Parole.

Wenn ich oben sagte, dass die Kampflust auch bei der Regierung entloderte, so meine ich damit das hiesige Ministerium und zumal unseren kecken Konseilpräsidenten, der das Leben Napoleons bereits bis zum Ende des Konsulats beschrieben hat und mit südlich glühender Einbildungskraft seinem Helden auf so vielen Siegesfahrten und Schlachtfeldern folgte. Es ist vielleicht ein Unglück, dass er nicht auch den russischen Feldzug und die große Retirade im Geist mitmachte. Wäre Herr Thiers in seinem Buch bis zu Waterloo gelangt, so hätte sich vielleicht sein Kriegsmut etwas abgekühlt. Was aber weit wichtiger und weit beachtenswerter als die kriegerischen Gelüste des Premierministers, das ist das unbegrenzte Vertrauen, das er in seine eigenen militärischen Talente setzt. Ja, es ist eine Tatsache, die ich aus vierjähriger Beobachtung verbürgen kann: Herr Thiers glaubt steif und fest, dass nicht das parlamentarische Scharmützeln, sondern der eigentliche Krieg, das klirrende Waffenspiel, seine angeborene Vokation sei. Wir haben es hier nicht mit der Untersuchung zu tun, ob diese innere Stimme Wahrheit spricht oder bloß der eitlen Selbsttäuschung schmeichelt. Nur darauf wollen wir aufmerksam machen, wie dieser eingebildete Feldherrnberuf wenigstens zur Folge hat, dass Herr Thiers vor den Kanonen des neuen Fürstenkonvents nicht sonderlich erschrecken wird, dass es ihn heimlich freut, durch die äußerste Notwendigkeit gezwungen zu sein, seine militärischen Talente der überraschten Welt zu offenbaren, und dass gewiss schon in diesem Augenblick die französischen Admirale die bestimmteste Order erhalten haben, die ägyptische Flotte gegen jeden Überfall zu schützen.

Ich zweifle nicht an dem Resultat dieses Schutzes, wie furchtbar auch die Seemacht der Engländer. Ich habe Toulon unlängst gesehen und hege einen großen Respekt vor der französischen Marine. Letztere ist bedeutender, als man im übrigen Europa weiß; denn außer den Kriegsschiffen, die auf dem bekannten Etat stehen und die Frankreich gleichsam offiziell besitzt, wurde seit 1814 eine fast doppelt so große Anzahl im Arsenal von Toulon allmählich fertiggebaut, die in einer Frist von sechs Wochen ganz bemannbar ausgerüstet werden kann. – Wird aber durch ein bombardierendes Zusammentreffen der französischen und englischen Flotten im Mittelländischen Meer der Frieden von Europa gestört werden und der allgemeine Krieg zum Ausbruch kommen? Keineswegs. Ich glaub' es nicht. Die Mächte des Kontinents werden sich noch lange besinnen, ehe sie sich wieder mit Frankreich in ein Todesspiel einlassen. Und was John Bull betrifft, so weiß dieser dicke Mann sehr gut, was ein Krieg mit Frankreich, selbst wenn letzteres ganz isoliert zu stehen käme, seinem Säckel kosten würde; mit einem Wort: das englische Unterhaus wird auf keinen Fall die Kriegskosten bewilligen; und das ist die Hauptsache. Entstünde aber dennoch ein Krieg zwischen den beiden Völkern, so wäre das, mythologisch zu reden, eine Malice der alten Götter, die, um ihren jetzigen Kollegen, den Napoleon, zu rächen, vielleicht die Absicht haben, den Wellington wieder ins Feld zu schicken und durch den Generalfeldmarschall Thiers besiegen zu lassen!

XVI

Paris, 29. Juli 1840

Herr Guizot hat bewiesen, dass er ein ehrlicher Mann ist; er hat die geheime Verräterei der Engländer weder zu durchschauen noch durch Gegenlist zu vereiteln gewusst. Er kehrt als ehrlicher Mann zurück, und den diesjährigen Tugendpreis, den Prix Monthyon, wird ihm niemand streitig machen. Beruhige dich, puritanischer Stutzkopf, die treulosen »Kavaliere« haben dich hinters Licht geführt und zum Narren gehabt – aber dir bleiben deine stolzesten Selbstgefühle, das Bewusstsein, dass du noch immer du selbst bist. Als Christ und Doktrinär wirst du dein Missgeschick geduldig ertragen, und seit wir herzlich über dich lachen können, öffnet sich dir auch unser Herz. Du bist wieder unser alter lieber Schulmeister, und wir freuen uns, dass der weltliche Glanz dir deine fromme, magisterliche Naivität nicht geraubt hat, dass du gefoppt und gedrillt worden, aber ein ehrlicher Mann geblieben bist! Wir fangen an, dich zu lieben. Nur den Gesandtschaftsposten zu London möchten wir dir nicht mehr anvertrauen; dazu gehört ein Geierblick, der die Ränke des perfiden Albions zeitig genug auszuspionieren weiß, oder ein ganz unwissenschaftlicher, derber Bursche, der keine gelehrte Sympathie hegt für die großbritannische Regierungsform, keine höflichen speeches in englischer Sprache zu machen versteht, aber auf Französisch antwortet, wenn man ihn mit zweideutigen Reden hinhalten will. Ich rate den Franzosen, den ersten besten Grenadier der alten Garde als Gesandten nach London zu schicken und ihm allenfalls Vidocq als wirklichen Geheimen Legationssekretär mitzugeben.

Sind aber die Engländer in der Politik wirklich so ausgezeichnete Köpfe? Worin besteht ihre Superiorität in diesem Felde? Ich glaube, sie besteht darin, dass sie erzprosaische Geschöpfe sind, dass keine poetischen Illusionen sie irreleiten, dass keine glühende Schwärmerei sie blendet, dass sie die Dinge immer in ihrem nüchternsten Licht sehen, den nackten Tatbestand fest ins Auge fassen, die Bedingnisse der Zeit und des Ortes genau berechnen und in diesem Kalkül weder durch das Pochen ihres Herzens noch durch den Flügelschlag großmütiger Gedanken gestört werden. Ja, ihre Superiorität besteht darin, dass sie keine Einbildungskraft besitzen. Dieser Mangel ist die ganze Force der Engländer und der letzte Grund ihres Gelingens in der Politik, wie in allen realistischen Unternehmungen, in der Industrie, im Maschinenbau usw. Sie haben keine Phantasie; das ist das ganze Geheimnis. Ihre Dichter sind nur glänzende Ausnahmen; deshalb geraten sie auch in Opposition mit ihrem Volke, dem kurznasigen, halbstirnigen und hinterkopflosen Volk, dem auserwählten Volk der Prosa, das in Indien und Italien ebenso prosaisch, kühl und berechnend bleibt wie in Threadneedle Street. Der Duft der Lotusblume berauscht sie ebenso wenig, wie die Flamme des Vesuvs sie erwärmt. Bis an den Rand des letztern schleppen sie ihre Teekessel und trinken dort Tee, gewürzt mit cant [heuchlerischer Sprache, Scheinheiligkeit]!

Wie ich höre, hat voriges Jahr die Taglioni in London keinen Beifall gefunden; das ist wahrhaftig ihr größter Ruhm. Hätte sie dort gefallen, so würde ich anfangen, an der Poesie ihrer Füße zu zweifeln. Sie selber, die Söhne Albions, sind die schrecklichsten aller Tänzer, und Strauß versichert, es gebe keinen einzigen unter ihnen, welcher Takt halten könne. Auch ist er in der Grafschaft Middlesex zu Tode erkrankt, als er Altengland tanzen sah. Diese Menschen haben kein Ohr, weder für Takt noch für Musik überhaupt, und ihre unnatürliche Passion für Klavierspielen und Singen ist um so widerwärtiger. Es gibt wahrlich auf Erden nichts so Schreckliches wie die englische Tonkunst, es sei denn die englische Malerei. Sie

225

haben weder Gehör noch Farbensinn, und manchmal steigt in mir der Argwohn auf, ob nicht ihr Geruchssinn ebenfalls stumpf und verschnupft sei; es ist sehr leicht möglich, dass sie Rossäpfel und Apfelsinen nicht durch den bloßen Geruch voneinander unterscheiden können.

Aber haben sie Mut? Dies ist jetzt das Wichtigste. Sind die Engländer so mutig, wie man sie auf dem Kontinent beständig schilderte? Die vielgerühmte Großmut der Mylords existiert nur noch auf unserm Theater, und es ist leicht möglich, dass der Aberglaube von der kaltblütigen Courage der Engländer ebenfalls mit der Zeit verschwindet. Ein sonderbarer Zweifel ergreift uns, wenn wir sehen, wie ein paar Husaren hinreichend sind, ein tobendes Meeting von hunderttausend Engländern auseinanderzujagen. Und haben auch die Engländer viel Mut als Individuen, so sind doch die Massen erschlafft durch die Gewöhnungen und Komforts eines mehr als hundertjährigen Friedens; seit so langer Zeit blieben sie im Inland vom Krieg verschont, und was den Krieg betrifft, den sie im Ausland zu bestehen hatten, so führten sie ihn nicht eigenhändig, sondern durch angeworbene Söldner, gedungene Raubritter und Mietvölker. Auf sich schießen zu lassen, um Nationalinteressen zu verteidigen, wird nimmermehr einem Bürger der City, nicht einmal dem Lord Mayor einfallen; dafür hat man ja bezahlte Leute. Durch diesen allzu langen Friedenszustand, durch zu großen Reichtum und zu großes Elend, durch die politische Verderbnis, die eine Folge der Repräsentativverfassung, durch das entnervende Fabrikwesen, durch den ausgebildeten Handelsgeist, durch die religiöse Heuchelei, durch den Pietismus, dieses schlimmste Opium, sind die Engländer als Nation so unkriegerisch geworden wie die Chinesen, und ehe sie diese letztern überwinden, sind vielleicht die Franzosen imstande, wenn ihnen eine Landung gelänge, mit weniger als hunderttausend Mann ganz England zu erobern. Zur Zeit Napoleons schwebten die Engländer beständig in einer solchen Gefahr, und das Land ward nicht geschützt durch seine Bewohner, sondern durch das Meer. Hätte Frankreich damals eine Marine besessen, wie es sie jetzt besitzt, oder hätte man die Erfindung der Dampfschiffe schon so furchtbar auszubeuten gewusst wie heutzutage, so wäre Napoleon sicher an der englischen Küste gelandet, wie einst Wilhelm der Eroberer – und er würde keinen großen Widerstand gefunden haben: denn er hätte eben die Eroberungsrechte des normannischen Adels vernichtet, das bürgerliche Eigentum geschützt und die englische Freiheit mit der französischen Gleichheit vermählt!

Weit greller, als ich sie ausgesprochen, stiegen die vorstehenden Gedanken gestern in mir auf beim Anblick des Zuges, der dem Leichenwagen der Juliushelden folgte. Es war eine ungeheure Volksmasse, die ernst und stolz dieser Totenfeier beiwohnte. Ein imposantes Schauspiel, und in diesem Augenblick sehr bedeutungsvoll. Fürchten sich die Franzosen vor den neuen Alliierten? Wenigstens in den drei Juliustagen spüren sie nie eine Anwandlung von Furcht, und ich kann sogar versichern, dass etwa hundertundfünfzig Deputierte, die noch in Paris sind, sich aufs Bestimmteste für den Krieg ausgesprochen haben, im Fall die beleidigte Nationalehre dieses Opfer verlange. Was aber das Wichtigste: Ludwig Philipp scheint dem ruhigen Erdulden jeder Unbill Valet gesagt und für den Fall der Not den durchgreifendsten Entschluss gefasst zu haben. – Wenigstens sagt er es, und Herr Thiers versichert dass er den aufbrausenden Unwillen des Königs manchmal nur mit Mühe besänftige. Oder ist solche Kriegslust nur eine Kriegslist des göttlichen Dulders Odysseus?

XVII

Es gab gestern keine Börse, ebenso wenig wie vorgestern, und die Kurse hatten Muße, sich von der großen Gemütsbewegung etwas zu erholen. Paris, wie Sparta, hat seinen Tempel der Furcht, und das ist die Börse, in deren Hallen man immer um so ängstlicher zittert, je stürmischer der Mut ist, der draußen tobt.

Ich habe mich gestern sehr bitter über die Engländer ausgesprochen. Bei näherer Erkundigung erscheint ihre Schuld nicht so groß, wie ich anfangs glaubte. Wenigstens das englische Volk desavouiert seinen Mandatarius. Ein dicker Brite, der alle Jahr am 29. Julius hierherkommt, um seinen Töchtern das Feuerwerk auf dem Pont de la Concorde zu zeigen, versichert mir, es herrsche in England der größte Unwillen gegen den Coxcomb Palmerston, der voraussehen konnte, dass die Konvention wegen Ägypten die Franzosen aufs Äußerste beleidigen müsse. Es sei in der Tat, gestehen die Engländer, eine Beleidigung von Seiten Englands, aber es sei keine Verräterei: denn Frankreich habe seit langer Zeit darum gewusst, dass man Mehemed Ali aus Syrien mit Gewalt verjagen wolle; das französische Ministerium sei hiermit ganz einverstanden gewesen; es habe selber in Betreff jener Provinz eine sehr zweideutige Rolle gespielt; die geheimen Lenker der syrischen Revolte seien Franzosen, deren katholischer Fanatismus nicht in Downing Street, sondern auf dem Boulevard des Capucines allerlei aufmunternde Sympathien finde; bereits in der Geschichte von den gefolterten Juden zu Damaskus habe sich das französische Ministerium zugunsten der katholischen Partei sehr kompromittiert; schon bei dieser Gelegenheit habe Lord Palmerston seine Missachtung des französischen Premierministers hinlänglich bekundet, indem er den Behauptungen desselben öffentlich widersprach usw. – Wie dem auch sei, Lord Palmerston hätte voraussehen können, dass die Konvention nicht ausführbar ist und dass also die Franzosen unnützerweise in Harnisch gesetzt würden, was immerhin seine gefährlichen Folgen haben kann. Je länger wir darüber nachdenken, desto mehr wundern wir uns über das ganze Ereignis. Es gibt hier Motive, die uns bis jetzt noch verborgen sind, vielleicht sehr feine, staatskluge Motive – vielleicht auch sehr einfältige.

Ich habe oben die Geschichte von Damaskus erwähnt. Diese findet hier noch immer viel Besprechung, namentlich bildet sie einen stehenden Artikel im »Univers«, dem Organ der ultramontanen Priesterpartei. Eine geraume Zeit hindurch hat dieses Journal alle Tage einen Brief aus dem Orient mitgeteilt. Da nur alle acht Tage das Dampfboot aus der Levante anlangt, so sind wir hier um so mehr an ein Wunder zu glauben geneigt, als wir ohnehin durch die Damaszener Vorgänge in die Mirakelzeit des Mittelalters zurückversetzt sind. Ist es doch schon ein Wunder, dass die aus der Luft gegriffenen Nachrichten des »Univers« in Frankreich einigen Anklang finden! Ja, es ist nicht zu leugnen, ein großer Teil der Franzosen ist nicht abgeneigt, dem blutigen Unglimpf Glauben zu schenken, und die obskursten Erfindungen der Pfaffenlist stoßen hier auf sehr lauen Widerspruch. Verwundert fragen wir uns: Ist das Frankreich, die Heimat der Aufklärung, das Land, wo Voltaire gelacht und Rousseau geweint hat? Sind das die Franzosen, die einst der Göttin der Vernunft in Notre-Dame huldigten, allen Priestertrug abgeschworen und sich als die Nationalfeinde des Fanatismus in der ganzen Welt proklamierten? Wir wollen ihnen nicht unrecht tun: eben weil ein blinder Zorn gegen allen Aberglauben sie noch beseelt, eben weil sie, alte Kinder des achtzehnten Jahrhunderts, allen Religionen die infamsten Untaten zutrauen, hielten sie auch die Bekenner des Judentums fähig, dergleichen begangen zu haben, und ihre leichtsinnigen Ansichten über die Damaszener Vorgänge sind nicht aus Fanatismus gegen die Juden, sondern aus Hass gegen den Fanatismus selbst hervorgegangen. – Dass über jene Vorgänge keine so bornierten Meinungen in Deutschland aufkommen konnten, zeugt nur von unsrer größeren Gelahrtheit; geschichtliche Kenntnisse sind so sehr im deutschen Volk verbreitet, dass selbst der grimmigste Groll nicht mehr zu den alten Blutmärchen greifen darf.

Wie sonderbar die Leichtgläubigkeit bei dem gemeinen Volk in Frankreich mit der größten Skepsis verbunden ist, bemerkte ich vor einigen Abenden auf der Place de la Bourse, wo ein Kerl mit einem großen Fernrohr sich postiert hatte und für zwei Sous den Mond zeigte. Er erzählte dabei den umstehenden Gaffern, wie groß dieser Mond sei, so viele tausend Quadratmeilen, wie es Berge darauf gebe und Flüsse, wie er so viele tausend Meilen von der Erde entfernt sei und dergleichen merkwürdige Dinge mehr, die einen alten Portier, der mit seiner Gattin vorbeiging, unwiderstehlich anreizten, zwei Sous auszugeben, um den Mond zu betrachten. Seine teure Ehehälfte jedoch widersetzte sich mit rationalistischem Eifer und riet ihm, seine zwei Sous lieber für Tabak auszugeben: das sei alles Aberglaube, was man von dem Mond erzähle, von seinen Bergen und Flüssen und seiner unmenschlichen Größe, das habe man erfunden, um den Leuten das Geld aus der Tasche zu locken.

XVIII

Granville (Departement de la Manche),
25. August 1840

Seit drei Wochen durchstreife ich die Normandie die Kreuz und die Quer, und über die Stimmung, die sich hier bei Gelegenheit der letzten Ereignisse kundgab, kann ich Ihnen aus eigener Beobachtung berichten. Die Gemüter waren durch die kriegerischen Trompetenstöße der französischen Presse schon ziemlich aufgeregt, als die Landung des Prinzen Ludwig allen möglichen Befürchtungen Spielraum gab. Man ängstigte sich durch die verzweiflungsvollsten Hypothesen. Bis auf diese Stunde glauben die Leute hierzulande, dass der Prinz auf eine ausgebreitete Verschwörung rechnete und sein langes Verharren bei der Säule von Boulogne von einem Rendezvous zeugte, das durch Verrat oder Zufall vereitelt ward. Zwei Drittel der zahlreichen englischen Familien, die in Boulogne wohnen, nahmen Reißaus, ergriffen von panischer Furcht, als sie in dem geruhsamen Städtchen einige gefährliche Flintenschüsse vernahmen und den Krieg vor ihrer eigenen Tür sahen. Diese Flüchtlinge, um ihre Angst zu rechtfertigen, brachten die entsetzlichsten Gerüchte nach der englischen Küste, und Englands Kalkfelsen wurden noch blässer vor Schrecken. Durch Wechselwirkung werden jetzt die Engländer, die in der Normandie hausen, von ihren heimischen Angehörigen zurückberufen in das glückliche Eiland, das vor den Verheerungen des Krieges noch lange geschützt sein wird – nämlich so lange, bis einmal die Franzosen eine hinlängliche Anzahl Dampfschiffe ausgerüstet haben werden, womit man eine Landung in England bewerkstelligen kann.

In Boulogne wäre eine solche Dampfflotte bis zum Tage der Ausfahrt von unzähligen kleinen Forts beschützt. Letztere, welche die ganze Küste der Departements du Nord und de la Manche umgehen, sind auf Felsen gepflanzt, die, aus dem Meer hervorragend, wie vor Anker liegende steinerne Kriegsschiffe aussehen. Sie sind während der langen Friedenszeit etwas baufällig geworden, jetzt aber werden sie mit großem Eifer gerüstet. Von allen Seiten sah ich zu diesem Behuf eine Menge blanke Kanonen heranschleppen, die mich sehr freundlich anlachten; denn diese klugen Geschöpfe teilen meine Antipathie gegen die Engländer und werden solche gewiss weit donnernder und treffender aussprechen. Beiläufig bemerke ich, dass die Kanonen der französischen Küstenforts über ein Drittel weiter schießen als die englischen Schiffskanonen, welche zwar von so großem Kaliber, aber nicht von derselben Länge sein können. – Hier in der Normandie haben die Kriegsgerüchte alle Nationalgefühle und Nationalerinnerungen aufgeregt, und als ich im Wirtshaus zu Saint-Valéry, während des Tischgesprächs den Plan einer Landung in England diskutieren hörte, fand ich die Sache durchaus nicht lächerlich: denn auf derselben Stelle hatte sich einst Wilhelm der Eroberer eingeschifft, und seine damaligen Kameraden waren ebensolche Normannen wie die guten Leute, die ich jetzt eine ähnliche Unternehmung besprechen hörte. Möge der stolze englische Adel nie vergessen, dass es Bürger und Bauern in der Normandie gibt, die ihre Blutsverwandtschaft mit den vornehmsten Häusern Englands urkundlich beweisen können und gar nicht übel Lust hätten, ihren lieben Vettern und Basen einen Besuch abzustatten.

Der englische Adel ist im Grunde der jüngste in Europa, trotz der hochklingenden Namen, die selten ein Zeichen der Abstammung, sondern gewöhnlich nur ein übertragener Titel sind. Der übertriebene Hochmut dieser Lordships und Ladyships ist vielleicht eine Nücke [Laune, Schrulle] ihrer parvenierten Jugendlichkeit, wie denn immer, je jünger der Stammbaum, desto grünlich bitterer die Früchtchen. Jener Hochmut trieb einst die englische Ritterschaft in den verderblichen Kampf mit den demokratischen Richtungen und Ansprüchen Frankreichs, und es ist leicht möglich, dass ihre jüngsten Übermüte aus ähnlichen Gründen entsprungen: denn zu unserer größten Verwunderung fanden wir, dass bei jener Gelegenheit die Tories mit den Whigs übereinstimmten.

Woher aber kommt es, dass solche Emeute aller aristokratischen Interessen immer im englischen Volke so vielen Anklang fand? Der Grund liegt darin, dass erstens das ganze englische Volk, die Gentry ebenso gut wie die High nobility und der Mob ebenso gut wie jene, von sehr aristokratischer Gesinnung sind, und zweitens, weil immer im Herzen der Engländer eine geheime Eifersucht, wie ein böses Geschwür, juckt und eitert, sobald in Frankreich ein behaglicher Wohlstand emporblüht, sobald die französische Industrie durch den Frieden gedeiht und die französische Marine sich bedeutend ausbildet.

Namentlich in Beziehung auf die Marine wird den Engländern die gehässigste Missgunst zugeschrieben, und in den französischen Häfen zeigt sich wirklich eine Entwickelung von Kräften, die leicht den Glauben erregt, die englische Seemacht in einiger Zeit von der französischen überflügelt zu sehen. Erstere ist seit zwanzig Jahren stationär geblieben, statt dass letztere im tätigsten Fortschritt begriffen ist. Ich habe in einem früheren Briefe bereits bemerkt, wie im Arsenal zu Toulon der Bau der Kriegsschiffe so eifrig betrieben worden, dass im Fall eines Krieges binnen kurzer Frist fast doppelt so viele Schiffe, wie Frankreich 1814 besitzen durfte, in See stechen können. Ein Leipziger Tagesblatt widersprach dieser Behauptung in einer ziemlich herben Weise; ich kann nur die Achsel darüber zucken, denn dergleichen Angaben schöpfe ich nicht aus bloßem Hörensagen, sondern aus der unmittelbarsten Anschauung. In Cherbourg, wo ich mich vor acht Tagen befand (ein gut Stück französischer Marine plätschert dort im Hafen), versicherte man mir, dass zu Brest ebenfalls doppelt so viele Kriegsschiffe befindlich wie früher, nämlich über fünfzehn Linienschiffe, Fregatten und Briggs, von der anständigsten Kanonenzahl, teils ganz, teils bis auf einige Zwanzigstel fertiggebaut und ausgerüstet. In vier Wochen werde ich Gelegenheit haben, sie persönlich kennenzulernen. Bis dahin begnüge ich mich, zu berichten, dass ebenso wie hier, in der Basse-Normandie, auch an der bretonischen Küste unter dem Seevolke die kriegsmutigste Aufregung herrscht und die ernsthaftesten Vorbereitungen zum Kriege gemacht werden. – – –

Ach Gott! nur kein Krieg! Ich fürchte, dass das ganze französische Volk, wenn man es hart bedränge, jene rote Mütze wieder hervorholt, die ihm noch weit mehr als das dreieckige bonapartistische Wünschelhütchen das Haupt erhitzen dürfte! Ich möchte hier gern die Frage aufwerfen, inwieweit die dämonischen Zerstörungskräfte, die jenem alten Talisman in Frankreich gehorchen, auch im Ausland sich geltend machen könnten. Es wäre wichtig, zu untersuchen, von welcher Bedeutung die Gewalten sind, die einem Zaubermittel zugeschrieben werden, wovon die französische Presse in der jüngsten Zeit unter dem Namen »Propaganda« so geheimnisvoll und bedrohsam flüsterte und zischelte. Ich muss mich aus leicht begreiflichen Gründen aller solchen Untersuchungen enthalten, und in Betreff der vielbesprochenen Propaganda erlaube ich mir nur eine parabolische Andeutung. Es ist Ihnen bekannt, dass in Lappland noch viel Heidentum herrscht und dass die Lappen, welche zur See gehen wollen, sich vorher, um den notwendigen Fahrwind einzukaufen, zu einem Hexenmeister begehen. Dieser überliefert ihnen ein Tuch, worin drei Knoten sind. Sobald man auf dem Meere ist und den ersten Knoten öffnet, bewegt sich die Luft, und es bläst ein guter Fahrwind. Öffnet man den zweiten Knoten, so entsteht schon eine weit stärkere Lufterschütterung, und es heult ein wütendes Wetter. Öffnet man aber gar den dritten Knoten, so erhebt sich der wildeste Sturm und peitscht das rasende Meer, und das Schiff kracht und geht unter mit Mann und Maus. Wenn der arme Lappe zu seinem Hexenmeister kommt, beteuert er freilich, er habe genug an einem einzigen Knoten, an gutem Fahrwind, er brauche keinen stärkeren Wind und am allerwenigsten einen gefährlichen Sturm; aber es hilft ihm nichts, man verkauft ihm den Wind nur en gros, er muss für alle drei Sorten zahlen, und wehe ihm, wenn er etwa späterhin auf dem hohen Meere zuviel Branntwein trinkt und im Rausche die bedenklicheren Knoten aufknüpft! – Die Franzosen sind nicht so läppisch wie die Lappen, obgleich sie leichtsinnig genug wären, die Stürme zu entzügeln, wodurch sie selber zugrunde gehen müssten. Bis jetzt sind sie noch weit genug davon entfernt. Wie man mir mit Betrübnis versichert, hat sich das französische Ministerium nicht sehr kauflustig gezeigt, als ihm einige preußische und polnische Windmacher (die aber keine Hexenmeister sind!) ihren Wind anboten.

XIX

Paris, 21. September 1840

Ohne sonderliche Ausbeute bin ich dieser Tage von einem Streifzug durch die Bretagne zurückgekehrt. Ein armselig ödes Land, und die Menschen dumm und schmutzig. Von den schönen Volksliedern, die ich dort zu sammeln gedachte, vernahm ich keinen Laut. Dergleichen existiert nur noch in alten Sangbüchern, deren ich einige aufkaufte; da sie jedoch in bretonischen Dialekten geschrieben sind, muss ich sie mir erst ins Französische übersetzen lassen, ehe ich etwas davon mitteilen kann. Das einzige Lied, was ich auf meiner Reise singen hörte, war ein deutsches; während ich mich in Rennes barbieren ließ, meckerte jemand auf der Straße den Jungfernkranz aus dem »Freischütz« in deutscher Sprache. Den Sänger selbst hab ich nicht gesehen, aber seine veilchenblaue Seide klang mir tagelang noch im Gedächtnis. Es wimmelt jetzt in Frankreich von deutschen Bettlern, die sich mit Singen ernähren und den Ruhm der deutschen Tonkunst nicht sehr fördern.

Über die politische Stimmung der Bretagne kann ich nicht viel berichten, die Leute sprechen sich hier nicht so leicht aus wie in der Normandie; die Leidenschaften sind hier ebenso schweigsam wie tief, und der Freund wie der Feind der Tagesregierung brütet hier mit stummem Grimm. Wie im Beginn der Revolution gibt es auch jetzt noch in der Bretagne die glühendsten Enthusiasten der Revolution, und ihr Eifer wird durch die Schrecknisse, womit die Gegenpartei sie bedroht, bis zur blutdürstigsten Wut gesteigert. Es ist ein Irrtum, wenn man glaubt, dass die Bauern in der Bretagne aus Liebe für die ehemalige Adelsherrschaft bei jedem legitimistischen Aufruf zu den Waffen griffen. Im Gegenteil, die Gräuel des alten Regimes sind noch im farbigsten Andenken, und die edlen Herren haben in der Bretagne entsetzlich genug gewirtschaftet. Sie erinnern sich vielleicht der Stelle in den Briefen der Frau von Sévigné, wo sie erzählt, wie die unzufriedenen Vilains und Roturiers dem Generalgouverneur die Fenster eingeschmissen und die Schuldigen aufs Grausamste hingerichtet wurden. Die Zahl derjenigen, die durchs Rad starben, muss sehr groß gewesen sein, denn da man später mit dem Strange verfuhr, bemerkte Frau von Sévigné ganz naiv: nach dem vielen Rädern sei das Hängen für sie eine wahre Erfrischung. Die mangelnde Liebe wird durch Versprechungen ersetzt, und ein armer Bretone, der bei jedem legitimistischen Schilderheben sich tätig gezeigt und nichts als Wunden und Elend dabei gewann, gestand mir, dass er diesmal seines Lohnes gewiss sei, da Heinrich V. bei seiner Rückkehr jedem, der für seine Sache gefochten, eine lebenslängliche Pension von fünfhundert Franken bezahlen werde.

Hegt aber das Volk in der Bretagne nur sehr laue und eigennützige Sympathien für die alte Noblesse, so folgt es desto unbedingter allen Inspirationen der Geistlichkeit, in deren geistiger und leiblicher Botmäßigkeit es geboren wird, lebt und stirbt. Wie dem Druiden in der alten Keltenzeit gehorcht der Bretone jetzt seinem Pfarrer, und nur durch dessen Vermittlung dient er dem Edelmann. Georg Cadoudal war wahrlich kein serviler Lakai des Adels, ebenso wenig wie Charette, der sich über den letztern mit der bittersten Geringschätzung aussprach und an Ludwig XVIII. unumwunden schrieb: »La lâcheté de vos gentilshommes a perdu votre cause«; aber vor ihren tonsurten Oberhäuptern beugten diese Leute demütig das Knie. Selbst die bretonischen Jakobiner konnten sich nie ganz von ihren kirchlichen Velleitäten lossagen, und es blieb immer ein Zwiespalt in ihrem Gemüt, wenn die Freiheit in Konflikt geriet mit ihrem Glauben. – –

Wird es aber zum Krieg kommen? Jetzt nicht: doch der böse Dämon ist wieder entfesselt und spukt in den Gemütern. Das französische Ministerium handelte sehr unbesonnen, als es gleich mit vollen Backen in die Kriegstrompete stieß und ganz Europa auftrommelte. Wie der Fischer in dem arabischen Märchen hat Thiers die Flasche geöffnet, woraus der schreckliche Dämon emporstieg ... er erschrak nicht wenig über dessen kolossale Gestalt und möchte ihn jetzt zurückbannen mit schlauen Worten. »Bist du wirklich aus einer so kleinen Bouteille hervorgestiegen?« sprach der Fischer zu dem Riesen, und zum Beweise verlangte er, dass er wieder in dieselbe Flasche hineinkrieche; und als der große Narr es tat, verschloss der Fischer die Flasche mit einem guten Stöpsel ... Die Post geht ab, und wie die Sultanin Scheherezade unterbrechen wir unsere Erzählung, vertröstend auf morgen, wo wir aber ebenfalls, wegen der vielen eingeschobenen Episoden, keinen Schluss liefern.

XX

Paris, den 1. Oktober 1840

»Haben Sie das Buch Baruch gelesen?« Mit dieser Frage lief einst Lafontaine durch alle Straßen von Paris, jeden seiner Bekannten anhaltend, um ihm die große Neuigkeit mitzuteilen, dass das Buch Baruch wunderschön sei, eine der besten Sachen, die je geschrieben worden. Die Leute sahen ihn verwundert an und lächelten vielleicht in derselben Weise, wie ich Sie lächeln sehe, wenn ich Ihnen mit der heutigen Post die wichtige Nachricht mitteile, dass »Tausend und eine Nacht« eines der besten Bücher ist und gar besonders nützlich und belehrsam in jetziger Zeit ... Denn aus jenem Buche lernt man den Orient besser kennen als aus den Berichten Lamartines, Poujoulats und Konsorten; und wenn auch diese Kenntnis nicht hinreicht, die orientalische Frage zu lösen, so wird sie uns wenigstens ein bisschen aufheitern in unserem okzidentalischen Elend! Man fühlt sich so glücklich, während man dies Buch liest! Schon der Rahmen ist kostbarer als die besten Gemälde des Abendlandes. Welch ein prächtiger Kerl ist jener Sultan Schariar, der seine Gattinnen des andern Morgens, nach der Brautnacht, unverzüglich töten lässt! Welche Tiefe des Gemüts, welche schauerliche Seelenkeuschheit, welche Zartheit des ehelichen Bewusstseins offenbart sich in jener naiven Liebestat, die man bisher als grausam, barbarisch, despotisch verunglimpfte! Der Mann hatte einen Abscheu gegen jede Verunreinigung seiner Gefühle, und er glaubte sie schon verunreinigt durch den bloßen Gedanken, dass die Gattin, die heut an seinem hohen Herzen lag, vielleicht morgen in die Arme eines anderen, eines schmutzigen Lumps, hinabsinken könne – und er tötete sie lieber gleich nach der Brautnacht! Da man so viele verkannte Edle, die das blödsinnige Publikum lange Zeit verlästerte und schmähte, jetzt wieder zu Ehren bringt, so sollte man auch den wackern Sultan Schariar in der öffentlichen Meinung zu rehabilitieren suchen. Ich selbst kann mich in diesem Augenblick einem solchen verdienstlichen Werke nicht unterziehen, da ich schon mit der Rehabilitation des seligen Königs Prokrustes beschäftigt bin; ich werde nämlich beweisen, dass dieser Prokrustes bisher so falsch beurteilt worden, weil er seiner Zeit vorausgeschritten und in einer heroisch aristokratischen Periode die heutigsten Plebejerideen zu verwirklichen suchte. Keiner hat ihn verstanden, als er die Großen verkleinerte und die Kleinen so lange ausreckte, bis sie in sein eisernes Gleichheitsbett passten.

Der Republikanismus macht in Frankreich täglich bedeutendere Fortschritte, und Robespierre und Marat sind vollständig rehabilitiert. Oh, edler Schariar und echt demokratischer Prokrustes! auch ihr werdet nicht lange mehr verkannt bleiben. Erst jetzt versteht man euch. Die Wahrheit siegt am Ende.

Madame Lafarge wird seit ihrer Verurteilung noch leidenschaftlicher als früher besprochen. Die öffentliche Meinung ist ganz zu ihren Gunsten, seitdem Herr Raspail sein Gutachten in die Waagschale geworfen. Bedenkt man einerseits, dass hier ein strenger Republikaner gegen seine eigenen Parteiinteressen auftritt und durch seine Behauptungen eins der volkstümlichsten Institute des neuen Frankreichs, die Jury, unmittelbar kompromittiert; und bedenkt man andererseits, dass der Mann, auf dessen Ausspruch die Jury das Verdammungsurteil basierte, ein berüchtigter Intrigant und Scharlatan ist, eine Klette am Kleide der Großen, ein Dorn im Fleisch der Unterdrückten, schmeichelnd nach oben, schmähsüchtig nach unten, falsch im Reden wie im Singen: o Himmel! dann zweifelt man nicht länger, dass Marie Capelle unschuldig ist und an ihrer Statt der berühmte Toxologe, welcher Dekan der Medizinischen Fakultät von Paris, nämlich Herr Orfila, auf dem Marktplatz von Tulle an den Pranger gestellt werden sollte! Wer aus näherer Beobachtung die Umtriebe jenes eiteln Selbstsüchtlings nur einigermaßen kennt, ist in tiefster Seele überzeugt, dass ihm kein Mittel zu schlecht ist, wo er eine Gelegenheit findet, sich in seiner wissenschaftlichen Spezialität wichtig zu machen und überhaupt den Glanz seiner Berühmtheit zu fördern! In der Tat, dieser schlechte Sänger, der, wenn er in den Soireen von Paris seine schlechten Romanzen meckert, kein menschliches Ohr schont und jeden töten möchte, der ihn auslacht: er würde auch kein Bedenken tragen, ein Menschenleben zu opfern, wo es gälte, das versammelte Publikum glauben zu machen, niemand sei so geschickt wie er, jedes verborgene Gift an den Tag zu bringen! Die öffentliche Meinung geht dahin, dass im Leichnam des Lafarge gar kein Gift, desto mehr hingegen im Herzen des Herrn Orfila vorhanden war. Diejenigen, welche dem Urteil der Jury von Tulle beistimmen, bilden eine sehr kleine Minorität und gebärden sich nicht mehr mit der früheren Sicherheit. Unter ihnen gibt es Leute, welche zwar an Vergiftung glauben, dieses Verbrechen aber als eine Art Notwehr betrachten und gewissermaßen justifizieren. Lafarge, sagen sie, sei einer größern Untat anklagbar: er habe, um sich durch ein Heiratsgut vom Bankrotte zu retten, mit betrügerischen Vorspiegelungen das edle Weib gleichsam gestohlen und sie nach seiner öden Diebeshöhle geschleppt, wo, umgehen von der rohen Sippschaft, unter moralischen Martern und tödlichen Entbehrungen, die arme verzärtelte, an tausend geistige Bedürfnisse gewöhnte Pariserin, wie ein Fisch außer dem Wasser, wie ein Vogel unter Fledermäusen, wie eine Blume unter limosinischen Bestien, elendiglich dahinsterben und vermodern musste! »Ist das nicht ein Meuchelmord, und war hier nicht Notwehr zu entschuldigen?« – so sagen die Verteidiger, und sie setzen hinzu: »Als das unglückliche

Weib sah, dass sie gefangen war, eingekerkert in der wüsten Kartause, welche Glandier heißt, bewacht von der alten Diebesmutter, ohne gesetzliche Rettungshilfe, ja gefesselt durch die Gesetze selbst – da verlor sie den Kopf, und zu den tollen Befreiungsmitteln, die sie zuerst versuchte, gehört jener famose Brief, worin sie dem rohen Gatten vorlog, sie liebe einen anderen, sie könne ihn nicht lieben, er möge sie also loslassen, sie wolle nach Asien fliehen, und er möge ihr Heiratsgut behalten. Die holde Närrin! In ihrem Wahnsinn glaubte sie, ein Mann könne mit einem Weib nicht leben, welches ihn nicht liebe, daran stürbe er, das sei der Tod ... Da sie aber sah, dass der Mann auch ohne Liebe leben konnte, dass ihn Lieblosigkeit nicht tötete, da griff sie zu purem Arsenik ... Rattengift für eine Ratte!« – Die Männer der Jury von Tulle scheinen Ähnliches gefühlt zu haben, denn sonst wäre es nicht zu begreifen, weshalb sie in ihrem Verdikt von Milderungsgründen sprachen. Soviel ist aber gewiss, dass der Prozess der Dame von Glandier ein wichtiges Aktenstück ist, wenn man sich mit der großen Frauenfrage beschäftigt, von deren Lösung das ganze gesellschaftliche Leben Frankreichs abhängt. Die außerordentliche Teilnahme, die jener Prozess erregt, entspringt aus dem Bewusstsein eigenen Leids. Ihr armen Frauen, ihr seid wahrhaftig übel dran. Die Juden in ihren Gebeten danken täglich dem lieben Gott, dass er sie nicht als Frauenzimmer zur Welt kommen ließ. Naives Gebet von Menschen, die eben durch Geburt nicht glücklich sind, aber ein weibliches Geschöpf zu sein für das schrecklichste Unglück halten! Sie haben recht, selbst in Frankreich, wo das weibliche Elend mit so vielen Rosen bedeckt wird.

XXI

Paris, 3. Oktober 1840

Seit gestern Abend herrscht hier eine Aufregung, die alle Begriffe übersteigt. Der Kanonendonner von Beirut findet sein Echo in der Brust aller Franzosen. Ich selber bin wie betäubt: schreckliche Befürchtungen dringen in mein Gemüt. Der Krieg ist noch das geringste der Übel, die ich fürchte. In Paris können Auftritte stattfinden, wogegen alle Szenen der vorigen Revolution wie heitere Sommernachtsträume erscheinen möchten! Der *vorigen* Revolution? Nein, die Revolution ist noch eine und dieselbe, wir haben erst den Anfang gesehen, und viele von uns werden die Mitte nicht überleben! Die Franzosen sind in einer schlechten Lage, wenn hier die Bajonettenmehrzahl entscheidet. Aber das Eisen tötet nicht, sondern die Hand, und diese gehorcht der Seele. Es kommt nun darauf an, wie viel Seele auf jeder Waagschale sein wird. Vor den Bureaux de recrutements macht man heute Queue, wie vor den Theatern, wenn ein gutes Stück gegeben wird: eine unzählige Menge junger Leute lässt sich als Freiwillige zum Militärdienst einschreiben. Im Palais Royal wimmelt's von Ouvriers, die sich die Zeitungen vorlesen und sehr ernsthaft dabei aussehen. Der Ernst, der sich in diesem Augenblick fast wortkarg äußert, ist unendlich beängstigender als der geschwätzige Zorn vor zwei Monaten. Es heißt, dass die Kammern berufen werden, was vielleicht ein neues Unglück. Deliberierende Korporationen lähmen jede handelnde Tatkraft der Regierung, wenn sie nicht selbst alle Regierungsgewalt in Händen haben, wie z. B. der Konvent von 1792. In jenem Jahr waren die Franzosen in einer weit schlimmeren Lage als jetzt.

XXII

Paris, 7. Oktober 1840

Stündlich steigt die Aufregung der Gemüter. Bei der hitzigen Ungeduld der Franzosen ist es kaum zu begreifen, wie sie es aushalten können in diesem Zustand der Ungewissheit. »Entscheidung, Entscheidung um jeden Preis!« ruft das ganze Volk, das seine Ehre gekränkt glaubt. Ob diese Kränkung eine wirkliche oder nur eine eingebildete ist, vermag ich nicht zu entscheiden; die Erklärung der Engländer und Russen, dass es ihnen nur um die Sicherung des Friedens zu tun sei, klingt jedenfalls sehr ironisch, wenn zu gleicher Zeit zu Beirut der Kanonendonner das Gegenteil behauptet. Dass man auf den dreifarbigen Pavillon des französischen Konsuls zu Beirut mit besonderer Vorliebe gefeuert hat, erregt die meiste Entrüstung. Vorgestern Abend verlangte das Parterre in der Großen Oper, dass das Orchester die Marseillaise anstimme; da ein Polizeikommissar diesem Verlangen widersprach, sang man ohne Begleitung, aber mit so schnaubendem Zorn, dass die Worte in den Kehlen stockten und ganz unverständlich hervorgebrüllt wurden. Oder haben die Franzosen die Worte jenes schrecklichen Lieds vergessen und erinnern sich nur noch der alten Melodie? Der Polizeikommissar, welcher auf die Szene stieg, um dem Publikum eine Gegenvorstellung zu machen, stotterte unter vielen Verbeugungen: das Orchester könne die Marseillaise nicht aufspielen, denn dieses Musikstück stünde nicht auf dem Anschlagzettel. Eine Stimme im Parterre erwiderte: »Mein Herr, das ist kein Grund, denn Sie selbst stehen ja auch nicht auf dem Anschlagzettel.« Für heute hat der Polizeipräfekt allen Theatern die Erlaubnis erteilt, die Marseiller Hymne zu spielen, und ich halte diesen Umstand nicht für unwichtig. Ich sehe darin ein Symptom, dem ich mehr Glauben schenke als allen kriegerischen Deklamationen der Ministerialblätter. Letztere stoßen in der Tat seit einigen Tagen so bedeutend in die Trompete Bellonas, dass man den Krieg als etwas Unvermeidliches zu betrachten schien. Die Friedfertigsten waren der Kriegsminister und der Marineminister; der Kampflustigste war der Minister des Unterrichts – ein wackerer Mann, der seit seiner Amtsführung selbst die Achtung seiner Feinde erworben und jetzt ebenso viel Tatkraft wie Begeisterung entfaltet, aber die Kriegskräfte Frankreichs gewiss nicht so gut zu beurteilen weiß wie der Marineminister und der Kriegsminister. Thiers hält allen die Waage und ist wirklich der Mann der Nationalität. Letztere ist ein großer Hebel in seinen Händen, und er hat von Napoleon gelernt, dass man die Franzosen damit noch weit gewaltiger bewegen kann als mit Ideen. Trotz seinem Nationalismus bleibt aber Frankreich der Repräsentant der Revolution, und die Franzosen kämpfen nur für diese, wenn sie sich selbst aus Eitelkeit, Eigennutz und Torheit schlagen. Thiers hat imperialistische Gelüste, und wie ich Ihnen schon Ende Julius schrieb, der Krieg ist die Freude seines Herzens. Jetzt ist der Fußboden seines Arbeitzimmers ganz mit Landkarten bedeckt, und da liegt er auf dem Bauch und steckt schwarze und grüne Nadeln ins Papier, ganz wie Napoleon. Dass er an der Börse spekuliert habe, ist eine schnöde Verleumdung; ein Mensch kann nur einer einzigen Leidenschaft gehorchen, und der Ehrgeizige denkt selten an Geld. Durch seine Familiarität mit gesinnungslosen Glücksrittern hat sich Thiers all die boshaften Gerüchte, die an seinem Leumund nagen, selber zugezogen. Diese Leute, wenn er ihnen jetzt den Rücken kehrt, schmähen ihn noch mehr als seine politischen Feinde. Aber warum pflegte er Umgang mit solchem Gesindel? Wer sich mit Hunden niederlegt, steht mit Flöhen auf.

Ich bewundere den Mut des Königs; jede Stunde, wo er zögert, dem verletzten Nationalgefühl Genugtuung zu schaffen, wächst die Gefahr, die den Thron noch entsetzlicher bedroht als alle Kanonen der Alliierten. Morgen, heißt es, sollen die Ordonnanzen publiziert werden, welche die Kammern berufen und Frankreich in Kriegszustand (état de guerre) erklären. Gestern Abend, auf der Nachtbörse von Tortoni, hieß es, Lalande habe Befehl erhalten, nach der Straße von Gibraltar zu eilen und der russischen Flotte, wenn sie sich mit der englischen vereinigen wolle, den Durchgang ins Mittelländische Meer zu wehren. Die Rente, welche am Tage schon zwei Prozent gefallen war, purzelte noch zwei Prozent tiefer. Herr v. Rothschild, wird behauptet, hatte gestern Zahnschmerz; andere sagen Kolik. Was wird daraus werden? Das Gewitter zieht immer näher. In den Lüften vernimmt man schon den Flügelschlag der Walküren.

XXIII

Thiers geht ab, und Guizot tritt wieder auf. Es ist aber dasselbe Stück, und nur die Akteure wechseln. Dieser Rollenwechsel geschah auf Verlangen sehr vieler hohen und allerhöchsten Personen, nicht des gewöhnlichen Publikums, das mit dem Spiel seines ersten Helden sehr zufrieden war. Dieser buhlte vielleicht etwas zu sehr um den Beifall des Parterres; sein Nachfolger hat mehr die höheren Regionen im Auge, die Gesandtenlogen.

In diesem Augenblick versagen wir nicht unser Mitleid dem Manne, der unter den jetzigen Umständen in das Hôtel des Capucines seinen Einzug hält; er ist viel mehr zu bedauern als derjenige, der dieses Marterhaus oder Drillhaus verlässt. Er ist fast ebenso zu bedauern wie der König selber; auf diesen schießt man, den Minister verleumdet man. Mit wie viel Kot bewarf man Thiers während seines Ministeriums! Heute bezieht er wieder sein kleines Haus auf der Place Saint-George, und ich rate ihm, gleich ein Bad zu nehmen. Hier wird er sich wieder seinen Freunden in fleckenloser Größe zeigen, und wie vor vier Jahren, als er in derselben plötzlichen Weise das Ministerium verließ, wird jeder einsehen, dass seine Hände rein geblieben sind und sein Herz nicht eingeschrumpft. Er ist nur etwas ernsthafter geworden, obgleich der wahre Ernst ihm nie fehlte und sich, wie bei Cäsar, unter leichten Lebensformen verbarg. Die Beschuldigung der Forfanterie [Prahlerei], die man in der letzten Zeit am öftesten gegen ihn vorbrachte, widerlegt er eben durch seinen Abgang vom Ministerium: eben weil er kein bloßer Maulheld war, weil er wirklich die größten Kriegsrüstungen vornahm, eben deshalb musste er zurücktreten. Jetzt sieht jeder ein, dass der Aufruf zu den Waffen keine prahlerische Spiegelfechterei war. Über vierhundert Millionen beläuft sich schon die Summe, welche für die Armee, die Marine und die Befestigungswerke verwendet worden, und in einigen Monaten stehen sechs mal hunderttausend Soldaten auf den Beinen. Noch stärkere Vorbereitungen zum Kriege standen in Vorschlag, und das ist der Grund, weshalb der König, noch vor dem Beginn der Kammersitzungen, sich um jeden Preis des großen Rüstmeisters entledigen musste. Einige beschränkte Deputiertenköpfe werden jetzt freilich über nutzlose Ausgaben schreien und nicht bedenken, dass es eben jene Kriegsrüstungen sind, die uns vielleicht den Frieden erhielten. Ein Schwert hält das andere in der Scheide. Die große Frage, ob Frankreich durch die Londoner Traktatvorgänge beleidigt war oder nicht, wird jetzt in der Kammer debattiert werden. Es ist eine verwickelte Frage, bei deren Beantwortung man auf die Verschiedenheit der Nationalität Rücksicht nehmen muss. Vorderhand aber haben wir Frieden, und dem König Ludwig Philipp gebührt das Lob, dass er zur Erhaltung des Friedens ebenso viel Mut aufgewendet, als Napoleon dessen im Kriege bekundete. Ja, lacht nicht, er ist der Napoleon des Friedens!

XXIV

Marschall Soult, der Mann des Schwertes, sorgt für die innere Ruhe Frankreichs, und dieses ist seine ausschließliche Aufgabe. Für die äußere Ruhe bürgt unterdessen Ludwig Philipp, der König der Klugheit, der mit geduldigen Händen, nicht mit dem Schwerte, die Wirrnisse der Diplomatie, den gordischen Knäuel, zu lösen sucht. Wird's ihm gelingen? Wir wünschen es, und zwar im Interesse der Fürsten wie der Völker Europas. Letztere können durch einen Krieg nur Tod und Elend gewinnen. Erstere, die Fürsten, würden, selbst im günstigsten Fall, durch einen Sieg über Frankreich die Gefahren verwirklichen, die vielleicht jetzt nur in der Imagination einiger Staatsleute als besorgliche Gedanken existieren. Die große Umwälzung, welche seit fünfzig Jahren in Frankreich stattfand, ist, wo nicht beendigt, doch gewiss gehemmt, wenn nicht von außen das entsetzliche Rad wieder in Bewegung gesetzt wird. Durch die Bedrohnisse eines Krieges mit der neuen Koalition wird nicht bloß der Thron des Königs, sondern auch die Herrschaft jener Bourgeoisie gefährdet, die Ludwig Philipp rechtsmäßig, jedenfalls tatsächlich, repräsentiert. Die Bourgeoisie, nicht das Volk, hat die Revolution von 1789 begonnen und 1830 vollendet, sie ist es, welche jetzt regiert, obgleich viele ihrer Mandatarien von vornehmem Geblüt sind, und sie ist es, welche das andringende Volk, das nicht bloß Gleichheit der Gesetze, sondern auch Gleichheit der Genüsse verlangt, bis jetzt im Zaum hielt. Die Bourgeoisie, welche ihr mühsames Werk, die neue Staatsbegründung, gegen den Andrang des Volkes, das eine radikale Umgestaltung der Gesellschaft begehrt, zu verteidigen hat, ist gewiss zu schwach, wenn auch das Ausland sie mit vierfach stärkeren Kräften anfiele, und noch ehe es zur Invasion käme, würde die Bourgeoisie abdanken, die unteren Klassen würden wieder an ihre Stelle treten, wie in den schrecklichen neunziger Jahren, aber besser organisiert, mit klarerem Bewusstsein, mit neuen Doktrinen, mit neuen Göttern, mit neuen Erd- und Himmelskräften; statt mit einer politischen müsste das Ausland mit einer sozialen Revolution in den Kampf treten. Die Klugheit dürfte daher den alliierten Mächten raten, das jetzige Regiment in Frankreich zu unterstützen, damit nicht weit gefährlichere und kontagiösere Elemente entzügelt werden und sich geltend machen. Die Gottheit selbst gibt ja ihren Stellvertretern ein so belehrendes Beispiel: der jüngste Mordversuch zeigt, wie die Vorsehung dem Haupte Ludwig Philipps einen ganz besondern Schutz angedeihen lässt ... sie schützt den großen Spritzenmeister, der die Flamme dämpft und einen allgemeinen Weltbrand verhütet.

Ich zweifle nicht, dass es dem Marschall Soult gelingen wird, die innere Ruhe zu sichern. Durch seine Kriegsrüstungen hat ihm Thiers genug Soldaten hinterlassen, die freilich ob der veränderten Bestimmung sehr missmutig sind. Wird er auf letztere zählen können, wenn das Volk mit bewaffnetem Ungestüm den Krieg begehrt? Werden die Soldaten dem Kriegsgelüst des eigenen Herzens widerstehen können und sich lieber mit ihren Brüdern als mit den Fremden schlagen? Werden sie den Vorwurf der Feigheit ruhig anhören können? Werden sie nicht ganz den Kopf verlieren, wenn plötzlich der tote Feldherr von St. Helena anlangt? Ich wollte, der Mann läge schon ruhig unter der Kuppel des Invalidendoms und wir hätten die Leichenfeier glücklich überstanden! –

Das Verhältnis Guizots zu den beiden obengenannten Trägern des Staates werde ich späterhin besprechen. Auch lässt sich noch nicht bestimmen, inwieweit er beide durch die Ägide seines Wortes zu schirmen denkt. Sein Rednertalent dürfte in einigen Wochen stark genug in Anspruch genommen werden, und wenn die Kammer, wie es heißt, über den casus belli ein Prinzip aufstellen wird, kann der gelehrte Mann seine Kenntnisse aufs Glänzendste entwickeln. Die Kammer wird nämlich die Erklärung der koalisierten Mächte, dass sie bei der Pazifikation des Orients keine Territorialvergrößerungen und sonstige Privatvorteile beabsichtigen, in besondere Erwägung ziehen und jeden faktischen Widerspruch mit jener Erklärung als einen casus belli feststellen. Über die Rolle, die Thiers bei dieser Gelegenheit spielen wird, und ob er dem alten Nebenbuhler Guizot wieder mit all seiner Sprachgewalt entgegenzutreten gedenkt, kann ich Ihnen ebenfalls erst später berichten.

Guizot hat einen schweren Stand, und ich habe Ihnen schon oft gesagt, dass ich großes Mitleid für ihn empfinde. Er ist ein wackerer, festgesinnter Mann, und Calamatta hat in einem vortrefflichen Porträt sein edles Äußere sehr getreu abkonterfeit. Ein starrer, puritanischer Kopf, angelehnt an eine steinerne Wand – bei einer hastigen Bewegung des Kopfes nach hinten könnte er sich sehr beschädigen. Das Porträt ist an den Fenstern von Goupil und Rittner ausgestellt. Es wird viel betrachtet, und Guizot muss schon in effigie viel ausstehen von den maliziösen Zungen.

236

XXV

Paris, 6. November 1840

Über die Juliusrevolution und den Anteil, den Ludwig Philipp daran genommen, ist jetzt ein Buch erschienen, welches die allgemeine Aufmerksamkeit erregt und überall besprochen wird. Es ist dies der erste Teil von Louis Blancs »Histoire de dix ans«. Ich habe das Werk noch nicht zu Gesicht bekommen; sobald ich es gelesen, will ich versuchen, ein selbständiges Urteil darüber zu fällen. Heute berichte ich Ihnen bloß, was ich von vornherein über den Verfasser und seine Stellung sagen kann, damit Sie den rechten Standpunkt gewinnen, von wo aus Sie genau ermessen mögen, wie viel Anteil der Parteigeist an dem Buch hat und wie viel Glauben Sie seinem Inhalt schenken oder verweigern können.

Der Verfasser, Herr Louis Blanc, ist noch ein junger Mann, höchstens einige dreißig Jahre alt, obgleich er seinem Äußern nach wie ein kleiner Junge von dreizehn Jahren aussieht. In der Tat, seine überaus winzige Gestalt, sein rotbäckiges, bartloses Gesichtchen und auch seine weichlich zarte, noch nicht zum Durchbruch gekommene Stimme geben ihm das Ansehen eines allerliebsten Bübchens, das eben der dritten Schulklasse entsprungen und seinen ersten schwarzen Frack trägt, und doch ist er eine Notabilität der republikanischen Partei, und in seinem Räsonnement herrscht eine Mäßigung, wie man sie nur bei Greiser findet. – Seine Physiognomie, namentlich die munteren Äuglein, deuten auf südfranzösischen Ursprung. Louis Blanc ist geboren zu Madrid, von französischen Eltern. Seine Mutter ist Korsin, und zwar eine Pozzo di Borgo. Er ward erzogen in Rodez. Ich weiß nicht, wie lange er schon in Paris verweilt, aber bereits vor sechs Jahren traf ich ihn hier als Redakteur eines republikanischen Journals, »Le Monde« geheißen, und seitdem stiftete er auch die »Revue du progrès«, das bedeutendste Organ des Republikanismus. Sein Vetter Pozzo di Borgo, der ehemalige russische Gesandte, soll mit der Richtung des jungen Mannes nicht sehr zufrieden gewesen sein und darüber nicht selten Klage geführt haben. (Von jenem berühmten Diplomaten sind, nebenbei gesagt, sehr betrübende Nachrichten hier angelangt, und seine Geisteskrankheit scheint unheilbar zu sein; er verfällt manchmal in Raserei und glaubt alsdann, der Kaiser Napoleon wolle ihn erschießen lassen.) Louis Blancs Mutter und seine ganze mütterliche Familie lebt noch in Korsika. Doch das ist die leibliche Sippschaft, die des Blutes. Dem Geiste nach ist Louis Blanc zunächst verwandt mit Jean-Jacques Rousseau, dessen Schriften der Ausgangspunkt seiner ganzen Denk- und Schreibweise. Seine warme, nette, wahrheitliche Prosa erinnert an jenen ersten Kirchenvater der Revolution. »L'organisation du travail« ist eine Schrift von Louis Blanc, die bereits vor einiger Zeit die Aufmerksamkeit auf ihn lenkte. Wenn auch nicht gründliches Wissen, doch eine glühende Sympathie für die Leiden des Volkes zeigt sich in jeder Zeile dieses kleinen Opus, und es bekundet sich darin zu gleicher Zeit jene Vorliebe für unbeschränkte Herrscherei, jene gründliche Abneigung gegen genialen Personalismus, wodurch sich Louis Blanc von einigen seiner republikanischen Genossen, z. B. von dem geistreichen Pyat, auffallend unterscheidet. Diese Abweichung hat vor einiger Zeit fast ein Zerwürfnis hervorgebracht, als Louis Blanc nicht die absolute Pressefreiheit anerkennen wollte, die von jenen Republikanern in Anspruch genommen wird. Hier zeigte es sich ganz klar, dass diese letztern die Freiheit nur der Freiheit wegen lieben, Louis Blanc aber dieselbe vielmehr als ein Mittel zur Beförderung philanthropischer Zwecke betrachtet, sodass ihm auf diesem Standpunkt die gouvernementale Autorität, ohne welche keine Regierung das Heil des Volks fördern könne, weit mehr gilt als alle Befugnisse und Berechtigungen der individuellen Kraft und Größe. Ja, vielleicht schon wegen seiner Taille ist ihm jede große Persönlichkeit zuwider, und er schielt an sie hinauf mit jenem Misstrauen, das er mit einem anderen Schüler Rousseaus, dem seligen Maximilian Robespierre, gemein hat Ich glaube, der

Knirps möchte jeden Kopf abschlagen lassen, der das vorgeschriebene Rekrutenmaß überragt, versteht sich, im Interesse des öffentlichen Heils, der allgemeinen Gleichheit, des sozialen Volksglücks. Er selbst ist mäßig, scheint dem eigenen kleinen Körper keine Genüsse zu gönnen, und er will daher im Staat allgemeine Küchengleichheit einführen, wo für uns alle dieselbe spartanische schwarze Suppe gekocht werden soll und, was noch schrecklicher, wo der Riese auch dieselbe Portion bekäme, deren sich Bruder Zwerg zu erfreuen hätte. Nein, dafür dank ich, neuer Lykurg! Es ist wahr, wir sind alle Brüder, aber ich bin der große Bruder, und ihr seid die kleinen Brüder, und mir gebührt eine bedeutendere Portion. Louis Blanc ist ein spaßhaftes Kompositum von Liliputaner und Spartaner. Jedenfalls traue ich ihm eine große Zukunft zu, und er wird eine Rolle spielen, wenn auch eine kurze. Er ist ganz dazu gemacht, der große Mann der Kleinen zu sein, die einen solchen mit Leichtigkeit auf ihren Schultern zu tragen vermögen, während Menschen von kolossalem Zuschnitt, ich möchte fast sagen, Geister von starker Korpulenz, ihnen eine zu schwere Last sein möchten.

Das neue Buch von Louis Blanc soll vortrefflich geschrieben sein, und da es eine Menge unbekannter und boshafter Anekdoten enthält, hat es schon ein stoffartiges Interesse für die schadenfrohe große Menge. Die Republikaner schwelgen darin mit Wonne; die misère, die Kleinheit jener regierenden Bourgeoisie, die sie stürzen wollen, ist hier sehr ergötzlich aufgedeckt. Für die Legitimisten aber ist das Buch wahrer Kaviar, denn der Verfasser, der sie selbst verschont, verhöhnt ihre bürgerlichen Besieger und wirft vergifteten Kot auf den Königsmantel von Ludwig Philipp. Sind die Geschichten, die Louis Blanc von ihm erzählt, falsch oder wahr? Ist letzteres der Fall, so hätte die große Nation der Franzosen, die so viel von ihrem Point d'honneur spricht, sich seit zehn Jahren von einem gewöhnlichen Gaukler, von einem gekrönten Bosco regieren und repräsentieren lassen. Es wird nämlich in jenem Buch folgendes erzählt: Den 1. August, als Karl X. den Herzog von Orleans zum Lieutenant-General ernannt, habe sich Dupin zu letzterm nach Neuilly begeben und ihm vorgestellt, dass er, um dem gefährlichen Verdacht der Zweideutigkeit zu entgehen, auf eine entschiedene Weise mit Karl X. brechen und ihm einen bestimmten Absagebrief schreiben müsse. Ludwig Philipp habe dem Rat Dupins seinen ganzen Beifall geschenkt und ihn selbst gebeten, einen solchen Brief für ihn zu redigieren; dies sei geschehen, und zwar in den derbsten Ausdrücken, und Ludwig Philipp, im Begriff, den schon mit einem Adresskuvert versehenen Brief zu versiegeln und das Siegellack bereits an die Wachskerze haltend, habe sich plötzlich zu Dupin gewandt mit den Worten:»In wichtigen Fällen konsultiere ich immer meine Frau, ich will ihr erst den Brief vorlesen, und findet er Beifall, so schicken wir ihn gleich ab.« Hierauf habe er das Zimmer verlassen, und nach einer Weile mit dem Brief zurückkehrend, habe er denselben schnell versiegelt und unverzüglich an Karl X. abgeschickt. Aber nur das Adresskuvert sei dasselbe gewesen, dem plump Dupinschen Briefe jedoch habe der fingerfertige Künstler ein ganz demütiges Schreiben substituiert, worin er, seine Untertanentreue beteuernd, die Ernennung als Lieutenant-General annahm und den König beschwor, zugunsten seines Enkels zu abdizieren. Die nächste Frage ist nun: Wie ward dieser Betrug entdeckt? Hierauf hat Herr Louis Blanc einem Bekannten von mir mündlich die Antwort erteilt: Herr Berryer, als er nach Prag zu Karl X. reiste, habe demselben ehrfurchtsvoll vorgestellt, dass Seine Majestät sich einst mit der Abdikation etwas zu sehr übereilt, worauf ihm Se. Majestät, um sich zu justifizieren, den Brief zeigte, den ihm zu jener Zeit der Herzog von Orleans geschrieben; den Rat desselben habe er um so eifriger befolgt, da er in ihm den Lieutenant-General des Königreichs anerkannt hatte. Es ist also Herr Berryer, welcher jenen Brief gesehen hat und auf dessen Autorität die ganze Anekdote beruht. Für die Legitimisten ist diese Autorität gewiss hinreichend, und sie ist es auch für die Republikaner, die alles glauben, was der legitime Hass gegen Ludwig Philipp erfindet. Wir sahen dieses noch jüngst, als eine verrufene Vettel die bekannten falschen Briefe schmiedete, bei welcher Gelegenheit Herr Berryer sich bereits als Advokat der Fälschung in vollem Glanze zeigte. Wir, die wir weder Legitimist noch Republikaner sind, wir glauben nur an das Talent des Herrn Berryer, an sein wohltönendes Organ, an seinen Sinn für Spiel und Musik, und ganz besonders glauben wir an die ungeheuren Summen, womit die legitimistische Partei ihren großen Sachwalter honoriert.

Was Ludwig Philipp betrifft, so haben wir in diesen Blättern oft genug unsre Meinung über ihn ausgesprochen. Er ist ein großer König, obgleich ähnlicher dem Odysseus als dem Ajax, dem wütenden Autokraten, der im Zwist mit dem erfindungsreichen Dulder gar kläglich unterliegen musste. Er hat aber die Krone Frankreichs nicht wie ein Schelm eskamotiert, sondern die bitterste Notwendigkeit, ich möchte sagen, die Ungnade Gottes drückte ihm die Krone aufs Haupt, in einer verhängnisvollen Schreckensstunde. Freilich, er hat bei dieser Gelegenheit ein bisschen Komödie gespielt, er meinte es nicht ganz ehrlich mit seinen Kommittenten, mit den Juliushelden, die ihn aufs Schild erhoben – aber meinten es diese so ganz ehrlich mit ihm, dem Orleans? Sie hielten ihn für einen bloßen Hampelmann, sie setzten ihn lustig auf den roten Sessel, im festen Glauben, ihn mit leichter Mühe wieder herabwerfen zu können, wenn er sich nicht gelenkig genug an den Drähten regieren ließe oder wenn es ihnen gar einfiele, die Republik, das alte Stück, wieder aufzuführen. Aber diesmal, wie ich bereits mal gesagt habe, war es das Königtum selbst, welches die Rolle des Junius Brutus spielte, um die Republikaner zu täuschen, und Ludwig Philipp war klug genug, die Maske der schafmütigsten Einfalt vorzunehmen, mit dem großen sentimentalen Parapluie unterm Arm wie Staberle durch die Gassen von Paris zu schlendern, Bürger Krethi und Bürger Plethi die ungewaschenen Hände zu schütteln und zu lächeln und sehr gerührt zu sein. Er spielte wirklich damals eine kuriose Rolle, und als ich kurz nach der Juliusrevolution hierherkam, hatte ich noch oft Gelegenheit, darüber zu lachen. Ich erinnere mich noch sehr gut, dass ich bei meiner Ankunft gleich nach dem Palais Royal eilte, um Ludwig Philipp zu sehen. Der Freund, der mich führte, erzählte mir, dass der König jetzt nur zu bestimmten Stunden auf der Terrasse erscheine; früher aber, noch vor wenigen Wochen, habe man ihn zu jeder Zeit sehen können, und zwar für fünf Francs. »Für fünf Francs!« – rief ich mit Verwunderung – »zeigt er sich denn für Geld?« – »Nein, aber er wird für Geld gezeigt, und es hat damit folgende Bewandtnis: Es gibt eine Sozietät von Claqueurs, marchands de contremarques [Händler von nachträglich angebrachten Markenzeichen, Kontrollmarken] und sonstigem Lumpengesindel, die jedem Fremden anbieten, ihm für fünf Francs den König zu zeigen; gäbe man ihnen zehn Francs, so werde man ihn sehen, wie er die Augen gen Himmel richtet und die Hand beteuernd aufs Herz legt; gäbe man aber zwanzig Francs, so solle er auch die Marseillaise singen.« Gab man nun jenen Kerls ein Fünffrankenstück, so erhoben sie ein jubelndes Vivatrufen unter den Fenstern des Königs, und Höchstderselbe erschien auf der Terrasse, verbeugte sich und trat wieder ab. Hatte man jenen Kerls zehn Francs gegeben, so schrien sie noch viel lauter und gebärdeten sich wie besessen, während der König erschien, welcher alsdann zum Zeichen seiner stummen Rührung die Augen gen Himmel richtete und die Hand beteuernd aufs Herz legte. Die Engländer aber ließen es sich manchmal zwanzig Francs kosten, und dann ward der Enthusiasmus aufs Höchste gesteigert, und sobald der König auf der Terrasse erschien, ward die Marseillaise angestimmt und so fürchterlich gegrölt, bis Ludwig Philipp, vielleicht nur, um dem Gesang ein Ende zu machen, sich verbeugte, die Augen gen Himmel richtete, die Hand aufs Herz legte und die Marseillaise mitsang. Ob er auch mit dem Fuße den Takt schlug, wie behauptet wird, weiß ich nicht. Ich kann überhaupt die Wahrheit dieser Anekdote nicht verbürgen. Der Freund, der sie mir erzählte, ist seit sieben Jahren tot; seit sieben Jahren hat er nicht gelogen. Es ist also nicht Herr Berryer, auf dessen Autorität ich mich berufe.

XXVI

Der König hat geweint. Er weinte öffentlich, auf dem Thron, umgeben von allen Würdeträgern des Reichs, angesichts seines ganzen Volks, dessen erwählte Vertreter ihm gegenüberstanden, und Zeugen dieses kummervollen Anblicks waren alle Fürsten des Auslandes, repräsentiert in der Person ihrer Gesandten und Abgeordneten. Der König weinte! Dieses ist ein betrübendes Ereignis. Viele verdächtigen diese Tränen des Königs und vergleichen sie mit denen des Reineke. Aber ist es nicht schon hinlänglich tragisch, wenn ein König so sehr bedrängt und geängstigt worden, dass er zu dem feuchten Hilfsmittel des Weinens seine Zuflucht genommen? Nein, Ludwig Philipp, der königliche Dulder, braucht nicht eben seinen Tränendrüsen Gewalt anzutun, wenn er an die Schrecknisse denkt, wovon er, sein Volk und die ganze Welt bedroht ist. –

Über die Stimmung der Kammer lässt sich noch nichts Bestimmtes vermelden. Und doch hängt alles davon ab, die innere wie die äußere Ruhe Frankreichs und der ganzen Welt. Entsteht ein bedeutender Zwiespalt zwischen den Bourgeoisnotabilitäten der Kammer und der Krone, so zögern die Häuptlinge des Radikalismus nicht länger mit einem Aufstand, der schon im Geheimen organisiert wird und der nur auf die Stunde harrt, wo der König nicht mehr auf den Beistand der Deputiertenkammer rechnen kann. Solange beide Teile nur schmollen, aber doch ihren Ehekontrakt nicht verletzen, kann kein Umsturz der Regierung gelingen, und das wissen die Rädelsführer der Bewegung sehr gut, deshalb verschlucken sie für den Augenblick all ihren Grimm und hüten sich vor jedem unzeitigen Schilderheben. Die Geschichte Frankreichs zeigt, dass jede bedeutende Phase der Revolution immer parlamentarische Anfänge hatte und die Männer des gesetzlichen Widerstandes immer mehr oder minder deutlich dem Volk das furchtbare Signal gaben. Durch diese Teilnahme, wir möchten fast sagen, Komplizität eines Parlaments ist das Interregnum der rohen Fäuste nie von langer Dauer, und die Franzosen sind vor der Anarchie viel mehr geschützt als andere Völker, die im revolutionären Zustand sind, z. B. die Spanier. Das sahen wir in den Tagen des Julius, wo das Parlament, die legislative Versammlung, sich in einen exekutierenden Konvent verwandelte. Es ist wieder eine solche Umwandlung, die man im schlimmsten Fall erwartet.

XXVII

Die Geburt des Herzogs von Chartres ist ein Nachtrag zur Kronrede. »Mitleid, das nackte Kindlein« – sagt Shakespeare. Und das Kindlein ist obendrein ein Prinz von Geblüt und also bestimmt, die traurigsten Prüfungen zu erdulden, wo nicht gar die königliche Dornenkrone von Frankreich auf dem Haupte zu tragen! Gebt ihm eine deutsche Hebamme, damit er die Milch der Geduld sauge. Er befindet sich frisch und gesund. Das kluge Kind hat gleich seine Situation begriffen und gleich zu weinen angefangen. Übrigens soll es dem Großvater sehr ähnlich sehen. Letzterer jauchzt vor Freude. Wir gönnen ihm von Herzen diesen Trost, diesen Balsam; hat er doch in der letzten Zeit so viel gelitten! Ludwig Philipp ist der vortrefflichste Hausvater, und eben die übertriebene Sorgfalt für das Glück seiner Familie brachte ihn in so viele Kollisionen mit den Nationalinteressen der Franzosen. Eben weil er Kinder hat und sie liebt, hegt er auch die entschiedenste Zärtlichkeit für den Frieden. Kriegslustige Fürsten sind gewöhnlich kinderlos. Dieser Sinn für Häuslichkeit und häusliches Glück, wie dergleichen bei Ludwig Philipp vorherrschend, ist gewiss ehrenwert, und jedenfalls ist das allerhöchste Muster von dem heilsamsten Einfluss auf die Sitten. Der König ist tugendhaft im bürgerlichsten Geschmack, sein Haus ist das honetteste von ganz Frankreich, und die Bourgeoisie, die ihn zu ihrem Statthalter gewählt, hat noch immer hinlängliche Gründe, mit ihm zufrieden zu sein.

Solange die Bourgeoisie am Ruder steht, droht der jetzigen Dynastie keine Gefahr. Wie soll es aber gehen, wenn Stürme aufsteigen, wo stärkere Fäuste zum Ruder greifen und die Hände der Bourgeoisie, die mehr geeignet zum Geldzählen und Buchführen, sich ängstlich zurückziehen? Die Bourgeoisie wird noch weit weniger Widerstand leisten als die ehemalige Aristokratie; denn selbst in ihrer kläglichsten Schwäche, in ihrer Erschlaffung durch Sittenlosigkeit, in ihrer Entartung durch Kurtisanerie, war die alte Noblesse doch noch beseelt von einem gewissen Point d'honneur, das unserer Bourgeoisie fehlt, die durch den Geist der Industrie emporblüht, aber auch untergehen wird. Man prophezeit ihr einen 10. August, aber ich zweifle, ob die bürgerlichen Ritter des Juliusthrons sich so heldenmütig zeigen werden wie die gepuderten Marquis des alten Regimes, die, in seidenen Röcken und mit dünnen Galanteriedegen, sich dem eindringenden Volk in den Tuilerien entgegensetzten.

Die Nachrichten, die uns aus dem Osten zukommen, sind für die Franzosen sehr betrübend. Die Autorität Frankreichs ist im Orient unwiederbringlich verloren und wird die Beute von England und Russland. Die Engländer haben erlangt, was sie wollten, die tatsächliche Obmacht in Syrien, die Sicherung ihrer Handelsstraße nach Indien: der Euphrat, einer der vier Paradiesflüsse, wird ein englisches Gewässer, worauf man mit dem Dampfschiff fährt, wie nach Ramsgate und Margate usw. – auf Tower Street ist das Steamboat-Office, wo man sich einschreibt – zu Bagdad, dem alten Babylon, steigt man aus und trinkt Porter oder Tee. – Die Engländer schwören täglich in ihren Blättern, dass sie keinen Krieg wollten und dass der famose Pazifikationstraktat nicht im Mindesten die Interessen Frankreichs verletzen und die Fackel des Kriegs in die Welt schleudern sollte – und dennoch war es der Fall: die Engländer haben die Franzosen aufs Bitterste beleidigt und die ganze Welt einem allgemeinen Brand ausgesetzt, um für sich einige Schachvorteile zu erzielen! Aber die Selbstsucht sorgte nur für den Moment, und die Zukunft bereitet ihr die Strafe. Die Vorteile, die Russland durch den erwähnten Traktat erntete, sind zwar nicht von so barer Münze, man kann sie nicht so schnell berechnen und einkassieren, aber sie sind von unschätzbarstem Werte für seine Zukunft. Zunächst ward dadurch die Allianz zwischen Frankreich und England aufgelöst, was ein wichtiger Gewinn für Russland, das früh oder spät mit einer jener Mächte in die Schranken treten muss. Dann ward die Macht jenes Ägypters vernichtet, der, wenn er sich an die Spitze der Moslemin stellte, imstande war, das türkische Reich zu schützen vor den Russen, die es schon als ihr Eigentum betrachten. Und noch viele Vorteile der Art haben die Russen erbeutet, und zwar ohne großen Aufwand von Gefahr, da, im Fall eines Kriegs, die Franzosen nicht bis zu ihnen hinüberreichen könnten, ebenso wenig wie sie den Engländern beizukommen vermöchten. Zwischen England und dem Zorn der Franzosen liegt das Meer, zwischen den letztern und den Russen liegt Deutschland; – und wir armen Deutschen, durch den Zufall der Örtlichkeit, wir hätten uns schlagen müssen für Dinge, die uns gar nichts angehen, für nichts und wieder nichts, gleichsam für des Kaisers Bart. – Ach, wäre es noch für den Bart eines Kaisers!

XXVIII

Paris, 6. Januar 1841

Das junge Jahr begann wie das alte mit Musik und Tanz. In der Großen Oper erklingen die Melodien Donizettis, womit man die Zeit notdürftig ausfüllt, bis der Prophet kommt, nämlich das Meyerbeersche Opus dieses Namens. Vorgestern Abend debütierte Mademoiselle Heinefetter mit großem, glänzendem Erfolg. Im Odéon, dem italienischen Nachtigallennest, flöten schmelzender als je der alternde Rubini und die ewig junge Grisi, die singende Blume der

Schönheit. Auch die Konzerte haben schon begonnen in den rivalisierenden Sälen von Herz und Érard, den beiden Holzkünstlern. Wer in diesen öffentlichen Anstalten Polyhymnias nicht genug Gelegenheit findet, sich zu langweilen, der kann schon in den Privatsoireen sich nach Herzenslust ausgähnen: eine Schar junger Dilettanten, die zu den fürchterlichsten Hoffnungen berechtigen, lässt sich hier hören in allen Tonarten und auf allen möglichen Instrumenten; Herr Orfila meckert wieder seine unbarmherzigsten Romanzen, gesungenes Rattengift. Nach der schlechten Musik wird lauwarmes Zuckerwasser oder gesalzenes Eis herumgereicht und getanzt. Auch die Maskenbälle erheben sich schon unter Pauken- und Trompetenschall, und wie mit Verzweiflung stürzen sich die Pariser in den tosenden Strudel des Vergnügens. Der Deutsche trinkt, um sich von drückender Sorgenlast zu befreien; der Franzose tanzt den berauschenden betäubenden Galoppwalzer. Die Göttin des Leichtsinns möchte gern ihrem Lieblingsvolk allen trüben Ernst aus der Seele hinausgaukeln, aber es gelingt ihr nicht; in den Zwischenpausen der Quadrille flüstert Harlekin seinem Nachbar Pierrot ins Ohr: »Glauben Sie, dass wir uns dieses Frühjahr schlagen müssen?« Selbst der Champagner ist unmächtig und kann nur die Sinne benebeln, die Herzen bleiben nüchtern, und manchmal, beim lustigsten Bankett, erbleichen die Gäste, der Witz stirbt auf ihren Lippen, sie werfen sich erschrockene Blicke zu – an der Wand sehen sie die Worte: »Mene, Tekel, Peres!«

Die Franzosen verhehlen sich nicht das Gefahrvolle ihrer Lage, aber der Mut ist ihre Nationaltugend. Und am Ende wissen sie sehr gut, dass die politischen Besitztümer, die ihre Väter mit kampflustigster Tapferkeit erworben haben, nicht durch duldende Nachgiebigkeit und müßige Demut bewahrt werden können. Selbst Guizot, der so unwürdig geschmähte Guizot, ist keineswegs gesonnen, den Frieden um jeden Preis zu erhalten. Dieser Mann behauptet zwar einen unerschrockenen Widerstand gegen den anstürmenden Radikalismus, aber ich bin überzeugt, dass er sich mit derselben Entschlossenheit dem Andrang absolutistischer und hierarchischer Bestrebungen entgegenstemmen würde. Ich weiß nicht, wie groß die Zahl der Nationalgardisten war, die beim kaiserlichen Leichenbegängnis »A bas Guizot!« riefen; aber ich weiß, dass die Nationalgarde, verstünde sie ihre eigenen Interessen, ebenso verständig wie dankbar handeln würde, wenn sie gegen jene schnöden Rufe öffentlich protestierte. Denn die Nationalgarde ist am Ende doch nichts anderes als die bewaffnete Bourgeoisie, und eben diese, gefährdet zu gleicher Zeit durch die intrigierende Partei des alten Regimes und die Prädikanten einer Babeufschen Republik, hat in Guizot ihren natürlichen Schutzvogt gefunden, der sie schützt nach oben wie nach unten. Guizot hat nie etwas anderes gewollt als die Herrschaft der Mittelklassen, die er durch Bildung und Besitz dazu geeignet glaubte, die Staatsgeschäfte zu lenken und zu vertreten. Ich bin überzeugt, hätte er in der französischen Aristokratie noch ein Lebenselement gefunden, wodurch sie fähig gewesen wäre, zum Heil des Volkes und der Menschheit Frankreich zu regieren, Guizot wäre ihr Kämpe geworden, mit ebenso großem Eifer und gewiss mit größerer Uneigennützigkeit als Berryer und ähnliche Paladine der Vergangenheit; ich bin in gleicher Weise überzeugt, dass er für die Proletarierherrschaft kämpfen würde, und zwar mit strengerer Ehrlichkeit als Lamennais und seine Kreuzbrüder, wenn er die unteren Klassen durch Bildung und Einsicht reif glaubte, das Staatsruder zu führen, und wenn er nicht einsähe, dass der unzeitige Triumph der Proletarier nur von kurzer Dauer und ein Unglück für die Menschheit wäre, indem sie, in ihrem blödsinnigen Gleichheitstaumel, alles, was schön und erhaben auf dieser Erde ist, zerstören und namentlich gegen Kunst und Wissenschaft ihre bilderstürmende Wut auslassen würden.

Guizot ist jedoch kein Mann des starren Stillstandes, sondern des geregelten und gezeigten Fortschritts, und die Zukunft wird diesem Mann die glorreichste Gerechtigkeit widerfahren lassen. Vielleicht wird dergleichen ihm schon in der nächsten Gegenwart zuteil: er braucht nur das Hôtel des Capucines zu verlassen. Würde er in diesem Fall wieder seinen Gesandtschaftsposten in London antreten? Würde er, trotz seiner Sympathie für England, jenes neue Ministerium unterstützen, das eine Allianz mit Russland träumt? – Es ist möglich, denn im Fall man Frankreich zum Kriege zwänge, würde Guizot, alle revolutionären Mittel verschmähend, nur politischen Allianzen nachstreben. »Können wir, trotz aller Opfer und Mäßigung, den Frieden nicht aufrechterhalten, so werden wir den Krieg als eine Macht (puissance) führen und nicht als ein lärmender Haufen (cohue)« – so äußerte sich Guizot im vertrauten Salon. Hierin liegt aber der Hauptgrund, weshalb ihm alle jene Leute gram sind, die nur von einer Propaganda den Sieg erwarten und sich dabei als notwendige Werkzeuge wichtig machen wollen. Das sind namentlich die Journalisten, die ihrer Feder alle mögliche Hilfswirkung zutrauen. »Das Beste in der Welt ist eine baumwollene Nachtmütze« – sagt der Bonnetier, und die Journalisten sagen: »Das Beste ist ein Zeitungsartikel!« Wie sehr sie sich irren, erfuhren wir in jüngster Zeit, wo die propagandistischen Phrasen des »National«, des »Courrier français« und des »Constitutionnel« so viel Missmut in Deutschland erregten. Da waren die Väter weit praktischer: als sie die kosmopolitischen Ideen der Revolution in Gefahr sahen, suchten sie Hilfe im Nationalgefühl. Die Söhne, welche ihre Nationalität bedroht sehen, nehmen ihre Zuflucht zu den kosmopolitischen Ideen; – diese aber treiben nicht so mächtig zur Tat wie jene begeisternden Erddünste, die wir Vaterlandsliebe nennen.

Ob im Fall eines Krieges die russische Allianz für die Franzosen heilsamer sei als die Propaganda, daran zweifle ich. Durch letztere wird nur ihre zeitliche Gesellschaftsform bedroht, erstere aber gefährdet das Wesen der Gesellschaft selbst, ihr innerstes Lebensprinzip, die Seele des französischen Volks.

XXIX

Paris, 11. Januar 1841

Immer mehr verbreitet sich unter den Franzosen die Meinung, dass Bellonas Drommeten dieses Frühjahr den Gesang der Nachtigallen überschmettern und die armen Veilchen, zertreten vom Pferdehuf, ihren Duft im Pulverdampf verhauchen müssen. Ich kann dieser Ansicht keineswegs beistimmen, und die süßeste Friedenshoffnung nistet beharrlich in meiner Brust. Es ist jedoch immer möglich, dass die Unglückspropheten recht haben und der kecke Lenz mit unvorsichtiger Lunte den geladenen Kanonen nahe. Ist aber diese Gefahr überstanden und ist gar der heiße Sommer gewitterlos vorübergezogen, dann, glaube ich, ist Europa für lange Zeit vor den Schrecknissen eines Kriegs geschützt, und wir dürfen uns eines langen, dauernden Friedens versichert halten. Die Wirrnisse, die von oben kamen, werden alsdann auch dort oben ruhig gelöst worden sein, und das niedrige Gezücht des Nationalhasses, das sich in den unteren Schichten der Gesellschaft entwickelt hat, wird von der besseren Einsicht der Völker wieder in seinen Schlamm zurückgetreten werden. Das wissen aber auch die Dämonen des Umsturzes diesseits und jenseits des Rheins, und wie hier in Frankreich die radikale Partei, aus Angst vor der definitiven Befestigung der Orleansschen Dynastie und ihrer auf lange Zeit gesicherten Dauer, die Wechselfälle des Kriegs herbeiwünscht, um nur die Chance eines Regierungswechsels zu gewinnen, so predigt jenseits des Rheins die radikale Partei einen Kreuzzug gegen die Franzosen, in der Hoffnung, dass die entzügelten Leidenschaften einen wilden Zustand herbeiführen, wo viel leichter als in einer zahmen und gezähmten Periode die Ideen der Bewegung verwirklicht werden können. Ja, die Furcht vor der einschläfernden und fesselnden Macht des Friedens brachte diese Leute zu dem verzweiflungsvollen Entschluss, das französische Volk (wie sie in ihrer Unschuld sich ausdrücken) aufzuopfern. Wir sagen es offen, weil uns dieser Heroismus ebenso töricht wie undankbar erscheint und weil wir unsägliches Mitleid empfinden mit der bärenhaften Unbeholfenheit, die sich einbildet, klüger zu sein als alle Füchse der List! O ihr Toren, ich rate euch, legt euch nicht auf das gefährliche Fach der politischen Pfiffigkeit, seid deutsch ehrlich und menschlich dankbar und bildet euch nicht ein, ihr werdet auf eigenen Beinen stehen, wenn Frankreich fällt, die einzige Stütze, die ihr habt auf dieser Erde!

Werden aber nicht auch von oben die Funken der Zwietracht geschürt? Ich glaube es nicht, und es will mich bedünken, die diplomatischen Wirrnisse seien mehr ein Resultat der Ungeschicklichkeit als des bösen Willens. Wer will aber den Krieg? England und Russland könnten sich schon jetzt zufriedengeben; – sie haben bereits genug Vorteile im Trüben erfischt. Für Deutschland und Frankreich jedoch ist der Krieg ebenso unnötig wie gefährlich; – die Franzosen besäßen zwar gern die Rheingrenze, aber nur, weil sie sonst gegen etwaige Invasionen zu wenig geschützt sind, und die Deutschen brauchten nicht zu fürchten, die Rheingrenze zu verlieren, solange sie nicht selber den Frieden brechen. Weder das deutsche Volk noch das französische Volk begehrt den Krieg. Ich brauche wohl nicht erst zu beweisen, dass die Rodomontaden [Aufschneidereien, Großsprechereien] unserer Deutschtümler, die nach dem Besitz von Elsass und Lothringen schreien, nicht der Ausdruck des deutschen Bauers und des deutschen Bürgers sind. Aber auch der französische Bürger und der französische Bauer, der Kern und die Masse des großen Volks, wünschen keinen Krieg, da die Bourgeoisie nur nach industriellen Ausbeutungen, nach Eroberungen des Friedens trachtet und der Landmann noch aus der Kaiserperiode sehr gut weiß, wie teuer, wie blutteuer er die Triumphe der Nationaleitelkeit bezahlen muss.

Die kriegerischen Gelüste, die bei den Franzosen seit den Zeiten der Gallier so stürmisch loderten und brodelten, sind nachgerade ziemlich erloschen, und wie wenig der militärische furor francese jetzt bei ihnen vorherrschend, zeigte sich bei der Leichenfeier des Kaisers Napoleon Bonaparte. Ich kann nicht mit den Berichterstattern übereinstimmen, die in dem Schauspiel jenes wunderbaren Begräbnisses nur Pomp und Gepränge sahen. Sie hatten kein Auge für die Gefühle, die das französische Volk bis in seine Tiefen erschütterten. Diese Gefühle waren aber nicht die des soldatischen Ehrgeizes und Stolzes, den siegreichen Imperator begleitete nicht jener Prätorianerjubel, jene lärmige Ruhm- und Raubsucht, deren man sich in Deutschland noch erinnert aus den Tagen der Empire. Die alten Eroberer haben seitdem das Zeitliche gesegnet, und es war eine ganz neue Generation, die dem Leichenbegängnis zuschaute, und wenn nicht mit brennendem Zorn, doch gewiss mit der Wehmut der Pietät sah sie auf diesen goldenen Katafalk, worin gleichsam alle Freuden, Leiden, glorreiche Irrtümer und gebrochene Hoffnungen ihrer Väter, die eigentliche Seele ihrer Väter, eingesargt lag! Da gab's mehr stumme Tränen als lautes Geschrei. Und dann war die ganze Erscheinung so fabelhaft, so märchenartig, dass man kaum seinen Augen traute, dass man zu träumen glaubte. Denn dieser Napoleon Bonaparte, den man begraben sah, war für das heutige Geschlecht schon längst dahingeschwunden in das Reich der Sage, zu den Schatten Alexanders von Mazedonien und Karls des Großen, und jetzt, siehe! eines kalten Wintertags erscheint er mitten unter uns Lebenden, auf einem goldenen Siegeswagen, der geisterhaft dahinrollt in den weißen Morgennebeln.

Diese Nebel aber zerrannen wunderbar, sobald der Leichenzug in den Champs-Élysées anlangte. Hier brach die Sonne plötzlich aus dem trüben Gewölk und küsste zum letzten Mal ihren Liebling und streute rosige Lichter auf die imperialen Adler, die ihm vorangetragen wurden, und wie mit sanftem Mitleid bestrahlte sie die armen, spärlichen Überreste jener Legionen, die einst im Sturmschritt die Welt erobert und jetzt, mit verschollenen Uniformen, matten Gliedern und veralteten Manieren, hinter dem Leichenwagen als Leidtragende einherschwankten. Unter uns gesagt, diese Invaliden der Großen Armee sahen aus wie Karikaturen, wie eine Satire auf den Ruhm, wie ein römisches Spottlied auf den toten Triumphator!

Die Muse der Geschichte hat diesen Leichenzug eingezeichnet in ihre Annalen als besondere Merkwürdigkeit; aber für die Gegenwart ist jenes Ereignis minder wichtig und liefert nur den Beweis, dass der Geist der Soldateska bei den Franzosen nicht so blühend vorwaltet, wie mancher Bramarbas diesseits des Rheins prahlt und mancher Schöps jenseits ihm nachschwatzt. Der Kaiser ist tot. Mit ihm starb der letzte Held nach altem Geschmack, und die neue Philisterwelt atmet auf, wie erlöst von einem glänzenden Alp. Über seinem Grab erhebt sich eine industrielle Bürgerzeit, die ganz andere Heroen bewundert, etwa den tugendhaften Lafayette oder James Watt, den Baumwollspinner.

XXX

Paris, 31. Januar 1841

Zwischen Völkern, die eine freie Presse, unabhängige Parlamente und überhaupt die Institutionen des öffentlichen Verfahrens besitzen, können die Missverständnisse, die durch die Intrigen von Hofjunkern und durch die Unholde der Parteisucht angezettelt werden, nicht auf die Länge fortdauern. Nur im Dunkeln kann die dunkle Saat zu einem unheilbaren Zerwürfnis emporwuchern. Wie diesseits, so haben auch jenseits des Kanals sich die edelsten Stimmen darüber ausgesprochen, dass nur frevelhafter Unverstand, wo nicht libertizide Böswilligkeit, den Frieden der Welt gestört; und während noch von Seiten der englischen Regierung, durch die Schweigsamkeit der Thronrede, das schlechte Verfahren gegen Frankreich gleichsam offiziell fortgesetzt wird, protestiert dagegen das englische Volk durch seine würdigsten Repräsentanten und gewährt den Franzosen die unumwundenste Genugtuung. Lord Broughams Rede im eben eröffneten Parlament hat hier eine versöhnende Wirkung hervorgebracht, und er darf sich mit Recht rühmen, dass er ganz Europa einen großen Dienst erzeigt. Auch andere Lords, sogar Wellington, haben lobenswerte Worte gesprochen, und letzterer war diesmal das Organ der wahren Wünsche und Gesinnungen seiner Nation. Die angedrohte Allianz der Franzosen mit Russland hat Sr. Herrlichkeit die Augen geöffnet, und der edle Lord ist nicht der einzige, dem solche Erleuchtung widerfuhr. Auch in unseren deutschen Gauen erschwingen sich die gemäßigten Tories zu einer besseren Erkenntnis der eigenen politischen Interessen, und ihre Bullenbeißer, die altdeutschen Rüden, die schon das freudigste Jagdgeheul erhoben, werden wieder ruhig angekoppelt; unsere christlich germanischen Nationalen erhalten die allerhöchste Weisung, nicht mehr gegen Frankreich zu bellen. Was aber die schreckliche Allianz betrifft, so steht sie gewiss noch in weitem Feld, und der Unmut gegen die Engländer, selbst gesteigert bis zum höchsten Hass, dürfte in Frankreich noch immer keine Liebe für die Russen hervorrufen.

An eine baldige Lösung der orientalischen Wirren glaube ich ebenso wenig wie an die moskowitische Allianz. Vielmehr verwickeln sich die Verhältnisse in Syrien, und Mehemed Ali spielt dort seinen Feinden manchen gefährlichen Schabernack. Es zirkulieren wunderliche, meistens aber widersprechende Gerüchte von den Listen, womit der Alte sein verlorenes Ansehen wiederzuerobern sucht. Sein Unglück ist die Überschlauheit, die ihn verhinderte, die Dinge in ihrem natürlichsten Lichte zu sehen. Er verfängt sich in den Fäden der eigenen Ränke. Zum Beispiel, indem er die Presse zu ködern wusste und über seine Macht allerlei trügerische Berichte in Europa ausposaunen ließ, gewann er zwar die Sympathie der Franzosen, die den Wert seiner Allianz überschätzten, aber er war zugleich selbst daran schuld, dass die Franzosen ihm hinlängliche Kräfte zutrauten, ohne ihre Beihilfe bis zum Frühjahr Widerstand zu leisten. Hierdurch ging er zugrunde, nicht durch seine Tyrannei, wovon die »Allgemeine Zeitung« gewiss allzu grelle Gemälde lieferte. Dem kranken Löwen gibt jetzt jeder die kleinlichsten Eselstritte. Das Ungeheuer ist vielleicht nicht so schlecht, wie es die

Leute, die er nicht bestochen hat oder nicht bestechen wollte, ärgerlich behaupten. Augenzeugen seiner großmütigen Handlungen versichern, Mehemed Ali sei persönlich huldreich und gütig, er liebe die Zivilisation, und nur die äußerste Notwendigkeit, der Kriegszustand seiner Lande, zwänge ihn zu jenem Erpressungssystem, womit er seine Fellahs heimsuche. Diese unglücklichen Nilbauern seien in der Tat eine Herde von Jammergestalten, die, unter Stockschlägen zur Arbeit getrieben, bis aufs Blut ausgesaugt werden. Aber das sei, heißt es, altägyptische Methode, die unter allen Pharaonen dieselbe war und die man nicht nach modern europäischem Maßstab beurteilen dürfe. Die Anklage der Philanthropen könnte der arme Pascha mit denselben Worten zurückweisen, womit unsre Köchin sich entschuldigte, als sie die Krebse in allmählich siedendem Wasser lebendig kochte. Sie wunderte sich, dass wir dieses Verfahren eine unmenschliche Grausamkeit nannten, und versicherte uns, die armen Tierchen seien von jeher daran gewöhnt. – Als Herr Crémieux mit Mehemed Ali von den Justizgräueln sprach, die in Damaskus verübt worden, fand er ihn zu den heilsamsten Reformen geneigt, und wären nicht die politischen Ereignisse allzu stürmisch dazwischengetreten, so hätte es der berühmte Advokat gewiss erreicht, den Pascha zur Einführung des europäischen Kriminalverfahrens in seinen Staaten zu bewegen.

Mit dem Sturze Mehemed Alis gehen auch die stolzen Hoffnungen zu Grabe, worin mohammedanische Phantasie, zumal unter den Zelten der Wüste, sich so schwärmerisch wiegte. Hier galt Ali für den Helden, der bestimmt sei, dem schwachen Türkenregiment zu Stambul ein barsches Ende zu machen und, dort selber das Kalifat übernehmend, die Fahne des Propheten zu schützen. Und wahrhaftig, in seiner starken Faust wäre sie besser aufgehoben als in den schwachen Händen des jetzigen Gonfaloniere des mohammedanischen Glaubens, der früher oder später den Legionen und den noch gefährlicheren Machinationen des Zars aller Reußen erliegen muss. Dem politischen und religiösen Fanatismus, worüber der russische Kaiser, der zugleich das Oberhaupt der griechischen Kirche ist, verfügen kann, hätte ein regeneriertes Reich der Moslim unter Mehemed Ali oder einem sonstig neuen Dynasten mit ähnlicher Gewalt widerstanden, da ein ebenso ungestüm fanatisches Element zu seiner Erhaltung in die Schranken getreten wäre. Ich rede hier vom Genius der Araber, der nie ganz erstorben, sondern nur im stillen Beduinenleben eingeschlafen und oft wie träumend nach dem Schwerte griff, wenn irgendein ausgezeichneter Löwe draußen sein kriegerisches Gebrüll vernehmen ließ. – Diese Araber harren vielleicht nur des rechten Rufs, um schlafgestärkt wieder aus ihren schwülen Einöden hervorzustürmen, wie ehemals. – Wir haben sie aber nicht mehr zu fürchten, wie ehemals, wo wir vor den Halbmondstandarten zitterten, und es wäre vielmehr ein Glück für uns, wenn Konstantinopel jetzt der Tummelplatz ihres Glaubenseifers würde. Dieser wäre das beste Bollwerk gegen jenes moskowitische Gelüst, das nichts Geringeres im Schilde führt, als an den Ufern des Bosporus die Schlüssel der Weltherrschaft zu erkämpfen oder zu erschleichen. Welch eine Macht besitzt bereits der Kaiser von Russland, den man wahrlich bescheiden nennen muss, wenn man bedenkt, wie stolz andere an seiner Stelle sich gebärden würden. Aber weit gefährlicher als der Stolz des Herrn ist der Knechtschaftshochmut seines Volks, das nur in seinem Willen lebt und mit blindem Gehorsam in der heiligen Machtvollkommenheit des Gebieters sich selber zu verherrlichen glaubt. Die Begeisterung für das römisch-katholische Dogma ist abgenutzt, die Ideen der Revolution finden nur noch laue Enthusiasten, und wir müssen uns wohl nach neuen, frischen Fanatismen umsehen, die wir dem slawisch-griechisch-orthodoxen, absoluten Kaiserglauben entgegensetzen könnten!

Ach! wie schrecklich ist diese orientalische Frage, die bei jeder Wirrnis uns so höhnisch angrinst! Wollen wir der Gefahr, die uns von dorther bedroht, schon jetzt vorbeugen, so haben wir den Krieg. Wollen wir hingegen geduldig dem Fortschritt des Übels zusehen, so haben wir die sichere Knechtschaft. Das ist ein schlimmes Dilemma. Wie sie sich auch betrage, die arme Jungfrau Europa – sie mag mit Klugheit bei ihrer Lampe wachend bleiben oder als ein sehr unkluges Fräulein bei der erlöschenden Lampe einschlafen –, ihrer harret kein Freudentag.

XXXI

Paris, 13. Februar 1841

Sie gehen jeder Frage direkt auf den Leib und zerren daran so lange herum, bis sie entweder gelöst oder als unauflösbar beseitigt wird. Das ist der Charakter der Franzosen, und ihre Geschichte entwickelt sich daher wie ein gerichtlicher Prozess. Welche logische, systematische Aufeinanderfolge bieten alle Vorgänge der französischen Revolution! In diesem Wahnsinn war wirklich Methode, und die Historiographen, die, nach dem Vorbild von Mignet, dem Zufall und den menschlichen Leidenschaften wenig Spielraum gestattend, die tollsten Erscheinungen seit 1789 als ein Resultat der strengsten Notwendigkeit darstellen – diese sogenannte fatalistische Schule ist in Frankreich ganz an ihrem Platz, und ihre Bücher sind ebenso wahrhaft wie leichtfasslich. Die Anschauungs- und Darstellungsweise dieser Schriftsteller, angewendet auf Deutschland, würde jedoch sehr irrtumreiche und unbrauchbare Geschichtswerke hervorbringen. Denn der Deutsche, aus Scheu vor aller Neuerung, deren Folgen nicht klar zu ermitteln sind, geht jeder bedeutenden politischen Frage so lange wie möglich aus dem Weg oder sucht ihr durch Umwege eine notdürftige Vermittlung abzugewinnen, und die Fragen häufen und verwickeln sich unterdessen bis zu jenem Knäuel, welcher am Ende vielleicht, wie jener gordische, nur durch das Schwert gelöst werden kann. Der Himmel behüte mich, dem großen Volk der Deutschen hiermit einen Vorwurf machen zu wollen! Weiß ich doch, dass jener Missstand aus einer Tugend hervorgeht, die den Franzosen fehlt. Je unwissender ein Volk, desto leichter stürzt es sich in die Strömung der Tat; je wissenschaftsreicher und nachdenklicher ein Volk, desto länger sondiert es die Flut, die es mit klugen Schritten durchwatet, wenn es nicht gar zögernd davor stehenbleibt, aus Furcht vor verborgenen Untiefen oder vor der erkältenden Nässe, die einen gefährlichen Nationalschnupfen verursachen könnte. Am Ende ist auch wenig daran gelegen, dass wir solchermaßen nur langsam fortschreiten oder durch Stillstand einige hundert Jährchen verlieren, denn dem deutschen Volk gehört die Zukunft, und zwar eine sehr lange, bedeutende Zukunft. Die Franzosen handeln so schnell und handhaben die Gegenwart mit solcher Eile, weil sie vielleicht ahnen, dass für sie die Dämmerung heranbricht: hastig verrichten sie ihr Tagwerk. Aber ihre Rolle ist noch immer ziemlich schön, und die übrigen Völker sind doch nur das verehrungswürdige Publikum, das der französischen Staats- und Volkskomödie zuschaut. Dieses Publikum freilich wandelt zuweilen das Gelüst an, ein bisschen laut seinen Beifall oder Tadel auszusprechen, wo nicht gar auf die Szene zu steigen und mitzuspielen; aber die Franzosen bleiben doch immer die Hauptakteure im großen Weltdrama, man mag ihnen Lorbeerkränze oder faule Äpfel an den Kopf werfen. »Mit Frankreich ist es aus« – mit diesen Worten läuft hier mancher deutsche Korrespondent herum und prophezeit den Untergang des heutigen Jerusalems; aber er selber fristet doch sein kümmerliches Leben durch Berichterstattung dessen, was diese so gesunkenen Franzosen täglich schaffen und tun, und seine respektiven Kommittenten, die deutschen Zeitungsredaktionen, würden ohne Berichte aus Paris keine drei Wochen lang ihre Journalspalten füllen können. Nein, Frankreich hat noch nicht geendet, aber – wie alle Völker, wie das Menschengeschlecht selbst – es ist nicht ewig, es hat vielleicht schon seine Glanzperiode überlebt, und es geht jetzt mit ihm eine Umwandlung vor, die sich nicht ableugnen lässt: auf seiner glatten Stirn lagern sich diverse Runzeln, das leichtsinnige Haupt bekommt graue Haare, senkt sich sorgenvoll und beschäftigt sich nicht mehr ausschließlich mit dem heutigen Tage – es denkt auch an morgen. – Der Kammerbeschluss über die Fortifikation von Paris beurkundet eine solche Übergangsperiode des französischen Volksgeistes. Die Franzosen haben in der letzten Zeit sehr viel gelernt, sie verloren dadurch alle Lust des blinden Hinausstürmens in die gefährliche Fremde. Sie wollen jetzt sich selber zu Hause verschanzen gegen die eventuellen Angriffe der Nachbarn. Auf dem Grab des kaiserlichen Adlers ist ihnen der Gedanke gekommen, dass der bürgerkönigliche Hahn nicht unsterblich sei. Frankreich lebt nicht mehr in dem kecken Rausch seiner unüberwindlichen Obmacht: es ward ernüchtert durch das aschermittwochliche Bewusstsein seiner Besiegbarkeit, und ach, wer an den Tod denkt, ist schon halb gestorben! Die Befestigungswerke von Paris sind vielleicht der Riesensarg, den der Riese sich selber dekretierte, in trüber Ahnung. Es mag jedoch noch eine gute Weile dauern, ehe seine Sterbestunde schlägt, und manchem Nichtriesen dürfte er zuvor die tödlichsten Hiebe versetzen. Jedenfalls wird er einst durch die klirrende Wucht seines Hinsinkens den Erdboden schüttern machen, und noch furchtbarer als im Leben wird er durch seine postumen Werke, als nachtwandelndes Gespenst, seine Feinde ängstigen. Ich bin überzeugt, im Fall man Paris zerstörte, würden seine Bewohner, wie einst die Juden, sich in die ganze Welt zerstreuen und dadurch noch erfolgreicher die Saat der gesellschaftlichen Umwandlung verbreiten.

Die Befestigung von Paris ist das wichtigste Ereignis unserer Zeit, und die Männer, die in der Deputiertenkammer dafür oder dagegen stimmten, haben auf die Zukunft den größten Einfluss geübt. An diese enceinte continue, an diese forts détachés knüpft sich jetzt das Schicksal des französischen Volkes. Werden diese Bauten vor dem Gewitter schützen, oder werden sie die Blitze noch verderblicher anziehen? Werden sie der Freiheit oder der Knechtschaft Vorschub leisten? Werden sie Paris vor Überfall retten oder dem Zerstörungsrecht des Kriegs unbarmherzig bloßstellen? Ich weiß es nicht, denn ich habe weder Sitz noch Stimme im Rate der Götter. Aber soviel weiß ich, dass die Franzosen sich sehr gut schlagen würden, wenn sie einst Paris verteidigen müssten gegen eine dritte Invasion. Die zwei früheren Invasionen würden nur dazu gedient haben, den Grimm der Gegenwehr zu steigern. Ob Paris, wenn es befestigt gewesen wäre, jene zwei ersten Male widerstanden hätte, wie in der Kammer behauptet ward, möchte ich aus guten Gründen bezweifeln. Napoleon, geschwächt durch alle möglichen Siege und Niederlagen, war nicht imstande, dem andrängenden Europa die Zaubermittel jener Idee, »welche Heere aus dem Boden stampft«, entgegenzusetzen; er hatte nicht mehr Kraft genug, die Fesseln zu brechen, womit er selber jene Idee angekettet; die Alliierten waren es, die bei der Einnahme von Paris jene gebundene Idee in Freiheit setzten. Die französischen Liberalen und Ideologen handelten gar nicht so dumm, gar nicht so närrisch, als sie dem bedrängten Imperator zu seiner Verteidigung keinen Beistand leisteten, denn dieser war ihnen weit gefährlicher als alle jene fremden Helden, die doch am Ende mit Geld und guten Worten abziehen mussten und nur einen matten Statthalter hinterließen, dessen man sich auch mit der Zeit entledigen konnte, wie im Julius 1830 wirklich geschah, seit welcher Zeit die Ideen der Revolution wieder in Paris installiert wurden. Die Macht jener Ideen ist es, die einer dritten Invasion die Stirn bieten würde und die jetzt, gewitzigt durch bittere Erfahrungen, auch die materiellen Bollwerke der Verteidigung nicht verschmäht.

Hier stoßen wir auf die Spaltung, welche in diesem Augenblick unter den Männern der radikalen Partei, in Betreff der Befestigung von Paris, herrscht und die leidenschaftlichsten Debatten hervorruft. Bekanntlich hat die Fraktion der Republikaner, die durch den »National« repräsentiert wird, den Gesetzesvorschlag der Befestigung am wirksamsten verfochten. Eine andere Fraktion, die ich die Linke der Republikaner nennen möchte, erhebt sich dagegen mit dem wildesten Zorn, und da sie in der Presse nur wenige Organe besitzt, so ist bis jetzt die »Revue du progrès« das einzige Journal, wo sie sich aussprechen konnte. Die darauf bezüglichen Artikel flossen aus der Feder Louis Blancs und sind der höchsten Beachtung wert. Wie ich höre, beschäftigt sich auch Arago mit einer Schrift über denselben Gegenstand. Diese Republikaner sträuben sich gegen den Gedanken, dass die Revolution zu materiellen Bollwerken ihre Zuflucht nehmen müsse, sie sehen darin eine Schwächung der moralischen Wehrmittel, eine Erschlaffung der frühern dämonischen Energie, und sie möchten lieber, wie einst der gewaltige Konvent, den Sieg dekretieren als Sicherheitsanstalten treffen gegen die Niederlage. Es sind in der Tat die Traditionen des Wohlfahrtsausschusses, welche diesen Leuten vorschweben, statt dass die Messieurs des »National« vielmehr die Traditionen der Kaiserzeit im Sinne tragen. Ich sagte eben »Messieurs«, denn dies ist der Spottname, womit jene, die sich Citoyens nennen, ihre Antagonisten titulieren. Terroristisch sind im Grunde beide Fraktionen, nur dass die Messieurs des »National« lieber durch Kanonen, die Citoyens hingegen lieber durch die Guillotine agieren möchten. Es ist leicht begreiflich, dass erstere eine große Sympathie für einen Gesetzesvorschlag empfinden mussten, wodurch die Revolution, zur Zeit der Not, in einem rein militärischen Gewand erscheinen könnte und die Kanonen imstande wären, die Guillotine im Zaume zu halten! So, und nicht anders, erkläre ich mir den Eifer, womit sich der »National« für die Befestigung von Paris aussprach.

Sonderbar! diesmal begegneten sich der »National«, der König und Thiers in dem heißesten Wunsche für dieselbe Sache. Und doch ist dieses Begegnis sehr natürlich. Lasst uns durch Zumutung arglistiger Hintergedanken keinen von diesen dreien verleumden. Wie sehr auch persönliche Neigungen im Spiel sind, so handelten doch alle drei zunächst im Interesse Frankreichs: Ludwig Philipp ebenso gut wie Thiers und die Herren des »National«. Jedoch, wie gesagt, persönliche Neigungen kamen ins Spiel. Ludwig Philipp, dieser abgesagte Feind des Krieges, des Zerstörens, ist ein ebenso leidenschaftlicher Freund des Bauens, er liebt alles, wobei Hammer und Kelle in Bewegung gesetzt wird, und der Plan der Befestigung von Paris schmeichelte dieser angeborenen Passion. Aber Ludwig Philipp ist auch der Repräsentant der Revolution, er mag es wollen oder nicht, und wo diese bedroht wird, steht seine eigene Existenz in Frage. Er muss sich in Paris halten, um jeden Preis. Denn bemächtigen sich die fremden Potentaten seiner Hauptstadt, so würde seine Legitimität ihn nicht so inviolabel schützen wie jene Könige von Gottes Gnaden, die überall, wo sie sind, den Mittelpunkt ihres Reiches bilden. Fiele Paris gar in die Hände der Republikaner, infolge einer Revolte, so würden die fremden Mächte vielleicht mit Heeresmacht heranziehen, aber schwerlich, um eine Restauration zu versuchen zugunsten Ludwig Philipps, welcher im Julius 1830 König der Franzosen ward, nicht parce que Bourbon, sondern quoique Bourbon! Dies fühlt der kluge Herrscher, und er verschanzt sich in seinem Malepartus [Wohnung des Fuchses in der Tierfabel]. Dass die Befestigung von Paris, wie für ihn selber, so auch für Frankreich heilsam und notwendig, ist sein fester Glaube, und neben der Privatlaune und dem Selbsterhaltungstrieb leitete ihn hier eine echte und wahrhafte Vaterlandsliebe. Jeder König ist ja ein natürlicher Patriot und liebt sein Land, in dessen Geschichte sein Leben wurzelt und mit dessen Schicksalen es verwachsen ist. Ludwig Philipp ist ein Patriot, und zwar im bürgerlichen, familienväterlichen, neufränkischen Sinn, wie denn überhaupt in den Orleans eine ganz andere Art des Patriotismus sich entwickelte als in den Bourbonen der älteren Linie, die mehr vom historischen Stammesstolz, vom mittelalterlichen Adeltum, beseelt waren als von eigentlicher Liebe für Frankreich.

Da diese Vaterlandsliebe von den Franzosen als die höchste Tugend angesehen wird, so war es eine sehr wirksame Büberei, dass die Feinde des Königs seine patriotischen Gesinnungen durch verfälschte Briefe verdächtigten. Ja, diese famosen Briefe sind zum Teil verfälscht, zum Teil ganz falsch, und ich begreife nicht, wie manche ehrlichen Leute unter den Republikanern nur einen Augenblick an ihre Echtheit glauben konnten. Aber diese Leute sind immer die Düpes der Legitimisten, welche die Waffen schmieden, womit jene das Leben oder den Leumund des Königs zu meucheln suchen. Der Republikaner ist immer bereit, sein Leben bei jeder gefährlichen Untat aufs Spiel zu setzen; aber er ist doch nur ein täppisches Werkzeug fremder Erfindsamkeit, die für ihn denkt und rechnet: man kann im wahren Sinn des Wortes von den Republikanern behaupten, dass sie das Pulver nicht erfunden haben, womit sie auf den König schießen.

Ja, wer in Frankreich das Nationalgefühl besitzt und begreift, übt den unwiderstehlichsten Zauber auf die Masse und kann sie nach Belieben lenken und treiben, ihnen das Geld oder das Blut abzapfen und sie in alle möglichen Uniformen stecken, in die Rittertracht des Ruhmes oder in die Livree der Knechtschaft. Das war das Geheimnis Napoleons, und sein Geschichtsschreiber Thiers hat es ihm abgelauscht, abgelauscht mit dem Herzen, nicht mit dem bloßen Verstand; denn nur das Gefühl versteht das Gefühl. Thiers ist wahrhaft durchglüht vom französischen Nationalgefühl, und wer dieses gemerkt hat, versteht seine Macht und Unmacht, seine Irrtümer und Vorzüge, seine Größe und Kleinheit und sein Anrecht auf die Zukunft. Dieses Nationalgefühl erklärt alle Akte seines Ministeriums: hier sehen wir die Translation der kaiserlichen Asche, die glorreichste Feier des Heldentums, neben der kläglichen Vertretung jenes kläglichen Konsuls von Damaskus, welcher mittelalterliche Justizgräuel unterstützte, aber ein Repräsentant von Frankreich war; hier sehen wir das leichtsinnigste Aufbrausen und Alarmschlagen, als der Londoner Traktat divulgiert und Frankreich beleidigt ward, und daneben die besonnene Aktivität der Bewaffnung und jenen kolossalen Entschluss der Fortifikation von Paris. Ja, Thiers war es, welcher letztere begann und für dieses Beginnen auch nachträglich das Gesetz in der Kammer eroberte. Nie sprach er mit größerer Beredsamkeit, nie hat er mit feinerer Taktik einen parlamentarischen Sieg erfochten. Es war eine Schlacht, und im letzten Augenblick war die Entscheidung sehr zweifelhaft; aber das Feldherrnauge des Thiers entdeckte schnell die Gefahr, die dem Gesetz drohte, und ein improvisiertes Amendement gab den Ausschlag. Ihm gebührt die Ehre des Tages.

Es fehlte nicht an Leuten, die den Eifer, den Thiers für den Gesetzentwurf an den Tag legte, nur egoistischen Motiven zuschrieben. Aber hier war wirklich nur der Patriotismus vorwaltend, und ich wiederhole es, Herr Thiers ist durchdrungen von diesem Gefühl. Er ist ganz der Mann der Nationalität, nicht der Revolution, als deren Sohn er sich gern darstellt. Mit dieser Kindschaft hat es freilich seine Richtigkeit, die Revolution ist seine Mutter, aber man darf nicht überschwängliche Sympathien daraus herleiten. Thiers liebt zunächst das Vaterland, und ich glaube, er würde diesem Gefühl alle mütterlichen Interessen aufopfern. Sein Enthusiasmus ist gewiss sehr abgekühlt für den ganzen Freiheitsspektakel, der nur noch als ein verhallendes Echo in seiner Seele nachklingt. Er hat ja als Geschichtsschreiber alle Phasen desselben im Geiste mitgelebt, als Staatsmann musste er mit der fortgesetzten Bewegung tagtäglich kämpfen und ringen, und nicht selten mag diesem Sohn der Revolution die Mutter sehr lästig, sehr fatal geworden sein; denn er weiß recht gut, dass die alte Frau kapabel wäre, ihm selber den Kopf abschlagen zu lassen. – Sie ist nämlich nicht von sanftem Naturell; ein Berliner würde sagen: sie hat kein Gemüt. Wenn die Herren Söhne sie zuweilen schlecht behandeln, so muss man nicht vergessen, dass sie selber, die alte Frau, für ihre Kinder niemals dauernde Zärtlichkeit bewiesen und die besten immer ermordet hat.

XXXII

Paris, 31. März 1841

Die Debatten in der Deputiertenkammer über das literarische Eigentum sind sehr unersprieß-lich. Es ist aber jedenfalls ein bedeutendes Zeichen der Zeit, dass die heutige Gesellschaft, die auf dem Eigentumsrechte basiert ist, auch den Geistern eine gewisse Teilnahme an sol-chem Besitzprivilegium gestatten möchte, aus Billigkeitsgefühl oder vielleicht auch als Be-stechung! Kann der Gedanke Eigentum werden? Ist das Licht das Eigentum der Flamme, wo nicht gar des Kerzendochts? Ich enthalte mich jedes Urteils über solche Frage und freue mich nur darüber, dass ihr dem armen Dochte, der sich brennend verzehrt, eine kleine Vergütung bewilligen wollt für sein großes, gemeinnütziges Beleuchtungsverdienst!

Das Schicksal des Mehemed Ali wird hier weniger besprochen, als man glauben sollte; doch will es mich bedünken, als herrsche in den Gemütern ein um so tieferes Mitleid für den Mann, der dem Stern Frankreichs zu viel vertraut hat. Das Ansehen der Franzosen im Orient geht verloren, und dieser Verlust wirkt auch misslich auf ihre okzidentalischen Verhältnisse; Sterne, an die man nicht mehr glauben kann, erbleichen. – Als die amerikanischen Händel sich so bedenklich gestalteten, ward von englischer Seite die Ausgleichung der ägyptischen Erblichkeitsfrage aufs Emsigste betrieben. Frankreich hatte da leichtes Spiel, zum Besten des Paschas zu agieren; das Ministerium scheint aber nichts getan zu haben, um den getreusten Alliierten zu retten.

Die amerikanischen Händel sind es aber nicht allein, was die Engländer antreibt, die ägyp-tische Erblichkeitsfrage so bald als möglich abzufertigen und somit die französische Diplo-matie wieder in den Stand zu setzen, an den Beratungen und Beschlüssen der europäischen Großmächte teilzunehmen. Die *Dardanellenfrage* steht drohend vor der Tür, verlangt schnel-le Entscheidung, und hier rechnen die Engländer auf die konferenzielle Stütze des französi-schen Kabinetts, dessen Interessen bei dieser Gelegenheit mit ihren eigenen übereinstimmen, Russland gegenüber.

Ja, die sogenannte Dardanellenfrage ist von der höchsten Wichtigkeit, und nicht bloß für die erwähnten Großmächte, sondern für uns alle, für den Kleinsten wie für den Größten für Reuß-Schleiz-Greiz und Hinterpommern ebenso gut wie für das allmächtige Österreich, für den geringsten Schuhflicker wie für den reichsten Lederfabrikanten; denn das Schicksal der Welt selbst steht hier in Frage, und diese Frage muss an den Dardanellen gelöst werden, gleichviel in welcher Weise. Solange dieses nicht geschehen, kränkelt Europa an einem heimlichen Übel, das ihm keine Ruhe lässt und das, je später, desto entsetzlicher, am Ende zum Ausbruch kommt. Die Dardanellenfrage ist nur ein Symptom der orientalischen Frage selbst, der türkischen Erbschaftsfrage, des Grundübels, woran wir siechen, des Krankheits-stoffs, der im europäischen Staatskörper gärt und der leider nur gewaltsam ausgeschieden, vielleicht nur mit dem Schwert ausgeschnitten werden kann. Wenn sie auch von ganz andern Dingen sprechen, so schielen doch alle Machthaber nach den Dardanellen, nach der Hohen Pforte, nach dem alten Byzanz, nach Stambul, nach Konstantinopel – das Gebrest hat viele Namen. Wäre im europäischen Staatsrecht das Prinzip der Volkssouveränität sanktioniert, so könnte das Zusammenbrechen des Osmanischen Kaisertums nicht für die übrige Welt so ge-fährlich sein, da alsdann in dem aufgelösten Reich die einzelnen Völker sich bald ihre beson-dern Regenten selbst erwählen und sich so gut als möglich fortregieren lassen würden. Aber im allergrößten Teil Europas herrscht noch das Dogma des Absolutismus, wonach Land und Leute das Eigentum des Fürsten sind und dieses Eigentum durch das Recht des Stärkeren, durch die ultima ratio regis, das Kanonenrecht, erwerbbar ist. – Was Wunder, dass keiner der hohen Potentaten den Russen die große Erbschaft gönnen wird und jeder ein Stück von dem

251

morgenländischen Kuchen haben will; jeder wird Appetit bekommen, wenn er sieht, wie die Barbaren des Nordens sich gütlich tun, und der kleinste deutsche Duodezfürst wird wenigstens auf ein Biergeld Anspruch machen. Das sind die menschlichen Antriebe, weshalb der Untergang der Türkei für die Welt verderblich werden muss. Die politischen Beweggründe, warum hauptsächlich England, Frankreich und Österreich nicht erlauben können, dass Russland sich in Konstantinopel festsetze, sind jedem Schulknaben einleuchtend.

Der Ausbruch eines Krieges, der in der Natur der Dinge liegt, ist aber vorderhand vertagt. Kurzsichtige Politiker, die nur zu Palliativen ihre Zuflucht nehmen, sind beruhigt und hoffen auf ungetrübte Friedenstage. Besonders unsere Finanziers sehen wieder alles im lieblichsten Hoffnungslicht. Auch der größte derselben scheint sich solcher Täuschung hinzugeben, aber nicht zu jeder Stunde. Herr von Rothschild, welcher seit einiger Zeit etwas unpässlich schien, ist jetzt wieder ganz hergestellt und sieht gesund und wohl aus. Die Zeichendeuter der Börse, welche sich auf die Physiognomie des großen Barons so gut verstehen, versichern uns, dass die Schwalben des Friedens in seinem Lächeln nisten, dass jede Kriegsbesorgnis aus seinem Gesicht verschwunden, dass in seinen Augen keine elektrischen Gewitterfünkchen sichtbar seien und dass also das entsetzliche Kanonendonnerwetter, das die ganze Welt bedrohte, sich gänzlich verzogen habe. Er niese sogar den Frieden. Es ist wahr, als ich das letzte Mal die Ehre hatte, Herrn von Rothschild meine Aufwartung zu machen, strahlte er vom erfreulichsten Wohlbehagen, und seine rosige Laune ging fast über in Poesie; denn, wie ich schon einmal erzählt, in solchen heitern Momenten pflegt der Herr Baron den Redefluss seines Humors in Reimen ausströmen zu lassen. Ich fand, dass ihm das Reimen diesmal ganz besonders gelang; nur auf »Konstantinopel« wusste er keinen Reim zu finden, und er kratzte sich an dem Kopf, wie alle Dichter tun, wenn ihnen der Reim fehlt. Da ich selbst auch ein Stück Poet bin, so erlaubte ich mir, dem Herrn Baron zu bemerken, ob sich nicht auf »Konstantinopel« ein russischer »Zobel« reimen ließe. Aber dieser Reim schien ihm sehr zu missfallen, er behauptete, England würde ihn nie zugeben, und es könnte dadurch ein europäischer Krieg entstehen, welcher der Welt viel Blut und Tränen und ihm selber eine Menge Geld kosten würde.

Herr von Rothschild ist in der Tat der beste politische Thermometer; ich will nicht sagen Wetterfrosch, weil das Wort nicht hinlänglich respektvoll klänge. Und man muss doch Respekt vor diesem Manne haben, sei es auch nur wegen des Respektes, den er den meisten Leuten einflößt. Ich besuche ihn am liebsten in den Bureaus seines Comptoirs, wo ich als Philosoph beobachten kann, wie sich das Volk, und nicht bloß das Volk Gottes, sondern auch alle anderen Völker, vor ihm beugen und bücken. Das ist ein Krümmen und Winden des Rückgrats, wie es selbst dem besten Akrobaten schwerfiele. Ich sah Leute, die, wenn sie dem großen Baron nahten, zusammenzuckten, als berührten sie eine voltaische Säule. Schon vor der Tür seines Kabinetts ergreift viele ein Schauer der Ehrfurcht, wie ihn einst Moses auf dem Horeb empfunden, als er merkte, dass er auf dem heiligen Boden stand. Ganz so, wie Moses alsbald seine Schuhe auszog, so würde gewiss mancher Makler oder Agent de change [Devisenhändler], der das Privatkabinett des Herrn von Rothschild zu betreten wagt, vorher seine Stiefel ausziehen, wenn er nicht fürchtete, dass alsdann seine Füße noch übler riechen und den Herrn Baron dieser Mistduft inkommodieren dürfte. Jenes Privatkabinett ist in der Tat ein merkwürdiger Ort, welcher erhabene Gedanken und Gefühle erregt, wie der Anblick des Weltmeeres oder des gestirnten Himmels: wir sehen hier, wie klein der Mensch und wie groß Gott ist! Denn das Geld ist der Gott unserer Zeit, und Rothschild ist sein Prophet.

Vor mehreren Jahren, als ich mich einmal zu Herrn von Rothschild begeben wollte, trug eben ein galonierter Bedienter das Nachtgeschirr desselben über den Korridor, und ein Börsenspekulant, der in demselben Augenblick vorbeiging, zog ehrfurchtsvoll seinen Hut ab vor dem mächtigen Topfe. So weit geht, mit Respekt zu sagen, der Respekt gewisser Leute. Ich merkte mir den Namen jenes devoten Mannes, und ich bin überzeugt, dass er mit der Zeit ein Millionär sein wird. Als ich einst dem Herrn * erzählte, dass ich mit dem Baron Rothschild in den Gemächern seines Comptoirs en famille zu Mittag gespeist, schlug jener mit Erstaunen die Hände zusammen und sagte mir, ich hätte hier eine Ehre genossen, die bisher nur den Rothschilds von Geblüt oder allenfalls einigen regierenden Fürsten zuteil geworden und die er selbst mit der Hälfte seiner Nase einkaufen würde. Ich will hier bemerken, dass die Nase des Herrn *, selbst wenn er die Hälfte einbüßte, dennoch eine hinlängliche Länge behalten würde.

Das Comptoir des Herrn von Rothschild ist sehr weitläufig, ein Labyrinth von Sälen, eine Kaserne des Reichtums; das Zimmer, wo der Baron von Morgen bis Abend arbeitet – er hat ja nichts andres zu tun als zu arbeiten –, ist jüngst sehr verschönert worden. Auf dem Kamin steht jetzt die Marmorbüste des Kaisers Franz von Österreich, mit welchem das Haus Rothschild die meisten Geschäfte gemacht hat. Der Herr Baron will überhaupt aus Pietät die Büsten von allen europäischen Fürsten anfertigen lassen, die durch sein Haus ihre Anleihen gemacht, und diese Sammlung von Marmorbüsten wird eine Walhalla bilden, die weit großartiger sein dürfte als die Regensburger. Ob Herr Rothschild seine Walhallagenossen in Reimen oder im ungereimten königlich bayrischen Lapidarstil feiern wird, ist mir unbekannt.

XXXIII

Paris, 20. April 1841

Der diesjährige Salon offenbarte nur eine buntgefärbte Ohnmacht. Fast sollte man meinen, mit dem Wiederaufblühen der bildenden Künste habe es bei uns ein Ende; es war kein neuer Frühling, sondern ein leidiger Altweibersommer. Einen freudigen Aufschwung nahm die Malerei und die Skulptur, sogar die Architektur, bald nach der Juliusrevolution; aber die Schwingen waren nur äußerlich angeheftet, und auf der forcierten Flug folgte der kläglichste Sturz. Nur die junge Schwesterkunst, die Musik, hatte sich mit ursprünglicher, eigentümlicher Kraft erhoben. Hat sie schon ihren Lichtgipfel erreicht? Wird sie sich lange darauf behaupten? Oder wird sie schnell wieder herabsinken? Das sind Fragen, die nur ein späteres Geschlecht beantworten kann. Jedenfalls hat es aber den Anschein, als ob in den Annalen der Kunst unsre heutige Gegenwart vorzugsweise als das Zeitalter der Musik eingezeichnet werden dürfte. Mit der allmählichen Vergeistigung des Menschengeschlechts halten auch die Künste ebenmäßig Schritt. In der frühesten Periode musste notwendigerweise die Architektur alleinig hervortreten, die unbewusste rohe Größe massenhaft verherrlichend, wie wir's z. B. sehen bei den Ägyptern. Späterhin erblicken wir bei den Griechen die Blütezeit der Bildhauerkunst, und diese bekundet schon eine äußere Bewältigung der Materie: der Geist meißelte eine ahnende Sinnigkeit in den Stein. Aber der Geist fand dennoch den Stein viel zu hart für seine steigenden Offenbarungsbedürfnisse, und er wählte die Farbe, den bunten Schatten, um eine verklärte und dämmernde Welt des Liebens und Leidens darzustellen. Da entstand die große Periode der Malerei, die am Ende des Mittelalters sich glänzend entfaltete. Mit der Ausbildung des Bewusstseinlebens schwindet bei den Menschen alle plastische Begabnis, am Ende erlischt sogar der Farbensinn, der doch immer an bestimmte Zeichnung gebunden ist, und die gesteigerte Spiritualität, das abstrakte Gedankentum, greift nach Klängen und Tönen, um eine lallende Überschwänglichkeit auszudrücken, die vielleicht nichts anderes ist als die Auflösung der ganzen materiellen Welt: die Musik ist vielleicht das letzte Wort der Kunst, wie der Tod das letzte Wort des Lebens.

Ich habe diese kurze Bemerkung hier vorangestellt, um anzudeuten, weshalb die musikalische Saison mich mehr ängstigt als erfreut. Dass man hier fast in lauter Musik ersäuft, dass es in Paris fast kein einziges Haus gibt, wohin man sich wie in eine Arche retten kann vor dieser klingenden Sündflut, dass die edle Tonkunst unser ganzes Leben überschwemmt – dies ist für mich ein bedenkliches Zeichen, und es ergreift mich darob manchmal ein Missmut, der bis zur murrsinnigsten Ungerechtigkeit gegen unsere großen Maestri und Virtuosen ausartet. Unter diesen Umständen darf man keinen allzu heitern Lobgesang von mir erwarten für den Mann, den hier die schöne Welt, besonders die hysterische Damenwelt, in diesem Augenblick mit einem wahnsinnigen Enthusiasmus umjubelt und der in der Tat einer der merkwürdigsten Repräsentanten der musikalischen Bewegung ist. Ich spreche von Franz Liszt, dem genialen Pianisten. Ja, der Geniale ist jetzt wieder hier und gibt Konzerte, die einen Zauber üben, der ans Fabelhafte grenzt. Neben ihm schwinden alle Klavierspieler – mit Ausnahme eines einzigen, des Chopin, des Raffaels des Fortepiano. In der Tat, mit Ausnahme dieses Einzigen sind alle andern Klavierspieler, die wir dieses Jahr in unzähligen Konzerten hörten, eben nur Klavierspieler, sie glänzen durch die Fertigkeit, womit sie das besaitete Holz handhaben, bei Liszt hingegen denkt man nicht mehr an überwundene Schwierigkeit, das Klavier verschwindet, und es offenbart sich die Musik. In dieser Beziehung hat Liszt, seit wir ihn zum letzten Mal hörten, den wunderbarsten Fortschritt gemacht. Mit diesem Vorzug verbindet er eine Ruhe, die wir früher an ihm vermissten. Wenn er z. B. damals auf dem Pianoforte ein Gewitter spielte, sahen wir die Blitze über sein eigenes Gesicht dahinzucken, wie von Sturmwind schlotterten seine Glieder, und seine langen Haarzöpfe träuften gleichsam vom dargestellten Platzregen. Wenn er jetzt auch das stärkste Donnerwetter spielt, so ragt er doch selber darüber empor, wie der Reisende, der auf der Spitze einer Alpe steht, während es im Tal gewittert: die Wolken lagern tief unter ihm, die Blitze ringeln wie Schlangen zu seinen Füßen, das Haupt erhebt er lächelnd in den reinen Äther.

Trotz seiner Genialität begegnet Liszt einer Opposition hier in Paris, die meistens aus ernstlichen Musikern besteht und seinem Nebenbuhler, dem kaiserlichen Thalberg, den Lorbeer reicht. – Liszt hat bereits zwei Konzerte gegeben, worin er, gegen allen Gebrauch, ohne Mitwirkung anderer Künstler ganz allein spielte. Er bereitet jetzt ein drittes Konzert zum Besten des Monuments von Beethoven. Dieser Komponist muss in der Tat dem Geschmack eines Liszt am meisten zusagen. Namentlich Beethoven treibt die spiritualistische Kunst bis zu jener tönenden Agonie der Erscheinungswelt, bis zu jener Vernichtung der Natur, die mich mit einem Grauen erfüllt, das ich nicht verhehlen mag, obgleich meine Freunde darüber den Kopf schütteln. Für mich ist es ein sehr bedeutungsvoller Umstand, dass Beethoven am Ende seiner Tage taub ward und sogar die unsichtbare Tonwelt keine klingende Realität mehr für ihn hatte. Seine Töne waren nur noch Erinnerungen eines Tones, Gespenster verschollener Klänge, und die letzten Produktionen tragen an der Stirne ein unheimliches Totenmal.

Minder schauerlich als die Beethovensche Musik war für mich der Freund Beethovens, l'ami de Beethoven, wie er sich hier überall produzierte, ich glaube sogar auf Visitenkarten. Eine schwarze Hopfenstange mit einer entsetzlich weißen Krawatte und einer Leichenbittermiene. War dieser Freund Beethovens wirklich dessen Pylades [Freund des Orest in der griechischen Sage]? Oder gehörte er zu jenen gleichgültigen Bekannten, mit denen ein genialer Mensch zuweilen um so lieber Umgang pflegt, je unbedeutender sie sind und je prosaischer ihr Geplapper ist, das ihm eine Erholung gewährt nach ermüdend poetischen Geistesflügen? Jedenfalls sahen wir hier eine neue Art der Ausbeutung des Genius, und die kleinen Blätter spöttelten nicht wenig über den ami de Beethoven. »Wie konnte der große Künstler einen so unerquicklichen, geistesarmen Freund ertragen!« riefen die Franzosen, die über das monotone Geschwätz jenes langweiligen Gastes alle Geduld verloren. Sie dachten nicht daran, dass

Beethoven taub war. – Die Zahl der Konzertgeber während der diesjährigen Saison war Legion, und an mittelmäßigen Pianisten fehlte es nicht, die in öffentlichen Blättern als Mirakel gepriesen wurden. Die meisten sind junge Leute, die in bescheiden eigner Person jene Lobeserhebungen in die Presse fördern. Die Selbstvergötterungen dieser Art, die sogenannten Reklamen, bilden eine sehr ergötzliche Lektüre. Eine Reklame, die jüngst in der »Gazette musicale« enthalten war, meldete aus Marseille, dass der berühmte Döhler auch dort alle Herzen entzückt habe und besonders durch seine interessante Blässe, die, eine Folge überstandener Krankheit, die Aufmerksamkeit der schönen Welt in Anspruch genommen. Der berühmte Döhler ist seitdem nach Paris zurückgekehrt und hat mehre Konzerte gegeben; er spielt in der Tat hübsch, nett und niedlich. Sein Vortrag ist allerliebst, bekundet eine erstaunliche Fingerfertigkeit, zeugt aber weder von Kraft noch von Geist. Zierliche Schwäche, elegante Ohnmacht, interessante Blässe.

Zu den diesjährigen Konzerten, die im Andenken der Kunstliebhaber forttönen, gehören die Matineen, welche von den Herausgebern der beiden musikalischen Zeitungen ihren Abonnenten geboten wurden. Die »France musicale«, redigiert von den Brüdern Escudier, glänzte in ihrem Konzert durch die Mitwirkung der italienischen Sänger und des Violinspielers Vieuxtemps, der als einer der Löwen der musikalischen Saison betrachtet wurde. Ob sich unter dem zottigen Fell dieses Löwen ein wirklicher König der Bestien oder nur ein armes Grauchen verbirgt, vermag ich nicht zu entscheiden. Ehrlich gesagt, ich kann den übertriebenen Lobsprüchen, die ihm gezollt wurden, keinen Glauben schenken. Es will mich bedünken, als ob er auf der Leiter der Kunst noch nicht eine sonderliche Höhe erklommen. Vieuxtemps steht etwa auf der Mitte jener Leiter, auf deren Spitze wir einst Paganini erblickten und auf deren letzter, unterster Sprosse unser vortrefflicher Sina steht, der berühmte Badegast von Boulogne und Eigentümer eines Autographs von Beethoven. Vielleicht steht Herr Vieuxtemps dem Herrn Sina noch viel näher als dem Niccolò Paganini.

Vieuxtemps ist ein Sohn Belgiens, wie denn überhaupt aus den Niederlanden die bedeutendsten Violinisten hervorgingen. Die Geige ist ja das dortige Nationalinstrument, das von groß und klein, von Mann und Weib kultiviert wird, von jeher, wie wir auf den holländischen Bildern sehen. Der ausgezeichnetste Violinist dieser Landsmannschaft ist unstreitig Bériot, der Gemahl der Malibran; ich kann mich manchmal der Vorstellung nicht erwehren, als säße in seiner Geige die Seele der verstorbenen Gattin und sänge. Nur Ernst, der poesiereiche Böhme, weiß seinem Instrument so schmelzende, so verblutend süße Klagetöne zu entlocken. – Ein Landsmann Bériots ist Artôt, ebenfalls ein ausgezeichneter Violinist, bei dessen Spiel man aber nie an eine Seele erinnert wird: ein geschniegelter, wohlgedrechselter Gesell, dessen Vortrag glatt und glänzend, wie Wachsleinen. Hauman, der Sohn des Brüsseler Nachdruckers, treibt auf der Violine das Metier des Vaters: was er geigt, sind reinliche Nachdrücke der vorzüglichsten Geiger, die Texte hie und da verbrämt mit überflüssigen Originalnoten und vermehrt mit brillanten Druckfehlern. – Die Gebrüder Franco-Mencès, welche auch dieses Jahr Konzerte gaben, wo sie ihr Talent als Violinspieler bewährten, stammen ganz eigentlich aus dem Lande der Trekschuiten [Holzboote für Binnen-Wasserstraßen] und Quispeldorchen [Spucknäpfchen]. Dasselbe gilt von Batta, dem Violoncellisten; er ist ein geborener Holländer, kam aber früh hierher nach Paris, wo er durch seine knabenhafte Jugendlichkeit ganz besonders die Damen ergötzte. Er war ein liebes Kind und weinte auf seiner Bratsche wie ein Kind. Obgleich er mittlerweile ein großer Junge geworden, so kann er doch die süße Gewohnheit des Greinens nimmermehr lassen, und als er jüngst wegen Unpässlichkeit nicht öffentlich auftreten konnte, hieß es allgemein: durch das kindische Weinen auf dem Violoncello habe er sich endlich eine wirkliche Kinderkrankheit, ich glaube die Masern, an den Hals gespielt. Er scheint jedoch wieder ganz hergestellt zu sein, und die Zeitungen melden, dass der berühmte Batta nächsten Donnerstag eine musikalische Matinee bereite, welche das Publikum für die lange Entbehrnis seines Lieblings entschädigen werde.

Das letzte Konzert, welches Herr Maurice Schlesinger den Abonnenten seiner »Gazette musicale« gab und das, wie ich bereits angedeutet habe, zu den glänzendsten Erscheinungen der Saison gehörte, war für uns Deutsche von ganz besonderem Interesse. Auch war hier die ganze Landsmannschaft vereinigt, begierig, die Mademoiselle Löwe zu hören, die gefeierte Sängerin, die das schöne Lied von Beethoven, »Adelaide«, in deutscher Zunge sang. Die Italiener und Herr Vieuxtemps, welche ihre Mitwirkung versprochen, ließen während des Konzerts absagen, zur größten Bestürzung des Konzertgebers, welcher mit der ihm eigentümlichen Würde vors Publikum trat und erklärte: Herr Vieuxtemps wolle nicht spielen, weil er das Lokal und das Publikum als seiner nicht angemessen betrachte! Die Insolenz jenes Geigers verdient die strengste Rüge. Das Lokal des Konzertes war der Musardsche Saal der Rue Vivienne, wo man nur während des Karnevals ein bisschen Cancan tanzt, jedoch das übrige Jahr hindurch die anständigste Musik von Mozart, Giacomo Meyerbeer und Beethoven exekutiert. Den italienischen Sängern, einem Signor Rubini und Signor Lablache, verzeiht man allenfalls ihre Laune; von Nachtigallen kann man sich wohl die Prätention gefallen lassen, dass sie nur vor einem Publikum von Goldfasanen und Adlern singen wollen. Aber Mynheer, der flämische Storch, dürfte nicht so wählig sein und eine Gesellschaft verschmähen, worunter sich das honetteste Geflügel, Pfauen und Perlhühner die Menge und mitunter auch die ausgezeichnetsten deutschen Schnapphähne und Mistfinken befanden. – Welcher Art war der Erfolg des Debüts der Mademoiselle Löwe? Ich will die ganze Wahrheit kurz aussprechen: sie sang vortrefflich, gefiel allen Deutschen und machte Fiasko bei den Franzosen.

Was dieses letztere Missgeschick betrifft, so möchte ich der verehrten Sängerin zu ihrem Trost versichern, dass es eben ihre Vorzüge waren, die einem französischen Sukzess im Weg standen. In der Stimme der Mlle. Löwe ist deutsche Seele, ein stilles Ding, das sich bis jetzt nur wenigen Franzosen offenbart hat und in Frankreich nur allmählich Eingang findet. Wäre Mlle. Löwe einige Dezennien später gekommen, sie hätte vielleicht größere Anerkennung gefunden. Bis jetzt aber ist die Masse des Volks noch immer dieselbe. Die Franzosen haben Geist und Passion, und beides genießen sie am liebsten in einer unruhigen, stürmischen, gehackten, aufreizenden Form. Dergleichen vermissten sie aber ganz und gar bei der deutschen Sängerin, die ihnen noch obendrein die Beethovensche »Adelaide« vorsang. Dieses ruhige Ausseufzen des Gemütes, diese blauäugigen, schmachtenden Waldeinsamkeitstöne, diese gesungenen Lindenblüten mit obligatem Mondschein, dieses Hinsterben in überirdischer Sehnsucht, dieses erzdeutsche Lied fand kein Echo in französischer Brust und ward sogar als transrhenanische Sensiblerie verspöttelt.

Obgleich Mlle. Löwe hier keinen Beifall fand, geschah doch alles mögliche, um ihr ein Engagement für die Académie royale de musique auszuwirken. Der Name Meyerbeer wurde bei dieser Gelegenheit aufdringlicher in Anschlag gebracht, als es dem verehrten Meister wohl lieb sein möchte. Ist es wahr, wollte Meyerbeer seine neue Oper nicht zur Aufführung geben, im Falle man die Löwe nicht engagierte? Hat Meyerbeer wirklich die Erfüllung der Wünsche des Publikums an eine so kleinliche Bedingung geknüpft? Ist er wirklich so überbescheiden, dass er sich einbildet, der Erfolg seines neuen Werks sei abhängig von der mehr oder minder geschmeidigen Kehle einer Primadonna?

Die zahlreichen Verehrer und Bewunderer des bewunderungswürdigen Meisters sehen mit Betrübnis, wie der Hochgefeierte bei jeder neuen Produktion seines Genius sich mit der Sicherstellung des Erfolgs so unsäglich abmüht und an das winzigste Detail desselben seine besten Kräfte vergeudet. Sein zarter, schwächlicher Körperbau muss darunter leiden. Seine Nerven werden krankhaft überreizt, und bei seinem chronischen Unterleibsleiden wird er oft von der herrschenden Cholerine [abgeschwächte Form der Cholera] heimgesucht. Der Geisteshonig, der aus seinen musikalischen Meisterwerken träufelt und uns erquickt, kostet dem Meister selbst die furchtbarsten Leibesschmerzen. Als ich das letzte Mal die Ehre hatte, ihn zu sehen, erschrak ich über sein miserables Aussehen. Bei seinem Anblick dachte ich an den Diarrhöengott der tartarischen Volkssage, worin schauderhaft drollig erzählt wird, wie dieser bauchgrimmige Kakodämon auf dem Jahrmarkt von Kasan einmal zu seinem eigenen Gebrauch sechstausend Töpfe kaufte, sodass der Töpfer dadurch ein reicher Mann wurde. Möge der Himmel unserem hochverehrten Meister eine bessere Gesundheit schenken, und möge er selber nie vergessen, dass sein Lebensfaden sehr schlapp und die Schere der Parze desto schärfer ist. Möge er nie vergessen, welche hohen Interessen sich an seine Selbsterhaltung knüpfen. Was soll aus seinem Ruhm werden, wenn er selbst, der hochgefeierte Meister, was der Himmel noch lange verhüte, plötzlich dem Schauplatz seiner Triumphe durch den Tod entrissen würde? Wird ihn die Familie fortsetzen, diesen Ruhm, worauf ganz Deutschland stolz ist? An materiellen Mitteln würde es der Familie gewiss nicht fehlen, wohl aber an intellektuellen Mitteln. Nur der große Giacomo selbst, der nicht bloß Generalmusikdirektor aller Königl. Preuß. Musikanstalten, sondern auch der Kapellmeister des Meyerbeerschen Ruhmes ist, nur er kann das ungeheure Orchester dieses Ruhmes dirigieren. – Er nickt mit dem Haupte, und alle Posaunen der großen Journale ertönen unisono; er zwinkert mit den Augen, und alle Violinen des Lobes fiedeln um die Wette; er bewegt nur leise den linken Nasenflügel, und alle Feuilleton-Flageolette flöten ihre süßesten Schmeichellaute. – Da gibt es auch unerhörte, antediluvianische Blasinstrumente, Jerichotrompeten und noch unentdeckte Windharfen, Saiteninstrumente der Zukunft, deren Anwendung die außerordentlichste Begabnis für Instrumentation bekundet. – Ja, in so hohem Grade wie unser Meyerbeer verstand sich noch kein Komponist auf die Instrumentation, nämlich auf die Kunst, alle möglichen Menschen als Instrumente zu gebrauchen, die kleinsten wie die größten, und durch ihr Zusammenwirken eine Übereinstimmung in der öffentlichen Anerkennung, die ans Fabelhafte grenzt, hervorzuzaubern. Das hat kein andrer jemals verstanden. Während die besten Opern von Mozart und Rossini bei der ersten Vorstellung durchfielen und erst Jahre vergingen, ehe sie wahrhaft gewürdigt wurden, finden die Meisterwerke unseres edlen Meyerbeer bereits bei der ersten Aufführung den ungeteiltesten Beifall, und schon den andern Tag liefern sämtliche Journale die verdienten Lob- und Preisartikel. Das geschieht durch das harmonische Zusammenwirken der Instrumente; in der Melodie muss Meyerbeer den beiden genannten Meistern nachstehen, aber er überflügelt sie durch Instrumentation. Der Himmel weiß, dass er sich oft der niederträchtigsten Instrumente bedient; aber vielleicht eben durch diese bringt er die großen Effekte hervor auf die große Menge, die ihn bewundert, anbetet, verehrt und sogar achtet. – Wer kann das Gegenteil beweisen? Von allen Seiten fliegen ihm die Lorbeerkränze zu, er trägt auf dem Haupt einen ganzen Wald von Lorbeeren, er weiß sie kaum mehr zu lassen und keucht unter dieser grünen Last. Er sollte sich einen kleinen Esel anschaffen, der, hinter ihm her trottierend, ihm die schweren Kränze nachtrüge. Aber Gouin ist eifersüchtig und leidet nicht, dass ihn ein anderer begleite.

Ich kann nicht umhin, hier ein geistreiches Wort zu erwähnen, das man dem Musiker Ferdinand Hiller zuschreibt. Als nämlich jemand denselben darüber befragte, was er von Meyerbeers Opern halte, soll Hiller ausweichend verdrießlich geantwortet haben: »Ach, lasst uns nicht von Politik reden!«

XXXIV

Ein ebenso bedeutungsvolles wie trauriges Ereignis ist das Verdikt der Jury, wodurch der Redakteur des Journals »La France« von der Anklage absichtlicher Beleidigung des Königs freigesprochen wurde. Ich weiß wahrlich nicht, wen ich hier am meisten beklagen soll! Ist es jener König, dessen Ehre durch verfälschte Briefe befleckt wird und der dennoch nicht wie jeder andere sich in der öffentlichen Meinung rehabilitieren kann? Was jedem anderen in solcher Bedrängnis gestattet ist, bleibt ihm grausam versagt. Jeder andere, der sich in gleicher Weise, durch falsche Briefe von landesverräterischem Inhalt, dem Publikum gegenüber bloßgestellt sähe, könnte es dahin bringen, sich förmlich in Anklagestand setzen zu lassen und infolge seines Prozesses die Unechtheit jener Briefe aufs Bündigste zu erweisen. Eine solche Ehrenrettung gibt es aber nicht für den König, den die Verfassung für unverletzlich erklärt und nicht persönlich vor Gericht zu stellen erlaubt. Noch weniger ist ihm das Duell gestattet, das Gottesurteil, das in Ehrensachen noch immer eine gewisse justifizierende Geltung bewahrt: Ludwig Philipp muss ruhig auf sich schießen lassen, darf aber nimmermehr selbst zur Pistole greifen, um von seinen Beleidigern Genugtuung zu fordern. Ebenso wenig kann er im üblich patzigen Stil eine abgedrungene Erklärung gegen seine Verleumder in den respektiven Landeszeitungen inserieren lassen: denn ach! Könige, wie große Dichter, dürfen sich nicht auf solchem Wege verteidigen und müssen alle Lügen, die man über ihre Person verbreitet, mit schweigender Langmut ertragen. In der Tat, ich hege das schmerzlichste Mitgefühl für den königlichen Dulder, dessen Krone nur eine Zielscheibe der Verleumdung und dessen Zepter, wo es eigene Verteidigung gilt, minder brauchbar wie ein gewöhnlicher Stock. – Oder soll ich noch weit mehr euch bedauern, ihr Legitimisten, die ihr euch als die auserwählten Paladine des Royalismus gebärdet und dennoch in der Person Ludwig Philipps das Wesen des Königtums, das königliche Ansehen, herabgewürdigt habt? Jedenfalls habe ich Mitleid mit euch, wenn ich an die schrecklichen Folgen denke, die ihr durch solchen Frevel zunächst auf eure eigenen törichten Häupter herabruft! Mit dem Umsturz der Monarchie harret euer wieder daheim das Beil und in der Fremde der Bettelstab. Ja, euer Schicksal wäre jetzt noch weit schmählicher als in früheren Tagen: euch, die gefoppten Compères [Helfershelfer] eurer Henker, würde man nicht mehr mit wildem Zorn töten, sondern mit höhnischem Gelächter und in der Fremde würde man euch nicht mehr mit jener Ehrfurcht, die einem unverschuldeten Unglück gebührt, sondern mit Geringschätzung das Almosen hinreichen.

Was soll ich aber von den guten Leuten der Jury sagen, die in wetteifernder Verblendung das Brecheisen legten an das Fundament des eigenen Hauses? Der Grundstein, worauf ihre ganze bürgerliche Staatsboutique ruht, die königliche Autorität, ward durch jenes beleidigende und schmachvolle Verdikt heillos gelockert. Die ganze verderbliche Bedeutung dieses Verdikts wird jetzt allmählich erkannt, es ist das unaufhörliche Tagesgespräch, und mit Entsetzen sieht man, wie der fatale Ausgang des Prozesses ganz systematisch ausgebeutet wird. Die verfälschten Briefe haben jetzt eine legale Stütze, und mit der Unverantwortlichkeit steigt die Frechheit bei den Feinden der bestehenden Ordnung. In diesem Augenblick werden lithographierte Kopien der vorgeblichen Autographen in unzähligen Exemplaren über ganz Frankreich verbreitet, und die Arglist reibt sich vergnügt die Hände, ob des gelungenen Meisterstücks. Die Legitimisten rufen »Viktoria!«, als hätten sie eine Schlacht gewonnen. Glorreiche Schlacht, wo die Contemporaine, die verrufene Mme. de Saint-Elme, das Banner trug! Der edle Baron La Rochejaquelein beschirmte mit seinem Wappenschild diese neue Jeanne d'Arc. Er verbürgt ihre Glaubwürdigkeit – warum nicht auch ihre jungfräuliche Reinheit? Vor allen aber verdankt man diesen Triumph dem großen Berryer, dem bürgerlichen

Dienstmann der legitimistischen Ritterschaft, der immer geistreich spricht, gleichviel für welche schlechte Sache.

Indessen, hier in Frankreich, dem Lande der Parteien, wo den Ereignissen alle ihre Konsequenzen unmittelbar abgepresst werden, geht die böse Wirkung immer Hand in Hand mit einer mehr oder minder heilsamen Gegenwirkung. Und dieses zeigt sich auch bei Gelegenheit jenes unglückseligen Verdikts. Die argen Folgen desselben werden für den Moment einigermaßen neutralisiert durch den Jubel und das Siegesgeschrei, das die Legitimisten erheben: das Volk hasst sie so sehr, dass es all seinen Unmut gegen Ludwig Philipp vergisst, wenn jene Erbfeinde des neuen Frankreichs allzu jauchzend über ihn triumphieren. Der schlimmste Vorwurf, der gegen den König in jüngster Zeit aufgebracht wurde, war ja eben, dass man ihn beschuldigte, er betreibe allzu eifrig seine Aussöhnung mit den Legitimisten und opfere ihnen die demokratischen Interessen. Deshalb erregte die Beleidigung, die dem König gerade durch diese frondierenden Edelleute widerfuhr, zunächst eine gewisse Schadenfreude bei der Bourgeoisie, die, angehetzt durch die Journale des unzufriedenen Mittelstandes, von den reaktionären Vorsätzen des jetzigen Ministeriums die verdrießlichsten Dinge fabelt.

Welche Bewandtnis hat es aber mit jenen reaktionären Vorsätzen, die man absonderlich Herrn Guizot zuschreibt? Ich kann ihnen keinen Glauben schenken. Guizot ist der Mann des Widerstandes, aber nicht der Reaktion. Und seid überzeugt, dass man ihn ob seines Widerstandes nach oben schon längst verabschiedet hätte, wenn man nicht seines Widerstandes nach unten bedürfte. Sein eigentliches Geschäft ist die tatsächliche Erhaltung jenes Regiments der Bourgeoisie, das von den marodierenden Nachzüglern der Vergangenheit ebenso grimmig bedroht wird wie von der plünderungssüchtigen Avantgarde der Zukunft. Herr Guizot hat sich eine schwierige Aufgabe gestellt, und niemand weiß ihm Dank dafür. Am undankbarsten wahrlich zeigen sich gegen ihn eben jene guten Bürger, die seine starke Hand schirmt und schützt, denen er aber nie vertraulich die Hand gibt und mit deren kleinlichen Leidenschaften er nie gemeinschaftliche Sache macht. Sie lieben ihn nicht, diese Spießbürger, denn er lacht nicht mit ihnen über Voltairesche Witze, er ist nicht industriell und tanzt nicht mit ihnen um den Maibaum der Gloire! Er trägt das Haupt sehr hoch, und ein melancholischer Stolz spricht aus allen seinen Zügen: »Ich könnte vielleicht etwas Besseres tun, als für dieses Lumpenpack in mühsamen Tageskämpfen mein Leben vergeuden!« Das ist in der Tat der Mann, der nicht sehr zärtlich um Popularität buhlt und sogar den Grundsatz aufgestellt hat, dass ein guter Minister unpopulär sein müsse. Er hat nie der Menge gefallen wollen, sogar nicht in jenen Tagen der Restauration, wo er als gelehrter Volkstribun am herrlichsten gefeiert wurde. Als er in der Sorbonne seine denkwürdigen Vorlesungen hielt und der Beifall der Jugend sich ein bisschen allzu stürmisch äußerte, dämpfte er selber diesen huldigenden Lärm, mit den strengen Worten: »Meine Herren, auch im Enthusiasmus muss die Ordnung walten!« Ordnungsliebe ist überhaupt ein vorstechender Zug des Guizotschen Charakters, und schon aus diesem Grund wirkte sein Ministerium sehr wohltätig in die Konfusion der Gegenwart. Man hat ihn wegen dieser Ordnungsliebe nicht selten der Pedanterei beschuldigt, und ich gestehe, der schroffe Ernst seiner Erscheinung wird gemildert durch eine gewisse anklebende gelehrte Magisterhaftigkeit, die an unsere deutsche Heimat, besonders an Göttingen, erinnert. Er ist ebenso wenig reaktionär, wie Hofrat Heeren, Tychsen oder Eichhorn solches gewesen – aber er wird nie erlauben, dass man die Pedelle prügle oder sich sonstig auf der Weenderstraße herumbalge und die Laternen zerschlage.

XXXV

Vorigen Sonnabend hielt diejenige Sektion des Institut Royal, welche sich Académie des sciences morales et politiques nennt, eine ihrer merkwürdigsten Sitzungen. Der Schauplatz war, wie gewöhnlich, jene Halle des Palais Mazarin, die durch ihre hohe Wölbung, sowie durch das Personal, das manchmal dort seinen Sitz nimmt, so oft an die Kuppel des Invalidendoms erinnerte. In der Tat, die andern Sektionen des Instituts, die dort ihre Vorträge halten, zeugen nur von greisenhafter Ohnmacht, aber die obenerwähnte Académie des sciences morales et politiques macht eine Ausnahme und trägt den Charakter der Frische und Kraft. Es herrscht in dieser letzten Sektion ein großartiger Sinn, während die Einrichtung und der Gesamtgeist des Institut Royal sehr kleinlich ist. Ein Witzling bemerkte sehr richtig: »Diesmal ist der Teil größer als das Ganze.« In der Versammlung vom vorigen Sonnabend atmete eine ganz besonders jugendliche Regung: Cousin, welcher präsidierte, sprach mit jenem mutigen Feuer, das manchmal nicht sehr wärmt, aber immer leuchtet; und gar Mignet, welcher das Gedächtnis des verstorbenen Merlin de Douai, des berühmten Juristen und Konventmitglieds, zu feiern hatte, sprach so blühend schön, wie er selbst aussieht. Die Damen, die den Sitzungen der Section des sciences morales et politiques immer in großer Anzahl beiwohnen, wenn ein Vortrag des schönen Secrétaire perpétuel angekündigt ist, kommen dorthin vielleicht mehr, um zu sehen, als um zu hören, und da viele darunter sehr hübsch sind, so wirkt ihr Anblick manchmal störend auf die Zuhörer. Was mich betrifft, so fesselte mich diesmal der Gegenstand der Mignetschen Rede ganz ausschließlich, denn der berühmte Geschichtsschreiber der Revolution sprach wieder über einen der wichtigsten Führer der großen Bewegung, welche das bürgerliche Leben der Franzosen umgestaltet, und jedes Wort war hier ein Resultat interessanter Forschung. Ja, das war die Stimme des Geschichtsschreibers, des wirklichen Chefs von Klios Archiven, und es schien, als hielt er in den Händen jene ewigen Tabletten, worin die strenge Göttin bereits ihre Urteilssprüche eingezeichnet. Nur in der Wahl der Ausdrücke und in der mildernden Betonung bekundete sich manchmal die traditionelle Lobpflicht des Akademikers. Und dann ist Mignet auch Staatsmann, und mit kluger Scheu mussten die Tagesverhältnisse berücksichtigt werden bei der Besprechung der jüngsten Vergangenheit. Es ist eine bedenkliche Aufgabe, den überstandenen Sturm zu beschreiben, während wir noch nicht in den Hafen gelangt sind. Das französische Staatsschiff ist vielleicht noch nicht so wohl geborgen, wie der gute Mignet meint. Unfern vom Redner, auf einer der Bänke mir gegenüber, sah ich Herrn Thiers, und sein Lächeln war für mich sehr bedeutungsvoll bei denjenigen Stellen, wo Mignet mit allzu großer Behagnis von der definitiven Begründung der modernen Zustände sprach: so lächelt Äolus, wenn Daphnis am windstillen Ufer des Meeres die friedliche Flöte bläst!

Die ganze Rede von Mignet dürfte Ihnen in kurzem gedruckt zu Gesicht kommen, und die Fülle des Inhalts wird Sie alsdann gewiss erfreuen; aber nimmermehr kann die bloße Lektüre den lebendigen Vortrag ersetzen, der, wie eine tiefsinnige Musik, im Zuhörer eine Reihenfolge von Ideen anregt. So klingt mir noch beständig im Gedächtnis eine Bemerkung, die der Redner in wenigen Worten hinwarf und die dennoch fruchtbar an wichtigen Gedanken ist. Er bemerkte nämlich, wie ersprießlich es sei, dass das neue Gesetzbuch der Franzosen von Männern abgefasst worden, die aus den wilden Drangsalen der größten Staatsumwälzung soeben hervorgegangen und folglich die menschlichen Passionen und zeitlichen Bedürfnisse gründlichst kennengelernt hatten. Ja, beachten wir diesen Umstand, so will es uns bedünken, als begünstigte derselbe ganz besonders die jetzige französische Legislation, als verliehe er einen ganz außerordentlichen Wert jenem Code Napoléon und dessen Kommentarien, welche nicht wie andere Rechtsbücher von müßigen und kühlen Kasuisten angefertigt sind, sondern von glühenden Menschheitsrettern, die alle Leidenschaften in ihrer Nacktheit gesehen und in die Schmerzen aller neueren Lebensfragen durch die Tat eingeweiht worden. Von dem Beruf unserer Zeit zur Gesetzgebung hat die philosophische Schule in Deutschland ebenso unrichtige Begriffe wie die historische; erstere ist tot, und letztere hat noch nicht gelebt.

Die Rede, womit Victor Cousin vorigen Sonnabend die Sitzung der Akademie eröffnete, atmete einen Freiheitssinn, den wir immer mit Freude bei ihm anerkennen werden. Er ist übrigens in diesen Blättern von einem unsrer Kollegen so reichlich gelobhudelt worden, dass er vorderhand dessen genug haben dürfte. Nur so viel wollen wir erwähnen, dass der Mann, den wir früherhin nicht sonderlich liebten, uns in der letzten Zeit zwar keine währliche [garantiert gute, tüchtige; dauerhafte] Zuneigung, aber eine bessere Anerkennung einflößte. Armer Cousin, wir haben dich früherhin sehr malträtiert, dich, der du immer für uns Deutsche so liebreich und freundlich warst. Sonderbar, eben während der treue Zögling der deutschen Schule, der Freund Hegels, unser Victor Cousin, in Frankreich Minister war, brach in Deutschland gegen die Franzosen jener blinde Groll los, der jetzt allmählich schwindet und vielleicht einst unbegreiflich sein wird. Ich erinnere mich, zu jener Zeit, vorigen Herbst, begegnete ich Herrn Cousin auf dem Boulevard des Italiens, wo er vor einem Kupferstichladen stand und die dort ausgestellten Bilder von Overbeck bewunderte. Die Welt war aus ihren Angeln gerissen, der Kanonendonner von Beirut, wie eine Sturmglocke, weckte alle Kampflust des Orients und des Okzidents, die Pyramiden Ägyptens zitterten, diesseits und jenseits des Rheins wetzte man die Säbel – und Victor Cousin, damaliger Minister von Frankreich, stand ruhig vor dem Bilderladen des Boulevard des Italiens und bewunderte die stillen, frommen Heiligenköpfe von Overbeck und sprach mit Entzücken von der Vortrefflichkeit deutscher Kunst und Wissenschaft, von unserem Gemüt und Tiefsinn, von unserer Gerechtigkeitsliebe und Humanität. »Aber um Himmels willen«, unterbrach er sich plötzlich, wie aus einem Traum erwachend, »was bedeutet die Raserei, womit ihr in Deutschland jetzt plötzlich gegen uns schreit und lärmt?« Er konnte diese Berserkerwut nicht begreifen, und auch ich begriff nichts davon, und Arm in Arm über den Boulevard hinwandelnd, erschöpften wir uns in lauter Konjekturen über die letzten Gründe jener Feindseligkeit, bis wir an die Passage des Panoramas gelangten, wo Cousin mich verließ, um sich bei Marquis ein Pfund Schokolade zu kaufen.

Ich konstatiere mit besonderer Vorliebe die kleinsten Umstände, welche von der Sympathie zeugen, die ich in Betreff Deutschlands bei den französischen Staatsmännern finde. Dass wir dergleichen bei Guizot antreffen, ist leicht erklärlich, da seine Anschauungsweise der unsrigen verwandt ist und er die Bedürfnisse und das gute Recht des deutschen Volks sehr gründlich begreift. Dieses Verständnis versöhnt ihn vielleicht auch mit unseren beiläufigen Verkehrtheiten: die Worte »Tout comprendre, c'est tout pardonner« las ich dieser Tage auf dem Petschaft einer schönen Dame. Guizot mag immerhin, wie man behauptet, von puritanischem Charakter sein, aber er begreift auch Andersfühlende und Andersdenkende. Sein Geist ist auch nicht poesiefeindlich eng und dumpf: dieser Puritaner war es, welcher den Franzosen eine Übersetzung des Shakespeare gab, und als ich vor mehreren Jahren über den britischen Dichterkönig schrieb, wusste ich den Zauber seiner phantastischen Komödien nicht besser zu erörtern, als indem ich den Kommentar jenes Puritaners, des Stutzkopfs Guizot, wörtlich mitteilte.

Sonderbar! das kriegerische Ministerium vom 1. März, das jenseits des Rheines so verschrien ward, bestand zum größten Teil aus Männern, welche Deutschland mit dem treuesten Eifer verehrten und liebten. Neben jenem Victor Cousin, welcher begriffen, dass bei Immanuel Kant die beste Kritik der reinen Vernunft und bei Marquis die beste Schokolade zu finden, saß damals im Ministerrat Hr. v. Rémusat, der ebenfalls dem deutschen Genius huldigte und ihm ein besonderes Studium widmete. Schon in seiner Jugend übersetzte er mehrere deutsche dramatische Dichtungen, die er im »Théâtre étranger« abdrucken ließ. Dieser Mann ist ebenso geistreich wie ehrlich, er kennt die Gipfel und die Tiefen des deutschen Volks, und ich bin überzeugt, er hat von dessen Herrlichkeit einen höheren Begriff als sämtliche Komponisten des Beckerschen Lieds, wo nicht gar als der große Niklas Becker selbst! – Was uns in der jüngsten Zeit besonders gut an Rémusat gefiel, war die unumwundene Weise, womit er den guten Leumund eines edlen Waffenbruders gegen verleumderische Insinuationen verteidigte.

XXXVI

Paris, 22. Mai 1841

Die Engländer hier schneiden sehr besorgliche Gesichter. »Es geht schlecht, es geht schlecht«, das sind die ängstlichen Zischlaute, die sie einander zuflüstern, wenn sie sich bei Galignani begegnen. Es hat in der Tat den Anschein, als wackle der ganze großbritannische Staat und sei dem Umsturz nahe, aber es hat nur den Anschein. Dieser Staat gleicht dem Glockenturm von Pisa: seine schiefe Stellung ängstigt uns, wenn wir hinaufblicken, und der Reisende eilt mit rascheren Schritten über den Domhof, fürchtend, der große Turm möchte ihm unversehens auf den Kopf fallen. Als ich zur Zeit Cannings in London war und den wilden Meetings des Radikalismus beiwohnte, glaubte ich, der ganze Staatsbau stürze jetzt zusammen. Meine Freunde, welche England während der Aufregung der Reformbill besuchten, wurden dort von demselben Angstgefühl ergriffen. Andere, die dem Schauspiel der O'Connellschen Umtriebe und des katholischen Emanzipationslärms beiwohnten, empfanden ähnliche Beängstigung. Jetzt sind es die Korngesetze, welche einen so bedrohlichen Staatsuntergangssturm veranlassen – aber fürchte dich nicht, Sohn Albions:

> Kracht's auch, bricht's doch nicht,
> Bricht's auch, bricht's nicht mit dir!

Hier zu Paris herrscht in diesem Augenblick große Stille. Man wird es nachgerade müde, beständig von den falschen Briefen des Königs zu sprechen, und eine erfrischende Diversion gewährte uns die Entführung der spanischen Infantin durch Ignaz Gurowski, einen Bruder jenes famosen Adam Gurowski, dessen Sie sich vielleicht noch erinnern. Vorigen Sommer war Freund Ignaz in Mademoiselle Rachel verliebt; da ihm aber der Vater derselben, der von sehr guter jüdischer Familie ist, seine Tochter verweigerte, so machte er sich an die Prinzessin Isabella Fernanda von Spanien. Alle Hofdamen beider Kastilien, ja des ganzen Universums, werden die Hände vor Entsetzen über den Kopf zusammenschlagen: jetzt begreifen sie endlich, dass die alte Welt des traditionellen Respektes ein Ende hat!

XXXVII

Paris, 11. Dezember 1841

Jetzt, wo das Neujahr herannaht, der Tag der Geschenke, überbieten sich hier die Kaufmannsläden in den mannigfaltigsten Ausstellungen. Der Anblick derselben kann dem müßigen Flaneur den angenehmsten Zeitvertreib gewähren; ist sein Hirn nicht ganz leer, so steigen ihm auch manchmal Gedanken auf, wenn er hinter den blanken Spiegelfenstern die bunte Fülle der ausgestellten Luxus- und Kunstsachen betrachtet und vielleicht auch einen Blick wirft auf das Publikum, das dort neben ihm steht. Die Gesichter dieses Publikums sind so hässlich ernsthaft und leidend, so ungeduldig und drohend, dass sie einen unheimlichen Kontrast bilden mit den Gegenständen, die sie begaffen, und uns die Angst anwandelt, diese

Menschen möchten einmal mit ihren geballten Fäusten plötzlich dreinschlagen und all das bunte, klirrende Spielzeug der vornehmen Welt mitsamt dieser vornehmen Welt selbst gar jämmerlich zertrümmern! Wer kein großer Politiker ist, sondern ein gewöhnlicher Flaneur, der sich wenig kümmert um die Nuance Dufaure und Passy, sondern um die Miene des Volks auf den Gassen, dem wird es zur festen Überzeugung, dass früher oder später die ganze Bürgerkomödie in Frankreich mitsamt ihren parlamentarischen Heldenspielern und Komparsen ein ausgezischt schreckliches Ende nimmt und ein Nachspiel aufgeführt wird, welches das Kommunistenregiment heißt! Von langer Dauer freilich kann dieses Nachspiel nicht sein; aber es wird um so gewaltiger die Gemüter erschüttern und reinigen, es wird eine echte Tragödie sein.

Die letzten politischen Prozesse dürften manchem die Augen öffnen, aber die Blindheit ist gar zu angenehm. Auch will keiner an die Gefahren erinnert werden, die ihm die süße Gegenwart verleiden können. Deshalb grollen sie alle jenem Manne, dessen strenges Auge am tiefsten hinabblickt in die Schreckensnächte der Zukunft und dessen hartes Wort vielleicht manchmal zur Unzeit, wenn wir eben beim fröhlichsten Mahle sitzen, an die allgemeine Bedrohnis erinnert. Sie grollen alle jenem armen Schulmeister Guizot. Sogar die sogenannten Konservativen sind ihm abhold, zum größten Teil, und in ihrer Verblendung glauben sie ihn durch einen Mann ersetzen zu können, dessen heiteres Gesicht und gefällige Rede sie minder schreckt und ängstigt. Ihr konservativen Toren, die ihr nichts imstande seid zu konservieren als eben eure Torheit, ihr solltet diesen Guizot wie euren Augapfel schonen; ihr solltet ihm die Mücken abwedeln, die radikalen sowohl wie die legitimen, um ihn bei guter Laune zu erhalten; ihr solltet ihm auch manchmal Blumen schicken ins Hôtel des Capucines, aufheiternde Blumen, Rosen und Veilchen, statt ihm durch tägliches Nörgeln dieses Logis zu verleiden oder gar ihn hinauszuintrigieren. An eurer Stelle hätte ich immer Angst, er möchte den glänzenden Quälnissen seines Ministerplatzes plötzlich entspringen und sich wieder hinaufretten in sein stilles Gelehrtenstübchen der Rue L'Évêque, wo er einst so idyllisch glücklich lebte unter seinen schafledernen und kalbledernen Büchern. – Ist aber Guizot wirklich der Mann, der imstande wäre, das hereinbrechende Verderben abzuwenden? Es vereinigen sich in der Tat bei ihm die sonst getrennten Eigenschaften der tiefsten Einsicht und des festen Willens, er würde mit einer antiken Unerschütterlichkeit allen Stürmen Trotz bieten und mit modernster Klugheit die schlimmen Klippen vermeiden – aber der stille Zahn der Mäuse hat den Boden des französischen Staatsschiffes allzu sehr durchlöchert, und gegen diese innere Not, die weit bedenklicher als die äußere, wie Guizot sehr gut begriffen, ist er ohnmächtig. Hier ist die Gefahr. Die zerstörenden Doktrinen haben in Frankreich zu sehr die unteren Klassen ergriffen – es handelt sich nicht mehr um Gleichheit der Rechte, sondern um Gleichheit des Genusses auf dieser Erde, und es gibt in Paris etwa 400 000 rohe Fäuste, welche nur des Losungswortes harren, um die Idee der absoluten Gleichheit zu verwirklichen, die in ihren rohen Köpfen brütet. Von mehreren Seiten hört man, der Krieg sei ein gutes Ableitungsmittel gegen solchen Zerstörungsstoff. Aber hieße das nicht Satan durch Beelzebub beschwören? Der Krieg würde nur die Katastrophe beschleunigen und über den ganzen Erdboden das Übel verbreiten, das jetzt nur an Frankreich nagt; – die Propaganda des Kommunismus besitzt eine Sprache, die jedes Volk versteht: die Elemente dieser Universalsprache sind so einfach wie der Hunger, wie der Neid, wie der Tod. Das lernt sich so leicht!

Doch lasst uns dieses trübe Thema verlassen und wieder zu den heitern Gegenständen übergehen, die hinter den Spiegelfenstern auf der Rue Vivienne oder den Boulevards ausgestellt sind. Das funkelt, das lacht und locht! Keckes Leben, ausgesprochen in Gold, Silber, Bronze, Edelstein, in allen möglichen Formen, namentlich in den Formen aus der Zeit der Renaissance, deren Nachbildung in diesem Augenblick eine herrschende Mode. Woher die

Vorliebe für diese Zeit der Renaissance, der Wiedergeburt oder vielmehr der Auferstehung, wo die antike Welt gleichsam aus dem Grabe stieg, um dem sterbenden Mittelalter seine letzten Stunden zu verschönen? Empfindet unsere Jetztzeit eine Wahlverwandtschaft mit jener Periode, die, ebenso wie wir, in der Vergangenheit eine verjüngende Quelle suchte, lechzend nach frischem Lebenstrank? Ich weiß nicht, aber jene Zeit Franz' I. und seiner Geschmacksgenossen übt auf unser Gemüt einen fast schauerlichen Zauber, wie Erinnerung von Zuständen, die wir im Traum durchlebt; und dann liegt ein ungemein origineller Reiz in der Art und Weise, wie jene Zeit das wiedergefundene Altertum in sich zu verarbeiten wusste. Hier sehen wir nicht, wie in der Davidschen Schule, eine akademisch trockene Nachahmung der griechischen Plastik, sondern eine flüssige Verschmelzung derselben mit dem christlichen Spiritualismus. In den Kunst- und Lebensgestaltungen, die der Vermählung jener heterogensten Elemente ihr abenteuerliches Dasein verdankten, liegt ein so süßer melancholischer Witz, ein so ironischer Versöhnungskuss, ein blühender Übermut, ein elegantes Grauen, das uns unheimlich bezwingt, wir wissen nicht wie.

Doch wie wir heute die Politik den Kannegießern von Profession überlassen, so überlassen wir den patentierten Historikern die genauere Nachforschung, in welchem Grad unsere Zeit mit der Zeit der Renaissance verwandt ist; und als echte Flaneurs wollen wir auf dem Boulevard Montmartre vor einem Bilde stehenbleiben, das dort die Herren Goupil und Rittner ausgestellt haben und das gleichsam als der Kupferstichlöwe der Saison alle Blicke auf sich zieht. Es verdient in der Tat diese allgemeine Aufmerksamkeit: es sind »Die Fischer« von Léopold Robert, die dieser Kupferstich darstellt. Seit Jahr und Tag erwartete man denselben, und er ist gewiss eine köstliche Weihnachtsgabe für das große Publikum, dem das Originalbild unbekannt geblieben. Ich enthalte mich aller detaillierten Beschreibung dieses Werks, da es in kurzem ebenso bekannt sein wird wie die »Schnitter« desselben Malers, wozu es ein sinnreiches und anmutiges Seitenstück bildet. Wie dieses berühmte Bild eine sommerliche Kampagne darstellt, wo römische Landleute gleichsam auf einem Siegeswagen mit ihrem Erntesegen heimziehen, so sehen wir hier, auf dem letzten Bild von Robert, als schneidendsten Gegensatz, den kleinen winterlichen Hafen von Chioggia und arme Fischerleute, die, um ihr kärgliches Tagesbrot zu gewinnen, trotz Wind und Wetter sich eben anschicken zu einer Ausfahrt ins Adriatische Meer. Weib und Kind und die alte Großmutter schauen ihnen nach mit schmerzlicher Resignation – gar rührende Gestalten, bei deren Anblick allerlei polizeiwidrige Gedanken in unserem Herzen laut werden. Diese unseligen Menschen, die Leibeigenen der Armut, sind zu lebenslänglicher Mühsal verdammt und verkümmern in harter Not und Betrübnis. Ein melancholischer Fluch ist hier gemalt, und der Maler, sobald er das Gemälde vollendet hatte, schnitt er sich die Kehle ab. Armes Volk! armer Robert! – Ja, wie die »Schnitter« dieses Meisters ein Werk der Freude sind, das er im römischen Sonnenlicht der Liebe empfangen und ausgeführt hat, so spiegeln sich in seinen »Fischern« alle die Selbstmordgedanken und Herbstnebel, die sich, während er in der zerstörten Venezia hauste, über seine Seele lagerten. Wie uns jenes erstere Bild befriedigt und entzückt, so erfüllt uns dieses letztere mit empörungssüchtigem Unmut: dort malte Robert das Glück der Menschheit, hier malte er das Elend des Volks.

Ich werde nie den Tag vergessen, wo ich das Originalgemälde, »Die Fischer« von Robert, zum ersten Male sah. Wie ein Blitzstrahl aus unumwölktem Himmel hatte uns plötzlich die Nachricht seines Todes getroffen, und da jenes Bild, welches gleichzeitig anlangte, nicht mehr im bereits eröffneten Salon ausgestellt werden konnte, fasste der Eigentümer, Herr Paturle, den löblichen Gedanken, eine besondere Ausstellung desselben zum Besten der Armen zu veranstalten. Der Maire des zweiten Arrondissements gab dazu sein Lokal, und die Einnahme, wenn ich nicht irre, betrug über sechzehntausend Franken. (Mögen die Werke aller

Volksfreunde so praktisch nach ihrem Tode fortwirken!) Ich erinnere mich, als ich die Treppe der Mairie hinaufstieg, um zu dem Expositionszimmer zu gelangen, las ich auf einer Nebentüre die Aufschrift: Bureau des décès. Dort im Saal standen sehr viele Menschen vor dem Bild versammelt, keiner sprach, es herrschte eine ängstliche, dumpfe Stille, als läge hinter der Leinwand der blutige Leichnam des toten Malers. Was war der Grund, weshalb er sich eigenhändig den Tod gab, eine Tat, die im Widerspruch war mit den Gesetzen der Religion, der Moral und der Natur, heiligen Gesetzen, denen Robert sein ganzes Leben hindurch so kindlich Gehorsam leistete? Ja, er war erzogen im schweizerisch strengen Protestantismus, er hielt fest an diesem väterlichen Glauben mit unerschütterlicher Treue, und von religiösem Skeptizismus oder gar Indifferentismus war bei ihm keine Spur. Auch ist er immer gewissenhaft gewesen in der Erfüllung seiner bürgerlichen Pflichten, ein guter Sohn, ein guter Wirt, der seine Schulden bezahlte, der allen Vorschriften des Anstandes genügte, Rock und Hut sorgsam bürstete, und von Immoralität kann ebenfalls bei ihm nicht die Rede sein. An der Natur hing er mit ganzer Seele, wie ein Kind an der Brust der Mutter; sie tränkte sein Talent und offenbarte ihm alle ihre Herrlichkeiten, und, nebenbei gesagt, sie war ihm lieber als die Tradition der Meister: ein überschwängliches Versinken in den süßen Wahnwitz der Kunst, ein unheimliches Gelüste nach Traumweltgenüssen, ein Abfall von der Natur, hat also ebenfalls den vortrefflichen Mann nicht in den Tod gelockt. Auch waren seine Finanzen wohlbestellt, er war geehrt, bewundert und sogar gesund. Was war es aber? Hier in Paris ging einige Zeit die Sage, eine unglückliche Leidenschaft für eine vornehme Dame in Rom habe jenen Selbstmord veranlasst. Ich kann nicht daran glauben. Robert war damals achtunddreißig Jahre alt, und in diesem Alter sind die Ausbrüche der großen Passion zwar sehr furchtbar, aber man bringt sich nicht um, wie in der frühen Jugend, in der unmännlichen Werther-Periode.

Was Robert aus dem Leben trieb, war vielleicht jenes entsetzlichste aller Gefühle, wo ein Künstler das Missverhältnis entdeckt, das zwischen seiner Schöpfungslust und seinem Darstellungsvermögen stattfindet: dieses Bewusstsein der Unkraft ist schon der halbe Tod, und die Hand hilft nur nach, um die Agonie zu verkürzen. Wie brav und herrlich auch die Leistungen Roberts, so waren sie doch gewiss nur blasse Schatten jener blühenden Naturschönheiten, die seiner Seele vorschwebten, und ein geübtes Auge entdeckte leicht ein mühsames Ringen mit dem Stoff, den er nur durch die verzweiflungsvollste Anstrengung bewältigte. Schön und fest sind alle diese Robertschen Bilder, aber die meisten sind nicht frei, es weht darin nicht der unmittelbare Geist: sie sind komponiert. Robert hatte eine gewisse Ahnung von genialer Größe, und doch war sein Geist gebannt in kleinen Rahmen. Nach dem Charakter seiner Erzeugnisse zu urteilen, sollte man glauben, er sei Enthusiast gewesen für Raffael Sanzio von Urbino, den idealen Schönheitsengel – nein, wie seine Vertrauten versichern, war es vielmehr Michelangelo Buonarroti, der stürmische Titane, der wilde Donnergott des Jüngsten Gerichts, für den er schwärmte, den er anbetete. Der wahre Grund seines Todes war der bittere Unmut des Genremalers, der nach großartigster Historienmalerei lechzte – er starb an einer Lakune seines Darstellungsvermögens.

Der Kupferstich von den »Fischern«, den die Herren Goupil und Rittner jetzt ausgestellt haben, ist vortrefflich, in Bezug auf das Technische: ein wahres Meisterstück, weit vorzüglicher als der Stich der »Schnitter«, der vielleicht mit zu großer Hast verfertigt worden. Aber es fehlt ihm der Charakter der Ursprünglichkeit, der uns bei den »Schnittern« so vollselig entzückt und der vielleicht dadurch entstand, dass dieses Gemälde aus einer einzigen Anschauung, sei es eine äußere oder innere, gleichviel, hervorgegangen und derselben mit großer Treue nachgebildet ist. Die »Fischer« hingegen sind zu sehr komponiert, die Figuren sind mühsam zusammengesucht, nebeneinander gestellt, inkommodieren sich wechselseitig mehr, als sie sich ergänzen, und nur durch die Farbe ist das Verschiedenartige im Originalgemälde ausgeglichen und erhielt das Bild den Schein der Einheit. Im Kupferstich, wo die Farbe, die bunte Vermittlung, fehlt, fallen natürlicherweise die äußerlich verbundenen Teile wieder auseinander, es zeigt sich Verlegenheit und Stückwerk, und das Ganze ist kein Ganzes mehr. »Es ist ein Zeichen von Raffaels Größe«, sagte mir jüngst ein Kollege, »dass seine Gemälde im Kupferstich nichts von ihrer Harmonie verlieren. Ja, selbst in den dürftigsten Nachbildungen, allen Kolorits, wo nicht gar aller Schattierung entkleidet, in ihren nackten Konturen, bewahren die Raffaelschen Werke jene harmonische Macht, die unser Gemüt bewegt. Das kommt daher, weil sie echte Offenbarungen sind, Offenbarungen des Genius, der, eben wie die Natur, schon in den bloßen Umrissen das Vollendete gibt.«

Ich will mein Urteil über die Robertschen »Fischer« resümieren: es fehlt ihnen die Einheit, und nur die Einzelheiten, namentlich das junge Weib mit dem kranken Kind, verdienen das höchste Lob. Zur Unterstützung meines Urteils berufe ich mich auf die Skizze, worin Robert gleichsam seinen ersten Gedanken ausgesprochen: hier, in der ursprünglichen Konzeption, herrscht jene Harmonie, die dem ausgeführten Bild fehlt, und wenn man sie mit diesem vergleicht, merkt man gewiss, wie der Maler seinen Geist lange Zeit gezerrt und abgemüdet haben muss, ehe er das Gemälde in seiner jetzigen Gestalt zustande brachte.

XXXVIII

Paris, den 19. Dezember 1841

Wird sich Guizot halten? Heiliger Gott, hierzuland hält sich niemand auf die Länge, alles wackelt, sogar der Obelisk von Luxor! Das ist keine Hyperbel, sondern buchstäbliche Wahrheit; schon seit mehren Monaten geht hier die Rede, der Obelisk stehe nicht fest auf seinem Postament, er schwanke zuweilen hin und her, und eines frühen Morgens werde er den Leuten, die eben vorüberwandeln, auf die Köpfe purzeln. Die Ängstlichen suchen schon jetzt, wenn ihr Weg sie über die Place Louis-Quinze führt, sich etwas entfernt zu halten von der fallenden Größe. Die Mutigern lassen sich freilich nicht in ihrem gewöhnlichen Gange stören, weichen keinen Fingerbreit, können aber doch nicht umhin, im Vorübergehen ein bisschen hinaufzuschielen, ob der große Stein wirklich nicht wackelmütig geworden. Wie dem auch sei, es ist immer schlimm, wenn das Publikum Zweifel hegt über die Festigkeit der Dinge; mit dem Glauben an ihre Dauer schwindet schon ihre beste Stütze. Wird er sich halten? Jedenfalls glaub' ich, dass er sich die nächste Sitzung hindurch halten wird, sowohl der Obelisk als auch Guizot, der mit jenem eine gewisse Ähnlichkeit hat, z. B. die, dass er ebenfalls nicht auf seinem rechten Platze steht. Ja, sie stehen beide nicht auf ihrem rechten Platz, sie sind herausgerissen aus ihrem Zusammenhang, ungestüm verpflanzt in eine unpassende Nachbarschaft. Jener, der Obelisk, stand einst vor den lotosknäufigen Riesensäulen am Eingang des Tempels von Luxor, welcher wie ein kolossaler Sarg aussieht und die ausgestorbene Weisheit der Vorwelt, getrocknete Königsleichen, einbalsamierten Tod enthält. Neben ihm stand ein Zwillingsbruder von demselben roten Granit und derselben pyramidalischen Gestalt, und ehe man zu diesen beiden gelangte, schritt man durch zwei Reihen Sphinxe, stumme Rätseltiere, Bestien mit Menschenköpfen, ägyptische Doktrinäre. In der Tat, solche Umgebung war für den Obelisken weit geeigneter als die, welche ihm auf der Place Louis- Quinze zuteil ward, dem modernsten Platz der Welt, dem Platz, wo eigentlich die moderne Zeit angefangen und von der Vergangenheit gewaltsam abgeschnitten wurde mit frevelhaftem Beil. – Zittert und wackelt vielleicht wirklich der große Obelisk, weil es ihm graut, sich auf solchem gottlosen Boden zu befinden, er, der gleichsam ein steinerner Schweizer in Hieroglyphenlivree jahrtausendelang Wache hielt vor den heiligen Pforten der Pharaonengräber und des absoluten Mumientums? Jedenfalls steht er dort sehr isoliert, fast komisch isoliert, unter lauter theatralischen Architekturen der Neuzeit, Bildwerken im Rokokogeschmack, Springbrunnen mit vergoldeten Najaden, allegorischen Statuen der französischen Flüsse, deren Piedestal eine Portierloge enthält, in der Mitte zwischen dem Arc de triomphe, den Tuilerien und der Chambre des députés – ungefähr wie der sazerdotal tiefsinnige, ägyptisch steife und schweigsame Guizot zwischen dem imperialistisch rohen Soult, dem merkantilisch flachköpfigen Human und dem hohlen Schwätzer Villemain, der halb voltairisch und halb katholisch angestrichen ist und in jedem Fall einen Strich zu viel hat.

Doch lasst uns Guizot beiseite setzen und nur von dem Obelisken reden: es ist ganz wahr, dass man von seinem baldigen Sturze spricht. Es heißt: im stillen Sonnenbrand am Nil, in seiner heimatlichen Ruhe und Einsamkeit, hätte er noch Jahrtausende aufrecht stehenbleiben können, aber hier in Paris agitierte ihn der beständige Wetterwechsel, die fieberhaft aufreibende, anarchische Atmosphäre, der unaufhörlich wehende feuchtkalte Kleinwind, welcher die Gesundheit weit mehr angreift als der glühende Samum der Wüste; kurz, die Pariser Luft bekomme ihm schlecht. Der eigentliche Rivale des Obelisken von Luxor ist noch immer die Colonne Vendôme. Steht sie sicher? Ich weiß nicht, aber sie steht auf ihrem rechten Platz, in Harmonie mit ihrer Umgebung. Sie wurzelt treu im nationalen Boden, und wer sich daran hält, hat eine feste Stütze. Eine ganz feste? Nein, hier in Frankreich steht nichts ganz fest. Schon einmal hat der Sturm das Kapital, den eisernen Kapitalmann, von der Spitze der Vendômesäule herabgerissen, und im Fall die Kommunisten ans Regiment kämen, dürfte wohl zum zweiten Male dasselbe sich ereignen, wenn nicht gar die radikale Gleichheitsraserei die Säule selbst zu Boden reißt, damit auch dieses Denkmal und Sinnbild der Ruhmsucht von der Erde schwinde: kein Mensch und kein Menschenwerk soll über ein bestimmtes Kommunalmaß hervorragen, und der Baukunst ebenso gut wie der epischen Poesie droht der Untergang. »Wozu noch ein Monument für ehrgeizige Völkermörder«, hörte ich jüngst ausrufen bei Gelegenheit des Modellkonkurses für das Mausoleum des Kaisers, »das kostet das Geld des darbenden Volkes, und wir werden es ja doch zerschlagen, wenn der Tag kommt!« Ja, der tote Held hätte in St. Helena bleiben sollen, und ich will ihm nicht dafür stehen, dass nicht einst sein Grabmal zertrümmert und seine Leiche in den schönen Fluss geschmissen wird, an dessen Ufern er so sentimental ruhen sollte, nämlich in die Seine! Thiers hat ihm als Minister vielleicht keinen großen Dienst geleistet.

Wahrlich, er leistet dem Kaiser einen größern Dienst als Historiker, und ein solideres Monument als die Vendômesäule und das projektierte Grabmal errichtet ihm Thiers durch das große Geschichtsbuch, woran er beständig arbeitet, wie sehr ihn auch die politischen Tageswehen in Anspruch nehmen. Nur Thiers hat das Zeug dazu, die große Historie des Napoleon Bonaparte zu schreiben, und er wird sie besser schreiben als diejenigen, die sich dazu besonders berufen glauben, weil sie treue Gefährten des Kaisers waren und sogar beständig mit seiner Person in Berührung standen. Die persönlichen Bekannten eines großen Helden, seine Mitkämpfer, seine Leibdiener, seine Kämmerer, Sekretäre, Adjutanten, vielleicht seine Zeitgenossen überhaupt, sind am wenigsten geeignet, seine Geschichte zu schreiben; sie kommen mir manchmal vor wie das kleine Insekt, das auf dem Kopf eines Menschen herumkriecht, ganz eigentlich in der unmittelbarsten Nähe seiner Gedanken verweilt, ihn überall begleitet und doch nie von seinem wahren Leben und der Bedeutung seiner Handlungen das Mindeste ahnte.

Ich kann nicht umhin, bei dieser Gelegenheit auf einen Kupferstich aufmerksam zu machen, der in diesem Augenblick bei allen Kunsthändlern ausgehängt ist und den Kaiser darstellt nach einem Gemälde von Delaroche, welches derselbe für Lady Sandwich gemalt hat. Der Maler verfuhr bei diesem Bilde (wie in allen seinen Werken) als Eklektiker, und zur Anfertigung desselben benutzte er zunächst mehre unbekannte Porträts, die sich im Besitz der

Bonapartischen Familie befinden, sodann die Maske des Toten, ferner die Details, die ihm über die Eigentümlichkeiten des kaiserlichen Gesichts von einigen Damen mitgeteilt worden, und endlich seine eignen Erinnerungen, da er in seiner Jugend mehrmals den Kaiser gesehen. Mein Urteil über dieses Bild kann ich hier nicht mitteilen, da ich zugleich über die Art und Weise des Delaroche ausführlich reden müsste. Die Hauptsache habe ich bereits angedeutet: das eklektische Verfahren, welches eine gewisse äußere Wahrheit befördert, aber keinen tieferen Grundgedanken aufkommen lässt. – Dieses neue Porträt des Kaisers ist bei Goupil und Rittner erschienen, die fast alle bekannten Werke des Delaroche in Kupferstich herausgegeben. Sie gaben uns jüngst seinen Karl I., welcher im Kerker von den Soldaten und Schergen verhöhnt wird, und als Seitenstück erhielten wir im selben Format den Grafen Stafford, welcher, zur Richtstätte geführt, an dem Gefängnis vorbeikommt, wo der Bischof Law gefangensitzt und dem vorüberziehenden Grafen seinen Segen erteilt, wir sehen nur seine aus einem Gitterfenster hervorgestreckten zwei Hände, die wie hölzerne Wegweiser aussehen, recht prosaisch abgeschmackt. In derselben Kunsthandlung erschien auch des Delaroche großes Kabinettstück: der sterbende Richelieu, welcher mit seinen beiden Schlachtopfern, den zum Tode verurteilten Rittern Saint-Mars und de Thou, in einem Boot die Rhône hinabfährt. Die beiden Königskinder, die Richard III. im Tower ermorden lässt, sind das Anmutigste, was Delaroche gemalt und als Kupferstich in bemeldeter Kunsthandlung herausgegeben. In diesem Augenblick lässt dieselbe ein Bild von Delaroche stechen, welches Maria Antoinette im Tempelgefängnis vorstellt; die unglückliche Fürstin ist hier äußerst ärmlich, fast wie eine Frau aus dem Volk gekleidet, was gewiss dem edlen Faubourg die legitimsten Tränen entlocken wird. Eins der Hauptrührungswerke von Delaroche, welches die Königin Jeanne Grey vorstellt, wie sie im Begriff ist, ihr blondes Köpfchen auf den Block zu legen, ist noch nicht gestochen und soll nächstens ebenfalls erscheinen. Seine Maria Stuart ist auch noch nicht gestochen. Wo nicht das Beste, doch gewiss das Effektvollste, was Delaroche geliefert, ist sein Cromwell, welcher den Sargdeckel aufhebt von der Leiche des enthaupteten Karl I., ein berühmtes Bild, worüber ich vor geraumer Zeit ausführlich berichtete. Auch der Kupferstich ist ein Meisterstück technischer Vollendung. Eine sonderbare Vorliebe, ja Idiosynkrasie bekundet Delaroche in der Wahl seiner Stoffe. Immer sind es hohe Personen, die entweder hingerichtet werden oder wenigstens dem Henker verfallen. Herr Delaroche ist der Hofmaler aller geköpften Majestäten. Er kann sich dem Dienst solcher erlauchten Delinquenten niemals ganz entziehen, und sein Geist beschäftigt sich mit ihnen selbst bei Porträtierung von Potentaten, die auch ohne scharfrichterliche Beihilfe das Zeitliche segneten. So z. B. auf dem Gemälde seiner sterbenden Elisabeth von England sehen wir, wie die greise Königin sich verzweiflungsvoll auf dem Estrich wälzt, in dieser Todesstunde gequält von der Erinnerung an den Grafen Essex und Maria Stuart, deren blutige Schatten ihr stieres Auge zu erblicken scheint. Das Gemälde ist eine Zierde der Luxembourg-Galerie und ist nicht so schauderhaft banal oder banal schauderhaft wie die andern erwähnten historischen Genrebilder, Lieblingsstücke der Bourgeoisie, der wackeren, ehrsamen Bürgersleute, welche die Überwindung der Schwierigkeiten für die höchste Aufgabe der Kunst halten, das Grausige mit dem Tragischen verwechseln und sich gern erbauen an dem Anblick gefallener Größe, im süßen Bewusstsein, dass sie vor dergleichen Katastrophen gesichert sind in der bescheidenen Dunkelheit einer arrière-boutique der Rue Saint-Denis.

XXXIX

Paris, 28. Dezember 1841

Von der eben eröffneten Deputiertenkammer erwarte ich nicht viel Erquickliches. Da werden wir nichts sehen als lauter Kleingezänke, Personenhader, Ohnmacht, wo nicht gar endliche

Stockung. In der Tat, eine Kammer muss kompakte Parteimassen enthalten, sonst kann die ganze parlamentarische Maschine nicht fungieren. Wenn jeder Deputierte eine besondere, abweichende, isolierte Meinung zu Markte bringt, wird nie ein Votum gefällt werden, das man nur einigermaßen als Ausdruck eines Gesamtwillens betrachten könnte, und doch ist es die wesentlichste Bedingung des Repräsentativsystems, dass ein solcher Gesamtwille sich beurkunde. Wie die ganze französische Gesellschaft, so ist auch die Kammer in so viele Spaltungen und Splitter zerfallen, dass hier keine zwei Menschen mehr in ihren Ansichten ganz übereinstimmen. Betrachte ich in dieser politischen Beziehung die jetzigen Franzosen, so erinnere ich mich immer der Worte unseres wohlbekannten Adam Gurowski, der den deutschen Patrioten jede Möglichkeit des Handelns absprach, weil unter zwölf Deutschen sich immer vierundzwanzig Parteien befänden: denn bei unserer Vielseitigkeit und Gewissenhaftigkeit im Denken habe jeder von uns auch die entgegengesetzte Ansicht mit allen Überzeugungsgründen in sich aufgenommen, und es befänden sich daher zwei Parteien in einer Person. Dasselbe ist jetzt bei den Franzosen der Fall. Wohin aber führt diese Zersplitterung, diese Auflösung aller Gedankenbande, dieser Partikularismus, dieses Erlöschen alles Gemeingeistes, welches der moralische Tod eines Volks ist? – Der Kultus der materiellen Interessen, des Eigennutzes, des Geldes, hat diesen Zustand bereitet. Wird dieser lange währen, oder wird wohl plötzlich eine gewaltige Erscheinung, eine Tat des Zufalls oder ein Unglück, die Geister in Frankreich wieder verbinden? Gott verlässt keinen Deutschen, aber auch keinen Franzosen, er verlässt überhaupt kein Volk, und wenn ein Volk aus Ermüdung oder Faulheit einschläft, so bestellt er ihm seine künftigen Wecker, die, verborgen in irgendeiner dunkeln Abgeschiedenheit, ihre Stunde erwarten, ihre aufrüttelnde Stunde. Wo wachen die Wecker? Ich habe manchmal darnach geforscht, und geheimnisvoll deutete man alsdann – auf die Armee! Hier in der Armee, heißt es, gebe es noch ein gewaltiges Nationalbewusstsein; hier, unter der dreifarbigen Fahne, hätten sich jene Hochgefühle hingeflüchtet, die der regierende Industrialismus vertreibe und verhöhne; hier blühe noch die genügsame Bürgertugend, die unerschrockene Liebe für Großtat und Ehre, die Flammenfähigkeit der Begeisterung; während überall Zwietracht und Fäulnis, lebe hier noch das gesündeste Leben, zugleich ein angewöhnter Gehorsam für die Autorität, jedenfalls bewaffnete Einheit – es sei gar nicht unmöglich, dass eines frühen Morgens die Armee das jetzige Bourgeoisieregiment, dieses zweite Direktorium, über den Haufen werfe und ihren achtzehnten Brumaire mache! – Also Soldatenwirtschaft wäre das Ende des Liedes, und die menschliche Gesellschaft bekäme wieder Einquartierung?

Die Verurteilung des Herrn Dupoty durch die Pairskammer entsprang nicht bloß aus greisenhafter Furcht, sondern aus jenem Erbgroll gegen die Revolution, der im Herzen vieler edlen Pairs heimlich nistet. Denn das Personal der erlauchten Versammlung besteht nicht aus lauter frischgebackenen Leuten der Neuzeit; man werfe nur einen Blick auf die Liste der Männer, die das Urteil gefällt, und man sieht mit Verwunderung, dass neben dem Namen eines imperialistischen oder philippistischen Emporkömmlings immer zwei bis drei Namen des alten Regimes sich geltend machen. Die Träger dieser Namen bilden also natürlicherweise die Majorität; und da sitzen sie auf den Sammetbänken des Luxembourg, alte guillotinierte Menschen mit wieder angenähten Köpfen, wonach sie jedes Mal ängstlich tasten, wenn draußen das Volk murmelt – Gespenster, die jeden Hahn hassen und den gallischen am meisten, weil sie aus Erfahrung wissen, wie schnell sein Morgengeschrei ihrem ganzen Spuk ein Ende machen könnte –, und es ist ein entsetzliches Schauspiel, wenn diese unglücklichen Toten Gericht halten über Lebendige, über die jüngsten und verzweiflungsvollsten Kinder der Revolution, über jene verwahrlosten und enterbten Kinder, deren Elend ebenso groß ist wie ihr Wahnsinn, über die Kommunisten!

XL

Paris, 12. Januar 1842

Wir lächeln über die armen Lappländer, die, wenn sie an Brustkrankheit leiden, ihre Heimat verlassen und nach St. Petersburg reisen, um dort die milde Luft eines südlichen Klimas zu genießen. Die algierschen Beduinen, die sich hier befinden, dürften mit demselben Recht über manche unserer Landsleute lächeln, die ihrer Gesundheit wegen den Winter lieber in Paris zubringen als in Deutschland und sich einbilden, dass Frankreich ein warmes Land sei. Ich versichere Sie, es kann bei uns auf der Lüneburger Heide nicht kälter sein als hier in diesem Augenblick, wo ich Ihnen mit froststeifen Fingern schreibe. Auch in der Provinz muss eine bittere Kälte herrschen. Die Deputierten, welche jetzt rudelweise anlangen, erzählen nur von Schnee, Glatteis und umgestürzten Diligencen [Eilpostkutschen]. Ihre Gesichter sind noch rot und verschnupft, ihr Gehirn eingefroren, ihre Gedanken neun Grad unter Null. Bei Gelegenheit der Adresse werden sie auftauen. Alles hat jetzt hier ein frostiges und ödes Ansehen. Nirgends Übereinstimmung bei den wichtigsten Fragen, und beständiger Windwechsel. Was man gestern wollte, heute will man's nicht mehr, und Gott weiß, was man morgen begehren wird. Nichts als Hader und Misstrauen, Schwanken und Zersplitterung. König Philipp hat die Maxime seines mazedonischen Namensgenossen, das »Trenne und herrsche!«, bis zum schädlichsten Übermaß ausgeübt. Die zu große Zerteilung erschwert wieder die Herrschaft, zumal die konstitutionelle, und Guizot wird mit den Spaltungen und Zerfaserungen der Kammer seine liebe Not haben. Guizot ist noch immer der Schutz und Hort des Bestehenden. Aber die sogenannten Freunde des Bestehenden, die Konservativen, sind dessen wenig eingedenk, und sie haben bereits vergessen, dass noch vorigen Freitag in derselben Stunde »A bas Guizot!« und »Vive Lamennais!« gerufen worden! Für den Mann der Ordnung, für den großen Ruhestifter war es in der Tat ein indirekter Triumph, dass man ihn herabwürdigte, um jenen schauderhaften Priester zu feiern, der den politischen Fanatismus mit dem religiösen vermählt und der Weltverwirrung die letzte Weihe erteilt. Armer Guizot, armer Schulmeister, armer Rector magnificus von Frankreich! dir bringen sie ein »Pereat«, diese Studenten, die weit besser täten, wenn sie deine Bücher studierten, worin so viel Belehrung enthalten, so viel Tiefsinn, so viel Winke für das Glück der Menschheit! »Nimm dich in Acht«, sagte einst ein Demagoge zu einem großen Patrioten, »wenn das Volk in Wahnsinn gerät, wird es dich zerreißen.« Und dieser antwortete: »Nimm dich in Acht, denn dich wird das Volk zerreißen, wenn es wieder zur Vernunft kommt.« Dasselbe hätten wohl vorigen Freitag Lamennais und Guizot zueinander sagen können. Jener tumultuarische Auftritt sah bedenklicher aus, als die Zeitungen meldeten. Diese hatten ein Interesse, den Vorfall einigermaßen zu vertuschen, die ministeriellen sowohl als die Oppositionsblätter; letztere, weil jene Manifestation keinen sonderlichen Anklang im Volke fand. Das Volk sah ruhig zu und fror. Bei neun Grad Kälte ist kein Umsturz der Regierung in Paris zu befürchten. Im Winter gab es hier nie Emeuten. Seit der Bestürmung der Bastille bis auf die Revolte des Barbès hat das Volk immer seinen Unmut bis zu den wärmeren Sommermonden vertagt, wo das Wetter schön war und man sich mit Vergnügen schlagen konnte. –

XLI

Paris, 24. Januar 1842

In der parlamentarischen Arena sah man dieser Tage wieder einen glänzenden Zweikampf von Guizot und Thiers, jener zwei Männer, deren Namen in jedem Munde und deren unaufhörliche Besprechung nachgerade langweilig werden dürfte. Ich wundere mich, dass die Franzosen noch nicht darüber die Geduld verlieren, dass man seit Jahr und Tag, von Morgen bis Abend, beständig von diesen beiden Personen schwatzt Aber im Grunde sind es ja nicht

Personen, sondern Systeme, von denen hier die Rede ist, Systeme, die überall zur Sprache kommen müssen, wo eine Staatsexistenz von außen bedroht ist, überall, in China so gut wie in Frankreich. Nur dass hier Thiers und Guizot genannt wird, was dort, in China, Lin und Keschen heißt. Ersterer ist der chinesische Thiers und repräsentiert das kriegerische System, welches die herandrohende Gefahr durch die Gewalt der Waffen, vielleicht auch nur durch schreckendes Waffengeräusch, abwehren wollte. Keschen hingegen ist der chinesische Guizot, er repräsentiert das Friedenssystem, und es wäre ihm vielleicht gelungen, die rothaarigen Barbaren durch kluge Nachgiebigkeit wieder aus dem Lande hinauszukomplimentieren, wenn die Thierssche Partei in Peking nicht die Oberhand gewonnen hätte. Armer Keschen! eben weil wir so fern vom Schauplatz, konnten wir ganz klar einsehen, wie sehr du recht hattest, den Streitkräften des Mittelreichs zu misstrauen, und wie ehrlich du es mit deinem Kaiser meintest, der nicht so vernünftig wie Ludwig Philipp! Ich habe mich recht gefreut, als dieser Tage die »Allgemeine Zeitung« berichtete, dass der vortreffliche Keschen nicht entzweigesägt worden, wie es früher hieß, sondern nur sein ungeheures Vermögen eingebüßt habe. Letzteres kann dem hiesigen Repräsentanten des Friedenssystems nimmermehr passieren; wenn er fällt, können nicht seine Reichtümer konfisziert werden – Guizot ist arm wie eine Kirchenmaus. Und auch unser Lin ist arm, wie ich bereits öfter erwähnt habe; ich bin überzeugt, er schreibt seine Kaisergeschichte hauptsächlich des Geldes wegen. Welch ein Ruhm für Frankreich, dass die beiden Männer, die alle seine Macht verwalteten, zwei arme Mandarinen sind, die nur in ihrem Kopf ihre Schätze tragen!

Die letzten Reden dieser beiden haben Sie gelesen und fanden vielleicht darin manche Belehrung über die Wirrnisse, welche eine unmittelbare Folge der orientalischen Frage. – Was in diesem Augenblick besonders merkwürdig, ist die Milde der Russen, wo von Erhaltung des türkischen Reichs die Rede. Der eigentliche Grund aber ist, dass sie faktisch schon den größten Teil desselben besitzen. Die Türkei wird allmählich russisch ohne gewaltsame Okkupation. Die Russen befolgen hier eine Methode, die ich nächstens einmal beleuchten werde. Es ist ihnen um die reelle Macht zu tun, nicht um den bloßen Schein derselben, nicht um die byzantinische Titulatur. Konstantinopel kann ihnen nicht entgehen, sie verschlingen es, sobald es ihnen passt. In diesem Augenblick aber passt es ihnen noch nicht, und sie sprechen von der Türkei mit einer süßlichen, fast herrenhutischen Friedfertigkeit. Sie mahnen mich an die Fabel von dem Wolf, welcher, als er Hunger hatte, sich eines Schafes bemächtigte. Er fraß mit gieriger Hast dessen beide Vorderbeine, jedoch die Hinterbeine des Tierleins verschonte er und sprach: »Ich bin jetzt gesättigt, und diesem guten Schaf, das mich mit seinen Vorderbeinen gespeiset hat, lasse ich aus Pietät alle seine übrigen Beine und den ganzen Rest seines Leibes.«

XLII

Paris, den 7. Februar 1842

»Wir tanzen hier auf einem Vulkan« – aber wir tanzen. Was in dem Vulkan gärt, kocht und brauset, wollen wir heute nicht untersuchen, und nur wie man darauf tanzt, sei der Gegenstand unserer Betrachtung. Da müssen wir nun zunächst von der Académie royale de musique reden, wo noch immer jenes ehrwürdige Corps de ballet existiert, das die choreographischen Überlieferungen treulich bewahrt und als die Pairie des Tanzes zu betrachten ist. Wie jene andere, die im Luxembourg residiert, zählt auch diese Pairie unter ihrem Personal gar viele Perücken und Mumien, über die ich mich nicht aussprechen will aus leicht begreiflicher Furcht. Das Missgeschick des Herrn Perré, des Geranten des »Siècle«, der jüngst zu sechs Monaten Karzer und 10 000 Franken verurteilt worden, hat mich gewitzigt. Nur von Carlotta Grisi will ich reden, die in der respektablen Versammlung der Rue Lepelletier gar wunderlieblich hervorstrahlt, wie eine Apfelsine unter Kartoffeln. Nächst dem glücklichen Stoff, der den Schriften eines deutschen Autors entlehnt, war es zumeist die Carlotta Grisi, die dem Ballett »Die Willi« eine unerhörte Vogue verschaffte. Aber wie köstlich tanzt sie! Wenn man sie sieht, vergisst man, dass Taglioni in Russland und Elßler in Amerika ist, man vergisst Amerika und Russland selbst, ja die ganze Erde, und man schwebt mit ihr empor in die hängenden Zaubergärten jenes Geisterreichs, worin sie als Königin waltet. Ja, sie hat ganz den Charakter jener Elementargeister, die wir uns immer tanzend denken und von deren gewaltigen Tanzweisen das Volk so viel Wunderliches fabelt. In der Sage von den Willis ward jene geheimnisvolle, rasende, mitunter menschenverderbliche Tanzlust, die den Elementargeistern eigen ist, auch auf die toten Bräute übertragen; zu dem altheidnisch übermütigen Lustreiz des Nixen- und Elfentums gesellten sich noch die melancholisch wollüstigen Schauer, das dunkelsüße Grausen des mittelalterlichen Gespensterglaubens.

Entspricht die Musik dem abenteuerlichen Stoff jenes Balletts? War Herr Adam, der die Musik geliefert, fähig, Tanzweisen zu dichten, die, wie es in der Volkssage heißt, die Bäume des Waldes zum Hüpfen und den Wasserfall zum Stillstehen zwingen? Herr Adam war, soviel ich weiß, in Norwegen, aber ich zweifle, ob ihm dort irgendein runenkundiger Zauberer jene Strömkarlmelodie gelehrt, wovon man nur zehn Variationen aufzuspielen wagt; es gibt nämlich noch eine elfte Variation, die großes Unglück anrichten könnte: spielt man diese, so gerät die ganze Natur in Aufruhr, die Berge und Felsen fangen an zu tanzen, und die Häuser tanzen, und drinnen tanzen Tisch und Stühle, der Großvater ergreift die Großmutter, der Hund ergreift die Katze zum Tanzen, selbst das Kind springt aus der Wiege und tanzt. Nein, solche gewalttätige Melodien hat Herr Adam nicht von seiner nordischen Reise heimgebracht; aber was er geliefert, ist immer ehrenwert, und er behauptet eine ausgezeichnete Stellung unter den Tondichtern der französischen Schule.

Ich kann nicht umhin, hier zu erwähnen, dass die christliche Kirche, die alle Künste in ihren Schoß aufgenommen und benutzt hat, dennoch mit der Tanzkunst nichts anzufangen wusste und sie verwarf und verdammte. Die Tanzkunst erinnerte vielleicht allzu sehr an die alten Tempeldienst der Heiden, sowohl der römischen Heiden als der germanischen und keltischen, deren Götter eben in jene elfenhaften Wesen übergingen, denen der Volksglaube, wie ich oben andeutete, eine wundersame Tanzsucht zuschrieb. Überhaupt ward der böse Feind am Ende als der eigentliche Schutzpatron des Tanzes betrachtet, und in seiner frevelhaften Gemeinschaft tanzten die Hexen und Hexenmeister ihre nächtlichen Reigen. Der Tanz ist verflucht, sagt ein fromm bretonisches Volkslied, seit die Tochter der Herodias [Salome] vor dem argen König tanzte, der ihr zu Gefallen Johannes töten ließ. »Wenn du tanzen siehst«, fügt der Sänger hinzu, »so denke an das blutige Haupt des Täufers auf der Schüssel, und das höllische Gelüst wird deiner Seele nichts anhaben können!« Wenn man über den Tanz in der Académie royale de musique etwas tiefer nachdenkt, so erscheint er als ein Versuch, diese erzheidnische Kunst gewissermaßen zu christianisieren, und das französische Ballett riecht fast nach gallikanischer Kirche, wo nicht gar nach Jansenismus, wie alle Kunsterscheinungen des großen Zeitalters Ludwigs XIV. Das französische Ballett ist in dieser Beziehung ein wahlverwandtes Seitenstück zu der Racineschen Tragödie und den Gärten von Le Nôtre. Es herrscht darin derselbe geregelte Zuschnitt, dasselbe Etikettenmaß, dieselbe höfische Kühle, dasselbe gezierte Sprödetun, dieselbe Keuschheit. In der Tat, die Form und das Wesen des französischen Balletts ist keusch, aber die Augen der Tänzerinnen machen zu den sittsamsten Pas einen sehr lasterhaften Kommentar, und ihr liederliches Lächeln ist in beständigem Widerspruch mit ihren Füßen. Wir sehen das Entgegengesetzte bei den sogenannten Nationaltänzen, die mir deshalb tausendmal lieber sind als die Ballette der Großen Oper. Die Nationaltänze sind oft allzu sinnlich, fast schlüpfrig in ihren Formen, z. B. die indischen, aber der heilige Ernst auf den Gesichtern der Tanzenden moralisiert diesen Tanz und erhebt ihn sogar zum Kultus. Der große Vestris hat einst ein Wort gesagt, worüber bereits viel gelacht worden. In seiner pathetischen Weise sagte er nämlich zu einem seiner Jünger: »Ein großer Tänzer muss tugendhaft sein.« Sonderbar! der große Vestris liegt schon seit vierzig Jahren im Grab (er hat das Unglück des Hauses Bourbon, womit die Familie Vestris immer sehr befreundet war, nicht überleben können), und erst vorigen Dezember, als ich der Eröffnungssitzung der Kammern beiwohnte und träumerisch mich meinen Gedanken überließ, kam mir der selige Vestris in den Sinn, und wie durch Inspiration begriff ich plötzlich die Bedeutung seines tiefsinnigen Wortes: »Ein großer Tänzer muss tugendhaft sein!«

Von den diesjährigen Gesellschaftsbällen kann ich wenig berichten, da ich bis jetzt nur wenig Soireen mit meiner Gegenwart beehrt habe. Dieses ewige Einerlei fängt nachgerade an, mich zu ennuyieren, und ich begreife nicht, wie ein Mann es auf die Länge aushalten kann. Von Frauen begreife ich es sehr gut. Für diese ist der Putz, den sie auskramen können, das Wesentlichste. Die Vorbereitungen zum Ball, die Wahl der Robe, das Ankleiden, das Frisiertwerden, das Probelächeln vor dem Spiegel, kurz, Flitterstaat und Gefallsucht sind ihnen die Hauptsache und gewähren ihnen die genussreichste Unterhaltung. Aber für uns Männer, die wir nur demokratisch schwarze Fräcke und Schuhe anziehen (die entsetzlichen Schuhe!) – für uns ist eine Soiree nur eine unerschöpfliche Quelle der Langeweile, vermischt mit einigen Gläsern Mandelmilch und Himbeersaft. Von der holden Musik will ich gar nicht reden. Was die Bälle der vornehmen Welt noch langweiliger macht, als sie von Gott und Rechts wegen sein dürften, ist die dort herrschende Mode, dass man nur zum Scheine tanzt, dass man die vorgeschriebenen Figuren nur gehend exekutiert, dass man ganz gleichgültig, fast verdrießlich die Füße bewegt. Keiner will mehr den anderen amüsieren, und dieser Egoismus bekundet sich auch im Tanze der heutigen Gesellschaft.

Die untern Klassen, wie gerne sie auch die vornehme Welt nachäffen, haben sich dennoch nicht zu solchem selbstsüchtigen Scheintanz verstehen können; ihr Tanzen hat noch Realität, aber leider eine sehr bedauernswürdige. Ich weiß kaum, wie ich die eigentümliche Betrübnis ausdrücken soll, die mich jedes Mal ergreift, wenn ich an öffentlichen Belustigungsorten, namentlich zur Karnevalszeit, das tanzende Volk betrachte. Eine kreischende, schrillende, übertriebene Musik begleitet hier einen Tanz, der mehr oder weniger an den Cancan streift. Hier höre ich die Frage: Was ist der Cancan? Heiliger Himmel, ich soll für die »Allgemeine Zeitung« eine Definition des Cancan geben! Wohlan: Der Cancan ist ein Tanz, der nie in ordentlicher Gesellschaft getanzt wird, sondern nur auf gemeinen Tanzböden, wo derjenige, der ihn tanzt, oder diejenige, die ihn tanzt, unverzüglich von einem Polizeiagenten ergriffen und zur Tür hinausgeschleppt wird. Ich weiß nicht, ob diese Definition hinlänglich belehrsam, aber es ist auch gar nicht nötig, dass man in Deutschland ganz genau erfahre, was der französische Cancan ist. So viel wird schon aus jener Definition zu merken sein, dass die vom seligen Vestris angepriesene Tugend hier kein notwendiges Requisit ist und dass das französische Volk sogar beim Tanzen von der Polizei inkommodiert wird. Ja, dieses letztere ist ein sehr sonderbarer Übelstand, und jeder denkende Fremde muss sich darüber wundern, dass in den öffentlichen Tanzsälen bei jeder Quadrille mehrere Polizeiagenten oder Kommunalgardisten stehen, die mit finster katonischer Miene die tanzende Moralität bewachen. Es ist kaum begreiflich, wie das Volk unter solcher schmählichen Kontrolle seine lachende Heiterkeit und Tanzlust behält. Dieser gallische Leichtsinn aber macht eben seine vergnügtesten Sprünge, wenn er in der Zwangsjacke steckt, und obgleich das strenge Polizeiauge es verhütet, dass der Cancan in seiner zynischen Bestimmtheit getanzt wird, so wissen doch die Tänzer durch allerlei ironische Entrechats und übertreibende Anstandsgesten ihre verpönten Gedanken zu offenbaren, und die Verschleierung erscheint alsdann noch unzüchtiger als die Nacktheit selbst. Meiner Ansicht nach ist es für die Sittlichkeit von keinem großen Nutzen, dass die Regierung mit so vielem Waffengepränge bei dem Tanze des Volks interveniert; das Verbotene reizt eben am süßesten, und die raffinierte, nicht selten geistreiche Umgehung der Zensur wirkt hier noch verderblicher als erlaubte Brutalität. Diese Bewachung der Volkslust charakterisiert übrigens den hiesigen Zustand der Dinge und zeigt, wie weit es die Franzosen in der Freiheit gebracht haben.

Es sind aber nicht bloß die geschlechtlichen Beziehungen, die auf den Pariser Bastringuen [Tanzdielen] der Gegenstand ruchloser Tänze sind. Es will mich manchmal bedünken, als tanze man dort eine Verhöhnung alles dessen, was als das Edelste und Heiligste im Leben gilt, aber durch Schlauköpfe so oft ausgebeutet und durch Einfaltspinsel so oft lächerlich gemacht worden, dass das Volk nicht mehr wie sonst daran glauben kann. Ja, es verlor den Glauben an jenen Hochgedanken, wovon unsere politischen und literarischen Tartüffe so viel singen und sagen; und gar die Großsprechereien der Ohnmacht verleideten ihm so sehr alle idealen Dinge, dass es nichts anderes mehr darin sieht als die hohle Phrase, als die sogenannte Blague [Schaumschlägerei], und wie diese trostlose Anschauungsweise durch Robert Macaire repräsentiert wird, so gibt sie sich doch auch kund in dem Tanz des Volks, der als eine eigentliche Pantomime des Robert-Macairetums zu betrachten ist. Wer von letzterm einen ungefähren Begriff hat, begreift jetzt jene unaussprechlichen Tänze, welche, eine getanzte Persiflage, nicht bloß die geschlechtlichen Beziehungen verspotten, sondern auch die bürgerlichen, sondern auch alles, was gut und schön ist, sondern auch jede Art von Begeisterung, die Vaterlandsliebe, die Treue, den Glauben, die Familiengefühle, den Heroismus, die Gottheit. Ich wiederhole es, mit einer unsäglichen Trauer erfüllt mich immer der Anblick des tanzenden Volks an den öffentlichen Vergnügungsorten von Paris; und gar besonders ist dies der Fall in den Karnevalstagen, wo der tolle Mummenschanz die dämonische Lust bis zum Ungeheuerlichen steigert. Fast ein Grauen wandelte mich an, als ich einem jener bunten Nachtfeste beiwohnte, die jetzt in der Opéra comique gegeben werden und wo, nebenbei gesagt, weit prächtiger als auf den Bällen der Großen Oper der taumelnde Spuk sich gebärdet. Hier musiziert Beelzebub mit vollem Orchester, und das freche Höllenfeuer der Gasbeleuchtung zerreißt einem die Augen. Hier ist das verlorne Tal, wovon die Amme erzählt; hier tanzen die Unholden wie bei uns in der Walpurgisnacht, und manche ist darunter, die sehr hübsch und bei aller Verworfenheit jene Grazie, die den verteufelten Französinnen angeboren ist, nicht ganz verleugnen kann. Wenn aber gar die Galopprונde erschmettert, dann erreicht der satanische Spektakel seine unsinnigste Höhe, und es ist dann, als müsse die Saaldecke platzen und die ganze Sippschaft sich plötzlich emporschwingen auf Besenstielen, Ofengabeln, Kochlöffeln – »oben hinaus, nirgends an!« – ein gefährlicher Moment für viele unserer Landsleute, die leider keine Hexenmeister sind und nicht das Sprüchlein kennen, das man herbeten muss, um nicht von dem wütenden Heer fortgerissen zu werden.

Zweiter Teil

XLIII

Paris, Mitte April 1842

Als ich vorigen Sommer an einem schönen Nachmittag in Cette [Sète] anlangte, sah ich, wie eben längs dem Kai, vor welchem sich das Mittelländische Meer ausbreitet, die Prozession vorüberzog, und ich werde nie diesen Anblick vergessen. Voran schritten die Brüderschaften in ihren roten, weißen oder schwarzen Gewändern, die Büßer mit übers Haupt gezogenen Kapuzen, worin zwei Löcher, woraus die Augen gespenstisch hervorlugten; in den Händen brennende Wachskerzen oder Kreuzfahnen. Dann kamen die verschiedenen Mönchsorden. Auch eine Menge Laien, Frauen und Männer, blasse, gebrochene Gestalten, die gläubig einherschwankten, mit rührend kummervollem Singsang. Ich war dergleichen oft in meiner Kindheit am Rhein begegnet, und ich kann nicht leugnen, dass jene Töne eine gewisse Wehmut, eine Art Heimweh in mir weckten. Was ich aber früher noch nie gesehen und was nachbarlich spanische Sitte zu sein schien, war die Truppe von Kindern, welche die Passion darstellten. Ein kleines Bübchen, kostümiert, wie man den Heiland abzubilden pflegt, die Dornenkrone auf dem Haupt, dessen schönes Goldhaar traurig lang herabwallte, keuchte gebückt einher unter der Last eines ungeheuer großen Holzkreuzes; auf der Stirn grell gemalte Blutstropfen und Wundmale an den Händen und nackten Füßen. Zur Seite ging ihm ein ganz schwarz gekleidetes kleines Mädchen, welches, als schmerzenreiche Mutter, mehrere Schwerter mit vergoldeten Heften an der Brust trug und fast in Tränen zerfloss – ein Bild tiefster Betrübnis. Andere kleine Knaben, die hinterdrein gingen, stellten die Apostel vor, darunter auch Judas, mit rotem Haar und einen Beutel in der Hand. Ein paar Bübchen waren auch als römische Landsknechte behelmt und bewehrt und schwangen ihre Säbel. Mehrere Kinder trugen Ordenshabit und Kirchenornat: kleine Kapuziner, kleine Jesuitchen, kleine Bischöfe mit Inful und Krummstab, allerliebste Nönnchen, gewiss keines über sechs Jahre alt. Und sonderbar, es waren darunter auch einige Kinder als Amoretten gekleidet, mit seidenen Flügeln und goldenen Köchern, und in der unmittelbarsten Nähe des kleinen Heilands wackelten zwei noch viel kleinere, höchstens vierjährige Geschöpfchen in altfränkischer Schäfertracht, mit bebänderten Hütchen und Stäben, zum Küssen niedlich, wie Marzipanpüppchen: sie repräsentierten wahrscheinlich die Hirten, die an der Krippe des Christkindes gestanden. Sollte man es aber glauben, dieser Anblick erregte in der Seele des Zuschauers die ernstvoll andächtigsten Gefühle, und dass es kleine unschuldige Kinder waren, die das größte, kolossalste Martyrtum tragierten, wirkte um so rührender! Das war keine Nachäffung im historischen Großstil, keine schiefmäulige Frömmtuerei, keine Berliner Glaubenslüge: das war der naivste Ausdruck des tiefsinnigsten Gedankens, und die herablassend kindliche Form verhinderte eben, dass der Inhalt vernichtend auf unser Gemüt wirkte oder sich selbst vernichtete. Dieser Inhalt ist ja von so ungeheuerlicher Schmerzensgewalt und Erhabenheit, dass er die heroisch-grandioseste und pathetisch-ausgereckteste Darstellungsart überragt und sprengt. Deshalb haben die größten Künstler sowohl in der Malerei als in der Musik die überschwänglichen Schrecknisse der Passion mit so viel Blumen als möglich verlieblicht und den blutigen Ernst durch spielende Zärtlichkeit gemildert – und so tat auch Rossini, als er sein »Stabat mater« komponierte.

Letzteres, das »Stabat« von Rossini, war die hervorragende Merkwürdigkeit der hingeschiedenen Saison, die Besprechung desselben ist noch immer an der Tagesordnung, und eben die Rügen, die von norddeutschem Standpunkt aus gegen den großen Meister laut werden, beurkunden recht schlagend die Ursprünglichkeit und Tiefe seines Genius. Die Behandlung sei zu weltlich, zu sinnlich, zu spielend für den geistlichen Stoff, sie sei zu leicht, zu angenehm, zu unterhaltend – so stöhnen die Klagen einiger schweren, langweiligen Kritikaster, die, wenn auch nicht absichtlich, eine übertriebene Spiritualität erheucheln, doch jedenfalls von der heiligen Musik sehr beschränkte, sehr irrige Begriffe sich angequält. Wie bei den Malern, so herrscht auch bei den Musikern eine ganz falsche Ansicht über die Behandlung christlicher Stoffe. Jene glauben, das wahrhaft Christliche müsse in subtilen magern Konturen und so abgehärmt und farblos als möglich dargestellt werden; die Zeichnungen von Overbeck sind in dieser Beziehung ihr Ideal. Um dieser Verblendung durch eine Tatsache zu widersprechen, mache ich nur auf die Heiligenbilder der spanischen Schule aufmerksam; hier ist das Volle der Konturen und der Farbe vorherrschend, und es wird doch niemand leugnen, dass diese spanischen Gemälde das ungeschwächteste Christentum atmen und ihre Schöpfer gewiss nicht minder glaubenstrunken waren als die berühmten Meister, die in Rom zum Katholizismus übergegangen sind, um mit unmittelbarer Inbrunst malen zu können. Nicht die äußere Dürre und Blässe ist ein Kennzeichen des wahrhaft Christlichen in der Kunst, sondern eine gewisse innere Überschwänglichkeit, die weder angetauft noch anstudiert werden kann, in der Musik wie in der Malerei, und so finde ich auch das »Stabat« von Rossini wahrhaft christlicher als den »Paulus«, das Oratorium von Felix Mendelssohn-Bartholdy, das von den Gegnern Rossinis als ein Muster der Christentümlichkeit gerühmt wird.

Der Himmel bewahre mich, gegen einen so verdienstvollen Meister wie den Verfasser des »Paulus« hierdurch einen Tadel aussprechen zu wollen, und am allerwenigsten wird es dem Schreiber dieser Blätter in den Sinn kommen, an der Christlichkeit des erwähnten Oratoriums zu mäkeln, weil Felix Mendelssohn-Bartholdy von Geburt ein Jude ist. Aber ich kann doch nicht unterlassen, darauf hinzudeuten, dass in dem Alter, wo Herr Mendelssohn in Berlin das Christentum anfing (er wurde nämlich erst in seinem dreizehnten Jahr getauft), Rossini es bereits verlassen und sich ganz in die Weltlichkeit der Opernmusik gestürzt hatte. Jetzt, wo er diese wieder verließ und sich zurückträumte in seine katholischen Jugenderinnerungen, in die Zeiten, wo er im Dom zu Pesaro als Chorschüler mitsang oder als Akoluth bei der Messe fungierte – jetzt, wo die alten Orgeltöne wieder in seinem Gedächtnis aufrauschten und er die Feder ergriff, um ein »Stabat« zu schreiben: da brauchte er wahrlich den Geist des Christentums nicht erst wissenschaftlich zu konstruieren, noch viel weniger Händel oder Sebastian Bach sklavisch zu kopieren; er brauchte nur die frühesten Kindheitsklänge wieder aus seinem Gemüt hervorzurufen, und, wunderbar! so ernsthaft, so schmerzentief auch diese Klänge ertönen, so gewaltig sie auch das Gewaltigste ausseufzen und ausbluten, so behielten sie doch etwas Kindheitliches und mahnten mich an die Darstellung der Passion durch Kinder, die ich in Cette gesehen. Ja, an diese kleine fromme Mummerei musste ich unwillkürlich denken, als ich der Aufführung des »Stabat« von Rossini zum ersten Mal beiwohnte: das ungeheure erhabene Martyrium ward hier dargestellt, aber in den naivsten Jugendlauten, die furchtbaren Klagen der Mater dolorosa ertönten, aber wie aus unschuldig kleiner Mädchenkehle, neben den Flören der schwärzesten Trauer rauschten die Flügel aller Amoretten der Anmut, die Schrecknisse des Kreuztodes waren gemildert wie von tändelndem Schäferspiel, und das Gefühl der Unendlichkeit umwogte und umschloss das Ganze wie der blaue Himmel, der auf die Prozession von Cette herableuchtete, wie das blaue Meer, an dessen Ufer sie singend und klingend dahinzog! Das ist die ewige Holdseligkeit des Rossini, seine unverwüstliche Milde, die kein Impresario und kein Marchand de musique zugrunde ärgern konnte oder auch nur zu trüben vermochte! Wie schnöde, wie abgefeimt tückisch ihm auch oftmals mitgespielt wurde im Leben, so finden wir doch in seinen musikalischen Produkten nicht eine Spur von Galle. Gleich jener Quelle Arethusa, die ihre ursprüngliche Süßigkeit bewahrte, obgleich sie die bitteren Gewässer des Meers durchzogen, so behielt auch das Herz Rossinis seine melodische

Lieblichkeit und Süße, obgleich es aus allen Wermutskelchen dieser Welt hinlänglich gekostet.

Wie gesagt, das »Stabat« des großen Maestro war dieses Jahr die vorherrschende musikalische Begebenheit. Über die erste tonangebende Exekution brauche ich nichts zu melden; genug, die Italiener sangen. Der Saal der Italienischen Oper schien der Vorhof des Himmels; dort schluchzten heilige Nachtigallen und flossen die fashionabelsten Tränen. Auch die »France musicale« gab in ihren Konzerten den größten Teil des »Stabat«, und, wie sich von selbst versteht, mit ungeheurem Beifall. In diesen Konzerten hörten wir auch den »Paulus« des Herrn Felix Mendelssohn-Bartholdy, der durch diese Nachbarschaft eben unsere Aufmerksamkeit in Anspruch nahm und die Vergleichung mit Rossini von selber hervorrief. Bei dem großen Publikum gereichte diese Vergleichung keineswegs zum Vorteil unseres jungen Landsmanns: es ist auch, als vergliche man die Apenninen Italiens mit dem Templower Berg [Kreuzberg] bei Berlin. Aber der Templower Berg hat darum nicht weniger Verdienste, und den Respekt der großen Menge erwirbt er sich schon dadurch, dass er ein Kreuz auf seinem Gipfel trägt. »Unter diesem Zeichen wirst du siegen.« Freilich nicht in Frankreich, dem Lande der Ungläubigkeit, wo Herr Mendelssohn immer Fiasko gemacht hat. Er war das geopferte Lamm der Saison, während Rossini der musikalische Löwe war, dessen süßes Gebrüll noch immer forttönt. Es heißt hier, Herr Felix Mendelssohn werde dieser Tage persönlich nach Paris kommen. Soviel ist gewiss, durch hohe Verwendung und diplomatische Bemühungen ist Herr Léon Pillet dahin gebracht worden, ein Libretto von Herrn Scribe anfertigen zu lassen, das Herr Mendelssohn für die Große Oper komponieren soll. Wird unser junger Landsmann sich diesem Geschäft mit Glück unterziehen? Ich weiß nicht. Seine künstlerische Begabnis ist groß; doch hat sie sehr bedenkliche Grenzen und Lücken. Ich finde in talentlicher Beziehung eine große Ähnlichkeit zwischen Herrn Felix Mendelssohn und der Mademoiselle Rachel Félix, der tragischen Künstlerin. Eigentümlich ist beiden ein großer, strenger, sehr ernsthafter Ernst, ein entschiedenes, beinahe zudringliches Anlehnen an klassische Muster, die feinste, geistreichste Berechnung, Verstandesschärfe und endlich der gänzliche Mangel an Naivität. Gibt es aber in der Kunst eine geniale Ursprünglichkeit ohne Naivität? Bis jetzt ist dieser Fall noch nicht vorgekommen.

XLIV

Paris, 2. Juni 1842

Die Académie des sciences morales et politiques hat sich nicht blamieren wollen, und in ihrer Sitzung vom 28. Mai prorogierte [vertagte] sie bis 1844 die Krönung des besten examen critique de la philosophie allemande. Unter diesem Titel hatte sie nämlich eine Preisaufgabe angekündigt, deren Lösung nichts Geringeres beabsichtigte als eine beurteilende Darstellung der deutschen Philosophie von Kant bis auf die heutige Stunde, mit besonderer Berücksichtigung des ersteren, des großen Immanuel Kant, von dem die Franzosen so viel reden gehört, dass sie schier neugierig geworden. Einst wollte sogar Napoleon sich über die Kantsche Philosophie unterrichten, und er beauftragte irgendeinen französischen Gelehrten, ihm ein Resümee derselben zu liefern, welches aber auf einige Quartseiten zusammengedrängt sein müsse. Fürsten brauchen nur zu befehlen. Das Resümee ward unverzüglich und in vorgeschriebener Form angefertigt. Wie es ausfiel, weiß der liebe Himmel, und nur so viel ist mir bekannt, dass der Kaiser, nachdem er die wenigen Quartseiten aufmerksam durchgelesen, die Worte aussprach: »Alles dieses hat keinen praktischen Wert, und die Welt wird wenig gefördert durch Menschen wie Kant, Cagliostro, Swedenborg und Philadelphia.« – Die große Menge in Frankreich hält Kant noch immer für einen neblichten, wo nicht gar benebelten Schwärmer, und noch jüngst las ich in einem französischen Roman die Phrase: »le vague mystique de Kant«. Einer der größten Philosophen der Franzosen ist unstreitig Pierre Leroux, und dieser gestand mir vor sechs Jahren: erst aus der »Allemagne« von Henri Heine habe er die Einsicht gewonnen, dass die deutsche Philosophie nicht so mystisch und religiös sei, wie man das französische Publikum bisher glauben machte, sondern im Gegenteil sehr kalt, fast frostig abstrakt und ungläubig bis zur Negation des Allerhöchsten.

In der erwähnten Sitzung der Akademie gab uns Mignet, der Secrétaire perpétuel, eine notice historique über das Leben und Wirken des verstorbenen Destutt de Tracy. Wie in allen seinen Erzeugnissen beurkundete Mignet auch hier sein schönes, großes Darstellungstalent, seine bewunderungswürdige Kunst des Auffassens aller charakteristischen Zeitmomente und Lebensverhältnisse, seine heitere, klare Verständlichkeit. Seine Rede über Destutt de Tracy ist bereits im Druck erschienen, und es bedarf also hier keines ausführlichen Referats. Nur beiläufig will ich einige Bemerkungen hinwerfen, die sich mir besonders aufdrängten, während Mignet das schöne Leben jenes Edelmanns erzählte, der dem stolzesten Feudaladel entsprossen und während seiner Jugend ein wackerer Soldat war, aber dennoch mit großmütigster Selbstverleugnung und Selbstaufopferung die Partei des Fortschrittes ergriff und ihr bis zum letzten Atemzug treu blieb. Derselbe Mann, der mit Lafayette in den achtziger Jahren für die Sache der Freiheit Gut und Blut einsetzte, fand sich mit dem alten Freunde wieder zusammen am 29. Juli 1830 bei den Barrikaden von Paris, unverändert in seinen Gesinnungen; nur seine Augen waren erloschen, sein Herz war licht und jung geblieben. Der französische Adel hat sehr viele, erstaunlich viele solcher Erscheinungen hervorgebracht, und das Volk weiß es auch, und diese Edelleute, die seinen Interessen solche Ergebenheit bewiesen, nennt es »les bons nobles«. Misstrauen gegen den Adel im Allgemeinen mag sich in revolutionären Zeiten zwar als nützlich herausstellen, wird aber immer eine Ungerechtigkeit bleiben. In dieser Beziehung gewährt uns eine große Lehre das Leben eines Tracy, eines Rochefoucauld, eines d'Argenson, eines Lafayette und ähnlicher Ritter der Volksrechte.

Gerade, unbeugsam und schneidend, wie einst sein Schwert, war der Geist des Destutt de Tracy, als er sich später in jene materialistische Philosophie warf, die in Frankreich durch Condillac zur Herrschaft gelangte. Letzterer wagte nicht die letzten Konsequenzen dieser Philosophie auszusprechen, und wie die meisten seiner Schule ließ er dem Geist immer noch ein abgeschiedenes Winkelchen im Universalreich der Materie. Destutt de Tracy aber hat dem Geist auch dieses letzte Refugium aufgekündigt, und seltsam! zu derselben Zeit, wo bei uns in Deutschland der Idealismus auf die Spitze getrieben und die Materie geleugnet wurde, erklomm in Frankreich das materialistische Prinzip seinen höchsten Gipfel, und man leugnete hier den Geist. Destutt de Tracy war sozusagen der Fichte des Materialismus.

Es ist ein merkwürdiger Umstand, dass Napoleon gegen die philosophische Koterie, wozu Tracy, Cabanis und Konsorten gehörten, eine so besorgliche Abneigung hegte und sie mitunter sehr streng behandelte. Er nannte sie Ideologen, und er empfand eine vage, schier abergläubische Furcht vor jener Ideologie, die doch nichts anderes war als der schäumende Aufguss der materialistischen Philosophie; diese hatte freilich die größte Umwälzung gefördert und die schauerlichsten Zerstörungskräfte offenbart, aber ihre Mission war vollbracht und also auch ihr Einfluss beendigt. Bedrohlicher und gefährlicher war jene entgegengesetzte Doktrin, die unbeachtet in Deutschland emportauchte und späterhin so viel beitrug zum Sturz der französischen Gewaltherrschaft. Es ist merkwürdig, dass Napoleon auch in diesem Fall nur die Vergangenheit begriff und für die Zukunft weder Ohr noch Auge hatte. Er ahnte einen verderblichen Feind im Reich des Gedankens, aber er suchte diesen Feind unter alten Perücken, die noch vom Puder des achtzehnten Jahrhunderts stäubten; er suchte ihn unter französischen Greisen, statt unter der blonden Jugend der deutschen Hochschulen. Da war unser

Vierfürst [Tetrarch] Herodes viel gescheiter, als er die gefährliche Brut in der Wiege verfolgte und den Kindermord befahl. Doch auch ihm fruchtete nicht viel die größere Pfiffigkeit, die an dem Willen der Vorsehung zuschanden wurde – seine Schergen kamen zu spät, das furchtbare Kind war nicht mehr in Bethlehem, ein treues Eselein trug es rettend nach Ägypten. Ja, Napoleon besaß Scharfblick nur für Auffassung der Gegenwart oder Würdigung der Vergangenheit, und er war stockblind für jede Erscheinung, worin sich die Zukunft ankündigte. Er stand auf dem Balkon seines Schlosses zu Saint-Cloud, als das erste Dampfschiff dort auf der Seine vorüberfuhr, und er merkte nicht im Mindesten die weltumgestaltende Bedeutung dieses Phänomens!

XLV

Paris, 20. Juni 1842

In einem Land, wo die Eitelkeit so viele eifrige Jünger zählt, wird die Zeit der Deputiertenwahl immer eine sehr bewegte sein. Da die Deputation aber nicht bloß die Eigenliebe kitzelt, sondern auch zu den fettesten Ämtern und zu den einträglichsten Einflüssen führt; da hier also nicht bloß der Ehrgeiz, sondern auch die Habsucht ins Spiel kommt; da es sich hier auch um jene materiellen Interessen handelt, denen unser Zeitalter so inbrünstig huldigt: so ist die Deputiertenwahl ein wahrer Wettlauf, ein Pferderennen, dessen Anblick für den fremden Zuschauer eher kurios als erfreulich sein mag. Es sind nämlich nicht eben die schönsten und besten Pferde, die bei solchem Rennen zum Vorschein kommen, nicht die inwohnenden Tugenden der Stärke, des Vollbluts, der Ausdauer kommen hier in Anschlag, sondern nur die leichtfüßige Behändigkeit. Manches edle Ross, dem der feurigste Schlachtmut aus den Nüstern schnaubt und Vernunft aus den Augen blitzt, muss hier einem magern Klepper nachstehen, der aber zu Triumphen auf dieser Bahn ganz besonders abgerichtet worden. Überstolze, störrige Gäule geraten hier schon beim ersten Anlauf in unzeitiges Bäumen, oder sie vergaloppieren sich. Nur die dressierte Mittelmäßigkeit erreicht das Ziel. Dass ein Pegasus beim parlamentarischen Rennen kaum zugelassen wird und tausenderlei Ungunst zu erfahren hat, versteht sich von selbst; denn der Unglückselige hat Flügel und könnte sich einst höher emporschwingen, als der Plafond des Palais Bourbon gestattet. Eine merkwürdige Erscheinung, dass unter den Wettrennern fast ein Dutzend von arabischer oder, um noch deutlicher zu sprechen, von semitischer Rasse. Doch was geht das uns an! Uns interessiert nicht dieser mäkelnde Lärm, dieses Stampfen und Wiehern der Selbstsucht, dieses Getümmel der schäbigsten Zwecke, die sich mit den brillantesten Farben geschmückt, das Geschrei der Stallknechte und der stäubende Mist – uns kümmert bloß zu erfahren: werden die Wahlen zugunsten oder zum Nachteil des Ministeriums ausfallen? Man kann hierüber noch nichts Bestimmtes melden. Und doch ist das Schicksal Frankreichs und vielleicht der ganzen Welt von der Frage abhängig, ob Guizot in der neuen Kammer die Majorität behalten wird oder nicht. Hiermit will ich keineswegs der Vermutung Raum geben, als könnten unter den neuen Deputierten sich ganz gewaltige Eisenfresser auftun und die Bewegung aufs Höchste treiben. Nein, diese Ankömmlinge werden nur klingende Worte zu Markte bringen und sich vor der Tat ebenso bescheidentlich fürchten wie ihre Vorgänger; der entschiedenste Neuerer in der Kammer will nicht das Bestehende gewaltsam umstürzen, sondern nur die Befürchtungen der obern Mächte und die Hoffnungen der untern für sich selber ausbeuten. Aber die Verwirrungen, Verwicklungen und momentanen Nöte, worin die Regierung infolge dieses Treibens geraten kann, geben den dunkeln Gewalten, die im Verborgenen lauern, das Signal zum Losbruch, und wie immer erwartet die Revolution eine parlamentarische Initiative. Das entsetzliche Rad käme dann wieder in Bewegung, und wir sähen diesmal einen Antagonisten auftreten, welcher der schrecklichste sein dürfte von allen, die bisher mit dem Bestehenden in die

Schranken getreten. Dieser Antagonist bewahrt noch sein schreckliches Inkognito und residiert wie ein dürftiger Prätendent in jenem Erdgeschoss der offiziellen Gesellschaft, in jenen Katakomben, wo unter Tod und Verwesung das neue Leben keimt und knospet. Kommunismus ist der geheime Name des furchtbaren Antagonisten, der die Proletarierherrschaft in allen ihren Konsequenzen dem heutigen Bourgeoisieregimente entgegensetzt. Es wird ein furchtbarer Zweikampf sein. Wie möchte er enden? Das wissen die Götter und Göttinnen, denen die Zukunft bekannt ist. Nur so viel wissen wir: der Kommunismus, obgleich er jetzt wenig besprochen wird und in verborgenen Dachstuben auf seinem elenden Strohlager hinlungert, so ist er doch der düstre Held, dem eine große, wenn auch nur vorübergehende Rolle beschieden in der modernen Tragödie und der nur des Stichworts harrt, um auf die Bühne zu treten. Wir dürfen daher diesen Akteur nie aus den Augen verlieren, und wir wollen zuweilen von den geheimen Proben berichten, worin er sich zu seinem Debüt vorbereitet. Solche Hindeutungen sind vielleicht wichtiger als alle Mitteilungen über Wahlumtriebe, Parteihader und Kabinettsintrigen.

XLVI

Paris, 12. Juli 1842

Das Resultat der Wahlen werden Sie aus den Zeitungen ersehen. Hier in Paris braucht man nicht erst die Blätter darüber zu konsultieren, es ist auf allen Gesichtern zu lesen. Gestern sah es hier sehr schwül aus, und die Gemüter verrieten eine Aufregung, wie ich sie nur in großen Krisen bemerkt habe. Die alten wohlbekannten Sturmvögel rauschten wieder unsichtbar durch die Luft, und die schläfrigsten Köpfe wurden plötzlich aufgeweckt aus der zweijährigen Ruhe. Ich gestehe, dass ich selbst, angeweht von dem furchtbaren Flügelschlag, ein gewaltiges Herzbeben empfand. Ich fürchte mich immer im ersten Anfang, wenn ich die Dämonen der Umwälzung entzügelt sehe; späterhin bin ich sehr gefasst, und die tollsten Erscheinungen können mich weder beunruhigen noch überraschen, eben weil ich sie vorausgesehen. Was wäre das Ende dieser Bewegung, wozu Paris wieder, wie immer, das Signal gegeben? Es wäre der Krieg, der grässlichste Zerstörungskrieg, der leider die beiden edelsten Völker der Zivilisation in die Arena riefe zu beider Verderben; ich meine Deutschland und Frankreich. England, die große Wasserschlange, die immer in ihr ungeheures Wassernest zurückkriechen kann, und Russland, das in seinen ungeheuren Föhren, Steppen und Eisgefilden ebenfalls die sichersten Verstecke hat, diese beiden können in einem gewöhnlichen politischen Kriege, selbst durch die entschiedensten Niederlagen, nicht ganz zugrunde gerichtet werden: – aber Deutschland ist in solchen Fällen weit schlimmer bedroht, und gar Frankreich könnte in der kläglichsten Weise seine politische Existenz einbüßen. Doch das wäre nur der erste Akt des großen Spektakelstücks, gleichsam das Vorspiel. Der zweite Akt ist die europäische, die Weltrevolution, der große Zweikampf der Besitzlosen mit der Aristokratie des Besitzes, und da wird weder von Nationalität noch von Religion die Rede sein: nur *ein* Vaterland wird es geben, nämlich die Erde, und nur *einen* Glauben, nämlich das Glück auf Erden. Werden die religiösen Doktrinen der Vergangenheit in allen Landen sich zu einem verzweiflungsvollen Widerstand erheben, und wird etwa dieser Versuch den dritten Akt bilden? Wird gar die alte absolute Tradition nochmals auf die Bühne treten, aber in einem neuen Kostüm und mit neuen Stich- und Schlagwörtern? Wie würde dieses Schauspiel schließen? Ich weiß nicht, aber ich denke, dass man der großen Wasserschlange am Ende das Haupt zertreten und dem Bären des Nordens das Fell über die Ohren ziehen wird. Es wird vielleicht alsdann nur *einen* Hirten und *eine* Herde geben, ein freier Hirt mit einem eisernen Hirtenstabe und eine gleichgeschorene, gleichblökende Menschenherde! Wilde, düstere Zeiten dröhnen heran, und der Prophet, der eine neue Apokalypse schreiben wollte, müsste ganz neue Bestien erfinden, und zwar so schreckliche, dass die älteren Johanneischen Tiersymbole dagegen nur sanfte Täubchen und Amoretten wären. Die Götter verhüllen ihr Antlitz aus Mitleid mit den Menschenkindern, ihren langjährigen Pfleglingen, und vielleicht zugleich auch aus Besorgnis über das eigene Schicksal. Die Zukunft riecht nach Juchten, nach Blut, nach Gottlosigkeit und nach sehr vielen Prügeln. Ich rate unsern Enkeln, mit einer sehr dicken Rückenhaut zur Welt zu kommen.

XLVII

Paris, 15. Juli 1842

Meine dunkle Ahnung hat mich leider nicht getäuscht; die trübe Stimmung, die mich seit einigen Tagen fast beugte und mein Auge umflorte, war das Vorgefühl eines Unglücks. Nach dem jauchzenden Übermut von vorgestern ist gestern ein Schrecken, eine Bestürzung eingetreten, die unbeschreiblich, und die Pariser gelangen durch einen unvorhergesehenen Todesfall zur Erkenntnis, wie wenig die hiesigen Zustände gesichert und wie gefährlich jedes Rütteln. Und sie wollten doch nur ein bisschen rütteln, keineswegs durch allzu starke Stöße das Staatsgebäude erschüttern. Wäre der Herzog von Orleans einige Tage früher gestorben, so hätte Paris keine zwölf Oppositionsdeputierten im Gegensatz zu zwei Konservativen gewählt und nicht durch diesen ungeheuren Akt die Bewegung wieder in Bewegung gesetzt. Dieser Todesfall stellt alles Bestehende in Frage, und es wird ein Glück sein, wenn die Anordnung der Regentschaft, für den Fall des Ablebens des jetzigen Königs, so bald als möglich und ohne Störnis von den Kammern beraten und beschlossen wird. Ich sage von den Kammern, denn das königliche Hausgesetz ist hier nicht ausreichend wie in anderen Ländern. Die Diskussionen über die Regentschaft werden daher die Kammern zunächst beschäftigen und den Leidenschaften Worte leihen. Und geht auch alles ruhig vonstatten, so steht uns doch ein provisorisches Interregnum bevor, das immer ein Missgeschick und ein ganz besonders schlimmes Missgeschick ist für ein Land, wo die Verhältnisse noch so wackelig sind und eben der Stabilität am meisten bedürfen. Der König soll in seinem Unglück die höchste Charakterstärke und Besonnenheit beweisen, obgleich er schon seit einigen Wochen sehr niedergeschlagen war. Sein Geist ward in der letzten Zeit durch sonderbare Ahnungen getrübt Er soll unlängst an Thiers, vor dessen Abreise, einen Brief geschrieben haben, worin er sehr viel vom Sterben sprach, aber er dachte gewiss nur an den eigenen Tod. Der verstorbene Herzog von Orleans war allgemein geliebt, ja angebetet. Die Nachricht seines Todes traf wie ein Blitz aus heiterm Himmel, und Betrübnis herrscht unter allen Volksklassen. Um zwei Uhr gestern Nachmittag verbreitete sich auf der Börse, wo die Fonds gleich um drei Francs fielen, ein dumpfes Unglücksgerücht. Aber niemand wollte recht daran glauben. Auch starb der Prinz erst um vier Uhr, und der Todesnachricht ward bis um diese Zeit von vielen Seiten widersprochen. Noch um fünf Uhr bezweifelte man sie. Als aber um sechs Uhr vor den Theatern ein weißer Papierstreif über die Komödienzettel geklebt und relâche [keine Vorstellung] angekündigt wurde, da merkte jeder die schreckliche Wahrheit. Wie sie angetänzelt kamen, die geputzten Französinnen, und statt des erhofften Schauspiels nur die verschlossenen Türen sahen und von dem Unglück hörten, das bei Neuilly, auf dem Weg, der le chemin de la révolte heißt, passiert war, da stürzten die Tränen aus manchen schönen Augen, da war nichts als ein Schluchzen und Jammern um den schönen Prinzen, der so hübsch und so jung dahinsank, eine teure, ritterliche Gestalt, Franzose im liebenswürdigsten Sinne, in jeder Beziehung der nationalen Beklagnis würdig. Ja, er fiel in der Blüte seines Lebens, ein heiterer, heldenmütiger Jüngling, und er verblutete so rein, so unbefleckt, so beglückt, gleichsam unter Blumen, wie einst Adonis! Wenn er nur nicht gleich nach seinem Tod in schlechten Versen und in noch schlechterer Lakaienprosa gefeiert wird! Doch das ist das Los des Schönen hier auf Erden. Vielleicht, während der wahrhafteste und stolzeste Schmerz das französische Volk erfüllt und nicht bloß schöne Frauentränen dem Hingeschiedenen fließen, sondern auch freie Männertränen sein Andenken ehren, hält sich die offizielle Trauer schon etwelche Zwiebeln vor die Nase, um betrüglich zu flennen, und gar die Narrheit windet schwarze Flöre um die Glöckchen ihrer Kappe, und wir hören bald das tragikomische Geklingel. Besonders die larmoyante Faselhanselei, lauwarmes Spülicht der Sentimentalität, wird sich bei dieser Gelegenheit geltend machen. Vielleicht zu dieser Stunde schon keucht Laffitte nach Neuilly und umarmt den König mit deutschester Rührung, und die ganze Opposition wischt sich das Wasser aus den Augen. Vielleicht schon in dieser Stunde besteigt Chateaubriand sein melancholisches Flügelross, seine gefiederte Rosinante, und schreibt eine hohltönende Kondolation an die Königin. Widerwärtige Weichlichkeit und Fratze! und der Zwischenraum ist sehr klein, der hier das Erhabene vom Lächerlichen trennt. Wie gesagt, vor den Theatern auf den Boulevards erfuhr man gestern die Gewissheit des betrübsamen Ereignisses, und hier bildeten sich überall Gruppen um die Redner, welche die näheren Umstände mit mehr oder weniger Zutat und Ausschmückung erzählten. Mancher alte Schwätzer, der sonst nie Zuhörer findet, benutzte diese Gelegenheit, um ein aufmerksames Publikum um sich zu versammeln und die öffentliche Neugier im Interesse seiner Rhetorik auszubeuten. Da stand ein Kerl vor den Variétés, der ganz besonders pathetisch deklamierte, wie Theramen in der »Phädra«: »Il était sur son char« usw. Es hieß allgemein, indem der Prinz vom Wagen stürzte, sei sein Degen gebrochen und der obere Stumpf ihm in die Brust gedrungen. Ein Augenzeuge wollte wissen, dass er noch einige Worte gesprochen, aber in deutscher Sprache. Übrigens herrschte gestern überall eine leidende Stille, und auch heute zeigt sich in Paris keine Spur von Unruhe.

XLVIII

Paris, 19. Juli 1842

Der verstorbene Herzog von Orleans bleibt fortwährend das Tagesgespräch. Noch nie hat das Ableben eines Menschen so allgemeine Trauer erregt. Es ist merkwürdig, dass in Frankreich, wo die Revolution noch nicht ausgegärt, die Liebe für einen Fürsten so tief wurzeln und sich so großartig manifestieren konnte. Nicht bloß die Bourgeoisie, die alle ihre Hoffnungen in den jungen Prinzen setzte, sondern auch die unteren Volksklassen beklagen seinen Verlust. Als man das Juliusfest vertagte und auf der Place de la Concorde die großen Gerüste abbrach, die zur Illumination dienen sollten, war es ein herzzerreißender Anblick, wie das Volk sich auf die niedergerissenen Balken und Bretter setzte und über den Tod des teuren Prinzen jammerte. Eine düstere Betrübnis lag auf allen Gesichtern, und der Schmerz derjenigen, die kein Wort sprachen, war am beredsamsten. Da flossen die redlichsten Tränen, und unter den Weinenden war gewiss mancher, der in der Tabagie mit seinem Republikanismus prahlt.

Aber für Frankreich ist der Tod des jungen Prinzen ein wirkliches Unglück, und er dürfte weniger Tugenden besessen haben, als ihm nachgerühmt werden, so hätten doch die Franzosen hinlängliche Ursache zum Weinen, wenn sie an die Zukunft denken. Die Regentschaftsfrage beschäftigt schon alle Köpfe und leider nicht bloß die gescheiten. Viel Unsinn wird bereits zu Markt gebracht. Auch die Arglist weiß hier eine Ideenverwirrung anzuzetteln, die sie zu ihren Parteizwecken auszubeuten hofft und die in jedem Fall sehr bedenkliche Folgen haben kann. Genießt der Herzog von Nemours wirklich die allerhöchste Ungnade des souveränen Volks, wie mit übertriebenem Eifer behauptet wird? Ich will nicht darüber urteilen. Noch weniger will ich die Gründe seiner Ungnade untersuchen. Das Vornehme, Feine, Ablehnende, Patrizierhafte in der Erscheinung des Prinzen ist wohl der eigentliche Anklagepunkt. Das Aussehen des Orleans war edel, das Aussehen des Nemours ist adelig. Und selbst wenn das Äußere dem Innern entspräche, wäre der Prinz deshalb nicht minder geeignet, einige Zeit als

Gonfaloniere der Demokratie derselben die besten Dienste zu leisten, da dieses Amt, durch die Macht der Verhältnisse, ihm die größte Verleugnung der Privatgefühle geböte: denn sein verhasstes Haupt stünde hier auf dem Spiel. Ich bin sogar überzeugt, die Interessen der Demokratie sind weit weniger gefährdet durch einen Regenten, dem man wenig traut und den man beständig kontrolliert, als durch einen jener Günstlinge des Volks, denen man sich mit blinder Vorliebe hingibt und die am Ende doch nur Menschen sind, wandelbare Geschöpfe, unterworfen den Veränderungsgesetzen der Zeit und der eigenen Natur. Wie viele populäre Kronprinzen haben wir unbeliebt enden sehen! Wie grauenhaft wetterwendisch zeigte sich das Volk in Bezug auf die ehemaligen Lieblinge! Die französische Geschichte ist besonders reich an betrübenden Beispielen. Mit welchem Freudejauchzen umjubelte das Volk den jungen Ludwig XIV. – mit tränenlosem Kaltsinn sah es den Greis begraben. Ludwig XV. hieß mit Recht le bien-aimé, und mit wahrer Affenliebe huldigten ihm die Franzosen im Anfang; als er starb, lachte man und pfiff man Schelmenlieder: man freute sich über seinen Tod. Seinem Nachfolger Ludwig XVI. ging es noch schlimmer, und er, der als Kronprinz fast angebetet wurde und der im Beginn seiner Regierung für das Muster aller Vollkommenheit galt, er ward von seinem Volk persönlich misshandelt, und sein Leben ward sogar verkürzt, in der bekannten majestätsverbrecherischen Weise, auf der Place de la Concorde. Der letzte dieser Linie, Karl X., war nichts weniger als unpopulär, als er auf den Thron stieg, und das Volk begrüßte ihn damals mit unbeschreiblicher Begeisterung; einige Jahre später ward er zum Land hinauseskortiert, und er starb den harten Tod des Exils. Der Solonische Spruch, dass man niemand vor seinem Ende glücklich preisen möge, gilt ganz besonders von den Königen von Frankreich. Lasst uns daher den Tod des Herzogs von Orleans nicht deshalb beweinen, weil er vom Volke so sehr geliebt ward und demselben eine so schöne Zukunft versprach, sondern weil er als Mensch unsere Tränen verdiente. Lasst uns auch nicht so sehr jammern über die sogenannte ruhmlose Art, über das banal Zufällige seines Endes. Es ist besser, dass sein Haupt gegen einen harmlosen Stein zerschellte, als dass die Kugel eines Franzosen oder eines Deutschen ihm den Tod gab. Der Prinz hatte eine Vorahnung seines frühen Sterbens, meinte aber, dass er im Kriege oder in einer Emeute fallen würde. Bei seinem ritterlichen Mut, der jeder Gefahr trotzte, war dergleichen sehr wahrscheinlich. – Der königliche Dulder, Ludwig Philipp, benimmt sich mit einer Fassung, die jeden mit Ehrfurcht erfüllt. Im Unglück zeigt er die wahre Größe. Sein Herz verblutet in namenlosem Kummer, aber sein Geist bleibt ungebeugt, und er arbeitet Tag und Nacht. Nie hat man den Wert seiner Erhaltung tiefer gefühlt als eben jetzt, wo die Ruhe der Welt von seinem Leben abhängt. Kämpfe tapfer, verwundeter Friedensheld!

XLIX

Paris, 26. Juli 1842

Die Thronrede ist kurz und einfach. Sie sagt das Wichtigste in der würdigsten Weise. Der König hat sie selbst verfasst. Sein Schmerz zeigt sich in einer puritanischen, ich möchte sagen republikanischen Prunklosigkeit. Er, der sonst so redselig, ist seitdem sehr wortkarg geworden. Das schweigende Empfangen in den Tuilerien vor einigen Tagen hatte etwas ungemein Trübsinniges, beinahe Geisterhaftes; ohne eine Silbe zu sprechen, gingen über tausend Menschen bei dem König vorüber, der stumm und leidend sie ansah. Es heißt, dass in Notre-Dame das angekündigte Requiem nicht stattfinde; der König will bei dem Begräbnis seines Sohnes keine Musik; Musik erinnere allzu sehr an Spiel und Fest. – Sein Wunsch, die Regentschaft auf seinen Sohn übertragen zu sehen und nicht auf seine Schwiegertochter, ist in der Adresse hinlänglich angedeutet. Dieser Wunsch wird wenig Widerrede finden, und Nemours wird Regent, obgleich dieses Amt der schönen und geistreichen Herzogin gebührt, die, ein Muster von weiblicher Vollkommenheit, ihres verstorbenen Gemahles so würdig war. Gestern sagte man, der König werde seinen Enkel, den Grafen von Paris, in die Deputiertenkammer mitbringen. Viele wünschten es, und die Szene wäre gewiss sehr rührend gewesen. Aber der König vermeidet jetzt, wie gesagt, alles, was an das Pathos der Feudalmonarchie erinnert. – Über Ludwig Philipps Abneigung gegen Weiberregentschaften sind viele Äußerungen ins Publikum gedrungen. Der dümmste Mann, soll er gesagt haben, werde immer ein besserer Regent sein als die klügste Frau. Hat er deshalb dem Nemours den Vorzug gegeben vor der klugen Helene?

L

Paris, 29. Juli 1842

Der Gemeinderat von Paris hat beschlossen, das Elefantenmodell, das auf dem Bastillenplatz steht, nicht zu zerstören, wie man anfangs beabsichtigte, sondern zu einem Gusse in Erz zu benützen und das hervorgehende Monument am Eingang der Barrière du Trône aufzustellen. Über diesen Munizipalbeschluss spricht das Volk der Faubourgs Saint-Antoine und Saint-Marceau fast ebenso viel wie die höheren Klassen über die Regentschaftsfrage. Jener kolossale Elefant von Gips, welcher schon zur Kaiserzeit aufgestellt ward, sollte später als Modell des Denkmals dienen, das man der Juliusrevolution auf dem Bastillenplatz zu widmen gedachte. Seitdem ward man anderen Sinnes, und man errichtete zur Verherrlichung jenes glorreichen Ereignisses die große Juliussäule. Aber die Forträumung des Elefanten erregte große Besorgnisse. Es ging nämlich unter dem Volk das unheimliche Gerücht von einer ungeheuren Anzahl Ratten, die sich im Innern des Elefanten eingenistet hätten, und es sei zu befürchten, dass, wenn man die große Gipsbestie niederreiße, eine Legion von kleinen, aber sehr gefährlichen Scheusalen zum Vorschein käme, die sich über die Faubourgs Saint-Antoine und Saint-Marceau verbreiten würden. Alle Unterröcke zitterten bei dem Gedanken an solche Gefahr, und sogar die Männer ergriff eine unheimliche Furcht vor der Invasion jener langgeschwänzten Gäste. Es wurden dem Magistrat die untertänigsten Vorstellungen gemacht, und infolge derselben vertagte man das Niederreißen des großen Gipselefanten, der seitdem jahrelang auf dem Bastillenplatz ruhig stehenblieb. Sonderbares Land! wo trotz der allgemeinen Zerstörungssucht sich dennoch manche Dinge erhalten, da man allgemein die schlimmeren Dinge fürchtet, die an ihre Stelle treten könnten! Wie gern würden sie den Ludwig Philipp niederreißen, diesen großen klugen Elefanten, aber sie fürchten Se. Majestät den souveränen Rattenkönig, das tausendköpfige Ungetüm, das alsdann zur Regierung käme, und selbst die adeligen und geistlichen Feinde der Bourgeoisie, die nicht eben mit Blindheit geschlagen sind, suchen aus diesem Grund den Juliusthron zu erhalten; nur die ganz Beschränkten, die Spieler und Falschspieler unter den Aristokraten und Klerikalen, sind Pessimisten und spekulieren auf die Republik oder vielmehr auf das Chaos, das unmittelbar nach der Republik eintreten dürfte.

Die Bourgeoisie selbst ist ebenfalls vom Dämon des Zerstörens besessen, und wenn sie auch die Republik nicht eben fürchtet, so hat sie doch eine instinktmäßige Angst vor dem Kommunismus, vor jenen düstern Gesellen, die wie Ratten aus den Trümmern des jetzigen Regiments hervorstürzen würden. Ja, vor einer Republik von der frühern Sorte, selbst vor ein bisschen Robespierrismus, hätte die französische Bourgeoisie keine Furcht, und sie würde sich leicht mit dieser Regierungsform aussöhnen und ruhig auf die Wache ziehen und die Tuilerien beschützen, gleichviel, ob hier ein Ludwig Philipp oder ein Comité du salut public residiert; denn die Bourgeoisie will vor allem Ordnung und Schutz der bestehenden Eigentumsrechte – Begehrnisse, die eine Republik ebenso gut wie das Königtum gewähren kann. Aber diese Boutiquiers ahnen, wie gesagt, instinktmäßig, dass die Republik heutzutage nicht mehr die Prinzipien der neunziger Jahre vertreten möchte, sondern nur die Form wäre, worin sich eine neue, unerhörte Proletarierherrschaft mit allen Glaubenssätzen der Gütergemeinschaft geltend machen würde. Sie sind Konservative durch äußere Notwendigkeit, nicht durch innern Trieb, und die Furcht ist hier die Stütze aller Dinge.

Wird diese Furcht noch auf lange Zeit vorhalten? Wird nicht eines frühen Morgens der nationale Leichtsinn die Köpfe ergreifen und selbst die Ängstlichen in den Strudel der Revolution fortreißen? Ich weiß es nicht, aber es ist möglich, und die Wahlresultate zu Paris sind sogar ein Merkmal, dass es wahrscheinlich ist. Die Franzosen haben ein kurzes Gedächtnis und vergessen sogar ihre gerechtesten Befürchtungen. Deshalb treten sie so oft auf als Akteure, ja als Hauptakteure, in der ungeheuern Tragödie, die der liebe Gott auf der Erde aufführen lässt. Andere Völker erleben ihre große Bewegungsperiode, ihre Geschichte, nur in der Jugend, wenn sie nämlich ohne Erfahrung sich in die Tat stürzen; denn später, im reiferen Alter, hält das Nachdenken und das Abwägen der Folgen die Völker wie die Individuen vom raschen Handeln zurück, und nur die äußere Not, nicht die eigene Willensfreude, treibt diese Völker in die Arena der Weltgeschichte. Aber die Franzosen behalten immer den Leichtsinn der Jugend, und soviel sie auch gestern getan und gelitten, sie denken heute nicht mehr daran, die Vergangenheit erlöscht in ihrem Gedächtnis, und der neue Morgen treibt sie zu neuem Tun und neuen Leiden. Sie wollen nicht alt werden, und sie glauben sich vielleicht die Jugend selbst zu erhalten, wenn sie nicht ablassen von jugendlicher Betörung, jugendlicher Sorglosigkeit und jugendlicher Großmut! Ja, Großmut, eine fast kindische Güte im Verzeihen, bildet einen Grundzug des Charakters der Franzosen; aber ich kann nicht umhin zu bemerken, dass diese Tugend mit ihren Gebrechen aus demselben Born, der Vergesslichkeit, hervorquillt. Der Begriff »Verzeihen« entspricht bei diesem Volk wirklich dem Worte »Vergessen«, dem Vergessen der Beleidigung. Wäre dies nicht der Fall, es gäbe täglich Mord und Totschlag in Paris, wo bei jedem Schritt sich Menschen begegnen, zwischen denen eine Blutschuld existiert.

Diese charakteristische Gutmütigkeit der Franzosen äußert sich in diesem Augenblick ganz besonders in Bezug auf Ludwig Philipp, und seine ärgsten Feinde im Volk, mit Ausnahme der Karlisten, offenbaren eine rührende Teilnahme an seinem häuslichen Unglück. Ich möchte behaupten, der König ist jetzt wieder populär. Als ich gestern vor Notre-Dame die Vorbereitungen zur Leichenfeier betrachtete und dem Gespräch der Kurzjacken zuhörte, die dort versammelt standen, vernahm ich unter anderem die naive Äußerung: der König könne jetzt ruhig in Paris spazierengehen, und es werde niemand auf ihn schießen. (Welche Popularität!) Der Tod des Herzogs von Orleans, der allgemein geliebt war, hat seinem Vater die störrigsten Herzen wiedergewonnen, und die Ehe zwischen König und Volk ist durch das gemeinschaftliche Unglück gleichsam aufs Neue eingesegnet worden. Aber wie lange werden die schwarzen Flitterwochen dauern?

LI

Paris, 17. September 1842

Nach einer vierwöchentlichen Reise bin ich seit gestern wieder hier, und ich gestehe, das Herz jauchzte mir in der Brust, als der Postwagen über das geliebte Pflaster der Boulevards dahinrollte, als ich an dem ersten Putzladen mit lächelnden Grisettengesichtern vorüberfuhr, als ich das Glockengeläut der Cocoverkäufer vernahm, als die holdselige zivilisierte Luft von Paris mich wieder anwehte. Es wurde mir fast glücklich zumut, und den ersten Nationalgardisten, der mir begegnete, hätte ich umarmen können; sein zahmes, gutmütiges Gesicht grüßte so witzig hervor unter der wilden, rauen Bärenmütze, und sein Bajonett hatte wirklich etwas Intelligentes, wodurch es sich von den Bajonetten anderer Korporationen so beruhigend unterscheidet. Warum aber war die Freude bei meiner Rückkehr nach Paris diesmal so überschwänglich, dass es mich fast bedünkte, als beträte ich den süßen Boden der Heimat, als hörte ich wieder die Laute des Vaterlandes? Warum übt Paris einen solchen Zauber auf Fremde, die in seinem Weichbild einige Jahre verlebt? Viele wackere Landsleute, die hier sesshaft, behaupten, an keinem Ort der Welt könne der Deutsche sich heimischer fühlen als eben in Paris und Frankreich selbst sei am Ende unserm Herzen nichts anderes als ein französisches Deutschland.

Aber diesmal ist meine Freude bei der Rückkehr doppelt groß: ich komme aus England. Ja, aus England, obgleich ich nicht den Kanal durchschiffte. Ich verweilte nämlich während vier Wochen in Boulogne-sur-Mer, und das ist bereits eine englische Stadt. Man sieht dort nichts als Engländer und hört dort nichts als Englisch von morgens bis abends, ach, sogar des Nachts, wenn man das Unglück hat, Wandnachbarn zu besitzen, die bis tief in die Nacht bei Tee und Grog politisieren! Während vier Wochen hörte ich nichts als jene Zischlaute des Egoismus, der sich in jeder Silbe, in jeder Betonung ausspricht. Es ist gewiss eine schreckliche Ungerechtigkeit, über ein ganzes Volk das Verdammungsurteil auszusprechen. Doch in Betreff der Engländer könnte mich der augenblickliche Unmut zu dergleichen verleiten, und beim Anblick der Masse vergesse ich leicht die vielen wackeren und edlen Männer, die sich durch Geist und Freiheitsliebe ausgezeichnet. Aber diese, namentlich die britischen Dichter, stachen immer desto greller ab von dem übrigen Volk, sie waren isolierte Märtyrer ihrer nationalen Verhältnisse, und dann gehören große Genies nicht ihrem partikulären Geburtsland, kaum gehören sie dieser Erde, der Schädelstätte ihres Leidens. Die Masse, die Stockengländer – Gott verzeih mir die Sünde! – sind mir in tiefster Seele zuwider, und manchmal betrachte ich sie gar nicht als meine Mitmenschen, sondern ich halte sie für leidige Automaten, für Maschinen, deren inwendige Triebfeder der Egoismus. Es will mich dann bedünken, als hörte ich das schnurrende Räderwerk, womit sie denken, fühlen, rechnen, verdauen und beten – ihr Beten, ihr mechanisches anglikanisches Kirchengehen mit dem vergoldeten Gebetbuch unterm Arm, ihre blöde, langweilige Sonntagsfeier, ihr linkisches Frömmeln ist mir am widerwärtigsten; ich bin fest überzeugt, ein fluchender Franzose ist ein angenehmeres Schauspiel für die Gottheit als ein betender Engländer! Zu andern Zeiten kommen diese Stockengländer mir vor wie ein öder Spuk, und weit unheimlicher als die bleichen Schatten der mitternächtlichen Geisterstunde sind mir jene vierschrötigen, rotbäckigen Gespenster, die schwitzend im grellen Sonnenlicht umherwandeln. Dabei der totale Mangel an Höflichkeit. Mit ihren eckigen Gliedmaßen, mit ihren steifen Ellenbogen stoßen sie überall an, und ohne sich zu entschuldigen durch ein artiges Wort. Wie müssen diese rothaarigen Barbaren, die blutiges Fleisch fressen, erst jenen Chinesen verhasst sein, denen die Höflichkeit angeboren und die, wie bekannt ist, zwei Drittel ihrer Tageszeit mit der Ausübung dieser Nationaltugend verknicksen und verbücklingen!

Ich gestehe es, ich bin nicht ganz unparteiisch, wenn ich von Engländern rede, und mein Missurteil, meine Abneigung, wurzelt vielleicht in den Besorgnissen ob der eigenen Wohlfahrt, ob der glücklichen Friedensruhe des deutschen Vaterlandes. Seitdem ich nämlich tief begriffen habe, welcher schnöde Egoismus auch in ihrer Politik waltet, erfüllen mich diese Engländer mit einer grenzenlosen, grauenhaften Furcht. Ich hege den besten Respekt vor ihrer materiellen Obmacht; sie haben sehr viel von jener brutalen Energie, womit die Römer die Welt unterdrückt, aber sie vereinigen mit der römischen Wolfsgier auch die Schlangenlist Karthagos. Gegen erstere haben wir gute und sogar erprobte Waffen, aber gegen die meuchlerischen Ränke jener Punier der Nordsee sind wir wehrlos. Und jetzt ist England gefährlicher als je, jetzt, wo seine merkantilischen Interessen unterliegen: es gibt in der ganzen Schöpfung kein so hartherziges Geschöpf wie ein Krämer, dessen Handel ins Stocken geraten, dem seine Kunden abtrünnig werden und dessen Warenlager keinen Absatz mehr findet.

Wie wird England sich aus solcher Geschäftskrisis retten? Ich weiß nicht, wie die Frage der Fabrikarbeiter gelöst werden kann; aber ich weiß, dass die Politik des modernen Karthagos nicht sehr wählig in ihren Mitteln ist. Ein europäischer Krieg wird dieser Selbstsucht vielleicht zuletzt als das geeignetste Mittel erscheinen, um dem innern Gebrest einige Ableitung nach außen zu bereiten. Die englische Oligarchie spekuliert alsdann zunächst auf den Säckel des Mittelstandes, dessen Reichtum in der Tat kolossal ist und zur Besoldung und Beschwichtigung der unteren Klassen hinlänglich ausgebeutet werden dürfte. Wie groß auch ihre Ausgaben für indische und chinesische Expeditionen, wie groß auch ihre finanzielle Not, wird doch die englische Regierung jetzt den pekuniären Aufwand steigern, wenn es ihre Zwecke fördert. Je größer das heimische Defizit, desto reichlicher wird im Ausland das englische Gold ausgestreut werden: England ist ein Kaufmann, der sich in bankrottem Zustand befindet und aus Verzweiflung ein Verschwender wird oder vielmehr kein Geldopfer scheut, um sich momentan zu halten. Und man kann mit Geld schon etwas ausrichten auf dieser Erde, besonders, seit jeder die Seligkeit hier unten sucht. Man hat keinen Begriff davon, wie England jährlich die ungeheuersten Summen ausgibt bloß zur Besoldung seiner ausländischen Agenten, deren Instruktionen alle für den Fall eines europäischen Krieges berechnet sind, und wie wieder diese englischen Agenten die heterogensten Talente, Tugenden und Laster im Ausland für ihre Zwecke zu gewinnen wissen.

Wenn wir dergleichen bedenken, wenn wir zur Einsicht gelangen, dass nicht an der Seine, aus Begeisterung für eine Idee und auf öffentlichem Marktplatz, die Ruhe Europas am furchtbarsten gestört werden dürfte, sondern an der Themse, in den verschwiegenen Gemächern des Foreign Office, infolge des rohen Hungerschreies englischer Fabrikarbeiter; wenn wir dieses bedenken, so müssen wir dorthin manchmal unser Auge richten und nächst der Persönlichkeit der Regierenden auch die andrängende Not der untern Klassen beobachten. Diese gesteigerte Not ist ein Gebrest, das die unwissenden Feldscherer durch Aderlässe zu beheben glauben, aber ein solches Blutvergießen wird eine Verschlimmerung hervorbringen. Nicht von außen, durch die Lanzette, nein, nur von innen heraus, durch geistige Medikamente, kann der sieche Staatskörper geheilt werden. Nur soziale Ideen könnten hier eine Rettung aus der verhängnisvollsten Not herbeiführen, aber, um mit Saint-Simon zu reden, auf allen Werften Englands gibt es keine einzige große Idee; nichts als Dampfmaschinen und Hunger. Jetzt ist freilich der Aufruhr unterdrückt, aber durch öftere Ausbrüche kann es wohl dahin kommen, dass die englischen Fabrikarbeiter, die nur Baum- und Schafwolle zu verarbeiten wissen, sich auch ein bisschen in Menschenfleisch versuchen und sich die nötigen Handgriffe aneignen und endlich dieses blutige Gewerbe ebenso mutvoll ausüben wie ihre Kollegen, die Ouvriers zu Lyon und Paris, und dann dürfte es sich endlich ereignen, dass der Besieger Napoleons, der Feldmarschall Mylord Wellington, der jetzt wieder sein Oberschergenamt angetreten hat, mitten in London sein Waterloo fände. In gleicher Weise möchte leicht der Fall eintreten, dass seine Myrmidonen ihrem Meister den Gehorsam aufkündigten. Es zeigen sich schon jetzt sehr bedenkliche Symptome solcher Gesinnung bei dem englischen Militär, und in diesem Augenblick sitzen fünfzig Soldaten im Towergefängnis zu London, welche sich geweigert hatten, auf das Volk zu schießen. Es ist kaum glaublich, und es ist dennoch wahr, dass englische Rotröcke nicht dem Befehl ihrer Offiziere, sondern der Stimme der Menschlichkeit gehorchten und jener Peitsche vergaßen, welche die Katze mit neun Schwänzen (the cat of nine tails) heißt und mitten in der stolzen Hauptstadt der englischen Freiheit ihren Heldenrücken beständig bedroht – die Knute Großbritanniens! Es ist herzzerreißend, wenn man liest, wie die Weiber weinend den Soldaten entgegentraten und ihnen zuriefen: »Wir brauchen keine Kugeln, wir brauchen Brot.« Die Männer kreuzten ergebungsvoll die Arme und sprachen: »Den Hunger müsst ihr totschießen, nicht uns und unsere Kinder.« Der gewöhnliche Schrei war: »Schießt nicht, wir sind ja alle Brüder.«

Solche Berufung auf die Fraternität mahnt mich an die französischen Kommunisten, bei denen ich ähnliche Redeweisen zuweilen vernahm. Diese Redeweisen, wie ich besonders in Lyon bemerkte, waren durchaus nicht auffallend oder stark gefärbt, weder pikant noch original; im Gegenteil, es waren die abgedroschensten, plattesten Gemeinsprüche, welche der Tross der Kommunisten im Mund führte. Aber die Macht ihrer Propaganda besteht nicht sowohl in einem gut formulierten Prospektus von bestimmten Beklagnissen und bestimmten Forderungen, sondern in einem tief wehmütigen und fast sympathetisch wirkenden Ton, womit sie die banalsten Dinge äußern, z. B. »Wir sind alle Brüder« usw. Der Ton und allenfalls ein geheimer Händedruck bilden alsdann den Kommentar zu diesen Worten und verleihen ihnen ihre welterschütternde Bedeutung. Die französischen Kommunisten stehen überhaupt auf demselben Standpunkt mit den englischen Fabrikarbeitern, nur dass der Franzose mehr von einer Idee, der Engländer hingegen ganz und gar vom Hunger getrieben wird.

Der Aufruhr in England ist für den Augenblick gestillt, aber nur für den Augenblick; er ist bloß vertagt, er wird mit jedes Mal gesteigerter Macht aufs Neue ausbrechen, und umso gefährlicher, da er immer die rechte Stunde abwarten kann. Wie aus vielen Anzeichen einleuchtet, ist der Widerstand der Fabrikarbeiter jetzt ebenso praktisch organisiert wie einst der Widerstand der irischen Katholiken. Die Chartisten haben diese drohende Macht in ihr Interesse zu ziehen und einigermaßen zu disziplinieren gewusst, und ihre Verbindung mit den unzufriedenen Fabrikarbeitern ist vielleicht die wichtigste Erscheinung der Gegenwart. Diese Verbindung entstand auf sehr einfachem Wege, sie war eine natürliche, obgleich die Chartisten sich gern mit einem bestimmten Programm als eine rein politische Partei präsentieren und die Fabrikarbeiter, wie ich schon oben erwähnt, nur arme Taglöhner sind, die vor Hunger kaum sprechen können und, gleichgültig gegen alle Regierungsform, nur das liebe Brot verlangen. Aber das Wort meldet selten den innern Herzensgedanken einer Partei, es ist nur ein äußerliches Erkennungszeichen, gleichsam die gesprochene Kokarde; der Chartist, der sich auf die politische Frage zu beschränken vorgibt, hegt Wünsche im Gemüt, die mit den vagsten Gefühlen jener hungrigen Handwerker tief übereinstimmen, und diese können ihrerseits immerhin das Programm der Chartisten zu ihrem Feldgeschrei wählen, ohne ihre Zwecke zu versäumen. Die Chartisten nämlich verlangen: erstens, dass das Parlament nur aus einer Kammer bestehe und durch alljährliche Wahlen erneuert werde; zweitens, dass durch geheimes Votieren die Unabhängigkeit der Wähler sichergestellt werde; endlich, dass jeder geborene Engländer, der ins Mannesalter getreten, Wähler und wählbar sei. »Davon können wir noch immer nicht essen«, sagten die notleidenden Arbeiter, »von Gesetzbüchern ebenso wenig wie von Kochbüchern wird der Mensch satt, uns hungert.« – »Wartet nur«, entgegnen die Chartisten, »bis jetzt saßen im Parlament nur die Reichen, und diese sorgten nur für die Interessen ihrer eigenen Besitztümer; durch das neue Wahlgesetz, durch die Charte, werden aber auch die Handwerker oder ihre Vertreter ins Parlament kommen, und da wird es sich wohl ausweisen, dass die Arbeit ebenso gut wie jeder andere Besitz ein Eigentumsrecht in Anspruch nehmen kann und es einem Fabrikherrn ebenso wenig erlaubt sein dürfte, den Taglohn des Arbeiters nach Willkür herabzusetzen, wie es ihm nicht erlaubt ist, das Mobiliar- oder Immobiliarvermögen seines Nachbarn zu beeinträchtigen. Die Arbeit ist das Eigentum des Volks, und die daraus entspringenden Eigentumsrechte sollen durch das regenerierte Parlament sanktioniert und geschützt werden.« Ein Schritt weiter, und diese Leute sagen, die Arbeit sei das Recht des Volks; und da dieses Recht auch die Berechtigung zu einem unbedinglichen Arbeitslohn zur Folge hätte, so führt der Chartismus, wo nicht zur Gütergemeinschaft, doch gewiss zur Erschütterung der bisherigen Eigentumsidee, des Grundpfeilers der heutigen Gesellschaft, und in jenen chartistischen Anfängen läge, in ihre Konsequenzen verfolgt, eine soziale Umwälzung, wogegen die französische Revolution als sehr zahm und bescheiden erscheinen dürfte.

Hier offenbart sich wieder die Hypokrisie und der praktische Sinn der Engländer, im Gegensatz zu den Franzosen: die Chartisten verbergen unter legalen Formen ihren Terrorismus, während die Kommunisten ihn freimütig und unumwunden aussprechen. Letztere tragen freilich noch einige Scheu, die letzten Konsequenzen ihres Prinzips beim rechten Namen zu nennen, und diskutiert man mit ihren Häuptlingen, so verteidigen sich diese gegen den Vorwurf, als wollten sie das Eigentum abschaffen, und sie behaupten dann, sie wollten im Gegenteil das Eigentum auf eine breitere Basis etablieren, sie wollten ihm eine umfassendere Organisation verleihen. Du lieber Himmel, ich fürchte, das Eigentum würde durch den Eifer solcher Organisatoren sehr in die Krümpe gehen, und es würde am Ende nichts als die breite Basis übrigbleiben. »Ich will dir die Wahrheit gestehen«, sagte mir jüngst ein kommunistischer Freund, »das Eigentum wird keineswegs abgeschafft werden, aber es bekommt eine neue Definition.«

Es ist nun diese neue Definition, die hier in Frankreich dem herrschenden Bürgerstand eine große Angst einflößt, und dieser Angst verdankt Ludwig Philipp seine ergebensten Anhänger, die eifrigsten Stützen seines Thrones. Je heftiger die Stützen zittern, desto weniger schwankt der Thron, und der König braucht nichts zu fürchten, eben weil die Furcht ihm Sicherheit gibt. Auch Guizot erhält sich durch die Angst vor der neuen Definition, die er mit seiner scharfen Dialektik so meisterhaft bekämpft, und ich glaube nicht, dass er so bald unterliegt, obgleich die herrschende Partei der Bourgeoisie, für die er so viel getan und so viel tut, kein Herz für ihn hat. Warum lieben sie ihn nicht? Ich glaube, erstens, weil sie ihn nicht verstehen, und zweitens, weil man denjenigen, der unsere eigenen Güter schützt, immer weit weniger liebt als denjenigen, der uns fremde Güter verspricht. So war es einst in Athen, so ist es jetzt in Frankreich, so wird es in jeder Demokratie sein, wo das Wort frei ist und die Menschen leichtgläubig.

LII

Paris, 4. Dezember 1842

Wird sich Guizot halten? Es hat mit einem französischen Ministerium ganz dieselbe Bewandtnis wie mit der Liebe: man kann nie ein sicheres Urteil fällen über seine Stärke und Dauer. Man glaubt zuweilen, das Ministerium wurzle unerschütterlich fest, und siehe! es stürzt den nächsten Tag durch einen geringen Windzug. Noch öfter glaubt man, das Ministerium wackle seinem Untergang entgegen, es könne sich nur noch wenige Wochen auf den Beinen halten, aber zu unserer Verwunderung zeigt es sich alsbald noch kräftiger als früher und überlebt alle diejenigen, die ihm schon die Leichenrede hielten. Vor vier Wochen, den 29. Oktober, feierte das Guizotsche Ministerium seinen dritten Geburtstag, es ist jetzt über zwei Jahre alt, und ich sehe nicht ein, warum es nicht länger leben sollte auf dieser schönen Erde, auf dem Boulevard des Capucines, wo grüne Bäume und gute Luft. Freilich, gar viele Ministerien sind dort schnell hingerafft worden, aber diese haben ihr frühes Ende immer selbst verschuldet: sie haben sich zu viel Bewegung gemacht. Ja, was bei uns anderen die Gesundheit fördert, die Bewegung, das macht ein Ministerium todkrank, und namentlich der 1. März ist daran gestorben. Sie können nicht stillsitzen, diese Leutchen. Der öftere Regierungswechsel in Frankreich ist nicht bloß eine Nachwirkung der Revolution, sondern auch ein Ergebnis des Nationalcharakters der Franzosen, denen das Handeln, die Tätigkeit, die Bewegung ein ebenso großes Bedürfnis ist wie uns Deutschen das Tabaksrauchen, das stille

Denken und die Gemütsruhe; gerade dadurch, dass die französischen Staatslenker so rührig sind und sich beständig etwas Neues zu schaffen machen, geraten sie in halsbrechende Verwicklungen. Dies gilt nicht bloß von den Ministerien, sondern auch von den Dynastien, die immer durch eigene Aktivität ihre Katastrophe beschleunigt haben. Ja, durch dieselbe fatale Ursache, durch die unermüdliche Aktivität, ist nicht bloß Thiers gefallen, sondern auch der stärkere Napoleon, der bis an sein seliges Ende auf dem Throne geblieben wäre, wenn er nur die Kunst des Stillsitzens, die bei uns den kleinen Kindern zuerst gelehrt wird, besessen hätte! Diese Kunst besitzt aber Herr Guizot in einem hohen Grade, er hält sich marmorn still, wie der Obelisk von Luxor, und wird deshalb sich länger halten, als man glaubt. Er tut nichts, und das ist das Geheimnis seiner Erhaltung. Warum aber tut er nichts? Ich glaube zunächst, weil er wirklich eine gewisse germanische Gemütsruhe besitzt und von der Sucht der Geschäftigkeit weniger geplagt wird als seine Landsleute. Oder tut er nichts, weil er so viel versteht? Je mehr wir wissen, je tiefer und umfassender unsere Einsichten sind, desto schwerer wird uns das Handeln, und wer alle Folgen jedes Schrittes immer voraussähe, der würde gewiss bald aller Bewegung entsagen und seine Hände nur dazu gebrauchen, um seine eigenen Füße zu binden. Das weiteste Wissen verdammt uns zur engsten Passivität.

Indessen – was auch das Schicksal des Ministeriums sein möge –, lasst uns die letzten Tage des Jahrs, das gottlob seinem Ende naht, so resigniert als möglich ertragen! Wenn uns nur der Himmel nicht zum Schluss mit einem neuen Unglück heimsucht! Es war ein schlechtes Jahr, und wäre ich ein Tendenzpoet, ich würde mit meinen misstönend poltrigsten Versen dem scheidenden Jahre ein Charivari bringen. In diesem schlechten, schändlichen Jahr hat die Menschheit viel erduldet, und sogar die Bankiers haben einige Verluste erlitten. Welch ein schreckliches Unglück war z. B. der Brand auf der Versailler Eisenbahn! Ich spreche nicht von dem verunglückten Sonntagspublikum, das bei dieser Gelegenheit gebraten oder gesotten wurde, ich spreche vielmehr von der überlebenden Sabbatkompanie, deren Aktien um so viele Prozente gefallen sind und die jetzt dem Ausgang der Prozesse, die jene Katastrophe hervorgerufen, mit zitternder Besorgnis entgegensieht. Werden die Stifter der Kompanie den verwaisten oder verstümmelten Opfern ihrer Gewinnsucht einigen Schadenersatz gewähren müssen? Es wäre entsetzlich! Diese beklagenswerten Millionäre haben schon so viel eingebüßt, und der Profit von andern Unternehmungen mag in diesem Jahre das Defizit kaum decken. Dazu kommen noch andere Fatalitäten, über die man leicht den Verstand verlieren kann, und an der Börse versicherte man gestern, der Halbbankier Läusedorf wolle zum Christentum übergehn. Anderen geht es besser, und wenn auch die rive gauche gänzlich ins Stocken geriete, könnten wir uns damit trösten, dass die rive droite desto erfreulicher gedeiht. Auch die südfranzösischen Eisenbahnen, sowie die jüngst konzessionierten, machen gute Geschäfte, und wer gestern noch ein armes Lümpchen war, ist heute schon ein reicher Lump. Namentlich der dünne und langnasige Herr * versichert: er habe »Grind«, mit der Vorsehung zufrieden zu sein. Ja, während ihr anderen in philosophischen Spekulationen eure Zeit vertrödelt, spekulierte und trödelte dieser dünne Geist mit Eisenbahnaktien, und einer seiner Gönner von der hohen Bank sagte mir jüngst: »Sehen Sie, das Kerlchen war gar nichts, und jetzt hat es Geld, und es wird noch mehr Geld verdienen, und es hat sich all sein Lebtag nicht mit Philosophie abgegeben.« Wie doch diese Pilze in allen Ländern und Zeiten dieselben gewesen! Mit besonderer Verachtung haben sie immer auf Schriftsteller herabgesehen, die sich mit jenen uneigennützigen Studien beschäftigen, die wir Philosophie nennen. Schon vor achtzehnhundert Jahren, wie Petron erzählt, ließ ein römischer Parvenü sich folgende Grabschrift setzen: »Hier ruht Straberius – er war anfangs gar nichts, er hinterließ jedoch dreihundert Millionen Sesterze, er hat sich sein Lebtag nicht mit Philosophie abgegeben, folge seinem Beispiel, und du wirst dich wohl befinden.«

Hier in Frankreich herrscht gegenwärtig die größte Ruhe. Ein abgematteter, schläfriger, gähnender Friede. Es ist alles still, wie in einer verschneiten Winternacht. Nur ein leiser, monotoner Tropfenfall. Das sind die Zinsen, die fortlaufend hinabträufeln in die Kapitalien, welche beständig anschwellen; man hört ordentlich, wie sie wachsen, die Reichtümer der Reichen. Dazwischen das leise Schluchzen der Armut. Manchmal auch klirrt etwas, wie ein Messer, das gewetzt wird. Nachbarliche Tumulte kümmern uns sehr wenig, und nicht einmal das rasselnde Schilderheben in Barcelona hat uns hier aufgestört. Der Mordsspektakel, der im Studierzimmer der Mademoiselle Heinefetter zu Brüssel vorfiel, hat uns schon weit mehr interessiert, und ganz besonders sind die Damen ungehalten über dieses deutsche Gemüt, das trotz eines mehrjährigen Aufenthalts in Frankreich doch noch nicht gelernt hatte, wie man es anfängt, dass zwei gleichzeitige Anbeter sich nicht auf der Walstätte ihres Glücks begegnen. Die Nachrichten aus dem Osten erregten gleichfalls ein unzufriedenes Gemurmel im Volk, und der Kaiser von China hat sich ebenso stark blamiert wie Mademoiselle Heinefetter. Nutzloses Blutvergießen, und die Blume der Mitte ist verloren. Die Engländer sind überrascht, so leichten Kaufs mit dem Bruder der Sonne fertig geworden zu sein, und sie berechnen schon, ob sie die jetzt überflüssigen Kriegsrüstungen im Indischen Meere nicht gegen Japan richten sollen, um auch dieses Land zu brandschatzen. An einem loyalen Vorwand zum Angriff wird es gewiss auch hier nicht fehlen. Sind es nicht Opiumfässer, so sind es die Schriften der englischen Missionsgesellschaft, die von der japanischen Sanitätskommission konfisziert worden. Vielleicht bespreche ich in einem späteren Briefe, wie England seine Kriegszüge bemäntelt. Die Drohung, dass britische Großmut uns nicht zu Hilfe kommen werde, wenn Deutschland einst wie Polen geteilt werden dürfte, erschreckt mich nimmermehr. Erstens kann Deutschland nicht geteilt werden. Teile mal einer das Fürstentum Liechtenstein oder Greiz-Schleiz! Und zweitens – –

LIII

Paris, 31. Dezember 1842

Noch ein kleiner Fußtritt, und das alte böse Jahr rollt hinunter in den Abgrund der Zeit. Dieses Jahr war eine Satire auf Ludwig Philipp, auf Guizot, auf alle, die sich so viele Mühe gegeben haben, den Frieden in Europa zu erhalten. Dieses Jahr ist eine Satire auf den Frieden selbst, denn im geruhsamen Schoße desselben wurden wir mit Schrecknissen heimgesucht, wie sie der gefürchtete Krieg gewiss nicht schrecklicher hervorbringen konnte. Entsetzlicher Wonnemond, wo fast gleichzeitig in Frankreich, in Deutschland und Haiti die fürchterlichsten Trauerspiele aufgeführt wurden! Welches Zusammentreffen der unerhörtesten Unglücksfälle! Welcher boshafte Witz des Zufalls! Welche höllischen Überraschungen! Ich kann mir die Verwunderung denken, womit die Bewohner des Schattenreichs die neuen Ankömmlinge vom 6. Mai betrachteten, die geputzten Sonntagsgesichter, Studenten, Grisetten, junge Ehepaare, vergnügungssüchtige Drogisten, Philister von allen Farben, die zu Versailles die Kunstwasser springen sahen und statt in Paris, wo schon die Mittagstafel für sie gedeckt war, plötzlich in der Unterwelt anlangten! Und zwar verstümmelt, gesotten und geschmort! »Ist es der Krieg, der euch so schnöde zugerichtet?« – »Ach nein, wir haben Frieden, und wir kommen eben von einer Spazierfahrt.« Auch die gebratenen Spritzenleute und Litzenbrüder, die einige Tage später aus Hamburg ankamen, mussten nicht geringeres Erstaunen im Lande Plutos erregen. »Seid ihr die Opfer des Kriegsgottes?« war gewiss die Frage, womit sie empfangen wurden. »Nein, unsere Republik hat Frieden mit der ganzen Welt, der Tempel des Janus war geschlossen, nur die Bacchushalle stand offen, und wir lebten im ruhigen Genuss unserer spartanischen Mockturtlesuppen, als plötzlich das große Feuer entstand, worin wir umkamen.« – »Und eure berühmten Löschanstalten?« – »Die sind gerettet, nur ihr Ruhm ist verloren.« – »Und die alten Perücken?« – »Die werden wie gepuderte Phönixe aus der Asche hervorsteigen.« Den folgenden Tag, während Hamburg noch loderte, entstand das Erdbeben zu Haiti, und die armen schwarzen Menschen wurden zu Tausenden ins Schattenreich hinabgeschleudert. Als sie bluttriefend anlangten, glaubte man gewiss dort unten, sie kämen aus einer Schlacht mit den Weißen und sie seien von diesen gemetzelt oder gar als revoltierte Sklaven zu Tode gepeitscht worden. Nein, auch diesmal irrten sich die guten Leute am Styx. Nicht der Mensch, sondern die Natur hatte das große Blutbad angerichtet auf jener Insel, wo die Sklaverei längst abgeschafft, wo die Verfassung eine republikanische ist, ohne verjüngende Keime, aber wurzelnd in ewigen Vernunftgesetzen; es herrscht dort Freiheit und Gleichheit, sogar schwarze Pressefreiheit. – Greiz-Schleiz ist keine solche Republik, kein so hitziger Boden wie Haiti, wo das Zuckerrohr, die Kaffeestaude und die schwarze Pressefreiheit wächst und also ein Erdbeben sehr leicht entstehen konnte; aber trotz des zahmen Kartoffelklimas, trotz der Zensur, trotz der geduldigen Verse, die eben deklamiert oder gesungen wurden, ist den Greiz-Schleizern, während sie vergnügt und schaulustig im Theater saßen, plötzlich das Dach auf den Kopf gefallen, und ein Teil des verehrungswürdigen Publikums sah sich unerwartet in den Orkus geschleudert!

Ja, im sanftseligsten Stillleben, im Zustande des Friedens, häufte sich mehr Unheil und Elend, als jemals der Zorn Bellonas zusammentrompeten konnte. Und nicht bloß zu Lande, sondern auch zu Wasser haben wir in diesem Jahr das Außerordentliche erduldet. Die zwei großen Schiffbrüche an den Küsten von Südafrika und der Manche gehören zu den schauderhaftesten Kapiteln in der Martyrgeschichte der Menschheit. Wir haben keinen Krieg, aber der Frieden richtet uns hin, und gehen wir nicht plötzlich zugrunde durch einen brutalen Zufall, so sterben wir doch allmählich an einem gewissen schleichenden Gift, an einer Aquatofana, welche uns in den Kelch des Lebens geträufelt worden, der Himmel weiß, von welcher Hand!

Ich schreibe diese Zeilen in den letzten Stunden des scheidenden bösen Jahrs. Das neue steht vor der Türe. Möge es minder grausam sein als sein Vorgänger! Ich sende meinen wehmütigsten Glückwunsch zum Neujahr über den Rhein. Ich wünsche den Dummen ein bisschen Verstand und den Verständigen ein bisschen Poesie. Den Frauen wünsche ich die schönsten Kleider und den Männern sehr viel Geduld. Den Reichen wünsche ich ein Herz und den Armen ein Stückchen Brot. Vor allem aber wünsche ich, dass wir in diesem neuen Jahr einander so wenig als möglich verleumden mögen.

LIV

Paris, 2. Februar 1843

Worüber ich am meisten erstaune, das ist die Anstelligkeit dieser Franzosen, das geschickte Übergehen oder vielmehr Überspringen von einer Beschäftigung in die andere, in eine ganz heterogene. Es ist dieses nicht bloß eine Eigenschaft des leichten Naturells, sondern auch ein historisches Erwerbnis: sie haben sich im Laufe der Zeit ganz losgemacht von hemmenden Vorurteilen und Pedantereien. So geschah es, dass die Emigranten, die während der Revolution zu uns herüberflüchteten, den Wechsel der Verhältnisse so leicht ertrugen und manche darunter, um das liebe Brot zu gewinnen, sich aus dem Stegreif ein Gewerbe zu schaffen wussten. Meine Mutter hat mir oft erzählt, wie ein französischer Marquis sich damals als Schuster in unserer Stadt etablierte und die besten Damenschuhe verfertigte; er arbeitete mit Lust, pfiff die ergötzlichsten Liedchen und vergaß alle frühere Herrlichkeit. Ein deutscher Edelmann hätte unter denselben Umständen ebenfalls zum Schusterhandwerk seine Zuflucht genommen, aber er hätte sich gewiss nicht so heiter in sein ledernes Schicksal gefügt, und er würde sich jedenfalls auf männliche Stiefel gelegt haben, auf schwere Sporenstiefel, die an den alten Ritterstand erinnern. Als die Franzosen über den Rhein kamen, musste unser Marquis seine Butike verlassen, und er floh nach einer andern Stadt, ich glaube nach Kassel, wo er der beste Schneider wurde; ja, ohne Lehrjahre emigrierte er solchermaßen von einem Gewerbe zum andern und erreichte darin gleich die Meisterschaft – was einem Deutschen unbegreiflich erscheinen dürfte, nicht bloß einem Deutschen von Adel, sondern auch dem gewöhnlichsten Bürgerkind. Nach dem Sturz des Kaisers kam der gute Mann mit ergrauten Haaren, aber unverändert jungem Herzen in die Heimat zurück und schnitt ein so hochadeliges Gesicht und trug wieder so stolz die Nase, als hätte er niemals den Pfriem oder die Nadel geführt. Es ist ein Irrtum, wenn man von den Emigranten behauptete, sie hätten nichts gelernt und nichts vergessen, im Gegenteil, sie hatten alles vergessen, was sie gelernt. Die Helden der Napoleonischen Kriegsperiode, als sie abgedankt oder auf halben Sold gesetzt wurden, warfen sich ebenfalls mit dem größten Geschick in die Gewerbstätigkeit des Friedens, und jedes Mal, wenn ich in das Comptoir von Delloye trat, hatte ich meine liebe Verwunderung, wie der ehemalige Colonel jetzt als Buchhändler an seinem Pulte saß, umgeben von mehreren weißen Schnurrbärten, die ebenfalls als brave Soldaten unter dem Kaiser gefochten, jetzt aber bei ihrem alten Kameraden als Buchhalter oder Rechnungsführer, kurz, als Kommis dienten.

Aus einem Franzosen kann man alles machen, und jeder dünkt sich zu allem geschickt. Aus dem kümmerlichsten Bühnendichter entsteht plötzlich, wie durch einen Theatercoup ein Minister, ein General, ein Kirchenlicht, ja ein Herrgott. Ein merkwürdiges Beispiel der Art bieten die Transformationen unsres lieben Charles Duveyrier, der einer der erleuchtetsten Dignitare [Würdenträger] der Saint-Simonistischen Kirche war und, als diese aufgehoben wurde, von der geistlichen Bühne zur weltlichen überging. Dieser Charles Duveyrier saß in der Salle Taitbout auf der Bischofsbank, zur Seite des Vaters, nämlich Enfantins; er zeichnete sich aus durch einen gotterleuchteten Prophetenton, und auch in der Stunde der Prüfung gab er als Märtyrer Zeugnis für die neue Religion. Von den Lustspielen Duveyriers wollen wir heute nicht reden, sondern von seinen politischen Broschüren; denn er hat die Theaterkarriere wieder verlassen und sich auf das Feld der Politik begeben, und diese neue Umwandlung ist vielleicht nicht minder merkwürdig. Aus seiner Feder flossen die kleinen Schriften, die allwöchentlich unter dem Titel »Lettres politiques« herauskommen. Die erste ist an den König gerichtet, die zweite an Guizot, die dritte an den Herzog von Nemours, die vierte an Thiers. Sie zeugen sämtlich von vielem Geist. Es herrscht darin eine edle Gesinnung, ein lobenswerter Widerwille gegen barbarische Kriegsgelüste, eine schwärmerische Begeisterung für den Frieden. Von der Ausbeutung der Industrie erwartet Duveyrier das Goldene Zeitalter. Der Messias wird nicht auf einem Esel, sondern auf einem Dampfwagen den segensreichen Einzug halten. Namentlich die Broschüre, die an Thiers gerichtet oder vielmehr gegen ihn gerichtet, atmet diese Gesinnung. Von der Persönlichkeit des ehemaligen Konseilpräsidenten spricht der Verfasser mit hinlänglicher Ehrfurcht. Guizot gefällt ihm, aber Molé gefällt ihm besser. Dieser Hintergedanke dämmert überall durch.

Ob er mit Recht oder mit Unrecht irgendeinem von den dreien den Vorzug gibt, ist schwer zu bestimmen. Ich meinesteils glaube nicht, dass einer besser als der andre, und ich bin der Meinung, dass jeder von ihnen als Minister immer dasselbe tun wird, was auch unter denselben Umständen der andere täte. Der wahre Minister, dessen Gedanke überall zur Tat wird, der sowohl gouverniert als regiert, ist der König, Ludwig Philipp, und die erwähnten drei Staatsmänner unterscheiden sich nur in der Art und Weise, wie sie sich mit der Vorherrschaft des königlichen Gedankens abfinden. – Herr Thiers' sträubt sich im Anfang sehr barsch, macht die redseligste Opposition, trompetet und trommelt und tut doch am Ende, was der König wollte. Nicht bloß seine revolutionären Gefühle, sondern auch seine staatsmännischen Überzeugungen sind im beständigen Widerspruch mit dem königlichen System: er fühlt und weiß, dass dieses System auf die Länge scheitern muss, und ich könnte die erstaunlichsten Äußerungen Thiers über die Unhaltbarkeit der jetzigen Zustände mitteilen. Er kennt zu gut seine Franzosen und zu gut die Geschichte der französischen Revolution, um sich dem Quietismus der siegreichen Bourgeoispartei ganz hingeben zu können und an den Maulkorb zu glauben, den er selbst dem tausendköpfigen Ungeheuer angelegt hat; sein feines Ohr hört das innerliche Knurren, er hat sogar Furcht, einst von dem entzügelten Ungetüm zerrissen zu werden – und dennoch tut er, was der König will.

Mit Herrn Guizot ist es ganz anders. Für ihn ist der Sieg der Bourgeoisiepartei eine vollendete Tatsache, un fait accompli, und er ist mit all seinen Fähigkeiten in den Dienst dieser neuen Macht getreten, deren Herrschaft er durch alle Künste des historischen und philosophischen Scharfsinns als vernünftig, und folglich auch als berechtigt, zu stützen weiß. Das ist eben das Wesen eines Doktrinärs, dass er für alles, was er tun will, eine Doktrin findet. Er steht vielleicht mit seinen geheimsten Überzeugungen über dieser Doktrin, vielleicht auch drunter, was weiß ich? Er ist zu geistesbegabt und vielseitig wissend, als dass er nicht im Grunde ein Skeptiker wäre, und eine solche Skepsis verträgt sich mit dem Dienst, den er dem System widmet, dem er sich einmal ergeben hat. Jetzt ist er der treue Diener der Bourgeoisieherrschaft, und hart wie ein Herzog von Alba wird er sie mit unerbittlicher Konsequenz bis zum letzten Moment verteidigen. Bei ihm ist kein Schwanken, kein Zagen, er weiß, was er will, und was er will, tut er. Fällt er im Kampf, so wird ihn auch dieser Sturz nicht erschüttern, und er wird bloß die Achseln zucken. War doch das, wofür er kämpfte, ihm im Grunde gleichgültig. Siegt etwa einst die republikanische Partei, oder gar die der Kommunisten, so rate ich diesen braven Leuten, den Guizot zum Minister zu nehmen, seine Intelligenz und seine Halsstarrigkeit auszubeuten, und sie werden besser dabei stehen, als wenn sie ihren erprobtesten Dummköpfen der Bürgertugend das Gouvernement in Händen geben. Ich möchte einen ähnlichen Rat den Henriquinquisten [Parteigänger von Henri d'Artois, 1820-1883, französischer König de jure unter dem Namen Henri V.] erteilen, für den unmöglichen Fall, dass sie einst wieder durch ein Nationalunglück, durch ein Strafgericht Gottes, in Besitz der offiziellen Gewalt gerieten; nehmt den Guizot zum Minister, und ihr werdet euch dreimal vierundzwanzig Stunden länger halten können, und ich fürchte Herrn Guizot nicht unrecht zu tun, wenn ich die Meinung ausspreche, dass er so tief herabsteigen könnte, um eure schlechte Sache durch seine Beredsamkeit und seine gouvernementalen Talente zu unterstützen. Seid ihr ihm doch ebenso gleichgültig wie die Spießbürger, für die er jetzt so großen Geistesaufwand macht in Wort und Tat, und wie das System des Königs, dem er mit stoischem Gleichmut dient.

Herr Molé unterscheidet sich von diesen beiden dadurch dass er erstens der eigentliche Staatsmann ist, dessen Persönlichkeit schon den Patrizier verrät, dem das Talent der Staatslenkung angeboren oder durch Familientraditionen anerzogen worden. Bei ihm ist keine Spur vom plebejischen Emporkömmling, wie bei Herrn Thiers, und noch weniger hat er die Ecken eines Schulmanns, wie Herr Guizot, und bei der Aristokratie der fremden Höfe mag er durch eine solche äußere Repräsentation und diplomatische Leichtigkeit die Genialität ersetzen, welche wir bei Herrn Thiers und Guizot finden. Er hat kein anderes System als das des Königs, ist auch zu sehr Hofmann, um ein andres haben zu wollen, und das weiß der König, und er ist der Minister nach dem Herzen Ludwig Philipps. Ihr werdet sehen, jedes Mal, wenn man ihm die Wahl lassen wird, Herrn Guizot oder Herrn Thiers zum Premierminister zu nehmen, wird Ludwig Philipp immer wehmütig antworten: »Lasst mich Molé nehmen.« Molé, das ist er selber, und da doch einmal geschieht, was er will, so wäre es gar kein Unglück, wenn Molé wieder Minister würde. – Aber ein Glück wäre es auch nicht, denn das königliche System würde nach wie vor in Wirksamkeit bleiben, und wie sehr wir die edle Absicht des Königs hochschätzen, wie sehr wir ihm den besten Willen für das Glück Frankreichs zutrauen, so müssen wir doch bekennen, dass die Mittel zur Ausführung nicht die richtigen sind, dass das ganze System keinen Schuss Pulver taugt, wenn es nicht gar einst durch einen Schuss Pulver in die Luft springt. Ludwig Philipp will Frankreich regieren durch die Kammer, und er glaubt alles gewonnen zu haben, wenn er durch Begünstigung ihrer Glieder bei allen Regierungsvorschlägen die parlamentarische Majorität gewonnen. Aber sein Irrtum besteht darin, dass er Frankreich durch die Kammer repräsentiert glaubt. Dieses aber ist nicht der Fall, und er verkennt ganz die Interessen eines Volks, welche von denen der Kammer sehr verschieden sind und von letzterer nicht sonderlich beachtet werden. Steigt seine Unpopularität bis zu einem bedenklichen Punkt, so wird ihn schwerlich die Kammer retten können, und es ist noch die Frage, ob jene begünstigte Bourgeoisie, für die er so viel tut, ihm im gefährlichen Augenblick mit Enthusiasmus zu Hilfe eilen wird.

»Unser Unglück ist«, sagte mir jüngst ein Habitué [ständiger Besucher, Stammgast] der Tuilerien, »dass unsere Gegner, indem sie uns schwächer glauben, als wir sind, uns nicht fürchten und dass unsre Freunde, die zuweilen schmollen, uns eine größere Stärke zumuten, als wir in der Wirklichkeit besitzen.«

LV

Paris, 20. März 1843

Die Langeweile, welche die klassische Tragödie der Franzosen ausdünstet, hat niemand besser begriffen als jene gute Bürgersfrau unter Ludwig XV., die zu ihren Kindern sagte: »Beneidet nicht den Adel und verzeiht ihm seinen Hochmut, er muss ja doch als Strafe des Himmels jeden Abend im Théâtre Français sich zu Tode langweilen.« Das alte Regime hat aufgehört, und das Zepter ist in die Hände der Bourgeoisie geraten; aber diese neuen Herrscher müssen ebenfalls sehr viele Sünden abzubüßen haben, und der Unmut der Götter trifft sie noch unleidlicher als ihre Vorgänger im Reiche: denn nicht bloß, dass ihnen Mademoiselle Rachel die moderige Hefe des antiken Schlaftrunks jeden Abend kredenzt, müssen sie jetzt sogar den Abhub unsrer romantischen Küche, versifiziertes Sauerkraut, »Die Burggrafen« von Victor Hugo, verschlucken! Ich will kein Wort verlieren über den Wert dieses unverdaulichen Machwerks, das mit allen möglichen Prätentionen auftritt, namentlich mit historischen, obgleich alles Wissen Victor Hugos über Zeit und Ort, wo sein Stück spielt, lediglich aus der französischen Übersetzung von Schreibers »Handbuch für Rheinreisende« geschöpft ist. Hat der Mann, der vor einem Jahr in öffentlicher Akademie zu sagen wagte, dass es mit dem deutschen Genius ein Ende habe (la pensée allemande est rentrée dans l'ombre), hat dieser größte Adler der Dichtkunst diesmal wirklich die Zeitgenossenschaft so allmächtig überflügelt? Wahrlich keineswegs. Sein Werk zeugt weder von poetischer Fülle noch Harmonie, weder von Begeisterung noch Geistesfreiheit, es enthält keinen Funken Genialität, sondern nichts als gespreizte Unnatur und bunte Deklamation. Eckige Holzfiguren, überladen mit geschmacklosem Flitterstaat, bewegt durch sichtbare Drähte, ein unheimliches Puppenspiel, eine krasse, krampfhafte Nachäffung des Lebens; durch und durch erlogene Leidenschaft. Nichts ist mir fataler als diese Hugosche Leidenschaft, die sich so glühend gebärdet, äußerlich so prächtig auflodert und doch inwendig so armselig nüchtern und frostig ist. Diese kalte Passion, die uns in so flammenden Redensarten aufgetischt wird, erinnert mich immer an das gebratene Eis, das die Chinesen so künstlich zu bereiten wissen, indem sie kleine Stückchen Gefrorenes, eingewickelt in einen dünnen Teig, einige Minuten übers Feuer halten: ein antithetischer Leckerbissen, den man schnell verschlucken muss und wobei man Lippe und Zunge verbrennt, den Magen aber erkältet. – Aber die herrschende Bourgeoisie muss ihrer Sünden wegen nicht bloß alte klassische Tragödien und Trilogien, die nicht klassisch sind, ausstehen, sondern die himmlischen Mächte haben ihr einen noch schauderhafteren Kunstgenuss beschert, nämlich jenes Pianoforte, dem man jetzt nirgends mehr ausweichen kann, das man in allen Häusern erklingen hört, in jeder Gesellschaft, Tag und Nacht. Ja, Pianoforte heißt das Marterinstrument, womit die jetzige vornehme Gesellschaft noch ganz besonders torquiert und gezüchtigt wird für alle ihre Usurpationen. Wenn nur nicht der Unschuldige mit leiden müsste! Diese ewige Klavierspielerei ist nicht mehr zu ertragen! (Ach! meine Wandnachbarinnen, junge Töchter Albions, spielen in diesem Augenblick ein brillantes Morceau für zwei linke Hände.) Diese grellen Klimpertöne ohne natürliches Verhallen, diese herzlosen Schwirrklänge, dieses erzprosaische Schollern und Pickern, dieses Fortepiano tötet all unser Denken und Fühlen, und wir werden dumm, abgestumpft, blödsinnig. Dieses Überhandnehmen des Klavierspielens und gar die Triumphzüge der Klaviervirtuosen sind charakteristisch für unsere Zeit und zeugen ganz eigentlich von dem Sieg des Maschinenwesens über den Geist. Die technische Fertigkeit, die Präzision eines Automaten, das Identifizieren mit dem besaiteten Holz, die tönende Instrumentwerdung des Menschen wird jetzt als das Höchste gepriesen und gefeiert. Wie Heuschreckenscharen kommen die Klaviervirtuosen jeden Winter nach Paris, weniger, um Geld zu erwerben, als vielmehr, um sich hier einen Namen zu machen, der ihnen in anderen Ländern desto reichlicher eine pekuniäre Ernte verschafft. Paris dient ihnen als eine Art Annoncenpfahl, wo ihr Ruhm in kolossalen Lettern zu lesen. Ich sage, ihr Ruhm ist hier zu lesen, denn es ist die Pariser Presse, welche ihn der gläubigen Welt verkündet, und jene Virtuosen verstehen sich mit der größten Virtuosität auf die Ausbeutung der Journale und der Journalisten. Sie wissen auch dem Harthörigsten schon beizukommen, denn Menschen sind immer Menschen, sind empfänglich für Schmeichelei, spielen auch gern eine Protektorrolle, und eine Hand wäscht die andere; die unreinere ist aber selten die des Journalisten, und selbst der feile Lobhudler ist zugleich ein betrogener Tropf, den man zur Hälfte mit Liebkosungen bezahlt. Man spricht von der Käuflichkeit der Presse; man irrt sich sehr. Im Gegenteil, die Presse ist gewöhnlich düpiert, und dies gilt ganz besonders in Beziehung auf die berühmten Virtuosen. Berühmt sind sie eigentlich alle, nämlich in den Reklamen, die sie höchstselbst oder durch einen Bruder oder durch ihre Frau Mutter zum Druck befördern. Es ist kaum glaublich, wie demütig sie in den Zeitungsbureaux um die geringste Lobspende betteln, wie sie sich krümmen und winden. Als ich noch bei dem Direktor der »Gazette musicale« in großer Gunst stand – (ach! ich habe sie durch jugendlichen Leichtsinn verscherzt) –, konnte ich so recht mit eignen Augen ansehen, wie ihm jene Berühmten untertänig zu Füßen lagen und vor ihm krochen und wedelten, um in seinem Journal ein bisschen gelobt zu werden; und von unsern hochgefeierten Virtuosen, die wie siegreiche Fürsten in allen Hauptstädten Europas sich huldigen lassen, könnte man wohl in Bérangers Weise sagen, dass auf ihren Lorbeerkronen noch der Staub von Moritz Schlesingers Stiefeln sichtbar ist. Wie diese Leute auf unsre Leichtgläubigkeit spekulieren, davon hat man keinen Begriff, wenn man nicht hier an Ort und Stelle die Betriebsamkeit ansieht. In den Bureaus der erwähnten musikalischen Zeitung begegnete ich einmal einem zerlumpten alten Mann, der sich als den Vater eines berühmten Virtuosen ankündigte und die Redaktoren des Journals bat, eine Reklame abzudrucken, worin einige edle Züge aus dem Kunstleben seines Sohnes zur Kenntnis des Publikums gebracht wurden. Der Berühmte hatte nämlich irgendwo in Südfrankreich mit kolossalem Beifall ein Konzert gegeben und mit dem Ertrag eine den Einsturz drohende altgotische Kirche unterstützt; ein andermal hatte er für eine überschwemmte Witwe gespielt oder auch für einen siebzigjährigen Schulmeister, der seine einzige Kuh verloren, usw. Im längeren Gespräch mit dem Vater jenes Wohltäters der Menschheit gestand der Alte ganz naiv, dass sein Herr Sohn freilich nicht so viel für ihn tue, wie er wohl vermöchte, und dass er ihn manchmal sogar ein klein bisschen darben lasse. Ich möchte dem Berühmten anraten, auch einmal für die baufälligen Hosen seines alten Vaters ein Konzert zu geben.

Wenn man diese misère angesehen, kann man wahrlich den schwedischen Studenten nicht mehr grollen, die sich etwas allzu stark gegen den Unfug der Virtuosenvergötterung ausgesprochen und dem berühmten Ole Bull bei seiner Ankunft in Upsala die bekannte Ovation bereiteten. Der Gefeierte glaubte schon, man würde ihm die Pferde ausspannen, machte sich schon gefasst auf Fackelzug und Blumenkränze, als er eine ganz unerwartete Tracht Ehrenprügel bekam, eine wahrhaft nordische Surprise.

Die Matadoren der diesjährigen Saison waren die Herren Sivori und Dreyschock. Ersterer ist ein Geiger, und schon als solchen stelle ich ihn über letztern, den furchtbaren Klavierschläger. Bei den Violinisten ist überhaupt die Virtuosität nicht ganz und gar Resultat mechanischer Fingerfertigkeit und bloßer Technik, wie bei den Pianisten. Die Violine ist ein Instrument, welches fast menschliche Launen hat und mit der Stimmung des Spielers sozusagen in einem sympathetischen Rapport steht: das geringste Missbehagen, die leiseste Gemütserschütterung, ein Gefühlshauch findet hier einen unmittelbaren Widerhall, und das kommt wohl daher, weil die Violine, so ganz nahe an unsere Brust gedrückt, auch unser Herzklopfen vernimmt. Dies ist jedoch nur bei Künstlern der Fall, die wirklich ein Herz in der Brust tragen, welches klopft, die überhaupt eine Seele haben. Je nüchterner und herzloser der Violinspieler, desto gleichförmiger wird immer seine Exekution sein, und er kann auf den Gehorsam seiner Fiedel rechnen, zu jeder Stunde, an jedem Orte. Aber diese gepriesene Sicherheit ist doch nur das Ergebnis einer geistigen Beschränktheit, und eben die größten Meister waren es, deren Spiel nicht selten abhängig gewesen von äußeren und inneren Einflüssen. Ich habe niemand besser, aber auch zuzeiten niemand schlechter spielen gehört als Paganini, und dasselbe kann ich von Ernst rühmen. Dieser letztere, Ernst, vielleicht der größte Violinspieler unserer Tage, gleicht dem Paganini auch in seinen Gebrechen, wie in seiner Genialität. Ernsts Abwesenheit ward hier diesen Winter sehr bedauert. Signor Sivori war ein sehr matter Ersatz, doch wir haben ihn mit großem Vergnügen gehört. Da er in Genua geboren ist und vielleicht als Kind in den engen Straßen seiner Vaterstadt, wo man sich nicht ausweichen kann, dem Paganini zuweilen begegnete, hat man ihn hier für einen Schüler desselben proklamiert. Nein, Paganini hatte nie einen Schüler, konnte keinen haben, denn das Beste, was er wusste, das, was das Höchste in der Kunst ist, das lässt sich weder lehren noch lernen.

Was ist in der Kunst das Höchste? Das, was auch in allen andern Manifestationen des Lebens das Höchste ist: die selbstbewusste Freiheit des Geistes. Nicht bloß ein Musikstück, das in der Fülle jenes Selbstbewusstseins komponiert worden, sondern auch der bloße Vortrag desselben kann als das künstlerisch Höchste betrachtet werden, wenn uns daraus jener wundersame Unendlichkeitshauch anweht, der unmittelbar bekundet, dass der Exekutant mit dem Komponisten auf derselben freien Geisteshöhe steht, dass er ebenfalls ein Freier ist. Ja, dieses Selbstbewusstsein der Freiheit in der Kunst offenbart sich ganz besonders durch die Behandlung, durch die Form, in keinem Falle durch den Stoff, und wir können im Gegenteil behaupten, dass die Künstler, welche die Freiheit selbst und die Befreiung zu ihrem Stoffe gewählt, gewöhnlich von beschränktem, gefesseltem Geiste, wirklich Unfreie sind. Diese Bemerkung bewährt sich heutigentags ganz besonders in der deutschen Dichtkunst, wo wir mit Schrecken sehen, dass die zügellos trotzigsten Freiheitssänger, bei Licht betrachtet, meist nur bornierte Naturen sind, Philister, deren Zopf unter der roten Mütze hervorlauscht, Eintagsfliegen, von denen Goethe sagen würde:

Matte Fliegen! Wie sie rasen!
Wie sie sumsend überkeck

Ihren kleinen Fliegendreck
Träufeln auf Tyrannennasen!

Die wahrhaft großen Dichter haben immer die großen Interessen ihrer Zeit anders aufgefasst als in gereimten Zeitungsartikeln, und sie haben sich wenig darum bekümmert, wenn die knechtische Menge, deren Rohheit sie anwidert, ihnen den Vorwurf des Aristokratismus machte.

LVI

Paris, 26. März 1843

Als die merkwürdigsten Erscheinungen der heurigen Saison habe ich die Herren Sivori und Dreyschock genannt. Letzterer hat den größten Beifall geerntet, und ich referiere getreulich, dass ihn die öffentliche Meinung für einen der größten Klaviervirtuosen proklamiert und den gefeiertsten derselben gleichgestellt hat. Er macht einen höllischen Spektakel. Man glaubt nicht einen Pianisten Dreyschock, sondern drei Schock Pianisten zu hören. Da an dem Abend seines Konzertes der Wind südwestlich war, so konnten Sie vielleicht in Augsburg die gewaltigen Klänge vernehmen; in solcher Entfernung ist ihre Wirkung gewiss eine angenehme. Hier jedoch, im Departement de la Seine, berstet uns leicht das Trommelfell, wenn dieser Klavierschläger loswettert. Häng dich, Franz Liszt, du bist ein gewöhnlicher Windgötze in Vergleichung mit diesem Donnergott, der wie Birkenreiser die Stürme zusammenbindet und damit das Meer stäupt. Die ältern Pianisten treten immer mehr in den Schatten, und diese armen, abgelebten Invaliden des Ruhmes müssen jetzt hart dafür leiden, dass sie in ihrer Jugend überschätzt worden. Nur Kalkbrenner hält sich noch ein bisschen. Er ist diesen Winter wieder öffentlich aufgetreten, in dem Konzert einer Schülerin; auf seinen Lippen glänzt noch immer jenes einbalsamierte Lächeln, welches wir jüngst auch bei einem ägyptischen Pharaonen bemerkt haben, als dessen Mumie in dem hiesigen Museum abgewickelt wurde. Nach einer mehr als fünfundzwanzigjährigen Abwesenheit hat Herr Kalkbrenner auch jüngst den Schauplatz seiner frühesten Erfolge, nämlich London, wieder besucht und dort den größten Beifall eingeerntet. Das Beste ist, dass er mit heilem Halse hierher zurückgekehrt und wir jetzt wohl nicht mehr an die geheime Sage glauben dürfen, als habe Herr Kalkbrenner England so lange gemieden wegen der dortigen ungesunden Gesetzgebung, die das galante Vergehen der Bigamie mit dem Strang bestrafe. Wir können daher annehmen, dass jene Sage ein Märchen war, denn es ist eine Tatsache, dass Herr Kalkbrenner zurückgekehrt ist zu seinen hiesigen Verehrern, zu den schönen Fortepianos, die er in Kompanie mit Herrn Pleyel fabriziert, zu seinen Schülerinnen, die sich alle zu seinen Meisterinnen im französischen Sinn des Wortes ausbilden, zu seiner Gemäldesammlung, welche, wie er behauptet, kein Fürst bezahlen könne, zu seinem hoffnungsvollen Sohne, welcher in der Bescheidenheit bereits seinen Vater übertrifft, und zu der braven Fischhändlerin, die ihm den famosen Turbot [Steinbutt] überließ, den der Oberkoch des Fürsten von Bénévent, Talleyrand-Périgord, ehemaliger Bischof von Autun, für seinen Herrn bereits bestellt hatte. – Die Poissarde [das Marktweib] sträubte sich lange, dem berühmten Pianisten, der inkognito auf den Fischmarkt gegangen war, den besagten Turbot zu überlassen, doch als ersterer seine Karte hervorzog, sie auf den letzteren niederlegte und die arme Frau den Namen Kalkbrenner las, befahl sie auf der Stelle, den Fisch nach seiner Wohnung zu bringen, und sie war lange nicht zu bewegen, irgendeine Zahlung anzunehmen, hinlänglich bezahlt, wie sie sei, durch die große Ehre. Deutsche Stockfische ärgern sich über eine solche Fischgeschichte, weil sie selbst nicht imstande sind, ihr Selbstbewusstsein in solcher brillanten Weise geltend zu machen, und weil sie Herrn Kalkbrenner überdies beneiden ob seinem eleganten äußern Auftreten, ob seinem feinen geschniegelten Wesen, ob seiner Glätte und Süßlichkeit, ob der ganzen marzipanenen Erscheinung, die jedoch für den ruhigen Beobachter durch manche unwillkürliche Berlinismen der niedrigsten Klasse einen etwas schäbigen Beisatz hat, so dass Koreff ebenso witzig als richtig von dem Manne sagen konnte: »Er sieht aus wie ein Bonbon, der in den Dreck gefallen.«

Ein Zeitgenosse des Herrn Kalkbrenner ist Herr Pixis, und obgleich er von untergeordneterem Range, wollen wir doch hier als Kuriosität seiner erwähnen. Aber ist Herr Pixis wirklich noch am Leben? Er selber behauptet es und beruft sich dabei auf das Zeugnis des Herrn Sina, des berühmten Badegastes von Boulogne, den man nicht mit dem Berg Sinai verwechseln darf. Wir wollen diesem braven Wellenbändiger Glauben schenken, obgleich manche böse Zungen sogar versichern, Herr Pixis habe nie existiert. Nein, letzterer ist ein Mensch, der wirklich lebt; ich sage Mensch, obgleich ein Zoologe ihm einen geschwänzteren Namen erteilen würde. Herr Pixis kam nach Paris schon zur Zeit der Invasion, in dem Augenblick, wo der Belvederische Apoll den Römern wieder ausgeliefert wurde und Paris verlassen musste. Die Akquisition des Herrn Pixis sollte den Franzosen einigen Ersatz bieten. Er spielte Klavier, komponierte auch sehr niedlich, und seine musikalischen Stückchen wurden ganz besonders geschätzt von den Vogelhändlern, welche Kanarienvögel auf Drehorgeln zum Gesange abrichten. Diesen gelben Dingern brauchte man eine Komposition des Herrn Pixis nur einmal vorzuleiern, und sie begriffen sie auf der Stelle und zwitscherten sie nach, dass es eine Freude war und jedermann applaudierte: »Pixissime!« Seitdem die älteren Bourbonen vom Schauplatz abgetreten, wird nicht mehr »Pixissime« gerufen; die neuen Sangvögel verlangen neue Melodien. Durch seine äußere Erscheinung, die physische, macht sich Herr Pixis noch einigermaßen geltend; er hat nämlich die größte Nase in der musikalischen Welt, und um diese Spezialität recht auffallend bemerkbar zu machen, zeigt er sich oft in Gesellschaft eines Romanzenkomponisten, der gar keine Nase hat und deswegen jüngst den Orden der Ehrenlegion erhalten hat, denn gewiss nicht seiner Musik wegen ist Herr Panseron solchermaßen dekoriert worden. Man sagt, dass derselbe auch zum Direktor der Großen Oper ernannt werden solle, weil er nämlich der einzige Mensch sei, von dem nicht zu befürchten stehe, dass ihn der Maestro Giacomo Meyerbeer an der Nase herumziehen werde.

Herr Herz gehört wie Kalkbrenner und Pixis zu den Mumien; er glänzt nur noch durch seinen schönen Konzertsaal, er ist längst tot und hat kürzlich auch geheiratet. Zu den hier ansässigen Klavierspielern, die jetzt am meisten Glück machen, gehören Halle [Karl Halle/Charles Hallé] und Edouard Wolff; doch nur von letzterem wollen wir besonders Notiz nehmen, da er sich zugleich als Komponist auszeichnet. Edouard Wolff ist fruchtbar und voller Verve. Stephen Heller ist mehr Komponist als Virtuose, obgleich er auch wegen seines Klavierspiels sehr geehrt wird. Seine musikalischen Erzeugnisse tragen alle den Stempel eines ausgezeichneten Talentes, und er gehört schon jetzt zu den großen Meistern. Er ist ein wahrer Künstler, ohne Affektation, ohne Übertreibung; romantischer Sinn in klassischer Form. Thalberg ist schon seit zwei Monaten in Paris, will aber selbst kein Konzert geben; nur im Konzert eines seiner Freunde wird er diese Woche öffentlich spielen. Dieser Künstler unterscheidet sich vorteilhaft von seinen Klavierkollegen, ich möchte fast sagen durch sein musikalisches Betragen. Wie im Leben, so auch in seiner Kunst bekundet Thalberg den angebornen Takt, sein Vortrag ist so gentlemanlike, so wohlhabend, so anständig, so ganz ohne Grimasse, so ganz ohne forciertes Genialtun, so ganz ohne jene renommierende Bengelei, welche die innere Verzagnis schlecht verhehlt. Die gesunden Weiber lieben ihn. Die kränklichen Frauen sind ihm nicht minder hold, obgleich er nicht durch epileptische Anfälle auf dem Klavier ihr Mitleid in Anspruch nimmt, obgleich er nicht auf ihre überreizt zarten Nerven spekuliert, obgleich er sie weder elektrisiert noch galvanisiert; negative, aber schöne Eigenschaften. Es gibt nur einen, den ich ihm vorzöge, das ist Chopin, der aber viel mehr Komponist als Virtuose ist. Bei Chopin vergesse ich ganz die Meisterschaft des Klavierspiels und versinke in die süßen Abgründe seiner Musik, in die schmerzliche Lieblichkeit seiner ebenso tiefen wie zarten Schöpfungen. Chopin ist der große geniale Tondichter, den man eigentlich nur in Gesellschaft von Mozart oder Beethoven oder Rossini nennen sollte.

In den sogenannten lyrischen Theatern hat es diesen Winter nicht an Novitäten gefehlt. Die Buffos gaben uns »Don Pasquale«, ein neues Opus von Signor Donizetti. Auch diesem Italiener fehlt es nicht an Erfolg, sein Talent ist groß, aber noch größer ist seine Fruchtbarkeit, worin er nur den Kaninchen nachsteht. In der Opéra comique sahen wir »La part du diable«, Text von Scribe, Musik von Auber; Dichter und Komponist passen hier gut zusammen, sie sind sich auffallend ähnlich in ihren Vorzügen wie in ihren Mängeln. Beide haben viel Esprit, viel Grazie, viel Erfindung, sogar Leidenschaft; dem einen fehlt nur die Poesie, wie dem anderen nur die Musik fehlt. Das Werk findet sein Publikum und macht immer ein volles Haus.

In der Académie royale de musique, der Großen Oper, gab man dieser Tage »Karl VI.«, Text von Casimir Delavigne, Musik von Halévy. Auch hier bemerken wir zwischen dem Dichter und Komponisten eine wahlverwandte Ähnlichkeit. Sie haben beide durch gewissenhaftes edles Streben ihre natürliche Begabnis zu steigern gewusst und mehr durch die äußere Zucht der Schule als durch innere Ursprünglichkeit sich herangebildet. Deshalb sind sie auch beide nie ganz dem Schlechten verfallen, wie es dem Originalgenie zuweilen begegnet; sie leisteten immer etwas Erquickliches, etwas Schönes, etwas Respektables, Akademisches, Klassisches. Beide sind dabei gleich edle Naturen, würdige Gestalten, und in einer Zeit, wo das Gold sich geizig versteckt, wollen wir an dem kursierenden Silber nicht geringschätzend mäkeln. »Der Fliegende Holländer« von Dietz ist seitdem traurig gescheitert; ich habe diese Oper nicht gehört, nur das Libretto kam mir zu Gesicht, und mit Widerwillen sah ich, wie die schöne Fabel, die ein bekannter deutscher Schriftsteller (H. Heine) fast ganz mundgerecht für die Bühne ersonnen, in dem französischen Text verhunzt worden.

Als gewissenhafter Berichterstatter muss ich erwähnen, dass unter den deutschen Landsleuten, die hier anwesend, sich auch der vortreffliche Meister Konradin Kreutzer befindet. Konradin Kreutzer ist hier zu bedeutendem Ansehn gelangt durch das »Nachtlager von Granada«, das die deutsche Truppe, verhungerten Andenkens, gegeben hat. Mir ist der verehrte Meister schon seit meinen frühesten Jugendtagen bekannt, wo mich seine Liederkompositionen entzückten; noch heute tönen sie mir im Gemüt, wie singende Wälder mit schluchzenden Nachtigallen und blühender Frühlingslust. Herr Kreutzer sagt mir, dass er für die Opéra comique ein Libretto in Musik setzen wird. Möge es ihm gelingen, auf diesem gefährlichen Pfad nicht zu strauchen und von den abgefeimten Roués der Pariser Komödiantenwelt nicht hinters Licht geführt zu werden, wie so manchen Deutschen vor ihm geschehen, die sogar den Vorzug hatten, weniger Talent als Herr Kreutzer zu besitzen, und jedenfalls leichtfüßiger als letzterer auf dem glatten Boden von Paris sich zu bewegen wussten. Welche traurigen Erfahrungen musste Herr Richard Wagner machen, der endlich, der Sprache der Vernunft und des Magens gehorchend, das gefährliche Projekt, auf der französischen Bühne Fuß zu fassen, klüglich aufgab und nach dem deutschen Kartoffelland zurückflatterte. Vorteilhafter ausgerüstet im materiellen und industrieusen [geschickten; gewandten] Sinne ist der alte Dessauer, welcher, wie er behauptet, im Auftrag der Opéra-comique-Direktion eine Oper komponiert. Den Text liefert ihm Herr Scribe, dem vorher ein hiesiges Bankierhaus Bürgschaft leistet, dass bei etwaigem Durchfall des alten Dessauer ihm, dem berühmten Librettofabrikanten, eine namhafte Summe als Abtrittsgeld oder Dedit [Abstandsgeld, Konventionalstrafe, Reugeld] ausbezahlt werde. Er hat in der Tat recht, sich vorzusehen, da der alte Dessauer, wie er uns täglich vorwimmert, an der Melancholik leidet. Aber wer ist der alte Dessauer? Es kann doch nicht der Alte Dessauer sein, der im Siebenjährigen Kriege so viele Lorbeern gewonnen und dessen Marsch so berühmt geworden und dessen Statue im Berliner Schlossgarten stand und seitdem umgefallen ist? Nein, teurer Leser! Der Dessauer, von welchem wir reden, hat nie Lorbeern gewonnen, er schrieb auch keine berühmten Märsche, und es ist ihm auch keine Statue gesetzt worden, welche umgefallen. Er ist nicht der preußische Alte Dessauer, und dieser Name ist nur ein nom de guerre oder vielleicht ein Spitzname, den man ihm erteilt hat, ob seinem ältlichen katzenbucklicht gekrümmten und benauten [angstvollen, bänglichen, besorgten, beklommenen] Aussehen. Er ist ein alter Jüngling, der sich schlecht konserviert. Er ist nicht aus Dessau, im Gegenteil, er ist aus Prag, wo er im israelitischen Quartier zwei große reinliche Häuser besitzt; auch in Wien soll er ein Haus besitzen und sonstig sehr vermögend sein. Er hat also nicht nötig zu komponieren, wie die alte Mosson sagen würde. Aber aus Vorliebe für die Kunst vernachlässigte er seine Handlungsgeschäfte, trieb Musik und komponierte frühzeitig eine Oper, welche durch edle Beharrlichkeit zur Aufführung gelangte und anderthalb Vorstellungen erlebte. So wie in Prag, suchte der alte Dessauer auch in Wien seine Talente geltend zu machen, doch die Clique, welche für Mozart, Beethoven und Schubert schwärmt, ließ ihn nicht aufkommen; man verstand ihn nicht, was schon wegen seiner kauderwelschen Mundart und einer gewissen näselnden Aussprache des Deutschen, die an faule Eier erinnert, sehr erklärlich. Vielleicht auch verstand man ihn, und eben deswegen wollte man nichts von ihm wissen. Dabei litt er an Hämorrhoiden, auch Harnbeschwerden, und er bekam, wie er sich ausdrückt, die Melancholik. Um sich zu erheitern, ging er nach Paris, und hier gewann er die Gunst des berühmten Herrn Moritz Schlesinger, der seine Liederkompositionen in Verlag nahm; als Honorar erhielt er von demselben eine goldene Uhr. Als der alte Dessauer sich nach einiger Zeit zu seinem Gönner begab und ihm anzeigte, dass die Uhr nicht gehe, erwiderte derselbe: »Gehen? Habe ich gesagt, dass sie gehen wird? Gehen Ihre Kompositionen? Es geht mir mit Ihren Kompositionen, wie es Ihnen mit meiner Uhr geht. Sie gehen nicht.« So sprach der Musikantenbeherrscher Moritz Schlesinger, indem er den Kragen seiner Krawatte in die Höhe zupfte und am Hals herumhaspelte, als werde ihm die Binde plötzlich zu eng, wie er zu tun pflegt, wenn er in Leidenschaft gerät; denn gleich allen großen Männern ist er sehr leidenschaftlich. Dieses unheimliche Zupfen und Haspeln am Halse soll oft den bedenklichsten Ausbrüchen des Zornes vorausgehen, und der arme alte Dessauer wurde dadurch so alteriert, dass er an jenem Tag stärker als je die Melancholik bekam. Der edle Gönner tat ihm unrecht. Es ist nicht seine Schuld, dass die Liederkompositionen nicht gehen; er hat alles Mögliche getan, um sie zum Gehen zu bringen; er ist deswegen von Morgen bis Abend auf den Beinen gewesen, und er läuft jedem nach, der imstande wäre, durch irgendeine Zeitungsreklame seine Lieder zum Gehen zu bringen. Er ist eine Klette an dem Rocke jedes Journalisten und jammert uns beständig vor von seiner Melancholik, und wie ein Brosämchen des Lobes sein krankes Gemüt erheitern könne. Wenig begüterte Feuilletonisten, die an kleinen Journalen arbeiten, sucht er in einer andern Weise zu ködern, indem er ihnen z. B. erzählt, dass er jüngst dem Redakteur eines Blattes im Café de Paris ein Frühstück gegeben habe, welches ihm fünfundvierzig Francs und zehn Sous gekostet; er trägt auch wirklich die Rechnung, die carte payante, jenes Dejeuners beständig in der Hosentasche, um sie zur Beglaubigung vorzuzeigen. Ja, der zornige Schlesinger tut dem alten Dessauer unrecht, wenn er meint, dass derselbe nicht alle Mittel anwende, um die Kompositionen zum Gehen zu bringen. Nicht bloß die männlichen, sondern auch die weiblichen Gänsefedern sucht der Ärmste zu solchem Zweck in Bewegung zu setzen. Er hat sogar eine alte vaterländische Gans gefunden, die aus Mitleid einige Lobreklamen im sentimental flauesten Deutsch-Französisch für ihn geschrieben und gleichsam durch gedruckten Balsam seine Melancholik zu lindern gesucht hat. Wir müssen die brave Person um so mehr rühmen, da nur reine Menschenliebe, Philanthropie, im Spiele und der alte Dessauer schwerlich durch sein schönes Gesicht die Frauen zu bestechen vermöchte. Über dieses Gesicht sind die Meinungen verschieden; die einen sagen, es sei ein Vomitiv, die andern sagen, es sei ein Laxativ. Soviel ist gewiss, bei seinem Anblick beklemmt mich immer ein fatales Dilemma, und ich weiß alsdann nicht, für welche von beiden Ansichten ich mich entscheiden soll. Der alte Dessauer hat dem hiesigen Publikum zeigen wollen, dass sein Gesicht nicht, wie man sagte, das fatalste von der Welt sei. Er hat in dieser Absicht einen jüngern Bruder express von Prag hierherkommen lassen, und dieser schöne Jüngling, der wie ein Adonis des Grindes aussieht, begleitet ihn jetzt überall in Paris. – – Entschuldige, teurer Leser, wenn ich dich von solchen Schmeißfliegen unterhalte; aber ihr zudringliches Gesumse kann den Geduldigsten am Ende dahin bringen, dass er zur Fliegenklatsche greift. Und dann auch wollte ich hier zeigen, welche Mistkäfer von unsern biedern Musikverlegern als deutsche Nachtigallen, als Nachfolger, ja als Nebenbuhler von Schubert gepriesen werden. Die Popularität Schuberts ist sehr groß in Paris, und sein Name wird in der unverschämtesten Weise ausgebeutet. Der miserabelste Liederschund erscheint hier unter dem fingierten Namen Camille Schubert, und die Franzosen, die gewiss nicht wissen, dass der Vorname des echten Musikers Franz ist, lassen sich solchermaßen täuschen. Armer Schubert! Und welche Texte werden seiner Musik untergeschoben! Es sind namentlich die von Schubert komponierten Lieder von Heinrich Heine, welche hier am beliebtesten sind, aber die Texte sind so entsetzlich übersetzt, dass der Dichter herzlich froh war, als er erfuhr, wie wenig die Musikverleger sich ein Gewissen daraus machen, den wahren Autor verschweigend, den Namen eines obskuren französischen Paroliers auf das Titelblatt jener Lieder zu setzen. Es geschah vielleicht auch aus Pfiffigkeit, um nicht an droits d'auteur zu erinnern. Hier in Frankreich gestatten diese dem Dichter eines komponierten Liedes immer die Hälfte des Honorars. Wäre diese Mode in Deutschland eingeführt, so würde ein Dichter, dessen »Buch der Lieder« seit zwanzig Jahren von allen deutschen Musikhändlern ausgebeutet wird, wenigstens von diesen Leuten einmal ein Wort des Dankes erhalten haben. – – – Es ist ihm aber von den vielen hundert Kompositionen seiner Lieder, die in Deutschland erschienen, nicht ein einziges Freiexemplar geschickt worden! Möge auch einmal für Deutschland die Stunde schlagen, wo das geistige Eigentum des Schriftstellers ebenso ernsthaft anerkannt werde wie das baumwollene Eigentum des Nachtmützenfabrikanten. Dichter werden aber bei uns als Nachtigallen betrachtet, denen nur die Luft gehöre; sie sind rechtlos, wahrhaft vogelfrei!

Ich will diesen Artikel mit einer guten Handlung beschließen. Wie ich höre, soll sich Herr Schindler in Köln, wo er Musikdirektor ist, sehr darüber grämen, dass ich in einem meiner Saisonberichte sehr wegwerfend von seiner weißen Krawatte gesprochen und von ihm selbst behauptet habe, auf seiner Visitenkarte sei unter seinem Namen der Zusatz »ami de Beethoven« zu lesen gewesen. Letzteres stellt er in Abrede; was die Krawatte betrifft, so hat es damit ganz seine Richtigkeit, und ich habe nie ein fürchterlich weißeres und steiferes Ungeheuer gesehen; doch in Betreff der Karte muss ich aus Menschenliebe gestehen, dass ich selber daran zweifle, ob jene Worte wirklich darauf gestanden. Ich habe die Geschichte nicht erfunden, aber vielleicht mit zu großer Zuvorkommenheit geglaubt, wie es denn bei allem in der Welt mehr auf die Wahrscheinlichkeit als auf die Wahrheit selbst ankommt. Erstere beweist, dass man den Mann einer solchen Narrheit fähig hielt, und bietet uns das Maß seines wirklichen Wesens, während ein wahres Faktum an und für sich nur eine Zufälligkeit ohne charakteristische Bedeutung sein kann. Ich habe die erwähnte Karte nicht gesehen; dagegen sah ich dieser Tage mit leiblich eignen Augen die Visitenkarte eines schlechten italienischen Sängers, der unter seinem Namen die Worte »neveu de M. Rubini« hatte drucken lassen.

LVII

Paris, 5. Mai 1843

Die eigentliche Politik lebt jetzt zurückgezogen in ihrem Hôtel auf dem Boulevard des Capucines. Industrielle und artistische Fragen sind unterdessen an der Tagesordnung, und man streitet jetzt, ob das Zuckerrohr oder die Runkelrübe begünstigt werden solle, ob es besser sei, die Nordeisenbahn einer Kompanie zu überlassen oder sie ganz auf Kosten des Staates auszubauen, ob das klassische System in der Poesie durch den Sukzess von »Lucretia« wieder auf die Beine kommen werde; die Namen, die man in diesem Augenblick am häufigsten nennt, sind Rothschild und Ponsard.

Die Untersuchung über die Wahlen bildet ein kleines Intermezzo in der Kammer. Der voluminöse Bericht über diese betrübsame Angelegenheit enthält sehr wunderliche Details. Der Verfasser ist ein gewisser Lanyer, den ich vor zwölf Jahren als einen äußerst ungeschickten Arzt bei seinem einzigen Patienten antraf und der seitdem zum Besten der Menschheit den Äskulapstab an den Nagel gehängt hat. Sobald die enquête beseitigt, beginnen die Debatten über die Zuckerfrage, bei welcher Gelegenheit Herr von Lamartine die Interessen des Kolonialhandels und der französischen Marine gegen den kleinlichen Krämersinn vertreten wird. Die Gegner des Zuckerrohrs sind entweder beteiligte Industrielle, die das Heil Frankreichs nur vom Standpunkt ihrer Bude beurteilen, oder es sind alte abgelebte Bonapartisten, die an der Runkelrübe, der Lieblingsidee des Kaisers, mit einer gewissen Pietät festhalten. Diese Greise, die seit 1814 geistig stehengeblieben, bilden immer ein wehmütig komisches Seitenstück zu unsern überrheinischen alten Deutschtümlern, und wie diese einst für die deutsche Eiche und den Eichelkaffee, so schwärmen jene für die Gloire und den Runkelrübenzucker. Aber die Zeit rollt rasch vorwärts, unaufhaltsam, auf rauchenden Dampfwagen, und die abgenutzten Helden der Vergangenheit, die alten Stelzfüße abgeschlossener Nationalität, die Invaliden und Inkurabeln, werden wir bald aus den Augen verlieren.

Die Eröffnung der beiden neuen Eisenbahnen, wovon die eine nach Orléans, die andere nach Rouen führt, verursacht hier eine Erschütterung, die jeder mitempfindet, wenn er nicht etwa auf einem sozialen Isolierschemel steht. Die ganze Bevölkerung von Paris bildet in diesem Augenblick gleichsam eine Kette, wo einer dem andern den elektrischen Schlag mitteilt. Während aber die große Menge verdutzt und betäubt die äußere Erscheinung der großen Bewegungsmächte anstarrt, erfasst den Denker ein unheimliches Grauen, wie wir es immer empfinden, wenn das Ungeheuerste, das Unerhörteste geschieht, dessen Folgen unabsehbar und unberechenbar sind. Wir merken bloß, dass unsere ganze Existenz in neue Gleise fortgerissen, fortgeschleudert wird, dass neue Verhältnisse, Freuden und Drangsale uns erwarten, und das Unbekannte übt seinen schauerlichen Reiz, verlockend und zugleich beängstigend. So muss unseren Vätern zumut gewesen sein, als Amerika entdeckt wurde, als die Erfindung des Pulvers sich durch ihre ersten Schüsse ankündigte, als die Buchdruckerei die ersten Aushängebogen des göttlichen Wortes in die Welt schickte. Die Eisenbahnen sind wieder ein solches providentielles Ereignis, das der Menschheit einen neuen Umschwung gibt, das die Farbe und Gestalt des Lebens verändert; es beginnt ein neuer Abschnitt in der Weltgeschichte, und unsre Generation darf sich rühmen, dass sie dabeigewesen. Welche Veränderungen müssen jetzt eintreten in unserer Anschauungsweise und in unsern Vorstellungen! Sogar die Elementarbegriffe von Zeit und Raum sind schwankend geworden. Durch die Eisenbahnen wird der Raum getötet, und es bleibt uns nur noch die Zeit übrig. Hätten wir nur Geld genug, um auch letztere anständig zu töten! In vierthalb Stunden reist man jetzt nach Orléans, in ebenso viel Stunden nach Rouen. Was wird das erst geben, wenn die Linien nach Belgien und Deutschland ausgeführt und mit den dortigen Bahnen verbunden sein werden! Mir ist, als kämen die Berge und Wälder aller Länder auf Paris angerückt. Ich rieche schon den Duft der deutschen Linden; vor meiner Türe brandet die Nordsee.

Es haben sich nicht bloß für die Ausführung der Nordeisenbahn, sondern auch für die Anlage vieler anderen Linien große Gesellschaften gebildet, die das Publikum in gedruckten Zirkularen zur Teilnahme auffordern. Jede versendet einen Prospektus, an dessen Spitze in großen Zahlen das Kapital paradiert, das die Kosten der Unternehmung decken wird. Es beträgt immer einige fünfzig bis hundert, ja sogar mehrere hundert Millionen Francs; es werden, sobald die zur Subskription limitierte Zeit verflossen, keine Subskribenten mehr angenommen; auch wird bemerkt, dass, im Fall die Summe des limitierten Gesellschaftskapitals vor jenem Termin erreicht ist, niemand mehr zur Subskription zugelassen werden kann. Ebenfalls mit kolossalen Buchstaben stehen obenangedruckt die Namen der Personen, die das Comité de surveillance der Sozietät bilden; es sind nicht bloß Namen von Finanziers, Bankiers, Receveurs-généraux, Usineninhabern und Fabrikanten, sondern auch Namen von hohen Staatsbeamten, Prinzen, Herzögen, Marquis, Grafen, die zwar meist unbekannt, aber mit ihrer offiziellen und feudalistischen Titulatur gar prachtvoll klingen, sodass man glaubt, die Trompetenstöße zu vernehmen, womit Bajazzo auf dem Balkon einer Marktbude das verehrungswürdige Publikum zum Hereintreten einlädt. On ne paie qu'en entrant. Wer traute nicht einem solchen Comité de surveillance, das aber keineswegs, wie viele glauben, eine solidarische Garantie versprochen haben will und keine feste Stütze ist, sondern als Karyatide figuriert. Ich bemerkte einem meiner Freunde meine Verwunderung, dass unter den Mitgliedern der Komitees sich auch Marineoffiziere befänden, ja dass ich auf vielen Prospektuszirkularen als Präsidenten der Sozietät die Namen von Admirälen gedruckt sähe. So z. B. sähe ich den Namen des Admirals Rosamel, nach welchem sogar die ganze Gesellschaft und sogar ihre Aktien genannt werden. Mein Freund, der sehr lachlustig, meinte, eine solche Beigesellung von Seeoffizieren sei eine sehr kluge Vorsichtsmaßregel der respektiven Gesellschaften, für den Fall, dass sie mit der Justiz in eine fatale Kollision kämen und von einer Jury zu den Galeeren verurteilt würden; die Mitglieder der Gesellschaft hätten alsdann immer einen Admiral bei sich, was ihnen zu Toulon oder Brest, wo es viel zu rudern gibt, von Nutzen sein möchte. Mein Freund irrt sich. Jene Leute haben nicht zu befürchten, in Toulon oder in Brest ans Ruder zu kommen; das Ruder, das ihren Händen einst anheimfällt oder zum Teil schon anheimgefallen, gehört einer ganz anderen Örtlichkeit, es ist das Staatsruder, dessen sich die herrschende Geldaristokratie täglich mehr und mehr bemächtigt. Jene Leute werden bald nicht sowohl das Comité de surveillance der Eisenbahnsozietät, sondern auch das Comité de surveillance unserer ganzen bürgerlichen Gesellschaft bilden, und sie werden es sein, die uns nach Toulon oder Brest schicken.

Das Haus Rothschild, welches die Konzession der Nordeisenbahn soumissioniert [ein Gebot bei der Ausschreibung abgibt] und sie aller Wahrscheinlichkeit nach erhalten wird, bildet keine eigentliche Sozietät, und jede Beteiligung, die jenes Haus einzelnen Personen gewährt, ist eine Vergünstigung, ja, um mich ganz bestimmt auszudrücken, sie ist ein Geldgeschenk, das Herr von Rothschild seinen Freunden angedeihen lässt. Die eventuellen Aktien, die sogenannten Promessen des Hauses Rothschild, stehen nämlich schon mehrere hundert Franken über pari, und wer daher solche Aktien al pari von dem Baron James de Rothschild begehrt, bettelt im wahren Sinne des Wortes. Aber die ganze Welt bettelt jetzt bei ihm, es regnet Bettelbriefe, und da die Vornehmsten mit dem würdigen Beispiel vorangehen, ist jetzt das Betteln keine Schande mehr. Herr von Rothschild ist daher der Held des Tages, und er spielt überhaupt in der Geschichte unserer heutigen misère eine so große Rolle, dass ich ihn oft und so ernsthaft als möglich besprechen muss. Er ist in der Tat eine merkwürdige Person. Ich kann seine finanzielle Fähigkeit nicht beurteilen, aber nach Resultaten zu schließen, muss sie sehr groß sein. Eine eigentümliche Kapazität ist bei ihm die Beobachtungsgabe oder der Instinkt, womit er die Kapazitäten andrer Leute in jeder Sphäre, wo nicht zu beurteilen, doch herauszufinden versteht. Man hat ihn ob solcher Begabnis mit Ludwig XIV. verglichen; und wirklich, im Gegensatz zu seinen Herren Kollegen, die sich gern mit einem Generalstab von Mittelmäßigkeiten umgeben, sahen wir Hrn. James von Rothschild immer in intimster Verbindung mit den Notabilitäten jeder Disziplin: wenn ihm auch das Fach ganz unbekannt war, so wusste er doch immer, wer darin der beste Mann. Er versteht vielleicht keine Note Musik, aber Rossini war beständig sein Hausfreund. Ary Scheffer ist sein Hofmaler; Carême war sein Koch. Hr. v. Rothschild weiß sicher kein Wort Griechisch, aber der Hellenist Letronne ist der Gelehrte, den er am meisten auszeichnet. Sein Leibarzt war der geniale Dupuytren, und es herrschte zwischen beiden die brüderlichste Zuneigung. Den Wert eines Crémieux, des großen Juristen, dem eine große Zukunft bevorsteht, hat Hr. v. Rothschild schon früh begriffen, und er fand in ihm seinen treuen Anwalt. In gleicher Weise hat er die politischen Fähigkeiten Ludwig Philipps gleich von Anfang gewürdigt, und er stand immer auf vertrautem Fuß mit diesem Großmeister der Staatskunst. Den Émile Péreire, den Pontifex maximus der Eisenbahnen, hat Hr. v. Rothschild ganz eigentlich entdeckt, er machte denselben gleich zu seinem ersten Ingenieur, und durch ihn gründete er die Eisenbahn nach Versailles. Die Poesie, sowohl die französische wie die deutsche, ist ebenfalls in der Gunst des Hrn. v. Rothschild sehr würdig vertreten, doch will es mich bedünken, als ob hier nur eine liebenswürdige Courtoisie im Spiele und als ob der Herr Baron für unsre heutigen lebenden Dichter nicht so schwärmerisch begeistert sei wie für die großen Toten, z. B. für Homer, Sophokles, Dante, Cervantes, Shakespeare, Goethe, lauter verstorbene Poeten, verklärte Genien, die, geläutert von allen irdischen Schlacken, jeder Erdennot entrückt sind und keine Nordeisenbahnaktien verlangen.

In diesem Augenblick ist der Stern Rothschild im Zenit seines Glanzes. Ich weiß nicht, ob ich mir nicht einen Mangel an Devotion zuschulden kommen lasse, indem ich Hrn. v. Rothschild vor einen Stern nannte. Doch er wird mir darob nicht grollen, wie jener andre, Ludwig XIV., der einst über einen armen Dichter in Zorn geriet, weil er die Impertinenz hatte, ihn mit einem Stern zu vergleichen, ihn, der gewohnt war, die Sonne genannt zu werden, und auch diesen Himmelskörper als sein offizielles Sinnbild angenommen.

Ich will heute, um ganz sicher zu gehen, Hrn. v. Rothschild dennoch mit der Sonne vergleichen, erstens kostet es mir nichts, und dann, wahrhaftig, ich kann es mit gutem Fug in diesem Augenblick, wo jeder ihm huldigt, um von seinen goldenen Strahlen gewärmt zu werden. – Unter uns gesagt, diese Furor der Verehrung ist für die arme Sonne keine geringe Plage, und sie hat keine Ruhe vor ihren Anbetern, worunter manche gehören, die wahrlich nicht wert sind, von der Sonne beschienen zu werden; diese Pharisäer psalmodieren am lautesten ihr Lob und Preis, und der arme Baron wird von ihnen so sehr moralisch torquiert und abgehetzt, dass man Mitleid mit ihm haben möchte. Ich glaube überhaupt, das Geld ist für ihn mehr ein Unglück als ein Glück; hätte er ein hartes Naturell, so würde er weniger Ungemach ausstehen, aber ein gutmütiger, sanfter Mensch, wie er ist, muss er viel leiden von dem Andrang des vielen Elends, das er lindern soll, von den Ansprüchen, die man beständig an ihn macht, und von dem Undank, der jeder seiner Wohltaten auf dem Fuße folgt. Überreichtum ist vielleicht schwerer zu ertragen als Armut. Jedem, der sich in großer Geldnot befindet, rate ich, zu Hrn. v. Rothschild zu gehen; nicht um bei ihm zu borgen (denn ich zweifle, dass er etwas Erkleckliches bekommt), sondern um sich durch den Anblick jenes Geldelends zu trösten. Der arme Teufel, der zu wenig hat und sich nicht zu helfen weiß, wird sich hier überzeugen, dass es einen Menschen gibt, der noch weit mehr gequält ist, weil er zu viel Geld hat, weil alles Geld der Welt in seine kosmopolitische Riesentasche geflossen und weil er eine solche Last mit sich herumschleppen muss, während rings um ihn her der große Haufen von Hungrigen und Dieben die Hände nach ihm ausstreckt. Und welch' schreckliche und gefährliche Hände! – »Wie geht es Ihnen?« frug einst ein deutscher Dichter den Herrn Baron. »Ich bin verrückt«, erwiderte dieser. »Ehe Sie nicht Geld zum Fenster hinauswerfen«, sagte der Dichter, »glaube ich es nicht.« Der Baron fiel ihm aber seufzend in die Rede: »Das ist eben meine Verrücktheit, dass ich nicht manchmal das Geld zum Fenster hinauswerfe.«

Wie unglücklich sind doch die Reichen in diesem Leben – und nach dem Tode kommen sie nicht einmal in den Himmel! »Ein Kamel wird eher durch ein Nadelöhr gehen, als dass ein Reicher ins Himmelreich käme« – dieses Wort des göttlichen Kommunisten ist ein furchtbares Anathema und zeugt von seinem bitteren Hass gegen die Börse und Hautefinance von Jerusalem. Es wimmelt in der Welt von Philanthropen, es gibt Tierquälergesellschaften, und man tut wirklich sehr viel für die Armen. Aber für die Reichen, die noch viel unglücklicher sind, geschieht gar nichts. Statt Preisfragen über Seidenkultur, Stallfütterung und Kantsche Philosophie aufzugeben, sollten unsre gelehrten Sozietäten einen bedeutenden Preis aussetzen zur Lösung der Frage, wie man ein Kamel durch ein Nadelöhr fädeln könne. Ehe diese große Kamelfrage gelöst ist und die Reichen eine Aussicht gewinnen, ins Himmelreich zu kommen, wird auch für die Armen kein durchgreifendes Heil begründet. Die Reichen würden weniger hartherzig sein, wenn sie nicht bloß auf Erdenglück angewiesen wären und nicht die Armen beneiden müssten, die einst dort oben in floribus sich des ewigen Lebens gaudieren. Sie sagen: »Warum sollen wir hier auf Erden für das Lumpengesindel etwas tun, da es ihm doch einst besser geht als uns und wir jedenfalls nach dem Tode nicht mit demselben zusammentreffen.« Wüssten die Reichen, dass sie dort oben wieder in aller Ewigkeit mit uns gemeinsam hausen müssen, so würden sie sich gewiss hier auf Erden etwas genieren und sich hüten, uns gar zu sehr zu misshandeln. Lasst uns daher vor allem die große Kamelfrage lösen.

Hartherzig sind die Reichen, das ist wahr. Sie sind es sogar gegen ihre ehemaligen Kollegen, wenn sie etwas heruntergekommen sind. Da bin ich jüngst dem armen August Leo begegnet, und das Herz blutete mir beim Anblick des Mannes, der ehemals mit den Häuptern der Börse, mit der Aristokratie der Spekulanten, so intim verbunden und sogar selbst ein Stück Bankier war. Aber sagt mir doch, ihr hochmögenden Herren, was hat euch der arme Leo getan, dass ihr ihn so schnöde ausgestoßen habt aus der Gemeinde? – ich meine nicht aus der jüdischen, ich meine aus der Finanzgemeinde. Ja, der Ärmste genießt seit einiger Zeit die Ungunst seiner Genossen in so hohem Grade, dass man ihn von allen verdienstlichen Unternehmungen, d. h. von allen Unternehmungen, woran etwas verdient wird, wie einen Misselsüchtigen [Störenfried; Missel = Zwist, Uneinigkeit] ausschließt. Auch von dem letzten emprunt [Anleihe, Kreditaufnahme] hat man ihm nichts zufließen lassen, und auf Beteiligung bei neuen Eisenbahn-Entreprisen muss er gänzlich verzichten, seitdem er bei der Versailler Eisenbahn der rive gauche eine so klägliche Schlappe erlitten und seine Leute in so schreckliche Verluste hineingerechnet hat. Keiner will mehr etwas von ihm wissen, jeder stößt ihn zurück, und sogar sein einziger Freund (der, beiläufig gesagt, ihn nie ausstehen konnte), sogar sein Jonathan, der Stockjobber Läusedorf, verlässt ihn und läuft jetzt beständig hinter dem Baron Mecklenburg einher und kriecht demselben fast zwischen die Rockschöße hinein. – Beiläufig bemerke ich ebenfalls, dass genannter Baron Mecklenburg, einer unserer eifrigsten Agioteure [Börsenspekulanten] und Industriellen, keineswegs ein Israelit ist, wie man gewöhnlich glaubt, weil man ihn mit Abraham Mecklenburg verwechselt oder weil man ihn immer unter den Starken Israels sieht, unter den Krethi und Plethi der Börse, wo sie sich um ihn versammeln; denn sie lieben ihn sehr. Diese Leute sind keine religiösen Fanatiker, wie man sieht, und ihr Unmut gegen den armen Leo ist daher keinen intoleranten Ursachen beizumessen; sie grollen ihm nicht wegen seiner Abtrünnigkeit von der schönen jüdischen Religion, und sie zuckten nur mitleidig die Achsel über die schlechten Religionswechselgeschäfte des armen Leo, der in dem protestantischen Bethaus der Rue des Billettes jetzt das Amt eines Marguilliers [Küsters] versieht – das ist gewiss ein bedeutendes Ehrenamt, aber ein Mann wie August Leo wäre mit der Zeit auch in der Synagoge zu großen Würden emporgestiegen, man hätte vielleicht bei Beschneidungsfeierlichkeiten das Kind, dem die Vorhaut abgeschnitten wird, oder das Messerchen, womit solches geschieht, seinen Händen anvertraut, oder man hätte ihn auch bei Lesung der Thora mit den kostspieligsten Tageswürden überhäuft, ja, da er sehr musikalisch ist und gar für Kirchenmusik so viel Sinn besitzt, wäre ihm vielleicht am Neujahrsfest der jüdischen Kirche das Blasen mit dem Schofar, dem heiligen Horne, zuteil geworden. Nein, er ist nicht das Opfer eines religiösen oder moralischen Unwillens starrköpfiger Pharisäer, es sind nicht Fehler des Herzens, welche dem armen Leo zur Last gelegt werden, sondern Rechnungsfehler, und verlorene Millionen verzeiht selbst kein Christ. Aber habt doch endlich Erbarmen mit dem armen Gefallenen, mit der gesunkenen Größe, nehmt ihn wieder auf in Gnaden, lasst ihn wieder teilnehmen an einem guten Geschäft, gönnt ihm einmal wieder einen kleinen Profit, woran sich sein gebrochenes Herz erlabe, date obolum Belisario – gebt einen Obolus einem Belisar, der zwar kein großer Feldherr, aber blind gewesen und nie im Leben irgendeinem Bedürftigen einen Obolus gegeben hat!

Auch patriotische Gründe gibt es, welche die Erhaltung des armen Leo wünschenswert machen. Gekränktes Selbstgefühl und die großen Verluste nötigen, wie ich höre, den einst so wohlhabenden Mann, das sehr teure Paris zu verlassen und sich auf das Land zurückzuziehen, wo er, wie Cincinnatus, seinen selbstgepflanzten Kohl verspeisen oder, wie einst Nebukadnezar, auf seinen eigenen Wiesen grasen kann. Das wäre nun ein großer Verlust für die deutsche Landsmannschaft. Denn alle deutschen Reisenden zweiten und dritten Ranges, die hierher nach Paris kamen, fanden im Haus des Herrn Leo eine gastliche Aufnahme, und manche, die in der frostigen Franzosenwelt ein Unbehagen empfanden, konnten sich mit ihrem deutschen Herzen hierher flüchten und mit gleichgesinnten Gemütern wieder heimisch fühlen. An kalten Winterabenden fanden sie hier eine warme Tasse Tee, etwas homöopathisch zubereitet, aber nicht ganz ohne Zucker. Sie sahen hier Herrn von Humboldt, nämlich in effigie an der Wand hängend, als Lockvogel. Hier sahen sie den Nasenstern in natura. Auch eine deutsche Gräfin fand man hier. Es zeigten sich hier auch die vornehmsten Diplomaten von Krähwinkel, nebst ihren kräh- und schiefwinklichten Gemahlinnen. Hier hörte man mitunter sehr ausgezeichnete Klavierspieler und Geiger, neuangekommene Virtuosen, die von Seelenverkäufern an das Haus Leo empfohlen worden und sich in seinen Soireen musikalisch ausbeuten ließen. Es waren die holden Klänge der Muttersprache, sogar der Großmuttersprache, welche hier den Deutschen begrüßten. Hier ward die Mundart des Hamburger Dreckwalls am reinsten gesprochen, und wer diese klassischen Laute vernahm, dem ward zumute, als röche er wieder die Twieten des Mönckedamms. Wenn aber gar die »Adelaide« von Beethoven gesungen wurde, flossen hier die sentimentalsten Tränen! Ja, jenes Haus war eine Oase, eine sehr aasige Oase deutscher Gemütlichkeit in der Sandwüste der französischen Verstandeswelt, es war eine Lauberhütte des traulichsten Cancans, wo man ruddelte [klatschte, tratschte] wie an den Ufern des Mains, wo man klingelte wie im Weichbild der heil'gen Stadt Köln, wo dem vaterländischen Klatsch manchmal auch zur Erfrischung ein Gläschen Bier beigesellt ward – deutsches Herz, was verlangst du mehr? Es wäre jammerschade, wenn diese Klatschbude geschlossen würde.

LVIII

Paris, 6. Mai 1843

Die kostbare Zeit wird leichtsinnig verzettelt. Ich sage die kostbare Zeit, und ich verstehe darunter die Friedensjahre, die uns durch die Regierung Ludwig Philipps verbürgt sind. An dem Lebensfaden desselben hängt die Ruhe Frankreichs, und der Mann ist alt, und unerbittlich ist die Schere der Parze. Statt diese Zeit zu benutzen und den Knäuel der innern und äußern Missverständnisse zu entwirren, sucht man die Verwicklungen und Schwierigkeiten noch zu steigern. Nichts als geschminkte Komödie, und Ränke hinter den Kulissen. Durch dieses Kleintreiben kann Frankreich wirklich an den Rand des Abgrunds geraten. Die Wetterfahnen verlassen sich auf ihr berühmtes Talent der Vielseitigkeit in der Bewegung; sie fürchten nicht die ärgsten Stürme, da sie immer verstanden, sich nach jedem Luftzug zu drehen. Ja, der Wind kann euch nicht brechen, denn ihr seid noch beweglicher wie der Wind. Aber ihr bedenkt nicht, dass ihr trotz eurer windigen Versatilität dennoch kläglich aus eurer Höhe herabpurzelt, wenn der Turm niederstürzt, auf dessen Spitze ihr gestellt seid! Fallen müsst ihr mit Frankreich, und dieser Turm ist untergraben, und im Norden hausen sehr böswillige Wettermacher. Die Schamanen an der Newa sind in diesem Augenblick nicht in der Ekstase des Sturmbeschwörens; aber hier hängt doch alles von Laune ab, von der absoluten Laune erhabenster Willkür. Wie gesagt, mit dem Ableben Ludwig Philipps verschwindet alle Bürgschaft der Ruhe; dieser größere Hexenmeister hält die Stürme gebunden durch seine geduldige Klugheit. Wer ruhig schlafen will, muss in seinem Nachtgebet den König von Frankreich allen Schutzengeln des Lebens empfehlen.

Guizot wird sich noch geraume Zeit halten, was gewiss wünschenswert, da eine ministerielle Krisis immer mit unvorhergesehenen Fatalitäten verbunden ist. Ein Ministerwechsel ist bei den veränderungssüchtigen Franzosen vielleicht ein Surrogat für den periodischen Dynastienwechsel. Aber diese Umwälzungen im Personal der höchsten Staatsbeamten sind darum nicht minder ein Unglück für ein Land, das mehr als jedes andere der Stabilität bedürftig ist. Wegen ihrer prekären Stellung können die Minister sich in keine weitausgreifenden Pläne einlassen, und der nackte Erhaltungstrieb absorbiert alle ihre Kräfte. Ihr schlimmstes Missgeschick ist nicht sowohl ihre Abhängigkeit vom königlichen Willen, der meistens verständig und heilsam ist, sondern ihre Abhängigkeit von den sogenannten Konservativen, jenen konstitutionellen Janitscharen, welche hier nach Laune die Minister absetzen und einsetzen. Erregt einer derselben ihre Ungnade, so versammeln sie sich in ihren parlamentarischen Ortas und pauken los auf ihre Kessel. Die Ungnade dieser Leute entspringt aber gewöhnlich aus wirklichen Suppenkesselinteressen: sie sind es nämlich, welche in Frankreich eigentlich regieren, indem kein Minister ihnen etwas verweigern darf, keinerlei Amt oder Vergünstigung, weder ein Konsulat für den ältesten Sohn ihres Herrn Schwagers noch ein Tabakssprivilegium für die Witwe ihres Portiers. Es ist unrichtig, wenn man von dem Regiment der Bourgeoisie im Allgemeinen spricht, man sollte nur von dem Regiment der konservativen Deputierten reden; diese sind es, welche das jetzige Frankreich ausbeuten, in ihrem Privatinteresse, wie einst der Geburtsadel. Letzterer ist von der konservativen Partei keineswegs bestimmt gesondert, und wir begegnen manchem alten Namen unter den parlamentarischen Tagesherrschern. Der Name »Konservative« ist aber eigentlich ebenfalls keine richtige Bezeichnung, da es gewiss nicht allen, die wir solchermaßen benamsen, um die Konservation der politischen Zustände zu tun ist und manche daran sehr gern ein bisschen rütteln möchten; ebenso wie es in der Opposition sehr viele Männer gibt, die das Bestehende um alles in der Welt willen nicht umstürzen möchten und gar besonders vor dem Krieg eine Todesscheu hegen. Die meisten jener Oppositionsmänner wollen nur ihre Partei ans Regiment bringen, um dieses, gleich den Konservativen, in ihrem Privatinteresse auszubeuten. Die Prinzipien sind auf beiden Seiten

308

nur Losungsworte ohne Bedeutung; es handelt sich im Grunde nur darum, welche von beiden Parteien die materiellen Vorteile der Herrschaft erwerben. In dieser Beziehung haben wir hier denselben Kampf, der sich jenseits des Kanals, unter den Namen Whigs und Tories, seit zwei Jahrhunderten hinschleppt.

Die englische konstitutionelle Regierungsform war, wie männiglich bekannt, das große Muster, wonach sich das jetzige französische parlamentarische Gemeinwesen gebildet; namentlich die Doktrinäre haben dieses Vorbild bis zur Pedanterie nachzuäffen gesucht, und es wäre nicht unwahrscheinlich, dass die allzu große Nachgiebigkeit, womit das heutige Ministerium die Usurpationen der Konservativen erduldet und sich von denselben ausbeuten lässt, am Ende aus einer gelehrten Gründlichkeit hervorginge, die ihr reiches, durch mühsame Studien erworbenes Wissen getreulichst dokumentieren möchte. Der 29. Oktober, d. h. der Herr Professor, den die Opposition mit jenem Monatsdatum bezeichnet, kennt das Räderwerk der englischen Staatsmaschine besser als irgendjemand, und wenn er glaubt, dass eine solche Maschine auch diesseits des Kanals nicht anders fungieren könne als durch die unsittlichen Mittel, in deren Anwendung Walpole ein Meister und Robert Peel keineswegs ein Stümper war, so ist eine solche Ansicht gewiss sehr zu beklagen, aber wir können ihr nicht mit hinlänglicher Gelehrsamkeit und Geschichtskenntnis widersprechen. Wir müssen sagen, die Maschine selbst taugt nichts; aber fehlt uns dieser Mut, so können wir den dirigierenden Maschinenmeister keiner allzu herben Kritik unterwerfen. Und wozu nützte am Ende diese Kritik? Was hülfe es, in Augsburg zu rügen, wenn an der Seine gesündigt wird? Die Opposition eines Ausländers in ausländischen Blättern, wo es sich um Gebreste der innern Verwaltung Frankreichs handelt, wäre eine Rodomontade [Großsprecherei], die ebenso ungeziemend wie närrisch. Nicht die innere Administration, sondern nur Akte der Politik, die auch auf unser eignes Vaterland einen Einfluss üben könnten, soll ein Korrespondent besprechen. Ich werde daher die jetzige Korruption, das Bestechungssystem, womit meine Kollegen in deutschen Zeitungen so viele Kolonnen anfüllen, weder in Frage stellen noch rechtfertigen. Was geht das uns an, wer in Frankreich die besten Ämter, die fettesten Sinekuren, die prachtvollsten Orden erschleicht oder an sich reißt? Was kümmert es uns, ob es ein Schnapphahn der Rechten oder ein Schnapphahn der Linken ist, der die goldenen Gedärme des Budgets einsteckt? Wir haben nur dafür zu sorgen, dass wir uns selbst in der respektiven Heimat von unseren heimischen Tories oder Whigs durch kein Ämtchen, durch keinen Titel, durch kein Bändchen erkaufen lassen, wenn es gilt, für die Interessen des deutschen Volks zu reden oder zu stimmen! Warum sollen wir jetzt über den Splitter, den wir in französischen Augen bemerkt, so viel Zeter schreien, wenn wir uns über den Balken in den blauen Augen unserer deutschen Behörden entweder gar nicht oder sehr kleinlaut äußern dürfen? Wer könnte übrigens in Deutschland beurteilen, ob der Franzose, dem das französische Ministerium eine Stelle oder Gunst gewährt, dieselbe verdienter- oder unverdienterweise empfing? Die Ämterjägerei wird nicht aufhören unter einem Ministerium Thiers oder Barrot, wenn Guizot fällt. Kämen gar die Republikaner ans Ruder, so würde die Korruption sich mehr im Gewande der Hypokrisie zeigen, statt dass sie jetzt ohne Schminke, schier naiv zynisch auftritt. Die Partei wird immer den Männern der Partei die große Schüssel vorsetzen. Einen entsetzlich grauenhaften Anblick böte uns gewiss die Stunde, »wo sich das Laster erbricht und die Tugend zu Tische setzt!« Mit welcher Wolfsgier würden die armen Hungerleider der Tugend nach der langen Fastenzeit sich über die guten Speisen herstürzen! Wie mancher Cato würde sich bei dieser Gelegenheit den Magen verderben! Wehe den Verrätern, die sich satt gegessen und sogar Rebhühner und Trüffeln gegessen und Champagner getrunken während unserer jetzigen Zeit der Verderbnis, der Bestechung, der Guizotschen Korruption! – Ich will nicht untersuchen, von welcher Beschaffenheit diese sogenannte Guizotsche Korruption ist und welche

Beklagnisse die verletzten Interessen anführen. Muss der große Puritaner wirklich seiner Selbsterhaltung wegen zu dem anglikanischen Bestechungssystem seine Zuflucht nehmen, so ist er gewiss sehr zu bedauern; eine Vestalin, welche einer Maison de tolérance vorstehen müsste, befände sich gewiss in keiner minder unpassenden Lage. Vielleicht besticht ihn selbst der Gedanke, dass von seiner Selbsterhaltung auch der Fortbestand des ganzen jetzigen gesellschaftlichen Zustandes von Frankreich abhängig sei. Das Zusammenbrechen desselben ist für ihn der Beginn aller möglichen Schrecknisse. Guizot ist der Mann des geregelten Fortschrittes, und er sieht die teuern, blutteuern Erworbenheiten der Revolution jetzt mehr als je gefährdet durch ein düster heranziehendes Weltgewitter. Er möchte gleichsam Zeit gewinnen, um die Garben der Ernte unter Dach zu bringen. In der Tat, die Fortdauer jener Friedensperiode, wo die gereiften Früchte eingescheuert werden können, ist unser erstes Bedürfnis. Die Saat der liberalen Prinzipien ist erst grünlich abstrakt emporgeschossen, und das muss erst ruhig einwachsen in die konkret knorrigste Wirklichkeit. Die Freiheit, die bisher nur hie und da Mensch geworden, muss auch in die Massen selbst, in die untersten Schichten der Gesellschaft, übergehen und Volk werden. Diese Volkwerdung der Freiheit, dieser geheimnisvolle Prozess, der, wie jede Geburt, wie jede Frucht, als notwendige Bedingnis Zeit und Ruhe begehrt, ist gewiss nicht minder wichtig, als es jene Verkündigung der Prinzipien war, womit sich unsre Vorgänger beschäftigt haben. Das Wort wird Fleisch, und das Fleisch blutet. Wir haben eine geringere Arbeit, aber größeres Leid als unsere Vorgänger, welche glaubten, alles sei glücklich zu Ende gebracht, nachdem die heiligen Freiheits- und Gleichheitsgesetze feierlich proklamiert und auf hundert Schlachtfeldern sanktioniert worden. Ach! das ist noch jetzt der leidige Irrtum so vieler Revolutionsmänner, welche sich einbilden, die Hauptsache sei, dass ein Fetzen Freiheit mehr oder weniger abgerissen werde von dem Purpurmantel der regierenden Macht; sie sind zufrieden, wenn nur die Ordonnanz, die irgendein demokratisches Grundgesetz promulgiert, recht hübsch, schwarz auf weiß, abgedruckt steht im »Moniteur«. Da erinnere ich mich, als ich vor zwölf Jahren den alten Lafayette besuchte, drückte derselbe mir beim Fortgehen ein Papier in die Hand, und er hatte dabei ganz die überzeugte Miene eines Wunderdoktors, der uns ein Universalelixier überreicht. Es war die bekannte Erklärung der Menschenrechte, die der Alte vor sechzig Jahren aus Amerika mitgebracht und noch immer als die Panazee [das Allheilmittel, Wundermittel] betrachtete, womit man die ganze Welt radikal kurieren könne. Nein, mit dem bloßen Rezept ist dem Kranken noch nicht geholfen, obgleich jenes unerlässlich ist: er bedarf auch der Tausendmischerei des Apothekers, der Sorgfalt der Wärterin, er bedarf der Ruhe, er bedarf der Zeit.

Retrospektive Aufklärung

August 1854

Als ich in obigem Bericht, vielleicht etwas zu beschaulich indifferent, aber mit gutem Gewissen, ganz ohne heuchlerische Tugendgrämelei, über die sogenannte Guizotsche Korruption schrieb, kam es mir wahrlich nicht in den Sinn, dass ich selber, fünf Jahre später, als Teilnehmer einer solchen Korruption angeklagt werden sollte! Die Zeit war sehr gut gewählt, und die Verleumdung hatte freien Spielraum in der Sturm-und-Drang-Periode vom Februar 1848, wo alle politischen Leidenschaften, plötzlich entzügelt, ihren rasenden Veitstanz begannen. Es herrschte überall eine Verblendung, wie sie nur bei den Hexen auf dem Blocksberg oder bei dem Jakobinismus in seinen rohesten Schreckenstagen vorgekommen. Es gab wieder unzählige Klubs, wo von den schmutzigsten Lippen der unbescholtenste Leumund angespuckt ward; die Mauern aller Gebäude waren mit Schmähungen, Denunziationen, Aufruhrpredigten, Drohungen, Invektiven, in Versen und in Prosa, besudelt: eine schmierige Mordbrandliteratur. Sogar Blanqui, der inkarnierte Terrorismus und der bravste Kerl unter der Sonne, ward damals der gemeinsten Angeberei und eines Einverständnisses mit der Polizei bezichtigt. – Keine honette Person verteidigte sich mehr. Wer einen schönen Mantel besaß, verhüllte darin das Antlitz. In der ersten Revolution musste der Name Pitt dazu dienen, die besten Patrioten als verkaufte Verräter zu beflecken – Danton, Robespierre, ja sogar Marat, denunzierte man als besoldet von Pitt. Der Pitt der Februarrevolution hieß Guizot, und den lächerlichsten Verdächtigungen musste der Name Guizot Vorschub leisten. Erregte man den Neid eines jener Tageshelden, die schwach von Geist waren, aber lange in Sainte-Pélagie oder gar auf dem Mont Saint-Michel gesessen, so konnte man darauf rechnen, nächstens in seinem Klub als ein Helfershelfer Guizots, als ein feiler Söldner des Guizotschen Bestechungssystems angeklagt zu werden. Es gab damals keine Guillotine, womit man die Köpfe abschnitt, aber man hatte eine Guizotine erfunden, womit man uns die Ehre abschnitt. Auch der Name des Schreibers dieser Blätter entging nicht der Verunglimpfung in jener Tollzeit, und ein Korrespondent der »Allgemeinen Zeitung« entblödete sich nicht, in einem anonymen Artikel von den unwürdigsten Stipulationen zu sprechen, wodurch ich für eine namhafte Summe meine literarische Tätigkeit den gouvernementalen Bedürfnissen des Ministeriums Guizot verkauft hätte.

Ich enthalte mich jeder Beleuchtung der Person jenes fürchterlichen Anklägers, dessen raue Tugend durch die herrschende Korruption so sehr in Harnisch geraten, ich will diesem mutigen Ritter nicht das Visier seiner Anonymität abreißen, und nur beiläufig bemerke ich, dass er kein Deutscher, sondern ein Italiener ist, der, in Jesuitenschulen erzogen, seiner Erziehung treu blieb und zu dieser Stunde in den Bureaux der österreichischen Gesandtschaft zu Paris eine kleine Anstellung genießt. Ich bin tolerant, gestatte jedem, sein Handwerk zu treiben, wir können nicht alle ehrliche Leute sein, es muss Käuze von allen Farben geben, und wenn ich mir etwa eine Rüge gestatte, so ist es nur die raffinierte Treulosigkeit, womit mein ultramontaner Brutus sich auf die Autorität eines französischen Flugblattes berief, das, der Tagesleidenschaft dienend, nicht rein von Entstellungen und Missdeutungen jeder Art war, aber in Bezug auf mich selbst sich auch kein Wort zuschulden kommen ließ, welches obige Bezichtigung rechtfertigen konnte. Wie es kam, dass die sonst so behutsame »Allgemeine Zeitung« ein Opfer solcher Mystifikation wurde, will ich später andeuten. Ich begnüge mich hier, auf die Augsburger »Allgemeine Zeitung« vom 23. Mai 1848, Außerordentliche Beilage, zu verweisen, wo ich in einer öffentlichen Erklärung über die saubere Insinuation ganz unumwunden, nicht der geringsten Zweideutigkeit Raum lassend, mich aussprach. Ich unterdrückte alle verschämten Gefühle der Eitelkeit, und in öffentlicher »Allgemeinen Zeitung« machte ich das traurige Geständnis, dass auch mich am Ende die schreckliche Krankheit des Exils, die Armut, heimgesucht hatte und dass auch ich meine Zuflucht nehmen musste zu jenem »großen Almosen, welches das französische Volk an so viele Tausende von Fremden spendete, die sich durch ihren Eifer für die Sache der Revolution in ihrer Heimat mehr oder minder glorreich kompromittiert hatten und an dem gastlichen Herde Frankreichs eine Freistätte suchten«.

Dieses waren meine nackten Worte in der besagten Erklärung, ich nannte die Sache bei ihrem betrübsamsten Namen. Obgleich ich wohl andeuten konnte, dass die Hilfsgelder, welche mir als eine »allocation annuelle d'une pension de secours« zuerkannt worden, auch wohl als eine hohe Anerkennung meiner literarischen Reputation gelten mochten, wie man mir mit der zartesten Courtoisie notifiziert hatte, so setzte ich doch jene Pension unbedingt auf Rechnung der Nationalgroßmut, der politischen Bruderliebe, welche sich hier ebenso rührend schön kundgab, wie es die evangelische Barmherzigkeit jemals getan haben mag. Es gab hochfahrende Gesellen unter meinen Exilkollegen, welche jede Unterstützung nur Subven-

311

tion nannten; bettelstolze Ritter, welche alle Verpflichtung hassten, nannten sie ein Darlehn, welches sie später wohlverzinst den Franzosen zurückzahlen würden – ich jedoch demütigte mich vor der Notwendigkeit und gab der Sache ihren wahren Namen. In der erwähnten Erklärung hatte ich hinzugesetzt: »Ich nahm solche Hilfsgelder in Anspruch kurz nach jener Zeit, als die bedauerlichen Bundestagsdekrete erschienen, die mich, als den Chorführer eines sogenannten Jungen Deutschlands, auch finanziell zu verderben suchten, indem sie nicht bloß meine vorhandenen Schriften, sondern auch alles, was späterhin aus meiner Feder fließen würde, im Voraus mit Interdikt belegten und mich solchermaßen meines Vermögens und meiner Erwerbsmittel beraubten, ohne Urteil und Recht.«

Ja, »ohne Urteil und Recht«. – Ich glaube mit Fug solchermaßen ein Verfahren bezeichnen zu dürfen, das unerhört war in den Annalen absurder Gewalttätigkeit. Durch ein Dekret meiner heimischen Regierung wurden nicht bloß alle Schriften verboten, die ich bisher geschrieben, sondern auch die künftigen, alle Schriften, welche ich hinfüro schreiben würde; mein Gehirn wurde konfisziert, und meinem armen unschuldigen Magen sollten durch dieses Interdikt alle Lebensmittel abgeschnitten werden. Zugleich sollte auch mein Name ganz ausgerottet werden aus dem Gedächtnis der Menschen, und an alle Zensoren meiner Heimat erging die strenge Verordnung, dass sie sowohl in Tagesblättern wie in Broschüren und Büchern jede Stelle streichen sollten, wo von mir die Rede sei, gleichviel, ob günstig oder nachteilig. Kurzsichtige Toren! solche Beschlüsse und Verordnungen waren ohnmächtig gegen einen Autor, dessen geistige Interessen siegreich aus allen Verfolgungen hervorgingen, wenn auch seine zeitlichen Finanzen sehr gründlich zugrunde gerichtet wurden, so dass ich noch heute die Nachwirkung der kleinlichen Nücken verspüre. Aber verhungert bin ich nicht, obgleich ich in jener Zeit von der bleichen Sorge hart genug bedrängt ward. Das Leben in Paris ist so kostspielig, besonders wenn man hier verheiratet ist und keine Kinder hat. Letztere, diese lieben kleinen Puppen, vertreiben dem Gatten und zumal der Gattin die Zeit, und da brauchen sie keine Zerstreuung außer dem Haus zu suchen, wo dergleichen so teuer. Und dann habe ich nie die Kunst gelernt, wie man die Hungrigen mit bloßen Worten abspeist, umso mehr, da mir die Natur ein so wohlhabendes Äußere verliehen, dass niemand an meine Dürftigkeit geglaubt hätte. Die Notleidenden, die bisher meine Hilfe reichlich genossen, lachten, wenn ich sagte, dass ich künftig selber darben müsse. War ich nicht der Verwandte aller möglichen Millionäre? Hatte nicht der Generalissimus aller Millionäre, hatte nicht dieser Millionärissimus mich seinen Freund genannt, seinen Freund? Ich konnte nie meinen Klienten begreiflich machen, dass der große Millionärissimus mich eben deshalb seinen Freund nenne, weil ich kein Geld von ihm begehre; verlangte ich Geld von ihm, so hätte ja gleich die Freundschaft ein Ende! Die Zeiten von David und Jonathan, von Orestes und Pylades seien vorüber. Meine armen, hilfsbedürftigen Dummköpfe glaubten, dass man so leicht etwas von den Reichen erhalten könne. Sie haben nicht, wie ich, gesehen, mit welchen schrecklichen eisernen Schlössern und Stangen ihre großen Geldkisten verwahrt sind. Nur von Leuten, welche selbst wenig haben, lässt sich allenfalls etwas erborgen, denn erstens sind ihre Kisten nicht von Eisen, und dann wollen sie reicher scheinen, als sie sind.

Ja, zu meinen sonderbaren Missgeschicken gehörte auch, dass nie jemand an meine eignen Geldnöte glauben wollte. In der Magna Charta, welche, wie uns Cervantes berichtet, der Gott Apollo den Poeten oktroyiert hat, lautet freilich der erste Paragraph: »Wenn ein Poet versichert, dass er kein Geld habe, solle man ihm auf sein bloßes Wort glauben und keinen Eidschwur verlangen« – ach! ich berief mich vergebens auf dieses Vorrecht meines Poetenstandes. So geschah es auch, dass die Verleumdung leichtes Spiel hatte, als sie die Motive, welche mich bewogen, die in Rede stehende Pension anzunehmen, nicht den natürlichsten Nöten und Befugnissen zuschrieb. Ich erinnere mich, als damals mehrere meiner Landsleute, darunter der entschiedenste und geistreichste, Dr. Marx, zu mir kamen, um ihren Unwillen über den verleumderischen Artikel der »Allgemeinen Zeitung« auszusprechen, rieten sie mir, kein Wort darauf zu antworten, indem sie selbst bereits in deutschen Blättern sich dahin geäußert hätten, dass ich die empfangene Pension gewiss nur in der Absicht angenommen, um meine ärmeren Parteigenossen tätiger unterstützen zu können. Solches sagten mir sowohl der ehemalige Herausgeber der »Neuen Rheinischen Zeitung« als auch die Freunde, welche seinen Generalstab bildeten; ich aber dankte für die liebreiche Teilnahme, und ich versicherte diesen Freunden, dass sie sich geirrt, dass ich gewöhnlich jene Pension sehr gut für mich selbst brauchen konnte und dass ich dem böswilligen anonymen Artikel der »Allgemeinen Zeitung« nicht indirekt durch meine Freunde, sondern direkt mit eigner Namensunterschrift entgegentreten müsse.

Bei dieser Gelegenheit will ich auch erwähnen, dass die Redaktion des französischen Flugblattes, die »Revue rétrospective«, auf welches sich der Korrespondent der »Allgemeinen Zeitung« berief, ihren Unwillen über eine solche Zitation in einer bestimmten Abwehr bezeugen wollte, die übrigens ganz überflüssig gewesen wäre, da der flüchtigste Anblick auf jenes französische Blatt hinlänglich dartat, dass dasselbe an jeder Verunglimpfung meines Namens unschuldig; doch die Existenz jenes Blattes, welches in zwanglosen Lieferungen erschien, war sehr ephemer, und es ward von dem tollen Tagesstrudel verschlungen, bevor es die projektierte Abwehr bringen konnte. Der Redakteur en chef jener retrospektiven Revue war der Buchhändler Paulin, ein wackerer, ehrlicher Mann, der sich mir seit zwei Dezennien immer sehr teilnehmend und dienstwillig erwiesen; durch Geschäftsbezüge und gemeinschaftliche intime Freunde hatten wir Gelegenheit, uns wechselseitig hochzuschätzen und achten zu lernen. Paulin war der Associé meines Freundes Dubochet, er liebt wie einen Bruder meinen vielberühmten Freund Mignet, und er vergöttert Thiers, welcher, unter uns gesagt, die »Revue rétrospective« heimlich patronisierte; jedenfalls ward sie von Personen seiner Koterie gestiftet und geleitet, und diesen Personen konnte es wohl nicht in den Sinn kommen, einen Mann zu verunglimpfen, von welchem sie wussten, dass ihr Gönner ihn mit seiner besondern Vorliebe beehrte.

Die Redaktion der »Allgemeinen Zeitung« hatte in keinem Fall jenes französische Blatt gekannt, ehe sie den saubern Korruptionsartikel druckte. In der Tat, der flüchtigste Anblick hätte ihr die abgefeimte Arglist ihres Korrespondenten entdeckt. Diese bestand darin, dass er mir eine Solidarität mit Personen auflud, die von mir gewiss ebenso entfernt und ebenso verschieden waren wie ein Chesterkäse vom Monde. Um zu zeigen, wie das Guizotsche Ministerium nicht bloß durch Ämterverteilung, sondern auch durch bare Geldspenden sein Korruptionssystem übte, hatte die erwähnte französische Revue das Budget, Einnahme und Ausgabe des Departements, dem Guizot vorstand, abgedruckt, und hier sahen wir allerdings jedes Jahr die ungeheuersten Summen verzeichnet für ungenannte Ausgaben, und das anklagende Blatt hatte gedroht, in späteren Nummern die Personen namhaft zu machen, in deren Säckel jene Schätze geflossen. Durch das plötzliche Eingehen des Blattes kam die Drohung nicht zur Ausführung, was uns sehr leid war, da jeder alsdann sehen konnte, wie wir bei solcher geheimen Munifizenz [Freigebigkeit], welche direkt vom Minister oder seinem Sekretär ausging und eine Gratifikation für bestimmte Dienste war, niemals beteiligt gewesen. Von solchen sogenannten bons du ministre, den wirklichen Geheimfonds, sind sehr zu unterscheiden die Pensionen, womit der Minister sein Budget schon belastet vorfindet, zugunsten bestimmter Personen, denen jährlich bestimmte Summen als Unterstützung zuerkannt worden. Es war eine sehr ungroßmütige, ich möchte sagen eine sehr unfranzösische Handlung, dass das retrospektive Flugblatt, nachdem es in Bausch und Bogen die verschiedenen Gesandtschaftsgehalte und Gesandtschaftsausgaben angegeben, auch die Namen der Personen druckte, welche Unterstützungspensionen genossen, und wir müssen solches um so mehr tadeln, da hier nicht bloß in Dürftigkeit gesunkene Männer des höchsten Ranges vorkamen, sondern auch große Damen, die ihre gefallene Größe gern unter einigen Putzflittern verbargen und jetzt mit Kummer ihr vornehmes Elend enthüllt sahen. Von zarterem Takt geleitet, wird der Deutsche dem unartigen Beispiel der Franzosen nicht folgen, und wir verschweigen hier die Nomenklatur der hochadligen und durchlauchtigen Frauen, die wir auf der Liste der Pensionsfonds im Departement Guizots verzeichnet fanden. Unter den Männern, welche auf derselben Liste mit jährlichen Unterstützungssummen genannt waren, sahen wir Exulanten [Verbannte, Vertriebene] aus allen Weltgegenden, Flüchtlinge aus Griechenland und St. Domingo, Armenien und Bulgarien, aus Spanien und Polen, hochklingende Namen von Baronen, Grafen, Fürsten, Generälen und Exministern, von Priestern sogar, gleichsam eine Aristokratie der Armut bildend, während auf den Listen der Kassen andrer Departemente minder brillante arme Teufel paradierten. Der deutsche Poet brauchte sich wahrlich seiner Genossenschaft nicht zu schämen, und er befand sich in Gesellschaften von Berühmtheiten des Talentes und des Unglücks, deren Schicksal erschütternd. Dicht neben meinem Namen auf der erwähnten Pensionsliste, in derselben Rubrik und in derselben Kategorie, fand ich den Namen eines Mannes, der einst ein Reich beherrschte, größer als die Monarchie des Ahasverus, der da König war von Haude bis Kusch, von Indien bis an die Mohren, über hundertundsiebenundzwanzig Länder; – es war Godoy, der Prince de la paix, der unumschränkte Günstling Ferdinands VII. und seiner Gattin, die sich in seine Nase verliebt hatte. – Nie sah ich eine umfangreichere, kurfürstlichere Purpurnase, und ihre Füllung mit Schnupftabak muss gewiss dem armen Godoy mehr gekostet haben, als sein französisches Jahresgehalt betrug. Ein anderer Name, den ich neben dem meinigen erblickte und der mich mit Rührung und Ehrfurcht erfüllte, war der meines Freundes und Schicksalsgenossen, des ebenso glorreichen wie unglücklichen Augustin Thierry, des größten Geschichtsschreibers unserer Zeit. Aber anstatt neben solchen respektabeln Leuten meinen Namen zu nennen, wusste der ehrliche Korrespondent der »Allgemeinen Zeitung« aus den erwähnten Budgetlisten, wo freilich auch pensionierte diplomatische Agenten verzeichnet standen, just zwei Namen der deutschen Landsmannschaft herauszuklauben, welche Personen gehörten, die gewiss besser sein mochten als ihr Ruf, aber jedenfalls dem meinigen schaden mussten, wenn man mich damals mit ihnen zusammenstellte. Der eine war ein deutscher Gelehrter aus Göttingen, ein Legationsrat, der von jeher der Sündenbock der liberalen Partei gewesen und das Talent besaß, durch eine zur Schau getragene diplomatische Geheimtuerei für das Schlimmste zu gelten. Begabt mit einem Schatz von Kenntnissen und einem eisernen Fleiß, war er für viele Kabinette ein sehr brauchbarer Arbeiter gewesen, und so arbeitete er später gleichfalls in der Kanzlei Guizots, welcher ihn auch mit verschiedenen Missionen betraute, und diese Dienste rechtfertigen seine Besoldung, die sehr bescheiden war. Die Stellung des anderen Landsmannes, mit welchem der ehrliche Korruptionskorrespondent mich zusammen nannte, hatte mit der meinigen ebenso wenig Analogie wie die des ersteren: er war ein Schwabe, der bisher als unbescholtener Spießbürger in Stuttgart lebte, aber jetzt in einem fatal zweideutigen Licht erschien, als man sah, dass er auf dem Budget Guizots mit einer Pension verzeichnet stand, die fast ebenso groß war wie das Jahresgehalt, das aus derselben Kasse der Oberst Gustavson, Exkönig von Schweden, bezog; ja sie war drei- oder viermal so groß wie die auf demselben Guizotschen Budget eingezeichneten Pensionen des Baron von Eckstein und des Hrn. Capefigue, welche beide, nebenbei gesagt, seit undenklicher Zeit Korrespondenten der »Allgemeinen Zeitung« sind. Der Schwabe konnte in der Tat seine fabelhaft große Pension durch kein notorisches Verdienst rechtfertigen, er lebte nicht als Verfolgter in Paris, sondern, wie gesagt, in Stuttgart als ein stiller Untertan des Königs von Württemberg, er war kein großer Dichter, er war kein Lumen der Wissenschaft, kein Astronom, kein berühmter Staatsmann, kein Heros der Kunst, er war überhaupt kein Heros, im Gegenteil, er war sehr unkriegerisch, und als er einst die Redaktion der »Allgemeinen Zeitung« beleidigt hatte und diese letztere spornstreichs von Augsburg nach Stuttgart reiste, um den Mann auf Pistolen herauszufordern: – da wollte der gute Schwabe kein Bruderblut vergießen (denn die Redaktion der »Allgemeinen Zeitung« ist von Geburt eine Schwäbin), und er lehnte das Pistolenduell noch aus dem ganz besonderen Sanitätsgrunde ab, weil er keine bleiernen Kugeln vertragen könne und sein Bauch nur an gebackene Schaletkugeln und schwäbische Knödeln gewöhnt sei.

Korsen, nordamerikanische Indianer und Schwaben verzeihen nie; und auf diese schwäbische Vendetta rechnete der Jesuitenzögling, als er seinen korrupten Korruptionsartikel der »Allgemeinen Zeitung« einschickte; und die Redaktion derselben ermangelte nicht, brühwarm eine Pariser Korrespondenz abzudrucken, welche den guten Leumund des unerschossenen schwäbischen Landsmanns den unheimlichsten und schändlichsten Hypothesen und Konjekturen überlieferte. Die Redaktion der »Allgemeinen Zeitung« konnte ihre Unparteilichkeit bei der Aufnahme dieses Artikels umso glänzender zur Schau stellen, da darin einer ihrer befreundeten Korrespondenten nicht minder bedenklich bloßgestellt war. Ich weiß nicht, ob sie der Meinung gewesen, dass sie mir durch den Abdruck schmählicher, aber haltloser Beschuldigungen einen Dienst erweise, indem sie mir dadurch Gelegenheit böte, jedem unwürdigen Gerede, jeder im Nebel schleichenden Insinuation mit einer bestimmten Erklärung entgegenzutreten – genug, die Redaktion der »Allgemeinen Zeitung« druckte den eingesandten Korruptionsartikel, doch sie begleitete denselben mit einer Note, worin sie in Bezug auf meine Pension die Bemerkung machte, »dass ich dieselbe in keinem Falle für das, was ich schrieb, sondern nur für das, was ich *nicht* schrieb, empfangen haben könne«.

Ach, diese gewiss wohlgemeinte, aber wegen ihrer allzu witzigen Abfassung sehr verunglückte Ehrenrettungsnote war ein wahres pavé, ein Pflasterstein, wie die französischen Journalisten in ihrer Koteriesprache eine ungeschickte Verteidigung nennen, welche den Verteidigten totschlägt, wie es der Bär in der Fabel tat, als er von der Stirn des schlafenden Freundes eine Schmeißfliege verscheuchen wollte und mit dem Quaderstein, den er auf sie schleuderte, auch das Hirn des Schützlings zerschmetterte.

Das augsburgische pavé musste mich empfindlicher verletzen als der Korrespondenzartikel der armseligen Schmeißfliege, und in der Erklärung, die ich damals, wie oben erwähnt, in der »Allgemeinen Zeitung« drucken ließ, sagte ich darüber folgende Worte: »Die Redaktion der ›Allgemeinen Zeitung‹ begleitet jene Korrespondenz mit einer Note, worin sie vielmehr die Meinung ausspricht, dass ich nicht für das, was ich schrieb, jene Unterstützung empfangen haben möge, sondern für das, was ich *nicht schrieb*. Die Redaktion der ›Allgemeinen Zeitung‹, die seit zwanzig Jahren nicht sowohl durch das, was sie von mir druckte, als vielmehr durch das, was sie *nicht druckte*, hinlänglich Gelegenheit hatte, zu merken, dass ich nicht der servile Schriftsteller bin, der sich sein Stillschweigen bezahlen lässt – besagte Redaktion hätte mich wohl mit jener levis nota verschonen können.«

Zeit, Ort und Umstände erlaubten damals keine weiteren Erörterungen, doch heute, wo alle Rücksichten erloschen, ist es mir erlaubt, noch viel tatsächlicher darzutun, dass ich weder für das, was ich schrieb, noch für das, was ich *nicht* schrieb, vom Ministerium Guizot bestochen sein konnte. Für Menschen, die mit dem Leben abgeschlossen, haben solche retrospektive Rechtfertigungen einen sonderbar wehmütigen Reiz, und ich überlasse mich demselben mit träumerischer Indolenz. Es ist mir zu Sinne, als ob ich einem Längstverstorbenen eine fromme Genugtuung verschaffe; jedenfalls stehen hier am rechten Platz die folgenden Erläuterungen über französische Zustände zur Zeit des Ministeriums Guizot. – Das Ministerium vom 29. November 1840 sollte man eigentlich nicht das Ministerium Guizot, sondern vielmehr das Ministerium Soult nennen, da letzterer Präsident des Ministerkonseils war. Aber Soult war nur dessen Titularoberhaupt, ungefähr wie der jedesmalige König von Hannover immer den Titel eines Rektors der Universität Georgia Augusta führt, während Se. Magnifizenz, der zeitliche Prorektor zu Göttingen, die wirkliche Rektoratsgewalt ausübt. Trotz der offiziellen Machtvollkommenheit Soults war von ihm nie die Rede; nur dass zuweilen die liberalen Blätter, wenn sie mit ihm zufrieden waren, ihn den Sieger von Toulouse nannten; hatte er aber ihr Missfallen erregt, so verhöhnten sie ihn, steif und fest behauptend, dass er die Schlacht bei Toulouse *nicht* gewonnen habe. Man sprach nur von Guizot, und dieser stand während mehreren Jahren im Zenit seiner Popularität bei der Bourgeoisie, die von der Kriegslust seines Vorgängers ins Bockshorn gejagt worden; es versteht sich von selbst, dass der Nachfolger von Thiers noch größere Sympathie jenseits des Rheins erregte. Wir Deutschen konnten dem Thiers nicht verzeihen, dass er uns aus dem Schlaf getrommelt, aus unserem gemütlichen Pflanzenschlaf, und wir rieben uns die Augen und riefen: »Vivat Guizot!« Besonders die Gelehrten sangen das Lob desselben, in Pindarschen Hymnen, wo auch die Prosodie, das antike Silbenmaß, treu nachgeahmt war, und ein hier durchreisender deutscher Professor der Philologie versicherte mir, dass Guizot ebenso groß sei wie Thiersch. Ja, ebenso groß wie mein lieber, menschenfreundlicher Freund Thiersch, der Verfasser der besten griechischen Grammatik! Auch die deutsche Presse schwärmte für Guizot, und nicht bloß die zahmen Blätter, sondern auch die wilden, und diese Begeisterung dauerte sehr lange; ich erinnere mich, noch kurz vor dem Sturz des vielgefeierten Lieblings der Deutschen fand ich im radikalsten deutschen Journal, in der »Speyerer Zeitung«, eine Apologie Guizots aus der Feder eines jener Tyrannenfresser, deren Tomahawk und Skalpiermesser keine Barmherzigkeit jemals kannte. Die Begeisterung für Guizot ward in der »Allgemeinen Zeitung« vornehmlich vertreten von meinem Kollegen mit dem Venuszeichen und von meinem Kollegen mit dem Pfeil; ersterer schwang das Weihrauchfass mit sazerdotaler Weihe, letzterer bewahrte selbst in der Ekstase seine Süße und Zierlichkeit: beide hielten aus bis zur Katastrophe.

Was mich betrifft, so hatte ich, seitdem ich mich ernstlich mit französischer Literatur beschäftigt, die ausgezeichneten Verdienste Guizots immer erkannt und begriffen, und meine Schriften zeugen von meiner frühen Verehrung des weltberühmten Mannes. Ich liebte mehr seinen Nebenbuhler Thiers, aber nur seiner Persönlichkeit wegen, nicht ob seiner Geistesrichtung, die eine borniert nationale ist, so dass er fast ein französischer Altdeutscher zu nennen wäre, während Guizots kosmopolitische Anschauungsweise meiner eigenen Denkungsart näherstand. Ich liebte vielleicht in ersterem manche Fehler, deren man mich selber zieh, während die Tugenden des anderen beinahe abstoßend auf mich wirkten. Ersteren musste ich oft tadeln, doch geschah es mit Widerstreben; wenn mir letzterer Lob abzwang, so erteilte ich es gewiss erst nach strengster Prüfung. Wahrlich nur mit unabhängiger Wahrheitsliebe besprach ich den Mann, welcher damals den Mittelpunkt aller Besprechungen bildete, und ich referierte immer getreu, was ich hörte. Es war für mich eine Ehrensache, die Berichte, worin ich den Charakter und die gouvernementalen Ideen (nicht die administrativen Akte) des großen Staatsmannes am wärmsten würdigte, hier in diesem Buch ganz unverändert abzudrucken, obgleich dadurch manche Wiederholungen entstehen mussten. Der geneigte Leser wird bemerken, diese Besprechungen gehen nicht weiter als bis gegen Ende des Jahres 1843, wo ich überhaupt aufhörte, politische Artikel für die »Allgemeine Zeitung« zu schreiben, und mich darauf beschränkte, dem Redakteur derselben in unserer Privatkorrespondenz manchmal freundschaftliche Mitteilungen zu machen; nur dann und wann veröffentlichte ich einen Artikel über Wissenschaft und schöne Künste.

Das ist nun das Schweigen, das *Nicht*schreiben, wovon die »Allgemeine Zeitung« spricht und das mir als einen Verkauf meiner Redefreiheit ausgedeutet werden sollte. Lag nicht viel näher die Annahme, dass ich um jene Zeit in meinem Glauben an Guizot schwankend, überhaupt an ihm irre geworden sein mochte? Ja, das war der Fall, doch im März 1848 geziemte mir kein solches Geständnis. Das erlaubten damals weder Pietät noch Anstand. Ich musste mich darauf beschränken, der treulosen Insinuation, welche mein plötzliches Verstummen der Bestechung zuschrieb, in der erwähnten Erklärung bloß das rein Faktische meines Verhältnisses zum Guizotschen Ministerium entgegenzustellen. Ich wiederhole hier diese Tatsachen. Vor dem 29. November 1840, wo Herr Guizot das Ministerium übernahm, hatte ich nie die Ehre gehabt, denselben zu sehen. Erst einen Monat später machte ich ihm einen Besuch, um ihm dafür zu danken, dass die Komptabilität seines Departements von ihm die Weisung erhalten hatte, mir auch unter dem neuen Ministerium meine jährliche Unterstützungspension nach wie vor in monatlichen Terminen auszuzahlen. Jener Besuch war der erste und zugleich der letzte, den ich in diesem Leben dem illustren Manne abstattete. In der Unterredung, womit er mich beehrte, sprach er mit Tiefsinn und Wärme seine Hochschätzung für Deutschland aus, und diese Anerkennung meines Vaterlandes sowie auch die schmeichelhaften Worte, welche er mir über meine eignen literarischen Erzeugnisse sagte, waren die einzige Münze, mit welcher er mich bestochen hat. Nie fiel es ihm ein, irgendeinen Dienst von mir zu verlangen. Und am allerwenigsten mochte es dem stolzen Mann, der nach Impopularität lechzte, in den Sinn kommen, eine kümmerliche Lobspende in der französischen Presse oder in der Augsburger »Allgemeinen Zeitung« von mir zu verlangen, von mir, der ihm bisher ganz fremd war, während weit gravitätischere und also zuverlässigere Leute, wie der Baron von Eckstein oder der Historiograph Capefigue, welche beide, wie oben bemerkt, ebenfalls Mitarbeiter der »Allgemeinen Zeitung« waren, mit Herrn Guizot in vieljährigem gesellschaftlichen Verkehr gestanden und gewiss ein delikates Vertrauen verdient hätten. Seit der erwähnten Unterredung habe ich Herrn Guizot nie wieder gesehen; nie sah ich seinen Sekretär oder sonst jemand, der in seinem Bureau arbeitete. Nur zufällig erfuhr ich einst, dass Herr Guizot von transrhenanischen Gesandtschaften oft und dringend angegangen worden, mich aus Paris zu entfernen. Nicht ohne Lachen konnte ich dann an die ärgerlichen Gesichter denken, welche jene Reklamanten geschnitten haben mochten, als sie entdeckten, dass der Minister, von welchem sie meine Ausweisung verlangt, mich obendrein durch ein Jahresgehalt unterstützte. Wie wenig derselbe wünschte, dieses edle Verfahren divulgiert [enthüllt, preisgegeben] zu sehen, begriff ich ohne besonderen Wink, und diskrete Freunde, denen ich nichts verhehlen kann, teilten meine Schadenfreude.

Für diese Belustigung und die Großmut, womit er mich behandelt, war ich Herrn Guizot gewiss zu großem Dank verpflichtet. Doch als ich in meinem Glauben an seine Standhaftigkeit gegen königliche Zumutungen irre ward, als ich ihn vom Willen Ludwig Philipps allzu verderblich beherrscht sah und den großen, entsetzlichen Irrtum dieses autokratischen Starrwillens, dieses unheilvollen Eigensinns begriff, da würde wahrlich nicht der psychische Zwang der Dankbarkeit mein Wort gefesselt haben, ich hätte gewiss mit ehrfurchtsvoller Betrübnis die Missgriffe gerügt, wodurch das allzu nachgiebige Ministerium, oder vielmehr der betörte König, das Land und die Welt dem Untergang entgegenführte. Aber es knebelten meine Feder auch brutale physische Hindernisse, und diese reelle Ursache meines Schweigens, meines Nichtschreibens, kann ich erst heute öffentlich enthüllen.

Ja, im Fall ich auch das Gelüst empfunden hätte, in der »Allgemeinen Zeitung« gegen das unselige Regierungssystem Ludwig Philipps nur eine Silbe drucken zu lassen, so wäre mir solches unmöglich gewesen, aus dem ganz einfachen Grunde, weil der kluge König schon vor dem 29. November gegen einen solchen verbrecherischen Korrespondenteneinfall, gegen ein solches Attentat, seine Maßregeln genommen, indem er höchstselbst geruhte, den damaligen Zensor der »Allgemeinen Zeitung« zu Augsburg nicht bloß zum Ritter, sondern sogar zum Offizier der französischen Ehrenlegion zu ernennen. So groß auch meine Vorliebe für den seligen König war, so fand doch der Augsburger Zensor, dass ich nicht genug liebte, und er strich jedes missliebige Wort, und sehr viele meiner Artikel über die königliche Politik blieben ganz ungedruckt. Aber kurz nach der Februarrevolution, wo mein armer Ludwig Philipp ins Exil gewandert war, erlaubte mir weder die Pietät noch der Anstand die Veröffentlichung einer solchen Tatsache, selbst im Fall der Augsburger Zensor ihr sein Imprimatur verliehen hätte.

Ein anderes, ähnliches Geständnis gestattete damals nicht die Zensur des Herzens, die noch weit ängstlicher als die der »Allgemeinen Zeitung«. Nein, kurz nach dem Sturz Guizots durfte ich nicht öffentlich eingestehen, dass ich vorher auch aus Furcht schwieg. Ich musste mir nämlich Anno 1844 gestehen, dass, wenn Herr Guizot von meiner Korrespondenz erführe und die darin enthaltene Kritik ihm einigermaßen missfiele, der leidenschaftliche Mann wohl fähig gewesen wäre, die Gefühle der Großmut überwindend, dem unbequemen Kritiker in einer sehr summarischen Weise das Handwerk zu legen. Mit der Ausweisung des Korrespondenten aus Paris hätte auch seine Pariser Korrespondenz notwendigerweise ein Ende gehabt. In der Tat, Se. Magnifizenz hatte die Fasces der Gewalt in Händen, er konnte mir zu jeder Zeit das Consilium abeundi erteilen, und ich musste dann auf der Stelle den Ranzen schnüren. Seine Pedelle in blauer Uniform mit zitronengelben Aufschlägen hätten mich bald meinen Pariser kritischen Studien entrissen und bis an jene Pfähle begleitet, »die wie das Zebra sind gestreift«, wo mich andere Pedelle mit noch viel fataleren Livreen und germanisch ungeschliffeneren Manieren in Empfang genommen hätten, um mir die Honneurs des Vaterlandes zu machen – –

Aber, unglücklicher Poet, warst du nicht durch deine französische Naturalisation hinlänglich geschützt gegen solche Ministerwillkür?

Ach, die Beantwortung dieser Frage entreißt mir ein Geständnis, das vielleicht die Klugheit geböte zu verschweigen. Aber die Klugheit und ich, wir haben schon lange nicht mehr aus derselben Kumpe [Schale] gegessen – und ich will heute rücksichtslos bekennen, dass ich mich nie in Frankreich naturalisieren ließ und meine Naturalisation, die für eine notorische Tatsache gilt, dennoch nur ein deutsches Märchen ist. Ich weiß nicht, welcher müßige oder listige Kopf dasselbe ersonnen. Mehre Landsleute wollten freilich aus authentischer Quelle diese Naturalisation erschnüffelt haben; sie referierten darüber in deutschen Blättern, und ich unterstützte den irrigen Glauben durch Schweigen. Meine lieben literarischen und politischen Gegner in der Heimat, und manche sehr einflussreiche intime Feinde hier in Paris, wurden dadurch irregeleitet und glaubten, ich sei durch ein französisches Bürgerrecht gegen mancherlei Vexationen und Machinationen geschützt, womit der Fremde, der hier einer exzeptionellen Jurisdiktion unterworfen ist, so leicht heimgesucht werden kann. Durch diesen wohltätigen Irrtum entging ich mancher Böswilligkeit und auch mancher Ausbeutung von Industriellen, die in geschäftlichen Konflikten ihre Bevorrechtung benutzt hätten. Ebenso widerwärtig wie kostspielig wird auf die Länge in Paris der Zustand des Fremden, der nicht naturalisiert ist. Man wird geprellt und geärgert, und zumeist eben von naturalisierten Ausländern, die am schäbigsten darauf erpicht sind, ihre erworbenen Befugnisse zu missbrauchen. Aus missmütiger Fürsorge erfüllte ich einst die Formalitäten, die zu nichts verpflichten und uns doch in den Stand setzen, nötigenfalls die Rechte der Naturalisation ohne Zögernis zu erlangen. Aber ich hegte immer eine unheimliche Scheu vor dem definitiven Akt. Durch dieses Bedenken, durch diese tiefeingewurzelte Abneigung gegen die Naturalisation, geriet ich in eine falsche Stellung, die ich als die Ursache aller meiner Nöten, Kümmernisse und Fehlgriffe während meinem dreiundzwanzigjährigen Aufenthalt in Paris betrachten muss. Das Einkommen eines guten Amtes hätte hier meinen kostspieligen Haushalt und die Bedürfnisse einer nicht sowohl launischen als vielmehr menschlich freien Lebensweise hinreichend gedeckt – aber ohne vorhergehende Naturalisation war mir der Staatsdienst verschlossen. Hohe Würden und fette Sinekuren stellten mir meine Freunde lockend genug in Aussicht, und es fehlte nicht an Beispielen von Ausländern, die in Frankreich die glänzendsten Stufen der Macht und der Ehre erstiegen – Und ich darf es sagen, ich hätte weniger als andere mit einheimischer Scheelsucht zu kämpfen gehabt, denn nie hatte ein Deutscher in so hohem Grade wie ich die Sympathie der Franzosen gewonnen, sowohl in der literarischen Welt als auch in der hohen Gesellschaft, und nicht als Gönner, sondern als Kamerad pflegte der Vornehmste meinen Umgang. Der ritterliche Prinz, der dem Thron am nächsten stand und nicht bloß ein ausgezeichneter Feldherr und Staatsmann war, sondern auch das »Buch der Lieder« im Original las, hätte mich gar zu gern in französischen Diensten gesehen, und sein Einfluss wäre groß genug gewesen, um mich in solcher Laufbahn zu fördern. Ich vergesse nicht die Liebenswürdigkeit, womit einst im Garten des Schlosses einer fürstlichen Freundin der große Geschichtsschreiber der französischen Revolution und des Empires, welcher damals der allgewaltige Präsident des Konseils war, meinen Arm ergriff und, mit mir spazierengehend, lange und lebhaft in mich drang, dass ich ihm sagen möchte, was mein Herz begehre, und dass er sich anheischig mache, mir alles zu verschaffen. – Im Ohr klingt mir noch jetzt der schmeichlerische Klang seiner Stimme, in der Nase prickelt mir noch der Duft des großen blühenden Magnoliabaums, dem wir vorübergingen und der mit seinen alabasterweißen vornehmen Blumen in die blauen Lüfte emporragte, so prachtvoll, so stolz, wie damals, in den Tagen seines Glückes, das Herz des deutschen Dichters!

Ja, ich habe das Wort genannt. Es war der närrische Hochmut des deutschen Dichters, der mich davon abhielt, auch nur pro forma ein Franzose zu werden. Es war eine ideale Grille, wovon ich mich nicht losmachen konnte. In Bezug auf das, was wir gewöhnlich Patriotismus nennen, war ich immer ein Freigeist, doch konnte ich mich nicht eines gewissen Schauers erwehren, wenn ich etwas tun sollte, was nur halbwegs als ein Lossagen vom Vaterland erscheinen mochte. Auch im Gemüte des Aufgeklärtesten nistet immer ein kleines Alräunchen des alten Aberglaubens, das sich nicht ausbannen lässt; man spricht nicht gern davon, aber es treibt in den geheimsten Schlupfwinkeln unsrer Seele sein unkluges Wesen. Die Ehe, welche ich mit Unserer Lieben Frau Germania, der blonden Bärenhäuterin, geführt, war nie eine glückliche gewesen. Ich erinnere mich wohl noch einiger schönen Mondscheinnächte, wo sie mich zärtlich presste an ihren großen Busen mit den tugendhaften Zitzen – doch diese sentimentalen Nächte lassen sich zählen, und gegen Morgen trat immer eine verdrießlich gähnende Kühle ein und begann das Keifen ohne Ende. Auch lebten wir zuletzt getrennt von Tisch und Bett. Aber bis zu einer eigentlichen Scheidung sollte es nicht kommen. Ich habe es nie übers Herz bringen können, mich ganz loszusagen von meinem Hauskreuz. Jede Abtrünnigkeit ist mir verhasst, und ich hätte mich von keiner deutschen Katze lossagen mögen, nicht von einem deutschen Hund, wie unausstehlich mir auch seine Flöhe und Treue. Das kleinste Ferkelchen meiner Heimat kann sich in dieser Beziehung nicht über mich beklagen. Unter den vornehmen und geistreichen Säuen von Périgord, welche die Trüffeln erfunden und sich damit mästen, verleugnete ich nicht die bescheidenen Grünzlinge, die daheim im Teutoburger Wald nur mit der Frucht der vaterländischen Eiche sich atzen aus schlichtem Holztrog, wie einst ihre frommen Vorfahren, zur Zeit, als Arminius den Varus schlug. Ich habe auch nicht eine Borste meines Deutschtums, keine einzige Schelle an meiner deutschen Kappe eingebüßt, und ich habe noch immer das Recht, daran die schwarzrotgoldene Kokarde zu heften. Ich darf noch immer zu Maßmann sagen: »Wir deutsche Esel!« Hätte ich mich in Frankreich naturalisieren lassen, würde mir Maßmann antworten können: »Nur ich bin ein deutscher Esel, du aber bist es nicht mehr« – und er schlüge dabei einen verhöhnenden

Purzelbaum, der mir das Herz bräche. Nein, solcher Schmach habe ich mich nicht ausgesetzt. Die Naturalisation mag für andere Leute passen; ein versoffener Advokat aus Zweibrücken, ein Strohkopf mit einer eisernen Stirn und einer kupfernen Nase, mag immerhin, um ein Schulmeisteramt zu erschnappen, ein Vaterland aufgeben, das nichts von ihm weiß und nie etwas von ihm erfahren wird – aber dasselbe geziemt sich nicht für einen deutschen Dichter, welcher die schönsten deutschen Lieder gedichtet hat. Es wäre für mich ein entsetzlicher, wahnsinniger Gedanke, wenn ich mir sagen müsste, ich sei ein deutscher Poet und zugleich ein naturalisierter Franzose. – Ich käme mir selber vor wie jener Missgeburten mit zwei Köpfchen, die man in den Buden der Jahrmärkte zeigt. Es würde mich beim Dichten unerträglich genieren, wenn ich dächte, der eine Kopf finge auf einmal an, im französischen Truthahnpathos die unnatürlichsten Alexandriner zu skandieren, während der andere in den angeborenen wahren Naturmetren der deutschen Sprache seine Gefühle ergösse. Und ach! Unausstehlich sind mir, wie die Metrik, so die Verse der Franzosen, dieser parfümierte Quark – kaum ertrage ich ihre ganz geruchlosen besseren Dichter. – Wenn ich jene sogenannte poésie lyrique der Franzosen betrachte, erkenne ich erst ganz die Herrlichkeit der deutschen Dichtkunst, und ich könnte mir alsdann wohl etwas darauf einbilden, dass ich mich rühmen darf, in diesem Gebiet meine Lorbeern errungen zu haben. – Wir wollen auch kein Blatt davon aufgeben, und der Steinmetz, der unsere letzte Schlafstätte mit einer Inschrift zu verzieren hat, soll keine Einrede zu gewärtigen haben, wenn er dort eingräbt die Worte: »Hier ruht ein deutscher Dichter.«

LIX

Paris, 7. Mai 1843

Die Gemäldeausstellung erregt dieses Jahr ungewöhnliches Interesse, aber es ist mir unmöglich, über die gepriesenen Vorzüglichkeiten dieses Salons nur ein halbwegs vernünftiges Urteil zu fällen. Bis jetzt empfand ich nur ein Missbehagen sondergleichen, wenn ich die Gemächer des Louvre durchwandelte. Diese tollen Farben, die alle zu gleicher Zeit auf mich loskreischen, dieser bunte Wahnwitz, der mich von allen Seiten angrinst, diese Anarchie in goldenen Rahmen macht auf mich einen peinlichen, fatalen Eindruck. Ich quäle mich vergebens, dieses Chaos im Geiste zu ordnen und den Gedanken der Zeit darin zu entdecken oder auch nur den verwandtschaftlichen Charakterzug, wodurch diese Gemälde sich als Produkte unsrer Gegenwart kundgeben. Alle Werke einer und derselben Periode haben nämlich einen solchen Charakterzug, das Malerzeichen des Zeitgeistes. Zum Beispiel auf der Leinwand des Watteau oder des Boucher oder des Vanloo spiegelt sich ab das graziöse gepuderte Schäferspiel, die geschminkte, tändelnde Leerheit, das süßliche Reifrockglück des herrschenden Pompadourtums: überall hellfarbig bebänderte Hirtenstäbe, nirgends ein Schwert. In entgegengesetzter Weise sind die Gemälde des David und seiner Schüler nur das farbige Echo der republikanischen Tugendperiode, die in den imperialistischen Kriegsruhm überschlägt, und wir sehen hier eine forcierte Begeisterung für das marmorne Modell, einen abstrakten frostigen Verstandesrausch, die Zeichnung korrekt, streng, schroff, die Farbe trüb, hart, unverdaulich: Spartanersuppen. Was wird sich aber unseren Nachkommen, wenn sie einst die Gemälde der heutigen Maler betrachten, als die zeitliche Signatur offenbaren? Durch welche gemeinsame Eigentümlichkeiten werden sich diese Bilder gleich beim ersten Blick als Erzeugnisse aus unserer gegenwärtigen Periode ausweisen? Hat vielleicht der Geist der Bourgeoisie, der Industrialismus, der jetzt das ganze soziale Leben Frankreichs durchdringt, auch schon in den zeichnenden Künsten sich dergestalt geltend gemacht, dass allen heutigen Gemälden das Wappen dieser neuen Herrschaft aufgedrückt ist? Besonders die Heiligenbilder, woran die diesjährige Ausstellung so reich ist, erregen in mir eine solche Vermutung. Da hängt im langen Saal eine Geißelung, deren Hauptfigur, mit ihrer leidenden Miene, dem Direktor einer verunglückten Aktiengesellschaft ähnlich sieht, der vor seinen Aktionären steht und Rechnung ablegen soll; ja letztere sind auch auf dem Bild zu sehen, und zwar in der Gestalt von Henkern und Pharisäern, die gegen den Ecce homo schrecklich erbost sind und an ihren Aktien sehr viel Geld verloren zu haben scheinen. Der Maler soll in der Hauptfigur seinen Oheim porträtiert haben. Die Gesichter auf den eigentlich historischen Bildern, welche heidnische und mittelalterliche Geschichten darstellen, erinnern ebenfalls an Kramladen, Börsenspekulation, Merkantilismus, Spießbürgerlichkeit. Da ist ein Wilhelm der Eroberer zu sehen, dem man nur eine Bärenmütze aufzusetzen brauchte, und er verwandelte sich in einen Nationalgardisten, der mit musterhaftem Eifer die Wache bezieht, seine Wechsel pünktlich bezahlt, seine Gattin ehrt und gewiss das Ehrenlegionskreuz verdient. Aber gar die Porträts! Die meisten haben einen so pekuniären, eigennützigen, verdrossenen Ausdruck, den ich mir nur dadurch erkläre, dass das lebendige Original in den Stunden der Sitzung immer an das Geld dachte, welches ihm das Porträt kosten werde, während der Maler beständig die Zeit bedauerte, die er mit dem jämmerlichen Lohndienst vergeuden musste.

Unter den Heiligenbildern, welche von der Mühe zeugen, die sich die Franzosen geben, recht religiös zu tun, bemerkte ich eine Samaritanerin am Brunnen. Obgleich der Heiland dem feindseligen Stamme der Juden angehört, übt sie dennoch an ihm Barmherzigkeit. Sie bietet dem Durstigen ihren Wasserkrug, und während er trinkt, betrachtet sie ihn mit einem sonderbaren Seitenblick, der ungemein pfiffig und mich an die gescheite Antwort erinnerte, welche einst eine kluge Tochter Schwabens dem Herrn Superintendenten gab, als dieser die Schuljugend im Religionsunterricht examinierte. Er frug nämlich, woran das Weib aus Samaria erkannt hatte, dass Jesus ein Jude war. »An der Beschneidung« – antwortete keck die kleine Schwäbin.

Das merkwürdigste Heiligenbild des Salons ist von Horace Vernet, dem einzigen großen Meister, welcher dies Jahr ein Gemälde zur Ausstellung lieferte. Das Sujet ist sehr verfänglich, und wir müssen, wo nicht die Wahl, doch gewiss die Auffassung desselben bestimmt tadeln. Dieses Sujet, der Bibel entlehnt, ist die Geschichte Judas und seiner Schwiegertochter Thamar. Nach unseren modernen Begriffen und Gefühlen erscheinen uns beide Personen in einem sehr unsittlichen Licht. Jedoch nach der Ansicht des Altertums, wo die höchste Aufgabe des Weibes darin bestand, dass sie Kinder gebar, dass sie den Stamm ihres Mannes fortpflanze – (zumal nach der althebräischen Denkweise, wo der nächste Anverwandte die Witwe eines Verstorbenen heiraten musste, wenn derselbe kinderlos starb, nicht bloß, damit durch solche postume Nachkommenschaft die Familiengüter, sondern damit auch das Andenken der Toten, ihr Fortleben in den Spätergeborenen, gleichsam ihre irdische Unsterblichkeit, gesichert werde) –, nach solcher antiken Anschauungsweise war die Handlung der Thamar eine höchst sittliche, fromme, gottgefällige Tat, naiv schön und fast so heroisch wie die Tat der Judith, die unseren heutigen Patriotismusgefühlen schon etwas nähersteht. Was ihren Schwiegervater Juda betrifft, so vindizieren wir für ihn eben keinen Lorbeer, aber wir behaupten, dass er in keinem Falle eine Sünde beging. Denn erstens war die Beiwohnung eines Weibes, das er an der Landstraße fand, für den Hebräer der Vorzeit ebenso wenig eine unerlaubte Handlung wie der Genuss einer Frucht, die er von einem Baum an der Straße abgebrochen hätte, um seinen Durst zu löschen; und es war gewiss ein heißer Tag im heißen Mesopotamien, und der arme Erzvater Juda lechzte nach einer Erfrischung. Und dann trägt seine Handlung ganz den Stempel des göttlichen Willens, sie war eine providentielle: ohne jenen großen Durst hätte Thamar kein Kind bekommen; dieses Kind aber wurde der Ahnherr Davids, welcher als König über Juda und Israel herrschte, und es ward also zugleich auch der Stammvater jenes noch größeren Königs mit der Dornenkrone, den jetzt die ganze Welt verehrt, Jesus von Nazareth. – Was die Auffassung dieses Sujets betrifft, so will ich, ohne mich in einen allzu homiletischen Tadel einzulassen, dieselbe mit wenigen Worten beschreiben. Thamar, die schöne Person, sitzt an der Landstraße und offenbart bei dieser Gelegenheit ihre üppigsten Reize. Fuß, Bein, Knie usw. sind von einer Vollendung, die an Poesie grenzt. Der Busen quillt hervor aus dem knappen Gewand, blühend, duftig, verlockend, wie die verbotene Frucht im Garten Eden. Mit der rechten Hand, die ebenfalls entzückend trefflich gemalt ist, hält sich die Schöne einen Zipfel ihres weißen Gewandes vors Gesicht, so dass nur die Stirn und die Augen sichtbar. Diese großen schwarzen Augen sind verführerisch wie die Stimme der glatten Satansmuhme. Das Weib ist zu gleicher Zeit Apfel und Schlange, und wir dürfen den armen Juda nicht deswegen verdammen, dass er ihr die verlangten Pfänder: Stab, Ring und Gürtel, sehr hastig hinreicht. Sie hat, um dieselben in Empfang zu nehmen, die linke Hand ausgestreckt, während sie, wie gesagt, mit der rechten das Gesicht verhüllt. Diese doppelte Bewegung der Hände ist von einer Wahrheit, wie sie die Kunst nur in ihren glücklichsten Momenten hervorbringt. Es ist hier eine Naturtreue, die zauberhaft wirkt. Dem Juda gab der Maler eine begehrliche Physiognomie, die eher an einen Faun als an einen Patriarchen erinnern dürfte, und seine ganze Bekleidung besteht in jener weißen wollenen Decke, die seit der Eroberung Algiers auf so vielen Bildern eine große Rolle spielt. Seit die Franzosen mit dem Orient in unmittelbarste Bekanntschaft getreten, geben ihre Maler auch den Helden der Bibel ein wahrhaftes morgenländisches Kostüm. Das frühere traditionelle Idealkostüm ist in der Tat etwas abgenutzt durch dreihundertjährigen Gebrauch, und am allerwenigsten wäre es passend, nach dem Beispiel der Venezianer, die alten Hebräer in einer modernen Tagestracht zu vermummen. Auch Landschaft und Tiere des Morgenlandes behandeln seitdem die Franzosen mit größerer Treue in ihren Historienbildern, und dem Kamel, welches sich auf dem Gemälde des Horace Vernet befindet, sieht man es wohl an, dass der Maler es unmittelbar nach der Natur kopiert und nicht, wie ein deutscher Maler, aus der Tiefe seines Gemüts geschöpft hat. Ein deutscher Maler hätte vielleicht hier in der Kopfbildung des Kamels, das Sinnige, das Vorweltliche, ja das Alttestamentalische hervortreten lassen. Aber der Franzose hat nur eben ein Kamel gemalt, wie Gott es erschaffen hat, ein oberflächliches Kamel, woran kein einzig symbolisches Haar ist und welches, sein Haupt hervorstreckend über die Schulter des Juda, mit der größten Gleichgültigkeit dem verfänglichen Handel zuschaut. Diese Gleichgültigkeit, dieser Indifferentismus, ist ein Grundzug des in Rede stehenden Gemäldes, und auch in dieser Beziehung trägt dasselbe das Gepräge unserer Periode. Der Maler tauchte seinen Pinsel weder in die ätzende Böswilligkeit Voltairescher Satire noch in die liederlichen Schmutztöpfe von Parny und Konsorten; ihn leitet weder Polemik noch Immoralität; die Bibel gilt ihm so viel wie jedes andere Buch, er betrachtet dasselbe mit echter Toleranz, er hat gar kein Vorurteil mehr gegen dieses Buch, er findet es sogar hübsch und amüsant, und er verschmäht es nicht, demselben seine Sujets zu entlehnen. In dieser Weise malte er Judith, Rebekka am Brunnen, Abraham und Hagar, und so malte er auch Juda und Thamar, ein vortreffliches Gemälde, das wegen seiner lokalartigen Auffassung ein sehr passendes Altarbild wäre für die Pariser neue Kirche von Notre-Dame de Lorette, im Lorettenquartier.

Horace Vernet gilt bei der Menge für den größten Maler Frankreichs, und ich möchte dieser Ansicht nicht widersprechen. Jedenfalls ist er der nationalste der französischen Maler, und er überragt sie alle durch das fruchtbare Können, durch die dämonische Überschwänglichkeit, durch die ewig blühende Selbstverjüngung seiner Schöpferkraft. Das Malen ist ihm angeboren wie dem Seidenwurm das Spinnen, wie dem Vogel das Singen, und seine Werke erscheinen wie Ergebnisse der Notwendigkeit. Kein Stil, aber Natur. Fruchtbarkeit, die ans Lächerliche grenzt. Eine Karikatur hat den Horace Vernet dargestellt, wie er auf einem hohen

Ross, mit einem Pinsel in der Hand, vor einer ungeheuer lang ausgespannten Leinwand hinreitet und im Galopp malt; sobald er ans Ende der Leinwand anlangt, ist auch das Gemälde fertig. Welche Menge von kolossalen Schlachtstücken hat er in der jüngsten Zeit für Versailles geliefert! In der Tat, mit Ausnahme von Österreich und Preußen, besitzt wohl kein deutscher Fürst so viele Soldaten, wie deren Horace Vernet schon gemalt hat! Wenn die fromme Sage wahr ist, dass am Tag der Auferstehung jeden Menschen auch seine Werke nach der Stätte des Gerichtes begleiten, so wird gewiss Horace Vernet am Jüngsten Tag in Begleitung von einigen hunderttausend Mann Fußvolk und Kavallerie im Tale Josaphat anlangen. Wie furchtbar auch die Richter sein mögen, die dorten sitzen werden, um die Lebenden und Toten zu richten, so glaube ich doch nicht, dass sie den Horace Vernet ob der Ungebührlichkeit, womit er Juda und Thamar behandelte, zum ewigen Feuer verdammen werden. Ich glaube es nicht. Denn erstens, das Gemälde ist so vortrefflich gemalt, dass man schon deshalb den Beklagten freisprechen müsste. Zweitens ist der Horace Vernet ein Genie, und dem Genie sind Dinge erlaubt, die den gewöhnlichen Sündern verboten sind. Und endlich, wer an der Spitze von einigen hunderttausend Soldaten anmarschiert kommt, dem wird ebenfalls viel verziehen, selbst wenn er zufälligerweise kein Genie wäre.

LX

Paris, 1. Juni 1843

Der Kampf gegen die Universität, der von klerikaler Seite noch immer fortgesetzt wird, sowie auch die entschiedene Gegenwehr, wobei sich besonders Michelet und Quinet hervortaten, beschäftigt noch immer das große Publikum. Vielleicht wird dieses Interesse bald wieder verdrängt von irgendeiner neuen Tagesfrage; aber der Zwist selbst wird so bald nicht geschlichtet sein, denn er wurzelt in einem Zwiespalt, der Jahrhunderte alt ist und vielleicht als der letzte Grund aller Umwälzungen im französischen Staatsleben betrachtet werden dürfte. Es handelt sich hier weder um Jesuiten noch um Freiheit des Unterrichts; beides sind nur Losungsworte, sie sind keineswegs der Ausdruck dessen, was die kriegführenden Parteien denken und wollen. Etwas ganz anderes, als man zu gestehen wagt, wo nicht gar das Gegenteil der innern Überzeugung, wird auf beiden Seiten ausgesprochen. Man schlägt manchmal auf den Sack und meint den Esel, heißt das altdeutsche Sprichwort. Wir hegen eine zu gute Meinung von dem Verstand der Universitätsprofessoren, als dass wir annehmen dürften, sie polemisierten im vollsten Ernst gegen den toten Ritter Ignaz von Loyola und seine Grabesgenossen. Wir schenken hingegen dem Liberalismus der Gegner zu wenig Glauben, als dass wir ihre radikalen Grundsätze in Betreff der Lehrfreiheit, ihre eifrige Anpreisung der Freiheit des Unterrichts, für bare Münze nehmen möchten. Das öffentliche Feldgeschrei ist hier im Widerspruch mit dem geheimen Gedanken. Gelehrte List und fromme Lüge. Die wahre Bedeutung dieser Zwiste ist nichts anderes als die uralte Opposition zwischen Philosophie und Religion, zwischen Vernunfterkenntnis und Offenbarungsglauben, eine Opposition, die, von den Männern der Wissenschaft geleitet, sowohl im Adel wie in der Bürgerschaft beständig gärte und in den neunziger Jahren den Sieg erfocht. Ja bei einigen überlebenden Akteurs der französischen Staatstragödie, bei Politikern von tiefster Erinnerung, erlauschte ich nicht selten das Bekenntnis, dass die ganze französische Revolution zuletzt doch nur durch den Hass gegen die Kirche entstanden sei und dass man den Thron zertrümmerte, weil er den Altar schützte. Die konstitutionelle Monarchie hätte sich, ihrer Meinung nach, schon unter Ludwig XVI. festsetzen können; aber man fürchtete, dass der strenggläubige König der neuen Verfassung nicht treu bleiben könne aus frommen Gewissensskrupeln, man fürchtete, dass ihm seine religiösen Überzeugungen höher gelten würden als seine irdischen Interessen – und Ludwig XVI. ward das Opfer dieser Furcht, dieses Argwohns, dieses Verdachtes! Il était suspect; das war in jener Schreckenszeit ein Verbrechen, worauf die Todesstrafe stand.

Obgleich Napoleon die Kirche in Frankreich wiederherstellte und begünstigte, so galt doch sein eiserner Willenstolz für eine hinlängliche Bürgschaft, dass die Geistlichkeit unter seiner Regierung sich nicht allzu sehr überheben oder gar zur Herrschaft emporschwingen würde: er hielt sie ebenso sehr im Zaum wie uns andere, und seine Grenadiere, welche mit blankem Gewehr neben der Prozession einhermarschierten, schienen weniger die Ehrengarde als vielmehr die Gefangenschaftseskorte der Religion zu sein. Der gewaltige Imperator wollte allein regieren, wollte auch mit dem Himmel seine Gewalt nicht teilen, das wüsste jeder. Im Beginn der Restauration wurden schon die Gesichter länger, und die Männer der Wissenschaft fühlten wieder ein geheimes Grauen. Aber Ludwig XVIII. war ein Mann ohne religiöses Bewusstsein, ein Witzling, der sehr dick war, schlechte lateinische Verse machte und gute Leberpasteten aß; das beruhigte das Publikum. Man wusste, dass er Krone und Haupt nicht gefährden werde, um den Himmel zu gewinnen, und je weniger man ihn als Mensch achtete, desto größeres Vertrauen flößte er ein als König von Frankreich: seine Frivolität war eine Garantie, diese schützte ihn selbst vor dem Verdacht, den schwarzen Erbfeind zu begünstigen, und wäre er am Leben geblieben, so hätten die Franzosen keine neue Revolution gemacht. Diese machten sie unter der Regierung Karls X., eines Königs, der persönlich die höchste Achtung verdiente und von dem man im Voraus überzeugt war, dass er, dem Heile seiner Seele alle Erdengüter opfernd, mit ritterlichem Mut bis zum letzten Atemzug für die Kirche kämpfen werde, gegen Satan und die revolutionären Heiden. Man stürzte ihn vom Thron, eben weil man ihn für einen edlen, gewissenhaften, ehrlichen Mann hielt. Ja, er war es, ebenso wie Ludwig XVI., aber 1830 wäre der bloße Verdacht ebenfalls hinreichend gewesen, um Karl X. dem Untergang zu widmen. Dieser Verdacht ist auch der wahre Grund, weshalb sein Enkel in Frankreich keine Zukunft hat: man weiß, dass ihn die Geistlichkeit erzogen, und das Volk nannte ihn immer »le petit jésuite«.

Es war ein wahres Glück für die Juliusdynastie, dass sie durch Zufall und Zeitumstände diesem tödlichen Verdacht entgangen ist. Der Vater Ludwig Philipps war wenigstens kein Frömmler; das gestehen selbst seine ärgsten Verleumder. Er gestattete dem Sohn die freie Ausbildung seines Geistes, und dieser hat mit der Ammenmilch die Philosophie des achtzehnten Jahrhunderts eingesogen. Auch lautet der Refrain aller legitimistischen Klagen, dass der jetzige König nicht gottesfürchtig genug sei, dass er immer ein liberaler Freigeist gewesen und dass er sogar seine Kinder in Unglauben heranwachsen lasse. In der Tat, seine Söhne sind ganz die Söhne des neuen Frankreichs, in dessen öffentlichen Kollegien sie ihren Unterricht genossen. Der verstorbene Herzog von Orleans war der Stolz der jungen Generation, die mit ihm in die Schule gegangen und wahrhaftig viel gelernt hatte. Der Umstand, dass die Mutter des Kronprinzen von Frankreich eine Protestantin, ist von unabsehbarer Wichtigkeit. Der Verdacht der Bigotterie, der der älteren Dynastie so fatal geworden, wird die Orleans nicht treffen.

Der Kampf gegen die Kirche wird nichtsdestoweniger seine große politische Bedeutung behalten. Wie gewaltig auch die Macht des Klerus in der letzten Zeit emporblühte, wie bedeutend auch seine Stellung in der Gesellschaft, wie sehr er auch gedeiht, so sind doch die Gegner immer gerüstet, ihm die Stirn zu bieten, und wenn bei nächtlichem Überfall der Liberalismus sein »Bursche heraus!« ruft, kommen gleich an allen Fenstern die Lichter zum Vorschein, und jung und alt rennt heran mit allen möglichen Schlägern, wo nicht gar mit den Piken des Jakobinismus. Der Klerus will, wie er es immer wollte, in Frankreich zur Oberherrschaft gelangen, und wir sind unparteiisch genug, um seine geheimen und öffentlichen Bestrebungen nicht den kleinen Trieben des Ehrgeizes, sondern den uneigennützigsten Besorgnissen für das Seelenheil des Volkes zuzuschreiben. Die Erziehung der Jugend ist ein Mittel, wodurch der heilige Zweck am klügsten befördert wird, auch ist auf diesem Wege schon das Unglaublichste geschehen, und der Klerus musste notwendigerweise mit den Befugnissen der Universität in Kollision geraten. Um die Oberaufsicht des vom Staat organisierten liberalen Unterrichts zu vernichten, suchte man die revolutionären Antipathien gegen Privilegien jeder Art ins Interesse zu ziehen, und die Männer, welche, gelangten sie zur Herrschaft, nicht einmal die Freiheit des Denkens erlauben würden, schwärmen jetzt mit begeisterten Phrasen für Lehrfreiheit und klagen über Geistesmonopol. Der Kampf mit der Universität war also kein zufälliges Scharmützel und musste früh oder spät ausbrechen; der Widerstand war ebenfalls ein Akt der Notwendigkeit, und obgleich wider Willen und Lust, musste dennoch die Universität den Fehdehandschuh aufnehmen. Aber selbst den Gemäßigtsten stieg bald das kochende Blut der Leidenschaft zu Häupten, und es war Michelet, der weiche, mondscheinsanfte Michelet, welcher plötzlich wild wurde und im öffentlichen Auditorium des Collège de France die Worte ausrief: »Um euch fortzujagen, haben wir eine Dynastie gestürzt, und ist es nötig, so werden wir noch sechs Dynastien umstürzen, um euch fortzujagen!« – Dass eben Menschen wie Michelet und sein wahlverwandter Freund Edgar Quinet als die heftigsten Kämpen aufgetreten gegen die Klerisei, ist eine merkwürdige Erscheinung, die ich mir nie träumen ließ, als ich zuerst die Schriften dieser Männer las, Schriften, die auf jeder Seite Zeugnis geben von tiefster Sympathie für das Christentum. Ich erinnere mich einer rührenden Stelle der »Französischen Geschichte« von Michelet, wo der Verfasser von der Liebesangst spricht, die ihn ergreife, wenn er den Verfall der Kirche zu besprechen habe: es sei ihm dann zumute wie damals, als er seine alte Mutter pflegte, die auf ihrem Krankenbette sich durchgelegen hatte, sodass er nur mit aller ersinnlichen Schonung ihren wunden Leib zu berühren wagte. Es zeugt gewiss nicht von jener Klugheit, die man sonst als Jesuitismus bezeichnet hat, dass man Leute wie Michelet und Quinet zum zornigsten Widerstand aufstachelte. Der Ernst möchte uns schier verlassen, indem wir diesen Missgriff hervorheben, zumal in Bezug auf Michelet. Dieser Michelet ist ein geborener Spiritualist, niemand hegt einen tiefern Abscheu vor der Aufklärung des achtzehnten Jahrhunderts, vor dem Materialismus, vor der Frivolität, vor jenen Voltairianern, deren Name noch immer Legion ist und mit denen er sich jetzt dennoch verbündete. Er hat sogar zur Logik seine Zuflucht nehmen müssen! Hartes Schicksal für einen Mann, der sich nur in den Fabelwäldern der Romantik heimisch fühlt, der sich am liebsten auf mystisch blauen Gefühlswogen schaukelt und sich ungern mit Gedanken abgibt, die nicht symbolisch vermummt! Über seine Sucht der Symbolik, über sein beständiges Hinweisen auf das Symbolische habe ich im Quartier latin zuweilen sehr anmutig scherzen hören, und Michelet heißt dort Monsieur Symbole. Die Vorherrschaft der Phantasie und des Gemütes übt aber einen gewaltigen Reiz auf die studierende Jugend, und ich habe mehrmals vergebens versucht, bei Monsieur Symbole im Collège de France zu hospitieren; ich fand den Hörsaal immer überfüllt von Studenten, die mit Begeisterung sich um den Gefeierten drängten. Seine Wahrheitsliebe und strenge Redlichkeit ist vielleicht ebenfalls der Grund, warum man ihn so ehrt und liebt. Als Schriftsteller behauptet Michelet den ersten Rang. Seine Sprache ist die holdseligste, die man sich denken kann, und alle Edelsteine der Poesie glänzen in seiner Darstellung. Soll ich einen Tadel aussprechen, so möchte ich zunächst den Mangel an Dialektik und Ordnung bedauern: wir begegnen hier einer bis zur Fratze gesteigerten Abenteuerlichkeit, einem berauschten Übermaß, wo das Erhabene überschlägt ins Skurrile und das Sinnige ins Läppische. Ist er ein großer Historiker? Verdient er neben Thiers, Mignet, Guizot und Thierry, diesen ewigen Sternen, genannt zu werden? Ja, er verdient es, obgleich er die Geschichte in einer ganz anderen Weise schreibt. Soll der Historiker, nachdem er geforscht und gedacht, uns die Vorfahren und ihr Treiben, die Tat der Zeit zur Anschauung bringen; soll er durch die Zaubergewalt des Wortes die tote Vergangenheit aus dem Grabe beschwören, dass sie lebendig vor unsre Seele tritt – ist dieses die Aufgabe, so können wir versichern, dass Michelet sie vollständig löst. Mein großer Lehrer, der selige Hegel, sagte mir einst: »Wenn man die Träume aufgeschrieben hätte, welche die Menschen während einer bestimmten Periode geträumt haben, so würde einem aus der Lektüre dieser gesammelten Träume ein ganz richtiges Bild vom Geist jener Periode aufsteigen.« Michelets »Französische Geschichte« ist eine solche Kollektion von Träumen, ein solches Traumbuch: das ganze träumende Mittelalter schaut daraus hervor mit seinen tiefen leidenden Augen, mit dem gespenstigen Lächeln, und wir erschrecken fast ob der grellen Wahrheit der Farbe und Gestalt. In der Tat, für die Schilderung jener somnambulen Zeit passte eben ein somnambuler Geschichtsschreiber wie Michelet.

In derselben Weise wie gegen Michelet hat gegen Quinet sowohl die klerikale Partei als auch die Regierung ein höchst unkluges Verfahren eingeschlagen. Dass erstere, die Männer der Liebe und des Friedens, sich in ihrem frommen Eifer weder klug noch sanftmütig zeigen würden, setzt mich nicht in Verwunderung. Aber eine Regierung, an deren Spitze ein Mann der Wissenschaft, hätte sich doch milder und vernünftiger benehmen können. Ist der Geist Guizots ermüdet von den Tageskämpfen? Oder hätten wir uns in ihm geirrt, als wir ihn für den Kämpen hielten, der die Eroberungen des menschlichen Geistes gegen Lug und Klerisei am standhaftesten verteidigen würde? Als er, nach dem Sturz von Thiers, ans Ruder kam, schwärmten für ihn alle Schulmeister Germanias, und wir machten Chorus mit dem aufgeklärten Gelehrtenstand. Diese Hosiannatage sind vorüber, und es ergreift uns eine Verzagnis, ein Zweifel, ein Missmut, der nicht auszusprechen weiß, was er nur dunkel empfindet und ahnt, und der sich endlich in ein grämliches Stillschweigen versenkt. Da wir wirklich nicht recht wissen, was wir sagen sollen, da wir an dem alten Meister irre geworden, so dürfte es wohl am ratsamsten sein, von anderen Dingen zu schwatzen als von der Tagespolitik im gelangweilten, schläfrigen und gähnenden Frankreich. – Nur über das Verfahren gegen Edgar Quinet wollen wir noch unsere unmaßgebliche Rüge aussprechen. Wie den Michelet hätte man auch den Edgar Quinet nicht so schnöde reizen dürfen dass auch dieser jetzt, ganz seinem innersten Naturell zuwider getrieben ward, das Christkind mitsamt dem Bade auszuschütten und in die Reihen jener Kohorten zu treten, welche die äußerste Linke der revolutionären Armada bilden. Spiritualisten sind alles fähig, wenn man sie rasend macht, sie können alsdann sogar in den nüchtern vernünftigsten Rationalismus überschnappen. Wer weiß, ob nicht Michelet und Quinet am Ende die krassesten Jakobiner werden, die tollsten Vernunftanbeter, fanatische Nachfrevler von Robespierre und Marat.

Michelet und Quinet sind nicht bloß gute Kameraden, getreue Waffenbrüder, sondern auch wahlverwandte Geistesgenossen. Dieselben Sympathien, dieselben Antipathien. Nur ist das Gemüt des einen weicher, ich möchte sagen indischer; der andere hat hingegen in seinem Wesen etwas Derbes, etwas Gotisches. Michelet mahnt mich an die großblumig starkgewürzten Riesengedichte des »Mahabharata«; Quinet erinnert vielmehr an die ebenso ungeheuerlichen, aber schrofferen und felsenhafteren Lieder der »Edda«. Quinet ist eine nordische Natur, man kann sagen eine deutsche, sie hat ganz den deutschen Charakter, im guten wie im üblen Sinne; Deutschlands Odem weht in allen seinen Schriften. Wenn ich den »Ahasver« oder andere Quinetsche Poesien lese, wird mir ganz heimatlich zumute, ich glaube die vaterländischen Nachtigallen zu vernehmen, ich rieche den Duft der Gelbveiglein, wohlbekannte Glockentöne summen mir ums Haupt, auch die wohlbekannten Schellenkappen höre ich klingeln: deutschen Tiefsinn, deutschen Denkerschmerz, deutsche Gemütlichkeit, deutsche Maikäfer, mitunter sogar ein bisschen deutsche Langeweile finde ich in den Schriften unseres Edgar Quinet. Ja, er ist der unsrige, er ist ein Deutscher, eine gute deutsche Haut, obgleich er sich in jüngster Zeit als ein wütender Germanenfresser gebärdete. Die raue, etwas täppische Weise, womit er in der »Revue des deux mondes« gegen uns loszog, war nichts weniger als französisch, und eben an dem tüchtigen Faustschlag und der echten Grobheit erkannten wir den Landsmann. Edgar ist ganz ein Deutscher, nicht bloß dem Geist, sondern auch der äußeren Erscheinung nach, und wer ihm auf den Straßen von Paris begegnet, hält ihn gewiss für irgendeinen Halleschen Theologen, der eben durchs Examen gefallen und, um sich zu erholen, nach Frankreich gedämmert. Eine kräftige, vierschrötige, ungekämmte Gestalt. Ein liebes, ehrliches, wehmütiges Gesicht. Grauer, schlottriger Oberrock, den Jung-Stilling genäht zu haben scheint. Stiefel, die vielleicht einst Jakob Böhme besohlte.

Quinet hat lange Zeit jenseits des Rheines gelebt, namentlich in Heidelberg, wo er studierte und sich täglich in Creuzers »Symbolik« berauschte. Er durchwanderte ganz Deutschland zu Fuß, besah alle unsere gotischen Ruinen und schmollierte [trank Schmollis, machte Brüderschaft] dort mit den ausgezeichnetsten Gespenstern. Im Teutoburger Wald, wo Hermann den Varus schlug, hat er westfälischen Schinken mit Pumpernickel gegessen; auf dem Sonnenstein gab er seine Karte ab. Ob er auch zu Mölln Eulenspiegels Grab besuchte, kann ich nicht behaupten. Was ich aber ganz bestimmt weiß, das ist: es gibt jetzt in der ganzen Welt keine drei Dichter, die so viel Phantasie, Ideenreichtum und Genialität besitzen wie Edgar Quinet.

LXI

Paris, 21. Juni 1843

Alle Jahre besuche ich regelmäßig die feierliche Sitzung in der Rotunde des Palais Mazarin, wo man sich stundenlang vorher einfinden muss, um Platz zu finden, unter der Elite der Geistesaristokratie, wozu glücklicherweise die schönsten Damen gehören. Nach langem Warten kommen endlich durch eine Seitentür die Herren Akademiker, die Mehrzahl aus Leuten bestehend, die sehr alt oder wenigstens nicht sehr gesund sind; Schönheit darf hier nicht gesucht werden. Sie setzen sich auf ihre langen, harten Holzbänke; man spricht zwar von den Fauteuils der Akademie, aber diese existieren nicht in der Wirklichkeit und sind nur eine Fiktion. Die Sitzung beginnt mit einer langen, langweiligen Rede über die Jahresarbeiten und die eingegangenen Preisschriften, die der temporäre Präsident zu halten pflegt. Hierauf erhebt sich der Sekretär, der perpetuelle, dessen Amt ein ewiges ist, wie das Königtum. Die Sekretäre der Akademie und Ludwig Philipp sind Personen, die nicht durch Minister- oder Kammerlaune abgesetzt werden können. Leider ist Ludwig Philipp schon hochbejahrt, und wir wissen noch nicht, ob sein Nachfolger uns mit gleichem Talent die schöne Friedensruhe erhalten wird. Aber Mignet ist noch jung, oder, was noch besser, er ist der Typus der Jugendlichkeit selbst, er bleibt verschont von der Hand der Zeit, die uns anderen die Haare weiß färbt, wo nicht gar ausrauft und die Stirn so hässlich fältelt: der schöne Mignet trägt noch seine goldlockichte Frisur wie vor zwölf Jahren, und sein Antlitz ist noch immer blühend wie das der Olympier. Sobald der Perpetuelle auf die Rednerbühne getreten, nimmt er seine Lorgnette und beäugelt das Publikum.

Er zählt die Häupter seiner Lieben,
Und sieh, es fehlt kein teures Haupt.

Hierauf betrachtet er auch die um ihn her sitzenden Kollegen, und wenn ich boshaft wäre, würde ich seinen Blick ganz eigen kommentieren. Er kommt mir in solchen Momenten immer vor wie ein Hirt, der seine Herde mustert. Sie gehören ihm ja alle, ihm, dem Perpetuellen, der sie alle überleben und sie früher oder später in seinen »Précis historiques« sezieren und einbalsamieren wird. Er scheint eines jeden Gesundheitszustand zu prüfen, um sich zu

327

der künftigen Rede vorbereiten zu können. Der alte Ballanche sieht sehr krank aus, und Mignet schüttelt den Kopf. Da jener arme Mann gar kein Leben gelebt und auf dieser Erde gar nichts anderes getan hat, als dass er zu den Füßen von Madame Récamier saß und Bücher schrieb, die niemand liest und jeder lobt, so wird Mignet wirklich seine Not haben, ihm in seinem »Précis historique« eine menschliche Seite abzugewinnen und ihn genießbar zu machen. – In der heurigen Sitzung war der verstorbene Daunou der Gegenstand, den Mignet behandelte. Zu meiner Schande gestehe ich, dass letzterer mir unbegreiflich wenig bekannt war, dass ich nur mit Mühe einige seiner Lebensmomente in meinem Gedächtnis wiederfand. Auch bei anderen, besonders bei der jüngeren Generation, begegnete ich einer großen Unwissenheit in Bezug auf Daunou. Und dennoch hatte dieser Mann während einem halben Jahrhundert an dem großen Rad gedreht, und dennoch hatte er unter der Republik und dem Kaisertum die wichtigsten Ämter bekleidet, und dennoch war er bis an sein Lebensende ein tadelloser Verfechter der Menschheitsrechte, ein unbeugsamer Kämpe gegen Geistesknechtschaft, einer jener hohen Organisatoren der Freiheit, die gut sprachen, aber noch besser handelten und das schöne Wort in die heilsame Tat umschufen. Warum aber ist er trotz aller seiner Verdienste, trotz seiner rastlosen politischen und literarischen Tätigkeit dennoch nicht berühmt geworden? Warum glüht in unserer Erinnerung sein Name nicht so farbig wie die Namen so mancher seiner Kollegen, die eine minder bedeutende Rolle gespielt? Was fehlte ihm, um zur Berühmtheit zu gelangen? Ich will es mit einem Worte sagen: die Leidenschaft. Nur durch irgendeine Manifestation der Leidenschaft werden die Menschen auf dieser Erde berühmt. Hier genügt eine einzige Handlung, ein einziges Wort, aber sie müssen das leidenschaftliche Gepräge tragen. Ja, sogar die zufällige Begegnung mit großen Ereignissen der Leidenschaft gewährt unsterblichen Nachruhm. Der selige Daunou war aber ein stiller Mönch, der den klösterlichen Frieden im Gemüte trug, während alle Stürme der Revolution um ihn her rasten, der sein Tagwerk vollbrachte ruhig und furchtlos, unter Robespierre wie unter Napoleon, und der ebenso bescheiden starb, wie er bescheiden lebte. Ich will nicht sagen, dass seine Seele nicht glühte, aber es war eine Glut ohne Flamme, ohne Geprassel, ohne Spektakel. – Trotz dem scheinlosen Leben des Mannes wusste Mignet doch Interesse für diesen stillen Helden zu erregen, und da dieser das höchste Lob verdiente, konnte es ihm auch in reichem Maße gezollt werden. Aber wäre auch Daunou keineswegs ein so rühmenswerter Mensch gewesen, hätte er gar zu jenen charakterlosen Fröschen gehört, deren so mancher im Sumpf (marais) des Konventes saß und schweigsam fortlebte, während die Besseren sich um den Kopf sprachen, ja, er hätte sogar ein Lump sein können, so würde ihn dennoch der Weihrauchkessel des offiziellen Lobes sattsam eingequalmt haben. Obgleich Mignet seine Reden »Précis historiques« nennt, sind sie doch noch immer die alten éloges, und es sind noch dieselben Komplimente aus der Zeit Ludwigs XIV., nur dass sie jetzt nicht mehr in gepuderten Allongeperücken stecken, sondern sehr modern frisiert sind. Und der jetzige Secrétaire perpétuel der Akademie ist einer der größten Friseure unsrer Zeit und besitzt den rechten Schick für dieses edle Gewerbe. Selbst wenn an einem Menschen kein einzigs gutes Haar ist, weiß er ihm doch einige Löckchen des Lobes anzukräuseln und den Kahlkopf unter dem Toupet der Phrase zu verbergen. Wie glücklich sind doch diese französischen Akademiker! Da sitzen sie im süßesten Seelenfrieden auf ihren sicheren Bänken, und sie können ruhig sterben, denn sie wissen, wie bedenklich auch ihre Handlungen gewesen, so wird sie doch der gute Mignet nach ihrem Tode rühmen und preisen. Unter den Palmen seines Wortes, die ewig grün wie die seiner Uniform, eingelullt von dem Geplätscher der oratorischen Antithesen, lagern sie hier in der Akademie wie in einer kühlen Oase. Die Karawane der Menschheit aber schreitet an ihnen zuweilen vorüber, ohne dass sie es merkten oder etwas anderes vernahmen als das Geklingel der Kamele.

Anhang

Kommunismus, Philosophie und Klerisei

I

Paris, 15. Juni 1843

Hätte ich zur Zeit des Kaisers Nero in Rom privatisiert und etwa für die Oberpostamtszeitung von Böotien oder für die inoffizielle Staatszeitung von Abdera die Korrespondenz besorgt, so würden meine Kollegen nicht selten darüber gescherzt haben, dass ich z. B. von den Staatsintrigen der Kaiserin-Mutter gar nichts zu berichten wisse, dass ich nicht einmal von den glänzenden Diners rede, womit der judäische König Agrippa das diplomatische Korps zu Rom jeden Samstag regaliere, und dass ich hingegen beständig von jenen Galiläern spräche, von jenem obskuren Häuflein, das, meistens aus Sklaven und alten Weibern bestehend, in Kämpfen und Visionen sein blödsinniges Leben verträume und sogar von den Juden desavouiert werde. Meine wohlunterrichteten Kollegen hätten gewiss ganz besonders ironisch über mich gelächelt, wenn ich vielleicht von dem Hoffest des Cäsars, wobei Se. Majestät höchstselbst die Gitarre spielte, nichts Wichtigeres zu berichten wusste, als dass einige jener Galiläer mit Pech bestrichen und angezündet wurden und solchergestalt die Gärten des goldenen Palastes erleuchteten. Es war in der Tat eine sehr bedeutsame Illumination, und es war ein grausamer, echt römischer Witz, dass die sogenannten Obskuranten als Lichter dienen mussten bei der Feier der antiken Lebenslust. Aber dieser Witz ist zuschanden geworden, jene Menschenfackeln streuten Funken umher, wodurch die alte Römerwelt mit all ihrer morschen Herrlichkeit in Flammen aufging: die Zahl jenes obskuren Häufleins ward Legion, im Kampf mit ihr mussten die Legionen Cäsars die Waffen strecken, und das ganze Reich, die Herrschaft zu Wasser und zu Lande, gehört jetzt den Galiläern.

Es ist durchaus nicht meine Absicht, hier in homiletische Betrachtungen überzugehen, ich habe nur durch ein Beispiel zeigen wollen, in welcher siegreichen Weise eine spätere Zukunft jene Vorneigung rechtfertigen dürfte, womit ich in meinen Berichten sehr oft von einer kleinen Gemeinde gesprochen, die, der Ecclesia pressa der ersten Jahrhunderts sehr ähnlich, in der Gegenwart verachtet und verfolgt wird und doch eine Propaganda auf den Beinen hat, deren Glaubenseifer und düsterer Zerstörungswille ebenfalls an galiläische Anfänge erinnern. Ich spreche wieder von den Kommunisten, der einzigen Partei in Frankreich, die eine entschlossene Beachtung verdient. Ich würde für die Trümmer des Saint-Simonismus, dessen Bekenner, unter seltsamen Aushängeschildern, noch immer am Leben sind, sowie auch für die Fourieristen, die noch frisch und rührig wirken, dieselbe Aufmerksamkeit in Anspruch nehmen; aber diese ehrenwerten Männer bewegt doch nur das Wort, die soziale Frage als Frage, der überlieferte Begriff, und sie werden nicht getrieben von dämonischer Notwendigkeit, sie sind nicht die prädestinierten Knechte, womit der höchste Weltwille seine ungeheuren Beschlüsse durchsetzt. Früher oder später wird die zerstreute Familie Saint-Simons und der ganze Generalstab der Fourieristen zu dem wachsenden Heer des Kommunismus übergehen und, dem rohen Bedürfnis das gestaltende Wort leihend, gleichsam die Rolle der Kirchenväter übernehmen.

Eine solche Rolle spielt bereits Pierre Leroux, den wir vor elf Jahren in der Salle Taitbout als einen der Bischöfe des Saint-Simonismus kennenlernten. Ein vortrefflicher Mann, der nur den Fehler hatte, für seinen damaligen Stand viel zu trübsinnig zu sein. Auch hat ihm Enfantin das sarkastische Lob erteilt: »Das ist der tugendhafteste Mensch nach den Begriffen der Vergangenheit.« Seine Tugend hat allerdings etwas vom alten Sauerteig der Entsagungsperiode, etwas verschollen Stoisches, das in unsrer Zeit ein fast befremdlicher Anachronismus ist und gar, den heitern Richtungen einer pantheistischen Genussreligion gegenüber, als eine honorable Lächerlichkeit erscheinen musste. Auch ward es diesem traurigen Vogel am Ende sehr unbehaglich in dem glänzenden Gitterkorb, worin so viele Goldfasanen und Adler, aber noch mehr Sperlinge flatterten, und Pierre Leroux war der erste, der gegen die Doktrin von der neuen Sittlichkeit protestierte und sich mit einem fanatischen Anathema von der fröhlich bunten Genossenschaft zurückzog. Hierauf unternahm er, in Gemeinschaft mit Hippolyte Carnot, die neuere »Revue encyclopédique«, und die Artikel, die er darin schrieb, sowie auch sein Buch »De l'humanité« bilden den Übergang zu den Doktrinen, die er jetzt, seit einem Jahr, in der »Revue indépendante« niederlegte. Wie es jetzt mit der großen »Enzyklopädie« aussieht, woran Leroux und der vortreffliche Reynaud am tätigsten wirken, darüber kann ich nichts Bestimmtes sagen. Soviel darf ich behaupten, dass dieses Werk eine würdige Fortsetzung seines Vorgängers ist, jenes kolossalen Pamphlets in dreißig Quartbänden, worin Diderot das Wissen seines Jahrhunderts resümierte. In einem besonderen Abdruck erschienen die Artikel, welche Leroux in seiner »Enzyklopädie« gegen den Cousinschen Eklektizismus oder Eklektismus, wie die Franzosen das Unding nennen, geschrieben hat. Cousin ist überhaupt das schwarze Tier, der Sündenbock, gegen welchen Pierre Leroux seit undenklicher Zeit polemisiert, und diese Polemik ist bei ihm zur Monomanie geworden. In den Dezemberheften der »Revue indépendante« erreicht sie ihren rasend gefährlichsten und skandalösesten Gipfel. Cousin wird hier nicht bloß wegen seiner eigenen Denkweise angegriffen, sondern auch bösartiger Handlungen beschuldigt. Diesmal lässt sich die Tugend vom Winde der Leidenschaft am weitesten fortreißen und gerät aufs hohe Meer der Verleumdung. Nein, wir wissen es aus guter Quelle, dass Cousin zufälligerweise ganz unschuldig ist an den unverzeihlichen Modifizierungen, welche die postume Schrift seines Schülers Jouffroy erlitten; wir wissen es nämlich nicht aus dem Munde seiner Anhänger, sondern seiner Gegner, die sich darüber beklagen, dass Cousin aus ängstlicher Schonung der Universitätsinteressen die Publikation der Jouffroyschen Schrift widerraten und verdrießlich seine Beihilfe verweigert habe. Sonderbare Wiedergeburt derselben Erscheinungen, wie wir sie bereits vor zwanzig Jahren in Berlin erlebt! Diesmal begreifen wir sie besser, und wenn auch unsere persönlichen Sympathien nicht für Cousin sind, so wollen wir doch unparteiisch gestehen, dass ihn die radikale Partei mit demselben Unrecht und mit derselben Beschränktheit verlästerte, die wir uns selbst einst in Bezug auf den großen Hegel zuschulden kommen ließen. Auch dieser wollte gern, dass seine Philosophie im schützenden Schatten der Staatsgewalt ruhig gedeihe und mit dem Glauben der Kirche in keinen Kampf geriete, ehe sie hinlänglich ausgewachsen und stark – und der Mann, dessen Geist am klarsten und dessen Doktrin am liberalsten war, sprach sie dennoch in so trüb scholastischer, verklausulierter Form aus, dass nicht bloß die religiöse, sondern auch die politische Partei der Vergangenheit in ihm einen Verbündeten zu besitzen glaubte. Nur die Eingeweihten lächelten ob solchem Irrtum, und erst heute verstehen wir dieses Lächeln; damals waren wir jung und töricht und ungeduldig, und wir eiferten gegen Hegel, wie jüngst die äußerste Linke in Frankreich gegen Cousin eiferte. Nur dass bei diesem die äußerste Rechte sich nicht täuschen lässt durch die Vorsichtsmaßregeln des Ausdrucks; die römisch-katholisch-apostolische Klerisei zeigt sich hier weit scharfsichtiger als die königlich-preußisch-protestantische; sie weiß ganz bestimmt, dass die Philosophie ihr schlimmster Feind ist, sie weiß, dass dieser Feind sie aus der Sorbonne verdrängt hat, und um diese Festung wiederzuerobern, unternahm sie gegen Cousin einen Vertilgungskrieg, und sie führt ihn mit jener geweihten Taktik, wo der Zweck die Mittel heiligt. So wird Cousin von zwei entgegengesetzten Seiten angegriffen, und während die ganze Glaubensarmee mit fliegenden Kreuzfahnen, unter Anführung des Erzbischofs von Chartres, gegen ihn vorrückt, stürmen auf ihn los auch die Sansculotten des Gedankens, brave Herzen, schwache Köpfe, mit Pierre Leroux an ihrer Spitze. In diesem Kampf sind alle unsere Siegeswünsche für Cousin; denn wenn auch die Bevorrechtung der Universität ihre Übelstände hat, so verhindert sie doch, dass der ganze Unterricht in die Hände jener Leute fällt, die immer mit unerbittlicher Grausamkeit die Männer der Wissenschaft und des Fortschrittes verfolgten, und solange Cousin in der Sorbonne wohnt, wird wenigstens dort nicht wie ehemals der Scheiterhaufen als letztes Argument, als ultima ratio, in der Tagespolemik angewendet werden. Ja, er wohnt dort als Gonfaloniere der Gedankenfreiheit, und das Banner derselben weht über dem sonst so verrufenen Obskurantennest der Sorbonne. Was uns für Cousin noch besonders stimmt, ist die liebreiche Perfidie, womit man die Beschuldigungen des Pierre Leroux auszubeuten wusste. Die Arglist hatte sich diesmal hinter die Tugend versteckt, und Cousin wird wegen einer Handlung angeklagt, für die, hätte er sie wirklich begangen, ihm nur Lob, volles orthodoxes Lob von der klerikalen Partei gespendet werden müsste: Jansenisten ebenso wohl wie Jesuiten predigten ja immer den Grundsatz, dass man um jeden Preis das öffentliche Ärgernis zu verhindern suche. Nur das öffentliche Ärgernis sei die Sünde, und nur diese solle man vermeiden, sagte gar salbungsvoll der fromme Mann, den Molière kanonisiert hat. Aber nein, Cousin darf sich keiner so erbaulichen Tat rühmen, wie man sie ihm zuschreibt; dergleichen liegt vielmehr im Charakter seiner Gegner, die von jeher, um den Skandal zu hintertreiben oder schwache Seelen vor Zweifel zu bewahren, es nicht verschmähten, Bücher zu verstümmeln oder ganz umzuändern oder zu vernichten oder ganz neue Schriften unter erborgten Namen zu schmieden, so dass die kostbarsten Denkmale und Urkunden der Vorzeit teils gänzlich untergegangen, teils verfälscht sind. Nein, der heilige Eifer des Bücherkastrierens und gar der fromme Betrug der Interpolationen gehört nicht zu den Gewohnheiten der Philosophen.

Und Victor Cousin ist ein Philosoph, in der ganzen deutschen Bedeutung des Wortes. Pierre Leroux ist es nur im Sinne der Franzosen, die unter Philosophie vielmehr allgemeine Untersuchungen über gesellschaftliche Fragen verstehen. In der Tat, Victor Cousin ist ein deutscher Philosoph, der sich mehr mit dem menschlichen Geist als mit den Bedürfnissen der Menschheit beschäftigt und durch das Nachdenken über das große Ego in einen gewissen Egoismus geraten. Die Liebhaberei für den Gedanken an und für sich absorbierte bei ihm alle Seelenkräfte, aber der Gedanke selbst interessierte ihn zunächst wegen der schönen Form, und in der Metaphysik ergötzte ihn am Ende nur die Dialektik: von dem Übersetzer des Plato könnte man, das banale Wort umkehrend, gewissermaßen behaupten, er liebe den Plato mehr als die Wahrheit. Hier unterscheidet sich Cousin von den deutschen Philosophen: wie den letzteren ist auch ihm das Denken letzter Zweck des Denkens, aber zu solcher philosophischer Absichtslosigkeit gesellt sich bei ihm auch ein gewisser artistischer Indifferentismus. Wie sehr muss nun dieser Mann einem Pierre Leroux verhasst sein, der weit mehr ein Freund der Menschen als der Gedanken ist, dessen Gedanken alle einen Hintergedanken haben, nämlich das Interesse der Menschheit, und der als geborener Ikonoklast keinen Sinn hat für künstlerische Freude an der Form! In solcher geistigen Verschiedenheit liegen genug Gründe des Grolls, und man hätte nicht nötig gehabt, die Feindschaft des Leroux gegen Cousin aus persönlichen Motiven, aus geringfügigen Vorfallenheiten des Tageslebens zu erklären. Ein bisschen unschuldige Privatmalice mag mit unterlaufen; denn die Tugend, wie erhaben sie auch das Haupt in den Wolken trägt und nur in Himmelsbetrachtungen verloren scheint, so bewahrt sie doch im getreusamsten Gedächtnis jeden kleinen Nadelstich, den man ihr jemals versetzt hat.

Nein, der leidenschaftliche Grimm, die Berserkerwut des Pierre Leroux gegen Victor Cousin ist ein Ergebnis der Geistesdifferenz dieser beiden Männer. Es sind Naturen, die sich notwendigerweise abstoßen. Nur in der Ohnmacht kommen sie einander wieder nahe, und die gleiche Schwäche der Fundamente verleiht den entgegengesetzten Doktrinen eine gewisse Ähnlichkeit. Der Eklektizismus von Cousin ist eine feindrahtige Hängebrücke zwischen dem schottisch plumpen Empirismus und der deutsch abstrakten Idealität, eine Brücke, die höchstens dem leichtfüßigen Bedürfnis einiger Spaziergänger genügen mag, aber kläglich einbrechen würde, wollte die Menschheit mit ihrem schweren Herzensgepäck und ihren trampelnden Schlachtrossen darüber hinmarschieren. Leroux ist ein Pontifex maximus in einem höheren, aber noch weit unpraktischeren Stil, er will eine kolossale Brücke bauen, die, aus einem einzigen Bogen bestehend, auf zwei Pfeilern ruhen soll, wovon der eine aus dem materialistischen Granit des vorigen Jahrhunderts, der andere aus dem geträumten Mondschein der Zukunft verfertigt worden, und diesem zweiten Pfeiler gibt er zur Basis irgendeinen noch unentdeckten Stern in der Milchstraße. Sobald dieses Riesenwerk fertig sein wird, wollen wir darüber referieren. Bis jetzt lässt sich von dem eigentlichen System des Leroux nichts Bestimmtes sagen, er gibt bis jetzt nur Materialien, zerstreute Bausteine. Auch fehlt es ihm durchaus an Methode, ein Mangel, der den Franzosen eigentümlich ist, mit wenigen Ausnahmen, worunter besonders Charles de Rémusat genannt werden muss, der in seinen »Essais de philosophie« (ein kostbares Meisterbuch!) die Bedeutung der Methode begriffen und für ihre Anwendung ein großes Talent offenbart hat. Leroux ist gewiss ein größerer Produzent im Denken, aber es fehlt ihm hier, wie gesagt, die Methode. Er hat bloß die Ideen, und in dieser Hinsicht ist ihm eine gewisse Ähnlichkeit mit Joseph Schelling nicht abzusprechen, nur dass alle seine Ideen das befreiende Heil der Menschheit betreffen und er, weit entfernt, die alte Religion mit der Philosophie zu flicken, vielmehr die Philosophie mit dem Gewand einer neuen Religion beschenkt. Unter den deutschen Philosophen ist es Krause, mit dem Leroux die meiste Verwandtschaft hat. Sein Gott ist ebenfalls nicht außerweltlich, sondern er ist ein Insasse dieser Welt, behält aber dennoch eine gewisse Persönlichkeit, die ihn sehr gut kleidet. An der immortalité de l'âme kaut Leroux beständig, ohne davon satt zu werden; es ist dies nichts als ein perfektioniertes Wiederkäuen der älteren Perfektibilitätslehre. Weil er sich gut aufgeführt in diesem Leben, hofft Leroux, dass er in einer späteren Existenz zu noch größerer Vollkommenheit gedeihen werde; Gott stehe alsdann dem Cousin bei, wenn derselbe nicht unterdessen ebenfalls Fortschritte gemacht hat!

Pierre Leroux mag wohl jetzt fünfzig Jahr alt sein, wenigstens sieht er danach aus; vielleicht ist er jünger. Körperlich ist er nicht von der Natur allzu verschwenderisch begünstigt worden. Eine untersetzte, stämmige, vierschrötige Gestalt, die keineswegs durch die Traditionen der vornehmen Welt einige Grazie gewonnen. Leroux ist ein Kind des Volks, war in seiner Jugend Buchdrucker, und er trägt noch heute in seiner äußeren Erscheinung die Spuren des Proletariats. Wahrscheinlich mit Absicht hat er den gewöhnlichen Firnis verschmäht, und wenn er irgendeiner Koketterie fähig ist, so besteht diese vielleicht in dem hartnäckigen Beharren bei der rohen Ursprünglichkeit. Es gibt Menschen, welche nie Handschuhe tragen, weil sie kleine, weiße Hände haben, woran man die höhere Rasse erkennt; Pierre Leroux trägt ebenfalls keine Handschuhe, aber sicherlich aus ganz andern Gründen. Er ist ein asketischer Entsagungsmensch, dem Luxus und jedem Sinnenreiz abhold, und die Natur hat ihm die Tugend erleichtert. Wir wollen aber den Adel seiner Gesinnung, den Eifer, womit er dem Gedanken alle niederen Interessen opferte, überhaupt seine hohe Uneigennützigkeit als nicht minder verdienstlich anerkennen! und noch weniger wollen wir den rohen Diamanten deswegen herabsetzen, weil er keine glänzende Geschliffenheit besitzt und sogar in trübes Blei gefasst ist. – Pierre Leroux ist ein Mann, und mit der Männlichkeit des Charakters verbindet er, was selten ist, einen Geist, der sich zu den höchsten Spekulationen emporschwingt, und ein Herz, welches sich versenken kann in die Abgründe des Volksschmerzes. Er ist nicht bloß ein denkender, sondern auch ein fühlender Philosoph, und sein ganzes Leben und Streben ist der Verbesserung des moralischen und materiellen Zustandes der unteren Klassen gewidmet. Er, der gestählte Ringer, der die härtesten Schläge des Schicksals ertrüge, ohne zu zwinkern, und der wie Saint-Simon und Fourier zuweilen in der bittersten Not und Entbehrung darbte, ohne sich sonderlich zu beklagen: er ist nicht imstande, die Kümmernisse seiner Mitmenschen ruhig zu ertragen, seine harte Augenwimper feuchtet sich beim Anblick fremden Elends, und die Ausbrüche seines Mitleids sind alsdann stürmisch, rasend, nicht selten ungerecht.

Ich habe mich eben einer indiskreten Hinweisung auf Armut schuldig gemacht. Aber ich konnte doch nicht umhin, dergleichen zu erwähnen; diese Armut ist charakteristisch und zeigt uns, wie der vortreffliche Mann die Leiden des Volks nicht bloß mit dem Verstand erfasst, sondern auch leiblich mitgelitten hat und wie seine Gedanken in der schrecklichsten Realität wurzeln. Das gibt seinen Worten ein pulsierendes Lebensblut und einen Zauber, der stärker als die Macht des Talentes. – Ja, Pierre Leroux ist arm, wie Saint-Simon und Fourier es waren, und die providentielle Armut dieser großen Sozialisten war es, wodurch die Welt bereichert wurde, bereichert mit einem Schatz von Gedanken, die uns neue Welten des Genusses und des Glückes eröffnen. In welcher grässlichen Armut Saint-Simon seine letzten Jahre verbrachte, ist allgemein bekannt; während er sich mit der leidenden Menschheit, dem großen Patienten, beschäftigte und Heilmittel ersann für dessen achtzehnhundertjähriges Gebrest, erkrankte er selbst zuweilen vor misère, und er fristete sein Dasein nur durch Betteln. Auch Fourier musste zu den Almosen der Freunde seine Zuflucht nehmen, und wie oft sah ich ihn, in seinem grauen, abgeschabten Rock, längs den Pfeilern des Palais Royal hastig dahinschreiten, die beiden Rocktaschen schwer belastet, sodass aus der einen der Hals einer Flasche und aus der andern ein langes Brot hervorguckten. Einer meiner Freunde, der ihn mir zuerst zeigte, machte mich aufmerksam auf die Dürftigkeit des Mannes, der seine Getränke beim Weinschank und sein Brot beim Bäcker selber holen musste. »Wie kommt es«, frug ich, »dass solche Männer, solche Wohltäter des Menschengeschlechts, in Frankreich darben müssen?« – »Freilich«, erwiderte mein Freund, sarkastisch lächelnd, »das macht dem gepriesenen Land der Intelligenz keine sonderliche Ehre, und das würde gewiss nicht bei uns in Deutschland passieren: die Regierung würde bei uns die Leute von solchen Grundsätzen gleich unter ihre besondere Obhut nehmen und ihnen lebenslänglich freie Kost und Wohnung geben.«

Ja, Armut ist das Los der großen Menschheitshelfer, der heilenden Denker in Frankreich, aber diese Armut ist bei ihnen nicht bloß ein Antrieb zu tieferer Forschung und ein stärkendes Stahlbad der Geisteskräfte, sondern sie ist auch eine empfehlende Annonce für ihre Lehre und in dieser Beziehung gleichfalls von providentieller Bedeutsamkeit. In Deutschland wird der Mangel an irdischen Gütern sehr gemütlich entschuldigt, und besonders das Genie darf bei uns darben und verhungern, ohne eben verachtet zu werden. In England ist man schon minder tolerant, das Verdienst eines Mannes wird dort nur nach seinem Einkommen abgeschätzt, und »How much is he worth?« heißt buchstäblich: »Wie viel Geld besitzt er, wie viel verdient er?« Ich habe mit eigenen Ohren angehört, wie in Florenz ein dicker Engländer ganz ernsthaft einen Franziskanermönch fragte, wie viel es ihm jährlich einbringe, dass er so barfüßig und mit einem dicken Strick um den Leib herumgehe. In Frankreich ist es anders, und wie gewaltig auch die Gewinnsucht des Industrialismus um sich greift, so ist doch die Armut bei ausgezeichneten Personen ein wahrer Ehrentitel, und ich möchte schier behaupten dass der Reichtum, einen unehrlichen Verdacht begründend, gewissermaßen mit einem geheimen Makel, mit einer levis nota, die sonst vortrefflichsten Leute behafte. Das mag wohl daher entstehen, weil man bei so vielen die unsauberen Quellen kennt, woraus die großen Reichtümer geflossen. Ein Dichter sagte, dass der erste König ein glücklicher Soldat war! – in Betreff der Stifter unserer heutigen Finanzdynastien dürfen wir vielleicht das prosaische Wort aussprechen, dass der erste Bankier ein glücklicher Spitzbube gewesen. Der Kultus des Reichtums ist zwar in Frankreich so allgemein wie in anderen Ländern, aber es ist ein Kultus ohne heiligen Respekt: die Franzosen tanzen ebenfalls um das Goldene Kalb, aber ihr Tanzen ist zugleich Spott, Persiflage, Selbstverhöhnung, eine Art Cancan. Es ist dieses eine merkwürdige Erscheinung, erklärbar teils aus der generösen Natur der Franzosen, teils auch aus ihrer Geschichte. Unter dem alten Regime galt nur die Geburt, nur die Ahnenzahl gab Ansehen, und die Ehre war eine Frucht des Stammbaums. Unter der Republik gelangte die Tugend zur Herrschaft, die Armut ward eine Würde, und wie vor Angst, so auch vor Scham, verkroch sich das Geld. Aus jener Periode stammen die vielen dicken Soustücke, die ernsthaften Kupfermünzen mit den Symbolen der Freiheit, sowie auch die Traditionen von pekuniärer Uneigennützigkeit, die wir noch heutigentages bei den höchsten Staatsverwaltern Frankreichs antreffen. Zur Zeit des Kaisertums florierte nur der militärische Ruhm, eine neue Ehre ward gestiftet, die der Ehrenlegion, deren Großmeister, der siegreiche Imperator, mit Verachtung herabschaute auf die rechnende Krämergilde, auf die Lieferanten, die Schmuggler, die Stockjobbers, die glücklichen Spitzbuben. Während der Restauration intrigierte der Reichtum gegen die Gespenster des alten Regimes, die wieder ans Ruder gekommen und deren Insolenz täglich wuchs: das beleidigte, ehrgeizige Geld wurde Demagoge, liebäugelte herablassend mit den Kurzjacken, und als die Juliussonne die Gemüter erhitzte, ward der Adelkönig Karl X. vom Throne herabgeschmissen. Der Bürgerkönig Ludwig Philipp stieg hinauf, er, der Repräsentant des Geldes, das jetzt herrscht, aber in der öffentlichen Meinung zu gleicher Zeit von der besiegten Partei der Vergangenheit und der getäuschten Partei der Zukunft frondiert wird. Ja, das adeltümliche Faubourg Saint-Germain und die proletarischen Faubourgs Saint-Antoine und Saint-Marceau überbieten sich in der Verhöhnung der geldstolzen Emporkömmlinge, und, wie sich von selbst versteht, die alten Republikaner mit ihrem Tugendpathos und die Bonapartisten mit pathetischen Heldentiraden stimmen ein in diesen herabwürdigenden Ton. Erwägt man diese zusammenwirkenden Grölle, so wird es begreiflich, warum dem Reichen jetzt in der öffentlichen Meinung eine fast übertriebene Geringschätzung zuteil wird, während jeder nach Reichtum lechzt.

Ich möchte, auf das Thema zurückkommend, womit ich diesen Artikel begonnen, hier ganz besonders andeuten, wie es für den Kommunismus ein unberechenbar günstiger Umstand ist, dass der Feind, den er bekämpft, bei all seiner Macht dennoch in sich selber keinen moralischen Halt besitzt. Die heutige Gesellschaft verteidigt sich nur aus platter Notwendigkeit, ohne Glauben an ihr Recht, ja ohne Selbstachtung, ganz wie jene ältere Gesellschaft, deren morsches Gebälk zusammenstürzte, als der Sohn des Zimmermanns kam.

II

Paris, 8. Juli 1843

In China sind sogar die Kutscher höflich. Wenn sie in einer engen Straße mit ihren Fuhrwerken etwas hart aneinanderstoßen und Deichseln und Räder sich verwickeln, erheben sie keineswegs ein Schimpfen und Fluchen wie die Kutscher bei uns zulande, sondern sie steigen ruhig von ihrem Sitz herunter, machen eine Anzahl Knickse und Bücklinge, sagen sich diverse Schmeicheleien, bemühen sich hernach, gemeinschaftlich ihre Wagen in das gehörige Geleise zu bringen, und wenn alles wieder in Ordnung ist, machen sie nochmals verschiedene Bücklinge und Knickse, sagen sich ein respektives Lebewohl und fahren von dannen. Aber nicht bloß unsre Kutscher, sondern auch unsre Gelehrten sollten sich hieran ein Beispiel nehmen. Wenn diese Herren miteinander in Kollision geraten, machen sie sehr wenig Komplimente und suchen sich keineswegs hilfreich zu verständigen, sondern sie fluchen und schimpfen alsdann wie die Kutscher des Okzidents. Und dieses klägliche Schauspiel gewähren uns zumeist Theologen und Philosophen, obgleich erstere auf das Dogma der Demut und Barmherzigkeit besonders angewiesen sind und letztere in der Schule der Vernunft zunächst Geduld und Gelassenheit erlernt haben sollten. Die Fehde zwischen der Universität und den Ultramontanen hat diesen Frühling bereits mit einer Flora von Grobheiten und Schmähreden bereichert, die selbst auf unsern deutschen Mistbeeten nicht kostbarer gedeihen könnte. Das wuchert, das sprosst, das blüht in unerhörter Pracht. Wir haben weder Lust noch Beruf, hier zu botanisieren. Der Duft mancher Giftblumen könnte uns betäubend zu Kopf steigen und uns verhindern, mit kühler Unparteilichkeit den Wert beider Parteien und die politische Bedeutung und Bedeutsamkeit des Kampfes zu würdigen. Sobald die Leidenschaften ein bisschen verduftet sind, wollen wir solche Würdigung versuchen. Soviel können wir schon heute sagen: das Recht ist auf beiden Seiten, und die Personen werden getrieben von der fatalsten Notwendigkeit. Der größte Teil der Katholischen, weise und gemäßigt, verdammt zwar das unzeitige Schilderheben ihrer Parteigenossen, aber diese gehorchen dem Befehl ihres Gewissens, ihrem höchsten Glaubensgesetz, dem compelle intrare, sie tun ihre Schuldigkeit, und sie verdienen aus diesem Grund unsre Achtung. Wir kennen sie nicht, wir haben kein Urteil über ihre Person, und wir sind nicht berechtigt, an ihrer Ehrlichkeit zu zweifeln ...

Diese Leute sind nicht eben meine Lieblinge, aber, aufrichtig gestanden, trotz ihrem düstern, blutrünstigen Zelotismus sind sie mir lieber als die toleranten Amphibien des Glaubens und des Wissens, als jene Kunstgläubigen, die ihre erschlafften Seelen durch fromme Musik und Heiligenbilder kitzeln lassen, und gar als jene Religionsdilettanten, die für die Kirche schwärmen, ohne ihren Dogmen einen strengen Gehorsam zu widmen, die mit den heiligen Symbolen nur liebäugeln, aber keine ernsthafte Ehe eingehen wollen und die man hier catholiques marrons nennt. Letztere füllen jetzt unsre fashionablen Kirchen, z. B. Sainte-Madeleine oder Notre-Dame de Lorette, jene heiligen Boudoirs, wo der süßlichste Rokokogeschmack herrscht, ein Weihkessel, der nach Lavendel duftet, reichgepolsterte Betstühle, rosige Beleuchtung und schmachtende Gesänge, überall Blumen und tändelnde Engel, kokette Andacht, die sich fächert mit éventails von Boucher und Watteau – Pompadourchristentum.

Ebenso unrecht wie unrichtig ist die Benennung Jesuiten, womit man hier die Gegner der Universität zu bezeichnen pflegt. Erstens gibt es gar keine Jesuiten mehr in dem Sinne, den man mit jenem Namen verknüpft. Aber wie es oben in der Diplomatie Leute gibt, die jedes Mal, wenn die Flutzeit der Revolution eintritt, das gleichzeitige Heranbranden so vieler brausenden Wellen für das Werk eines Comité directeur in Paris erklären, so gibt es Tribunen hier unten, die, wenn die Ebbe beginnt, wenn die revolutionären Springfluten sich wieder verlaufen, diese Erscheinung den Intrigen der Jesuiten zuschreiben und sich ernsthaft einbilden, es residiere ein Jesuitengeneral in Rom, welcher durch seine vermummten Schergen die Reaktion der ganzen Welt leite. Nein, es existiert kein solcher Jesuitengeneral in Rom, wie auch in Paris kein Comité directeur existiert; das sind Märchen für große Kinder, hohle Schreckpopanze, moderner Aberglaube. Oder ist es eine bloße Kriegslist, dass man die Gegner der Universität für Jesuiten erklärt? Es gibt in der Tat hierzulande keinen Namen, der weniger populär wäre. Man hat im vorigen Jahrhundert gegen diesen Orden so gründlich polemisiert, dass noch eine geraume Zeit vergehen dürfte, ehe man ein mildes, unparteiisches Urteil über ihn fällen wird. Es will mich bedünken, als habe man die Jesuiten nicht selten ein bisschen jesuitisch behandelt und als seien die Verleumdungen, die sie sich zuschulden kommen ließen, ihnen manchmal mit zu großen Zinsen zurückgezahlt worden. Man könnte auf die Väter der Gesellschaft Jesu das Wort anwenden, welches Napoleon über Robespierre aussprach: sie sind hingerichtet worden, nicht gerichtet. Aber der Tag wird kommen, wo man auch ihnen Gerechtigkeit widerfahren lassen und ihre Verdienste anerkennen wird. Schon jetzt müssen wir eingestehen, dass sie durch ihre Missionsanstalten die Gesittung der Welt, die Zivilisation unberechenbar gefördert, dass sie ein heilsames Gegengift gewesen gegen die lebenverpestenden Miasmen von Port-Royal, dass sogar ihre vielgescholtene Akkommodationslehre noch das einzige Mittel war, wodurch die Kirche über die moderne, freiheitslustige und genusssüchtige Menschheit ihre Oberherrschaft bewahren konnte. »Mangez un bœuf et soyez chrétien«, sagten die Jesuiten zu dem Beichtkind, dem in der Karwoche nach einem Stückchen Rindfleisch gelüstete; aber ihre Nachgiebigkeit lag nur in der Not des Momentes, und sie hätten später, sobald ihre Macht befestigt, die fleischfressenden Völker wieder zu den magersten Fastenspeisen zurückgelenkt. Laxe Doktrinen für die empörte Gegenwart, eiserne Ketten für die unterjochte Zukunft. Sie waren so klug!

Aber alle Klugheit hilft nichts gegen den Tod. Sie liegen längst im Grabe. Es gibt freilich Leute in schwarzen Mänteln und mit ungeheuern, dreieckig aufgekrempten Filzhüten, aber das sind keine echten Jesuiten. Wie manchmal ein zahmes Schaf sich in ein Wolfsfell des Radikalismus vermummt, aus Eitelkeit oder Eigennutz oder Schabernack, so steckt im Fuchspelz des Jesuitismus manchmal nur ein beschränktes Grauchen. – Ja, sie sind tot. Die Väter der Gesellschaft Jesu haben in den Sakristeien nur ihre Garderobe zurückgelassen, nicht ihren Geist. Dieser spukt an anderen Orten, und manche Champions der Universität, die ihn so eifrig exorzieren, sind vielleicht davon besessen, ohne es zu merken. Ich sage dieses nicht in Bezug auf die Herren Michelet und Quinet, die ehrlichsten und wahrhaftigsten Seelen, sondern ich habe hier im Auge zunächst den wohlbestallten Minister des öffentlichen Unterrichts, den Rektor der Universität, den Herrn Villemain. Seiner Magnifizenz zweideutiges Treiben berührt mich immer widerwärtig. Ich kann leider nur dem Esprit und dem Stil dieses Mannes meine Achtung zollen. Nebenbei gesagt, wir sehen hier, dass der berühmte Ausspruch von Buffon: »Le style, c'est l'homme«, grundfalsch ist. Der Stil des Herrn Villemain ist schön, edel, wohlgewachsen und reinlich. – Auch Victor Cousin kann ich nicht ganz verschonen mit dem Vorwurf des Jesuitismus. Der Himmel weiß, dass ich geneigt bin, Herrn Cousins Vorzügen Gerechtigkeit widerfahren zu lassen, dass ich den Glanz seines Geistes gern anerkenne; aber die Worte, womit er jüngst in der Akademie die Übersetzung Spinozas ankündigte, zeugen weder von Mut noch von Wahrheitsliebe. Cousin hat gewiss die Interessen der Philosophie unendlich gefördert, indem er den Spinoza dem denkenden Frankreich zugänglich machte, aber er hätte zugleich ehrlich gestehen sollen, dass er dadurch der Kirche keinen großen Dienst geleistet. Im Gegenteil sagte er, der Spinoza sei von einem seiner Schüler, einem Zögling der École normale, übersetzt worden, um ihn mit einer Widerlegung zu begleiten, und während die Priesterpartei die Universität so heftig angreife, sei es doch eben diese arme, unschuldige, verketzerte Universität, welche den Spinoza widerlege, den gefährlichen Spinoza, jenen Erbfeind des Glaubens, der mit einer Feder aus den schwarzen Flügeln Satans seine deiziden [gottmordenden] Bücher geschrieben! »Wen betrügt man hier?« ruft Figaro. Es war in der Académie des sciences morales et politiques, wo Cousin in solcher Weise die französische Übersetzung des Spinoza ankündigte; sie ist außerordentlich gelungen, während die gerühmte Widerlegung so schwach und dürftig ist, dass sie in Deutschland als ein Werk der Ironie gelten würde.

III

Jedes Volk hat seinen Nationalfehler, und wir Deutschen haben den unsrigen, nämlich jene berühmte Langsamkeit, wir wissen es sehr gut, wir haben Blei in den Stiefeln, sogar in den Pantoffeln. Aber was nützt den Franzosen alle Geschwindigkeit, all ihr flinkes, anstelliges Wesen, wenn sie ebenso schnell vergessen, was sie getan? Sie haben kein Gedächtnis, und das ist ihr größtes Unglück. Die Frucht jeder Tat und jeder Untat geht hier verloren durch Vergesslichkeit. Jeden Tag müssen sie den Kreislauf ihrer Geschichte wieder durchlaufen, ihr Leben wieder von vorne anfangen, ihre Kämpfe aufs Neue durchkämpfen, und morgen hat der Sieger vergessen, dass er gesiegt hatte, und der Überwundene hat ebenso leichtsinnig seine Niederlage und ihre heilsamen Lehren vergessen. Wer hat im Julius 1830 die große Schlacht gewonnen? Wer hat sie verloren? Wenigstens in dem großen Hospital, wo, um mich eines Ausdrucks von Mignet zu bedienen, jede gestürzte Macht ihre Blessierten untergebracht hat, hätte man sich dessen erinnern sollen! Diese einzige Bemerkung erlauben wir uns in Beziehung auf die Debatten, die in der Pairskammer über den Sekundärunterricht stattgefunden und wo die klerikale Partei nur scheinbar unterlag. In der Tat triumphierte sie, und es war schon ein hinlänglicher Triumph, dass sie als organisierte Partei ans Tageslicht trat. Wir sind weit entfernt, dieses kühne Auftreten zu tadeln, und es missfällt uns weit weniger als jene schlottrige Halbheit, welche die Gegner sich zuschulden kommen ließen. Wie kläglich zeigte sich hier Herr Villemain, der kleine Rhetor, der windige Bel-Esprit, dieser abgestandene Voltairianer, der sich ein bisschen an den Kirchenvätern gerieben, um einen gewissen ernsthaften Anstrich zu gewinnen, und der von einer Unwissenheit beseelt war, die ans Erhabene grenzte! Es ist mir unbegreiflich, dass ihm Herr Guizot nicht auf der Stelle den Laufpass gegeben, denn diesem großen Gelehrten musste jene schülerhafte Verlegenheit, jener Mangel an den dürftigsten Vorkenntnissen, jene wissenschaftliche Nullität noch weit empfindlicher missfallen als irgendein politischer Fehler! Um die Schwäche und Inhaltslosigkeit seines Kollegen einigermaßen zu decken, musste Guizot mehrmals das Wort ergreifen; aber alles, was er sagte, war matt, farblos und unerquicklich. Er würde gewiss bessere Dinge vorgebracht haben, wenn er nicht Minister der auswärtigen Angelegenheiten, sondern Minister des Unterrichts gewesen wäre und für die besonderen Interessen dieses Departements eine Lanze gebrochen hätte. Ja, er würde sich für die Gegenpartei noch weit gefährlicher erwiesen haben, wenn er ganz ohne weltliche Macht, nur mit seiner geistlichen Macht bewaffnet, wenn er als bloßer Professor für die Befugnisse der Philosophie in die Schranken getreten wäre! In einer solchen günstigeren Lage war Victor Cousin, und ihm gebührt vorzugsweise die Ehre des Tages. Cousin ist nicht, wie jüngst ziemlich griesgrämig behauptet worden, ein philosophischer Dilettant, sondern er ist vielmehr ein großer Philosoph, er ist hier Haussohn der Philosophie, und als diese angegriffen wurde von ihren unversöhnlichsten Feinden, musste unser Victor Cousin seine oratio pro domo halten. Und er sprach gut, ja vortrefflich, mit Überzeugung. Es ist für uns immer ein kostbares Schauspiel, wenn die friedliebendsten Männer, die durchaus von keiner Streitlust beseelt sind, durch die inneren Bedingungen ihrer Existenz, durch die Macht der Ereignisse, durch ihre Geschichte, ihre Stellung, ihre Natur, kurz, durch eine unabweisliche Fatalität, gezwungen werden, zu kämpfen. Ein solcher Kämpfer, ein solcher Gladiator der Notwendigkeit war Cousin, als ein unphilosophischer Minister des Unterrichts die Interessen der Philosophie nicht zu verteidigen vermochte. Keiner wusste besser als Victor Cousin, dass es sich hier um keine neue Sache handelte, dass sein Wort wenig beitragen würde zur Schlichtung des alten Streits und dass da kein definitiver Sieg zu erwarten sei. Ein solches Bewusstsein übt immer einen dämpfenden Einfluss, und alles Brillantfeuer des Geistes konnte auch hier die innere Trauer über die Fruchtlosigkeit aller Anstrengungen keineswegs verbergen. Selbst bei den Gegnern haben Cousins Reden einen ehrenden Eindruck hervorgebracht, und die Feindschaft, die sie ihm widmen, ist ebenfalls eine Anerkennung. Den Villemain verachten sie, den Cousin aber fürchten sie. Sie fürchten ihn nicht wegen seiner Gesinnung, nicht wegen seines Charakters, nicht wegen seiner individuellen Vorzüge oder Fehler, sondern sie fürchten in ihm die deutsche Philosophie. Du lieber Himmel! man erzeigt hier unserer deutschen Philosophie und unserem Cousin allzu große Ehre. Obgleich letzterer ein geborener Dialektiker ist, obgleich er zugleich für Form die größte Begabnis besitzt, obgleich er bei seiner philosophischen Spezialität auch noch von großem Kunstsinn unterstützt wird, so ist er doch noch sehr weit davon entfernt, die deutsche Philosophie so gründlich tief in ihrem Wesen zu erfassen, dass er ihre Systeme in einer klaren, allgemein verständlichen Sprache formulieren könnte, wie es nötig wäre für Franzosen, die nicht wie wir die Geduld besitzen, ein abstraktes Idiom zu studieren. Was sich aber nicht in gutem Französisch sagen lässt, ist nicht gefährlich für Frankreich. Die Sektion der sciences morales et politiques der französischen Akademie hat bekanntlich eine Darstellung der deutschen Philosophie seit Kant zu einer Preisfrage gewählt, und Cousin, der hier als Hauptdirigent zu betrachten ist, suchte vielleicht fremde Kräfte, wo seine eignen nicht ausreichten. Aber auch andere haben die Aufgabe nicht gelöst, und in der jüngsten feierlichen Sitzung der Akademie ward uns angekündigt, dass auch dieses Jahr keine Preisschrift über die deutsche Philosophie gekrönt werden könne.

Gefängnisreform und Strafgesetzgebung

Paris, Juli 1843

Nachdem der Gesetzvorschlag über die Gefängnisreform während vier Wochen in der Deputiertenkammer debattiert worden, ist derselbe endlich mit sehr unwesentlichen Abänderungen und durch eine bedeutende Majorität angenommen worden. Damit wir es gleich von vornherein sagen, nur der Minister des Inneren, der eigentliche Schöpfer jenes Gesetzesvorschlags, war der Einzige, der mit festen Füßen auf der Höhe der Frage stand, der bestimmt wusste, was er wollte, und einen Triumph der Überlegenheit feierte. Dem Rapporteur [Berichterstatter], Herrn von Tocqueville, gebührt das Lob, dass er mit Festigkeit seine Gedanken durchfocht; er ist ein Mann von Kopf, der wenig Herz hat und bis zum Gefrierpunkt die Argumente seiner Logik verfolgt; auch haben seine Reden einen gewissen frostigen Glanz, wie geschnittenes Eis. Was Herrn Tocqueville jedoch an Gemüt fehlt, das hat sein Freund, M. de Beaumont, in liebreichster Fülle, und diese beiden Unzertrennlichen, die wir immer gepaart sehen, auf ihren Reisen, in ihren Publikationen, in der Deputiertenkammer, ergänzen sich aufs Beste. Der eine, der scharfe Denker, und der andere, der milde Gemütsmensch, gehören zusammen, wie das Essigfläschchen und das Ölfläschchen. – Aber die Opposition, wie vage, wie gehaltlos, wie schwach, wie ohnmächtig zeigte sie sich bei dieser Gelegenheit! Sie wusste nicht, was sie wollte, sie musste das Bedürfnis der Reform eingestehen, konnte nichts Positives vorschlagen, war beständig im Widerspruch mit sich selber und opponierte hier, wie gewöhnlich, aus blöder Gewohnheit des Oppositionsmetiers. Und dennoch würde sie, um letzterem zu genügen, leichtes Spiel gehabt haben, wenn sie sich auf das hohe Pferd der Idee gesetzt hätte, auf irgendeine generöse Rosinante der Theorienwelt, statt auf ebener Erde den zufälligen Lücken und Schwächen des ministeriellen Systems nachzukriechen und im Detail zu schikanieren, ohne das Ganze erschüttern zu können. Nicht einmal unser unvergleichlicher Don Alphonso de la Martine, der ingeniöse Junker, zeigte sich hier in seiner idealen Ritterlichkeit. Und doch war die Gelegenheit günstig, und er hätte hier die höchsten und wichtigsten Menschheitsfragen besprechen können, mit olymperschütternden Worten; er konnte hier feuerspeiende Berge reden und mit einem Ozean von Weltuntergangspoesie die Kammer überschwemmen. Aber nein, der edle Hidalgo war hier ganz entblößt von seinem schönen Wahnsinn und sprach so vernünftig wie die nüchternsten seiner Kollegen.

Ja, nur auf dem Felde der Idee hätte die Opposition, wo nicht sich behaupten, doch wenigstens glänzen können. Bei solcher Gelegenheit hätte eine deutsche Opposition ihre gelehrtesten Lorbeeren erfochten. Denn die Gefängnisfrage ist ja enthalten in jener allgemeinen Frage über die Bedeutung der Strafe überhaupt, und hier treten uns die großen Theorien entgegen, die wir heute nur in flüchtigster Kürze erwähnen wollen, um für die Würdigung des neuen Gefängnisgesetzes einen deutschen Standpunkt zu gewinnen.

Wir sehen hier zunächst die sogenannte Vergeltungstheorie, das alte harte Gesetz der Urzeit, jenes jus talionis, das wir noch bei dem alttestamentalischen Moses in schauerlichster Naivität vorfinden: Leben um Leben, Auge um Auge, Zahn um Zahn. Mit dem Martyrtode des großen Versöhners fand auch diese Idee der Sühne ihren Abschluss, und wir können behaupten, der milde Christus habe dem antiken Gesetz auch hier persönlich Genüge getan und dasselbe auch für die übrige Menschheit aufgehoben. Sonderbar! während hier die Religion im Fortschritt erscheint, ist es die Philosophie, welche stationär geblieben, und die Strafrechtstheorie unserer Philosophen von Kant bis auf Hegel ist trotz aller Verschiedenheit des Ausdrucks noch immer das alte jus talionis. Selbst unser Hegel wusste nichts Besseres anzugeben, und er vermochte nur die rohe Anschauungsweise einigermaßen zu spiritualisieren, ja bis zur Poesie zu erheben. Bei ihm ist die Strafe *das Recht des Verbrechers*: nämlich indem dieser das Verbrechen begeht, gewinnt er ein unveräußerliches Recht auf die adäquate Bestrafung; letztere ist gleichsam das objektive Verbrechen. Das Prinzip der Sühne ist hier bei Hegel ganz dasselbe wie bei Moses, nur dass dieser den antiken Begriff der Fatalität in der Brust trug, Hegel aber immer von dem modernen Begriff der Freiheit bewegt wird: sein Verbrecher ist ein freier Mensch, das Verbrechen selbst ist ein Akt der Freiheit, und es muss ihm dafür sein Recht geschehen. Hierüber nur ein Wort. Wir sind dem altsazerdotalen Standpunkt entwachsen, und es widerstrebt uns, zu glauben, dass, wenn der Einzelne eine Untat begangen, die Gesellschaft in corpore gezwungen sei, dieselbe Untat zu begehen, sie feierlich zu wiederholen. Für den modernen Standpunkt, wie wir ihn bei Hegel finden, ist jedoch unser sozialer Zustand noch zu niedrig; denn Hegel setzt immer eine absolute Freiheit voraus, von der wir noch sehr entfernt sind und vielleicht noch eine gute Weile entfernt bleiben werden.

Unsere zweite große Straftheorie ist die der Abschreckung. Diese ist weder religiös noch philosophisch, sie ist rein absurd. Hier wird einem Menschen, der ein Verbrechen beging, Pein angetan, damit ein Dritter dadurch abgeschreckt werde, ein ähnliches Verbrechen zu begehen. Es ist das höchste Unrecht, dass jemand leiden soll zum Heil eines andern, und diese Theorie mahnte mich immer an die armen souffre-douleurs, die ehemals mit den kleinen Prinzen erzogen wurden und jedes Mal durchgepeitscht wurden, wenn ihr erlauchter Kamerad irgendeinen Fehler begangen. Diese nüchterne und frivole Abschreckungstheorie borgt von der sazerdotalen Theorie gleichsam ihre pompes funèbres, auch sie errichtet auf öffentlichem Markt ein castrum doloris, um die Zuschauer anzulocken und zu verblüffen. Der Staat ist hier ein Scharlatan, nur mit dem Unterschied, dass der gewöhnliche Scharlatan dir versichert, er reiße die Zähne aus, ohne Schmerzen zu verursachen, während jener im Gegenteil durch seine schauerlichen Apparate mit weit größeren Schmerzen droht, als vielleicht der arme Patient wirklich zu ertragen hat. Diese blutige Scharlatanerie hat mich immer angewidert.

Soll ich hier die sogenannte Theorie vom physischen Zwang, die zu meiner Zeit in Göttingen und in der umliegenden Gegend zum Vorschein gekommen, als eine besondere Theorie erwähnen? Nein, sie ist nichts als der alte Abschreckungssauerteig, neu umgeknetet. Ich habe mal einen ganzen Winter hindurch den Lykurg Hannovers, den traurigen Hofrat Bauer, darüber schwätzen gehört, in seiner seichtesten Prosa. Diese Tortur erduldete ich ebenfalls aus physischem Zwang, denn der Schwätzer war Examinator meiner Fakultät, und ich wollte damals Doctor juris werden.

Die dritte große Straftheorie ist die, wobei die moralische Verbesserung des Verbrechers in Betracht kommt. Die wahre Heimat dieser Theorie ist China, wo alle Autorität von der väterlichen Gewalt abgeleitet wird. Jeder Verbrecher ist dort ein ungezogenes Kind, das der Vater zu bessern sucht, und zwar durch den Bambus. Diese patriarchalische, gemütliche Ansicht hat in neuerer Zeit ganz besonders in Preußen ihre Verehrer gefunden, die sie auch in die Gesetzgebung einzuführen suchten. Bei solcher chinesischen Bambustheorie drängt sich uns zunächst das Bedenken auf, dass alle Verbesserung nichts helfen dürfte, wenn nicht vorher die Verbesserer gebessert würden. In China scheint das Staatsoberhaupt dergleichen Einrede dunkel zu fühlen, und wenn im Reich der Mitte irgendein ungeheures Verbrechen begangen wird, legt sich der Kaiser, der Himmelssohn, selber eine harte Buße auf, wähnend, dass er selber durch irgendeine Sünde ein solches Landesunglück verschuldet haben müsse. Wir würden es mit großem Vergnügen sehen, wenn unser heimischer Pietismus auf solche fromme Irrtümer geriete und sich zum Heil des Staats weidlich kasteien wollte. In China gehört es zur Konsequenz der patriarchalischen Ansicht, dass es neben den Bestrafungen auch gesetzliche Belohnungen gibt, dass man für gute Handlungen irgendeinen Ehrenknopf mit oder ohne Schleife bekommt, wie man für schlechte Handlungen die gehörige Tracht Schläge empfängt, sodass, um mich philosophisch auszudrücken, der Bambus die Belohnung des Lasters und der Orden die Strafe der Tugend ist. Die Partisane der körperlichen Züchtigung haben jüngst in den Rheinprovinzen einen Widerstand gefunden, der aus einer Empfindungsweise hervorgegangen, die nicht sehr original ist und leider als ein Überbleibsel der französischen Fremdherrschaft betrachtet werden dürfte.

Wir haben noch eine vierte große Straftheorie, die wir kaum noch eine solche nennen können, da der Begriff »Strafe« hier ganz verschwindet. Man nennt sie die Präventionstheorie, weil hier die Verhütung der Verbrechen das leitende Prinzip ist. Die eifrigsten Vertreter dieser Ansicht sind zunächst die Radikalen aller sozialistischen Schulen. Als der Entschiedenste muss hier der Engländer Owen genannt werden, der kein Recht der Bestrafung anerkennt, solange die Ursache der Verbrechen, die sozialen Übel, nicht fortgeräumt worden. So denken auch die Kommunisten, die materialistischen ebenso wohl wie die spiritualistischen, welche letzteren ihre Abneigung gegen das herkömmliche Kriminalrecht, das sie das alttestamentalische Rachegesetz nennen, durch evangelische Texte beschönigen. Die Fourieristen dürfen ebenfalls konsequenterweise kein Strafrecht anerkennen, da nach ihrer Lehre die Verbrechen nur durch ausgeartete Leidenschaften entstehen und ihr Staat sich eben die Aufgabe gestellt hat, durch eine neue Organisation der menschlichen Leidenschaften ihre Ausartung zu verhüten. Die Saint-Simonisten hatten freilich weit höhere Begriffe von der Unendlichkeit des menschlichen Gemütes, als dass sie sich auf einen geregelten und nummerierten Schematismus der Leidenschaften, wie wir ihn bei Fourier finden, eingelassen hätten. Jedoch auch sie hielten das Verbrechen nicht bloß für ein Resultat gesellschaftlicher Missstände, sondern auch einer fehlerhaften Erziehung, und von den besser geleiteten, wohlerzogenen Leidenschaften erwarteten sie eine vollständige Regeneration, das Weltreich der Liebe, wo alle Traditionen der Sünde in Vergessenheit geraten und die Idee eines Strafrechts als eine Blasphemie erscheinen würde.

Minder schwärmerische und sogar sehr praktische Naturen haben sich ebenfalls für die Präventionstheorie entschieden, insofern sie von der Volkserziehung die Abnahme der Verbrechen erwarteten. Sie haben noch ganz besondere staatsökonomische Vorschläge gemacht, die dahin zielen, den Verbrecher vor seinen eigenen bösen Anfechtungen zu schützen, in derselben Weise, wie die Gesellschaft vor der Untat selbst hinreichend bewahrt wird. Hier stehen wir auf dem positiven Boden der Präventionslehre. Der Staat wird hier gleichsam eine große Polizeianstalt, im edelsten und würdigsten Sinne, wo dem bösen Gelüste jeder Antrieb entzogen wird, wo man nicht durch Ausstellungen von Leckerbissen und Putzwaren einen armen Schlucker zum Diebstahl und die arme Gefallsucht zur Prostitution reizt, wo keine diebischen Emporkömmlinge, keine Robert Macaires der hohen Finanz, keine Menschenfleischhändler, keine glücklichen Halunken ihren unverschämten Luxus öffentlich zur Schau geben dürfen, kurz, wo das demoralisierende böse Beispiel unterdrückt wird. Kommen trotz aller Vorkehrungsmaßregeln dennoch Verbrechen zum Vorschein, so sucht man die Verbrecher unschädlich zu machen, und sie werden entweder eingesperrt oder, wenn sie der Ruhe der Gesellschaft gar zu gefährlich sind, ein bisschen hingerichtet. Die Regierung, als Mandatarin der Gesellschaft, verhängt hier keine Pein als Strafe, sondern als Notwehr, und der höhere oder geringere Grad dieser Pein wird nur von dem Grad des Bedürfnisses der sozialen Selbstverteidigung bestimmt. Nur von diesem Gesichtspunkt aus sind wir für die Todesstrafe oder vielmehr für die Tötung großer Bösewichter, welche die Polizei aus dem Weg schaffen muss, wie sie tolle Hunde totschlägt.

Wenn man aufmerksam das exposé des motifs liest, womit der französische Minister des Innern seinen Gesetzentwurf in Betreff der Gefängnisreform einleitete, so ist es augenscheinlich, wie hier die zuletzt bezeichnete Ansicht den Grundgedanken bildet und wie das sogenannte Repressivprinzip der Franzosen im Grunde nur die Praxis unserer Präventivtheorie ist.

Im Prinzip sind also unsere Ansichten ganz übereinstimmend mit denen der französischen Regierung. Aber unsere Gefühle sträuben sich gegen die Mittel, wodurch die gute Absicht erreicht werden soll. Auch halten wir sie für Frankreich ganz ungeeignet. In diesem Lande der Soziabilität wäre die Absperrung in Zellen, die pennsylvanische Methode, eine unerhörte Grausamkeit, und das französische Volk ist zu großmütig, als dass es je um solchen Preis seine gesellschaftliche Ruhe erkaufen möchte. Ich bin daher überzeugt, selbst nachdem die Kammern eingewilligt, kommt das entsetzliche, unmenschliche, ja unnatürliche Zellulargefängniswesen nicht in Ausführung, und die vielen Millionen, welche die nötigen Bauten kosten, sind gottlob verlorenes Geld. Diese Burgverliese des neuen Bürgerrittertums wird das Volk ebenso unwillig niederreißen, wie es einst die adelige Bastille zerstörte. So furchtbar und düster dieselbe von außen gewesen sein mochte, so war sie doch gewiss nur ein heiterer Kiosk, ein sonniges Gartenhaus, im Vergleich mit jenen kleinen, schweigenden amerikanischen Höllen, die nur ein blödsinniger Pietist ersinnen und nur ein herzloser Krämer, der für sein Eigentum zittert, billigen konnte. Der gute fromme Bürger soll hinfüro ruhiger schlafen können – das will die Regierung mit löblichem Eifer bewirken. Aber warum sollen sie nicht etwas weniger schlafen? – Bessere Leute müssen jetzt wachend die Nächte verbringen. Und dann, haben sie nicht den lieben Gott, um sie zu schützen, sie, die Frommen? – Oder zweifeln sie an diesem Schutz, sie, die Frommen?

Aus den Pyrenäen

I

Seit Menschengedenken gab es kein solches Zuströmen nach den Heilquellen von Barèges wie dieses Jahr. Das kleine Dorf, das aus etwa sechzig Häusern und einigen Dutzend Notbaracken besteht, kann die kranke Menge nicht mehr fassen; Spätkömmlinge fanden kaum ein kümmerliches Obdach für eine Nacht und mussten leidend umkehren. Die meisten Gäste sind französische Militärs, die in Afrika sehr viele Lorbeeren, Lanzenstiche und Rheumatismen eingeerntet haben. Einige alte Offiziere aus der Kaiserzeit keuchen hier ebenfalls umher und suchen in der Badewanne die glorreichen Erinnerungen zu vergessen, die sie bei jedem Witterungswechsel so verdrießlich jucken. Auch ein deutscher Dichter befindet sich hier, der manches auszubaden haben mag, aber bis jetzt keineswegs seines Verstandes verlustig und noch viel weniger in ein Irrenhaus eingesperrt worden ist, wie ein Berliner Korrespondent in der hochlöblichen »Leipziger Allgemeinen Zeitung« berichtet hat. Freilich, wir können uns irren, Heinrich Heine ist vielleicht verrückter, als er selbst weiß; aber mit Gewissheit dürfen wir versichern, dass man ihn hier, in dem anarchischen Frankreich, noch immer auf freien Füßen herumgehen lässt, was ihm wahrscheinlich zu Berlin, wo die geistige Sanitätspolizei strenger gehandhabt wird, nicht gestattet werden möchte. Wie dem auch sei, fromme Gemüter an der Spree mögen sich trösten, wenn auch nicht der Geist, so ist doch der Leib des Dichters hinlänglich belastet von lähmenden Gebresten, und auf der Reise von Paris hierher ward sein Siechtum so unleidlich, dass er unfern von Bagnères-de-Bigorre den Wagen verlassen und sich auf einem Lehnsessel über das Gebirge tragen lassen musste. Er hatte bei dieser erhabenen Fahrt manche erfreuliche Lichtblicke, nie hat ihn Sonnenglanz und Waldgrün inniger bezaubert, und die großen Felsenkoppen, wie steinerne Riesenhäupter, sahen ihn an mit fabelhaftem Mitleid. Die Hautes Pyrénées sind wunderbar schön. Besonders seelenerquickend ist die Musik der Bergwasser, die wie ein volles Orchester in den rauschenden Talfluss, den sogenannten Gave, hinabstürzen. Gar lieblich ist dabei das Geklingel der Lämmerherden, zumal wenn sie in großer Anzahl wie jauchzend von den Bergeshalden heruntergesprungen kommen, voran die langwolligen Mutterschafe und dorisch gehörnten Widder, welche große Glocken an den Hälsen tragen, und nebenherlaufend der junge Hirt, der sie nach dem Taldorfe zur Schur führt und bei dieser Gelegenheit auch die Liebste besuchen will. Einige Tage später ist das Geklingel minder heiter, denn es hat unterdessen gewittert, aschgraue Nebelwolken hängen tief herab, und mit seinen geschorenen, fröstelnd nackten Lämmern steigt der junge Hirt melancholisch wieder hinauf in seine Alpeneinsamkeit; er ist ganz eingewickelt in seinen braunen, reichgeflickten Baskesenmantel, und das Scheiden von ihr war vielleicht bitter.

Ein solcher Anblick mahnt mich aufs Lebhafteste an das Meisterwerk von Decamps, welches der diesjährige Salon besaß und das von so vielen, ja von dem kunstverständigsten Franzosen, Théophile Gautier, mit hartem Unrecht getadelt ward. Der Hirt auf jenem Gemälde, der in seiner zerlumpten Majestät wie ein wahrer Bettelkönig aussieht und an seiner Brust, unter den Fetzen des Mantels, ein armes Schäfchen vor dem Regenguss zu schützen sucht, die stumpfsinnig trüben Wetterwolken mit ihren feuchten Grimassen, der zottighässliche Schäferhund – alles ist auf jenem Bilde so naturwahr, so pyrenäengetreu gemalt, so ganz ohne sentimentalen Anstrich und ohne süßliche Veridealisierung, dass einem hier das Talent des Decamps fast erschreckend, in seiner naivsten Nacktheit, offenbar wird.

Die Pyrenäen werden jetzt von vielen französischen Malern mit großem Glück ausgebeutet, besonders wegen der hiesigen pittoresken Volkstrachten, und die Leistungen von Leleux, die unser feintreffender Pfeilkollege immer so schön gewürdigt, verdienen das gespendete Lob; auch bei diesem Maler ist Wahrheit der Natur, aber ohne ihre Bescheidenheit, sie tritt schier allzu keck hervor, und sie artet aus in Virtuosität. Die Kleidung der Bergbewohner, der Bearnaisen, der Basken und der Grenzspanier, ist in der Tat so eigentümlich und staffeleifähig, wie es ein junger Enthusiast von der Pinselgilde, der den banalen Frack verabscheut, nur irgend verlangen kann; besonders pittoresk ist die Kopfbedeckung der Weiber, die scharlachrote, bis an die Hüften über den schwarzen Leibrock herabhängende Kapuze. Einen überaus köstlichen Anblick gewähren derartig kostümierte Ziegenhirtinnen, wenn sie, auf hochgesattelten Maultieren sitzend, den altertümlichen Spinnstock unterm Arm, mit ihren gehörnten schwarzen Zöglingen über die äußersten Spitzen der Berge einherreiten und der abenteuerliche Zug sich in den reinsten Konturen abzeichnet an dem sonnigblauen Himmelsgrund.

Das Gebäude, worin sich die Badeanstalt von Barèges befindet, bildet einen schauderhaften Kontrast mit den umgebenden Naturschönheiten, und sein mürrisches Äußere entspricht vollkommen den innern Räumen: unheimlich finstere Zellen, gleich Grabgewölben, mit gar zu schmalen steinernen Badewannen, einer Art provisorischer Särge, worin man alle Tage eine Stunde lang sich üben kann im Stilleliegen mit ausgestreckten Beinen und gekreuzten Armen, eine nützliche Vorübung für Lebensabiturienten. Das beklagenswerteste Gebrechen zu Barèges ist der Wassermangel; die Heilquellen strömen nämlich nicht in hinlänglicher Fülle. Eine traurige Abhilfe in dieser Beziehung gewähren die sogenannten Piscinen, ziemlich enge Wasserbehälter, worin sich ein Dutzend, auch wohl anderthalb Dutzend Menschen gleichzeitig baden, in aufrechter Stellung. Hier gibt es Berührungen, die selten angenehm sind, und bei dieser Gelegenheit begreift man in ihrem ganzen Tiefsinn die Worte des toleranten Ungars, der sich den Schnurrbart strich und zu seinem Kameraden sagte: »Mir ist ganz gleich, was der Mensch ist, ob er Christ oder Jude, republikanisch oder kaiserlich, Türke oder Preuße, wenn nur der Mensch gesund ist.«

II

Barèges, 7. August 1846

Über die therapeutische Bedeutung der hiesigen Bäder wage ich nicht, mich mit Bestimmtheit auszusprechen. Es lässt sich vielleicht überhaupt nichts Bestimmtes darüber sagen. Man kann das Wasser einer Quelle chemisch zersetzen und genau angeben, wie viel Schwefel, Salz oder Butter darin enthalten ist, aber niemand wird es wagen, selbst in bestimmten Fällen, die Wirkung dieses Wassers für ein ganz probates, untrügliches Heilmittel zu erklären; denn diese Wirkung ist ganz abhängig von der individuellen Leibesbeschaffenheit des Kranken, und das Bad, das bei gleichen Krankheitssymptomen dem einen fruchtet, übt auf den anderen nicht den mindesten, wo nicht gar den schädlichsten Einfluss. In der Weise, wie z. B. der Magnetismus, enthalten auch die Heilquellen eine Kraft, die hinlänglich konstatiert, aber keineswegs determiniert ist, deren Grenzen und auch geheimste Natur den Forschern bis jetzt unbekannt geblieben, sodass der Arzt dieselben nur versuchsweise, wo alle anderen Mittel fehlschlagen, als Medikament anzuwenden pflegt. Wenn der Sohn Äskulaps gar nicht mehr weiß, was er mit dem Patienten anfangen soll, dann schickt er uns ins Bad mit einem langen Konsultationszettel, der nichts anderes ist als ein offener Empfehlungsbrief an den Zufall!

Die Lebensmittel sind hier sehr schlecht, aber desto teurer. Frühstück und Mittagessen werden den Gästen in hohen Körben und von ziemlich klebrigen Mägden aufs Zimmer getragen, ganz wie in Göttingen. Hätten wir nur hier ebenfalls den jugendlich-akademischen Appetit, womit wir einst die gelehrt-trockensten Kalbsbraten Georgia Augustas zermalmten!

Das Leben selbst ist hier so langweilig wie an den blumigen Ufern der Leine. Doch kann ich nicht umhin zu erwähnen, dass wir zwei sehr hübsche Bälle genossen, wo die Tänzer alle ohne Krücken erschienen. Es fehlte dabei nicht an einigen Töchtern Albions, die sich durch Schönheit und linkisches Wesen auszeichneten; sie tanzten, als ritten sie auf Eseln. Unter den Französinnen glänzte die Tochter des berühmten Cellarius, die – welche Ehre für das kleine Barèges – hier eigenfüßig die Polka tanzte. Auch mehre junge Tanznixen der Pariser Großen Oper, welche man Ratten nennt, unter andern die silberfüßige Mademoiselle Lelhomme, wirbelten hier ihre Entrechats, und ich dachte bei diesem Anblick wieder lebhaft an mein liebes Paris, wo ich es vor lauter Tanz und Musik am Ende nicht mehr aushalten konnte und wohin das Herz sich jetzt dennoch wieder zurücksehnt. Wunderbar närrischer Zauber! Vor lauter Pläsier und Belustigung wird Paris zuletzt so ermüdend, so erdrückend, so überlästig, alle Freuden sind dort mit so erschöpfender Anstrengung verbunden, dass man jauchzend froh ist, wenn man dieser Galeere des Vergnügens einmal entspringen kann – und kaum ist man einige Monate von dort entfernt, so kann eine einzige Walzermelodie oder der bloße Schatten eines Tänzerinnenbeins in unserm Gemüte das sehnsüchtigste Heimweh nach Paris erwecken! Das geschieht aber nur den bemoosten Häuptern dieses süßen Bagnos, nicht den jungen Burschen unserer Landsmannschaft, die nach einem kurzen Semesteraufenthalt in Paris gar kläglich bejammern, dass es dort nicht so gemütlich still sei wie jenseits des Rheins, wo das Zellensystem des einsamen Nachdenkens eingeführt ist, dass man sich dort nicht ruhig sammeln könne wie etwa zu Magdeburg oder Spandau, dass das sittliche Bewusstsein sich dort verliere im Geräusch der Genusswellen, die sich überstürzen, dass die Zerstreuung dort zu groß sei – ja, sie ist wirklich zu groß in Paris, denn während wir uns dort zerstreuen, zerstreut sich auch unser Geld!

Ach, das Geld! Es weiß sich sogar hier in Barèges zu zerstreuen, so langweilig auch dieses Heilnest. Es übersteigt alle Begriffe, wie teuer der hiesige Aufenthalt; er kostet mehr als das Doppelte, was man in anderen Badeörtern der Pyrenäen ausgibt. Und welche Habsucht bei diesen Gebirgsbewohnern, die man als eine Art Naturkinder, als die Reste einer Unschuldsrasse zu preisen pflegt! Sie huldigen dem Geld mit einer Inbrunst, die an Fanatismus grenzt, und das ist ihr eigentlicher Nationalkultus. Aber ist das Geld jetzt nicht der Gott der ganzen Welt, ein allmächtiger Gott, den selbst der verstockteste Atheist keine drei Tage lang verleugnen könnte, denn ohne seine göttliche Hilfe würde ihm der Bäcker nicht die kleinste Semmel verabfolgen lassen.

Dieser Tage, bei der großen Hitze, kamen ganze Schwärme von Engländern nach Barèges; rotgesunde, beefsteakgemästete Gesichter, die mit der bleichen Gemeinde der Badegäste schier beleidigend kontrastierten. Der Bedeutendste dieser Ankömmlinge ist ein enorm reiches und leidlich bekanntes Parlamentsglied von der torystischen Clique. Dieser Gentleman scheint die Franzosen nicht zu lieben, aber hingegen uns Deutsche mit der größten Zuneigung zu beehren. Er rühmte besonders unsere Redlichkeit und Treue. Auch wolle er zu Paris, wo er den Winter zu verbringen gedenke, sich keine französischen Bedienten, sondern nur deutsche anschaffen. Ich dankte ihm für das Zutrauen, das er uns schenke, und empfahl ihm einige Landsleute von der Historischen Schule.

Zu den hiesigen Badegästen rechnen wir auch, wie männiglich bekannt ist, den Prinzen von Nemours, der einige Stunden von hier, zu Luz, mit seiner Familie wohnt, aber täglich hierher fährt, um sein Bad zu nehmen. Als er das erste Mal in dieser Absicht nach Barèges kam, saß er in einer offenen Kalesche, obgleich das miserabelste Nebelwetter an jenem Tage herrschte; ich schloss daraus, dass er sehr gesund sein müsse und jedenfalls keinen Schnupfen scheue. Sein erster Besuch galt dem hiesigen Militärhospital, wo er leutselig mit den kranken Soldaten sprach, sich nach ihren Blessuren erkundigte, auch nach ihrer Dienstzeit usw. Eine solche Demonstration, obgleich sie nur ein altes Trompeterstückchen ist, womit schon so viele erlauchte Personen ihre Virtuosität beurkundet haben, verfehlt doch nie ihre Wirkung, und als der Fürst bei der Badeanstalt anlangte, wo das neugierige Publikum ihn erwartete, war er bereits ziemlich populär. Nichtsdestoweniger ist der Herzog von Nemours nicht so beliebt wie sein verstorbener Bruder, dessen Eigenschaften sich mit mehr Offenheit kundgaben. Dieser herrliche Mensch oder, besser gesagt, dieses herrliche Menschengedicht, welches Ferdinand Orleans hieß, war gleichsam in einem populären, allgemein fasslichen Stil gedichtet, während der Nemours in einer für die große Menge minder leicht zugänglichen Kunstform sich zurückzieht. Beide Prinzen bildeten immer einen merkwürdigen Gegensatz in ihrer äußeren Erscheinung. Die des Orleans war nonchalant ritterlich; die andere hat vielmehr etwas von feiner Patrizierart. Ersterer war ganz ein junger französischer Offizier, übersprudelnd von leichtsinnigster Bravour, ganz die Sorte, die gegen Festungsmauern und Frauenherzen mit gleicher Lust Sturm läuft. Es heißt, der Nemours sei ein guter Soldat, vom kaltblütigsten Mut, aber nicht sehr kriegerisch. Er wird daher, wenn er zur Regentschaft gelangt, sich nicht so leicht von der Trompete Bellonas verlocken lassen, wie sein Bruder dessen fähig war; was uns sehr lieb ist, da wir wohl ahnen, welches teure Land der Kriegsschauplatz sein würde und welches naive Volk am Ende die Kriegskosten bezahlen müsste. Nur eins möchte ich gern wissen, ob nämlich der Herzog von Nemours auch so viel Geduld besitzt wie sein glorreicher Vater, der durch diese Eigenschaft, die allen seinen französischen Gegnern fehlt, unermüdlich gesiegt und dem schönen Frankreich und der Welt den Frieden erhalten hat.

III

Barèges, 20. August 1846

Der Herzog von Nemours hat auch Geduld. Dass er diese Kardinaltugend besitzt, bemerkte ich an der Gelassenheit, womit er jede Verzögerung erträgt, wenn sein Bad bereitet wird. Er erinnert keineswegs an seinen Großoheim und dessen »J'ai failli attendre!« Der Herzog von Nemours versteht zu warten, und als eine ebenfalls gute Eigenschaft bemerkte ich an ihm, dass er andere nicht lange warten lässt. Ich bin sein Nachfolger (nämlich in der Badewanne) und muss ihm das Lob erteilen, dass er dieselbe so pünktlich verlässt wie ein gewöhnlicher Sterblicher, dem hier seine Stunde bis auf die Minute zugemessen ist. Er kommt alle Tage hierher, gewöhnlich in einem offenen Wagen, selber die Pferde lenkend, während neben ihm ein verdrießlich müßiges Kutschergesicht und hinter ihm sein korpulenter deutscher Kammerdiener sitzt. Sehr oft, wenn das Wetter schön, läuft der Fürst neben dem Wagen her, die ganze Strecke von Luz bis Barèges, wie er denn überhaupt Leibesübungen sehr zu lieben scheint. Er macht auch mit seiner Gemahlin, die eine der schönsten Frauen ist, sehr häufige Ausflüge nach merkwürdigen Gebirgsörtern. So kam er mit ihr jüngst hierher, um den Pic du Midi zu besteigen, und während die Fürstin mit ihrer Gesellschaftsdame in Palankinen den Berg hinaufgetragen ward, eilte der junge Fürst ihnen voraus, um auf der Koppe eine Weile einsam und ungestört jene kolossalen Naturschönheiten zu betrachten, die unsere Seele so idealisch emporheben aus der niedern Werkeltagswelt. Als jedoch der Prinz auf die Spitze des Berges gelangte, erblickte er dort steif aufgepflanzt – drei Gendarmen! Nun gibt es aber wahrlich nichts auf der Welt, was ernüchternder und abkühlender wirken mag als das positive Gesetztafelgesicht eines Gendarmen und das schauderhafte Zitronengelb seines Bandeliers. Alle schwärmerischen Gefühle werden uns da gleichsam in der Brust arretiert, au nom de la loi. Ich musste wehmütig lachen, als man mir erzählte, wie dämisch verdrießlich der Nemours ausgesehen, als er bemerkte, welche Surprise der servile Diensteifer des Präfekten ihm auf dem Gipfel des Pic du Midi bereitet hatte.

Hier in Barèges wird es täglich langweiliger. Das Unleidliche ist eigentlich nicht der Mangel an gesellschaftlichen Zerstreuungen, sondern vielmehr, dass man auch die Vorteile der Einsamkeit entbehrt, indem hier beständig ein Schreien und Lärmen, das kein stilles Hinträumen erlaubt und uns jeden Augenblick aus unsern Gedanken aufschreckt. Ein grelles, nervenzerreißendes Knallen mit der Peitsche, die hiesige Nationalmusik, hört man vom frühesten Morgen bis spät in die Nacht. Wenn nun gar das schlechte Wetter eintritt und die Berge schlaftrunken ihre Nebelkappen über die Ohren ziehen, dann dehnen sich hier die Stunden zu ennuyanten Ewigkeiten. Die leibhaftige Göttin der Langeweile, das Haupt gehüllt in eine bleierne Kapuze und Klopstocks »Messiade« in der Hand, wandelt dann durch die Straße von Barèges, und wen sie angähnt, dem versickert im Herzen der letzte Tropfen Lebensmut! Es geht so weit, dass ich aus Verzweiflung die Gesellschaft unseres Gönners, des englischen Parlamentsmitgliedes, nicht mehr zu vermeiden suche. Er zollt noch immer die gerechteste Anerkennung unseren Haustugenden und sittlichen Vorzügen. Doch will es mich bedünken, als liebe er uns weniger enthusiastisch, seitdem ich in unseren Gesprächen die Äußerung fallenließ, dass die Deutschen jetzt ein großes Gelüst empfänden nach dem Besitz einer Marine, dass wir zu allen Schiffen unserer künftigen Flotte schon die Namen ersonnen, dass die Patrioten in den Zwangsprytaneen, statt der bisherigen Wolle, jetzt nur Linnen zu Segeltüchern spinnen wollen und dass die Eichen im Teutoburger Wald, die seit der Niederlage des Varus geschlafen, endlich erwacht seien und sich zu freiwilligen Mastbäumen erboten haben. Dem edlen Briten missfiel sehr diese Mitteilung, und er meinte: wir Deutschen täten besser, wenn wir den Ausbau des Kölner Doms, des großen Glaubenswerks unserer Väter, mit unzersplitterten Kräften betrieben.

Jedes Mal, wenn ich mit Engländern über meine Heimat rede, bemerke ich mit tiefster Beschämung, dass der Hass, den sie gegen die Franzosen hegen, für dieses Volk weit ehrenvoller ist als die impertinente Liebe, die sie uns Deutschen angedeihen lassen und die wir immer irgendeiner Lakune unsrer weltlichen Macht oder unsrer Intelligenz verdanken: sie lieben uns wegen unsrer maritimen Unmacht, wobei keine Handelskonkurrenz zu besorgen steht; sie lieben uns wegen unsrer politischen Naivität, die sie im Fall eines Krieges mit Frankreich in alter Weise auszubeuten hoffen. – –

Musikalische Saison von 1844

Erster Bericht

Paris, 25. April 1844

A tout seigneur tout honneur. Wir beginnen heute mit Berlioz, dessen erstes Konzert die musikalische Saison eröffnete und gleichsam als Ouvertüre derselben zu betrachten war. Die mehr oder minder neuen Stücke, die hier dem Publikum vorgetragen wurden, fanden den gebührenden Applaus, und selbst die trägsten Gemüter wurden fortgerissen von der Gewalt des Genius, der sich in allen Schöpfungen des großen Meisters bekundet. Hier ist ein Flügelschlag, der keinen gewöhnlichen Sangesvogel verrät, das ist eine kolossale Nachtigall, ein Sprosser von Adlersgröße, wie es deren in der Urwelt gegeben haben soll. Ja, die Berliozische Musik überhaupt hat für mich etwas Urweltliches, wo nicht gar Antediluvianisches, und sie mahnt mich an untergegangene Tiergattungen, an fabelhafte Königstümer und Sünden, an aufgetürmte Unmöglichkeiten, an Babylon, an die hängenden Gärten der Semiramis, an Ninive, an die Wunderwerke von Mizraim, wie wir dergleichen erblicken auf den Gemälden des Engländers Martin. In der Tat, wenn wir uns nach einer Analogie in der Malerkunst umsehen, so finden wir die wahlverwandteste Ähnlichkeit zwischen Berlioz und dem tollen Briten: derselbe Sinn für das Ungeheuerliche, für das Riesenhafte, für materielle Unermesslichkeit. Bei dem einen die grellen Schatten- und Lichteffekte, bei dem anderen kreischende Instrumentierung; bei dem einen wenig Melodie, bei dem anderen wenig Farbe, bei beiden wenig Schönheit und gar kein Gemüt. Ihre Werke sind weder antik noch romantisch, sie erinnern weder an Griechenland noch an das katholische Mittelalter, sondern sie mahnen weit höher hinauf an die assyrisch-babylonisch-ägyptische Architekturperiode und an die massenhafte Passion, die sich darin aussprach.

Welch ein ordentlicher moderner Mensch ist dagegen unser Felix Mendelssohn-Bartholdy, der hochgefeierte Landsmann, den wir heute zunächst wegen der Symphonie erwähnen, die im Konzertsaal des Conservatoires von ihm gegeben worden. Dem tätigen Eifer seiner hiesigen Freunde und Gönner verdanken wir diesen Genuss. Obgleich diese Symphonie Mendelssohns im Conservatoire sehr frostig aufgenommen wurde, verdient sie dennoch die Anerkennung aller wahrhaft Kunstverständigen. Sie ist von echter Schönheit und gehört zu Mendelssohns besten Arbeiten. Wie aber kommt es, dass dem so verdienten und hochbegabten Künstler, seit der Aufführung des »Paulus«, den man dem hiesigen Publikum auferlegte, dennoch kein Lorbeerkranz auf französischem Boden hervorblühen will? Wie kommt es, dass hier alle Bemühungen scheitern und dass das letzte Verzweiflungsmittel des Odéontheaters, die Aufführung der Chöre zur »Antigone«, ebenfalls nur ein klägliches Resultat hervorbrachte? Mendelssohn bietet uns immer Gelegenheit, über die höchsten Probleme der Ästhetik nachzudenken. Namentlich werden wir bei ihm immer an die große Frage erinnert: Was ist der Unterschied zwischen Kunst und Lüge? Wir bewundern bei diesem Meister zumeist sein großes Talent für Form, für Stilistik, seine Begabnis, sich das Außerordentlichste anzueignen, seine reizend schöne Faktur, sein feines Eidechsenohr, seine zarten Fühlhörner und seine ernsthafte, ich möchte fast sagen passionierte Indifferenz. Suchen wir in einer Schwesterkunst nach einer analogen Erscheinung, so finden wir sie diesmal in der Dichtkunst, und sie heißt Ludwig Tieck. Auch dieser Meister wusste immer das Vorzüglichste zu reproduzieren, sei es schreibend oder vorlesend, er verstand sogar das Naive zu machen, und er hat doch nie etwas geschaffen, was die Menge bezwang und lebendig blieb in ihrem Herzen. Dem begabteren Mendelssohn würde es schon eher gelingen, etwas ewig Bleibendes zu schaffen, aber nicht auf dem Boden, wo zunächst Wahrheit und Leidenschaft verlangt wird, nämlich auf der

347

Bühne; auch Ludwig Tieck, trotz seinem hitzigsten Gelüste, konnte es nie zu einer dramatischen Leistung bringen.

Außer der Mendelssohnschen Symphonie hörten wir im Conservatoire mit großem Interesse eine Symphonie des seligen Mozart und eine nicht minder talentvolle Komposition von Händel. Sie wurden mit großem Beifall aufgenommen.

Unser vortrefflicher Landsmann Ferdinand Hiller genießt unter den wahrhaft Kunstverständigen ein zu großes Ansehen, als dass wir nicht, so groß auch die Namen sind, die wir eben genannt, den seinigen hier unter den Komponisten erwähnen dürften, deren Arbeiten im Conservatoire die verdiente Anerkennung fanden. Hiller ist mehr ein denkender als ein fühlender Musiker, und man wirft ihm noch obendrein eine zu große Gelehrsamkeit vor. Geist und Wissenschaft mögen wohl manchmal in den Kompositionen dieses Doktrinärs etwas kühlend wirken, jedenfalls aber sind sie immer anmutig, reizend und schön. Von schiefmäuliger Exzentrizität ist hier keine Spur, Hiller besitzt eine artistische Wahlverwandtschaft mit seinem Landsmann Wolfgang Goethe. Auch Hiller ward geboren zu Frankfurt, wo ich, bei meiner letzten Durchreise, sein väterliches Haus sah; es ist genannt »Zum grünen Frosch«, und das Abbild eines Frosches ist über der Haustür zu sehen. Hillers Kompositionen erinnern aber nie an solch unmusikalische Bestie, sondern nur an Nachtigallen, Lerchen und sonstiges Frühlingsgevögel.

An konzertgebenden Pianisten hat es auch dieses Jahr nicht gefehlt. Namentlich die Iden des März waren in dieser Beziehung sehr bedenkliche Tage. Das alles klimpert drauflos und will gehört sein, und sei es auch nur zum Schein, um jenseits der Barriere von Paris sich als große Zelebrität gebärden zu dürfen. Den erbettelten oder erschlichenen Fetzen Feuilletonlob wissen die Kunstjünger, zumal in Deutschland, gehörig auszubeuten, und in den dortigen Reklamen heißt es dann, das berühmte Genie, der große Rudolf W., sei angekommen, der Nebenbuhler von Liszt und Thalberg, der Klavierheros, der in Paris so großes Aufsehen erregt habe und sogar von dem Kritiker Jules Janin gelobt worden, Hosianna! Wer nun eine solche arme Fliege zufällig in Paris gesehen hat und überhaupt weiß, wie wenig hier von noch weit bedeutendern Personagen Notiz genommen wird, findet die Leichtgläubigkeit des Publikums sehr ergötzlich und die plumpe Unverschämtheit der Virtuosen sehr ekelhaft. Das Gebrechen aber liegt tiefer, nämlich in dem Zustand unserer Tagespresse, und dieser ist wieder nur ein Ergebnis fatalerer Zustände. Ich muss immer darauf zurückkommen, dass es nur drei Pianisten gibt, die eine ernste Beachtung verdienen, nämlich: Chopin, der holdselige Tondichter, der aber leider auch diesen Winter sehr krank und wenig sichtbar war; dann Thalberg, der musikalische Gentleman, der am Ende gar nicht nötig hätte, Klavier zu spielen, um überall als eine schöne Erscheinung begrüßt zu werden, und der sein Talent auch wirklich nur als eine Apanage zu betrachten scheint; und dann unser Liszt, der trotz aller Verkehrtheiten und verletzenden Ecken dennoch unser teurer Liszt bleibt und in diesem Augenblick wieder die schöne Welt von Paris in Aufregung gesetzt. Ja, er ist hier, der große Agitator, unser Franz Liszt, der irrende Ritter aller möglichen Orden (mit Ausnahme der französischen Ehrenlegion, die Ludwig Philipp keinem Virtuosen geben will); er ist hier, der hohenzollern-hechingensche Hofrat, der Doktor der Philosophie und Wunderdoktor der Musik, der wiederauferstandene Rattenfänger von Hameln, der neue Faust, dem immer ein Pudel in der Gestalt Bellonis folgt, der geadelte und dennoch edle Franz Liszt! Er ist hier, der moderne Amphion, der mit den Tönen seines Saitenspiels beim Kölner Dombau die Steine in Bewegung setzte, dass sie sich zusammenfügten, wie einst die Mauern von Theben! Er ist hier, der moderne Homer, den Deutschland, Ungarn und Frankreich, die drei größten Länder, als Landeskind reklamieren, während der Sänger der »Ilias« nur von sieben kleinen Provinzialstädten in Anspruch genommen ward! Er ist hier, der Attila, die Geißel Gottes aller Érardschen Pianos, die schon bei der Nachricht seines Kommens erzitterten und die nun wieder unter seiner Hand zucken, bluten und wimmern, dass die Tierquälergesellschaft sich ihrer annehmen sollte! Er ist hier, das tolle, schöne, hässliche, rätselhafte, fatale und mitunter sehr kindische Kind seiner Zeit, der gigantische Zwerg, der rasende Roland mit dem ungarischen Ehrensäbel, der geniale Hans Narr, dessen Wahnsinn uns selber den Sinn verwirrt und dem wir in jedem Fall den loyalen Dienst erweisen, dass wir die große Furore, die er hier erregt, zur öffentlichen Kunde bringen. Wir konstatieren unumwunden die Tatsache des ungeheuern Sukzess; wie wir diese Tatsache nach unserm Privatbedünken ausdeuten und ob wir überhaupt unsern Privatbeifall dem gefeierten Virtuosen zollen oder versagen, mag demselben gewiss gleichgültig sein, da unsre Stimme nur die eines Einzelnen und unsre Autorität in der Tonkunst nicht von sonderlicher Bedeutung ist.

Wenn ich früherhin von dem Schwindel hörte, der in Deutschland und namentlich in Berlin ausbrach, als sich Liszt dort zeigte, zuckte ich mitleidig die Achsel und dachte: Das stille sabbatliche Deutschland will die Gelegenheit nicht versäumen, um sich ein bisschen erlaubte Bewegung zu machen, es will die schlaftrunkenen Glieder ein wenig rütteln, und meine Abderiten an der Spree kitzeln sich gern in einen gegebenen Enthusiasmus hinein, und einer deklamiert dem andern nach: »Amor, Beherrscher der Menschen und der Götter!« Es ist ihnen, dacht' ich, bei dem Spektakel um den Spektakel selbst zu tun, um den Spektakel an sich, gleichviel, wie dessen Veranlassung heiße, Georg Herwegh, Franz Liszt oder Fanny Elßler; wird Herwegh verboten, so hält man sich an Liszt, der unverfänglich und unkompromittierend. So dachte ich, so erklärte ich mir die Lisztomanie, und ich nahm sie für ein Merkmal des politisch unfreien Zustandes jenseits des Rheines. Aber ich habe mich doch geirrt, und das merkte ich vorige Woche im italienischen Opernhaus, wo Liszt sein erstes Konzert gab, und zwar vor einer Versammlung, die man wohl die Blüte der hiesigen Gesellschaft nennen konnte. Jedenfalls waren es wachende Pariser, Menschen, die mit den höchsten Erscheinungen der Gegenwart vertraut, die mehr oder minder lange mitgelebt hatten das große Drama der Zeit, darunter so viele Invaliden aller Kunstgenüsse, die müdesten Männer der Tat, Frauen, die ebenfalls sehr müde, indem sie den ganzen Winter hindurch die Polka getanzt, eine Unzahl beschäftigter und blasierter Gemüter – das war wahrlich kein deutsch-sentimentales, berlinisch anempfindelndes Publikum, vor welchem Liszt spielte, ganz allein, oder vielmehr nur begleitet von seinem Genius. Und dennoch, wie gewaltig, wie erschütternd wirkte schon seine bloße Erscheinung! Wie ungestüm war der Beifall, der ihm entgegenklatschte! Auch Buketts wurden ihm zu Füßen geworfen! Es war ein erhabener Anblick, wie der Triumphator mit Seelenruhe die Blumensträuße auf sich regnen ließ und endlich, graziöse lächelnd, eine rote Kamelie, die er aus einem solchen Bukett hervorzog, an seine Brust steckte. Und dieses tat er in Gegenwart einiger jungen Soldaten, die eben aus Afrika gekommen, wo sie keine Blumen, sondern bleierne Kugeln auf sich regnen sahen und ihre Brust mit den roten Kamelien des eignen Heldenbluts geziert ward, ohne dass man hier oder dort davon besonders Notiz nahm! Sonderbar! dachte ich, diese Pariser, die den Napoleon gesehen, der eine Schlacht nach der andern liefern musste, um ihre Aufmerksamkeit zu fesseln, diese jubeln jetzt unserm Franz Liszt! Und welcher Jubel! Eine wahre Verrücktheit, wie sie unerhört in den Annalen der Furore! Was ist aber der Grund dieser Erscheinung? Die Lösung der Frage gehört vielleicht eher in die Pathologie als in die Ästhetik. Ein Arzt, dessen Spezialität weibliche Krankheiten sind und den ich über den Zauber befragte, den unser Liszt auf sein Publikum ausübt, lächelte äußerst sonderbar und sprach dabei allerlei von Magnetismus, Galvanismus, Elektrizität, von der Kontagion in einem schwülen, mit unzähligen Wachskerzen und einigen hundert parfümierten und schwitzenden Menschen angefüllten Saal, von Histrionalepilepsis, von dem Phänomen des Kitzelns, von musikalischen Kanthariden und andern skabrösen [heikeln, schlüpfrigen] Dingen, welche, glaub ich, Bezug haben auf die Mysterien der Bona Dea. Vielleicht aber liegt die Lösung der Frage nicht so abenteuerlich tief, sondern auf einer sehr prosaischen Oberfläche. Es will mich manchmal bedünken, die ganze Hexerei ließe sich dadurch erklären, dass niemand auf dieser Welt seine Sukzesse oder vielmehr die mise en scène derselben so gut zu organisieren weiß wie unser Franz Liszt. In dieser Kunst ist er ein Genie, ein Philadelphia, ein Bosco, ja ein Meyerbeer. Die vornehmsten Personen dienen ihm als Compères [Helfershelfer], und seine Mietenthusiasten sind musterhaft dressiert. Knallende Champagnerflaschen und der Ruf von verschwenderischer Freigebigkeit, ausposaunt durch die glaubwürdigsten Journale, lockt Rekruten in jeder Stadt. Nichtsdestoweniger mag es der Fall sein, dass unser Franz Liszt wirklich von Natur sehr spendabel und frei wäre von Geldgeiz, einem schäbigen Laster, das so vielen Virtuosen anklebt, namentlich den Italienern, und das wir sogar bei dem flötensüßen Rubini finden, von dessen Filz eine in jeder Beziehung sehr spaßhafte Anekdote erzählt wird. Der berühmte Sänger hatte nämlich in Verbindung mit Franz Liszt eine Kunstreise auf gemeinschaftliche Kosten unternommen, und der Profit der Konzerte, die man in verschiedenen Städten geben wollte, sollte geteilt werden. Der große Pianist, der überall den Generalintendanten seiner Berühmtheit, den schon erwähnten Signor Belloni, mit sich herumführt, übertrug demselben bei dieser Gelegenheit alles Geschäftliche. Als der Signor Belloni aber nach beendigter Geschäftsführung seine Rechnung eingab, bemerkte Rubini mit Entsetzen, dass unter den gemeinsamen Ausgaben auch eine bedeutende Summe für Lorbeerkränze, Blumenbuketts, Lobgedichte und sonstige Ovationskosten angesetzt war. Der naive Sänger hatte sich eingebildet, dass man ihm seiner schönen Stimme wegen solche Beifallszeichen zugeschmissen, er geriet jetzt in großen Zorn und wollte durchaus nicht die Buketts bezahlen, worin sich vielleicht die kostbarsten Kamelien befanden. Wär ich ein Musiker, dieser Zwist böte mir das beste Sujet einer komischen Oper.

Aber ach! lasst uns die Huldigungen, welche die berühmten Virtuosen einernten, nicht allzu genau untersuchen. Ist doch der Tag ihrer eitlen Berühmtheit sehr kurz, und die Stunde schlägt bald, wo der Titan der Tonkunst vielleicht zu einem Stadtmusikus von sehr untergesetzter Statur zusammenschrumpft, der in seinem Kaffeehaus den Stammgästen erzählt und auf seine Ehre versichert, wie man ihm einst Blumenbuketts mit den schönsten Kamelien zugeschleudert und wie sogar einmal zwei ungarische Gräfinnen, um sein Schnupftuch zu erhaschen, sich selbst zur Erde geschmissen und blutig gerauft haben! Die Eintagsreputation der Virtuosen verdunstet und verhallt, öde, spurlos, wie der Wind eines Kamels in der Wüste.

Der Übergang vom Löwen zum Kaninchen ist etwas schroff. Dennoch darf ich hier jene zahmeren Klavierspieler nicht unbeachtet lassen, die in der diesjährigen Saison sich ausgezeichnet. Wir können nicht alle große Propheten sein, und es muss auch kleine Propheten geben, wovon zwölf auf ein Dutzend gehen. Als den größten unter den Kleinen nennen wir hier Theodor Döhler. Sein Spiel ist nett, hübsch, artig, empfindsam, und er hat eine ganz eigentümliche Manier, mit der waagerecht ausgestreckten Hand bloß durch die gebogenen Fingerspitzen die Tasten anzuschlagen. Nach Döhler verdient Halle unter den kleinen Propheten eine besondere Erwähnung; er ist ein Habakuk von ebenso bescheidenem wie wahrem Verdienst. Ich kann nicht umhin, hier auch des Herrn Schad zu erwähnen, der unter den Klavierspielern vielleicht denselben Rang einnimmt, den wir dem Jonas unter den Propheten einräumen; möge ihn nie ein Walfisch verschlucken!

Als gewissenhafter Berichterstatter, der nicht bloß von neuen Opern und Konzerten, sondern auch von allen anderen Katastrophen der musikalischen Welt zu berichten hat, muss ich auch von den vielen Verheiratungen reden, die darin zum Ausbruch gekommen oder auszubrechen drohen. Ich rede von wirklichen, lebenslänglichen, höchst anständigen Heiraten, nicht von dem wilden Ehedilettantismus, der des Maires mit der dreifarbigen Schärpe und des Segens der Kirche entbehrt. Chacun sucht jetzt seine Chacune. Die Herrn Künstler tänzeln einher auf Freiersfüßen und trällern Hymenäen. Die Violine verschwägert sich mit der Flöte; die Hornmusik wird nicht ausbleiben. Einer der drei berühmtesten Pianisten vermählte sich unlängst mit der Tochter des in jeder Hinsicht größten Bassisten der Italienischen Oper; die Dame ist schön, anmutig und geistreich. Vor einigen Tagen erfuhren wir, dass noch ein anderer ausgezeichneter Pianist aus Warschau in den heiligen Ehestand trete, dass auch er sich hinauswage auf jenes hohe Meer, für welches noch kein Kompass erfunden worden. Immerhin, kühner Segler, stoß ab vom Lande, und möge kein Sturm dein Ruder brechen! Jetzt heißt es sogar, dass der größte Violinist, den Breslau nach Paris geschickt, sich hier verheiratet, dass auch dieser Fiedelkundige seines ruhigen Junggesellentums überdrüssig geworden und das furchtbare, unbekannte Jenseits versuchen wolle. Wir leben in einer heldenmütigen Periode. Dieser Tage verlobte sich ein ebenfalls berühmter Virtuos. Er hat wie Theseus eine schöne Ariadne gefunden, die ihn durch das Labyrinth dieses Lebens leiten wird; an einem Garnknäuel fehlt es ihr nicht, denn sie ist eine Näherin.

Die Violinisten sind in Amerika, und wir erhielten die ergötzlichsten Nachrichten über die Triumphzüge von Ole Bull, dem Lafayette des Puffs, dem Reklamenheld beider Welten. Der Entrepreneur seiner Sukzesse ließ ihn zu Philadelphia arretieren, um ihn zu zwingen, die in Rechnung gestellten Ovationskosten zu berichtigen. Der Gefeierte zahlte, und man kann jetzt nicht mehr sagen, dass der blonde Normanne, der geniale Geiger, seinen Ruhm jemandem schuldig sei. Hier in Paris hörten wir unterdessen den Sivori; Porzia würde sagen: »Da ihn der liebe Gott für einen Mann ausgibt, so will ich ihn dafür nehmen.« Ein andermal überwinde ich vielleicht mein Missbehagen, um über dieses geigende Brechpulver zu referieren. Alexander Batta hat auch dieses Jahr ein schönes Konzert gegeben; er weint noch immer auf dem großen Violoncello seine kleinen Kindertränen. Bei dieser Gelegenheit könnte ich auch Herrn Semmelmann loben; er hat es nötig.

Ernst war hier. Der wollte aber aus Laune kein Konzert geben; er gefällt sich darin, bloß bei Freunden zu spielen. Dieser Künstler wird hier geliebt und geachtet. Er verdient es. Er ist der wahre Nachfolger Paganinis, er erbte die bezaubernde Geige, womit der Genueser die Steine, ja sogar die Klötze zu rühren wusste. Paganini, der uns mit leisem Bogenstrich jetzt zu den sonnigsten Höhen führte, jetzt in grauenvolle Tiefen blicken ließ, besaß freilich eine weit dämonischere Kraft; aber seine Schatten und Lichter waren mitunter zu grell, die Kontraste zu schneidend, und seine grandiosesten Naturlaute mussten oft als künstlerische Missgriffe betrachtet werden. Ernst ist harmonischer, und die weichen Tinten sind bei ihm vorherrschend. Dennoch hat er eine Vorliebe für das Phantastische, auch für das Barocke, wo nicht gar für das Skurrile, und viele seiner Kompositionen erinnern mich immer an die Märchenkomödien des Gozzi, an die abenteuerlichsten Maskenspiele, an »Venezianischen Karneval«. Das Musikstück, das unter diesem Namen bekannt ist und unverschämterweise von Sivori gekapert ward, ist ein allerliebstes Capriccio von Ernst. Dieser Liebhaber des Phantastischen kann, wenn er will, auch rein poetisch sein, und ich habe jüngst eine Nocturne von ihm gehört, die wie aufgelöst war in Schönheit. Man glaubte sich entrückt in eine italienische Mondnacht, mit stillen Zypressenalleen, schimmernd weißen Statuen und träumerisch plätschernden Springbrunnen. Ernst hat, wie bekannt ist, in Hannover seine Entlassung genommen und ist nicht mehr königlich hannoverscher Konzertmeister. Das war auch kein passender Platz für ihn. Er wäre weit eher geeignet, am Hof irgendeiner Feenkönigin, wie z. B. der Frau Morgane, die Kammermusik zu leiten; hier fände er ein Auditorium, das ihn am besten verstünde, und darunter manche hohe Herrschaften, die ebenso kunstsinnig wie fabelhaft, z. B. den König Artus, Dietrich von Bern, Ogier den Dänen u. a. Und welche Damen würden ihm hier applaudieren! Die blonden Hannoveranerinnen mögen gewiss hübsch sein, aber sie sind doch nur Heidschnucken in Vergleichung mit einer Fee Melior, mit der Dame Abonde, mit der Königin Genoveva, der schönen Melusine und anderen berühmten Frauenspersonen, die sich am Hof der Königin Morgane in Avalun aufhalten. An diesem Hofe (an keinem andern) hoffen wir einst dem vortrefflichen Künstler zu begegnen, denn auch uns hat man dort eine vorteilhafte Anstellung versprochen.

Zweiter Bericht

Paris, 1. Mai 1844

Die Académie royale de musique, die sogenannte Große Oper, befindet sich bekanntlich in der Rue Lepelletier, ungefähr in der Mitte, der Restauration von Paolo Broggi gerade gegenüber. Broggi ist der Name eines Italieners, der einst der Koch von Rossini war. Als letzterer voriges Jahr nach Paris kam, besuchte er auch die Trattoria seines ehemaligen Dieners, und nachdem er dort gespeist, blieb er vor der Türe lange Zeit stehen, in tiefem Nachdenken das Große-Opern-Gebäude betrachtend. Eine Träne trat in sein Auge, und als jemand ihn frug, weshalb er so wehmütig bewegt erscheine, gab der große Maestro zur Antwort: Paolo habe ihm sein Leibgericht, Ravioli mit Parmesankäse, zubereitet wie ehemals, aber er sei nicht imstande gewesen, die Hälfte der Portion zu verzehren, und auch diese drücke ihn jetzt; er, der ehemals den Magen eines Straußes besessen, könne heutzutage kaum so viel vertragen wie eine verliebte Turteltaube.

Wir lassen dahingestellt sein, inwieweit der alte Spottvogel seinen indiskreten Frager mystifiziert hat, und begnügen uns heute, jedem Musikfreund zu raten, bei Broggi eine Portion Ravioli zu essen und nachher, ebenfalls einen Augenblick vor der Türe der Restauration verweilend, das Haus der Großen Oper zu betrachten. Es zeichnet sich nicht aus durch brillanten Luxus, es hat vielmehr das Äußere eines sehr anständigen Pferdestalles, und das Dach ist platt. Auf diesem Dach stehen acht große Statuen, welche Musen vorstellen. Eine neunte fehlt, und ach! das ist eben die Muse der Musik. Über die Abwesenheit dieser sehr achtungswerten Muse sind die sonderbarsten Auslegungen im Schwange. Prosaische Leute sagen, ein Sturmwind habe sie vom Dach heruntergeworfen. Poetischere Gemüter behaupten dagegen, die arme Polyhymnia habe sich selbst hinabgestürzt, in einem Anfall von Verzweiflung über das miserable Singen von Monsieur Duprez. Das ist immer möglich; die zerbrochene Glasstimme von Duprez ist so misstönend geworden, dass es kein Mensch, viel weniger eine Muse, aushalten kann, dergleichen anzuhören. Wenn das noch länger dauert, werden auch die andern Töchter der Mnemosyne sich vom Dach stürzen, und es wird bald gefährlich sein, des Abends über die Rue Lepelletier zu gehen. Von der schlechten Musik, die hier in der Großen Oper seit einiger Zeit grassiert, will ich gar nicht reden. Donizetti ist in diesem Augenblick noch der Beste, der Achilles. Man kann sich also leicht eine Vorstellung machen von den geringern Heroen. Wie ich höre, hat auch jener Achilles sich in sein Zelt zurückgezogen; er boudiert [schmollt], Gott weiß warum!, und er ließ der Direktion melden, dass er die versprochenen fünfundzwanzig Opern nicht liefern werde, da er gesonnen sei, sich auszuruhen. Welche Prahlerei! Wenn eine Windmühle dergleichen sagte, würden wir nicht weniger lachen. Entweder hat sie Wind und dreht sich, oder sie hat keinen Wind und steht still. Herr Donizetti hat aber hier einen rührigen Vetter, Signor Accursi, der beständig für ihn Wind macht.

Der jüngste Kunstgenuss, den uns die Académie de musique gegeben, ist »Der Lazzarone« von Halévy. Dieses Werk hat ein trauriges Schicksal gehabt; es fiel durch mit Pauken und Trompeten. Über den Wert enthalte ich mich jeder Äußerung; ich konstatiere bloß sein schreckliches Ende. – Jedes Mal, wenn in der Académie de musique oder bei den Buffos eine Oper durchfällt oder sonst ein ausgezeichnetes Fiasko gemacht wird, bemerkt man dort eine unheimliche hagere Figur mit blassem Gesicht und kohlschwarzen Haaren, eine Art männlicher Ahnfrau, deren Erscheinung immer ein musikalisches Unglück bedeutet. Die Italiener, sobald sie derselben ansichtig, strecken hastig den Zeige- und Mittelfinger aus und sagen, das sei der Jettatore [Mensch mit dem bösen Blick]. Die leichtsinnigen Franzosen aber, die nicht einmal einen Aberglauben haben, zucken bloß die Achsel und nennen jene Gestalt Monsieur Spontini. Es ist in der Tat unser ehemaliger Generaldirektor der Berliner Großen Oper, der Komponist der »Vestalin« und des »Ferdinand Cortez«, zweier Prachtwerke, die noch lange fortblühen werden im Gedächtnis der Menschen, die man noch lange bewundern wird, während der Verfasser selbst alle Bewunderung eingebüßt und nur noch ein welkes Gespenst ist, das neidisch umherspukt und sich ärgert über das Leben der Lebendigen. Er kann sich nicht darüber trösten, dass er längst tot ist und sein Herrscherstab übergegangen in die Hände Meyerbeers. Dieser, behauptet der Verstorbene, habe ihn verdrängt aus seinem Berlin, das er immer so sehr geliebt; und wer aus Mitleid für ehemalige Größe die Geduld hat, ihn anzuhören, kann haarklein erfahren, wie er schon unzählige Aktenstücke gesammelt, um die Meyerbeerschen Verschwörungsintrigen zu enthüllen.

Die fixe Idee des armen Mannes ist und bleibt Meyerbeer, und man erzählt die ergötzlichsten Geschichten, wie die Animosität sich immer durch eine zu große Beimischung von Eitelkeit unschädlich erweist. Klagt irgendein Schriftsteller über Meyerbeer, dass dieser z. B. die Gedichte, die er ihm schon seit Jahren zugeschickt, noch immer nicht komponiert habe, dann ergreift Spontini hastig die Hand des verletzten Poeten und ruft: »J'ai votre affaire, ich weiß das Mittel, wie Sie sich an Meyerbeer rächen können, es ist ein untrügliches Mittel, und es besteht darin, dass Sie über mich einen großen Artikel schreiben, und je höher Sie meine Verdienste würdigen, desto mehr ärgert sich Meyerbeer.« Ein andermal ist ein französischer Minister ungehalten über den Verfasser der »Hugenotten«, der trotz der Urbanität, womit man ihn hier behandelt hat, dennoch in Berlin eine servile Hofcharge übernommen, und unser Spontini springt freudig an den Minister hinan und ruft: »J'ai votre affaire, Sie können den Undankbaren aufs Härteste bestrafen, Sie können ihm einen Dolchstich versetzen, und zwar, indem Sie mich zum Großoffizier der Ehrenlegion ernennen.« Jüngst fand Spontini den armen Léon Pillet, den unglücklichen Direktor der Großen Oper, in der wütendsten Aufregung gegen Meyerbeer, der ihm durch M. Gouin anzeigen ließ, dass er wegen des schlechten Singpersonals den »Propheten« noch nicht geben wolle. Wie funkelten da die Augen des Italieners! »J'ai votre affaire«, rief er entzückt, »ich will Ihnen einen göttlichen Rat geben, wie Sie den Ehrgeizling zu Tode demütigen: lassen Sie mich in Lebensgröße meißeln, setzen Sie meine Statue ins Foyer der Oper, und dieser Marmorblock wird dem Meyerbeer wie ein Alp das Herz zerdrücken.« Der Gemütszustand Spontinis beginnt nachgerade seine Angehörigen, namentlich die Familie des reichen Pianofabrikanten Érard, womit er durch seine Gattin verschwägert, in große Besorgnisse zu versetzen. Jüngst fand ihn jemand in den obern Sälen des Louvre, wo die ägyptischen Antiquitäten aufgestellt. Der Ritter Spontini stand wie eine Bildsäule mit verschlungenen Armen fast eine Stunde lang vor einer großen Mumie, deren prächtige Goldlarve einen König ankündigt, der kein Geringerer sein soll als jener Amenophes, unter dessen Regierung die Kinder Israel das Land Ägypten verlassen haben. Aber Spontini brach am Ende sein Schweigen und sprach folgendermaßen zu seiner erlauchten Mitmumie: »Unseliger Pharao! du bist an meinem Unglück schuld. Ließest du die Kinder Israel nicht aus dem Lande Ägypten fortziehen oder hättest du sie sämtlich im Nil ersäufen lassen, so wäre ich nicht durch Meyerbeer und Mendelssohn aus Berlin verdrängt worden, und ich dirigierte dort noch immer die Große Oper und die Hofkonzerte. Unseliger Pharao, schwacher Krokodilenkönig, durch deine halben Maßregeln geschah es, dass ich jetzt ein zugrunde gerichteter Mann bin – und Moses und Halévy und Mendelssohn und Meyerbeer haben gesiegt!« Solche Reden hält der unglückliche Mann, und wir können ihm unser Mitleid nicht versagen.

Was Meyerbeer betrifft, so wird, wie oben angedeutet, sein »Prophet« noch lange Zeit ausbleiben. Er selbst aber wird nicht, wie die Zeitungen jüngst meldeten, für immer in Berlin seinen Aufenthalt nehmen. Er wird wie bisher abwechselnd die eine Hälfte des Jahres hier in Paris und die andere in Berlin zubringen, wozu er sich förmlich verpflichtet hat. Seine Lage erinnert so ziemlich an Proserpina, nur dass der arme Maestro hier wie dort seine Hölle und seine Höllenqual findet. Wir erwarten ihn noch diesen Sommer hier, in der schönen Unterwelt, wo schon einige Schock musikalischer Teufel und Teufelinnen seiner harren, um ihm die Ohren vollzuheulen. Von morgens bis abends muss er Sänger und Sängerinnen anhören, die hier debütieren wollen, und in seinen Freistunden beschäftigen ihn die Albums reisender Engländerinnen.

An Debütanten war diesen Winter in der Großen Oper kein Mangel. Ein deutscher Landsmann debütierte als Marcel in den »Hugenotten«. Er war vielleicht in Deutschland nur ein Grobian mit einer brummigen Bierstimme und glaubte deshalb in Paris als Bassist auftreten zu können. Der Kerl schrie wie ein Waldesel. Auch eine Dame, die ich im Verdacht habe, eine Deutsche zu sein, produzierte sich auf den Brettern der Rue Lepelletier. Sie soll außerordentlich tugendhaft sein und singt sehr falsch. Man behauptet, nicht bloß der Gesang, sondern alles an ihr, die Haare, zwei Drittel ihrer Zähne, die Hüften, der Hinterteil, alles sei falsch, nur ihr Atem sei echt; die frivolen Franzosen werden dadurch gezwungen sein, sich ehrfurchtsvoll entfernt von ihr zu halten. Unsre Primadonna, Madame Stoltz, wird sich nicht länger behaupten können; der Boden ist unterminiert, und obgleich ihr als Weib alle Geschlechtslist zu Gebote steht, wird sie doch am Ende von dem großen Giacomo Machiavelli überwunden, der die Viardot-Garcia an ihrer Stelle engagiert sehen möchte, um die Hauptrolle in seinem »Propheten« zu singen. Madame Stoltz sieht ihr Schicksal voraus, sie ahnt, dass selbst die Affenliebe, die ihr der Direktor der Oper widmet, ihr nichts helfen kann, wenn der große Meister der Tonkunst seine Künste spielen lässt; und sie hat beschlossen, freiwillig Paris zu verlassen, nie wieder zurückzukehren und in fremden Landen ihr Leben zu beschließen. »Ingrata patria«, sagte sie jüngst, »ne ossa quidem mea habebis.« In der Tat, seit einiger Zeit besteht sie wirklich nur noch aus Haut und Knochen.

Bei den Italienern, in der Opera buffa, gab es vorigen Winter ebenso brillante Fiaskos wie in der Großen Oper. Auch über die Sänger wurde dort viel geklagt, mit dem Unterschied, dass die Italiener manchmal nicht singen wollten und die armen französischen Sangeshelden nicht singen konnten. Nur das kostbare Nachtigallenpaar, Signor Mario und Signora Grisi, waren immer pünktlich auf ihrem Posten in der Salle Ventadour und trillerten uns dort den blühendsten Frühling vor, während draußen Schnee und Wind und Fortepianokonzerte und Deputiertenkammerdebatten und Polkawahnsinn. Ja, das sind holdselige Nachtigallen, und die Italienische Oper ist der ewig blühende singende Wald, wohin ich oft flüchte, wenn winterlicher Trübsinn mich umnebelt oder der Lebensfrost unerträglich wird. Dort, im süßen Winkel einer etwas verdeckten Loge, wird man wieder angenehm erwärmt, und man verblutet wenigstens nicht in der Kälte. Der melodische Zauber verwandelt dort in Poesie, was eben noch täppische Wirklichkeit war, der Schmerz verliert sich in Blumenarabesken, und bald lacht wieder das Herz. Welche Wonne, wenn Mario singt und in den Augen der Grisi die Töne des geliebten Sprossers sich gleichsam abspiegeln wie ein sichtbares Echo! Welche Lust, wenn die Grisi singt und in ihrer Stimme der zärtliche Blick und das beglückte Lächeln des Mario melodisch widerhallt! Es ist ein liebliches Paar, und der persische Dichter, der die Nachtigall die Rose unter den Vögeln und die Rose wieder die Nachtigall unter den Blumen genannt hat, würde hier erst recht in ein Imbroglio geraten, denn jene beiden, Mario und Grisi, sind nicht bloß durch Gesang, sondern auch durch Schönheit ausgezeichnet.

Ungern, trotz jenem reizenden Paar, vermissen wir hier bei den Buffos Pauline Viardot oder, wie wir sie lieber nennen, die Garcia. Sie ist nicht ersetzt, und niemand kann sie ersetzen. Diese ist keine Nachtigall, die bloß ein Gattungstalent hat und das Frühlingsgenre vortrefflich schluchzt und trillert; – sie ist auch keine Rose, denn sie ist hässlich, aber von einer Art Hässlichkeit, die edel, ich möchte fast sagen schön ist und die den großen Löwenmaler Lacroix manchmal bis zur Begeisterung entzückte! In der Tat, die Garcia mahnt weniger an die zivilisierte Schönheit und zahme Grazie unsrer europäischen Heimat als vielmehr an die schauerliche Pracht einer exotischen Wildnis, und in manchen Momenten ihres passionierten Vortrags, zumal, wenn sie den großen Mund mit den blendend weißen Zähnen überweit öffnet und so grausam süß und anmutig fletschend lächelt: dann wird einem zumute, als müssten jetzt auch die ungeheuerlichen Vegetationen und Tiergattungen Hindustans oder Afrikas zum Vorschein kommen; – man meint, jetzt müssten auch Riesenpalmen, umrankt von tausendblumigen Lianen, emporschießen; – und man würde sich nicht wundern, wenn plötzlich ein Leopard oder eine Giraffe oder sogar ein Rudel Elefantenkälber über die Szene liefen. Wir hören mit großem Vergnügen, dass diese Sängerin wieder auf dem Wege nach Paris ist.

Während die Académie de musique aufs Jammervollste darniederlag und die Italiener sich ebenfalls betrübsam hinschleppten, erhob sich die dritte lyrische Szene, die Opéra comique, zu ihrer fröhlichsten Höhe. Hier überflügelte ein Erfolg den andern, und die Kasse hatte immer einen guten Klang. Ja, es wurde noch mehr Geld als Lorbeeren eingeerntet, was gewiss für die Direktion kein Unglück gewesen. Die Texte der neuen Opern, die sie gab, waren immer von Scribe, dem Manne, der einst das große Wort aussprach: »Das Gold ist eine Schimäre!« und der dennoch dieser Schimäre beständig nachläuft. Er ist der Mann des Geldes, des klingenden Realismus, der sich nie versteigt in die Romantik einer unfruchtbaren Wolkenwelt und sich festklammert an der irdischen Wirklichkeit der Vernunftheirat, des industriellen Bürgertums und der Tantieme. Einen ungeheuren Beifall findet Scribes neue Oper »Die Sirene«, wozu Auber die Musik geschrieben. Autor und Komponist passen ganz füreinander: sie haben den raffiniertesten Sinn für das Interessante, sie wissen uns angenehm zu unterhalten, sie entzücken und blenden uns sogar durch die glänzenden Facetten ihres Esprits, sie besitzen ein gewisses Filigrantalent der Verknüpfung allerliebster Kleinigkeiten, und man vergisst bei ihnen, dass es eine Poesie gibt. Sie sind eine Art Kunstloretten, welche alle Gespenstergeschichten der Vergangenheit aus unsrer Erinnerung fortlächeln und mit ihrem koketten Getändel wie mit Pfauenfächern die sumsenden Zukunftgedanken, die unsichtbaren Mücken, von uns abwedeln. Zu dieser harmlos buhlerischen Gattung gehört auch Adam, der mit seinem »Cagliostro« ebenfalls in der Opéra comique sehr leichtfertige Lorbeeren eingeerntet. Adam ist eine liebenswürdige, erfreuliche Erscheinung und ein Talent, welches noch großer Entwicklung fähig ist. Eine rühmliche Erwähnung verdient auch Thomas, dessen Operette »Mina« viel Glück gemacht.

Alle diese Triumphe übertraf jedoch die Vogue des »Deserteurs«, einer alten Oper von Monsigny, welche die Opéra comique aus den Kartons der Vergessenheit hervorzog. Hier ist echt französische Musik, die heiterste Grazie, eine harmlose Süße, eine Frische wie der Duft von Waldblumen, Naturwahrheit, sogar Poesie. Ja, letztere fehlt nicht, aber es ist eine Poesie ohne Schauer der Unendlichkeit, ohne geheimnisvollen Zauber, ohne Wehmut, ohne Ironie, ohne Morbidezza, ich möchte fast sagen eine elegant bäurische Poesie der Gesundheit. Die Oper von Monsigny mahnte mich unmittelbar an seinen Zeitgenossen, den Maler Greuze: ich sah hier wie leibhaftig die ländlichen Szenen, die dieser gemalt, und ich glaubte gleichsam die Musikstücke zu vernehmen, die dazu gehörten. Bei der Anhörung jener Oper ward es mir ganz deutlich, wie die bildenden und die rezitierenden Künste derselben Periode immer einen und denselben Geist atmen und ihre Meisterwerke die intimste Wahlverwandtschaft beurkunden.

Ich kann diesen Bericht nicht schließen, ohne zu bemerken, dass die musikalische Saison noch nicht zu Ende ist und dieses Jahr gegen alle Gewohnheit bis in den Mai fortklingt. Die bedeutendsten Bälle und Konzerte werden in diesem Augenblick gegeben, und die Polka wetteifert noch mit dem Piano. Ohren und Füße sind müde, aber können sich doch noch nicht zur Ruhe begeben. Der Lenz, der sich diesmal so früh eingestellt, macht Fiasko, man bemerkt kaum das grüne Laub und die Sonnenlichter. Die Ärzte, vielleicht ganz besonders die Irrenärzte, werden bald viel Beschäftigung gewinnen. In diesem bunten Taumel, in dieser Genusswut, in diesem singenden, springenden Strudel lauert Tod und Wahnsinn. Die Hämmer der Pianoforte wirken fürchterlich auf unsere Nerven, und die große Drehkrankheit, die Polka, gibt uns den Gnadenstoß.

Spätere Notiz

Den vorstehenden Mitteilungen füge ich aus melancholischer Grille die folgenden Blätter hinzu, die dem Sommer 1847 angehören und meine letzte musikalische Berichterstattung bilden. Für mich hat alle Musik seitdem aufgehört, und ich ahnte nicht, als ich das Leidensbild Donizettis krayonnierte [zeichnete], dass eine ähnliche und weit schmerzlichere Heimsuchung mir nahte. Die kurze Kunstnotiz lautet wie folgt:

Seit Gustav Adolf, glorreichen Andenkens, hat keine schwedische Reputation so viel Lärm in der Welt gemacht wie Jenny Lind. Die Nachrichten, die uns darüber aus England zukommen, grenzen ans Unglaubliche. In den Zeitungen klingen nur Posaunenstöße, Fanfaren des Triumphes; wir hören nur Pindarsche Lobgesänge. Ein Freund erzählte mir von einer englischen Stadt, wo alle Glocken geläutet wurden, als die schwedische Nachtigall dort ihren Einzug hielt; der dortige Bischof feierte dieses Ereignis durch eine merkwürdige Predigt. In seinem anglikanischen Episkopalkostüm, welches der Leichenbittertracht eines Chef des pompes funèbres nicht unähnlich, bestieg er die Kanzel der Hauptkirche und begrüßte die Neuangekommene als einen Heiland in Weibskleidern, als eine Frau Erlöserin, die vom Himmel herabgestiegen, um unsere Seelen durch ihren Gesang von der Sünde zu befreien, während die andern Cantatricen ebenso viele Teufelinnen seien, die uns hineintrillern in den Rachen des Satanas. Die Italienerinnen Grisi und Persiani müssen vor Neid und Ärger jetzt gelb werden wie Kanarienvögel, während unsere Jenny, die schwedische Nachtigall, von einem Triumph zum andern flattert. Ich sage unsere Jenny, denn im Grunde repräsentiert die schwedische Nachtigall nicht exklusiv das kleine Schweden, sondern sie repräsentiert die ganze germanische Stammesgenossenschaft, die der Zimbern ebenso sehr wie die der Teutonen, sie ist auch eine Deutsche, ebenso gut wie ihre naturwüchsigen und pflanzenschläfrigen Schwestern an der Elbe und am Neckar, sie gehört Deutschland, wie, der Versicherung des Franz Horn gemäß, auch Shakespeare uns angehört und wie gleicherweise Spinoza, seinem innersten Wesen nach, nur ein Deutscher sein kann – und mit Stolz nennen wir Jenny Lind die Unsre! Juble, Uckermark, auch du hast teil an diesem Ruhm! Springe, Maßmann, deine vaterländisch freudigsten Sprünge, denn unsre Jenny spricht kein römisches Rotwelsch, sondern gotisch, skandinavisch, das deutscheste Deutsch, und du kannst sie als Landsmännin begrüßen; nur musst du dich waschen, ehe du ihr deine deutsche Hand reichst. Ja, Jenny Lind ist eine Deutsche, schon der Name Lind mahnt an Linden, die grünen Muhmen der deutschen Eichen, sie hat keine schwarzen Haare wie die welschen Primadonnen, in ihren blauen Augen schwimmt nordisches Gemüt und Mondschein, und in ihrer Kehle tönt die reinste Jungfräulichkeit! Das ist es. »Maidenhood is in her voice« – das sagten alle old spinsters [alte Jungfern] von London, alle prüden ladies und frommen gentlemen sprachen es augenverdrehend nach, die noch lebende mauvaise queue von Richardson stimmte ein, und ganz Großbritannien feierte in Jenny Lind das singende Magdtum, die gesungene Jungfernschaft. Wir wollen es gestehen, dieses ist der Schlüssel der unbegreiflichen, rätselhaft großen Begeisterung, die Jenny in England gefunden und, unter uns gesagt, auch gut auszubeuten weiß. Sie singe nur, hieß es, um das weltliche Singen recht bald wieder aufgeben zu können und, versehen mit der nötigen Aussteuersumme, einen jungen protestantischen Geistlichen, den Pastor Swenske, zu heiraten, der unterdessen ihrer harre daheim in seinem idyllischen Pfarrhaus hinter Upsala, links um die Ecke. Seitdem freilich will verlauten, als ob der junge Pastor Swenske nur ein Mythos und der wirkliche Verlobte der hohen Jungfrau ein alter abgestandener Komödiant der Stockholmer Bühne sei – aber das ist gewiss Verleumdung. Der Keuschheitssinn dieser Primadonna immaculata offenbart sich am schönsten in ihrem Abscheu vor Paris, dem modernen Sodom, den sie bei jeder Gelegenheit ausspricht, zur höchsten Erbauung aller Dames patronesses der Sittlichkeit jenseits des Kanals. Jenny hat aufs Bestimmteste gelobt, nie auf den Lasterbrettern der Rue Lepelletier ihre singende Jungfernschaft dem französischen Publikum preiszugeben; sie hat alle Anträge, welche ihr Herr Léon Pillet durch seine Kunstruffiani machen ließ, streng abgelehnt. Diese raue Tugend macht mich stutzen – würde der alte Paulet sagen. Ist etwa die Volkssage gegründet, dass die heutige Nachtigall in frühern Jahren schon einmal in Paris gewesen und im hiesigen sündhaften Conservatoire Musikunterricht genossen habe, wie andre Singvögel, welche seitdem sehr lockere Zeisige geworden sind? Oder fürchtet Jenny jene frivole Pariser Kritik, die bei einer Sängerin nicht die Sitten, sondern nur die Stimme kritisiert und Mangel an Schule für das größte Laster hält? Dem sei, wie ihm wolle, unsre Jenny kommt nicht hierher und wird die Franzosen nicht aus ihrem Sündenpfuhl heraussingen. Sie bleiben verfallen der ewigen Verdammnis.

Hier in der Pariser musikalischen Welt ist alles beim alten; in der Académie royale de musique ist noch immer grauer, feuchtkalter Winter, während draußen Maisonne und Veilchenduft. Im Vestibül steht noch immer wehmütig trauernd die Bildsäule des göttlichen Rossini; er schweigt. Es macht Herrn Léon Pillet Ehre, dass er diesem wahren Genius schon bei Lebzeiten eine Statue gesetzt. Nichts ist possierlicher, als die Grimasse zu sehen, womit Scheelsucht und Neid sie betrachten. Wenn Signor Spontini dort vorbeigeht, stößt er sich jedes Mal an diesem Stein. Da ist unser großer Maestro Meyerbeer viel klüger, und wenn er des Abends in die Oper ging, wusste er jenem Marmor des Anstoßes immer vorsichtig auszuweichen, er suchte sogar den Anblick desselben zu vermeiden; in derselben Weise pflegen die Juden zu Rom, selbst auf ihren eiligsten Geschäftsgängen, immer einen großen Umweg zu machen, um nicht an jenem fatalen Triumphbogen des Titus vorbeizukommen, der zum Gedächtnis des Untergangs von Jerusalem errichtet worden. Über Donizettis Zustand werden die Berichte täglich trauriger. Während seine Melodien freudegaukelnd die Welt erheitern, während man ihn überall singt und trillert, sitzt er selbst, ein entsetzliches Bild des Blödsinns, in einem Krankenhaus bei Paris. Nur für seine Toilette hatte er vor einiger Zeit noch ein kindisches Bewusstsein bewahrt, und man musste ihn täglich sorgfältig anziehen, in vollständiger Gala, der Frack geschmückt mit allen seinen Orden; so saß er bewegungslos, den Hut in der Hand, vom frühesten Morgen bis zum späten Abend. Aber das hat auch aufgehört, er erkennt niemand mehr; das ist Menschenschicksal.

Biographischer Abriss Heinrich Heines

In seinem nicht allzu langen Leben wird er wechselhaft geprägt von der Spätaufklärung, der französischen Revolution und ihren Wirkungen, französischer Herrschaft und Liberalität, Restauration, preußischer und klerikaler Enge und Strenge, Zensur, Verboten, Deutschtümelei, antisemitischer Zurückweisung, Julirevolution 1830 und Februarrevolution 1848, ihren Vor- und Nachspielen sowie schließlich dem Siechtum, Leiden und Todgeweihtsein seiner letzten acht Jahre.

Heinrich (Christian Johann; bis 1825 Harry) Heine erblickt am 13. Dezember 1797 in Düsseldorf als ältester Sohn (drei Geschwister) des jüdischen Textilkaufmanns Samson Heine und seiner Ehefrau Betty (Peire), geborene van Geldern, das Licht der Welt. Kindheit und wesentliche Jugendzeit im jüdischen, bürgerlich offenen und freien Elternhaus, als das Rheinland (seit 1795 ist die andere Rheinseite ein Stück Frankreich) unter der antifeudalen Herrschaft (1806-1813) Napoleons steht. 1807-1814 besucht er das vom spätaufklärerisch-französischem Geist geprägte Düsseldorfer Lyzeum, wechselt dann ohne Reifezeugnis auf die Handelsschule, während eine Welle religiösen Nationalismus' Heines Heimat 1814 überschwemmt, als die preußische Verwaltung beginnt. 1815 kaufmännische Lehre bei Bankier Rindskopf in Frankfurt am Main, 1816 fortgesetzt im Bankhaus seines Onkels Salomon Heine in Hamburg. Unerwiderte Liebe zu seiner Cousine Amalie (später zu Cousine Therese, der jüngeren Schwester Amalies). Herkömmliche und schauerromantische Lyrik. 1817 Gedichte unter Pseudonym in »Hamburgs Wächter«. 1818 Gründung des Hamburger Manufakturwarengeschäfts »Harry Heine und Comp.«, welches schon im Folgejahr in Konkurs geht. Jurastudium in Bonn. Besuch von philosophischen, philologischen und historischen Vorlesungen August Wilhelm Schlegels und Ernst Moritz Arndts. 1820 Abhandlung »Die Romantik« im »Rheinisch-Westfälischen Anzeiger«. Wechsel an die Universität Göttingen. Burschenschaft, aus der er als Jude (sein Deutschtum wird ihm abgesprochen) alsbald ausgeschlossen wird. 1821 Duell und nachfolgend halbjährige Relegation.

Immatrikulation an der Universität Berlin; Vorlesungen bei Georg Wilhelm Friedrich Hegel (Weltgeschichte unter dem Horizont von Notwendigkeit und Übergang auf dem Weg des Fortschritts), Franz Bopp (Indien) und Friedrich August Wolf (Altphilologie; Homer, Aristophanes). Verkehr mit Adelbert von Chamisso, Friedrich de la Motte Fouqué, Rahel und Karl August Varnhagen von Ense (literarischer Salon). Teile aus »Almansor« (historische Tragödie in acht Bildern), werden in »Der Gesellschafter« (hrsg. von Friedrich Wilhelm Gubitz, 1786-1870) abgedruckt. 1822 Mitglied im »Verein für Kultur und Wissenschaft der Juden« (nationaljüdische Geschichtsschreibung und Ziele). Reise nach Polen. Bekanntschaft mit Christian Dietrich Grabbe. Besuch bei Hegel. 1823 Publikation »Über Polen« im »Gesellschafter«. Sammlung »Tragödien nebst einem lyrischen Intermezzo« (»William Ratcliff«, »Almansor«). Freundschaft mit Karl Immermann (1796-1840; Münchhausen, 1838 f.). Reisen nach Lüneburg, Hamburg, Cuxhaven, Ritzebüttel. Braunschweiger Uraufführung des »Almansor«. 1824 wieder Immatrikulation an der Universität Göttingen. Berliner Reise. Wanderung durch den Harz (»Die Harzreise«, in »Der Gesellschafter«, 1826). Besuch bei Goethe in Weimar. 1825 Konversion zum evangelischen Glauben, Taufe in Heiligenstadt. Promotion zum Dr. iur. in Göttingen. Ferien auf Norderney. Übersiedlung nach Hamburg. 1826 wird Julius Campe sein Verleger. »Reisebilder. Erster Teil« wird veröffentlicht. 1827 Englandreise. »Reisebilder. Zweiter Teil« und »Briefe aus Berlin« erscheinen. »Buch der Lieder« (Gedichte, 13 Auflagen zu Heines Lebzeiten). Reise über Frankfurt am Main (Treffen mit Ludwig Börne), Heidelberg, Stuttgart nach München. Mitherausgeber der »Neuen allgemeinen politischen Annalen«. Heines Aussichten auf einen Lehrstuhl für Literaturgeschichte werden vom katholischen Klerus vereitelt. 1828 nach Italien (Mailand, Genua, Lucca, Florenz, Venedig). Sein Vater stirbt in Hamburg. 1829 Umzug nach Berlin, dann Potsdam. 1830 »Reisebilder. Dritter Teil«. Ferien auf Helgoland. Als Heine von der Pariser Julirevolution erfährt, kommentiert er die Vorgänge in »Briefe aus Helgoland«. 1831 Übersiedlung nach Paris, dem Mekka des Liberalismus, wo er innerhalb von zehn Jahren zur anerkannten Persönlichkeit des dortigen künstlerischen und politisch-gesellschaftlichen Lebens wird. Korrespondent für deutsche Zeitungen und Zeitschriften. Geistiger Vermittler zwischen Deutschland und Frankreich; Verkehr mit Meyerbeer, V. Hugo, Dumas, Börne, Béranger, G. Sand und Balzac. 1832 im Kreis der Saint-Simonisten (Abschaffung der »Ausbeutung des Menschen durch den Menschen«, »Verbesserung des moralischen, physischen und geistigen Loses« der Arbeiterklasse). Artikelserie »Französische Zustände« in der Augsburger »Allgemeinen Zeitung«, die ebenso wie deren Buchausgabe verboten wird. 1833 »État actuel de la littérature en Allemagne. De l'Allemagne depuis Madame de Staël« in der Pariser Zeitschrift »L'Europe littéraire«. Der erste von vier Sammelbänden »Salon« (»Französische Maler«, Gedichtzyklus »Verschiedene«, »Aus den Memoiren des Herren von Schnabelewopski«) wird publiziert. 1834 »De l'Allemagne depuis Luther« in der Zeitschrift »Revue des deux mondes«. 1835 zweiter Band des »Salon«, »Die romantische Schule« (überarbeitete Fassung von »État actuel de la littérature en Allemagne«). In Preußen werden die Werke Heines verboten, und die Deutsche Bundesversammlung ächtet im Dezember die Schriften des sogenannten Jungen Deutschland, darunter die Heines.

Daraufhin gewährt die Französische Regierung Heine 1836 als politischem Emigranten eine Pension. Gelbsucht. 1837 Augenerkrankung. Dritter Band des »Salon« (»Florentinische Nächte«, »Elementargeister«). 1838 »Schwabenspiegel«, »Shakespeares Mädchen und Frauen«. 1840 »Heinrich Heine über Ludwig Börne«. Vierter Band des »Salon« (»Briefe über die französische Bühne«, »Der Rabbi von Bacherach«, Gedichte und Romanzen). 1841 Begegnung mit Richard Wagner. Im Sommer katholische Hochzeit (schon seit Oktober 1834 intime Beziehung) mit Mathilde (Crescence Eugénie Mirat, gestorben am 19. Februar 1883, Passy bei Paris) in Saint-Sulpice. Duell mit dem Frankfurter Kaufmann Salomon Strauß wegen seiner Denkschrift über Börne; Heine wird in der Seite verletzt. 1842 Aufenthalt in Boulogne-sur-Mer. 1843 »Atta Troll. Ein Sommernachtstraum« in der »Zeitung für die elegante Welt« (Buchausgabe 1847); »Nachtgedanken«. Aufenthalt in Trouville. Bekanntschaft mit Arnold Ruge und Friedrich Hebbel. Im Herbst Reise nach Hamburg. In Paris Bekanntschaft mit Karl Marx. 1844 »Deutschland. Ein Wintermärchen«, »Neue Gedichte«. Bekanntschaft mit Ferdinand Lassalle. Mitarbeit an von Marx und Ruge herausgegebenen »Deutsch-Französischen Jahrbüchern«. Erbschaftsstreitigkeiten nach dem Tod des Oheims Salomon Heine; Heines Familienpension wird davon abhängig gemacht, dass er in seinen Werken keine Familienangehörigen erwähne. 1845 sich verschlechternde Gesundheit. Aufenthalt in Montmorency. 1846 Besuch von Friedrich Engels in Paris.

1848 Korrespondent für die Augsburger »Allgemeine Zeitung« über die Pariser Februarrevolution. Heine erleidet einen Schwächeanfall im Louvre: Diagnose *Rückenmarkschwindsucht*. »Matratzengruft« (Heines Krankenlager) in der Pariser Avenue Matignon bis zu seinem Tode. 1851 »Romanzero« (Gedichte), »Der Doktor Faust« (Tanzpoem). 1854 »Vermischte Schriften« (3 Bände; »Lutetia«, »Die Götter im Exil«). 1855 Besuche seiner letzten Liebe Elise Krinitz (»Mouche«) und seiner Geschwister Charlotte und Gustav. Am 17. Februar 1856 stirbt Heinrich Heine, er wird beerdigt auf dem Friedhof Montmartre.

Joerg K. Sommermeyer, Berlin, im Mai 2019

Buchanzeige

Nova Giulianiad
Saitenblätter für die Gitarre und Laute
Herausgegeben von Joerg Sommermeyer
i. V. m. d. Internationalen Gitarristischen Vereinigung
ISSN: 0254-9565
Orlando Syrg, Freiburg i. Brsg., 1983-1988

Josefa Gerhäuser
Leben will ich
Gedichte und Assoziationen
Herausgegeben von JS (Joerg Sommermeyer)
Orlando Syrg Taschenbuch, OrSyTa 12002, Freiburg i. Brsg. 2002

Joerg Sommermeyer
Anton Unbekannt
Pathoaphysischer Antiroman
Tragigroteskenfragment
Herausgegeben von Georg J. Feurig-Sorgenfrei
Orlando Syrg Taschenbuch, 1. Aufl., OrSyTa 12009, Berlin 2009

Joerg K. Sommermeyer (Hg.)
Balleinrubin: Ball, Einstein, Rubiner
Hugo Ball: Tenderenda der Phantast
Carl Einstein: Bebuquin oder die Dilettanten des Wunders
Ludwig Rubiner: Gedichte, Kritiken, Manifeste
Herausg. u. mit einem Nachwort versehen von Joerg K. Sommermeyer
Orlando Syrg Taschenbuch, 1. Aufl., OrSyTa 12017, Berlin 2017

Franz Treller
Nikunthas, König der Miami
Eine Abenteuererzählung aus Nordamerika
Anhang: **Indianer-Gedanken** von Oskar Panizza
und **Die blaue Schlange** von Fritz von Ostini
Vollst. rev. und neu bearb. von Georg J. Feurig-Sorgenfrei
Hrsg. und mit einem Nachw. vers. von Joerg Sommermeyer
Kollektion Abenteuer- & Reiseerzählungen / KAR 1
Orlando Syrg Taschenbuch, 1. Aufl., OrSyTa 22009, Berlin 2010
2. Aufl., OrSyTa 22017, Berlin 2017

Joerg K. Sommermeyer
Vernimm mein Schreien
Pathoaphysischer Antiroman
Tragigroteskenfragment
Herausgegeben von Georg J. Feurig-Sorgenfrei
Orlando Syrg Taschenbuch, 2. durchgesehene, verbesserte und um einen Anhang
erweiterte Auflage von *Anton unbekannt*, OrSyTa 32017, Berlin 2017
3. Auflage, Neufassung, OrSyTa 112018, Berlin 2018

Joerg K. Sommermeyer
Lieblingsmärchen
[Andersen, 1001 Nacht, von Arnim, Bechstein, Brentano, de la Motte Fouqué,
Brüder Grimm, Hauff, Hebel, Hoffmann, Hofmannsthal, Keller, Mörike,
von Sternberg, Stevenson, JS, Storm]
Ausgewählt, zusammengestellt, durchgesehen und revidiert,
herausgegeben und mit einem Nachwort versehen
von Joerg K. Sommermeyer
Kollektion Abenteuer- & Reiseerzählungen / KAR 2
Orlando Syrg Taschenbuch, 1. Aufl., OrSyTa 42017, Berlin 2017
2. erweiterte Auflage, OrSyTa 22018, Berlin 2018

Joerg K. Sommermeyer (Hg.)
Franz Kafkas Romane
Der Verschollene (Amerika), Der Prozess, Das Schloss
Durchgesehen, revidiert und herausgegeben
von Joerg K. Sommermeyer
Reihe alte Tradition Azurcelesteblueoscuro / RAT ACBO 1
Exemplarische Werke der Weltliteratur
Orlando Syrg Taschenbuch, 1. Aufl., OrSyTa 52017, Berlin 2017

Joerg K. Sommermeyer (Hg.)
Franz Kafkas Erzählungen
Durchgesehen, revidiert und und mit einem Nachwort herausgegeben
von Joerg K. Sommermeyer
Reihe alte Tradition Azurcelesteblueoscuro / RAT ACBO 2
Exemplarische Werke der Weltliteratur
Orlando Syrg Taschenbuch, 1. Aufl., OrSyTa 12018, Berlin 2018

Joerg K. Sommermeyer (Hg.)

Heinrich von Kleists Erzählungen, Anekdoten und Essays

Durchgesehen, revidiert und mit einem biographischen Abriss
herausgegeben von Joerg K. Sommermeyer
Reihe alte Tradition Azurcelesteblueoscuro / RAT ACBO 3
Exemplarische Werke der Weltliteratur
Orlando Syrg Taschenbuch, 1. Aufl., OrSyTa 32018, Berlin 2018

Joerg K. Sommermeyer (Hg.)

Christian Morgensterns Galgenlieder und Palmström

Durchgesehen, revidiert und mit einem biographischen Abriss
herausgegeben von Joerg K. Sommermeyer
Reihe alte Tradition Azurcelesteblueoscuro / RAT ACBO 4
Exemplarische Werke der Weltliteratur
Orlando Syrg Taschenbuch, 1. Aufl., OrSyTa 42018, Berlin 2018

Joerg K. Sommermeyer (Hg.)

Robert Müllers Tropen

Der Mythos der Reise
Urkunden eines deutschen Ingenieurs
Durchgesehen und revidiert, herausgegeben
und mit einem Nachwort versehen
von Joerg K. Sommermeyer
Kollektion Abenteuer- & Reiseerzählungen / KAR 3
Orlando Syrg Taschenbuch, 1. Aufl., OrSyTa 52018, Berlin 2018

Joerg K. Sommermeyer (Hg.)

Taugenichts et cetera

Eichendorff, Chamisso, Büchner
Aus dem Leben eines Taugenichts
Peter Schlemihls wundersame Geschichte
Lenz
Durchgesehen, revidiert und mit einem Nachwort
herausgegeben von Joerg K. Sommermeyer
Reihe alte Tradition Azurcelesteblueoscuro / RAT ACBO 5
Exemplarische Werke der Weltliteratur
Orlando Syrg Taschenbuch, 1. Aufl., OrSyTa 62018, Berlin 2018

Joerg K. Sommermeyer (Hg.)

Künstlerbetrachtungen

Diderot, Wackenroder, Hoffmann

Rameaus Neffe, Joseph Berglinger, Johannes Kreisler, Kater Murr

Durchgesehen, revidiert und mit einem Nachwort

herausgegeben von Joerg K. Sommermeyer

Reihe alte Tradition Azurcelesteblueoscuro / RAT ACBO 6

Exemplarische Werke der Weltliteratur

Orlando Syrg Taschenbuch, 1. Aufl., OrSyTa 72018, Berlin 2018

Joerg K. Sommermeyer (Hg.)

Rainer Maria Rilkes Gedichte

Stunden-Buch, Buch der Bilder, Neue Gedichte, Der neuen Gedichte anderer Teil,

Requiem, Das Marien-Leben, Duineser Elegien, Die Sonette an Orpheus

Durchgesehen, revidiert und mit einem Nachwort

herausgegeben von Joerg K. Sommermeyer

Reihe alte Tradition Azurcelesteblueoscuro / RAT ACBO 7

Exemplarische Werke der Weltliteratur

Orlando Syrg Taschenbuch, 1. Aufl., OrSyTa 92018, Berlin 2018

Joerg K. Sommermeyer (Hg.)

Rainer Maria Rilkes Prosa

Dichtungen in Prosa, Die Weise von Liebe und Tod des Cornets Christoph Rilke,

Die Aufzeichnungen des Malte Laurids Brigge, Erzählungen und Skizzen,

Geschichten vom lieben Gott, Auguste Rodin, Aufsätze und Besprechungen

Durchgesehen, revidiert und mit einem Nachwort

herausgegeben von Joerg K. Sommermeyer

Reihe alte Tradition Azurcelesteblueoscuro / RAT ACBO 8

Exemplarische Werke der Weltliteratur

Orlando Syrg Taschenbuch, 1. Aufl., OrSyTa 102018, Berlin 2018

Joerg K. Sommermeyer (Hg.)

Drei alte Erzählungen

Die Judenbuche (Droste-Hülshoff), Die schwarze Spinne (Gotthelf),

Krambambuli (Ebner-Eschenbach)

Durchgesehen, revidiert und mit einem Nachwort

herausgegeben von Joerg K. Sommermeyer

Reihe alte Tradition Azurcelesteblueoscuro / RAT ACBO 9

Exemplarische Werke der Weltliteratur

Orlando Syrg Taschenbuch, 1. Aufl., OrSyTa 122018, Berlin 2018

Joerg K. Sommermeyer (Hg.)

**James Fenimore Coopers The Last of the Mohicans
Der letzte Mohikaner**

A Narrative of 1757 / Eine Erzählung aus dem Jahre 1757
Deutsch nach der Übersetzung von J. F. L. Tafel,
revidiert und neu bearbeitet von Georg J. Feurig-Sorgenfrei
Herausgegeben und mit einem Nachwort versehen
von Joerg K. Sommermeyer
Kollektion Abenteuer- & Reiseerzählungen / KAR 4
Orlando Syrg Taschenbuch, 1. Aufl., OrSyTa 132018, Berlin 2018

Joerg K. Sommermeyer (Hg.)

**Johann Wolfgang von Goethes
Reineke Fuchs**

Durchgesehen, revidiert und mit einem Nachwort
herausgegeben von Joerg K. Sommermeyer
Reihe alte Tradition Azurcelesteblueoscuro / RAT ACBO 10
Exemplarische Werke der Weltliteratur
Orlando Syrg Taschenbuch, 1. Aufl., OrSyTa 142018, Berlin 2018

Joerg K. Sommermeyer (Hg.)

**Heinrich Heines Romanzero nebst Lieblingsballaden
von Goethe, Schiller und anderen**

Ausgewählt, durchgesehen, revidiert und mit einem Nachwort
herausgegeben von Joerg K. Sommermeyer
Reihe alte Tradition Azurcelesteblueoscuro / RAT ACBO 11
Exemplarische Werke der Weltliteratur
Orlando Syrg Taschenbuch, 1. Aufl., OrSyTa 152018, Berlin 2018

Joerg K. Sommermeyer (Hg.)

**Eduard von Keyserlings Prosa
Ausgewählte Werke I**

Beate und Mareile, Schwüle Tage, Dumala, Wellen, Abendliche Häuser
Durchgesehen, revidiert und mit einem biographischen Abriss
herausgegeben von Joerg K. Sommermeyer
Reihe alte Tradition Azurcelesteblueoscuro / RAT ACBO 12
Exemplarische Werke der Weltliteratur
Orlando Syrg Taschenbuch, 1. Aufl., OrSyTa 162018, Berlin 2018

Joerg K. Sommermeyer (Hg.)

August Stramms Gedichte

Du. Liebesgedichte; Die Menschheit; Weltwehe;
Tropfblut. Gedichte aus dem Krieg

Durchgesehen, revidiert und mit einem biographischen Abriss
herausgegeben von Joerg K. Sommermeyer
Reihe alte Tradition Azurcelesteblueoscuro / RAT ACBO 13
Exemplarische Werke der Weltliteratur
Orlando Syrg Taschenbuch, 1. Aufl., OrSyTa 172018, Berlin 2018

Joerg K. Sommermeyer (Hg.)

Joseph Conrads Heart of Darkness
Herz der Finsternis

Englisch und Deutsch

Deutsch nach der Übersetzung von Ernst Wolfgang Freißler,
revidiert und neu bearbeitet von Georg J. Feurig-Sorgenfrei
Herausgegeben und mit einem Nachwort versehen von Joerg K. Sommermeyer
Kollektion Abenteuer- & Reiseerzählungen / KAR 5
Orlando Syrg Taschenbuch, 1. Aufl., OrSyTa 182018, Berlin 2018

Joerg K. Sommermeyer (Hg.)

Münchhausen und Lukian

Bürgers Münchhausen und Lukians Bericht
phantastischer Begebenheiten
Durchgesehen, revidiert, neu bearbeitet
(Lukian basierend auf der Übersetzung von August Friedrich Pauly),
herausgegeben und mit einem Nachwort versehen,
von Joerg K. Sommermeyer
Kollektion Abenteuer- & Reiseerzählungen / KAR 6
Orlando Syrg Taschenbuch, 1. Aufl., OrSyTa 192018, Berlin 2018

Joerg K. Sommermeyer (Hg.)

Johann Wolfgang von Goethes Prosa
Ausgewählte Werke I

Die Leiden des jungen Werther, Briefe aus der Schweiz,
Die Wahlverwandtschaften, Novelle

Durchgesehen, revidiert und mit einem Nachwort
herausgegeben von Joerg K. Sommermeyer
Reihe alte Tradition Azurcelesteblueoscuro / RAT ACBO 14
Exemplarische Werke der Weltliteratur
Orlando Syrg Taschenbuch, 1. Aufl., OrSyTa 12019, Berlin 2019

Joerg K. Sommermeyer (Hg.)
**Johann Wolfgang von Goethes Prosa
Ausgewählte Werke II**
Wilhelm Meisters Lehrjahre
Durchgesehen, revidiert und herausgegeben
von Joerg K. Sommermeyer
Reihe alte Tradition Azurcelesteblueoscuro / RAT ACBO 15
Exemplarische Werke der Weltliteratur
Orlando Syrg Taschenbuch, 1. Aufl., OrSyTa 22019, Berlin 2019

Joerg K. Sommermeyer (Hg.)
**Johann Wolfgang von Goethes Prosa
Ausgewählte Werke III**
*Unterhaltungen deutscher Ausgewanderten,
Wilhelm Meisters Wanderjahre*
Durchgesehen, revidiert und herausgegeben
von Joerg K. Sommermeyer
Reihe alte Tradition Azurcelesteblueoscuro / RAT ACBO 16
Exemplarische Werke der Weltliteratur
Orlando Syrg Taschenbuch, 1. Aufl., OrSyTa 32019, Berlin 2019

Joerg K. Sommermeyer (Hg.)
**Johann Wolfgang von Goethes Prosa
Ausgewählte Werke IV**
*Dichtung und Wahrheit,
Belagerung von Mainz*
Durchgesehen, revidiert und herausgegeben
von Joerg K. Sommermeyer
Reihe alte Tradition Azurcelesteblueoscuro / RAT ACBO 17
Exemplarische Werke der Weltliteratur
Orlando Syrg Taschenbuch, 1. Aufl., OrSyTa 42019, Berlin 2019

Joerg K. Sommermeyer (Hg.)
**August Klingemanns Nachtwachen
von Bonaventura**
Durchgesehen, revidiert und herausgegeben
von Joerg K. Sommermeyer
Reihe alte Tradition Azurcelesteblueoscuro / RAT ACBO 18
Orlando Syrg Taschenbuch, 1. Aufl., OrSyTa 52019, Berlin 2019

Joerg K. Sommermeyer (Hg.)
Gustav Sacks Romane
Ein verbummelter Student, Paralyse, Ein Namenloser
Durchgesehen, revidiert und mit einem Nachwort
herausgegeben von Joerg K. Sommermeyer
Reihe alte Tradition Azurcelesteblueoscuro / RAT ACBO 19
Orlando Syrg Taschenbuch, 1. Aufl., OrSyTa 62019, Berlin 2019

Joerg K. Sommermeyer
Vernimm mein Schreien
Pathoaphysischer Antiroman
Tragigroteskenfragment
Herausgegeben von Georg J. Feurig-Sorgenfrei
Jubiläumsausgabe / Hardcover
[3. durchgesehene, verbesserte und um einen Anhang
erweiterte Auflage von *Anton unbekannt*]
OrSyTa 72019, Berlin 2019

Joerg K. Sommermeyer (Hg.)
Friedrich Schillers Prosa
Ausgewählte Werke I
Eine großmütige Handlung, Der Geisterseher,
Der Verbrecher aus verlorener Ehre, Spiel des Schicksals und anderes
Durchgesehen, revidiert und mit einem Nachwort
herausgegeben von Joerg K. Sommermeyer
Reihe alte Tradition Azurcelesteblueoscuro / RAT ACBO 20
Exemplarische Werke der Weltliteratur
Orlando Syrg Taschenbuch, 1. Aufl., OrSyTa 82019, Berlin 2019

Joerg K. Sommermeyer (Hg.)
Johann Karl Wezels Satiren
Kakerlak oder die Geschichte eines Rosenkreuzers,
Satirische Erzählungen
Durchgesehen, revidiert und herausgegeben
von Joerg K. Sommermeyer
Reihe alte Tradition Azurcelesteblueoscuro / RAT ACBO 21
Orlando Syrg Taschenbuch, 1. Aufl., OrSyTa 92019, Berlin 2019

Joerg K. Sommermeyer (Hg.)

Heinrich Heines Versepen, Erzählprosa und Memoiren
Ausgewählte Werke I

Atta Troll, Deutschland. Ein Wintermärchen, Aus den Memoiren des Herren von Schnabelewopski,
Florentinische Nächte, Der Rabbi von Bacherach, Geständnisse, Memoiren

Durchgesehen, revidiert und mit einem Nachwort
herausgegeben von Joerg K. Sommermeyer
Reihe alte Tradition Azurcelesteblueoscuro / RAT ACBC 22
Exemplarische Werke der Weltliteratur
Orlando Syrg Taschenbuch, 1. Aufl., OrSyTa 102019, Berlin 2019

Joerg K. Sommermeyer (Hg.)

Heinrich Heines Reisebilder
Ausgewählte Werke II

Briefe aus Berlin, Über Polen, Reisebilder I-IV

Durchgesehen, revidiert und mit einem biographischen Abriss
herausgegeben von Joerg K. Sommermeyer
Reihe alte Tradition Azurcelesteblueoscuro / RAT ACBO 23
Exemplarische Werke der Weltliteratur
Orlando Syrg Taschenbuch, 1. Aufl., OrSyTa 112019, Berlin 2019

Joerg K. Sommermeyer (Hg.)

Heinrich Heines Gedichte
Ausgewählte Werke III

Buch der Lieder, Neue Gedichte,
Aus den Jahren 1853 und 1854, Sonstiges / Posthum

Durchgesehen, revidiert und mit einem Biographischen Abriss
herausgegeben von Joerg K. Sommermeyer
Reihe alte Tradition Azurcelesteblueoscuro / RAT ACBO 24
Exemplarische Werke der Weltliteratur
Orlando Syrg Taschenbuch, 1. Aufl., OrSyTa 122019, Berlin 2019

Joerg K. Sommermeyer (Hg.)

Heinrich Heines Über Deutschland, Essays und Pamphlete
Ausgewählte Werke IV

Die romantische Schule, Zur Geschichte der Religion und Philosophie in Deutschland,
Elementargeister, Die Götter im Exil, Schwabenspiegel, Ludwig Börne

Durchgesehen, revidiert und mit einem Biographischen Abriss
herausgegeben von Joerg K. Sommermeyer
Reihe alte Tradition Azurcelesteblueoscuro / RAT ACBO 25
Exemplarische Werke der Weltliteratur
Orlando Syrg Taschenbuch, 1. Aufl., OrSyTa 132019, Berlin 2019